LA CONDAMNATION DES VIVANTS

Marco De Franchi

LA CONDAMNATION DES VIVANTS

Traduit de l'italien
par Françoise Bouillot

Albin Michel

Édition originale italienne parue sous le titre :
LA CONDANNA DEI VIVENTI

LA MORT EST NUE

1

L'enfant courait sur le bord de la route, comme un animal sauvage dans la nuit. Il rappela à l'homme dans la voiture la célèbre photographie de Kim, la petite Vietnamienne qui cherchait désespérément à fuir tandis que le napalm lui brûlait le dos. Mais il était sur la départementale 74, dite « la Maremmana », qui traversait la campagne de Grosseto et passait à cet endroit au pied de Sorano, un village haut perché dont les lumières tremblotaient dans l'obscurité.

L'homme s'assura que personne n'arrivait derrière lui et ralentit prudemment, avant de garer son Toyota Highlander le long de la paroi rocheuse. Seuls ses phares illuminaient la route obscure. L'enfant poursuivit sa course puis sortit du champ lumineux. L'homme descendit de voiture et le suivit. Il avait oublié de prendre son gilet jaune et il pria pour qu'il n'arrive pas d'autre véhicule : une voiture débouchant du virage à l'improviste n'aurait pas eu le temps de freiner.

L'enfant semblait véritablement terrorisé, et l'homme craignait de l'effrayer plus encore s'il criait, le poussant peut-être à s'enfoncer dans les broussailles et à se perdre dans cet enchevêtrement végétal. Une fois là-dedans, il s'évanouirait.

L'enfant devait être épuisé. L'homme le rejoignit en quelques instants et l'attrapa d'une main ferme.

– Arrête-toi !

Avant qu'il ait le temps de s'étonner de la maigreur du bras nu et glacé qu'il avait saisi, l'enfant se retourna et lui mordit la main. L'homme cria de douleur, mais au lieu de le repousser il serra le petit contre lui, tout en esquivant de son mieux une volée de coups de poing et de pied.

– Arrête-toi, calme-toi, s'il te plaît, murmura-t-il. Je suis là pour t'aider. Simplement pour t'aider.

L'enfant se mit à crier des paroles incompréhensibles. Ses yeux se révulsèrent et il s'évanouit dans ses bras.

Ce fut à cet instant précis qu'une seconde voiture s'arrêta, les prenant tous les deux dans le faisceau de ses phares. L'homme resta immobile, imaginant l'effet de cette scène sur l'autre automobiliste : un individu grand et fort serrant contre lui le corps inanimé d'un enfant de dix à douze ans, complètement nu.

2

La voiture était une grosse Subaru bleu ciel – « un bon vieux tacot crachotant », disait Angelo Zucca, son adjoint qui faisait aussi office de chauffeur. Valentina aurait préféré quelque chose de moins voyant, mais on prend sans discuter ce que vous donne la famille, et sa famille était le SCO, le Service central des opérations de la police nationale.

Le voyage avait été court. Moins de deux heures, en comptant une demi-heure bien tassée pour s'extraire des embouteillages du périphérique. Valentina en avait profité pour étudier les informations qu'on lui avait fournies et qu'elle avait transférées sur son ordinateur portable. Un peu maigres, en réalité. Peut-être même pas de quoi demander l'intervention du SCO. Mais Giuseppe Falcone, son directeur, avait été inflexible :

– Tu vas aller voir par toi-même. Je ne me fie pas au chef de la PJ de Grosseto. Il y a fort à parier qu'il aura sous-évalué l'affaire. Cherche à savoir au plus vite si notre présence est vraiment nécessaire. Si ce n'est pas le cas, salut la compagnie ! Tu fais demi-tour et tu rentres illico.

Valentina avait obéi. Comme toujours.

La jeune femme qui les attendait à l'entrée du commissariat était petite et mince, avec une grosse masse de cheveux noirs frisés.

– Commissaire Medici ? demanda-t-elle en serrant la main de Valentina. Et, sans lui laisser le temps de répondre : Je suis l'inspectrice Roberta Blasi. Enchantée de faire votre connaissance.

La poignée de main était énergique, les yeux vifs.

Angelo Zucca se présenta à son tour avec sa désinvolture habituelle, puis elle les précéda à l'intérieur du commissariat.

– Je suis chargée des délits contre les personnes, expliqua-t-elle tout en faisant signe au planton de laisser passer ses hôtes. Mais c'est moi qui vais vous expliquer la situation, si vous n'y voyez pas d'inconvénient.

– Ce n'est pas vous qui vous occupez de l'enquête ? demanda Valentina, surprise, tandis qu'ils pénétraient dans les bureaux.

– Normalement, cette affaire ne relève pas de notre compétence, répondit Blasi en rougissant. Mais c'est nous qui étions de service au moment de l'appel et nous avons été les premiers à intervenir… Nous ne savons pas encore exactement de quoi il s'agit, mais beaucoup pensent ici que nous avons affaire à une séquestration de mineur.

– Et vous aussi ?

– Je ne sais pas encore quoi penser.

– Très bien, coupa Valentina, agacée de toutes ces approximations. Briefez-moi du mieux que vous pouvez, dans ce cas.

Angelo Zucca alla s'asseoir sur le bord d'un bureau, dissimulant un sourire énigmatique dans sa barbe drue. C'était un ancien du SCO qui avait une grande expérience du service, et son attitude signifiait : « Pas d'énervement, commissaire, ce sont des policiers de province, on n'en tirera rien. » Valentina connaissait bien ce mécanisme psychologique : chaque fois que les spécialistes du SCO s'immisçaient dans les enquêtes des « territoriaux », ils suscitaient la méfiance de ces derniers et une sorte de compétition s'engageait immanquablement. À cela près que la compétition ne l'intéressait pas. Son devoir était de se rendre là où on le lui ordonnait, de comprendre s'il y avait matière à une intervention du SCO, et de repartir le plus vite possible. Avec tout le travail accumulé sur son bureau, elle n'avait guère de temps à perdre dans ces petites escarmouches entre enquêteurs.

– Comme vous le savez, il s'appelle Fosco Agnelli, expliquait pendant ce temps l'inspectrice Blasi. Il aura douze ans en décembre. C'est un enfant éveillé, mais un peu problématique, avec un caractère difficile. Il a disparu hier après-midi de Sorano, un bourg de moins de trois mille habitants où tout le monde se connaît. Il est sorti de l'école à treize heures précises, mais il n'est jamais arrivé chez lui. Nous avons vérifié, il n'avait que six cents mètres à parcourir. Impossible qu'il se soit perdu. Sa mère, Luisa Marini, l'attendait pour déjeuner et elle a aussitôt signalé sa disparition. Le père, dont elle est séparée, habite en France. Nous l'avons contacté, mais naturellement il n'était au courant de rien. Hier soir, peu avant minuit, l'enfant a été retrouvé à deux kilomètres du bourg. Un représentant de commerce l'a croisé alors qu'il rentrait chez lui sur la Maremmana... C'est la route qui relie le lac de Bolsena à la mer. Elle traverse toute la région et elle est plutôt tortueuse. L'enfant était nu et sans chaussures. Il courait le long de la route en hurlant comme un possédé.

L'inspectrice s'interrompit et Valentina fut surprise de lire sur son visage les signes d'une émotion sincère. Un comportement curieux pour une professionnelle qui avait dû en voir d'autres.

– Pauvre petit, ajouta Blasi, Dieu sait ce qu'il a pu endurer ! Il a eu de la chance de ne pas se faire renverser par une voiture.

Valentina acquiesça. Cette manifestation inattendue de compassion la troublait.

– Tout ça, on le sait déjà, dit-elle. J'espère qu'il y a autre chose. Vous avez dit qu'il s'agissait d'un enfant difficile ?

– En effet, la séparation de ses parents n'a pas été une partie de plaisir, et l'enfant a dû en souffrir. Il est entre les mains d'un psychologue, et pour tout vous dire... il a déjà fugué par le passé.

Valentina réfléchit. Peut-être n'y avait-il pas un grand mystère derrière cette disparition, et avait-elle fait le voyage pour rien. Cependant, le fait que l'enfant ait été retrouvé nu n'était pas anodin.

– Il a déjà été examiné, je suppose.

– Bien sûr. (Blasi consulta ses notes, sans en avoir besoin, à l'évidence.) Il est en bonne condition physique, à part le choc. Il ne fait pas encore trop froid à cette période de l'année, donc aucune trace d'hypothermie. L'hypothèse, c'est qu'il a été retenu ou s'est caché quelque part, avant d'être retrouvé. Aucun traumatisme, aucun signe de violence. Ils l'ont soumis à toute une batterie d'examens de routine – analyses du sang et des urines, électrocardiogramme – et à présent nous attendons les résultats.

– Aucune irritation de la gorge ? demanda Valentina. C'est l'effet que produit l'éther, vous le savez ?

La jeune femme hocha la tête, échangeant de nouveau un regard intense avec la commissaire.

– Aucun problème à la gorge. L'éther, j'y ai pensé aussi, commissaire, ajouta-t-elle avec fougue. Le médecin ne l'a pas exclu, mais il attend le résultat des analyses pour se prononcer. Il dit qu'à première vue il n'y a pas de signe qu'il ait été anesthésié. Le fait est que Fosco a déjà fugué de chez lui, et personne ici ne croit vraiment qu'il puisse s'agir d'autre chose.

– Mais il a été retrouvé nu et terrorisé. Les autres fois, ça s'était aussi terminé comme ça ?

– Bien sûr que non, répondit Blasi en continuant à l'examiner. (Aucun doute, songeait-elle, cette femme-là attend des vraies réponses.)

– Et j'imagine que vous avez déjà interrogé l'homme qui l'a retrouvé.

– Je m'en suis chargée cette nuit même. Nous lui avons mis la pression, mais il a bien réagi. Il s'appelle Saverio Genovesi, il est représentant en produits pharmaceutiques et il rentrait chez lui quand il a vu Fosco. C'est un brave homme sans aucun antécédent. Il était encore plus terrorisé que l'enfant.

Blasi jeta un coup d'œil dans son dos, comme pour s'assurer que personne ne l'écoutait, avant de reprendre :

– Mon chef marche sur des œufs. Il estime que l'affaire n'a aucune gravité et il ne l'a signalée au SCO que parce que c'est la procédure. Tant que nous n'aurons pas à un tutoiement auquel l'inspectrice ne s'attendait sans doute pas.

Cette Blasi lui plaisait, finalement. Elle sentait chez elle une frustration due à la procédure, dont elle pourrait tirer profit. En l'encourageant, elle aurait plus rapidement les réponses qu'elle attendait.

– Comme je te l'ai dit, reprit Blasi, j'ai échangé quelques mots avec Fosco, cette nuit.

– Tu as bien fait.

– Entre deux sanglots, il a réussi à me dire un truc qui m'a laissée perplexe. J'en ai parlé aussitôt à mon supérieur, mais il a minimisé. « Un gamin qui souffre de problèmes psychiques et qui a des remords d'avoir fait de la peine à sa mère », a-t-il dit. Ceux qui connaissent l'enfant affirment qu'il est coutumier du fait. Ils continuent à croire à une fugue par caprice, alors même qu'il courait la campagne dans cet état. (Blasi secoua la tête avec colère.) On l'a retrouvé tout nu, tu comprends ? Comme si c'était la chose la plus naturelle du monde.

– Ça ne l'est pas, là-dessus tu as parfaitement raison.

– Ils disent que pour attirer l'attention des adultes, les enfants sont capables de tout. Même de se déshabiller et d'aller vaguer dans les bois la nuit. Mais ce qu'il m'a dit… Ce n'étaient pas les inventions d'un enfant perturbé. Et toute son attitude… En somme, si tu penses toi aussi que c'est un pur délire, je l'accepterai. J'accepterai l'avis d'une personne plus expérimentée et je me retirerai.

Non, elle ne se retirerait pas. Valentina l'aurait parié.

– Qu'est-ce qu'il t'a dit exactement ? Que lui est-il arrivé ?

Roberta Blasi indiqua du menton la porte de la chambre devant laquelle elle s'était arrêtée.

– Excuse-moi, mais il vaut mieux que tu l'entendes de sa bouche.

4

Les yeux clos, il était allongé sous un drap tiré jusqu'au menton. Ses sourcils froncés témoignaient d'un sommeil agité. Une perfusion laissait passer une solution incolore dans ses veines. Il avait d'épais cheveux noirs, sans doute rebelles au peigne, et il paraissait moins âgé que ses douze ans.

La femme assise à côté de lui devait être sa mère. On le voyait à son profil, à la ligne de ses sourcils, à ses cheveux pareillement indomptables, mais plus encore à sa posture : un bras étendu sur le drap au contact du corps de son fils, comme pour s'assurer qu'il ne disparaîtrait pas une fois encore. Son visage portait la marque de longues heures de veille et d'inquiétude.

Il y avait une autre personne d'un âge indéfinissable, aux cheveux gris rassemblés en une longue tresse, au regard serein. Sans doute la psychologue pour enfants. Roberta Blasi fit les présentations à mi-voix.

– La commissaire Medici, qui est arrivée de Rome avec son assistant, Angelo Zucca. Voici Luisa, la mère de Fosco, et voici la docteure Manigrasso, la psychologue pour adolescents recommandée par le juge.

Tandis qu'ils serraient la main des deux femmes, l'enfant ouvrit les yeux. À cet instant, Valentina perçut la douleur et la peur qu'il avait éprouvées. La souffrance était encore présente en lui, intacte, nichée au fond de son regard perdu.

La psychologue se tourna vers l'enfant sans s'approcher pour autant.

– Bonsoir, Fosco, comment ça va ?

Le petit resta immobile. Seuls ses yeux parlaient pour lui,

se posant tour à tour sur chacun d'eux. Il y avait quelque chose de sauvage dans le mouvement frénétique de ces deux billes noires.

D'un léger mouvement de la tête, Valentina invita la psychologue à poursuivre.

– Fosco, tu as vu que ta maman est là aussi ? Tu es content qu'elle soit avec nous ?

Fosco se tourna vers sa mère. Pour la première fois, son regard se fixa. Elle lui serra la main plus fort.

Valentina comprit l'intention de la psychologue. Elle voulait que l'enfant concentre son attention sur sa mère, pas seulement pour lui donner du courage, mais pour évaluer le rapport qu'ils entretenaient. Il n'était pas rare que la fugue d'un mineur soit due à de mauvais traitements subis au sein de la famille, et bien souvent les mères étaient aussi coupables que les pères.

L'enfant s'adoucit et ne quitta sa mère des yeux que pour se tourner vers la psychologue en faisant oui de la tête. La docteure Manigrasso eut un sourire.

– Je sais, tu te sens en sécurité quand tu es avec elle, n'est-ce pas ?

Encore un oui de la tête.

– Cette dame et ce monsieur ont besoin de te poser quelques questions. Mais tu ne réponds que si tu en as envie. Ça te va ?

Fosco réfléchit un instant avant d'ouvrir la bouche.

– Oui.

La psychologue fit signe aux policiers qu'ils pouvaient commencer. Blasi s'adressa à Valentina.

– Je peux ?

Elle acquiesça. L'inspectrice ayant déjà établi un contact, il était préférable que ce soit elle qui reprenne l'entretien.

– Fosco, tu te souviens de moi ? demanda-t-elle. Je t'ai

posé quelques questions, cette nuit. Tu as très bien su me raconter ce qui t'était arrivé. Maintenant, je voudrais que tu répètes ce que tu m'as dit à ces policiers. Ce sont des gens importants qui sont venus de Rome spécialement pour toi.

L'attention de l'enfant se reporta sur les nouveaux venus. Son expression ne changea pas.

– Tu veux bien, Fosco ? demanda Blasi dans un murmure. Tu peux leur répéter ce qui t'est arrivé ?

Un timide signe d'assentiment.

Quand Valentina fit un pas vers lui, le petit se raidit. Il saisit le bord du drap et le souleva, prêt peut-être à s'en recouvrir. La mère se crispa et jeta à la commissaire un coup d'œil furieux. Valentina apprécia sa réaction : une mère prête à tout pour défendre son fils. Non, ce n'était pas là que se nichait le problème.

– N'aie pas peur, dit-elle, cherchant à prendre le ton le plus doux de son répertoire. Tu sais que ta maman sera toujours là pour te défendre ?

Fosco hocha distraitement la tête, comme pour lui signifier que c'était une évidence. Mais la main qui cramponnait le bord du drap se détendit.

– Qu'est-ce que vous voulez savoir ?

Sa voix ne tremblait pas. Dans des circonstances normales, il aurait été un enfant sûr de lui – et peut-être même capable de feindre.

– Ce qui t'est arrivé hier. Ce que tu as déjà dit à ma collègue. Tout le monde était très inquiet pour toi.

– Je sais. Je suis désolé.

– Ça n'a plus d'importance. Tu es rentré à la maison et nous sommes tous très contents. Mais je te pose la question : Est-ce que tu peux nous aider à reconstituer ta journée d'hier ? Tu en es capable ? Ça nous servirait énormément.

– D'accord…

Mais ses lèvres se contractèrent.

– Commençons par le moment où tu es sorti de l'école. Tu te rappelles à quelle heure ?

– On avait cours de maths à la dernière heure. Il ne manquait aucun professeur. Il était une heure. Je sors toujours à une heure.

– Tu as dit au revoir à tes camarades, je suppose.

– Oui.

– Et ensuite ?

– J'ai pris le chemin pour rentrer. Marcelo, un de mes amis, m'a accompagné un peu. Il habite près de l'école. Après, j'ai continué tout seul.

– Comme d'habitude ?

– Comme d'habitude.

– Et tu es arrivé chez toi vers quelle heure ? Combien de temps après être sorti de l'école ?

Fosco lança un regard à sa mère.

– Je ne sais pas. Dix minutes peut-être ?

– Ça me semble raisonnable, approuva Valentina. Bravo, tu t'en sors très bien… Et qu'est-ce qui s'est passé, ensuite ?

– Il y avait un monsieur. Celui qui m'a fait un peu mal…

Un courant d'air glacé. Valentina le sentit si nettement qu'elle regarda vers la fenêtre pour s'assurer qu'elle était bien fermée.

– Un monsieur…, répéta Roberta Blasi, pour l'encourager à poursuivre.

Valentina scruta à nouveau le visage de Fosco.

– Un monsieur aux cheveux blancs, ajouta-t-il en se tournant vers l'inspectrice. Je te l'ai dit.

– Qui ça… ? demanda Valentina avec précaution.

Mais l'enfant ne la regardait plus. Il observait le bord du drap, comme pour y chercher des signes invisibles, et il parlait.

– Je ne me rappelle pas tout. Il était devant la maison avec une camionnette… Une grande… C'est drôle que tu ne l'aies pas vue, maman. Elle était garée devant l'allée. Tu aurais dû la voir par la fenêtre de la cuisine. Elle était vert foncé. Quand je suis arrivé, le monsieur est descendu tout de suite, j'ai cru qu'il m'attendait. Il m'a dit quelque chose…

– Il t'a dit bonjour ? Tu le connaissais ? demanda Valentina.

– Non. Je ne l'avais jamais vu. Je ne me rappelle pas ce qu'il m'a dit…

– Il s'est approché ? Tu as vu son visage ?

– Oui. Mais je ne m'en souviens plus non plus. Seulement ses cheveux. Tout blancs et très longs… Et puis son sourire. Il allait d'une oreille à l'autre. J'ai pas aimé son sourire. Et puis j'ai dû m'endormir, mais je ne sais pas comment. Et après ça encore je me suis réveillé dans la camionnette. Elle était arrêtée et il n'y avait pas de bruits. J'étais allongé et j'avais mal à la tête, et… Excuse-moi, maman, mais j'étais…

Il s'interrompit et ses yeux se remplirent de larmes.

– Ça suffit…, murmura sa mère.

– Tu étais tout nu, termina Valentina pour lui. Mais ce n'était pas de ta faute. Nous savons tous que ce n'était pas de ta faute.

– Vraiment ? dit-il en baissant la tête, visiblement surpris de cette absolution. Je ne me rappelle pas m'être déshabillé… Il faisait froid quand je me suis réveillé.

Valentina entendit distinctement la mère de Fosco grincer des dents.

– Tu étais toujours dans la camionnette à ce moment-là ? demanda-t-elle.

– Ce n'était pas vraiment une camionnette, dit-il en plissant le front. Pas comme celle de Ginetto, qui transporte de la ferraille. Celle-là était fermée, et elle n'avait pas de fenêtres.

– Une fourgonnette, intervint Blasi. Une fourgonnette

complètement fermée, c'est ça Fosco ? Je te montrerai des photos pour voir si tu reconnais le modèle... Mais continue. Dis-lui ce que tu m'as raconté.

– Oui. Je me suis réveillé et j'étais étendu sur un petit lit – tu sais, maman, comme le lit pliant où on fait dormir Tonino quand il vient nous voir... J'avais les pieds qui dépassaient.

Il eut un demi-sourire qui arracha un bref soupir à sa mère.

– Tu te rappelles comment c'était, à l'intérieur de la fourgonnette ? reprit Valentina. Il y avait de la lumière ?

– C'était la nuit, mais il ne faisait pas trop sombre parce que j'y voyais clair. Et au-dessus du lit..., autour de moi... (Il secoua la tête comme pour dissiper la brume qui l'entourait encore.), il y avait des visages. Des visages qui me regardaient sans rien dire.

– Des visages ?

– Oui, partout, et ils me regardaient...

Il fut pris d'un frisson plus violent et sa mère sursauta une fois encore.

– Explique-toi mieux, Fosco, chuchota Valentina en évitant de regarder la mère et en espérant qu'elle ne vienne pas interrompre ce flot de souvenirs. Ils étaient sur les parois de la fourgonnette, ces visages ?

– Oui, partout.

– Et tu penses que ça pouvait être des photographies ? Des photos collées sur les cloisons ?

Fosco hocha la tête comme s'il était parvenu à la même conclusion.

– Oui, c'étaient peut-être bien des photos. Elles me faisaient peur. Il y en avait même au plafond. Ça me faisait tourner la tête...

– Très bien, dit Valentina en notant l'information. Et qu'est-ce que tu as fait après ?

L'enfant regarda à nouveau Roberta Blasi. Ils semblaient entretenir un dialogue silencieux duquel les autres étaient exclus.

– Fosco, tu as fait quoi, après ? répéta Valentina.

– Je me suis sauvé.

– Comment tu as fait ?

– La porte de la fourgonnette était ouverte, c'est pour ça que la lune éclairait dedans. C'était dans un endroit fermé, avec de grands murs. Et devant moi, il y avait une grande porte comme celle des étables. À la lueur de la lune, je pouvais voir des arbres...

– Et tu as fait quoi, précisément ? Tu es descendu du fourgon et tu t'es enfui tout de suite ?

– Oui, c'est ce que je voulais faire... Mais après, je l'ai vu.

– Qui ça ?

À présent, les yeux de Fosco étaient fixés sur un point qu'aucun d'eux ne pouvait voir.

– Il était dans un coin de l'étable, il me tournait le dos. Je voyais ses longs cheveux blancs... Il avait une queue-de-cheval.

– Et qu'est-ce qu'il faisait ?

– Je ne sais pas. Il était debout contre le mur et il me tournait le dos... Au début, j'ai cru qu'il était en train de faire pipi. Mais il disait quelque chose, il chuchotait. J'ai pensé qu'il était en train de prier. Je sais, c'est bizarre, mais ça m'a rappelé une chose que le professeur de religion nous a expliquée : À Jérusalem, les juifs et les musulmans prient ensemble avec la tête appuyée contre un mur sacré. Ça ressemblait à ça... Mais il ne se balançait pas. Il chuchotait, la figure tournée contre le mur. En tout cas, il ne me regardait pas, alors je me suis mis à courir. Après, je me suis retrouvé dans ce bois... Et j'ai couru encore... Même si j'avais vraiment très mal aux pieds.

Il souleva le drap pour montrer ses pieds entourés de pansements tachés de teinture d'iode.

Valentina leva les yeux sur Angelo Zucca. Debout à côté de la porte, il tremblait de rage. Même après des dizaines d'années dans la police, certaines choses demeurent intolérables. Elle se tourna à nouveau vers l'enfant en s'efforçant de garder un air imperturbable.

– Tu te rappelles autre chose ?

Fosco parut fournir un grand effort de réflexion, puis échangea un nouveau regard avec Roberta Blasi. Il se tourna vers la fenêtre, sous laquelle était disposé un second lit en attente d'un futur patient, et resta comme paralysé à scruter l'oreiller et les draps immaculés.

– Je me rappelle le clair de lune, dit-il sans détacher les yeux du lit, et aussi les bois… Et quand je me suis retourné pour voir s'il me suivait, j'ai vu des ruines à côté de l'étable où il avait caché la fourgonnette. On aurait dit les restes d'une maison.

– Bravo. Excellente mémoire. Tu te débrouilles très bien, Fosco. Tu es vraiment super.

Le regard de l'enfant se reporta sur le petit lit à côté de la fenêtre. Soudain, il parut agité, nerveux.

– Non. Ce n'est pas vrai.

– Comment ça ?

– Je ne suis pas super… Je suis un lâche.

Il regarda ses mains, les yeux pleins de larmes.

Valentina se tourna vers Blasi, qui semblait pétrifiée. Dans ce silence se nichait le secret que Fosco n'avait révélé qu'à elle, Valentina en était certaine. Mais qu'y avait-il de si terrible au point que le petit refuse d'en parler ? Elle regarda elle aussi le petit lit vide. Une chambre d'hôpital dans le service de pédiatrie. Un lit adapté à un enfant comme Fosco. En attente d'un petit patient comme lui.

Alors Valentina comprit. Elle regarda Blasi en remuant les lèvres en silence. « C'était ça que tu voulais dire ? » L'inspectrice hocha lentement la tête.

– Il y avait un autre enfant, c'est ça ? dit Valentina en se tournant vers Fosco. Vous étiez deux dans cette fourgonnette ?

Fosco Agnelli releva la tête. Les larmes cette fois coulaient sur ses joues.

– Oui, dit-il. Un autre enfant. Et il est resté là-bas tout seul. Je l'ai abandonné. Je l'ai laissé à l'homme aux cheveux blancs...

5

Dehors, dans le couloir aux murs pastel inondé de lumière et animé par les bruits familiers de l'hôpital, Valentina sentit se dissiper les ombres qui s'étaient accumulées dans la chambre. Les paroles et le ton de Fosco continuaient pourtant à résonner dans sa tête – et, dut-elle admettre, dans son cœur.

Blasi et Zucca semblaient aussi secoués qu'elle. Les dernières phrases de Fosco étaient brouillées par les larmes, mais elles étaient claires et sans ambiguïté.

– Il était allongé à côté de moi. Au début je ne l'avais pas vu, avec ces figures qui me fixaient et la peur que j'avais et le mal de tête... Mais après, je suis descendu du lit de camp et je lui ai touché la pointe du pied. Il était froid. Et quand je me suis penché sur lui, j'ai pensé qu'il dormait.

– Tu as essayé de le réveiller ?

– Oui. Non. Pas vraiment. Il me faisait peur. Il était tout nu comme moi, et il était tellement immobile. Je voulais l'appeler, mais j'avais peur que l'homme aux cheveux blancs m'entende. Mais je l'ai bien touché. Il était glacé... comme un mannequin.

– Et après ?

– Je vous l'ai déjà dit. Quand j'ai compris qu'il ne se réveillerait pas, je me suis enfui. Le garçon est resté là-bas. Il était mort, pas vrai ?

Le reste de son récit n'avait rien révélé de nouveau, mais ce qu'ils avaient entendu leur suffisait largement.

Valentina s'apprêtait à demander aux autres ce qu'ils en pensaient, quand la psychologue sortit de la chambre et lui tendit quelque chose.

– Excusez-moi, je ne sais pas si c'est important, dit-elle en lui donnant une boule de papier que Valentina défroissa. Je me suis aperçue que Fosco la tenait fermement dans sa main, et ça a suscité ma curiosité. Je lui ai demandé où il l'avait prise et pourquoi il la serrait aussi fort. Il m'a dit qu'il l'avait simplement retrouvée entre ses doigts. J'ai interrogé quelques infirmières qui m'ont confirmé qu'il l'avait déjà quand il a été amené ici, et qu'il n'avait jamais voulu la lâcher, même au cours des examens. Il la passait sans cesse d'une main à l'autre. On a laissé faire. Je pense qu'il s'agissait d'un réflexe de défense – une superstition pour chasser la peur. Je ne sais pas ce que cela signifie exactement, mais je me suis dit que cela pourrait vous être utile.

– Seigneur ! dit Blasi en secouant la tête, je ne m'en étais même pas aperçue...

Valentina examinait le bout de papier coloré d'un bleu intense. Peut-être un fragment de ciel. Ou de mer. Aucun sens caché a priori, à part le fait que Fosco l'avait gardé serré dans son poing pendant des heures.

6

Le coup de fil s'était déroulé comme elle l'avait prévu. Falcone ne partageait pas son choix de passer la nuit à Grosseto, mais il n'en fit pas un drame. Valentina lui expliqua les raisons qui l'avaient convaincue de prolonger sa mission d'au moins une journée. Le récit du petit Fosco pouvait sembler le fruit d'une imagination galopante, du moins à première vue : La fourgonnette, l'antre dans lequel elle était dissimulée et le second enfant, mort peut-être, l'homme qui le laissait tout seul et lui permettait de s'échapper. Tout cela semblait trop compliqué et bien trop détaillé.

Pourtant, Valentina n'avait pas la même sensation. La peur dans les yeux de Fosco était authentique, et ses larmes sincères. Même si c'était un enfant difficile, comme l'avait confirmé la psychologue, elle avait été frappée par l'intensité des émotions qu'il exprimait. On ne pouvait rien laisser au hasard, c'était l'une des premières règles qu'elle avait apprises. En outre, il fallait attendre le résultat des analyses médicales.

– Mais ne te casse pas la tête, lui recommanda son chef avec son meilleur accent de Catane. Recueille toutes les informations que tu veux, et ensuite, s'il n'y a pas d'élément nouveau, laisse faire la PJ locale. Son directeur est un carriériste qui est dans les bonnes grâces du chef de la police. Quant à toi, tu rentres le plus tôt possible, ce n'est pas le travail qui manque ici.

Valentina le remercia et l'envoya mentalement se faire voir. Elle détestait sa façon de s'en laver les mains, alors même que c'était lui qui l'avait expédiée ici.

Elle n'était que depuis deux ans au Service central des opérations, où elle s'occupait surtout de femmes et d'enfants. Mais cela n'avait jamais été son choix. Elle était dans les petits papiers du directeur parce que quelques années plus tôt, alors qu'elle était attachée à la PJ de Milan, elle avait résolu une affaire de meurtres en série de prostituées qui était restée pendant des mois à la une des journaux et des infos. Et avait fait décoller sa carrière. Dans une période où l'on prenait très au sérieux le problème des féminicides, elle avait eu droit aux citations et aux honneurs, avant d'obtenir une promotion et son transfert au SCO de Rome. Une mutation dans sa propre ville et de surcroît dans le service le plus prestigieux de la police : elle ne s'en était certes pas plainte.

D'aucuns avaient insinué qu'elle devait ce succès en partie à ses charmes. Il fallait promouvoir une femme qui soit flic mais pas que ; ses yeux verts et ses longs cheveux blonds avaient fait le reste. Valentina s'efforçait de ne pas y prêter attention, mais elle avait parfois du mal à supporter l'attitude de certains collègues ; comme si, contrairement à eux, elle avait dû démontrer chaque jour qu'elle méritait son poste.

Le travail l'absorbait entièrement. À trente-deux ans, elle avait une carrière assurée, un brillant avenir dans la police et aucune charge de famille. Ni de vie amoureuse – dont elle se passait d'ailleurs fort bien. Pas de stabilité affective signifiait une grande stabilité émotionnelle, et cela lui convenait. Une vie entièrement centrée sur le travail et parfaitement satisfaisante.

Elle chercha le sommeil, résolue à lâcher le lendemain matin cette affaire qui, comme le disait Falcone, ne méritait sans doute pas son attention.

Mais quelque chose la tourmentait, qui vint frapper à la porte durant la nuit.

Elle rêva de Fosco. Un rêve confus. Il criait qu'il était un lâche parce qu'il avait laissé mourir l'autre enfant. Il criait que l'homme aux cheveux blancs n'en avait pas terminé avec lui et qu'il était à sa recherche. Il criait qu'il avait peur et que Valentina ne l'avait pas cru.

Elle se réveilla avec l'écho de ces cris dans les oreilles. Et fut incapable de se rendormir.

7

L'inspectrice Blasi se présenta à l'hôtel le lendemain matin alors que Valentina et Zucca prenaient leur petit-déjeuner.

– Des nouvelles importantes, claironna-t-elle en pénétrant dans la salle à manger, attirant l'attention des autres clients. (Puis elle baissa d'un ton pour ajouter :) Nous avons localisé l'endroit où Fosco s'est réveillé et d'où il s'est échappé. On y va ?

Peu après, ils étaient sur la route étroite et sinueuse où l'on avait retrouvé l'enfant, et dont Angelo Zucca négociait à présent les virages avec témérité.

– C'est une grange, expliquait Roberta Blasi. Autour, il y a quelques bâtiments agricoles et les ruines d'une vieille ferme. Mais c'est la grange qu'a décrite Fosco.

– J'imagine qu'elle n'a pas été facile à trouver, observa Valentina.

– Une équipe de la brigade volante a ratissé la zone. Mais ils savaient déjà ce qu'ils cherchaient.

– Sans ton aide ?

Blasi parut un peu embarrassée.

– En effet, la directrice de la brigade est une amie... Je lui ai communiqué la description que nous a donnée Fosco et elle a tilté tout de suite. Elle connaissait un endroit de ce genre. C'est une fille douée.

Zucca lança à Valentina un regard entendu. *Je savais bien qu'elle était lesbienne, celle-là.* Elle lui aurait volontiers collé son poing sur le nez, mais il conduisait et ç'aurait été trop dangereux. Elle nota mentalement de penser à le faire plus tard.

– Mais il y a une autre nouveauté, encore plus importante et carrément étrange, reprit l'inspectrice depuis le siège arrière de la Subaru. Nous avons les résultats des analyses de Fosco. Le médecin était perplexe quand il nous les a communiqués.

– Pourquoi ?

– Il a trouvé des traces de benzodiazépine dans son sang – un pourcentage assez élevé. Pas d'éther, donc, mais un cocktail de psychotropes parmi les plus puissants : Restoril, Xanax, Valium, des choses comme ça. Sans doute administrés par inhalation... Le chloroforme n'aurait pas agi aussi rapidement.

L'inspectrice ne semblait pas troublée par la vitesse à laquelle Zucca négociait les virages. Valentina pour sa part éprouvait une légère nausée.

– Donc maintenant, résuma-t-elle, nous sommes certains que Fosco a été drogué. Et qu'il n'a rien inventé.

– Exactement.

Valentina comprenait l'enthousiasme de Blasi. Cette découverte confirmait tous ses soupçons.

– Pourtant, intervint Zucca qui ne faisait pas mine de ralentir, les yeux fixés sur la voiture qui les précédait, avec un pareil mélange médicamenteux, comment il a pu se réveiller aussi vite ? Il aurait dû dormir un sacré bout de temps !

– Nous devrons réexaminer les horaires, répondit Valentina. Le fait que le ravisseur ait laissé sa proie s'enfuir aussi facilement est vraiment incongru. Et à propos, pourquoi le médecin était-il perplexe ?

– Parce qu'il y a autre chose. Les benzodiazépines ont dû être administrées par inhalation, mais ce matin une infirmière plus attentive a trouvé la marque d'une piqûre à la base du cou de Fosco. Elle était presque invisible et personne ne s'en était aperçu. Ni Fosco ni sa mère n'ont le souvenir d'une quelconque piqûre juste avant sa disparition. Ce pourrait être la marque de l'injection d'une autre substance qu'ils ont trouvée dans son sang et ses urines, et dont le médecin ne s'explique pas la présence.

– De quoi s'agit-il ? demanda Valentina.

– Attends, je l'ai noté, c'est un nom difficile… Glu-ta-ral-déhyde. Du glutaraldéhyde à deux pour cent. Quelque chose d'inhabituel, en effet.

– Pourquoi ?

– C'est un produit qui sert à tuer les bactéries, une sorte de désinfectant. Un dérivé du formol, à ce que j'ai compris, plutôt dangereux s'il est ingéré. Administré à une concentration supérieure, il aurait été fatal à Fosco.

– Cela faisait peut-être partie du cocktail de narcotiques ?

– Absolument pas, ce n'est pas un psychotrope. Aucune action anesthésiante, selon le médecin.

Voilà. C'était une anomalie et donc un indice important. Enfin quelque chose de concret sur quoi s'appuyer. Pour se procurer ces substances, le ravisseur avait dû présenter des ordonnances. Un fait qui ne restreignait pas vraiment le champ des investigations, mais qu'il fallait prendre en compte. Peut-être travaillait-il dans le domaine médical ?

Tandis qu'ils roulaient en direction de cette nouvelle scène de crime, Valentina examina les options qui s'offraient à eux. Il semblait désormais établi que Fosco Agnelli avait été enlevé. Qui que soit son ravisseur, il avait un projet en tête. L'usage de ces substances donnait à penser qu'il ne voulait pas le tuer, du moins pas tout de suite. Mais où voulait-il l'emmener ? Et qu'en était-il du garçon nu et glacé à côté de lui ? S'il n'était pas le fruit de l'imagination de Fosco, les conclusions s'imposaient d'elles-mêmes. Mais un pédocriminel qui ne se contentait pas d'un enfant à la fois et était assez organisé pour orchestrer un double enlèvement était une hypothèse inquiétante.

Valentina réfléchit. Fosco avait dit qu'il était descendu de la fourgonnette et s'était retrouvé à l'intérieur d'un bâtiment qui pouvait être une étable ou un bâtiment agricole abandonné. Un vaste espace vide, avec un sol en terre battue. Peut-être la grange dont parlait Blasi. Le ravisseur s'était éloigné pour une raison encore inconnue, et Fosco en avait profité pour s'enfuir. Si les choses s'étaient bien passées ainsi, l'homme qui l'avait anesthésié devait être assez certain que les deux enfants n'allaient pas se réveiller. Mais de façon surprenante, Fosco était sorti du sommeil avant l'heure, et ce détail aussi méritait un sérieux examen.

À part ces questions, les déclarations de Fosco Agnelli, en considérant son âge et son état de choc, étaient précises et détaillées. Le seul point que Valentina trouvait encore difficile à accepter était la présence du second enfant, apparemment mort. La veille au soir, elle avait demandé un rapport sur les disparitions de mineurs dans des conditions similaires au cours des dernières semaines dans les environs, et la réponse avait été négative. Or, on ne peut pas dissimuler la disparition d'un mineur.

Et puis, il y avait ce fragment de papier trouvé dans la

main de l'enfant. Elle n'avait aucune idée de ce qu'il signifiait, mais s'il provenait de l'intérieur de la fourgonnette, on ne pouvait le négliger. Cette affaire était décidément plus complexe qu'un simple cas de pédocriminalité. Elle semblait en dissimuler une autre, plus vaste et plus obscure, et sans doute plus terrifiante.

Le problème à présent était d'éviter qu'elle soit sous-évaluée et classée. Les questions que Valentina se posait avaient besoin de réponses concrètes et surtout rapides, elle le savait. Et également d'un peu de courage. Face à un tableau aussi confus, bien des policiers de sa connaissance auraient refusé de se lancer dans une enquête approfondie.

Elle était déterminée à aller au bout de la question. Celui qui avait enlevé Fosco Agnelli était encore en liberté, et peut-être avait-il un autre enfant entre les mains.

– On est arrivés, lança Roberta Blasi, interrompant le fil de ses pensées.

La voiture tourna sur un chemin de terre à peine visible qui s'enfonçait dans les bois. Seul quelqu'un connaissant bien le secteur pouvait l'emprunter, se dit Valentina. Tout au fond, au-delà d'une masse de chênes verts et d'arbousiers, on apercevait la lumière bleue intermittente d'un véhicule de police.

8

Devant eux s'ouvrait une clairière où se dressaient deux bâtiments à l'abandon. Le premier devait être une grange. Sa porte grande ouverte laissait voir l'intérieur, totalement vide. À côté, une fontaine et les restes d'une construction en bois plus petite, peut-être une cabane à outils. Autrefois, tous ces bâtiments étaient rattachés à une ferme dont il ne subsistait que des gravats et des poutres noircies.

– Ce sont les ruines de cette maison qui nous ont mis sur la voie, dit Roberta, tandis que Zucca arrêtait la Subaru derrière la voiture de police. La description de Fosco était très précise. Sinon, vu la superficie de la Maremme, autant chercher une aiguille dans une botte de foin.

Valentina descendit, salua les agents d'un hochement de tête et s'approcha de l'entrée de la grange. C'était une de ces bâtisses en bois, naguère typiques de cette région, qui servaient à entreposer la paille et le foin ainsi que des instruments agricoles. Derrière, un petit bois de chênes, suivi d'une vaste zone de champs jadis cultivés et envahis à présent par les mauvaises herbes.

Roberta Blasi s'était documentée : l'endroit était dans cet état depuis au moins vingt ans. Il abritait autrefois une fabrique d'huile, gérée par des gens du coin qui cultivaient des tournesols. Un incendie avait détruit la ferme et une partie des bâtiments environnants, n'épargnant que la grange. Les propriétaires étaient âgés et leurs enfants avaient décidé d'abandonner cet endroit marqué par le malheur. Nul depuis n'avait tenté d'y reconstruire quoi que ce soit. Les habitants alentour avaient rapidement oublié la présence de ces quatre murs noircis, et quand ils s'en souvenaient, c'était pour raconter que l'endroit était infesté de fantômes. Personne ne venait traîner par là, pas même les toxicomanes. Trop loin du village, et entouré de trop de silence.

Oui, la cachette idéale. Le fait que cet homme l'ait repérée indiquait une préméditation et une longue planification.

Quand Valentina s'arrêta devant l'entrée de la grange, elle fut agressée par une terrible odeur de moisi. On ne distinguait aucun engin motorisé et rien ne laissait penser que le bâtiment eût jamais abrité auparavant une voiture ou un camion.

À première vue, pas grand-chose à inventorier. Tandis que l'équipe scientifique commençait à examiner et photographier les lieux centimètre par centimètre, Roberta Blasi s'approcha d'elle.

– Merci, dit-elle simplement.

Valentina lui sourit, sans savoir exactement ce qu'elle voulait dire, mais elle n'eut pas le temps de le lui demander, son téléphone vibra dans sa poche.

La voix de Falcone était tranchante, et avant même que son chef eût terminé sa phrase, Valentina sentit un frisson lui parcourir la nuque.

– Il y en a un autre, dit Falcone. Ils ont enlevé un autre enfant. Et en plus, ils nous ont laissé le mort.

DISPARU

9

Chaque fois que son fils restait à la maison pour les vacances, ou parce qu'il ne se sentait pas bien, écrire devenait une entreprise ardue. Pas à cause de l'enfant : Andrea était suffisamment autonome pour se débrouiller.

Le problème était dans la tête de Gianni Venturi qui, dès qu'il imaginait le petit tout seul dans sa chambre, devant la télé ou dans la cuisine, éprouvait un irrésistible besoin de s'assurer qu'il allait bien.

Quand il se mettait devant l'écran du Mac, il était assailli par l'angoisse ; et il se hâtait d'aller vérifier que son fils n'était pas en train de suffoquer en silence dans son lit, ou encore en proie à des pleurs muets et douloureux, incapable pour une raison quelconque d'appeler son père à l'aide. Dans ces moments-là, le temps que Gianni aurait dû consacrer à l'écriture lui semblait soustrait à ses devoirs de parent.

Cela tenait sans doute au fait qu'Andrea avait passé son enfance aux urgences de l'hôpital. À l'âge de cinq ans, on lui avait diagnostiqué une tétralogie de Fallot, une malformation génétique qui, si elle était traitée dès les premiers mois de la vie, avait un pronostic assez favorable. Mais chez lui, on l'avait découverte tard, après une série d'épisodes de cyanose qui par miracle n'avaient pas eu d'issue fatale. Les années suivantes avaient été marquées par des opérations chirurgicales et par une thérapie invasive et angoissante. Andrea semblait enfin tiré d'affaire, bien que la fragilité liée à sa maladie ait continué à empoisonner chaque instant de son existence, laissant ses parents dans les affres d'une peur sans fin.

Donc, quand Andrea n'allait pas à l'école et que sa femme était de service à l'hôpital, Gianni s'enlisait dans son écriture. Ce jour-là, le dernier chapitre de son roman semblait destiné à rester en suspens, et la page sur son écran restait obstinément blanche.

Andrea était à la maison à cause d'une grève des enseignants dont il avait informé son père la veille au soir sans dissimuler sa satisfaction. Il était presque neuf heures du matin, et Andrea était toujours au lit. Gianni était encore allé le voir cinq minutes plus tôt, profitant du luxe de le regarder dormir sans le déranger, ses cheveux noirs et bouclés formant comme une tache d'encre sur sa taie d'oreiller blanche, son bout de nez pointant sous le bord de la couverture, ses paupières fermées sur ses yeux magnifiques.

La sonnette le surprit. Gianni alla ouvrir, en se demandant qui venait le déranger à cette heure et en priant pour que le bruit n'ait pas réveillé son fils, sans cesser de ruminer sur cette page blanche qui l'attendait.

10

Cela s'était passé à Volterra, à une bonne centaine de kilomètres du village où habitait Fosco Agnelli, ce qui en soi suffisait peut-être à relier les deux événements. Quand Falcone l'en avait informée en lui ordonnant de s'y rendre sur-le-champ, la première pensée de Valentina avait été que l'enfant enlevé dans la ville étrusque était celui que Fosco avait vu dans la fourgonnette où il s'était réveillé.

« Il était mort, pas vrai ? »

Mais les heures ne concordaient pas. La disparition d'Andrea et l'assassinat de son père étaient survenus ce matin même, deux jours après la mésaventure de Fosco.

Durant le trajet les menant jusqu'à Volterra, à côté d'un Angelo Zucca plus silencieux que de coutume, Valentina ne cessa de consulter sur sa tablette toutes les informations que lui envoyait le SCO.

La victime s'appelait Gianni Venturi, elle avait quarante ans et, ironie du sort, c'était un auteur de romans policiers. Quelqu'un dans la matinée s'était présenté à sa porte et l'avait poignardé de cinq coups de couteau assénés avec férocité. Aucun signe de lutte. L'homme était mort instantanément dans l'entrée de sa maison. Sa femme, infirmière, était au travail. Son fils unique, Andrea, douze ans, resté à la maison à cause d'une grève des enseignants, avait disparu.

Douze ans. Comme Fosco. Après celle de son père, la photo d'Andrea se matérialisa sur l'écran 8 pouces, accompagnée d'une série de renseignements. Valentina observa le visage de l'enfant et appela aussitôt à Rome le collègue qui lui transmettait les documents.

– Vous vous êtes trompés. Vous m'avez renvoyé la photo de Fosco Agnelli. Vous avez dû confondre les deux dossiers.

– Les images que je t'ai envoyées sont celles d'Andrea Venturi, répondit son collègue d'un ton froid. Je te les ai expédiées au fur et à mesure qu'elles m'arrivaient du commissariat de Volterra.

Valentina reprit la photo. Des yeux et des cheveux noirs ;

des boucles fluides encadrant un visage joufflu à la peau claire. Des sourcils fournis.

Andrea Venturi, arraché à sa famille quelques heures plus tôt et dont on avait tué le père, était le sosie de Fosco Agnelli.

11

Depuis qu'elle était au SCO, Valentina n'avait eu que rarement l'occasion de mettre à l'épreuve ses capacités d'enquêtrice. Sa journée type commençait dans un bureau au quatrième étage de l'immeuble qui abritait la seconde division du Service central des opérations, via Tuscolana. Elle passait d'abord une heure à trier des rapports de police, des signalements issus des PJ locales, des communications du ministère, des mémorandums et des circulaires internes, puis une autre dans la salle de réunion du service pour le briefing avec ses collègues et le directeur. Débutait ensuite le travail proprement dit. Si elle avait dû l'expliquer à des étrangers, elle n'aurait pas très bien su par où commencer. « On résout des énigmes, avait dit un jour un collègue plus âgé. On dissèque et on analyse les enquêtes de terrain. On cherche les failles. On fait le tri entre les éléments fragiles et ceux qui sont plus solides. Puis on va trouver les enquêteurs sur le terrain et on coordonne tout ce petit monde. On leur suggère des pistes. Parfois, on intervient en personne. »

Concrètement, Valentina savait que le SCO avait pour vocation de mettre en pelote les nerfs des policiers impliqués dans diverses enquêtes afin d'obtenir plus vite de meilleurs résultats que ceux auxquels les flics locaux seraient parvenus tout seuls. La machine fonctionnait ainsi depuis des années, et elle avait fini par s'en accommoder.

Les enquêtes au sens strict, c'était autre chose. Elles se passaient dans les rues, au contact étroit des victimes, sur des trottoirs tachés de sang, dans des appartements où la violence s'était déchaînée. Les véritables enquêtes ne toléraient pas la bureaucratie. Elles étaient de la chair vive, de la sueur et de la passion. Cela faisait longtemps qu'elle n'y avait pas été confrontée.

Mais ce jour-là, cette affaire de disparition de deux enfants la poussait à s'impliquer directement. Trop vite, peut-être. Et elle se demandait si elle serait à la hauteur, si elle serait capable de garder la bonne distance.

Elle se trouvait devant un pavillon à un étage avec un jardin bien tenu et une allée qui filait droit de la petite grille vernie à la porte d'entrée. Sur les dalles de granit, le soleil couchant colorait de mordoré les traces de sang piétinées par le tueur ou des ambulanciers distraits. La porte, avec sa plaque en cuivre portant les noms Venturi-Sinagra, était grande ouverte. À l'intérieur, une obscurité opaque illuminée de temps à autre par les flashs de la Scientifique. Les policiers en combinaison blanche se mouvaient silencieusement : un homme était mort ici. Mais surtout, on y avait enlevé un enfant, dans des conditions qui ne laissaient guère d'espoir de le retrouver vivant.

Valentina s'était arrêtée à la limite de la scène avec Zucca, toujours aussi sombre. Lui aussi avait remarqué la ressemblance entre les deux enfants.

Derrière eux, une masse de curieux et de journalistes de la presse et de la télévision. La nouvelle s'était répandue à la vitesse de l'éclair. Des voitures encombraient la route, certaines avec leurs gyrophares allumés. Des lumières bleues pour tenter vainement de conjurer le sort.

La maison, assez isolée, se trouvait sur une petite rue à peine asphaltée, menant vers le nord aux collines qui dominaient le paysage, et vers l'est à la départementale sinueuse qui conduisait à Volterra, à moins de deux kilomètres de là. C'était la région appelée « la Zambra », ordinairement plongée dans l'ombre et le silence, quand la mort ne la réveillait pas de ses clameurs.

Une femme sortait à ce moment de la maison, accompagnée d'un homme corpulent à qui elle parlait à voix basse. Ils portaient tous deux une combinaison blanche frappée du sigle de la police, et ils évitèrent en passant la grande flaque de sang qui s'estompait dans l'obscurité.

Soudain le brouhaha monta d'un ton. Valentina saisit les mots d'un journaliste qui parlait à son public invisible :

– Nous voyons arriver à présent la commissaire Lucchesi en compagnie du juge…

Valentina fit un pas vers la femme en train de refermer la petite grille derrière elle.

– Siria Lucchesi ? Je suis Valentina Medici…

Lucchesi dirigeait la PJ de Pise, dont dépendait la région de Volterra. Elle était grande et maigre, avec des cheveux très courts grisonnant aux tempes, ce qui la vieillissait sans doute. En réalité, elle ne devait pas avoir plus de quarante ans.

– Oui, je t'attendais. Vous avez fait vite, à ce que je vois.

– Notre chauffeur a mis la gomme, dit Valentina en regardant Angelo, qui ébaucha un sourire. Et puis, nous étions déjà dans le coin.

Siria Lucchesi ne lui demanda pas pourquoi. Était-elle au courant de la disparition de Fosco Agnelli et avait-elle déjà associé les deux affaires ? Sans doute pas. Comment l'aurait-elle pu ? La ressemblance entre les deux enfants n'avait pas encore été divulguée.

– Bien, dit la femme. Et voici M. Giorgianni, le procureur de Pise.

L'homme serra la main de Valentina, puis celle de Zucca, resté un pas en arrière.

– Je suis heureux que le SCO s'intéresse avec tant de célérité à cette affaire, dit le magistrat. Je ne vous cache pas que je suis soucieux… Cela fait des années que l'on n'a pas vu un homicide aussi violent dans cette région. Et puis, il y a cet enfant qui a disparu de chez lui et que nous devons retrouver au plus vite…

– Le procureur ne veut pas que l'on parle de séquestration pour l'instant, expliqua Lucchesi. C'est prématuré et cela réveillerait les instincts morbides de la presse. En effet, l'enfant a pu s'éloigner de lui-même après l'assassinat de son père, peut-être parce qu'il était bouleversé. Nous ne pouvons encore exclure aucune hypothèse.

– Et nous ne voulons pas de pressions excessives avant d'y avoir compris quelque chose, ajouta le procureur d'un ton ferme.

Valentina hocha la tête. Elle comprenait la stratégie, mais elle lui semblait superflue. Il était vain de s'imaginer que le petit Venturi n'avait pas été emmené par l'assassin de son père. Certes, elle était influencée par l'affaire Agnelli, et elle évita de formuler son hypothèse, la réservant pour plus tard. Pour l'instant, elle voulait comprendre comment raisonnait la police locale. Comme toujours, il fallait étudier le fonctionnement des enquêteurs familiers du terrain avant d'intervenir avec prudence. Et Giorgianni lui donna l'impression d'un magistrat à l'ancienne, qui n'aimait pas les hypothèses non appuyées sur un million d'indices.

– Avance sur la pointe des pieds, lui avait ordonné Falcone au téléphone.

– Si cette affaire est liée à l'enlèvement de Fosco Agnelli, nous n'avons guère de temps à perdre, avait-elle objecté.

– Pour autant, ne te laisse pas aller à des associations hasardeuses. Et n'interviens pas avant d'avoir les idées claires.

C'était un ordre.

Le procureur salua les policiers, demanda un ajournement et disparut dans une voiture noire qui démarra sur les chapeaux de roues, suivie par la petite foule des journalistes.

Lucchesi observait Valentina avec une expression fermée. Il n'y avait pas à se tromper sur le message qu'elle lui envoyait : elle n'aurait guère de collaboration à attendre de ce côté-là.

– Qu'est-ce qu'on fait ? demanda Valentina, agacée par cet examen. Tu veux chercher un enfant qui a fugué de chez lui ou... ?

– Le procureur a ses idées, répondit froidement Siria Lucchesi. J'ai les miennes. Et au vu du massacre que l'assassin a effectué là-dedans...

– Eh bien ?

– Eh bien, nous recherchons le corps de l'enfant.

12

Pise et Volterra sont distantes de près de quatre-vingts kilomètres. Un chiffre énorme pour qui s'occupe de criminalité et de surveillance du territoire. Les paysages naturels qui entourent les deux villes sont très différents, plats et ondulés autour du chef-lieu, âpres et montueux au pied de la ville étrusque. À ses débuts, Valentina avait été nommée en Calabre, dans un cadre comparable. Elle avait entamé sa carrière en enquêtant sur une querelle familiale : des rancœurs sédimentées depuis des décennies qui avaient causé des morts. L'inspecteur qui l'avait guidée dans cette première affaire, remarquant son effroi, lui avait enseigné beaucoup de choses sur la nature humaine. La première était que la morphologie du territoire influence le caractère de ceux qui y vivent, et donc aussi leurs délits. Un bon enquêteur doit avant tout connaître l'environnement dans lequel il évolue.

Tandis que Zucca négociait les virages en épingle à cheveux qui allaient les conduire dans le centre historique de Volterra, Valentina se disait qu'au vu de la distance, il était vraisemblable que la glaciale directrice de la PJ n'ait guère mis les pieds plus de deux ou trois fois dans la petite ville. Auquel cas il faudrait s'appuyer sur la police locale qui vivait et travaillait sur ces routes, qui connaissait les gens du coin et leur caractère. Des policiers comme cet inspecteur de Calabre qui lui en avait plus appris que tous ses cours de formation. Elle ignorait toutefois qui dirigeait le commissariat. Volterra était une ville charmante, mais question carrière, c'était plutôt un trou. Valentina était certaine qu'il y avait à sa tête soit un jeune fonctionnaire dont c'était le premier poste, soit un type à deux doigts de la retraite.

C'est pourquoi elle resta stupéfaite quand elle fit la connaissance de Fabio Costa.

Le commissariat était situé piazza dei Priori, en plein centre-ville, dans un bâtiment du XIIIe siècle. Il faisait nuit quand ils arrivèrent devant la façade en pierre couleur terre-de-Sienne avec ses arcs en plein cintre, qui leur fit oublier un instant le motif de leur présence. S'il n'y avait pas eu les voitures qui envahissaient à présent la petite place médiévale, ils auraient pu penser avoir remonté le temps.

Le commissaire Fabio Costa les attendait sur le seuil de

la porte. Il était grand et maigre, avec des cheveux noirs et courts, et une barbe de quelques jours qui soulignait la ligne sombre de son regard. C'était d'abord à ses yeux que Valentina jugeait un homme. Sa première impression fut que ceux-là étaient indifférents à tout, mais qu'ils auraient été intéressants s'ils avaient été animés un tant soit peu de vie.

Siria Lucchesi, descendue de voiture avant eux, fit les présentations.

– Fabio Costa, qui dirige le commissariat de Volterra, dit-elle avec une note de froideur.

Valentina lui serra la main. Costa eut un sourire triste.

– Je ne peux pas dire que je sois heureux de votre présence, étant donné les circonstances, dit-il d'une agréable voix de basse. Mais je suis à votre disposition.

– Très bien, répliqua Lucchesi avant que Valentina ait pu répondre, alors trouve-nous une salle où organiser une réunion. Je dois rentrer à Pise le plus tôt possible.

Ces deux-là n'ont pas l'air de s'entendre, pensa Valentina pendant que Costa les faisait entrer dans le commissariat. Cela pouvait tenir simplement au fait que l'irruption de la PJ dans un bureau comme celui-ci brise toutes les règles de coexistence pacifique et somnolente, et que la plupart des commissaires n'aiment pas partager leurs enquêtes. Mais Fabio Costa ne semblait nullement irrité de la situation. C'était plutôt Siria Lucchesi qui le traitait avec une certaine suffisance. Un reste de vieux désaccords, à l'évidence, dont il était bon de prendre note.

Ils se retrouvèrent bientôt dans une salle pourvue d'un grand écran de télévision, d'un ordinateur et d'un tableau magnétique. Tous prirent place autour d'une vaste table ovale : Valentina avec Zucca, Siria Lucchesi et trois enquêteurs qui sortaient déjà leurs ordinateurs portables, Fabio

Costa accompagné d'un inspecteur en uniforme qu'il présenta comme son adjoint, Aldo Martini.

Siria Lucchesi lança un long regard à Costa, qui dit presque timidement :

– Si ça ne t'ennuie pas, nous voudrions participer nous aussi. Nous pourrions vous être utiles.

La femme laissa passer un silence avant d'acquiescer avec brusquerie.

Vinrent s'ajouter au groupe un homme et une femme en civil que Valentina avait déjà vus sur la scène de crime : l'équipe de la police scientifique. Ils savaient tous qu'ils disposaient de très peu de temps et leur anxiété était palpable.

Sans perdre un instant, d'autres collègues tentaient de leur côté de dénicher un indice permettant de faire démarrer l'enquête. Certains demandaient des écoutes et des relevés téléphoniques, d'autres rédigeaient les procès-verbaux des déclarations des voisins et recherchaient des témoins éventuels, d'autres encore étudiaient les images des caméras de surveillance et toutes les traces relevées sur les lieux du crime. L'urgence régnait. Un enfant avait disparu dans des circonstances terribles et le sauver était une priorité. La quête avait commencé, marquée par la peur de l'échec.

Siria Lucchesi parut avoir lu dans les pensées de Valentina quand elle entreprit d'exposer les faits.

– Avant toute chose, je vous informe que nous faisons tout notre possible pour retrouver Andrea Venturi, en prenant en compte tous les scénarios envisageables, de la séquestration à la fugue délibérée… Et jusqu'à l'homicide, hélas. Les recherches sont en cours, reprit-elle après une courte pause, avec l'aide de nos collègues de l'armée, de la police locale et de volontaires. Nous ratissons la zone entourant la maison d'où l'enfant a disparu, qui est peu accessible et pleine de cachettes potentielles.

Si le meurtrier l'a emmené avec lui pour couvrir sa fuite, on peut imaginer qu'il s'en est défait après s'être suffisamment éloigné. Nous fouillons donc les fermes abandonnées, les fossés, les torrents, le bord des routes. En outre, nous avons installé des barrages sur les axes principaux. Même si nous ne savons pas exactement quoi chercher…

– Un véhicule idoine, dit l'inspecteur Martini.

– Idoine pour… ? demanda Lucchesi.

– Eh bien, pour transporter un enfant enlevé.

– S'il a bien été enlevé. Et dans ce cas, autant dire n'importe quel utilitaire.

Elle se tourna vers ses collègues de la Scientifique, les invitant à prendre la parole. L'homme hocha la tête et ouvrit un grand carnet noir.

– Comme vous le savez, l'homicide a eu lieu entre huit heures ce matin et deux heures de l'après-midi, quand la femme de Venturi est rentrée chez elle et a découvert le corps de son mari. Plus probablement entre neuf et dix heures, selon le médecin légiste, mais il faudra attendre pour en avoir la certitude. Pour l'instant, nous pouvons exclure que ce soit l'enfant qui ait tué son père.

Le directeur de la Scientifique releva la tête de son carnet, comme pour répondre aux murmures.

– Je sais, dit-il, en les défiant du regard avec sa terrible logique. Mais c'est ou c'était une hypothèse à prendre en compte. Le légiste a été clair sur ce point, même s'il faudra l'autopsie pour lever le moindre doute.

Il n'y eut pas d'objection.

– Continuez, je vous en prie, dit Lucchesi.

– D'après l'examen externe, la victime a été frappée de cinq coups de couteau à la poitrine et à l'estomac, suivant une trajectoire du haut vers le bas, et avec une force peu compatible avec l'âge et la taille du fils. Il nous faut encore un peu de temps pour faire les projections, mais je peux d'ores et déjà affirmer que les modalités de cet homicide ont été particulièrement cruelles.

Il avait parlé sans reprendre son souffle, remarqua Valentina, comme pour se libérer au plus vite d'une vérité peu plaisante.

L'homme fit une pause, et pour la seconde fois leva les yeux de son calepin pour affronter leurs regards.

– Gianni Venturi n'a pas simplement été tué. Il a été massacré.

13

Sa dernière pensée avait sans doute été pour l'enfant. Au moment où Gianni Venturi recevait le premier coup de couteau qui traversait son sternum, envahissant sa trachée de sang et son esprit de terreur, Andrea était à la maison, et il dut avoir conscience qu'il ne pourrait plus jamais le protéger. Ou peut-être l'enfant était-il là, devant lui, en train de hurler.

Au premier coup, « conféré avec une force terrible à l'aide d'une lame d'au moins quinze centimètres de long et trois de large », répétait le directeur de la Scientifique, s'en étaient ajoutés quatre autres. L'un avait touché le cœur, qui avait été littéralement tranché en deux.

Selon les premières reconstitutions, le tueur avait ensuite enjambé le corps de sa victime sans craindre de marcher dans son sang, et avait pénétré dans la maison.

– Les empreintes du meurtrier, très nettes, se retrouvent à trois mètres du cadavre vers l'intérieur de la maison. Les taches relevées à cet endroit donnent à penser qu'il s'est arrêté quelques instants. Peut-être parce qu'il a entendu quelque chose ou qu'il a vu quelqu'un. Puis il est reparti dans l'autre sens, ce qu'indique une seconde série d'empreintes en direction de la sortie. Leurs formes laissent à penser qu'il courait.

– Des traces de l'enfant ? demanda Siria Lucchesi.

– Pas vraiment. Nous ne savons pas avec certitude où il se trouvait quand l'inconnu est entré. Mais s'il était dans son lit au premier étage, il a dû entendre quelque chose. Il est certain que le père a hurlé. Si l'enfant est descendu de lui-même et a été enlevé par l'assassin, celui-ci l'a pris dans ses bras, parce qu'il n'y a pas d'empreintes sur le carrelage. Vous devez savoir qu'il est impossible de traverser ce couloir sans marcher dans le sang. (L'homme tourna quelques pages de son carnet.) Il n'y a pas non plus de traces de lutte, ajouta-t-il. Andrea Venturi ne s'est pas débattu, ou l'homme était vraiment très fort. Ou encore, l'enfant, quand le père…

Il ne termina pas sa phrase.

– Ou encore, Andrea s'est enfui par un autre côté. Peut-être par une fenêtre du rez-de-chaussée, qu'il a atteinte pendant que l'assassin s'acharnait sur son père, observa l'un des enquêteurs.

– C'est possible, dit l'homme de la Scientifique, mais il ne semblait pas convaincu.

– S'il a pris l'enfant dans ses bras, les empreintes ne devraient-elles pas être plus marquées ? demanda Lucchesi.

– Ce n'est pas certain. Ça dépend de la robustesse de l'homme.

– Nous pouvons avoir son poids et sa taille ? demanda un autre policier qui notait chaque détail dans un carnet.

– Il chausse du 42 ou du 43. Il y a des traces de sang partout parce que le sujet a plongé son poing dans la poitrine de la victime. Nous devons étudier la trajectoire des projections sur les murs pour établir sa taille… Ça va prendre un peu de temps.

– S'il n'y a pas de traces de lutte, intervint Valentina, je voudrais vous inviter à considérer l'hypothèse que l'homme ait pu endormir Andrea avant de l'emmener.

– Nous n'avons aucun élément dans ce sens, répliqua Lucchesi. Cela tendrait à indiquer un acte prémédité.

– Vous croyez que ça ne l'est pas ? Qu'il ne s'agit pas d'un crime organisé ? insista Valentina.

– Et toi, qu'est-ce qui te le fait penser ? demanda Lucchesi avec une curiosité sincère. Tout cela me laisse l'impression d'un homicide brutal et chaotique. Je ne vois aucun signe d'organisation.

– Parce que je pense que l'objectif était l'enfant.

– Mais pourquoi, enfin ? répéta Lucchesi.

Valentina estima que le moment était venu de donner une direction précise à cette réunion.

– Je devrais peut-être éclaircir les raisons de ma présence ici, dit-elle.

Elle expliqua qu'elle se trouvait à Grosseto quand elle avait été informée de cet homicide, et elle leur en donna le motif. Elle décrivit l'histoire de Fosco Agnelli en insistant sur les substances que l'enfant avait absorbées, les psychotropes sans doute par inhalation et le glutaraldéhyde en piqûre.

– Il est possible qu'il s'agisse du même individu, conclut-elle. Un même sujet ayant pour objectif ces deux enfants, pour des raisons que nous ignorons. Et qui dans le cas de Volterra n'a tué que pour atteindre son but. La mort de Gianni Venturi serait alors un dégât collatéral – ce qui la rend encore plus terrible.

Et bien des salutations à Falcone et à ses conseils de prudence, pensa-t-elle.

Personne cependant ne réagit comme elle s'y attendait, au point qu'elle craignit de ne pas avoir été assez claire.

– J'en ai été informée, finit par dire Siria Lucchesi en regardant l'assistance. J'étais au courant de la disparition de l'autre enfant. Mais d'après le signalement que nous a donné Grosseto, il ne s'agissait pas d'une affaire d'enlèvement.

– Il y a eu des développements ces dernières heures, et...

– Je ne comprends pas.

C'était Costa qui venait de l'interrompre. Tout le monde se tourna vers lui, comme s'ils s'apercevaient à cet instant seulement de sa présence. Le ton de sa voix était neutre, mais ses yeux fixaient Valentina, qui se sentit curieusement embarrassée.

– Pourquoi ne nous donner ces informations que maintenant ? Ce sont des détails importants, il me semble, ajouta-t-il en se tournant vers Lucchesi.

– Ce n'est pas..., commença Lucchesi, mais Costa se tourna de nouveau vers Valentina.

Il ne paraissait pas hostile ; intéressé, simplement.

– Le glutaraldéhyde, par exemple. C'est un élément inhabituel. Si je ne m'abuse, c'est une substance utilisée en médecine légale lors des autopsies.

Valentina acquiesça, revigorée par l'intérêt de son collègue. L'irritation de Lucchesi ne lui échappait pas, mais Costa donnait l'impression d'être allé droit au but sans craindre les réactions qu'il pouvait susciter. Il était resté silencieux tout ce temps, et ses yeux à présent brillaient de curiosité. Elle résolut de tirer parti de cette alliance imprévue.

Elle tapota sur sa tablette pour rappeler les informations, puis releva les yeux sur lui.

– Ça n'a pas grand sens à première vue, n'est-ce pas ? J'ai demandé à Rome de vérifier si on a déjà trouvé cette substance sur des scènes de crimes. Pour l'instant, aucun résultat. Mais si nous arrivons à comprendre pourquoi on l'a injectée à Fosco, nous aurons fait un grand pas en avant.

Costa ne fit pas d'autres commentaires, mais il parut d'accord.

– Très bien, intervint à nouveau Lucchesi, cherchant à reprendre la direction des débats. Mais maintenant, revenons à notre affaire, s'il vous plaît. À part leur âge, je n'ai pas l'impression que ces deux enfants aient grand-chose en commun.

– Et pourtant, ils ont bien une chose en commun.

Valentina lui passa sa tablette affichant les photos que lui avait envoyées le SCO : les visages de Fosco Agnelli et d'Andrea Venturi côte à côte.

Siria Lucchesi observa les images avec attention sans changer d'expression. Puis elle les passa aux autres.

– Quand pensais-tu nous informer de cette ressemblance ? dit-elle, s'apercevant trop tard qu'elle posait la même question que Fabio Costa.

– Je vous en informe à présent, répondit Valentina. J'ai reçu la photo d'Andrea sur le trajet en venant ici. Je comprends que ce soit une surprise.

La tablette était revenue entre ses mains. Tous les visages exprimaient une certaine confusion. Seul Costa, après avoir examiné les images, l'avait scrutée d'un air interrogateur.

– Qu'est-ce que cela voudrait dire, selon toi ? reprit Lucchesi.

– Tu ne trouves pas que la ressemblance entre les deux est frappante ?

– Il y a une forte ressemblance en effet. Et alors ? Je ne vois pas le lien.

Valentina dissimula sa stupéfaction. C'était elle peut-être qui avait vu quelque chose qui n'existait pas ? Était-il possible que personne ne soit frappé par ces deux photos ?

– Tu ne le vois pas ?

– Oui, je vois bien que c'est curieux. Mais pourquoi enlever deux enfants qui se ressemblent ? Et s'il s'agissait simplement d'une coïncidence ? Tu ne peux pas l'exclure.

– Eh bien, ce lien est ténu pour l'instant mais on ne peut l'exclure.

Elle fit une pause, scrutant les visages de Fosco et d'Andrea. Les enfants ne regardaient pas directement l'objectif, mais semblaient concentrés sur un point situé derrière celui qui les avait immortalisés. On aurait pu croire un instant qu'ils fixaient le même horizon.

– En attendant de connaître le mobile du ravisseur, dit-elle les yeux rivés sur l'écran, cela reste un détail important. À moins de cent kilomètres d'ici, il y a deux jours, Fosco Agnelli a disparu de chez lui. Et c'est quasiment le sosie d'Andrea Venturi. Fosco, contrairement à Andrea, a réussi à rentrer chez lui et a décrit l'homme qui l'avait enlevé. En outre, il a déclaré qu'il y avait un autre garçon à côté de lui qui était déjà mort. Certes, ce ne pouvait pas être Andrea, mais il en a donné une description précise. Et ce que nous avons trouvé confirme son récit. En somme, j'ai l'impression que cela nous donne au moins du grain à moudre. (Elle releva les yeux sur l'assistance.) Qu'en pensez-vous ?

Il n'y eut pas de commentaires.

– Oui, ta théorie est intéressante, reprit Lucchesi dans le silence. Mais pour l'instant, ce n'est qu'une théorie. Le procureur nous a recommandé d'y aller sur la pointe des pieds, et je suis d'accord avec lui. Nous allons étudier toutes les possibilités et examiner toutes les coïncidences éventuelles, ça te va ?

Lucchesi suivait les directives du magistrat, c'était évident. Et elle ne s'écarterait pas aisément de ses instructions, à moins que l'on vienne lui démontrer que la voie la plus confortable n'est pas toujours la meilleure, surtout dans une enquête aussi complexe que celle-ci. Valentina croisa de nouveau le regard de Fabio Costa qui l'observait. Il semblait vouloir lui envoyer une sorte de message chiffré. Et surtout, il était visiblement le seul à accorder de l'importance à la ressemblance entre les deux enfants. « Ne l'écoute pas, semblait-il lui dire ; il ne s'agit en aucun cas d'une coïncidence. » Valentina résolut soudain de se taire et d'attendre une meilleure occasion. Sans oublier pour autant que le temps jouait contre eux.

14

Le coup de fil avec Rome fut bref, les questions de Falcone précises. Valentina l'informa des derniers développements, sans mentionner toutefois le fait que la ressemblance entre les deux enfants avait soulevé plus de doutes que de certitudes. Elle reconnut avoir besoin d'autres preuves, mais elle était certaine qu'il existait un lien entre les deux événements.

– Si tu as raison, dit Falcone, c'est un sacré bordel. Un ravisseur d'enfants en série et un homicide. Le cauchemar de tout policier.

Valentina s'efforça de contrôler le flux d'émotions qui l'envahissait. Elle ne sous-évaluait pas l'horreur qui se profilait, mais elle savait que sa raison de vivre était de découvrir et d'arrêter ce genre de types. C'était pour cela qu'elle était entrée dans la police et elle avait pour une fois l'occasion de démontrer ses talents.

Falcone finit par consentir à lui envoyer une première équipe. La disparition d'Andrea Venturi et le meurtre brutal de son père avaient monopolisé l'attention des médias, et l'on attendait la police au tournant. S'il n'avait pas fait tout son possible, Falcone aurait manqué à ses obligations. Or c'était un homme dur, mais correct.

– Ne lâche rien, Valentina. Faisons tout pour retrouver cet enfant.

Comme s'ils avaient le choix ! Valentina raccrocha et Costa apparut sur le seuil.

– Tout va bien ?

– Ça va. Il est tard, ajouta-t-elle après une pause. Si tu veux récupérer ton domaine, nous pouvons nous déplacer dans une autre salle.

Elle s'était installée dans le bureau de son collègue, qui l'avait invitée à y passer ses coups de fil. Lucchesi était retournée à Pise. Le reste du commissariat bruissait de l'activité des agents travaillant sur l'affaire.

Costa secoua la tête.

– Ils cherchent un enfant, là, dehors, dit-il. Je crois que je vais aller me joindre à eux.

– Bien sûr. Tu as raison.

Ils pouvaient bien mettre sur pied une formidable structure pour découvrir l'auteur de ce crime, la véritable urgence pour le moment n'était pas de rendre justice au malheureux Gianni Venturi, mais bien de retrouver son fils. Vivant si possible. Et Costa, étant à la tête du commissariat, était responsable des recherches.

Pourtant il ne bougea pas et continua à la fixer. Elle n'en

était pas gênée, mais il y avait quelque chose d'inexpressif dans ce regard qui l'interrogeait. Et elle aurait aimé savoir en outre pourquoi la directrice de la PJ de Pise le traitait avec une telle froideur.

Un agent entra dans le bureau et remit des papiers à Costa, qui les parcourut avant de les passer à Valentina.

C'étaient des photos prises dans la maison des Venturi. Beaucoup représentaient le petit Andrea. Sur chacune d'elles, la ressemblance avec Fosco Agnelli était évidente. On aurait pu prendre les deux enfants pour des frères, et même des jumeaux. Plus elle réfléchissait, et plus ce détail lui semblait inquiétant. Elle comprenait au fond la perplexité de ses collègues. Cette ressemblance était un lien entre les deux événements, mais quelle était sa signification ? Comment cette caractéristique avait-elle pu influencer un ravisseur éventuel ? De quoi s'agissait-il, d'une chasse aux petits sosies ?

Elle repassa les photos à Costa, qui l'étudiait avec la même expression énigmatique qu'elle avait déjà surprise pendant la réunion.

– Diffusons les meilleures, proposa-t-elle, et il acquiesça.

Angelo Zucca apparut sur le seuil à ce moment.

– Enfin un peu de lumière ! dit-il.

– Que veux-tu dire ?

L'agent entra avec un sourire curieux à l'adresse de Costa, qui le salua d'un hochement de tête.

– Je viens d'avoir Roberta... l'inspectrice Blasi, au téléphone. Une brave fille, au fond.

Valentina poussa un soupir. Parfois, Zucca était exaspérant avec ses petits sourires et ses blagues à deux balles. Il avait plus de cinquante ans, dont trente passés dans la police, et il s'était forgé au cours de ces années une carapace dont il était fier. Elle savait pourtant que ce masque de flic à l'ancienne dissimulait un cerveau qui fonctionnait très bien. Il l'avait tirée d'affaire plus d'une fois.

– Nous savons à présent pourquoi Fosco Agnelli a réussi à s'enfuir. Au moins, cela confirme tous ses dires.

– Explique-toi.

Zucca regarda les feuilles qu'il tenait à la main.

– La narcose aux benzodiazépines n'a pas pu avoir un plein effet. Il y a une semaine, Fosco a été opéré des amygdales, et on l'a réveillé de l'anesthésie avec du flumazénil. Un protocole de routine pour accélérer la reprise de conscience. Blasi en a parlé avec le médecin et elle a découvert que le flumazénil est un antagoniste des benzodiazépines. En clair, Fosco en avait encore suffisamment dans le corps pour contrecarrer en partie l'effet des narcotiques que ce salopard lui a administrés. Voilà pourquoi il s'est réveillé plus tôt que prévu.

– Et pourquoi il a surpris son ravisseur, compléta Valentina. Cela démontre que Fosco ne nous a pas menti. Il n'aurait jamais pu inventer un réveil anticipé…

Zucca acquiesça, heureux comme si le mérite de cette découverte lui revenait.

– Donc, notre homme a commis une erreur, remarqua Costa. Et s'il en a commis une…

– Il peut en commettre d'autres, conclut Valentina.

– C'est sur tous ces détails que tu dois enquêter, dit Costa.

– Bien sûr, je le sais, répliqua-t-elle.

Mais elle n'était pas certaine d'avoir compris ce qu'il voulait dire.

– Je parle sérieusement, insista-t-il, percevant sa perplexité. Tu devrais te concentrer sur les détails apparemment les plus négligeables, sur les coïncidences, sur les petites choses que tu aurais normalement tendance à minimiser. C'est dans ces replis que l'on retrouve souvent ceux qui tiennent à rester cachés…

Valentina l'observait. Il semblait sûr de son fait. Mais que pouvait bien en savoir un flic confiné au fond de ce commissariat de province ? Avait-il jamais participé à des enquêtes importantes ?

– Le glutaraldéhyde, ajouta-t-il. Outre que les deux enfants ont l'air de jumeaux, c'est ça le détail qui ne colle pas.

– En effet, acquiesça Valentina. Mais j'attends encore des réponses du SCO et pour l'instant on ne connaît pas de précédents.

– C'est un puissant désinfectant, réfléchit Costa à voix haute. On s'en sert dans les autopsies pour fixer des échantillons de tissus ou d'organes... (Il eut un sourire timide, comme s'il se réveillait soudain d'un songe.) Tu vas en découvrir la raison, j'en suis certain.

Il se leva et s'approcha de la porte. Zucca, qui avait suivi la conversation entre eux, se poussa de quelques centimètres.

– Je vais me joindre aux recherches, dit Costa en sortant.

– Mais demain, tu nous accompagneras chez la mère, d'accord ? demanda soudain Valentina.

Pendant la réunion, Lucchesi avait informé l'assistance que Maria Sinagra, la mère d'Andrea, avait été prise d'un malaise après avoir été interrogée par la police et admise à l'hôpital où elle travaillait comme infirmière. Ils avaient réussi à lui arracher quelques informations essentielles sur l'enfant, sur ses troubles cardiaques et sur ses éventuelles cachettes, au cas où sa disparition aurait été volontaire. Puis elle était tombée dans une sorte de catalepsie. Ils espéraient qu'elle pourrait leur fournir d'autres réponses le lendemain matin.

– Si tu crois que c'est utile..., dit Costa, qui parut surpris de l'invitation.

– Je le crois.

– Elle est encore sous strict contrôle médical, reprit-il. Les médecins diront si elle est en mesure de soutenir un interrogatoire.

– Il faut lui parler le plus tôt possible. Il n'y a pas de temps à perdre.

– Bien sûr. Demain matin très tôt. Ou même avant, si son état s'améliore.

Quand il fut sorti, Valentina lança un regard curieux à Zucca.

– Qu'y a-t-il ? demanda-t-il d'un air inquiet.

– Tu le connaissais déjà, pas vrai ?

– Qui ça ? Le commissaire Costa ?

Elle hocha la tête, les lèvres serrées.

– Je l'ai croisé quelques fois, reconnut Angelo en haussant les épaules. Il travaillait au SCO autrefois. Un bon policier. Et un excellent enquêteur. Le meilleur, même, à la réflexion.

Valentina sentait bien qu'il y avait autre chose.

– Mais… ? dit-elle.

– Mais il a une sale affaire sur le dos. Une très sale affaire.

15

Maria Sinagra avait été admise à l'hôpital Santa Maria Maddalena de Volterra, un petit édifice perdu dans la verdure. Elle occupait l'une des meilleures chambres, privilège concédé par la direction à un membre de son personnel, mais surtout à la victime d'une terrible tragédie. Encore en état de choc, elle était sous sédatifs, mais le médecin qui la suivait venait d'informer Costa qu'elle pouvait être interrogée. Il avait aussitôt averti les autres. Andrea Venturi avait disparu depuis moins de vingt-quatre heures, et l'interrogatoire de sa mère était une priorité.

Il faisait encore nuit lorsqu'ils traversèrent les couloirs reliant les différents pavillons, dont les grandes baies vitrées ouvraient sur un jardin. Les rares personnes qu'ils rencontrèrent leur lancèrent des regards hostiles. Valentina eut la sensation que la petite communauté hospitalière – médecins, infirmières, aides-soignantes – avait décidé de serrer les rangs autour de sa collègue pour la défendre de toute intrusion – et notamment de l'encombrante présence de la police.

Valentina et Siria Lucchesi étaient escortées d'un agent chargé d'enregistrer les déclarations de la femme sur son portable. Costa les avait accompagnés jusqu'à la chambre, mais il annonça qu'il attendrait dehors. Lucchesi acquiesça d'un air satisfait, ce qui n'échappa pas à Valentina.

Le médecin les fit entrer en leur recommandant de procéder avec prudence. Maria Sinagra était sous sédatifs, et il ne tolérerait pas de questions susceptibles de la bouleverser. Lucchesi le rassura avec un sourire qui ne trompait personne.

En franchissant le seuil, Valentina se tourna soudain vers Costa.

– Je voudrais que tu sois là aussi, dit-elle.

Sa collègue auprès d'elle se raidit, mais sans faire d'objection. Costa réfléchit un instant. Ses yeux gris se posèrent sur Valentina, puis sur l'intérieur de la chambre où Maria Sinagra les attendait, assise dans un fauteuil à côté d'une baie vitrée. Il finit par hocher la tête et les suivit à l'intérieur.

16

Maria Sinagra n'était plus qu'une ombre. Ses yeux étaient deux puits noirs aussi morts que ceux de son mari, allongé à cet instant sur une table de la morgue municipale, attendant qu'un médecin lui inflige de nouvelles blessures.

Quand elle les vit entrer, une lueur de la vie qui l'habitait encore la veille au matin se remit à briller. Un instant seulement, le temps de demander : « Andrea ? » et de lire dans les regards embarrassés des nouveaux arrivants la réponse à sa question. Non, Andrea n'était pas rentré à la maison. Et elle retomba dans sa torpeur grisâtre, éteignant toutes les lumières.

– Nous devons vous poser quelques questions, vous le comprenez, n'est-ce pas ? dit Siria Lucchesi avec une gentillesse qui ne lui était pas coutumière, en s'asseyant devant elle.

Maria Sinagra regarda la femme qui allait l'interroger, mais son regard semblait la transpercer. Elle voyait des choses qu'aucun d'eux ne pouvait partager.

– Des questions qui vous aideront à trouver Andrea ? demanda-t-elle d'un filet de voix.

– Et à rendre justice à Gianni.

– Justice ? Gianni est mort. Qu'est-ce que j'en ai à faire de la justice, à présent ?

Un sanglot sec la secoua. Elle n'avait plus de larmes, elle les avait toutes épuisées au cours de ces dernières heures. Au point que ses yeux étaient enfoncés dans ses orbites, humides de sang et de mucus. Et pourtant ils devaient être magnifiques – grands et noirs comme ceux de ce fils qui lui ressemblait tant.

– Mais vous voulez que nous retrouvions son assassin,

n'est-ce pas ? dit Lucchesi. Et puis bien sûr il y a Andrea. Nous devons le ramener à la maison auprès de vous, Maria. Et nous devons faire vite. Mais pour cela, il nous faut toute l'aide que vous pourrez nous donner.

– Je ne sais rien... Je ne sais pas pourquoi Gianni est mort ni pourquoi Andrea a été enlevé. Vous le trouverez, vraiment ? Vous me le promettez ?

Lucchesi tenta un nouveau sourire de compassion – avec moins de succès, cette fois.

– J'espère que oui, Maria. Je l'espère vraiment.

Les lèvres fissurées et exsangues de Maria Sinagra se serrèrent.

– Vous avez dit que vous pouviez le ramener à la maison. Où qu'il soit. Alors vous le ferez, vous me le rendrez ? Je dois lui dire qu'il n'a plus de papa.

– C'est pour cela que vous devez nous aider. Nous donner des détails, nous dire des choses que nous ne savons pas encore sur votre fils et votre mari.

– Des choses sur Gianni ? Quelles choses ?

Elle avait changé de ton.

– Ce qui vous vient à l'esprit. Gianni aimait Andrea, n'est-ce pas ?

– Mais quelle question ! Bien sûr qu'il l'aime. Comment pourrait-il ne pas l'aimer ? C'est... C'était son père. (Un masque tomba sur son visage. Plus aucune torpeur, à présent.) J'ai déjà dit hier soir tout ce que je savais, reprit-elle d'une voix tremblante. Alors, qu'est-ce que ça veut dire, ces questions, maintenant ? Ils l'ont tué, et je ne sais pas pourquoi. Je ne sais rien. Je les avais laissés ensemble, mais quand je suis revenue...

Elle se recroquevilla soudain, secouée par les sanglots, avec un gémissement sourd, semblable à celui d'un animal auquel on aurait arraché la langue. Comme si elle avait du mal à comprendre pourquoi cette douleur, cette souffrance atroce lui était infligée précisément à elle.

Siria Lucchesi leva les yeux sur Valentina comme pour lui demander son aide. Elle avait perdu l'assurance glacée qu'elle se plaisait à afficher.

Devant son désarroi, Valentina s'apprêtait à intervenir quand Costa, resté sur le seuil de la chambre comme pour souligner qu'il n'appartenait pas à l'enquête, dit d'une voix assez haute pour couvrir le gémissement de Maria :

– Ne pensez pas à ce que vous avez vu quand vous êtes rentrée à la maison. Pensez à Andrea et uniquement à lui.

La femme se tut. Sa plainte s'éteignit comme une flamme soudain privée d'oxygène. Ses yeux injectés de sang se fixèrent sur lui.

– Maria, votre fils est malin. Nous le savons, vous et moi. Mais pour pouvoir l'aider, nous devons faire vite.

Il s'approcha d'elle sans regarder Lucchesi pour lui en demander la permission, et Valentina vit alors en lui cette détermination sereine dont elle avait eu l'intuition et qui ne pouvait qu'être contagieuse. Maria Sinagra le fixa avec un air qui ressemblait à de l'espoir.

– On se connaît, dit Costa. Vous vous rappelez ?

Quelque chose passa dans le regard de la femme.

– Andrea et Luchetto… Vous êtes le commissaire Costa.

Maria semblait chercher un souvenir, un épisode qu'elle partageait avec ce policier à la barbe de trois jours, mais qui excluait tous les autres. Valentina encouragea silencieusement Costa à poursuivre : il avait su trouver le chemin du cœur de la mère d'Andrea.

– Où est mon enfant ? gémit la femme, qui pour la première

fois parut disposée à les écouter. Aidez-moi à retrouver mon enfant, je vous en supplie.

Costa ne chercha pas à lui mentir.

– Nous ne le savons pas encore, mais nous faisons tout notre possible, je vous le jure. Seulement, il faut que vous, vous nous aidiez.

– Mais comment pourrais-je vous aider, alors que je ne sais même pas pourquoi on a tué mon Gianni ? demanda Maria.

Costa se tourna vers Lucchesi, qui finit par hocher la tête. « Vas-y, continue. Ça marche. »

– Celui qui a emmené Andrea ne l'a pas fait sur une impulsion, expliqua-t-il en se retournant vers la mère. On ne se présente pas chez quelqu'un à qui on a l'intention de faire du mal sans préparation. Il n'y avait rien d'improvisé là-dedans, Maria. Celui qui a fait ça savait quand et comment frapper votre famille. Il savait qu'Andrea n'était pas à l'école. Il savait que Gianni était à la maison avec lui et que vous n'y étiez pas. Celui qui a tué votre mari vous connaît, Maria, il vous connaît bien… Il vous a observés. Peut-être depuis longtemps.

– Celui qui a fait ça à Gianni voulait seulement arriver jusqu'à mon fils… C'est ça que vous êtes en train de me dire ?

Lucchesi s'agita sur sa chaise, mais Costa l'ignora. Valentina se dit que désormais il fallait être sincère avec Maria Sinagra. Mentir n'aurait servi à rien.

– Nous pensons que oui, finit par dire Costa.

Une nouvelle horreur apparut dans les yeux de la femme, qui ouvrit la bouche pour dire quelque chose. Mais Costa ne lui en laissa pas le temps.

– Ça a dû se passer comme ça, Maria. Cet inconnu vous a surveillés, peut-être pendant des jours. Je pense qu'il a vu Andrea quelque part et a décidé de l'enlever. Il a dû trouver le moyen et le moment adéquats. Il s'est mis à vous suivre, à vous étudier. Mais il ne pouvait pas savoir à quel point vous êtes une mère attentive… Vous vous rappelez quand on s'est connus ? Vous avez bien vu qu'Andrea souffrait, même s'il ne l'avait jamais dit. Vous avez su remarquer ces détails que vous m'avez rapportés par la suite. Maintenant vous devez faire la même chose. Donc, je vous repose la question : Est-ce que vous avez remarqué quelque chose de bizarre ? Hier, ou ces derniers jours, ou ces dernières semaines ?

Pendant qu'il parlait, Valentina admirait sa capacité à ne pas perdre le contact avec cette femme. Le ton de sa voix était rassurant, alors même qu'il disait des choses qui auraient terrorisé n'importe qui. En effet, le visage de Maria Sinagra était contracté par cet effort de mémoire. Elle était plus concentrée qu'effrayée, et c'était précisément ce que voulait Costa : lui donner un motif pour mettre un instant le désespoir de côté et les aider à sauver son fils.

– Rien ne me vient à l'esprit…, murmura-t-elle. Nous n'avons jamais fait de mal à personne. Gianni écrivait ses livres, moi je travaillais à l'hôpital. Et Andrea n'est qu'un enfant. Il a eu des problèmes de santé, mais il les a surmontés…

– Il avait des contrôles médicaux réguliers ? Vous l'emmeniez où ? À l'hôpital de Pise ? C'est peut-être là que quelqu'un s'est intéressé à vous, à votre histoire.

– Non, je ne crois pas. Les médecins et les infirmières ont toujours été très disponibles…

Sa voix se remit à trembler dangereusement.

– Un visage, suggéra Costa, élevant la voix pour conserver son attention. Un visage que vous ne connaissez pas. Quelqu'un devant la maison. Devant l'école. Une rencontre de hasard. Quelque chose, Maria. Même si ça vous semble dépourvu d'intérêt.

– Si quelqu'un nous avait suivis, je l'aurais remarqué.

– Et Andrea ne vous a jamais rien dit ? Il ne s'est jamais plaint de quelqu'un qui l'aurait abordé ? Ou au contraire, n'y a-t-il pas quelqu'un dont il aurait parlé avec enthousiasme ? Un nouvel ami, un compagnon de jeu...

– Il n'a pas beaucoup d'amis. La voix de Maria s'étrangla dans sa gorge. Mais... (Son visage s'illumina.) Attendez. Oui, il y avait... Il y a eu quelqu'un, je m'en souviens à présent, murmura-t-elle. Mais ça me semblait si peu important. Une sensation plus qu'autre chose.

Tous se penchèrent instinctivement vers elle, sauf Costa qui resta calme, immobile, détendu même. Comme s'il s'y attendait dès le début.

– Un homme, dit Maria Sinagra. Un type bizarre. Jeune, je ne saurais pas dire son âge, mais en tout cas pas vieux. Et pourtant, il avait des cheveux très blancs. Ils semblaient teints, tellement ils étaient blancs. Et très longs. Il nous regardait. Il regardait Andrea.

17

L'aube avait été chassée par le jour, qui s'annonçait particulièrement limpide. La chambre de Maria Sinagra était inondée d'une lumière presque aveuglante, mais qui ne réchauffait pas. Ce rayon de soleil, qui aurait dû être agréable, était seulement le signe que le temps passait. Et que s'éloignait, heure après heure, l'espoir de retrouver Andrea.

Sa mère déroulait à présent ses souvenirs – les plus précieux pour eux, et pour elle les plus cruels.

– Je ne l'avais pas remarqué au début, dit-elle, les paupières baissées comme pour s'aider à retourner à ce moment. C'est Andrea qui me l'a montré. Il était curieux. Il m'a dit qu'il n'avait jamais vu des cheveux aussi blancs. Ils étaient attachés en une queue-de-cheval. Je l'ai grondé parce qu'il le montrait du doigt et que je lui ai toujours appris à ne pas le faire. Mais à ce moment, je l'ai vu moi aussi, et il m'a frappée. Il était étrange. Pas effrayant… Mais avec un aspect inhabituel…

– Où ça, Maria ? demanda Lucchesi, se risquant à interrompre le flux des souvenirs.

Mais Maria répondit aussitôt, tout en gardant les yeux clos :

– Où nous étions ? Vous voyez la coopérative de Val di Cecina ? Andrea aime beaucoup y faire les courses avec moi. Du moins, il me semble. Il a toujours la tête dans les nuages. Parfois, je me dis qu'il pourrait facilement se perdre…

– Parlez-nous de cet homme, dit doucement Costa, la ramenant à l'essentiel.

– Oui, excusez-moi… Il ne me regardait pas, mais j'ai eu l'impression qu'il l'avait fait quelques secondes plus tôt. Vous savez, comme quand on se retourne d'un coup et qu'on croit voir quelqu'un interrompre brusquement ce qu'il était en train de faire. L'homme aux cheveux blancs était devant les surgelés, il avait un panier vide, et nous on était de l'autre côté des congélateurs. Je l'ai observé un peu mais il n'a pas bougé, occupé à examiner un produit avec beaucoup d'attention. Ou peut-être qu'il ne voulait pas que je comprenne qu'il nous regardait. Après, on s'est éloignés. Je ne m'en serais peut-être pas souvenue si je ne l'avais pas revu à la sortie sur le parking. J'étais en train de mettre les courses dans le coffre. Andrea me passait les sacs. J'ai levé la tête et j'ai vu qu'il nous fixait. Quand j'ai croisé son regard, il a baissé les yeux. Puis il est monté dans une fourgonnette de couleur sombre, verte je crois, sale et en mauvais état. Il a démarré et il est parti. Je n'y ai plus pensé depuis. Ça ne me semblait pas important.

– La moindre chose peut avoir son importance, dit Costa.

– Vous ne vous rappelez rien d'autre ? demanda Valentina, qui craignait de perdre d'un instant à l'autre le contact avec la partie rationnelle de Maria Sinagra.

– Si, répondit la femme en la regardant. Je me rappelle qu'il souriait. Ou du moins c'est l'impression qu'il m'a donnée. Il n'arrêtait pas de sourire… Il avait les coins de la bouche remontés vers le haut.

Une pensée dut lui traverser l'esprit, parce que ses pupilles sombres s'élargirent au point que le blanc de ses yeux disparut, absorbé par tout ce noir.

– C'est lui, l'homme qui a pris mon enfant et qui a tué Gianni ? demanda-t-elle d'une voix brisée. (Elle porta à sa bouche une main tremblante.) C'est ça, n'est-ce pas ? C'est *lui* ?

18

Ils quittèrent l'hôpital en milieu de matinée. Siria Lucchesi n'ajouta aucun commentaire. Malgré les résultats obtenus, son attitude à l'égard de Costa semblait inchangée. Elle s'éloigna la première en murmurant une excuse, accompagnée de son agent.

Valentina, Costa et Zucca s'arrêtèrent pour parler brièvement au médecin qui s'occupait de Maria. Celle-ci allait bientôt quitter l'hôpital, mais il ne savait pas où elle irait. Il n'était pas conseillé qu'elle rentre chez elle, et de toute façon le pavillon était encore sous scellés.

Tandis que Costa donnait quelques instructions, Valentina et Zucca rejoignirent la Subaru. En attendant son collègue, elle ne put s'empêcher de penser à ce qui venait de se produire dans la chambre de Maria. Costa s'était vraiment montré habile, confirmant qu'il était un bon policier. Et il ne se donnait pas de grands airs, ce qui ne gâtait rien. Pourtant, Lucchesi le traitait comme un pestiféré. Et Angelo Zucca avait fait allusion à une sale affaire le concernant à l'époque où il travaillait au SCO. Quand cela s'était-il passé ? Bien avant qu'elle y arrive elle-même, puisqu'elle n'en avait jamais entendu parler. Et que s'était-il donc passé de si terrible ?

– Dis-moi ce que tu sais sur lui, dit-elle soudain, les yeux fixés sur l'entrée de l'hôpital.

Zucca se mit à rire.

– Qu'est-ce qui vous arrive ? Vous êtes amoureuse ?

Elle lui jeta un regard glacé.

– Je travaille avec un collègue dont je ne sais rien, mais dont tu me dis qu'il a un passé compliqué. Je pourrais avoir des précisions, ou pas ?

– Je ne sais pas… Vous me mettez dans l'embarras.

– Mais pourquoi ? Costa n'est plus au SCO. Toi et moi on y est, en revanche. Je dois savoir de quel bois il se chauffe.

Zucca reprit tout son sérieux.

– Écoutez, la vérité c'est que c'est une affaire trop délicate et que je ne veux médire de personne. Après, ça me retomberait dessus. Je le connaissais quand il était à Rome, mais je n'ai jamais travaillé avec lui. On disait qu'il était doué. C'est tout. Et quand il est tombé en disgrâce, j'étais en mission en Sicile. Donc, je ne sais pas exactement ce qui s'est passé. Et franchement, ça m'est égal. Mais je ne pourrais vous rapporter que des ragots, et ça ne me paraît pas juste.

Demandez à Lucchesi. Ou au directeur. Ça vaut beaucoup mieux, croyez-moi.

Valentina se demanda si elle devait insister. Puis Costa les rejoignit et elle remit à plus tard le moment d'extorquer à Zucca d'autres informations.

Dans la voiture, Costa, assis à l'arrière, resta silencieux. Il regardait par la vitre un paysage qu'il devait connaître par cœur, et Valentina avait l'impression de voir fonctionner ses méninges. Elle décida d'interrompre ses ruminations.

– C'était quoi cette histoire entre toi et la mère d'Andrea ? demanda-t-elle en se retournant vers lui. En tout cas, tu as bien su l'utiliser.

– Une bêtise, dit-il en haussant les épaules. Des choses qui arrivent dans des petites villes comme celle-ci.

Valentina se mit à rire.

– C'est quoi, un dossier confidentiel ? Tu ne peux rien révéler parce que tu briserais un secret d'État ?

– C'est une petite histoire de rien, je t'assure. Tu veux vraiment que je t'en parle ?

– Oui, dit-elle.

C'était arrivé l'année précédente. Maria Sinagra était entrée au commissariat comme une furie en disant que son fils était harcelé par un camarade d'école, Luca Adinolfi, dit « Luchetto ». Comme il arrive souvent dans les petits bourgs, personne ne l'avait arrêtée à l'entrée, et elle avait atterri directement dans le bureau de Costa. Il avait tenté de lui expliquer que les problèmes de harcèlement entre enfants de moins de quatorze ans, mieux valait les résoudre entre enseignants et parents, et que dans ce genre de cas une intervention de la police risquait surtout d'aggraver les choses.

– Mais la mère d'Andrea n'a rien lâché. Tu as vu comment elle est, non ? Je ne mentais pas quand j'ai dit que c'était une mère attentive. Maria est une femme simple dotée d'un caractère fort et d'une détermination de fer. Pour elle, les choses sont justes ou elles ne le sont pas. Et c'est à nous de les régler quand c'est nécessaire. Dans l'histoire du harceleur de la classe d'Andrea, c'est elle qui nous a harcelés.

– C'était si grave que ça ? demanda Valentina, qui savait par expérience professionnelle que le harcèlement était fatal pour certains enfants, surtout quand les parents n'avaient pas conscience de ce qui se passait à l'école.

– Peut-être pas, dit Costa. Mais ça pouvait devenir un problème sérieux. Gianni Venturi s'était rendu chez les parents du jeune tyran pour tenter de régler le problème. Mais au lieu de comprendre et de l'aider, le père de Luchetto, un certain Tommaso Adinolfi, l'avait maltraité. Le pauvre Gianni était rentré chez lui humilié, surtout aux yeux de son fils qu'il adorait. Voilà pourquoi Maria demandait l'intervention de la police.

Valentina comprit. Ce genre de cas n'est pas rare dans la carrière des policiers, et il n'existe malheureusement pas d'outils efficaces face à l'arrogance et l'imbécillité humaines. Et il n'y a pas non plus tant de policiers disposés à se compromettre pour une dispute familiale. Maria Sinagra voulait que son fils puisse grandir et devenir adulte dans une société qui défend les faibles et châtie les méchants. Mais elle ne savait pas comment faire. Elle avait peur non pas tant de l'abus en soi que de la terrible leçon de vie qu'Andrea en aurait tirée.

– Et toi, tu as fait quoi, finalement ?

– Qu'est-ce que je pouvais faire ? Je suis allé parler à Tommaso Adinolfi.

La voiture prit le dernier virage qui allait les conduire devant le commissariat. Costa se tut.

Valentina se retourna complètement vers lui et le regarda dans les yeux.

– Et alors ? demanda-t-elle avec une pointe d'exaspération.

– Alors quoi ?

– Tu as fait quoi ? Tu lui as dit quoi, à cet Adinolfi ?

Une lueur d'acier traversa le regard de Costa. Un instant, Valentina le trouva inquiétant.

– J'ai fait ce que je devais, finit-il par dire. Je lui ai parlé et j'ai résolu le problème. Le lendemain, j'ai appris que Luchetto était allé chez Andrea pour lui demander pardon. Il lui a même offert son goûter. Il n'y a pas eu d'autres épisodes de harcèlement.

Valentina continua à le fixer. Elle s'apprêtait à lui demander ce qu'il avait fait pour convaincre le père du harceleur d'intervenir, quand elle le vit changer d'expression.

– On dirait que les choses deviennent sérieuses, dit-il.

Elle tourna la tête vers l'immeuble du commissariat, et comprit aussitôt ce qu'il voulait dire.

19

Le commissariat avait complètement changé d'aspect. À la somnolence qui y régnait d'habitude s'étaient substitués le chaos et l'énergie des enquêtes. Les renforts promis par Falcone étaient arrivés. Pas seulement des agents du SCO, mais aussi ceux de la police scientifique et ceux du service Analyse criminelle. En bref, la crème des experts.

La piazza dei Priori était occupée à présent par une horde de véhicules qui brisaient son charme antique. Outre les cars des chaînes de télévision, il y avait beaucoup plus de voitures de police et deux gros fourgons : l'un anonyme, trahi cependant par une paire d'étranges antennes, et l'autre portant le symbole blanc et bleu de la Scientifique.

À l'intérieur, on sentait qu'une machine complexe s'était mise en route, où chaque agent commençait à trouver son rôle.

Quand Costa fit son entrée, son bras droit, l'inspecteur Aldo Martini, s'avança vers lui.

– De bonnes nouvelles, chef.

D'un signe du menton, Costa lui désigna Valentina à son côté.

Martini la regarda et changea le destinataire de son message sans bouger un cil.

– Nous avons peut-être identifié le véhicule dans lequel l'enfant a été séquestré.

C'était un fait acquis pour tout le monde, désormais : Andrea Venturi avait été enlevé. Toutes les autres hypothèses avaient été abandonnées.

Il leur montra quelques clichés flous extraits d'un système de surveillance.

– Malheureusement, on ne voit pas le numéro d'immatriculation, poursuivit-il, mais on ne désespère pas. On est en train de passer au crible toutes les caméras. Seulement, elles sont dispersées sur un territoire très vaste, et comme nous ne savons pas quel itinéraire a emprunté le meurtrier, la recherche est assez complexe. Mais nous sommes presque sûrs qu'il s'agit de ce véhicule…

On voyait une fourgonnette verte, d'un modèle ancien, sur l'une des routes de la région. Le visage du conducteur n'était qu'une vague forme blanche.

– L'horaire et la direction sont compatibles avec l'homicide. Le cliché a été repris sous divers angles, mais c'est celui-ci le meilleur. Nous avons comparé les images avec une série de modèles : il semble qu'il s'agisse d'un utilitaire Volkswagen

California plutôt ancien, avec une portière à l'arrière et sans vitres latérales.

– C'est un véhicule inhabituel ? demanda Valentina.

– Pas vraiment, hélas. Il est vieux, mais il y en a encore beaucoup en circulation. On pense qu'il a pris la nationale 68 en direction de l'autoroute Sienne-Florence. C'est la route la plus rapide pour s'éloigner. En tout cas, nous avons fait passer l'information à tous les postes de police routière.

– Bien, dit Costa, tandis que Valentina continuait à regarder les photos en pensant que ça n'allait pas bien du tout.

Maria Sinagra avait décrit un homme aux cheveux blancs – comme celui dont avait parlé Fosco Agnelli.

Le ravisseur d'Andrea Venturi voyageait, semblait-il, à bord d'une fourgonnette verte. Le même véhicule décrit par Fosco.

Il était devant la maison… c'est drôle que tu ne l'aies pas vu, maman. Il était garé devant l'allée. Il était vert foncé.

Désormais, le lien entre les deux affaires était établi. Andrea Venturi et Fosco Agnelli avaient le même âge et se ressemblaient beaucoup. La description du suspect qui les avait enlevés était similaire : un homme jeune aux longs cheveux blancs attachés en queue-de-cheval. Dans un Volkswagen California vert. Aucun doute n'était plus permis. Un seul et même criminel allait à la chasse aux enfants dans cette partie du monde. Il les chargeait dans sa fourgonnette, les droguait… Et après ? Quel était son but ?

Costa observait Valentina avec une attention qui la gênait un peu, elle qui se vantait de garder sous contrôle la moindre de ses émotions. Pourquoi diable cet homme lui en imposait-il ?

– Ça va ? dit-il. Tu te sens bien ?

– Oui, mais allons dans ton bureau, j'ai besoin de réfléchir un moment.

Il continua à la fixer quelques secondes avant de s'effacer.

– Tu peux utiliser ce bureau tant que tu seras ici. Je vais m'installer dans la salle voisine qui est vide.

Elle secoua la tête.

– Ce n'est pas nécessaire. C'est ton poste de travail. Je peux m'installer avec les autres.

– Non, crois-moi. Installe-toi ici. Ce sont de bons policiers, mais ils ont besoin d'être guidés. C'est toi qui coordonnes l'enquête, à présent. Tu dois te poser dans ton rôle. Et ce bureau est parfait pour ça.

– En réalité, c'est Siria Lucchesi qui commande. Je ne suis ici que pour lui donner un coup de main.

Fabio Costa sourit une fois encore avec une chaleur contagieuse. Quand il se détendait, ce sourire illuminait son visage et le faisait paraître plus jeune – et d'autant plus séduisant, dut reconnaître Valentina à contrecœur.

– L'enquête resterait entre les mains de Siria Lucchesi et du parquet de Pise si l'affaire se limitait au meurtre de Venturi et à l'enlèvement de son fils, reprit Costa sur le ton de quelqu'un qui énonce une évidence. Mais désormais, nous savons qu'il s'agit d'une affaire plus vaste et complexe. Bientôt, il faudra une véritable coordination au niveau national…

Il s'assit, mais pas dans le fauteuil derrière le bureau. Il prit l'une des chaises destinées aux visiteurs, soulignant ainsi que c'était à elle désormais que revenait le poste de commandement.

Valentina hésita, puis se laissa tomber dans le fauteuil.

– Tu crois que Lucchesi va faire des histoires ? demanda-t-elle, saisie par cette pensée qui était pourtant le cadet de ses soucis.

Costa haussa les épaules.

– Cela peut ne pas lui plaire, mais elle n'est pas stupide. Elle sait que dans un cas de ce genre, il faut quelqu'un pour tout coordonner. On aura peut-être un problème avec le parquet, les magistrats ayant tendance à vouloir centraliser la gestion des enquêtes. L'homicide de Venturi reste dans la juridiction de Pise, mais je ne sais pas pour combien de temps encore. À la fin, l'affaire restera entre tes mains, Valentina.

Elle ouvrit la bouche pour protester, mais comprit aussitôt que ce serait en vain.

Elle espéra à ce moment que tout soit fini rapidement. Ou que quelqu'un arrive pour la délivrer de ce fardeau. N'importe qui. Elle n'était pas la personne qu'il fallait pour gérer cette enquête. Elle n'y arriverait jamais.

Reprends ton bureau, aurait-elle voulu dire à Costa. Je n'en ai pas besoin. Je ne peux pas m'occuper de cette affaire.

– Tu me donneras un coup de main ? demanda-t-elle à la place, d'une voix un peu tremblante.

Costa parut surpris de cette demande. Mais il en saisit l'inflexion désespérée.

– Tu n'as pas besoin de moi. Le SCO t'a envoyé tout un paquet de ressources…

– Je sais. Mais j'ai confiance en toi.

– Tu ne me connais même pas.

– C'est vrai, mais c'est comme ça, que veux-tu faire ?

Costa eut l'air perplexe.

– Qu'y a-t-il entre toi et Lucchesi ? demanda-t-elle abruptement.

Elle aurait voulu lui demander autre chose. Que s'était-il passé quand il était au SCO ? Pourquoi s'était-il terré dans ce trou ? Qui était-il réellement ?

Costa continua à la fixer sans répondre.

Aide-moi, l'implora-t-elle en silence. Et il parut vraiment lire dans son esprit – même si sa réponse ne lui plut pas.

– Je ne peux pas t’aider, finit-il par dire. Et tu vas très bien te débrouiller toute seule. Mais si ça t’est utile, nous pouvons réfléchir ensemble aux éléments que tu as en main.

À l’évidence, elle devrait s’en contenter.

– Qu’est-ce que j’ai en main ? demanda-t-elle.

– Réfléchis. En réalité, tu as déjà beaucoup de choses. La grande ressemblance entre les deux enfants est un indice fort, même s’il est perturbant. C’est un élément inhabituel qui peut certes nous mettre sur une fausse piste. Mais cela peut aussi représenter un tournant. Demandons-nous pourquoi diable quelqu’un irait enlever deux enfants aussi semblables. La séquestration de Fosco était peut-être une erreur, et le ravisseur s’est aperçu que c’était Andrea Venturi la véritable cible. Mais cela me paraît peu probable. Les deux enfants habitent loin l’un de l’autre, dans des villages et des environnements très différents. Difficile de les confondre, à part sur leur aspect physique. Non. C’est leur ressemblance qui compte pour notre homme, et c’est de là que nous devons partir. Que *tu* dois partir.

– Qu’est-ce qui te fait penser cela ? Il se peut que son objectif ait été exclusivement Fosco et Andrea. Il se peut qu’il ne veuille pas ou ne puisse pas recommencer ce qu’il a fait…

Costa la fixa, immobile comme une statue.

– Tu n’y crois pas vraiment, murmura-t-il. Et je n’y crois pas non plus. C’est un prédateur, Valentina. Quelle que soit sa motivation, il ne fait que commencer.

Oui. Elle le savait. Et c’était bien ce qui l’épouvantait.

20

La grande tache de sang avait pris une couleur d'ambre et commençait à se confondre avec le parquet. Dans l'obscurité totale, la vue pouvait être trompée, mais pas l'odorat. L'odeur du sang qui rancit dans une maison fermée contamine l'air lui-même. C'est comme un suaire huileux, fétide, qui se dépose sur la peau, s'insinue dans les narines et semble ne jamais vouloir disparaître.

Costa le savait bien, immobile dans l'entrée du pavillon désormais vide et silencieux. Il fermait les yeux en tentant d'imaginer l'aspect qu'avaient eu ce couloir et ces pièces quelques heures plus tôt : inondés de soleil, résonnant de la voix joyeuse d'un enfant et de la voix préoccupée d'un père. Tout ce quotidien serein qui avait été balayé en un instant.

Maria Sinagra était sortie de l'hôpital. Les médecins estimaient qu'elle n'avait plus besoin à présent que d'un soutien psychologique ; elle serait accueillie le soir même chez des parents qui habitaient hors de la ville. Elle aurait eu du mal à remettre un pied chez elle, où la police scientifique avait marqué la scène de crime de ses propres signes de guerre : des fiches numérotées, de la poudre blanche pour les empreintes, les restes d'un ruban blanc et rouge qui s'agitaient au vent. Comme en temps de peste, partout où passaient les hommes en blanc il restait un mémento : « Ici, la mort a fait son œuvre. Passez votre chemin ! »

Un avertissement qu'écoutaient la plupart des gens, pensait Costa, mais pas tous.

Il avait combattu chaque jour des créatures de cette espèce, jusqu'à ce que le destin l'oblige à se retirer dans un trou pour y lécher ses blessures.

Pourtant, il avait été délogé de sa tanière. Et il avait beau vouloir s'en écarter autant que possible, le mal qui était passé par là se rappelait à lui et l'entraînait dans son maelström.

Il rouvrit les yeux.

Il pouvait encore se sauver. Éviter de s'impliquer. Continuer à mijoter dans son antre, tournant en rond comme un chien qui s'installe pour la nuit.

Mais il était là. Sans véritable raison. Seulement pour découvrir si la vue et la puanteur du sang lui faisaient encore de l'effet.

Il enjamba les restes organiques de Gianni Venturi. Tenta de se laisser aller. De sentir ce qu'il y avait à sentir.

Cela faisait une trentaine d'heures qu'Andrea avait disparu. Ses hommes étaient encore dehors en train de le chercher sans trêve. Certains étaient allés prendre quelques instants de repos. D'autres fouillaient les archives. Ils étudiaient les listings des écoutes de toute la zone, compulsaient de vieux rapports relatifs à des cas semblables (mais y avait-il des cas semblables ?), contrôlaient des centaines d'heures d'images vidéo. Tout cela dans l'espoir de découvrir une trace, l'ombre d'un visage ou d'une voix.

Il avait convaincu Valentina Medici de rentrer à l'hôtel se reposer un peu, en lui promettant de l'appeler aussitôt s'il y avait du nouveau. Puis il avait été enfin seul. Le travail de routine du commissariat était bouclé. Rien ne le retenait, mais il n'arrivait pas à aller dormir. Il savait déjà que cette seconde nuit serait aussi une nuit blanche.

Il s'était donc procuré les clés de la maison des Venturi, encore sous scellés, et s'était rendu au pavillon isolé. En entrant, il lui avait semblé profaner un lieu sacré.

Il n'y avait aucune raison à cette exploration solitaire. Rien qui exigeait sa présence ici. Aucun sixième sens. Il éprouvait simplement le besoin de mesurer la densité du mal qui avait fauché cette famille en quelques instants. De comprendre. De retrouver le mode de raisonnement qui était le sien des années plus tôt, à l'époque où cette atmosphère était son pain quotidien, sa raison de vivre. De traquer le détail qui le mettrait sur la voie. Car certaines enquêtes sont particulières, et il faut autre chose que sa qualification professionnelle pour en venir à bout. Quelque chose qui annule tout le reste, annihilant votre propre vie, votre âme même. Une dévotion absolue. Un élan.

Où trouverait-il cela ?

Les sanglots secs de Maria Sinagra tandis qu'elle s'agrippait à lui.

Vous allez retrouver mon Andrea ? Je vous en prie, je vous en supplie…

Ce n'était plus son affaire. En outre, la voix de l'expérience lui disait qu'il n'y avait guère d'espoir pour le petit Andrea. L'individu qui avait accompli ce massacre n'était pas un simple ravisseur, ce n'était pas un malade obéissant à la pulsion d'abuser d'un enfant. C'était quelque chose de plus terrifiant, que Costa avait déjà entrevu dans sa carrière, en en payant toujours le prix.

Oui. Il y avait largement de quoi se détourner et reprendre sa routine. Retourner à sa niche.

Mais dans ce cas, que faisait-il ici ? Qu'était ce terrible besoin de venir renifler l'odeur du sang ?

Vous retrouverez mon enfant ?

Peut-être pas, pensa Costa.

Mais je peux faire quelque chose. Je peux arrêter de me

cacher. Du moins pour un moment. Je peux peut-être le retrouver, ce fameux élan.

Le hurlement de Gianni Venturi au moment de mourir le transperça. L'odeur du sang s'intensifia.

Il entendit l'appel de la chasse.

21

La sonnerie du téléphone la tira du cauchemar où elle se débattait et l'empêcha de se souvenir de son rêve. Il y avait encore les enfants bien sûr, mais aussi autre chose qui à présent lui échappait. Une présence oppressante.

Dans son portable, la voix de Falcone la réveilla complètement.

– Tu dormais ?

– Non. Oui. Je ne sais pas. Il est quelle heure ?

– Presque sept heures… C'est trop tôt pour toi ?

Son directeur se montrait ironique, mais pas hargneux. Il semblait même d'assez bonne humeur.

Valentina s'assit au bord du lit.

– Non. Excuse-moi, j'ai dormi trop longtemps.

Elle sentait dans sa bouche et derrière ses paupières le poids de la fatigue. Tout ce qu'elle avait à faire lui revint en mémoire, et elle se sentit coupable d'avoir accepté l'invitation de Costa à aller se reposer.

– Ne t'inquiète pas, dit Falcone. J'imagine combien tu es sous pression. N'oublie pas de lâcher prise de temps en temps…

Elle aurait voulu lui répondre qu'Andrea Venturi, où qu'il

puisse se trouver, n'avait pas cette option. Mais cela aurait été injuste pour Falcone, qui cherchait seulement à l'encourager.

– Du nouveau ? demanda-t-il.

– Rien encore, malheureusement.

– Bon, moi j'en ai pour toi. Sur la base des nouveaux éléments qui associent l'affaire Agnelli à l'affaire Venturi, nous avons revu certaines constatations. D'après ce que raconte ton Fosco, quand il s'est réveillé à l'intérieur du fourgon il a perçu la présence d'un garçon de son âge à côté de lui, peut-être mort. Cela semblait une invention assez hardie ou le fruit de l'anesthésie à laquelle il avait été soumis. Et nous sommes certains qu'il ne peut pas s'agir d'Andrea Venturi, qui alors était encore chez lui. En outre, tu sais que nous n'avons pas trouvé trace de disparition d'un garçon correspondant à cette description. Et si elle avait existé, l'enlèvement aurait dû s'effectuer dans les heures précédentes. Cela nous avait persuadés de la bizarrerie de ce détail, mais... un enfant a effectivement disparu le 14 octobre. Une vingtaine d'heures avant que Fosco subisse le même sort.

Valentina colla le portable contre son oreille pour ne pas perdre une miette des paroles de Falcone.

– On ne s'en était pas aperçus parce que la mère a attendu deux jours pour déclarer sa disparition. Cela s'est passé à Naples, au Parco Verde de Caivano, un secteur fortement criminogène. La femme croyait que son fils de onze ans, Salvatore Esposto, était parti avec son frère, un petit délinquant membre d'un gang local. Ce n'était pas le cas. En fait, personne ne s'est soucié de l'absence de cet enfant et la mère a fini par être obligée de signaler sa disparition. Elle a déclaré qu'il était descendu jouer dans la rue avec des copains et qu'il n'était pas rentré. Elle semblait plus inquiète de devoir s'adresser à la police que du sort de son fils.

Oui, Valentina connaissait ce genre de mentalité. C'était la même attitude qui pousse une communauté à encercler la voiture de la police en train d'arrêter le dealer du quartier, ou une femme de la mafia à renier son propre fils quand on lui apprend qu'il s'est décidé à collaborer avec la justice.

– À Naples, poursuivit Falcone, on a pensé que cette disparition pouvait être liée à un conflit entre familles de la Camorra. Mais les faits semblent être survenus l'après-midi précédant l'étrange enlèvement de Fosco. Trois jours avant le meurtre de Venturi et la disparition d'Andrea. Je trouve que ça fait beaucoup de coïncidences. Salvatore Esposto est peut-être l'enfant qu'a vu Fosco Agnelli. Nous avons ses photos. Je viens de te les envoyer.

Valentina saisit la tablette posée sur la table de nuit. Les images envoyées par Falcone apparurent sur l'écran. La déception qu'elle éprouva en les regardant lui fit comprendre combien son attente était absurde. Pensait-elle vraiment que le petit Salvatore était un troisième sosie ?

Le petit Napolitain avait de longs cheveux blonds et un visage joufflu. Il ne ressemblait en rien à Fosco ni à Andrea. Et la thèse d'un collectionneur de sosies s'en alla rejoindre les innombrables hypothèses farfelues qui surgissent fatalement au cours d'une enquête.

Il restait que la disparition de Salvatore Esposto confirmait au moins une partie du récit de Fosco.

– Tu devras lui montrer la photo de Salvatore, dit Falcone. Mais rappelle-toi que si ta théorie est la bonne, nous allons nous trouver face à un énorme problème. Ce type-là n'est pas un simple prédateur. C'est un ravisseur d'enfants qui se déplace à son aise entre Naples, la Toscane et Dieu sait où encore. Il ne s'en tient pas à une zone précise, et c'est en soi préoccupant. Il est capable d'enlever trois mineurs en l'espace de quelques jours sans se faire pincer, même si l'un d'eux a réussi à s'échapper. Enfin, c'est une bête féroce qui ne recule pas devant un meurtre pour atteindre son but. Lequel but, soit dit en passant, nous est totalement inconnu. En somme, un véritable bordel.

Il fit une pause. Puis il reprit dans un murmure, comme s'il redoutait d'entendre ses propres paroles :

– Valentina… Tu avais raison depuis le début. Je suis content que tu sois là-bas. Jette-toi dans cette affaire avec toutes les forces à notre disposition. Si on se trompe, c'est parfait. Mais si la moitié de ce que nous pensons est vraie, il n'y a pas une seconde à perdre. Nous avons un criminel en série qui vagabonde dans le pays en toute impunité. Il est organisé et sans scrupule. Il est rusé… (Il s'interrompit, avant de reprendre son ton habituel, mi-amical, mi-autoritaire.) En somme, commissaire Medici, il semble que cela soit une chance pour toi. Tu as carte blanche… Sous condition bien sûr de m'en référer à chaque étape. Et, Valentina, pour mettre les points sur les *i*… Pas de conneries, hein ? J'insiste, pas de conneries.

Non. Elle n'en ferait pas.

Elle sauta du lit et envisagea de prendre une douche rapide avant de retourner au travail. La sonnerie de son portable la surprit pour la seconde fois.

Elle ne reconnut pas tout de suite la voix au téléphone, mais le message était limpide.

– Ils l'ont trouvé… Et ils s'apprêtent à aller le chercher.

22

Valentina s'aperçut aussitôt que quelque chose avait changé. L'énergie des premières heures devait s'épuiser tôt ou tard, malgré l'implication des enquêteurs. Mais ce matin, elle semblait au contraire s'être renouvelée.

L'inspecteur Martini vint à sa rencontre et lui en expliqua la raison. C'était lui qui l'avait appelée quelques minutes plus tôt.

– On l'a peut-être trouvé, répéta-t-il. On est partis le chercher.

– C'est qui ? Et pourquoi n'en ai-je pas été informée plus tôt ?

L'inspecteur prit un air embarrassé.

– En fait, on vient tout juste de l'apprendre... La commissaire Lucchesi se rend en personne chez le suspect avec un équipage. Elle m'a dit de vous avertir et qu'elle vous téléphonerait pour vous donner tous les détails dès qu'ils l'auraient arrêté. Il s'appelle Guido Marchesi.

– Et qui diable est Guido Marchesi ?

Valentina était stupéfaite que les choses soient aussi avancées et que personne ne l'ait avertie.

– Ce n'est qu'un suspect.

C'était la voix de Fabio Costa dans son dos. Elle se retourna, prête à engager la bataille. Un regard de Costa la calma aussitôt. Il semblait considérer la réalité avec un désenchantement qu'elle lui envia un instant.

– Qu'est-ce que ça veut dire ? reprit-elle d'un ton agressif, en se promettant une fois encore de recueillir quelques informations supplémentaires à son propos. Elle poserait la question à Falcone, comme le lui avait suggéré Zucca.

Fabio la conduisit à un ordinateur affichant l'image d'un homme d'âge moyen dont les cheveux blancs encadraient un visage à l'expression impénétrable.

– Guido Marchesi. Il est médecin, mais il a été radié voici quelques années. Des antécédents de pédopornographie et une condamnation pour violences sexuelles sur mineurs. Il habite à Piombino, tout seul. Ce n'est pas loin de Grosseto ni de Volterra.

Valentina fixa ce visage anonyme. Des lèvres charnues. Des yeux vides, apparemment dépourvus d'intelligence. Il ne ressemblait pas un monstre ni à quelqu'un capable d'asséner cinq coups de couteau à un autre être humain. Mais elle savait que cela ne voulait rien dire.

– Comment êtes-vous arrivés jusqu'à lui ? Et qui l'a trouvé ?

– Les hommes de Siria ont croisé quelques données. Une éternelle histoire d'huile de coude, rien de faramineux. Des vieux rapports, des repris de justice installés dans le coin. On a sorti une dizaine de noms éparpillés sur toute la province. Ils sont en train de les vérifier un à un, mais il est tout de suite apparu comme le plus intéressant.

Costa s'affaira sur le clavier et ne tarda pas à trouver la fiche signalétique de Marchesi.

– Voilà. Casier judiciaire, milieu professionnel… Et autre chose aussi : il possède un vieux California. Nous ne connaissons pas encore sa couleur, mais c'est un élément important. Et puis, c'est un médecin. Anesthésiste, précisément. Et comme tu le sais, il y a ce détail du glutaraldéhyde…

– Oui. Donc, finalement, Lucchesi a suivi mes idées…

Cela lui semblait curieux et n'apaisait pas sa fureur. Pourtant, si ce Marchesi était l'homme qu'ils recherchaient, elle aurait dû s'en réjouir.

– Il semble bien. Mais il y a encore autre chose, dit Fabio.

La sonnerie du portable de Valentina les interrompit. C'était Siria Lucchesi. Elle répondit sans cesser de fixer son collègue.

– On vient de me parler de ce Marchesi, commença-t-elle d'un ton neutre. Tu aurais pu m'en avertir.

– On n'en a pas eu le temps. Quand ils m'ont passé l'info, j'ai préféré agir sur-le-champ. On est pressés non ? Andrea est peut-être encore vivant…

Siria Lucchesi était coutumière des coups bas. Mais peu importait. Ils éclairciraient plus tard la question de la direction de l'enquête. Au fond, sa collègue avait raison, pensa Valentina. C'était elle qui était partie dormir pendant que les autres s'agitaient. Elle ne pouvait pas lui en vouloir.

– On t'a dit que Marchesi connaissait bien Gianni Venturi et donc, peut-on supposer, son fils Andrea ?

Valentina se renfrogna. Fabio à l'évidence n'avait pas eu le temps de tout lui raconter.

– Comment ça ? demanda-t-elle.

– Ah, comme tu vois, il ne suffit pas d'avoir de l'empathie pour une mère désespérée pour résoudre une affaire ! Je crains que l'homme aux cheveux blancs dont a parlé Maria Sinagra n'ait rien à voir avec le meurtre et la disparition d'Andrea. Guido Marchesi était une connaissance de Gianni Venturi. Amis sur Facebook et peut-être aussi dans la vie réelle. Ils se sont parlé au téléphone il y a quelques mois. Sur les réseaux sociaux, ils partageaient la passion de la littérature. Marchesi aspire à être écrivain, et il semble être un fan des polars de Venturi.

– Facebook…, répéta Valentina, en pleine confusion.

– Oui. Nous avons vérifié. Gianni Venturi avait posté quelques photos de son fils à la fin d'une partie de basket. On y voit les enfants en sueur et ravis. Ce tas de merde de Marchesi a partagé ces photos. Et il les a aussi diffusées parmi les moins respectables de ses contacts… Mes hommes sont en train de vérifier. Il pourrait les avoir insérées sur un site porno spécialisé dans la pédophilie. On ne sait pas si Gianni Venturi était au courant, mais il faut approfondir ce point. En somme, il me semble que notre Marchesi mérite une certaine attention. Je suis en train de filer chez lui. J'ai obtenu un mandat de perquisition par téléphone. Tu es d'accord, n'est-ce pas ?

Valentina ne lui fit pas remarquer que si elle avait eu le temps d'obtenir un mandat du procureur, elle avait eu aussi le temps de lui passer un coup de fil. Elle fixa une fois encore la photo de Marchesi sur l'écran. Oui, cela semblait la meilleure option pour le moment. Et elle aurait été malvenue de s'en plaindre.

Et pourtant, elle se sentait curieusement découragée. Une grande partie de sa reconstitution, à commencer par l'histoire de la ressemblance entre les victimes, s'écroulait. Mais peu importait. L'essentiel était de retrouver au plus tôt le petit Andrea Venturi. Et si c'était Guido Marchesi qui l'avait enlevé, il fallait agir vite.

– Allez le chercher, dit-elle finalement. Fabio et moi vous attendons ici à Volterra.

Le silence, à l'autre bout du fil, fut éloquent. Valentina entendait en fond sonore le grésillement de la radio dans la voiture en marche.

– Valentina… À propos de la personne qui est avec toi en ce moment… (Lucchesi semblait plus prudente à présent.) Ils ne t'ont vraiment rien dit, au SCO ?

Fabio Costa continuait à fixer Valentina sans bouger un muscle. Comme s'il savait ce dont parlait Siria Lucchesi.

– Je ne comprends pas.

– Oui, je m'en doute. (Lucchesi eut un grand soupir.) Va voir sur WhatsApp, dit-elle finalement.

Et elle raccrocha.

Valentina fixa Fabio.

– Cela semble une piste prometteuse..., lança-t-elle.

Il hocha la tête. Mais son expression disait autre chose.

Le bip du message WhatsApp lui parvint comme le gong dans un match de boxe. Valentina sursauta.

– Excuse-moi, dit-elle avant de s'éloigner pour lire le message envoyé par Siria Lucchesi.

C'était un article de journal, vieux de neuf ans. Malgré la mauvaise qualité de la photo, on reconnaissait Fabio Costa. En uniforme, plus jeune, et sur le visage un grand sourire qui contredisait le titre de l'article : UN POLICIER MIS EN EXAMEN POUR VIOLENCES SEXUELLES.

Un violeur.

Fabio Costa avait violé l'une de ses collègues.

INCIPIT

23

Il n'avait pas l'air en effet d'un homme capable de tuer en assénant cinq coups de couteau dans la poitrine d'un malheureux – mais on ne pouvait jamais savoir.

Guido Marchesi était tassé sur sa chaise comme un chiffon imbibé d'eau – cette eau où étaient aussi noyés ses yeux clairs. Tout son corps gélatineux tremblotait devant eux.

– Je n'y suis pour rien, répétait-il pour la dixième fois. Je n'ai rien à voir avec ça !

– Mais avec quoi, fils de pute ? hurla le policier qui l'interrogeait. Avec quoi tu n'as rien à voir, hein ?

– Avec tout ce que vous pouvez avoir en tête ! Je ne fais de mal à personne, vous le savez. Je ne fais que regarder.

Il se recroquevilla sur sa chaise et se mit à pleurer.

– Tu me dégoûtes, dit le flic.

Deux caméras filmaient Marchesi dans la pièce où ils l'avaient installé. Valentina, Costa et Siria Lucchesi observaient la scène sur un écran en couleurs. Son avocat allait arriver, et entre-temps aucune déclaration de sa part ne serait reçue devant un tribunal. Mais ils n'en avaient cure. Ils voulaient seulement savoir où il avait caché Andrea et si l'enfant était encore en vie. Pour le découvrir, ils étaient disposés à mettre le turbo – voire, pour certains, à user de manières plus brusques.

Angelo Zucca avait demandé à Valentina la permission de mener cet interrogatoire informel. Ce qu'elle avait lu dans son regard l'avait incitée à refuser. Il valait mieux que son adjoint ne s'en mêle pas. Depuis que cette affaire avait commencé, elle l'avait vu plus d'une fois réprimer une explosion de fureur.

– Quand nous avons fait irruption chez lui, c'était comme le trouver avec le caleçon sur les chevilles, disait Siria Lucchesi sans quitter l'écran du regard. Il n'a même pas eu le temps d'éteindre l'ordinateur. Et ce qu'il était en train de regarder… Seigneur…

Depuis son retour, Lucchesi avait changé d'attitude. Elle semblait moins sûre d'elle, elle pinçait les lèvres encore plus fort, comme si elle souffrait d'une nausée permanente.

Guido Marchesi avait été surpris lors de ce qu'il appelait une de ses « sessions » sur le Net. En réalité, il était en pleine navigation sur des blogs et des sites où s'échangeait du matériel pédopornographique. C'était un miracle que l'un de ceux qui lui avaient passé les menottes et avaient jeté un œil sur son historique ne l'ait pas déjà assommé. Marchesi, bien conscient de ce fait, était resté tête basse pendant toute l'opération en se bornant à répéter en boucle : « Je n'y suis pour rien. »

Il n'avait plus dit un mot depuis son arrivée au commissariat. Assez intelligent pour savoir qu'il devait attendre son avocat, il se contentait de faire profil bas.

– La fourgonnette était dans son garage, poursuivit Lucchesi d'un ton neutre. La Scientifique est en train de l'examiner, mais pour l'instant elle n'a rien trouvé qui puisse nous être utile. Et d'ailleurs, on s'est trompés. C'est bien un Volkswagen, mais il est gris, pas vert, et ce n'est pas un California, mais un modèle plus récent. En tout cas, s'il a transporté l'enfant là-dedans, nous le découvrirons.

Valentina pensa au petit lit décrit par Fosco, au brancard sur lequel gisait l'autre garçon, aux photos qui tapissaient les parois de la fourgonnette. Il aurait été difficile de tout faire disparaître.

– Il persiste à dire qu'il n'y est pour rien, observa Costa. Quelqu'un lui a dit pourquoi nous sommes venus chez lui ?

– Bien sûr que non, répliqua Lucchesi d'un ton sec. Mais son bureau était recouvert d'articles sur l'homicide de Gianni Venturi et la disparition d'Andrea. Voyez vous-mêmes...

Elle sortit un Smartphone et lança une vidéo qu'elle avait tournée le matin même dans la maison de Marchesi. On devinait un appartement de célibataire, chaotique et négligé. Mais le matériel informatique que possédait le pédophile aurait eu de quoi rendre jaloux n'importe quel fondu d'Internet. Un écran géant haute définition, un processeur puissant, des enceintes haute-fidélité et un fauteuil ergonomique. La vidéo s'arrêta sur les coupures de journaux entassées dans un coin du bureau et sur les sièges. Certaines avaient été extraites de divers quotidiens, d'autres étaient des impressions d'articles trouvés en ligne. Toutes consacrées à l'affaire de la disparition d'Andrea Venturi. Le visage de l'enfant et celui du père étaient partout. Valentina et Costa remarquèrent que certaines coupures avaient été froissées, d'autres déchirées, comme si Guido Marchesi n'en avait pas supporté le contenu.

– Vous avez vu ? dit Lucchesi en éteignant son portable. Ce n'est pas être obsédé, ça ? Et ce n'est pas tout. Il a bien reconnu qu'il était ami avec Venturi, mais il s'est empressé de préciser qu'il n'avait jamais vu son fils. Et aucun de nous ne lui avait rien dit là-dessus, même si avec le matériel qu'il possède il ne risquait pas de tomber des nues. Il devait s'attendre à notre visite tôt ou tard.

Elle se tourna à nouveau vers l'écran, où l'on voyait Marchesi menotté à sa chaise en train de fixer le sol entre ses pieds.

– En tout cas, à part son ordinateur avec ces images répugnantes et ces articles de journaux, sa maison était propre comme si une entreprise de nettoyage venait d'y passer... Une preuve supplémentaire qu'il nous cache quelque chose, selon mes hommes. (Enfin elle regarda Valentina dans les yeux). Mais nous savons que tout ça n'est pas suffisant, n'est-ce pas ?

Et elle se tourna à nouveau vers l'écran.

Costa fit signe à Valentina : *Sortons.*

Depuis que Lucchesi lui avait posté la photo de cet article de journal, elle avait du mal à soutenir son regard. Sa première impulsion avait été de lui jeter cette histoire à la figure et d'exiger de lui des explications. L'agresser, provoquer une fichue réaction. Mais elle n'en savait pas encore assez, et ce n'était jamais qu'un article. En outre, elle avait autre chose à penser pour le moment.

– Préviens-nous quand son avocat arrive, dit-elle à sa collègue. C'est toi qui vas l'interroger ?

Siria Lucchesi secoua la tête sans cesser de scruter Marchesi.

– Le procureur veut l'interroger lui-même. Ça ne servira sans doute à rien...

Quand Valentina et Costa sortirent de la pièce, elle ne leur jeta pas un regard.

– Qu'est-ce qui lui prend ? demanda Valentina quand ils se furent un peu éloignés.

– Elle a vu les photos de son ordinateur, et j'imagine qu'elle a du mal à les digérer. Et à part le fait que Marchesi et Gianni Venturi se connaissaient, rien ne démontre pour l'instant son implication dans le meurtre du père et la disparition d'Andrea.

Siria espérait peut-être retrouver l'enfant ou découvrir une preuve indiscutable qui lui aurait permis de boucler l'affaire en vitesse. De trop grandes espérances se soldent souvent par une désillusion d'autant plus dangereuse qu'elle te fait baisser ta garde…

– Mais nous disposons d'éléments importants, répliqua Valentina. S'il est vrai que Marchesi a diffusé les photos d'Andrea en ligne, voire les a échangées avec un autre pédophile…

– En effet. Nous devons fouiller sa vie de fond en comble et le mettre sur le gril. Et aussi demander un profil psychologique. À première vue, il ne paraît pas en mesure de massacrer un homme et d'enlever trois enfants en l'espace d'un week-end, mais on ne peut rien exclure. Pas plus qu'on ne peut écarter son implication à un autre niveau. Si les photos d'Andrea ont atterri dans les mains de notre homme, c'est peut-être que Marchesi le connaît. Ou qu'il collabore avec lui. Mais s'il ne se décide pas à avouer, ça va nous prendre des jours pour démontrer tout ça. C'est le temps qui nous manque le plus.

Ils sortirent de l'immeuble. Une autre journée allait s'achever, et Costa avait raison : le temps fuyait et ils n'avançaient pas. L'enfant était toujours porté disparu, et chaque minute qui passait éloignait la possibilité de le retrouver vivant. Ils étaient face à bien plus d'interrogations que de solutions.

Dans l'air froid du soir, Valentina faillit trouver le courage d'interroger Costa. Un instant, elle voulut l'affronter, résoudre cette énigme et savoir enfin si elle pouvait se fier à lui. Elle ne voulait pas fréquenter un violeur, tout en s'apercevant qu'il lui devenait chaque jour plus précieux, tant pour l'enquête que pour elle-même.

Costa la regardait – pressentait-il l'imminence de cette

question difficile ? –, quand devant eux, sur la place éclairée par la seule lueur des lampadaires, se matérialisa une femme. Elle venait vers eux comme surgie du néant et les fixait. Dans les yeux de Maria Sinagra brûlait une férocité tangible.

– Mon Dieu…, murmura Valentina.

La mère d'Andrea devait être au courant de l'arrestation de Marchesi ; elle venait pour s'entendre dire de refréner encore ses espoirs et d'étouffer sa douleur, parce qu'il n'y avait toujours pas de réponse.

Fabio Costa descendit l'escalier et s'approcha d'elle. Ils échangèrent quelques mots. Valentina n'entendait pas ce qu'il lui disait, elle ne voyait que le reflet des lampadaires dans les yeux de la femme. Des yeux qui, à l'évocation de son fils, étaient devenus noirs comme des planètes mortes.

Au bout d'un moment, Maria Sinagra se mit à pleurer. Doucement d'abord, puis avec une fureur de plus en plus grande, jusqu'à être secouée de sanglots. Elle commença à frapper la poitrine de Costa de coups de poing aussi féroces que son désespoir.

Lui restait immobile, les bras le long du corps, la tête penchée, sans rien faire.

Et en effet, il n'y avait rien à faire.

24

L'interrogatoire préliminaire eut lieu le lendemain dans une salle réservée de la prison Don Bosco de Pise. Le juge aux enquêtes préliminaires avait en réalité cinq jours pour y procéder, mais les enquêteurs avaient insisté pour raccourcir ce délai. L'enfant était toujours introuvable et chaque heure perdue pouvait lui être fatale. En outre, la nuit précédente, Marchesi était resté muet devant les policiers comme devant le procureur Giorgianni venu l'interroger. Son avocat avait déclaré qu'ils préféraient réfléchir avant de donner des réponses et qu'ils se réservaient pour l'entretien avec le juge.

Le procureur désigna un jeune substitut, convaincu que Marchesi allait de nouveau se prévaloir de son droit à garder le silence. Il demanda cependant que Siria Lucchesi ou Valentina soit là, au cas où le prévenu aurait l'intention de fournir des détails que seuls les enquêteurs seraient en mesure de vérifier.

La juge s'appelait Masi, c'était une femme à l'attitude énergique qui posait sur tous les agents présents des regards directs et explicites. Le message était clair : un interrogatoire préliminaire effectué sous son égide n'allait pas tourner au duel entre deux adversaires ; son rôle consistait simplement à établir si les bases de l'accusation étaient assez solides, et surtout s'il fallait requérir une incarcération préventive.

La juge Masi était assise au bout d'une simple table en bois, posée au milieu d'une pièce nue aux fenêtres grillagées ; face à elle avaient pris place d'un côté le substitut et Lucchesi, et de l'autre Marchesi avec son avocat, l'un des meilleurs du barreau de Pise, vêtu d'un impeccable costume sur mesure. Valentina s'installa sur une chaise derrière Siria Lucchesi, un peu à l'écart, comme pour souligner l'aspect exceptionnel de sa présence.

Le défenseur de l'ancien anesthésiste se montra très clair.

– Je produis ici quelques documents que je prierai madame la juge d'insérer dans le dossier, d'où il ressort sans l'ombre d'un doute que, le soir du 16 octobre, Guido Marchesi se trouvait très loin de Volterra et de la Toscane en général.

Comme vous pouvez le constater, dit-il en faisant passer les papiers à la juge et au substitut, mon client dînait chez des amis à Milan en présence d'une dizaine de personnes. La soirée s'est poursuivie très tard. M. Marchesi a ensuite dormi sur place… Ici, je vous prie de lire les passages surlignés pages cinq et six de ses déclarations. On ne l'a vu partir pour Piombino que l'après-midi du lendemain, le 17 octobre.

Sur quoi, il lança un coup d'œil éloquent à Siria Lucchesi qui se garda naturellement de tout commentaire.

Valentina et les autres avaient déjà connaissance de cet alibi. L'avocat leur avait fait la douteuse courtoisie de le leur communiquer le matin même, avant l'interrogatoire. Quand Lucchesi avait lu les procès-verbaux indiquant qu'au moment de l'assassinat de Gianni Venturi Marchesi se trouvait à plus de deux cents kilomètres de là, elle avait serré les lèvres en silence. Valentina de son côté avait enregistré l'information sans broncher. Elle n'avait jamais vraiment cru que ce petit homme tremblant ait eu la force et le caractère d'accomplir un meurtre et d'enlever un enfant. Mais elle se garda d'en rajouter. Il n'est jamais agréable de reconnaître qu'on s'est à ce point trompé, et il n'était pas dans sa nature d'enfoncer une collègue.

Le procureur et les juges parcoururent rapidement les procès-verbaux. Les témoins semblaient fiables. Ils n'appartenaient pas au cercle des amitiés particulières de Marchesi, et ils étaient d'ailleurs tombés des nues en apprenant ses antécédents et ce dont il était accusé.

– Cela montre, conclut l'avocat, que mon client n'aurait pu en aucune façon s'introduire dans la maison des Venturi, tuer le père et enlever le fils. La police aurait peut-être dû vérifier ce point avant de faire irruption dans la vie tranquille et innocente de M. Marchesi.

Un autre coup d'œil, accompagné d'un sourire mielleux, à l'intention de Siria Lucchesi. Masi regarda le jeune substitut.

– Que dit le ministère public ?

Le ministère public, bien évidemment, n'avait rien à objecter à cet alibi. Comment l'aurait-il pu ?

– Nous nous réservons de vérifier ces déclarations, dit-il tout en continuant à feuilleter le dossier présenté par la défense.

Pendant que la juge enregistrait sur un ordinateur portable les déclarations des diverses parties, Valentina s'aperçut que Guido Marchesi l'observait. Il n'avait pas changé d'aspect depuis son arrestation. Il n'avait même pas changé de vêtements. Dans ses yeux, le même désespoir que lorsqu'il avait répété cette phrase obscène : « Je ne fais que regarder. » Mais à présent, elle y percevait une lueur de perplexité – ou peut-être de curiosité. Soudain il se pencha vers son avocat et lui murmura quelque chose à l'oreille. Le gros homme l'écouta et à son tour lança un long regard à Valentina. Puis il lui sourit, conscient peut-être de l'avoir fixée trop longtemps, et parla à son tour à l'oreille de son client. Le pédophile parut réfléchir, et soudain son expression changea. L'attitude humble, le tremblement de la lèvre, les yeux noyés de larmes, tout disparut en un instant. Il fut quelqu'un d'autre une fraction de seconde. Puis il baissa à nouveau les yeux.

La juge rompit le silence et s'adressa directement à lui.

– Vous avez quelque chose à ajouter, monsieur Marchesi ?

Il ouvrit la bouche, la referma, puis regarda Masi droit dans les yeux.

– Je connaissais Gianni Venturi, balbutia-t-il. Je ne peux pas et je ne veux pas le nier. Nous avions tous les deux la passion du basket. Et quand il a mis des photos de son fils sur Facebook... Eh bien, je me suis dit que ça lui ferait plaisir si je les partageais...

– Si vous les partagiez avec qui ? Et où ? demanda le substitut.

– Je ne sais pas... Sur mes comptes... Sur des circuits légaux, innocents. Je l'ai fait sans aucune mauvaise intention, je le jure ! Et je n'ai rien à voir avec ce qui est arrivé à ce pauvre enfant. Moi, j'aime bien les enfants.

Il s'aperçut peut-être de l'ambiguïté de cette déclaration, car il rougit violemment. Personne ne commenta.

Valentina savait que ni la juge ni le procureur ne pouvaient se laisser abuser par cette attitude, mais elle savait aussi que l'alibi de Marchesi était solide, et qu'ils n'avaient plus guère d'éléments contre lui. Cette arrestation avait été un échec retentissant.

Siria Lucchesi assistait pétrifiée au déroulement de ce rite qu'elle jugeait désormais inutile. Valentina le pensait aussi, mais elle était distraite par les regards en biais que Marchesi continuait à lui lancer quand il ne se croyait pas observé. Pourquoi s'intéressait-il ainsi à elle ? Il se sentait peut-être flatté par la présence d'une fonctionnaire du SCO – ou inquiet, comme il aurait dû l'être en effet.

Le substitut s'efforçait de maintenir la garde haute et renvoya au prévenu les milliers de photos d'enfants trouvés sur le disque dur de son ordinateur, certains dans des attitudes et des situations pour le moins glaçantes. Il insista également sur ses antécédents. Marchesi reprit sa litanie : « Je ne fais de mal à personne. Je regarde, c'est tout. »

Son avocat se tourna vers la juge Masi.

– Je dois m'opposer à de nouvelles questions de la part du ministère public. Mon client a été mis en garde à vue sur une accusation d'homicide et de séquestration. La possession de matériel pédopornographique ne fait pas partie des chefs d'accusation et est donc, si vous le permettez, hors sujet.

– Que demande la défense, dans ce cas ? demanda la juge.

– La libération immédiate de mon client et son assignation à domicile.

La juge repoussa la requête.

– Au vu de la gravité des faits qu'il conteste, je maintiens la détention provisoire. Ce qui permettra en outre au parquet de découvrir d'autres éléments décisifs, étant donné l'urgence de retrouver Andrea Venturi, ou du moins son corps. Mais je veux avertir le parquet, ajouta-t-elle en se tournant vers le substitut et Lucchesi, qu'en l'absence de faits avérés M. Marchesi devra être aussitôt libéré. Je vous invite donc à faire vite. Très vite. C'est compris ?

Le substitut hocha la tête. Siria Lucchesi ne dit pas un mot.

– J'attends l'incrimination formelle pour la détention de matériel pédopornographique, conclut la juge en se levant.

L'audience était terminée.

Marchesi fut de nouveau menotté par un agent de la pénitentiaire, et après un bref échange avec son avocat, escorté hors de la salle. Avant de sortir, il lança à Valentina un dernier regard.

Le lendemain matin, Giorgianni convoqua Lucchesi et Valentina dans son bureau et les informa qu'à son retour en cellule, Marchesi avait réclamé de parler avec l'un des enquêteurs, mais sans en préciser le motif. L'avocat, qui avait transmis sa demande, s'était borné à dire que son client était en possession d'informations susceptibles d'intéresser la police, qu'il n'aurait pas pu divulguer lors de l'interrogatoire préliminaire.

– Une tentative désespérée, commenta Siria Lucchesi. Je vais aller voir ce qu'il veut, par pur scrupule.

– Pourquoi désespérée ? demanda Giorgianni. Son alibi me paraît solide, et pour l'instant, la partie s'est terminée à son avantage, semble-t-il. S'il n'a pas encore été libéré, ce n'est certainement pas grâce à vous, pour ne rien vous cacher.

Le visage de Lucchesi s'assombrit, et sa bouche devint une ligne très mince. Giorgianni s'était montré impitoyable, pensa Valentina, mais hélas il avait raison. Il était désormais évident pour tous que Marchesi n'était pas l'assassin de Gianni Venturi ni le ravisseur de son fils. Il restait simplement à savoir s'il n'était pas impliqué autrement dans ces deux crimes. Peut-être en avait-il été à tout le moins complice. Cela semblait improbable, mais cet homme traînait dans des milieux louches et pouvait en effet avoir des informations pour eux.

– Alors, que faisons-nous ? interrogea Lucchesi qui s'était reprise et avait retrouvé une attitude de défi.

– Vous, rien, dit Giorgianni. C'est la commissaire Medici qui se rendra à cet entretien.

– Moi ? s'étonna Valentina.

– C'est ce que Marchesi a expressément demandé, confirma Giorgianni.

– Pourquoi c'est toi qu'il veut ? interrogea Lucchesi en se tournant vers elle d'un air agacé.

– C'est à moi que tu poses la question ? répliqua Valentina.

– Du calme, intervint Giorgianni d'un ton apaisant. Peu importe ce que croit faire notre prévenu. Il veut peut-être parler à la commissaire Medici parce qu'il sait qu'elle fait partie du SCO et qu'il pense avoir une interlocutrice ayant plus d'autorité. Pour nous, ça ne change rien…

Les deux femmes s'affrontèrent du regard.

– Quoi qu'il en soit, le parquet de Pise est au-dessus des partis. Commissaire Medici, allez voir ce qu'il a à nous dire. Vous, les gens du SCO, êtes des experts en interrogatoires. Ce ne sera qu'un bavardage sans aucune valeur juridique, mais si cet homme a des renseignements exploitables, cela nous servirait à tous. Si ce n'est qu'un coup d'épée dans l'eau, comme le pense la commissaire Lucchesi, nous n'aurons perdu qu'une demi-journée de travail.

Et c'est moi qui aurai perdu cette demi-journée, pensa Valentina, mais elle se tut. Peu lui importaient les escarmouches entre Siria Lucchesi et Giorgianni. Pour l'instant, elle voulait seulement savoir si Marchesi avait vraiment quelque chose à dire. Ou s'ils devaient clore définitivement ce chapitre et se concentrer sur le reste.

25

– La prison de Pise n'est pas équipée pour accueillir un individu comme Guido Marchesi, prévint le directeur en l'accompagnant vers la salle des interrogatoires.

C'était un homme très grand qui donnait l'impression de devoir se baisser chaque fois qu'il franchissait une porte. Il s'adressait à Valentina comme si elle était la cause de tous ses problèmes.

– Je sais ce que vous pensez. Mais même la cellule d'isolement n'est pas assez sécurisée.

– En réalité, je n'y pensais pas.

– Vous le savez, poursuivit l'homme comme s'il n'avait pas entendu, une structure comme Don Bosco est fondée sur la socialisation entre détenus. Elle a une clinique d'avant-garde, beaucoup de prisonniers en attente de jugement et pas de condamnés à la perpétuité. Ici, il est très difficile, voire impossible, de gérer la présence d'un présumé ravisseur d'enfants. Ce qui convient à un prévenu comme lui, c'est un isolement en quartier de haute sécurité. Il vaudrait sans doute mieux le déplacer à Sollicciano, à Florence. Sa vie serait moins menacée qu'entre nos murs. (Il s'arrêta pour la regarder.) Qu'en dites-vous ?

– Désolée, mais vous savez que ce n'est pas à moi de décider de l'affectation de Marchesi.

– Oh, je sais, répliqua le directeur d'un air pincé, personne n'est jamais responsable de rien ! (Puis il indiqua la porte blindée devant laquelle il venait de s'arrêter.) Il vous attend là-dedans, dit-il d'un ton glacial.

Et il la quitta sans autre commentaire.

Valentina poussa un soupir. Elle ne savait pas exactement quelle attitude adopter. Elle avait déjà interrogé bien des gens comme Marchesi. En général, elle savait comment s'y prendre. Et quand un prédateur sexuel se décidait à avouer, le plus difficile était de l'écouter sans perdre son calme.

Mais son intuition lui disait qu'avec Marchesi, il en irait autrement. Il y avait dans cette demande d'entretien quelque chose qui détonnait et qui l'inquiétait. Pourquoi vouloir lui parler à elle précisément ?

Quoi qu'il en soit, elle était là pour faire son devoir. Elle respira à fond une fois encore et ouvrit la porte qui la séparait de Guido Marchesi.

Il était assis devant l'unique table de la pièce, menottes aux poignets, les mains posées sur le revêtement en plastique. Un surveillant pénitentiaire se tenait debout derrière lui. Quand Valentina entra, Marchesi leva la tête. Il portait cette fois une tenue de gymnastique, mais ses yeux avaient toujours ce reflet liquide et cette expression désespérée.

Valentina s'assit devant lui sans un mot. Elle sortit de sa serviette un papier officiel et un stylo qu'elle posa sur la table. Puis elle le regarda dans les yeux.

Marchesi sourit d'un air timide. Sans se retourner, il leva les mains et montra ses menottes à l'agent derrière lui, qui lança un regard interrogateur à Valentina. Celle-ci hocha la tête.

Une fois libéré, Marchesi reposa les mains sur la table. Il avait de longs doigts effilés et soignés. Valentina imagina ces mains sur la peau d'un enfant et eut un frisson. Même si Marchesi n'était pas l'assassin qu'ils cherchaient, il était malgré tout un rejeton des mêmes ténèbres. Un animal à enfermer.

– Vous avez dit que vous vouliez me parler, commença-t-elle d'un ton glacial. Vous en avez la possibilité maintenant.

L'homme s'agita sur sa chaise.

– Merci. Je voulais remercier aussi le procureur pour cette opportunité…

– Marchesi, je n'ai pas beaucoup de temps. C'est vous qui avez demandé cet entretien. Profitez-en au mieux.

Il parut accuser l'interruption, se triturant les mains en secouant la tête.

– Donc, nous allons droit au but ? demanda-t-il d'un ton hésitant et soumis.

Le timbre de sa voix mit en garde Valentina.

– C'est exactement cela, répliqua-t-elle. Si vous avez des informations à nous donner, pertinentes et vérifiables, je suis ici pour vous écouter. Elles ne pourront pas être utilisées contre vous parce que votre avocat n'est pas présent et qu'il ne s'agit pas d'un interrogatoire. Mais si elles vous incriminent, je les transmettrai au ministère public qui statuera sur la façon de procéder.

– C'est la formule consacrée avant de commencer ? (Il hocha la tête, comme pour donner sa bénédiction à la procédure.) Vous ne me demandez pas pourquoi je veux vous aider ?

– Pourquoi voulez-vous nous aider ?

– Parce que c'est juste.

– Et comment entendez-vous le faire ? Vous ne m'avez rien dit du contenu de vos informations.

Valentina veilla à ne pas mentionner Andrea Venturi ni son père. Elle connaissait le fonctionnement des créatures comme Marchesi. Certain qu'il ne serait pas accusé de délits graves, convaincu d'être au maximum condamné pour détention de matériel pédopornographique, il pouvait simplement offrir sa « collaboration » en échange d'une réduction de peine. Ou, pire encore, il pouvait avoir demandé cet entretien pour accéder à certains détails susceptibles d'alimenter ses fantasmes. Elle en avait discuté avec Costa avant de se rendre à la prison.

– Indépendamment de son éventuelle responsabilité, avait dit Fabio, le fait qu'il ait chez lui ces articles sur les événements de Volterra démontre que Marchesi est obsédé par cette affaire. Au fond, les images d'Andrea qu'il a diffusées faisaient déjà partie de sa collection. Il le connaissait, même si c'était par le biais de son père. Imagine ce qu'il a dû éprouver en apprenant que l'enfant pourrait se trouver entre les mains d'un monstre comme lui. D'un certain point de vue, il peut même ressentir de l'admiration pour cet inconnu qui a eu le courage d'agir, alors que lui se contente de regarder. Peut-être veut-il jouer, s'insinuer dans l'enquête pour alimenter son propre appétit. Mais il peut aussi avoir de véritables informations – nous ne pouvons écarter aucune possibilité. Je soupçonne cependant qu'il y a plus chez cet homme que ce qu'il veut bien nous laisser voir. Ne te fais pas piéger et lâche l'affaire dès que tu estimes avoir obtenu un minimum de sa part.

Autant de recommandations superflues : les conseils de Costa étaient les bienvenus, mais Valentina avait déjà rencontré plusieurs pédophiles et savait comment les traiter. Et Marchesi ne ferait pas exception, même si elle percevait elle aussi que cet homme n'était pas dépourvu de ressources.

– Alors ? reprit-elle. Je n'ai pas toute la journée.

– C'est vrai, excusez-moi, dit Marchesi d'un ton encore plus affecté. Mais je crois avoir le droit de savoir s'il est prévu une récompense pour les informations que je m'apprête à fournir.

– La loi prévoit des réductions de peine pour les détenus qui collaborent. Dans des limites très strictes. Mais vous ne m'avez encore rien dit et il me semble prématuré d'aborder le sujet.

– Je voudrais d'abord certaines garanties.

– Des garanties ? Nous ne sommes pas ici pour passer un marché. Vous me dites ce que vous savez ou ce que vous croyez savoir. Je jugerai si c'est utile ou non. Point final.

Marchesi se mit à pleurnicher.

– Ce n'est pas juste, quand même...

Mais cela sonnait faux. Valentina l'observa avec une sensation de nausée. Puis elle se leva et ramassa sa feuille et son stylo.

– Qu'est-ce que vous faites ? demanda Marchesi, soudain épouvanté.

C'était là tout le bluff dont était capable ce misérable ? Il avait vraiment pensé pouvoir mener le jeu ? Au point où ils en étaient, elle n'avait pas l'intention de lui offrir davantage. Elle lui dit d'un air de dégoût :

– Je m'en vais, Marchesi. Tu crois vraiment que j'ai du temps à perdre avec un type comme toi ? Tu crois que tu peux faire joujou avec une affaire aussi horrible ? Tu es plus bête que je ne l'aurais cru. Si tu as quelque chose à dire, c'est maintenant. Sinon, tu retournes dans ta cellule et adieu.

Elle tourna les talons, résolue à ne même pas lui laisser l'occasion de répliquer. Puis elle entendit sa voix glaçante dans son dos.

– Il n’est pas comme moi.

Ce fut le ton plus que les paroles qui la fit se retourner. Un instant, elle pensa que ce n’était pas lui qui avait parlé. Elle retrouvait cette impression qu’il dissimulait sa véritable nature et qu’il avait jusqu’à présent joué un rôle. Elle se souvint du regard qu’il lui avait lancé lors de l’interrogatoire avec la juge.

– Que voulez-vous dire ?

– Il n’est pas comme moi. Celui que vous cherchez. D’une certaine façon… Il n’aime pas l’innocence.

L’homme devant elle était transfiguré, presque radieux. Son regard avait gagné en acuité et il levait le menton comme pour la défier. Jamais Valentina n’avait vu un changement de masque aussi rapide. Celui-là était le véritable Guido Marchesi. À présent, elle en était certaine.

Elle résolut de ne pas mordre à l’hameçon.

– De qui parles-tu, exactement ? dit-elle d’un ton neutre.

– Mais enfin ! Vous vous moquez de moi ? (Marchesi regarda autour de lui avec ostentation comme pour mesurer la cellule où il se trouvait.) Vous savez pourquoi j’ai demandé à parler avec vous et pas à celle qui m’interrogeait ? Cette putain qui…

Valentina à nouveau fit mine de se lever.

– Attendez !

Marchesi reprit un air sérieux. Il allongea une main sur la table, comme pour inviter Valentina à la prendre. Elle frémit à cette simple pensée.

– Ça va, je m’excuse. J’ai exagéré. Je promets de ne plus appeler votre collègue « putain ». Même si elle m’a traité comme une merde et que j’ai trouvé ça injuste… (Il la regarda fixement.) Je parle sérieusement. Je suis content que ce soit vous. Depuis que je vous ai vue hier, j'ai compris que je pouvais vous faire confiance.

Valentina resta debout. Elle n'y croyait pas. Ce n'était pas pour cette raison qu'il avait voulu lui parler. Mais pour l'instant, elle allait jouer son jeu.

– Je n'ai pas de temps à perdre, je te l'ai dit.

Marchesi sourit.

– Je n'ai pas l'impression que le temps vous appartienne en ce moment. Il appartient plutôt au pauvre petit Andrea, non ?

Valentina resta immobile un instant. Un coup bas, mais parfait. Elle revint s'asseoir. Elle fixa sur la table la main encore tendue de Marchesi, jusqu'à ce qu'il la retire.

– Une précision, cependant, dit-elle. Si tu me donnes de fausses informations, si tu me balades inutilement pour me faire perdre un temps précieux… Je te jure que tu t'en repentiras. J'ai tous les moyens à ma disposition, et tu le sais très bien. Je choisirai le plus efficace, celui qui te fera le plus mal. Et maintenant, dis-moi ce que tu as à dire, qu'on en finisse.

Marchesi hocha la tête. Il avait pâli, mais il restait une lueur de défi dans ses yeux. Enfin, il parut avoir pris une décision.

– Ça va. Je vais vous dire ce que je sais. Je vous le répète, je ne fais pas de mal aux enfants. Ce qui s'est passé n'a rien à voir avec moi… Ni avec mes amis.

– Tes amis…

Marchesi s'empourpra soudain.

– Oui, vous savez bien de qui je parle. Des gens qui ont des désirs particuliers, mais qui sont inoffensifs comme moi. Pas comme le type que vous cherchez…

Des gens inoffensifs…

– C'est vrai que j'ai partagé les photos de cet enfant, mais c'était un geste innocent. Je ne voulais pas qu'il souffre. Je voulais seulement partager sa beauté. Mais je crois qu'un de mes contacts a exagéré. Ces images ont peut-être reçu un autre niveau d'attention. Un niveau… plus dissimulé, plus exigeant, vous comprenez ?

– Non, répondit simplement Valentina.

Une étincelle de malice apparut dans le regard de Marchesi.

– Vous savez que vous êtes très belle, n'est-ce pas ? (Valentina se raidit.) Non, ne vous méprenez pas. Je veux seulement vous faire comprendre que certaines marchandises trouvent toujours leur marché. Votre beauté m'évoque certains tableaux. Vos cheveux, votre visage… Vous pourriez être le modèle d'un préraphaélite. Je pourrais gagner une belle somme en faisant simplement circuler votre image, vous savez ? Elle serait très recherchée dans certains milieux…

L'allusion la dégoûta.

– Ça va comme ça, ma patience est à bout.

Mais à l'intérieur quelque chose s'était déclenché. Une répugnance encore plus profonde, presque inexplicable. Lui, de son côté, au lieu d'esquiver, parut irrité. Il se mit à parler à toute vitesse.

– Vous croyez quoi ? Ce n'est pas moi qui fais les règles. Et ce que j'ai à vous dire pourrait même me coûter la vie. Je n'ai pas décidé de collaborer le cœur léger…

– Bien sûr. Tu le fais pour l'amour de la vérité.

– Écoutez, avec vous, je ne veux pas faire semblant. Je ne sais pas ce qui est arrivé à Andrea Venturi, et en temps normal ça me serait parfaitement égal. Mais maintenant, j'espère vraiment qu'il est vivant. Aussi parce que c'est sur moi que ça retomberait. Alors que vous devriez aller regarder ailleurs.

Valentina respira à fond.

– Où ça ?

– Dans des lieux dont vous n'avez aucune idée.

– Quels lieux ?

Marchesi regarda autour de lui d'une façon théâtrale, comme si quelqu'un d'autre pouvait être présent dans la pièce.

– Des lieux où circulent des créatures qui n'ont pas grand-chose d'humain. Des prédateurs affamés. Ils nagent sous la surface, et quand ils trouvent ce qu'ils cherchent... Eh bien, ils s'en emparent. J'en ai rencontré parfois. Ça arrive quand on traîne dans certains milieux. Non pas qu'ils me fassent peur. Mais je fais attention. J'ai eu des échanges très brefs avec eux, à peine quelques mots... (Il secoua la tête, comme pour se réprimander.) Parfois quelques paroles de trop, je le reconnais. Ils ont des documents que j'aime bien regarder... Mais ça s'arrête là. Je ne fais que regarder. Seulement, en échange, ces gens demandent quelque chose. Toujours. Les photos d'Andrea ont peut-être atterri entre leurs mains.

– C'est toi qui les leur as données !

– Pas de façon consciente. Ou peut-être que si. Je ne sais plus. (Il haussa les épaules pour montrer son indifférence.) Mais qu'est-ce que ça peut faire à la fin ? L'important, c'est que je puisse vous aider à retrouver les gens qui voulaient ces photos. Et surtout à comprendre pourquoi. La connaissance des motivations est fondamentale, vous ne croyez pas ? (Il hocha la tête comme pour confirmer ses dires.) Je peux tenter de les contacter à nouveau. Bien sûr, nous devrons d'abord discuter de ce que je peux obtenir en échange. (Il se pencha vers elle en écarquillant les yeux.) Je n'ai qu'une question, commissaire Medici. Qu'êtes-vous disposée à me donner pour essayer de sauver cet enfant ?

À cet instant, Valentina comprit de quel bois était fait Guido Marchesi. À quel point il était pourri. Elle le vit nager à son aise dans des eaux sombres fréquentées par les gens comme lui. Puis elle le vit effleurer des animaux plus grands et plus dangereux et se retirer, fasciné et terrifié à la fois par le mal que portaient ces créatures monstrueuses. Car en dépit de son apparente assurance, il était effrayé. Elle l'imagina en train d'espérer devenir comme eux, tout en sachant que c'était impossible. Chez Marchesi, l'absence de compassion était manifeste, mais aussi le manque de courage. Il était précisément ce qu'il disait : un spectateur. Il observait le massacre, il en jouissait, et à présent, il tentait de tirer avantage de sa connaissance des ténèbres.

Il lui donnait le frisson. Mais la question était : pouvait-il leur être utile ? Et de quelle façon ?

– Je peux vous aider à l'attraper, répéta-t-il. Je peux vous emmener là-bas, là où se dissimulent les gens comme lui...

26

Maria Sinagra sortit des bureaux du parquet, accompagnée d'un homme svelte et élégant, et s'arrêta en haut des marches, insoucieuse de la pluie glacée qui la transperçait. La foule des journalistes et des photographes l'entoura aussitôt, l'aveuglant des flashs de leurs caméras et de leurs téléphones portables.

La rumeur s'apaisa quand l'homme qui l'accompagnait, un avocat très connu, leur fit signe de se taire pour laisser parler la victime.

Maria s'était fanée rapidement au cours des derniers jours. Ses yeux avaient la dureté de la pierre et sa peau était translucide. Sa bouche était tordue dans une sorte de hurlement silencieux, et quand elle parla, sa voix avait une intonation d'outre-tombe. Malgré tout cela, son message aux médias était clair.

– Mon mari est mort. Mon fils n'est pas rentré à la maison. La police m'avait assuré qu'elle avait trouvé l'homme responsable de tout cela, mais ce n'était pas vrai. Elle a perdu du temps à chercher au mauvais endroit et celui qui a détruit ma vie est encore dehors quelque part. C'est à lui que je m'adresse. À l'inconnu qui est à présent le maître de la destinée d'Andrea. Et de la mienne. C'est pour cela que je l'implore. Je te supplie de ne pas lui faire de mal. Je ne te demande pas de me le ramener, parce que je sais que tu ne le feras jamais. Mais je te supplie de t'en occuper comme j'aurais continué à le faire. Il a besoin de soins et de médicaments. Ne fais rien pour moi, je ne compte pas. Mais pense à lui, et même à lui donner de l'amour si tu peux. Et dis-lui que ses parents l'ont toujours aimé…

Puis elle s'effondra sur les marches trempées de pluie et la foule l'entoura. Elle disparut ainsi de la vue de millions de personnes qui regardaient la télé et qui allaient revoir cette scène des milliers de fois.

– Mon Dieu, murmura quelqu'un à côté de Valentina. Elle a pratiquement remis son fils à cet assassin.

Valentina voyait les choses autrement. Si horrible que ce fût, Maria Sinagra avait opté pour le dernier choix qui lui restait, le sacrifice extrême que seule une mère désespérée pouvait accomplir. Renoncer à la perspective de revoir Andrea dans le faible espoir que « l'homme en noir » s'occupe bien de lui. Elle avait tenté d'échanger la sécurité de son fils contre sa propre damnation. Et, dans cette déchirante déclaration, Maria avait énoncé une vérité : la police avait perdu du temps.

La nouvelle que Guido Marchesi avait un alibi pour l'assassinat de Gianni Venturi et l'enlèvement de son fils avait été distillée avec art dans les médias par son avocat, dans l'espoir de faire pression sur le procureur qui n'avait pas encore remis son client en liberté. En réalité, personne ne se souciait du destin d'un pédophile, mais le message était parvenu à Maria Sinagra, qui s'en était prise aux enquêteurs pour n'avoir pas réussi à sauver son fils.

Et elle avait raison. Valentina sentait le poids de cette responsabilité. L'enquête se poursuivait, tout le monde donnait son maximum, les nuits étaient de plus en plus courtes et les journées interminables. Mais ils n'avaient aucune trace d'Andrea, et son ravisseur était peut-être déjà en quête de sa prochaine victime. Car désormais, il n'y avait plus à se faire d'illusions. Trois enfants enlevés à un rythme de plus en plus rapide, une férocité manifeste, une violence explosive : tout évoquait un prédateur en série qui n'allait pas s'arrêter là.

Les infos étaient terminées, la télé éteinte, et il ne restait plus en bruit de fond que le bourdonnement des enquêtes : le cliquetis des claviers, les sonneries des téléphones, les murmures des agents en train d'échanger des idées ou des renseignements. Mais par-dessus tout, on sentait une vibration sourde, une sorte d'énergie qui crépitait aux marges de la bande sonore, et que seuls ceux qui participaient à la chasse à l'homme pouvaient entendre.

Valentina regarda autour d'elle. Costa était auprès d'un des analystes arrivés de Rome qui travaillait devant deux écrans et un ordinateur relié au serveur de l'Unité d'analyse des crimes violents de Rome. Il lui fit signe et la rejoignit.

Devant ses yeux interrogateurs, elle se demanda s'il avait compris qu'elle connaissait son passé et la défiait d'en parler ou s'il attendait simplement ses commentaires sur l'enquête.

– Des nouvelles du parquet ? demanda-t-il.

Elle secoua la tête.

L'offre de collaboration de Marchesi, si ambiguë qu'elle fût, était sur la table depuis deux jours. Deux jours de trop dans une affaire comme celle-ci. Le procureur cependant ne croyait pas que le pédophile détînt des informations importantes. S'il les avait eues, pontifiait Giorgianni, il en aurait fait état dès son arrestation, au moins pour éviter d'atterrir en prison. Aussi tardait-il à autoriser un nouveau contact avec le prévenu.

Costa eut un léger mouvement d'impatience. C'était la première fois qu'il montrait de la nervosité.

– Nous perdons un temps précieux, lui dit-il. Tu devrais peut-être insister auprès de lui.

– Ça me paraît perdu d'avance avec un type comme Giorgianni. Et franchement, je ne suis pas certaine que Marchesi puisse nous aider. C'est un manipulateur, Fabio. Je l'ai regardé dans les yeux et je ne lui fais aucune confiance.

– Tu as sans doute raison. Marchesi n'a peut-être même pas conscience de l'importance des informations qu'il peut posséder. Mais s'il a partagé les photos d'Andrea avec les mauvaises personnes, c'est sur cette piste qu'il faut travailler. En outre il n'a sans doute pas tort : celui qui a pris l'enfant n'est pas un simple pédophile. Qu'est-ce qu'il t'a dit ? Qu'un type comme lui n'aime pas l'innocence, c'est ça ? Je pense qu'il voulait dire que l'homme que nous recherchons n'a aucune attirance pour l'enfant. Il n'y a pas de dimension sexuelle dans son comportement. Son but est tout autre, et peut-être plus horrible encore.

C'était bien ce que lui avait dit Marchesi, songea Valentina : cet homme n'était pas poussé par des pulsions érotiques. Mais qu'entendait Fabio par quelque chose d'« encore plus horrible » ?

À nouveau, elle se demanda pourquoi elle donnait tant de crédit à Costa. Que voyait-elle dans ce policier qui le rendait si fiable à ses yeux, à part la vague allusion d'Angelo Zucca à sa compétence passée ?

Elle le regarda se diriger vers le bureau de l'analyste et

reprendre sa conversation avec lui. Ce jour-là, Costa s'était rasé, et il semblait plus jeune, même d'esprit. Inoffensif. Innocent.

Elle décida que le moment était venu de lever ses doutes à son sujet. L'article de journal que lui avait envoyé Lucchesi ne pouvait plus lui suffire. Elle saisit son portable et composa un numéro qu'elle n'avait pas appelé depuis un bon moment.

27

– Un café ? proposa Costa à l'homme assis devant les deux écrans côte à côte, où une série de graphes évoluaient selon des lignes sinusoïdales de différentes couleurs.

Un spectacle numérique entrecroisant des noms, des chiffres, des identifiants.

Loris Manna leva les yeux, heureux de cette interruption.

– Volontiers, commissaire. Je reprends le collier aujourd'hui.

Costa sourit et lui tendit un gobelet en carton fumant.

– Sans sucre, comme tu l'aimes, dit-il, et Loris parut surpris que le commissaire se rappelle ses goûts.

Il but le café brûlant et le monde lui parut un endroit plus fréquentable. L'inspecteur Loris Manna était l'analyste que le SCO avait envoyé à Volterra. Il se rendait là où le service lui demandait d'aller, offrant aux collègues éparpillés sur le territoire ses compétences en informatique et ses talents d'enquêteur. Il était d'un caractère doux et personne ne l'avait jamais entendu élever la voix. Mais sa détermination à défendre ses choix était sans faille. Et à la fin, il semblait qu'il eût toujours raison.

Modeste dans ses manières, mais non dépourvu d'estime

de soi, il avait appelé « Dieu » le système qu'il avait mis au point, ce qui en disait long sur lui.

– Du nouveau ? demanda Costa.

– On a trouvé quelque chose, répondit Manna, même si ça ne nous est pas très utile pour l'instant. On cherche à comprendre comment notre homme a réussi à cibler ces enfants, et surtout comment il a pu en trouver deux qui se ressemblent autant. La commissaire Medici a insisté sur ce point, ajouta-t-il en lançant un coup d'œil à Valentina à l'autre bout de la pièce. En tout cas, il n'est pas difficile de mettre la main sur des photos d'enfants en ligne. Le problème, si tu veux les approcher, c'est de donner un nom à ces photos, et si possible une adresse. Cela exige une bonne connaissance de l'informatique et des logiciels adéquats. Nous avons retrouvé diverses références iconographiques, tant pour Fosco Agnelli que pour Andrea Venturi. Pour Andrea, c'est simple : son père a posté ses photos d'après-match et Marchesi les a fait circuler avec son nom et son prénom. Rien de compliqué.

Mais on a quoi sur Fosco ? insista Costa, qui ne pouvait s'ôter de l'idée que ce premier enlèvement dissimulait un indice important.

– Nous avons quelques images au cours d'une procession qui s'est déroulée l'an passé à Sorano, son village. Sur l'un des clichés, Fosco est au premier plan.

– Pour quelqu'un qui sait comment chercher, il n'est donc pas impossible d'identifier ces enfants.

– Exact. Ce qui me laisse perplexe, c'est comment il a fait pour associer les deux sosies. Il a sans doute utilisé un programme de reconnaissance faciale, mais il lui a bien fallu partir d'un des deux. Ou encore d'une sorte de matrice originelle, peut-être un enfant qu'il connaissait déjà, un « troisième » jumeau. Ce qui pourrait nous donner une nouvelle possibilité de l'identifier. On travaille dessus.

Manna était comme ça : il parlait toujours au pluriel, même s'il était seul à mener cette recherche.

– On manque encore de matériel, fit remarquer Costa.

– Oui, on n'a pour l'instant que cette ressemblance entre les deux enfants toscans. Il semble que l'affaire de Naples n'ait rien à voir avec notre enquête, même si on garde un œil dessus. Aucun signe d'une fourgonnette verte Volkswagen. Et la recherche de l'inconnu aux cheveux blancs ne donne aucun résultat. Mais ne désespérons pas, commissaire, conclut-il en levant les yeux vers Costa. Nous sommes en train d'accroître la capacité du système à se connecter à d'autres réseaux.

– Et sur Marchesi, qu'est-ce que tu peux me dire ?

Le visage de Manna s'assombrit. Il restait en général impassible face aux horreurs qu'il devait analyser, mais cette fois la simple mention du nom de Marchesi suffit à le mettre en colère.

– Marchesi, si je puis me permettre, est la cerise sur le gâteau. Une cerise pourrie, bien entendu. Cet homme en réalité pourrait nous dire beaucoup de choses.

C'était bien ce que pensait Costa. L'allusion du pédophile aux lieux où ils devraient chercher Andrea Venturi lui trottait dans la tête depuis que Valentina lui avait rapporté leur conversation en prison. Il lui avait demandé plusieurs fois de répéter les paroles exactes du prévenu. Celui-ci avait parlé d'endroits fréquentés par des prédateurs, et ils avaient bien compris qu'il faisait référence à des contacts en ligne – même si on ne pouvait pas exclure des rencontres physiques. Pour s'en assurer, ils avaient épluché les fréquentations de Marchesi et tous les milieux où il évoluait, mais sans résultat.

– Malheureusement, nous ne pouvons pas retourner lui

parler sans l'autorisation du procureur, reconnut Costa. Pour l'instant, on doit se débrouiller tout seuls.

– Et c'est bien ce que j'ai fait, dit Manna en comptant sur ses doigts : écoutes téléphoniques, relevés de sa carte de crédit, endroits où il a rechargé son portable, individus avec qui il est entré en contact. Toutes les géolocalisations possibles et tous les niveaux de proximité possibles. Jusqu'ici, rien d'intéressant. Donc…

– Donc, on repart sur Internet, déduisit Costa.

– Exactement. J'ai étudié la chronologie de sa navigation…

– Et… ?

– Et là encore, pas grand-chose en apparence. Il est évident que Marchesi sait comment se déplacer sur le Net sans laisser de traces. Typique des gars comme lui. Mais il m'a suffi de creuser un peu, de contourner quelques obstacles que je ne vais pas vous expliquer parce que vous n'y comprendriez rien, et bingo ! J'ai trouvé des tas de choses que j'aurais aimé n'avoir jamais vues. Surtout lors de quelques incursions sur le *Dark Web*… Vous savez de quoi il s'agit, n'est-ce pas ?

– Certainement. Un niveau dissimulé de la Toile, dit Costa.

– C'est la partie la plus profonde du Deep Web et on n'y arrive pas avec des moteurs de recherche ordinaires. Le Dark Web est souvent utilisé par des gens qui ont quelque chose de grave à dissimuler. Pour nous, c'est aussi une précieuse source d'informations quand on sait comment s'y mouvoir. Le véritable problème n'est pas d'y accéder, mais de s'y connecter sans dommages pour notre système. Entrer dans le Dark Web, c'est s'exposer à un *hacking* potentiel…

– Et Marchesi y accédait ?

– Régulièrement. Nous avons trouvé les traces d'un ou deux *chats* sur lesquels il s'est connecté il y a un petit moment.

Mais chaque fois que nous essayons d'entrer, on nous fiche dehors. Ces gens sont aussi prudents qu'ils sont dangereux.

– Ce sont bien les endroits dont parlait Marchesi, dit Costa.

Manna sourit, heureux de trouver un allié chez le commissaire.

– Je me suis dit exactement la même chose. C'est là qu'il faut chercher, dans ces réseaux obscurs. Là où sont les gens dont a parlé Marchesi, ceux à qui il a fait passer les photos d'Andrea.

– Écoute, Loris, s'échauffa Costa, c'est vraiment important. Nous ne savons pas si nous pourrons interroger à nouveau Marchesi ni s'il finira par nous dire la vérité sur ce qu'il entendait faire. Nous devrons y arriver seuls d'une manière ou d'une autre.

– J'en suis bien conscient, commissaire…

Manna regarda l'écran devant lui où des courbes lumineuses se nouaient et se dénouaient contre un fond noir comme la nuit. De temps à autre émergeaient de cette obscurité des fragments de visages que le système allait pêcher dans tous les coins du Net. Ce n'était qu'une simulation graphique des connexions effectuées par Dieu. Mais c'était impressionnant, comme une porte sur un au-delà numérique.

– Nous devons être conscients d'une chose, dit Manna sombrement. Si l'identité de cet enfant a été jetée dans le Dark Web, on peut s'attendre au pire. C'est un océan sans fond où nagent les créatures les plus terrifiantes. Ce sont des mangeurs d'hommes, ni plus ni moins.

28

Eduardo était le seul homme que, pendant une période brève mais intense, Valentina avait cru aimer vraiment. Cela avait été une erreur, la dernière, s'était-elle promis. Et dès lors, sa vie était devenue nettement plus légère. Aucune émotion, à part celles que lui procurait son travail. Aucun lien qu'il faudrait briser un jour ou l'autre.

Leur histoire ne s'était pas très bien terminée, aussi ne fut-il pas simple de l'appeler après deux ans de silence. Eduardo était journaliste au quotidien *Il Messaggero*, et c'était le seul qui pouvait lui fournir des informations sur Fabio Costa, puisqu'elle ne voulait rien demander à ce sujet à Falcone ni à ses collègues du SCO.

Le début de la conversation fut assez difficile.

– Tu as donc décidé que tu pouvais me faire confiance ? lui dit-il d'un ton sarcastique.

Elle devait s'y attendre. C'était une allusion à la raison de leur rupture. Une fuite au cours d'une de ses enquêtes, dont Eduardo avait profité pour en tirer un scoop. La police préparait un vaste coup de filet contre un gang d'agresseurs sexuels, et sa divulgation dans les médias avait permis à deux suspects de s'éclipser. Valentina n'était pas la source d'Eduardo, mais il avait lourdement insisté dans ses articles sur la fiabilité de ses informations. « À chacun son métier », avait-il répondu quand elle lui avait fait remarquer que ses collègues auraient pu avoir des doutes à son sujet. Ce qui l'avait rendue furieuse, outre son indifférence à son égard, c'était le mal qu'il avait fait à l'enquête. Dès lors, Valentina avait compris que, entre la passion d'un côté et son travail de l'autre, il fallait faire un choix. Et se mettre avec un journaliste avait été une très mauvaise idée.

Eduardo la rappela l'après-midi même.

– Je ne savais rien de cette histoire. À l'époque, j'étais encore étudiant – comme toi, du reste –, mais ton Fabio Costa était déjà une star de la police.

– Oui, on m'a dit que c'était un bon flic, confirma Valentina.

– Et même plus que ça ! Il a résolu plusieurs cas d'homicides qui ont fait la une des journaux. Ses chefs l'avaient même envoyé à Quantico pendant un moment pour étudier le profilage. Il avait devant lui un avenir tout tracé, s'il n'avait pas eu un caractère de cochon… Et bien sûr s'il n'avait pas commis tout ce gâchis.

– Tu veux parler de cette histoire de viol ?

– Il n'y a pas que ça. Il y a quinze ans, Costa dirigeait la section que tu commandes aujourd'hui. Il s'était occupé de plusieurs cas particulièrement difficiles. L'un d'eux était celui du tueur en série appelé « le Boucher » – tu dois t'en souvenir, même si c'était avant ton entrée dans la police. Il avait tué trois enfants, et Costa l'a coincé quasiment à lui tout seul – y compris en allant contre l'avis des experts. Et ce n'est qu'un exemple. Il a résolu cent pour cent de ses affaires. Et puis, il y a eu cette accusation de violences sexuelles…

– Sur l'une de ses collègues.

– Diana Marini. C'était une inspectrice de sa section, son bras droit. J'ai vu des photos d'elle, elle était très belle. Il semble qu'ils aient eu une liaison, mais Costa était marié et avait un fils en bas âge. À partir de là, l'histoire est banale et sordide à la fois. On ne sait pas lequel des deux a décidé de mettre fin à cette relation. Un après-midi, à la suite d'une dispute, on a vu Diana Marini sortir du bureau de Costa en larmes, les vêtements lacérés, des marques rouges sur le visage et tenant à la main un pistolet encore chaud. Elle lui avait tiré dessus avec son arme de service, mais sans le toucher. À l'entendre, c'était de la légitime défense, parce qu'il avait tenté de la violer.

Dans l'esprit de Valentina, les pensées et les émotions s'entrechoquaient. Elle sentait la peur et la rage de la femme blessée et repoussée qui en venait à tirer sur l'homme qu'elle aimait. Mais elle percevait aussi le désarroi et la fureur de

Costa. Et leur effroi commun devant une histoire qui finissait de façon aussi horrible.

– Et elle l'a dénoncé, murmura-t-elle, en se souvenant des révélations de Siria Lucchesi.

– Oui, l'affaire s'est terminée au tribunal. Ils ont été suspendus et écartés du SCO. Un scandale qui, vu la notoriété de Costa, a fait la une pendant un certain temps. Ici, au *Messaggero*, ils en ont fait une espèce de feuilleton. Chaque jour un nouvel épisode.

– Et tout ça a fini comment ?

Elle se doutait que Costa n'avait pas été condamné, puisqu'il était encore dans la police.

– L'avocat de Costa a fait du bon boulot, confirma Eduardo. Il n'y avait pas de preuve que le rapport n'était pas consenti, étant donné ce qui s'était passé entre eux. Et c'était la parole de Marini contre la sienne. En outre, beaucoup de collègues ont témoigné que c'était Costa qui avait voulu rompre et non l'inverse. Un argument qui contredisait les violences sexuelles présumées. Il a donc été blanchi, mais il était hors de question qu'il réintègre le SCO, même si son avocat avait appelé à la barre toutes les grosses légumes qui avaient témoigné en sa faveur – tentant aussi de sauvegarder l'honneur du service. En somme, sa brillante carrière semblait vraiment terminée, du moins pour un temps. En compensation, il semble qu'il ait réussi à reprendre de bonnes relations avec sa femme Mariza et son fils Lorenzo. C'est du moins la version qu'on a donnée aux journalistes.

Valentina absorbait ces informations avec une appréhension croissante.

– Peut-être était-il vraiment innocent, dit-elle.

– Mais malheureusement l'histoire ne s'arrête pas là.

Valentina sentit son cœur battre plus fort. Oui, il devait y avoir autre chose. Elle le voyait dans les yeux de Costa.

– Une fois Costa blanchi, Diana Marini est sortie de la scène, poursuivit Eduardo. Elle a quitté la police aussitôt après le procès. Ils avaient fait passer l'histoire du coup de feu pour un accident, mais elle n'avait plus sa place au SCO. Diana a disparu, et à entendre certains de mes collègues, c'était la preuve qu'elle avait tout inventé. Costa semblait fini sur le plan professionnel, mais quelqu'un s'est évertué à le réhabiliter. Sa réputation d'enquêteur n'y était pas pour rien.

Valentina n'en fut pas surprise. Il y avait encore un fort conditionnement machiste dans la police, même si les temps avaient changé. Mais surtout, l'administration avait tendance à sauvegarder l'excellence. Un super flic comme Fabio Costa pouvait sortir indemne de la tempête, ce qui l'irrita contre lui. Encore une fois, elle fut surprise de ce conflit d'émotions. Ne serait-il pas plus simple d'abandonner Fabio à son destin ? Elle pouvait avancer sans lui, non ?

– Deux semaines plus tard, reprit Eduardo, Marini est allée sonner à l'interphone chez Costa en demandant à lui parler. Il a dû être surpris, mais il l'a fait monter. Sa femme a déclaré par la suite qu'elle s'était résolue à croire à l'innocence de son mari et qu'ils auraient pu affronter cette épreuve ensemble. Elle était donc disposée à une confrontation avec Diana. Ils lui ont ouvert. Diana Marini a pris l'ascenseur, mais elle ne s'est pas arrêtée à leur étage. Elle est montée jusqu'au dernier, puis elle a accédé au toit de cet immeuble de sept étages où il vivait depuis dix ans. Elle a choisi le coin qui donnait sur la cour principale et elle s'est jetée dans le vide.

– Elle s'est suicidée…, murmura Valentina.

– Oui, dit Eduardo dans un souffle. Elle est morte sur le coup.

Pratiquement sous les yeux de Fabio. À cause de lui.

– Elle n'a même pas laissé un mot, poursuivit Eduardo en reprenant la froideur du journaliste. En tout cas, fin des espoirs de réhabilitation pour Costa. Malgré l'acquittement, avec le suicide de son ex-amante beaucoup ont recommencé à se dire qu'il pouvait être en effet coupable de ce viol.

– Et qu'as-tu découvert d'autre ? reprit Valentina après un silence, sentant la gêne revenir entre eux.

– Eh bien, il a été réintégré. Après la relaxe, le parquet n'avait même pas fait appel. Mais il n'était plus présentable. Ils l'ont enterré à Volterra, sans doute avec l'idée de l'y laisser jusqu'à la retraite. Il semble qu'il ait complètement rompu avec sa femme et son fils. Le garçon, qui doit avoir une vingtaine d'années, n'a plus voulu entendre parler de lui. Fin de l'histoire. (Une pause.) C'est tout. (Une autre pause.) Mais si tu veux, je t'enverrai les articles que j'ai trouvés et tu te feras ton opinion toi-même.

C'était inutile. Elle en avait déjà appris beaucoup – et même beaucoup trop. Elle se sentait vidée. Elle imaginait l'horreur que cette femme avait dû ressentir, mais aussi ce que cela avait signifié pour Fabio. Elle oscillait entre des vagues de sympathie pour l'un et pour l'autre. Mais Diana était morte. Diana, qui avait arpenté ces mêmes couloirs qu'elle traversait aujourd'hui.

– Écoute, disait Eduardo pendant ce temps, tu envisages de revenir à Rome ? Je sais que tu es très occupée, mais on pourrait peut-être se voir… Et vu que j'ai été aussi gentil avec toi, tu pourrais me faire à ton tour une faveur… Il y a du nouveau dans l'enquête ?

Valentina en eut le souffle coupé.

– Comment peux-tu me demander ça ?

– Pourquoi pas ? Et même si je ne le faisais pas, tu

m'accuserais de toute façon d'être un vil extorqueur d'informations, pas vrai ?

Elle était incrédule et déçue. Son ancien amant lui demandait un entretien exclusif sur son affaire, ce qui était la raison pour laquelle ils avaient rompu. Et elle avait décidé qu'elle n'aurait plus jamais de liaison avant... disons soixante ans au moins. Elle chercha quoi lui dire, ne trouva rien et l'expédia sans ménagement en lui promettant toutefois de lui passer un coup de fil à son retour à Rome.

En sortant du bureau, elle tomba sur Costa, plus sombre que jamais. Un instant, il lui vint l'idée absurde qu'il savait qu'elle effectuait des recherches sur son compte et s'apprêtait à lui demander pourquoi elle fouillait ainsi dans son passé. Mais ce qu'il avait à lui dire était bien pire.

– Nous venons de perdre notre dernier espoir de retrouver Andrea, lui dit-il.

29

On l'avait retrouvé pendu dans les douches avec une ceinture de peignoir accrochée aux grilles de l'unique fenêtre. En y entrant, il n'avait pourtant avec lui qu'une serviette et un flacon de savon liquide. Et surtout, il avait encore sa langue. Celui qui l'avait tué avait pris soin de la lui trancher avant de la lui enfoncer dans la gorge. Un travail scrupuleux, mais pas précisément propre. Guido Marchesi était couvert de sang jusqu'au pubis, ce qui induisait le légiste à penser que la résection de la langue avait été pratiquée de son vivant.

Leurs investigations n'avaient pas donné de résultats

Costa s'assit en face d'elle. Sur le bureau entre eux, des rapports de police, les photos et le compte rendu de l'autopsie de Gianni Venturi, des images des enfants disparus.

– Avant tout, dit-il en la regardant droit dans les yeux, tu dois me dire si tu désires mon aide. Si tu la veux *vraiment*. Je sais ce qu'ils pensent de moi au SCO. Ils savent que je participe à l'enquête, et Lucchesi est déjà sur le pied de guerre.

Non, pensa-t-elle. Je ne veux pas de ton aide. Pas après ce que j'ai découvert sur toi. Même à Rome ils diraient que je ne peux pas accepter ; que tu n'es plus désormais qu'un flic de province qui ne sert à personne ; que tu es dangereux.

– Oui, dit-elle au lieu de cela. Toute aide est la bienvenue.

– Ils ne te donneront jamais d'autorisation officielle, la prévint-il sans la lâcher des yeux. Ils te mettront des bâtons dans les roues. Si ce n'est pas déjà fait.

– En effet, admit-elle en rougissant.

– Ne t'inquiète pas. Je le savais. Je vais faire tout mon possible, mais je ne veux pas que tu comptes trop sur moi. Je n'ai jamais été un expert, comme tu dis. Et je suis un peu rouillé.

– Je me contenterai de ce que tu me donneras. (Costa eut un sourire voilé de tristesse.) On commence par où ?

Et elle se prépara à l'écouter.

– En y réfléchissant, dit-il en hochant la tête. Je suis sûr que tu avais raison dès le départ, et Guido Marchesi nous l'a confirmé à sa manière. Notre homme n'est pas un simple pédophile de province qui enlève des enfants qu'il a croisés par hasard. C'est quelque chose de plus terrible. Il est lucide et fou à la fois. Et il a un projet précis en tête. Il ne chasse pas ses victimes pour des raisons sexuelles. Du moins pas dans le cas d'Andrea. Et il les choisit avec beaucoup de soin. Fosco, Andrea, peut-être Salvatore Esposito, le gamin de Naples...

– Nous n'avons aucune certitude à son sujet, objecta Valentina.

– Je pense que si. Et je pense aussi que ton idée que tout tient à la grande ressemblance entre Fosco et Andrea est la clé de l'affaire. Ça ne peut pas être une coïncidence, Valentina. Il faut approfondir cette question.

– C'était bien mon idée. Mais en y repensant elle me paraît un peu tordue. Et Salvatore ne ressemble pas aux deux autres. Donc…

– L'enlèvement de Fosco n'a pas eu le résultat escompté, n'est-ce pas ?

– Et alors ?

– Rien. Je réfléchissais. Fosco arrive à s'échapper et il ne reste qu'un enfant mort entre les mains de notre homme – sans doute le petit Salvatore. Mais l'idée du ravisseur est d'avoir deux enfants à sa disposition. Donc…

– Il doit rectifier le tir.

– Et il le fait en allant chercher Andrea Venturi…

– Qui par ailleurs semble le jumeau de Fosco Agnelli. Et nous voilà revenus à cette idée de ressemblance.

– Ce qui nous amène à une autre réflexion. Comment a-t-il fait pour repérer deux enfants si semblables aussi rapidement ? C'est comme s'ils avaient déjà été inscrits sur une sorte de liste. Il choisit Fosco, ça tourne mal, et il se replie aussitôt sur Andrea. Il est contraint de tuer son père, parce qu'à la différence de l'enfant de Sorano qui rentre tout seul de l'école, Andrea Venturi est à la maison à cause d'une grève. C'était un obstacle inattendu, mais en tout cas, quand il perd Fosco, il sait déjà où aller frapper…

– Il a effectué des recherches, nous le savons, dit-elle. Il s'est documenté sur les deux enfants en ligne… Je ne sais pas comment il a pu comparer leurs physionomies, mais il n'y a pas d'autre explication.

– Oui. J'en ai parlé à Manna. Pour faire ce genre de recherche, il faut des programmes sophistiqués, et il est dessus. Au fond, l'arrestation de Marchesi a été éclairante. Il avait pris des photos postées sur Facebook par le père d'Andrea et les avait insérées dans le circuit des sites pédopornographiques. Notre homme a dû partir de là. Idem pour Fosco Agnelli, même si ses photos ne circulaient pas sur le Dark Web. Mais à l'arrivée, le ravisseur aura bien dû s'approcher physiquement de ses victimes… Ces deux enfants jouent un rôle dans le projet de notre homme. Ils détiennent quelque chose dont il a besoin. Je ne sais pas quoi, mais c'est comme ça. Qu'est-ce qui le pousse à les choisir, eux, plutôt que d'autres ? Si nous arrivons à le découvrir, nous saurons qui il est… Avant la prochaine fois, espérons-le. Parce qu'il ne va pas s'arrêter, Valentina. J'en suis sûr. Ce misérable ne va pas s'arrêter.

Elle observait sa bouche pendant qu'il parlait. Des dents blanches, un peu petites pour un homme, mais d'une forme parfaite, qui contrastaient avec sa barbe sombre et drue.

– Qu'est-ce qu'on peut faire de plus ? murmura-t-elle sans cesser de fixer ses lèvres.

– Recommencer. Tout reprendre du début.

C'était précisément ce qu'elle était en train de se dire. Costa se leva brusquement.

– On commence tout de suite, si tu veux.

– Oui mais par quoi ?

– Par l'unique indice dont nous disposons. Par le premier garçon.

30

La brume ne commença à se dissiper qu'à l'entrée de Sorano, le petit village de la Maremme où habitait Fosco. Toute la région ce matin-là disparaissait sous un voile gris et glacé qui semblait une parfaite métaphore de leur chasse à l'homme.

Fabio et Valentina étaient seuls, accompagnés seulement du fidèle Angelo Zucca. Ils n'avaient averti personne. Tout reprendre du début, c'était effacer le travail accompli jusque-là. S'ils échouaient, cette défaite serait uniquement la leur. Ils ne voulaient pas soustraire d'autres énergies aux enquêtes en cours.

Ils avaient établi un programme simple. D'abord, faire le tour de Sorano. Puis, au commissariat, réexaminer avec l'inspectrice Blasi tout le matériel recueilli, en espérant y trouver un fil conducteur, une trace restée inaperçue jusque-là.

Valentina n'était pas sûre que la visite du village s'imposait, mais Costa avait insisté. Il voulait regarder autour de lui, s'imprégner de l'endroit, comme avait dû le faire l'homme qu'ils cherchaient quand il avait suivi le petit Fosco. Car il lui avait fallu une certaine préparation, au cours de laquelle il avait pu commettre une erreur et laissé un signe de sa présence.

Elle avait compris que Costa suivait ses propres schémas mentaux, selon un raisonnement peu accessible aux autres. Mais c'était pour cette qualité qu'il était autrefois considéré comme un grand enquêteur. Du moins avant qu'il viole et laisse mourir la femme qu'il aimait, murmura la petite voix habituelle. Cette fois, elle la fit taire. Fabio avait été blanchi. Il n'était coupable d'aucun délit, même si cette affaire s'était soldée par son bannissement.

Ils parvinrent à l'entrée du village, devant la grande porte de ce qui était autrefois une forteresse imprenable.

– Je fais quoi, demanda Zucca, je me gare ? J'ai l'impression qu'ici, il n'y a que des ruelles et des escaliers...

– Non, dit Costa. Je descends, et vous continuez.

– Tu veux y aller tout seul ? dit Valentina en se tournant vers lui.

Il la regarda d'un air timide, comme chaque fois qu'en réalité il imposait sa volonté. Valentina en était consciente et acceptait le jeu.

– Si tu n'y vois pas d'inconvénient, bien sûr. Pendant ce temps, allez au commissariat de Grosseto, ça nous fera gagner du temps. On ira plus vite en se séparant. Mais on reste en contact, d'accord ?

Elle ne trouva rien à objecter et Costa descendit de la voiture.

Tandis que Zucca s'éloignait du centre, Valentina observa dans le rétroviseur la silhouette de Costa marchant le long de la route. Une ombre qui s'effaçait peu à peu dans la brume et qui ne tarda pas à s'y engloutir complètement.

31

Roberta Blasi fut contente de les voir. La jeune inspectrice s'était fait attribuer l'affaire Fosco Agnelli, et elle était la seule à la connaître assez bien pour pouvoir les aider.

– Mais je dois vous avouer que je n'ai fait aucun progrès, dit-elle après les avoir salués. Nous n'avons rien de plus que lors de notre dernière rencontre.

– Ne te prends pas la tête, dit Valentina qui sentait sa frustration. Nous aussi on est au milieu du gué, et on n'aperçoit pas encore l'autre rive. Dis-moi plutôt comment va Fosco.

– Bien, je dirais. Il a repris une vie normale, même si sa mère ne le lâche pas d'une semelle. Elle est peut-être un peu obsessionnelle, mais je la comprends.

– Pas de traumatisme apparent ?

– Il est suivi par une psychologue, et son côté revêche et ombrageux semble avoir disparu. Curieusement, il s'est plutôt adouci. Il est moins taciturne et recherche la compagnie des autres enfants.

– C'est un bien, non ? interrompit Zucca qui semblait s'ennuyer.

– Espérons-le...

– Tu lui as montré les photos de Salvatore Esposito, le garçon disparu à Naples ? reprit Valentina.

– Bien sûr, répondit l'inspectrice. J'ai transmis le procès-verbal à ton bureau de Rome. Fosco ne l'a pas reconnu. Il a répété qu'il ne se souvenait que de la peau glacée de l'enfant et du fait qu'il était nu, comme lui. Et puis il a ajouté que tout ça n'avait peut-être été qu'un rêve... Mais je crois que là, on sent l'intervention de la psychologue. C'est peut-être mieux ainsi.

Ou peut-être avait-ce été véritablement un rêve – auquel cas leurs hypothèses se perdraient dans la brume qui noyait Sorano.

– Je n'avais guère d'espoir, reconnut Valentina, mais je suis déçue quand même.

Si c'était là leur meilleure cartouche, elle commençait à perdre courage.

– Voilà tout ce que nous avons, répondit Blasi en exhibant un dossier qui ne contenait guère qu'une centaine de pages.

Sur un hochement de tête de Valentina, Zucca l'ouvrit et le feuilleta. Les premiers rapports, les photos prises par la Scientifique de la grange où Fosco s'était réveillé.

– Désolée, conclut l'inspectrice. J'aurais aimé avoir plus d'éléments à vous donner.

– Tu t'es très bien débrouillée, Roberta, dit Valentina en secouant la tête. Je suis sincère. Tous les policiers n'auraient pas pris autant à cœur une affaire comme celle-ci. Si tu ne nous avais pas mis sur la voie, nous n'aurions jamais fait le lien entre la disparition de Fosco et l'affaire de Volterra.

L'inspectrice Blasi rougit, mais son visage resta grave. Elle indiqua Zucca plongé dans le dossier.

– Vous pensez vraiment que ce qui est arrivé à Fosco est lié à l'affaire de l'autre enfant et au meurtre de son père ? Ça me paraît incroyable.

– Je ne sais pas, Roberta. Franchement, je ne sais plus où nous en sommes.

Elle regarda le visage contrit de sa collègue et pensa : Bon, encore un coup d'épée dans l'eau ! J'y suis habituée. À nouveau, Valentina redoutait de ne pas être à la hauteur, et c'était pour cela qu'elle avait tant besoin de Fabio.

Zucca leva la main comme pour demander la parole, les yeux toujours rivés sur les documents qu'il compulsait.

– Oui, Angelo ?

– Il manque quelque chose ici...

Blasi s'approcha et regarda par-dessus son épaule.

– C'est le rapport de la police scientifique, dit-elle. Je crois qu'il est complet.

– Eh bien, il y a les photos de la grange où Fosco dit s'être réveillé..., les relevés des traces de pneus et un tas de belles photos panoramiques..., mais où est passé le procès-verbal de mise sous scellés ?

Valentina dressa l'oreille.

– Quel procès-verbal ?

Roberta scrutait attentivement l'endroit que lui désignait Zucca.

– En effet, dit-elle. Il manque le procès-verbal des objets répertoriés... Mais je savais qu'on n'avait rien trouvé.

– Pourtant, il en est fait mention, répliqua Zucca. Ici, dans la transmission des pièces au procureur. « Pièce 11, liste des objets retrouvés à l'intérieur de la grange, etc., etc. » S'il y a un procès-verbal, c'est qu'ils ont trouvé quelque chose, non ?

– Il doit y en avoir une copie à la Scientifique, informa Blasi. Je vais la chercher ?

– Oui, approuva Valentina.

Mais la liste des objets trouvés dans la grange où avait été dissimulé le California se révéla si maigre qu'elle anéantit leurs derniers espoirs. Quelques outils rouillés, des mégots de cigarettes laissés par quiconque était passé par là au cours des années, des courroies en cuir pour harnacher les animaux, des fragments de papier désignés ainsi : « Coupures de journaux, fragments portant des images en couleur ».

– Nous les avons ici, dit Blasi. Tout cela est dans l'armoire des scellés, à part les mégots qui ont été conservés par la Scientifique.

Ce serait sans doute inutile, mais Valentina entendait la voix de Fabio lui disant de ne rien laisser de côté.

Ils posèrent donc sur la table une dizaine d'enveloppes en plastique transparent portant le sigle de la police scientifique, et se penchèrent sur ce butin dérisoire.

Les outils étaient tellement attaqués par la rouille et la saleté qu'il était impensable qu'ils aient été utilisés par le ravisseur de Fosco Agnelli. De même pour les harnais en cuir, durcis au point de n'avoir plus aucune utilité. Les fragments de journaux se résumaient à une dizaine de coupures de forme irrégulière et jaunies par le temps, sans doute oubliées là des années auparavant.

Mais il y avait une coupure de journal différente des autres. Valentina la prit en main sans la sortir de son enveloppe et l'étudia de près.

– Je l'ai déjà examinée, dit Blasi. Je vois mal ce qu'on pourrait en tirer.

Mais ce morceau lui évoquait quelque chose.

C'était un coin de page de cinq centimètres de côté. On aurait dit une estampe sur papier glacé. Cela reproduisait une photo ou une peinture. On entrevoyait la tête d'une femme : une épaisse chevelure rousse, une partie d'un front à la peau claire, des yeux baissés.

– Des empreintes ? demanda Valentina.

– Aucune. Mais c'est difficile de les récupérer sur du papier.

Valentina continuait à fixer le fragment.

– Tu crois que c'est important ?

– Il n'est pas comme les autres. Les autres sont très anciens, mais celui-ci paraît plus récent.

Il n'était peut-être pas dans la grange, observa Zucca, mais à l'intérieur de ce fichu fourgon…

– Et il en est tombé, compléta Blasi.

– Mais bien sûr ! s'exclama Valentina. Vous vous rappelez le papier froissé que Fosco pressait dans sa main ? Celui-ci ne serait-il pas du même genre ?

Roberta Blasi s'illumina.

– C'est ça ! On se demandait d'où pouvait bien venir cette boulette de papier qu'il tenait serrée comme une amulette…

– Et il y a encore autre chose…

Valentina chercha parmi les documents du classeur. Elle trouva le procès-verbal résumant les déclarations de l'enfant ce jour-là à l'hôpital. Elle lut à haute voix : « Il y avait des visages qui me regardaient, des visages partout, même au plafond… Ils me faisaient peur. »

– Vous voyez ?

– Oui, dit Blasi. On pensait que c'était un revêtement pour empêcher de voir à l'intérieur de la camionnette. Des fragments de journaux pour obscurcir les vitres…

– Mais ce genre de fourgon n'a pas de fenêtres…, reprit Zucca.

– Et peut-être qu'il ne s'agissait pas de simples feuilles de journaux. Fosco n'a pas parlé de pages imprimées, seulement de visages.

Quand Fosco s'était levé du lit, réfléchit Valentina, il avait dû s'agripper à la paroi et arracher sans s'en apercevoir un morceau de cette tapisserie d'images. Le papier qu'il serrait dans son poing pouvait provenir de l'intérieur du California. Quant à celui retrouvé dans la grange, il avait pu rester collé à son pied nu alors qu'il s'enfuyait.

– On peut faire un agrandissement ?

Roberta Blasi prit le dossier et sortit de la pièce. Zucca regarda Valentina.

– C'est si important que ça ?

Valentina se surprit à imaginer ce qu'aurait dit Costa, et cela l'irrita. Mais elle pensa qu'il aurait sans doute accueilli avec plaisir ce nouveau petit indice, lui qui ne négligeait jamais rien.

32

La brume était moins dense, sans s'être complètement levée. Il avait l'impression d'évoluer dans un aquarium parmi les maisons, les places et les ruelles plongées dans une ombre humide. Et le village semblait vide. La plupart des habitants de Sorano descendaient sans doute à Grosseto le matin pour aller travailler ; les enfants étaient à l'école, et le reste des habitants devaient être barricadés chez eux à cause du froid.

Costa avançait dans le bourg désert, il rasait les murs de pierre en écoutant un murmure qui semblait sourdre de ses fondations mêmes. Il imaginait le ravisseur d'enfants parcourir les mêmes rues et entendre les mêmes murmures. Il pouvait presque le voir, inspirant l'air raréfié, cherchant à passer inaperçu. Le criminel suivait les traces qui allaient le conduire à sa proie – précisément comme lui-même le faisait en cet instant.

La boutique qu'il cherchait se trouvait tout au bout d'une rue étroite et pentue, où les balcons des maisons arrivaient à la hauteur des passants. Sur l'enseigne de l'entrée, il lut « BANTI PHOTOGRAPHIE ». Sur les deux vitrines, qui auraient eu besoin d'un bon nettoyage, étaient exposés des tirages de tailles diverses dans des cadres en étain, en acier et en bois. Deux grandes photos dominaient les autres, une dans chaque vitrine, pour attirer l'attention des clients. L'une d'elles montrait la beauté de Sorano la nuit, les lumières des maisons chaudes et colorées comme celles d'une crèche. Tout en bas, la signature contournée du photographe.

L'autre était un agrandissement en noir et blanc d'une procession, sans doute celle de la fête annuelle du village, où toute la population est présente, qu'elle soit croyante ou non. Costa trouva le cliché intéressant, bien que légèrement sous-exposé.

Il ne fut pas surpris de découvrir que c'était l'une de celles que Banti avait publiées sur son profil Facebook et qui l'avaient conduit jusque-là. Le visage de Fosco Agnelli tranchait par sa netteté et par l'expression qui l'animait. Il était au premier rang, le regard fixé vers le photographe et vers tous ceux qui étaient susceptibles de l'admirer dans cette vitrine ou sur une page Internet. Et l'un d'eux allait le prendre en chasse.

Costa s'arrêta sur le seuil de la porte d'entrée. Derrière les vitres encore humides de rosée, il entrevoyait un homme assis à un comptoir.

Voilà, se dit Costa, à présent j'abaisse la poignée, j'entre et je me tourne vers le photographe comme lui a dû le faire. Il y a combien de temps ? C'est ici qu'on lui a donné le nom de l'enfant sur la photo. Pourquoi ? Quel prétexte a-t-il trouvé ?

Il n'y avait qu'une seule façon de le savoir.

Costa entra. Une clochette à la porte émit un son discret. L'homme derrière le comptoir leva les yeux, et Costa pensa un instant y voir un éclair de peur. Mais le vieux photographe se reprit aussitôt. Costa résolut d'aller droit au but et brandit sa carte.

– Vous voyez pourquoi je suis ici ? demanda-t-il.

L'autre prit aussitôt un air de perplexité mêlée de défiance.

– Non. Je devrais ?

– J'espérais que oui.

– Si vous ne le savez pas vous-même, pourquoi venir…

– Vous avez raison. Mais je sais fort bien pourquoi je suis ici. J'espérais simplement que vous étiez quelqu'un de raisonnable.

Banti croisa les bras et regarda Costa droit dans les yeux.

– Je peux savoir ce que vous voulez ?

– Vous connaissez Fosco ?

– Quel Fosco ? Il y en a tellement dans le coin…

Mais il avait pâli.

– C'est un enfant. Il y a sa photo dans l'une de vos vitrines, dit Costa, sans cesser de fixer les yeux larmoyants du vieux.

Ce n'est pas vous qui avez pris cette photo ? Elle est d'ailleurs assez belle.

– Ah oui, bien sûr. Merci. Je suis en effet assez content de ce cliché. Vous voulez l'acheter ?

– C'est cela qu'il vous a dit ? Qu'il voulait l'acheter ?

Les paupières du vieux se mirent à battre. Elles étaient sillonnées de rides comme tout le reste de son visage, qui à ce moment parut se défaire.

– De quoi parlez-vous ?

– De l'homme qui il y a quelque temps est venu dans votre boutique et vous a interrogé sur Fosco Agnelli. Le garçon dont on dit qu'il a été enlevé… et qui sur cette photo a un sourire irrésistible. Vous vous rappelez maintenant ?

Le pli de ses lèvres qui se durcit augura qu'il ne devait pas être si facile à impressionner.

– Je ne sais rien du tout, dit-il. Je connais Fosco Agnelli, et je sais qu'il raconte qu'il a été enlevé. Tout le monde le sait dans le village. Mais si vous le croyez, c'est votre affaire. Ce gamin a certainement tout inventé – c'est ce que pensent les gens. En tout cas, personne ne m'a rien dit et je ne sais rien du tout.

– Donc, personne ne vous a interrogé sur lui ?

– Personne. Vous pouvez en être sûr.

– Parce qu'autrement vous l'auriez dit à la police, n'est-ce pas ? Une information importante que personne ne garderait pour soi…

– Mais certainement ! Vous croyez quoi ?

Mais ses lèvres sèches tremblaient à présent. De rage – ou peut-être de peur.

– Parce que, si Fosco dit la vérité, il y a dans le coin un homme qui cherche des enfants, un homme dangereux qui pourrait faire du mal encore… Et vous, monsieur Banti, vous seriez un témoin réticent… Vous comprenez ce que je veux dire ?

Pendant un instant, l'autre vacilla. Mais c'était un type d'homme particulier : solitaire, méfiant, plein de mépris pour les autres.

– Je sais ce que je dis, répliqua-t-il.

Costa le fixa.

– Vous savez ce que je dois faire maintenant ? Ce que m'impose mon rôle de policier ?

– Quoi donc ? demanda l'autre d'un ton soupçonneux.

– Je dois décider si je vous crois ou non.

Il étudia le photographe en silence ; celui-ci commença à s'agiter nerveusement.

– Ce n'est pas facile, reprit Costa, mais c'est mon travail. Et c'est ce que je dois faire quasiment chaque fois que quelqu'un me dit qu'il ne sait rien du tout. Dans ce cas, je dois décider si je reprends cette porte, satisfait de sa réponse, ou si j'insiste. Ou même si je lui passe les menottes. C'est ma méthode, vous voyez ?

Banti ne répondit pas. Costa hocha la tête.

– On va faire comme ça. Je vais vous croire et je vais repasser la porte. (Banti parut soulagé.) Puis, je vais continuer à faire ce pour quoi je suis payé et qui me réussit assez bien. Je vais chercher l'homme qui a enlevé cet enfant. L'homme qui n'est pas entré dans votre boutique pour demander des informations sur Fosco Agnelli. Celui dont beaucoup pensent qu'il n'a jamais existé. Mais s'il existe – et je sais qu'il existe – je le trouverai. Je l'arrêterai, et je l'interrogerai. Longtemps. Et il finira par tout m'avouer. Ce n'est jamais qu'un homme triste, au fond. Ce n'est pas le diable, ce n'est qu'un criminel. Et quand ce misérable comprendra qu'il n'a aucun moyen d'échapper à la prison, il avouera tout. Parce que c'est ce qu'ils font à la fin : ils racontent tout. Et à ce moment-là, je l'interrogerai sur vous, monsieur Banti. Je lui demanderai si c'est vrai qu'il n'est jamais venu vous poser des questions sur Fosco. Et il me répondra, j'en suis certain. Il me dira la vérité. Et puis je reviendrai vous voir.

– Pour m'arrêter ? dit Banti d'une voix faible.

– Si je le peux, oui. Mais ce que je vais faire en tout cas, c'est parler. Je vais informer tout le village que vous auriez pu m'aider à capturer ce monstre et que vous ne l'avez pas fait. Que personne n'aurait tenté d'enlever Fosco Agnelli ici, à Sorano, si vous n'aviez pas révélé son nom et son adresse au premier étranger de passage… Je vais faire de votre vie un enfer. (Il y eut un silence.) Mais vous m'avez dit la vérité. Vous n'avez donc aucune raison d'être inquiet, n'est-ce pas ?

Et il tourna les talons.

– Attendez ! lança le vieux.

Costa se retourna.

– Il avait de longs cheveux blancs, murmura le photographe en baissant les yeux. Il souriait. Il n'a pas arrêté un instant de sourire…

Le vieux continua à parler. Il n'était plus que cela, un vieux terrifié qui reconnaissait sa faute.

Il dit que l'homme faisait près d'un mètre quatre-vingts, qu'il avait des épaules de lutteur et une silhouette longiligne. Son italien n'avait pas d'inflexion dialectale, mais il avait très peu parlé. Il ne se rappelait pas ce qu'il avait sur le dos, quelque chose de sombre, mais il n'en était pas sûr.

– Et il a surgi de nulle part ? demanda Costa d'un ton froid.

– Je ne l'ai pas vu arriver, je le jure ! gémit Banti. Il est entré dans la boutique comme ça. Je n'ai pas vu s'il avait une voiture ou autre chose.

– C'était quand, Banti ? insista Costa.

– Oh, Seigneur… Je ne m'en souviens pas. Ça devait être en octobre. Oui en octobre, avec les premiers froids.

L'homme avait acheté quelques photos de la procession. Banti ne lui avait pas demandé pourquoi, persuadé que c'était un simple amateur de cérémonies locales. Puis l'inconnu avait indiqué Fosco, pointant un doigt vers le visage angélique de l'enfant. L'attention de Costa se tendit.

– Qu'a-t-il dit exactement ?

– Seulement que j'avais vraiment réussi à immortaliser cette expression intense – c'est le terme qu'il a employé : « immortaliser ». Et puis il m'a demandé le nom du garçon.

– Et vous le lui avez donné.

Ce n'était pas une question. Banti hésita avant de sortir un son à peine audible. Puis il ajouta :

– Je n'y voyais rien de mal. Et je ne lui ai donné que son prénom, je le jure ! Pas son nom de famille ni son adresse. Je lui ai seulement dit qu'il s'appelait Fosco…

Il baissa les yeux à nouveau. Il mentait, et Costa le savait. Mais à ce moment, il était inutile d'insister. Il ne reconnaîtrait jamais avoir accepté de l'argent de cet homme. Costa s'apprêtait à partir, mais Banti l'arrêta à la porte.

– Il n'a jamais cessé de sourire, dit-il. Je ne sais pas ce qu'il avait, mais il était nerveux. Il avait du mal à parler et par moments il fermait les yeux très fort. C'est la vérité, je vous le jure…

Costa était déjà dehors quand lui parvint la dernière phrase.

– Je suis quelqu'un de bien, moi.

Mais il l'avait peut-être imaginée.

33

Le retour à Volterra s'effectua en silence, jusqu'à ce que Zucca allume la radio et que la musique emplisse l'habitacle. Il avait choisi sa station de jazz préférée sans leur demander si ça leur convenait, mais ni Valentina ni Costa ne parurent s'en être aperçus. Ils contemplaient la route et la nuit qui l'engloutissait. Ils fixaient le noir devant eux, éclairé seulement par les phares de la voiture.

Ce voyage finalement n'avait pas été inutile.

La description de l'homme qui avait posé des questions sur Fosco correspondait aux informations qu'ils possédaient, et c'était un point fondamental. Blasi faisait réaliser un portrait-robot à partir de la description donnée par Banti, et le photographe leur serait utile une fois qu'ils auraient retrouvé le ravisseur.

Et puis il y avait le fragment de papier trouvé dans la grange. L'agrandissement avait montré qu'il s'agissait de la reproduction d'un tableau. Le fond, de couleur neutre, et les cheveux de la jeune femme montraient des touches de coups de pinceau. Serait-ce l'œuvre d'un grand artiste ? Ils ne pouvaient que le supposer pour l'instant.

– Le papier n'est pas celui d'une revue, avait fait observer Valentina. Il paraît plus épais et plus précieux. Il vient peut-être d'un catalogue d'art.

Costa, à qui Valentina avait remis le fragment sous son enveloppe en cellophane, l'avait longuement retourné entre ses doigts.

– Il n'y a aucune preuve qu'il provienne de l'intérieur de la camionnette, avait-il dit doucement, comme pour lui-même.

Et même dans ce cas, il n'a peut-être aucun sens. Mais il vaut mieux raisonner sur la base que tout élément nouveau a son importance. Tu es d'accord ?

Elle n'avait pas répondu. Ce n'était pas nécessaire. Il ne leur restait qu'à comprendre comment exploiter ce minuscule indice.

– Et il nous faut encore découvrir ce qu'il représente, avait poursuivi Costa. Si c'est un tableau célèbre, ça ne devrait pas être impossible.

– Par où on commence ?

– J'ai une idée. Je connais quelqu'un. C'est un expert en art, mais surtout quelqu'un doté d'une formidable élasticité mentale. Crois-moi, c'est l'homme qu'il nous faut.

– Très bien... Tu t'en occupes ?

– Je vais partir pour Rome aussi tôt que possible.

– Tu ne peux pas lui envoyer le fragment par e-mail ?

– Tu ne connais pas l'homme à qui je vais le montrer, avait répondu Costa avec un sourire.

Puis il s'abîma dans un silence pensif, pendant que Zucca inondait l'habitacle de la trompette de Miles Davis, qui les accompagna jusqu'à destination.

34

– Je la connaissais.

Siria Lucchesi, dans l'encadrement de la porte, regardait Valentina d'un air dépourvu d'expression – mais en se frottant les mains nerveusement.

– De qui tu parles ? demanda Valentina, qui le savait fort bien.

– De Diana Marini. L'amante de Fabio.

Elle entra dans la pièce que Costa avait laissée à Valentina. Sur le bureau, entre les papiers et les rapports, était posé le dessin d'un visage. Des cheveux longs, des yeux sombres, un menton pointu ; et des lèvres minces s'étirant dans un pli qui pouvait passer pour un sourire. Le portrait-robot de l'homme qu'ils cherchaient. Quand Blasi lui avait envoyé le résultat de la description donnée par Banti au dessinateur de Grosseto, elle avait été déçue. Malgré l'intervention de Costa, le vieux photographe semblait confus et encore effrayé. Mais il n'était pas rare qu'un témoin ait du mal à décrire un visage, et même fournisse une image fort éloignée de la réalité. Ce sont les tours que vous joue la mémoire. Manna s'était mis aussitôt au travail pour en tirer une projection en trois dimensions plus réaliste, qu'il comparait à présent avec la base de données des délinquants. On faisait le nécessaire, mais sur ce front non plus on n'attendait pas grand-chose.

Lucchesi s'assit devant elle, prit le dessin, le regarda, et le reposa sur le bureau. Elle l'avait déjà reçu à Pise, naturellement, et avait aussitôt exprimé des doutes sur l'intérêt de cette piste. Mais Valentina commençait à connaître sa collègue. La sortie de Costa la veille était plutôt destinée à elle qu'au procureur. Lucchesi appartenait à ce genre de policiers qui assume difficilement les décisions impopulaires. Cela rendait sa vie professionnelle plus confortable, mais risquait de lui faire perdre de vue le point focal des enquêtes.

Peut-être la réprimande de Costa l'avait-elle secouée plus qu'elle ne l'aurait cru, et c'était pourquoi elle venait lui parler de Diana. Ou était-ce de la simple solidarité féminine ? Une chose à laquelle Valentina n'avait jamais cru, surtout avec des femmes comme Siria Lucchesi.

– Je la connaissais même très bien, reprit celle-ci en levant les yeux sur Valentina. Il y a des années, nous avons travaillé ensemble au commissariat central de Naples. Nous étions toutes les deux fraîches émoulues de l'école de police et remplies d'enthousiasme. Et nous avons fait du bon boulot, aussi. C'était une rapide, Diana. Puis nous nous sommes perdues de vue, elle au SCO et moi faisant le tour de l'Italie pour m'aguerrir.

Il y avait une lueur nouvelle dans son regard. Peut-être la glaciale Lucchesi était-elle vraiment émue ? Mais Valentina resta sur ses gardes.

– C'était aussi une fille forte, Diana, reprit-elle. C'est ce qui me plaisait chez elle. Pour qu'elle ait fini par faire ce qu'elle a fait, ils ont vraiment dû la démolir… *Il* a dû la démolir.

– Je me suis renseignée, Siria. Costa a été absous…

– Vraiment ? répondit Lucchesi avec une grimace sarcastique. Tu penses donc que tous les jugements sont justes ?

– Il a été absous, répéta-t-elle comme si cela devait suffire.

Lucchesi secoua la tête.

– Peu importe. Sa véritable faute, ce n'est pas ce dont on l'a accusé. C'est qu'il l'a laissée mourir, après avoir fait de sa vie un enfer. Enfin, Valentina, tu travailles dans ce milieu. Tu sais combien c'est difficile aujourd'hui encore pour une femme jeune, jolie et brillante… Diana était tout cela. Forte en apparence, mais à l'intérieur…

Cette fois, l'émotion de Siria Lucchesi était palpable. Mais au lieu de compatir, Valentina se sentit encore plus irritée. Cette femme prétendait lui faire la morale, lui dire ce qu'elle devait penser sans même la connaître. Croyait-elle lui apprendre qu'elle devait se méfier de ses collègues ? La belle découverte…

Cela faisait des années qu'elle se sentait accablée, effrayée, pas à sa place. Et pourtant, elle en était arrivée là par ses seules forces, et sans se plaindre. Elle savait évaluer les gens – en particulier quelqu'un comme Fabio Costa, avec tous ses défauts. Ce n'était certainement pas une envieuse comme Siria Lucchesi qui allait lui expliquer la vie au sein de la police.

– Pourquoi tu me parles de ça ? demanda-t-elle.

– Peut-être parce que tu me la rappelles un peu.

Un coup bas, qui porta plus qu'elle n'aurait voulu. Valentina avait pris instinctivement la défense de Costa, mais c'était peut-être à Diana qu'elle aurait dû penser.

– Je te dis ça pour te mettre en garde, reprit Siria. Je vois bien comment tu le suis… C'est compréhensible, mais c'est une erreur. Il t'emmènera sur une route semée d'embûches.

– Tu le connais si bien que ça ? Mis à part ce qui est arrivé à Diana, je veux dire. Tu le connais vraiment à fond ? C'est une question sincère. J'aimerais réellement le savoir.

L'autre la fixa longuement. Elle avait repris son expression froide et détachée.

– Non. Je n'ai jamais voulu le connaître. Depuis que je suis ici, je n'ai eu avec lui que des rapports sporadiques et strictement professionnels. Je ne me soucie pas de le connaître. Moi, je connaissais Diana. C'est tout.

Elle se leva.

– Il est où, d'ailleurs, en ce moment ?

– À Rome. Nous sommes sur une piste…

– Oui, je sais, je sais. J'ai lu le dernier rapport. J'ai l'impression que vous courez après des fantômes. Et je ne dis pas ça contre Costa. Je le pense vraiment.

– Je n'ai pas l'impression que nous ayons d'autres options. Après Marchesi, je veux dire.

Valentina avait rendu le coup bas, mais sans pouvoir dire si Lucchesi l'avait encaissé. Elle resta de marbre.

– Il va te conduire dans le mur, répéta-t-elle. Je t'aurai prévenue…

Elle ouvrit la porte, se retourna une fois encore.

– Ah, pour tout te dire, j'ai aussi averti Falcone. Il était de mon devoir de lui expliquer la situation. L'enquête revient sous la juridiction de Pise et je ne veux rien avoir à faire avec vos hypothèses absurdes. Il y a un gamin à sauver. Et vos gesticulations sont en train de le condamner.

Elle sortit, laissant Valentina pâle de rage. Elle aurait laissé libre cours à sa fureur si à ce même moment n'était entré Zucca, qui faillit bousculer Siria Lucchesi. Il lui tendit son portable.

– C'est Costa, de Rome. Il dit qu'il a tenté de vous appeler, commissaire, mais que votre téléphone doit être éteint.

Valentina prit le téléphone de Zucca d'une main et le sien de l'autre. En effet, la batterie était à plat. Irritée contre elle-même et le monde entier, elle répondit sur un ton un peu brusque :

– Donne-moi de bonnes nouvelles ou je vais exploser.

Costa répondit simplement :

– Tu ne vas jamais croire ce que je m'apprête à te dire.

35

Revenir à Rome ne lui fit aucun effet, bien qu'il se fût préparé au pire. Depuis son exil, il ne s'y était rendu que deux ou trois fois – dont la dernière, deux ans plus tôt, pour signer les papiers de son divorce avec Mariza. Par cet acte formel, Costa avait rompu tout lien avec la ville qu'il avait tant aimée et avec sa vie d'avant.

Son unique regret avait été de perdre son fils Lorenzo, qui continuait à lui manquer terriblement. Mais Lorenzo avait décidé d'oublier son père afin de protéger sa mère, l'excluant pour toujours de sa vie. Costa le comprenait. Il avait beau en souffrir, il savait devoir respecter le choix de son fils. Ce qui le soutenait, c'était l'espoir qu'avec le temps les choses se tassent un peu. Il n'attendait pas de pardon, seulement un peu de compassion. C'était tout ce qu'il pouvait souhaiter.

Ainsi, Rome était devenue l'emblème de tous ses échecs. Pourtant, la seule sensation qu'elle lui donna ce jour-là fut d'être un peu plus proche de son fils, malgré l'absurdité d'une pareille pensée dans une ville de trois millions d'habitants.

Le bureau de Giampaolo D'Avanzo se trouvait via Tacito, au centre de Rome. Un endroit que Costa avait toujours apprécié, rempli de théâtres, de librairies, de galeries d'art et de palais Renaissance. Pourtant là aussi les choses changeaient rapidement. Le grand portail de l'élégant édifice où habitait et travaillait le critique d'art était désormais flanqué d'une rôtisserie pakistanaise d'où émanait une forte odeur de poulet frit et d'huile recuite.

D'Avanzo était un homme dans la soixantaine qui portait bien ses années, toujours élégant et soigné, de sa chevelure grisonnante à ses chaussures *old English*. Il avait collaboré avec Costa quelques années plus tôt dans une enquête complexe sur une série d'homicides liés à un commerce clandestin d'œuvres d'art. D'abord au nombre des suspects, D'Avanzo s'était révélé un précieux collaborateur. Costa avait su apprécier sa grande culture et son esprit raffiné. Il y avait en outre chez lui une sorte de vocation pour les énigmes. Dans une autre vie, il aurait été un excellent enquêteur. Si quelqu'un pouvait l'aider, c'était bien lui.

Il le précéda dans le salon rempli d'œuvres d'art qui faisait office de bureau. Des tableaux de prix, des sculptures, des meubles anciens… Chez D'Avanzo, on n'était pas surpris de trouver, à côté d'une statuette polynésienne, un buste de l'époque romaine. Des styles différents qui, dans ce chaos de couleurs et de formes, s'harmonisaient pourtant à la perfection. La seule chose qui manquait et manquerait toujours sous ce toit était la technologie. Pas d'ordinateur. Pas de connexion à Internet. Aucune concession à la modernité, malgré les difficultés que cela lui posait dans son travail. C'était pour cela que Costa n'avait pas pu lui envoyer par e-mail le fragment de papier. La seule commodité du XXIe siècle à laquelle avait consenti le professeur était un vieux téléphone portable qui ne permettait même pas de recevoir des images.

Son accueil fut chaleureux. Il ne fit aucune allusion à la vilaine histoire qui avait éloigné le policier de Rome, et son étreinte fut sincère. Une fois assis, et après avoir dû accepter un verre de cognac Hennessy que D'Avanzo réservait à ses vrais amis (« peu nombreux, crois-moi, ceux qui sont sincères »), le policier alla droit au but. Il remit au critique d'art un agrandissement du morceau de papier trouvé à Sorano sans aucun commentaire.

D'Avanzo l'examina longuement en s'aidant d'une forte loupe qu'il avait toujours dans la poche de sa veste. Puis il leva les yeux sur le policier.

– Je crois savoir ce que c'est, dit-il sans aucun triomphalisme, même si la lueur dans son regard trahissait la fierté.

Costa émit un petit sifflement.

– Deux minutes seulement ! Compliments.

– Ce n'est rien. Mais je ne voudrais pas avoir crié victoire trop tôt. Allons vérifier.

Il se leva et s'approcha d'une grande bibliothèque. Il en sortit un volume sans avoir besoin de le chercher et vint le poser sur une petite table de style Louis-Philippe.

– Caravage, annonça-t-il.

L'ouvrage était un recueil de reproductions des principales œuvres du peintre. L'impression de qualité exaltait la puissance des couleurs et des images. Les visages, la posture dynamique des personnages, les clairs-obscurs typiques de Michelangelo Merisi sautaient aux yeux de Costa comme un présage. Oui, l'expert en art avait raison : s'il y avait un artiste capable d'exprimer l'angoisse que suscitaient les méfaits de ce monstre, c'était bien le Caravage.

D'Avanzo parcourut les pages et s'arrêta à la moitié du volume en s'exclamant :

– Le voilà !

Il tourna le livre pour le montrer au policier.

– *Les Musiciens*, ou *Le Concert*, 1597 environ, dit-il. Huile sur toile. L'une des œuvres qui ont fait connaître Caravage à Rome et qui lui ont porté chance. Tu l'avais déjà vue ?

Costa regardait l'image, fasciné. Oui, sans doute l'avait-il vue un jour en passant. Mais il n'aurait jamais pu la reconnaître à partir de ce fragment de papier. C'était stupéfiant.

Le tableau montrait quatre personnages. Trois jeunes musiciens côte à côte – deux en train d'accorder leurs instruments, et le troisième occupé à lire une partition. Au second plan à gauche, un quatrième personnage différent des autres.

– Un amour ailé, expliqua D'Avanzo. Détaché des trois autres, il représente la fascination érotique, la composante sensuelle et allégorique. C'est sa chevelure que tu vois sur le fragment que tu m'as apporté. Non pas une femme, comme vous l'avez cru, mais le visage asexué d'une figure mythique. Un cupidon. Celui du milieu en revanche représente le Caravage lui-même, qui était assez coutumier des autoportraits…

Mais Costa n'écoutait plus.

Ce n'était pas l'autoportrait du Caravage qui l'intéressait. Ni le cupidon du fond. Ni l'atmosphère sensuelle que Giampaolo D'Avanzo était en train de lui vanter. Non, ce qui le laissait déconcerté et le glaçait, c'était le visage du musicien au centre du tableau, celui dont le regard fixait un point au loin à l'horizon.

Le visage de Fosco Agnelli. Le visage d'Andrea Venturi. Le garçon dans le tableau était le « troisième » jumeau.

L'HOMME QUI SOURIT

36

Elle avait encore du mal à y croire. Pourtant, c'était elle qui la première avait envisagé un lien fondé sur la forte ressemblance entre les deux garçons. Pourquoi s'en étonner ? L'explication avait même une logique propre, bien que stupéfiante.

Il faisait nuit quand Costa la mit au courant de sa découverte. Il venait de sortir de chez D'Avanzo et l'avait appelée non sans une certaine hésitation, se demandant encore comment interpréter cette nouveauté. En tout cas, il rentrait à Volterra le plus rapidement possible.

Dès qu'elle eut raccroché, Valentina s'empressa de chercher en ligne une reproduction du tableau qu'avait reconnu D'Avanzo. Quand celle-ci apparut sur l'écran, elle resta figée.

Le clair-obscur du tableau semblait illuminer la sombre folie couvant dans l'esprit de l'homme qui avait cherché chez Fosco et Andrea les sosies de ce joueur de luth, personnage principal de l'œuvre. Une lumière puissante, mais corrompue, teintée de sang comme les œuvres de l'artiste qu'il voulait imiter. Valentina était restée une éternité sans pouvoir détacher son regard du tableau. Et plus longtemps encore avant de parvenir à raisonner lucidement. C'était la seule chose à faire à présent. Raisonner. Penser.

Loris Manna venait à peine de se coucher quand il fut tiré du lit pour offrir un appui scientifique à cette comparaison. Le technicien ne jeta qu'un seul coup d'œil au tableau. Ses yeux brillaient tandis qu'ils allaient de la peinture aux photos des deux garçons. Puis il se mit à l'œuvre sans aucun commentaire et travailla tout le reste de la nuit.

Quand Costa arriva au commissariat aux premières lueurs de l'aube, il trouva Manna encore devant son ordinateur.

Il avait entré dans le système toutes les informations qu'il avait pu trouver sur le Caravage. Il avait chargé les œuvres du peintre pour les comparer aux photos des deux enfants – auxquelles il avait ajouté le portrait de Salvatore Esposto, le garçon de onze ans disparu à Naples quelques jours plus tôt.

Il finit par leur montrer les résultats de sa frénétique chevauchée nocturne.

Le tableau indiqué par D'Avanzo représentait quatre jeunes gens, dont deux seulement regardaient vers le spectateur. Au premier plan se trouvait le jumeau de Fosco et d'Andrea. Derrière lui, avait expliqué le professeur, le second personnage pouvait représenter l'un des nombreux autoportraits du Caravage jeune. Le peintre aimait reproduire des sujets marginaux auxquels il prêtait son propre visage. Mais celui du garçon de Naples ne correspondait pas. Il ressemblait de loin au musicien du premier plan qui leur tournait le dos, occupé à sa partition, et dont on ne voyait qu'une partie du profil gauche. Insuffisant pour une comparaison avec la photo de Salvatore.

Le quatrième sujet, sur la partie gauche du tableau, représentait un cupidon ailé avec un carquois : c'était le seul protagoniste de l'œuvre doté d'attributs mythologiques.

– Comme vous pouvez le voir, leur dit Manna, des deux enfants, celui qui ressemble le plus au musicien peint par le

Caravage voici près de cinq cents ans est incontestablement Fosco. On dirait que l'artiste l'avait devant les yeux pendant qu'il réalisait son tableau.

C'était surprenant, mais bien réel. L'analogie était frappante : des sourcils fournis, des yeux en amande, une bouche charnue, un teint très pâle.

– Andrea Venturi est un peu plus éloigné de l'original, dit Manna.

Mais tous se demandaient qui en réalité était l'original de qui. Ce merveilleux assemblage de couleurs et de lignes ou un enfant de chair et d'os ? Le personnage sur la toile avait une carnation plus sombre et les lèvres plus minces que l'enfant disparu. Andrea était plus sanguin, moins angélique.

– Mais notre inconnu ne pouvait pas le savoir avant de l'avoir devant lui, murmura Valentina.

– Et à ce moment-là, ajouta Costa, il ne pouvait sans doute plus faire marche arrière.

Manna fit courir ses doigts sur son clavier et posa sur *Le Concert* une grille verte fluorescente qui allait lui permettre de l'examiner fragment par fragment.

– Maintenant, je vais lancer le SARI, expliqua-t-il. Le Système de reconnaissance automatique des images – amélioré par mes soins, évidemment. Et regardez ici.

Le système avait comparé le visage des enfants avec celui du musicien, et sur l'écran leur ressemblance sautait aux yeux. À en croire le logiciel, le visage de Fosco Agnelli correspondait à quatre-vingt-dix-huit pour cent à celui du jeune joueur de luth. Celui d'Andrea Venturi coïncidait à quatre-vingt-deux pour cent. Mais si on analysait la photo que Marchesi avait partagée sur le Dark Web, le pourcentage remontait à quatre-vingt-quatorze pour cent.

Valentina et Costa observèrent les images sur l'écran pour

la centième fois. Devant eux se concrétisait une forme de folie qu'ils n'arrivaient pas encore à comprendre.

– Mais enfin, dit-elle, qu'y a-t-il dans ce tableau qui puisse pousser cet homme à chercher les sosies de ses personnages ? À quel type de syndrome psychotique avons-nous affaire ici ?

– Le tableau, expliqua Loris, se trouve actuellement au Metropolitan Museum of Art de New York. Il a été peint entre 1594 et 1597, sans doute commandé par le cardinal Francesco Maria del Monte, l'un des mécènes du peintre. On pense en général que le Caravage, qui à cette époque s'était trouvé impliqué dans une affaire criminelle, fut sauvé par la protection de ce prélat… Le peintre fréquentait les tavernes, les tables de jeu, les bordels. C'était aussi un meurtrier, vous saviez ça ? C'est peut-être ce qui le relie à tous ces événements. Pourtant, reprit-il après un instant de réflexion, tout cela me semble absurde.

Costa secoua la tête.

– Je ne crois pas que la raison qui a poussé notre homme à enlever Fosco et Andrea réside dans l'histoire personnelle du Caravage. Ce pourrait être le tableau… Mais je n'ai aucune certitude.

– Pourtant, tu as bien dit que ton expert avait lui aussi été frappé par leur ressemblance, objecta Valentina. Et les comparaisons avec les programmes de reconnaissance faciale nous inclinent à penser que ce n'est pas une simple impression de notre part.

– Non, je veux dire que ce n'est pas seulement ce tableau qui l'a motivé. C'est peut-être toute la peinture du Caravage qui l'obsède…

– Je ne comprends pas.

– J'en ai parlé longuement avec mon ami. Caravage trouvait ses modèles dans la rue. Des gens du peuple, des prostituées, des mendiants, des enfants... Il se servait de gens ordinaires, dont il faisait ensuite des icônes, des saints, des Christ, des personnages historiques. Il fut beaucoup critiqué pour cela, et nombre de ses tableaux furent refusés par ceux qui les avaient commandés. Mais ces personnages sont tous des gens qui ont réellement existé à cette époque. Des gens qu'il avait fréquentés.

– Et alors ?

– Selon D'Avanzo, s'il y a un peintre chez qui on peut découvrir des correspondances physiques réelles, c'est bien le Caravage. En outre, ce tableau est sans doute l'un des premiers pour lesquels l'artiste est allé chercher ses sujets dans la rue. Et il l'a véritablement peint sur le vif : ses musiciens étaient là, devant lui, en chair et en os.

Costa consulta Valentina du regard.

– Si nous excluons la pulsion sexuelle, qu'est-ce qui pousse un homme à rechercher des sosies de tableaux peints voici des siècles ? Le réalisme des visages ? Dans ce cas, nous devons élargir l'éventail des possibilités. Il ne se limite peut-être pas aux enfants.

– Attends, intervint Manna. Tu veux dire quoi ? Qu'est-ce qu'il faut chercher ?

– Caravage a produit une énorme quantité de tableaux, tous marqués par un profond réalisme. Mais il a peint des sujets des deux sexes et de tous âges.

Valentina commençait à comprendre.

– Notre homme n'est pas un pédophile..., murmura-t-elle.

– Il n'y a rien en effet qui indique qu'il le soit, confirma Costa. Et Marchesi n'a pas cessé de nous le répéter : Ce n'est pas un type comme lui. (Il se tourna vers Loris.) Tu as dit que Dieu peut faire tous les types de recherche, n'est-ce pas ?

Manna rougit, mais il était clair qu'il était fier de son logiciel.

– Quasiment, reconnut-il.

– Alors, élargissons la recherche. Injectons dans le programme toutes les œuvres du Caravage que tu pourras trouver en ligne. Et puis comparons-les à la base de données de la police. Ne regardons pas seulement les enfants. Cherchons parmi les personnes disparues, les victimes d'homicides non résolus, utilisons toutes les sources iconographiques que nous pourrons récupérer. Nous verrons bien s'il en sort quelque chose.

Ils fixèrent en silence le tableau affiché à présent sur tous les écrans de Loris Manna. Les yeux sombres du peintre maudit, reproduits dans ceux du jeune joueur de luth fixé sur la toile plus de quatre siècles auparavant, semblaient leur retourner leur attention. Avec une lueur de malice qui le rendait particulièrement vivant.

37

L'hôtel où logeait Valentina était situé en face du commissariat, de l'autre côté de la place. Depuis son arrivée, le seul endroit qu'elle avait visité était ce petit coin de la ville : quelques centaines de mètres carrés de pavés anciens, et juste le temps nécessaire pour les traverser chaque jour à plusieurs reprises. Elle évitait de penser à la beauté qui l'entourait pour ne pas se laisser distraire.

Elle était rentrée prendre une douche. Costa l'avait presque chassée du bureau. Ni l'un ni l'autre n'avaient dormi depuis au moins deux jours, mais il avait été ferme.

– Je peux me permettre de ne pas être complètement lucide,

lui avait-il dit. Mais toi, tu dois tenir tête à tout le monde. Au procureur, à Rome, aux hommes en train de se casser le cul sur cette enquête. Si tu t'écroules, Valentina, tout s'écroule.

Il avait raison, naturellement. Elle pouvait y arriver, mais la pression qu'elle avait sur le dos commençait à lui peser. Elle avait donc accepté de se retirer quelques heures, à condition qu'il aille ensuite se reposer à son tour. Fabio avait promis, avant d'aller voir où en étaient les recherches de Manna. Il était persuadé qu'ils étaient sur le point de résoudre l'énigme repérée dans les œuvres du Caravage.

En s'essuyant les cheveux après une douche réparatrice, Valentina retrouva immanquablement l'encombrante présence de Fabio dans ses pensées. Elle se sentait rassurée. Quoi que puisse dire de lui Siria Lucchesi, et quoi qu'il ait fait, jour après jour sa confiance en lui se renforçait. Elle était assez honnête pour reconnaître de sa part une certaine attirance physique. Son air blessé et sa gentillesse la touchaient également. Mais il y avait autre chose : une sorte d'obscure empathie qui plongeait ses racines au plus profond d'elle-même. Cela libérait des pensées qu'elle avait tendance à se dissimuler, comme l'arrogance de croire qu'elle était la seule à pouvoir mener à bout cette enquête. Alors qu'elle doutait si souvent de ses qualités professionnelles, Fabio semblait sans cesse la pousser à se surpasser.

Si seulement il consentait à s'ouvrir un peu, à confirmer son impression que dans cette histoire de violence et de mort, il avait été lui aussi une victime et pas uniquement le bourreau. S'il avait bien voulu dissiper les derniers doutes qu'elle sentait s'agiter à la surface de sa conscience comme les branches d'un arbre contre une vitre.

Quand elle sortit de l'hôtel, un peu réconfortée par une heure de sommeil, l'aube s'était transformée en une matinée limpide et particulièrement fraîche. Elle crut sentir l'odeur de la première neige prête à tomber sur les montagnes environnantes. Tout cela aurait été magnifique s'ils n'avaient pas été à la recherche d'un enfant que plus personne désormais n'espérait retrouver vivant. Et d'un assassin qui collectionnait les visages des morts.

Dans le kiosque à côté du commissariat, une affiche portant un gros titre imprimé en rouge l'arrêta net :

LE PRÉDATEUR EN SÉRIE SE PROMÈNE EN TOSCANE.
C'EST LE DEUXIÈME ENLÈVEMENT DE L'ASSASSIN DE VOLTERRA.
IL CIBLE LES ENFANTS.

Elle s'empressa d'acheter un exemplaire du *Tirreno*. Le quotidien rapportait la nouvelle à la une et la reprenait en détail dans les pages locales.

Le journaliste qui avait déniché l'info en savait beaucoup trop. Il associait pour la première fois l'affaire Fosco Agnelli et l'affaire Andrea Venturi. Il en décrivait les similitudes, rapportant même le détail des cheveux blancs du ravisseur. L'article n'était illustré que par la photo d'Andrea, dont le portrait s'étalait dans tous les médias depuis une semaine. Aucune photo de Fosco n'avait été publiée, et pourtant l'article évoquait leur ressemblance. Sur ce sujet, le journal accumulait les hypothèses, pour la joie des amateurs d'enquêtes policières. Un instant, Valentina craignit de trouver parmi elles leur théorie sur le Caravage. Le journal était muet sur la question, mais il ne faisait pas de doute que des infos avaient fuité.

Elle se précipita à l'intérieur du commissariat et courut tout droit au petit bureau dont Costa avait fait sa tanière, tremblante de rage, sentant des décharges d'adrénaline dans tous ses membres.

– Que se passe-t-il ? dit-il d'un air alarmé.

Valentina lança l'exemplaire du quotidien sur son bureau avant de s'asseoir.

– Laisse-moi rassembler mes idées ici, s'il te plaît. Je n'ai envie de voir personne pour l'instant.

Costa prit le journal et le parcourut rapidement. Puis il se renversa sa chaise, l'observant du coin de l'œil comme à son habitude.

– Ça devait arriver tôt ou tard, dit-il. Ça ne change rien.

– Tu crois ça ? Tu as oublié l'époque où tu enquêtais sur le terrain ? Les pressions et tout le reste ?

– Bien sûr. Ça va faire des remous. Mais je te le répète, ça ne change rien.

À cet instant, son calme ne fit que l'irriter davantage.

– Tu veux savoir ce qui va se passer, au contraire ? lui dit-elle, rouge de colère. Quelqu'un s'est lâché auprès des journalistes. Et maintenant, on va être dans tous les journaux, on va faire le Journal de 20 heures et tutti quanti... Ils nous servent l'histoire du prédateur en série. Du tueur qui parcourt le pays à la recherche d'enfants. Mais enfin, Fabio, ils vont nous crucifier ! Ils vont *me* crucifier !

– Ne te fais pas tant de souci. Des fuites, il y en a toujours eu... Je suis même surpris que ça ne soit pas arrivé plus tôt.

– Et comment ne pas m'inquiéter ? dit-elle, incrédule. Nous n'avons encore informé personne de cette hypothèse Caravage qui paraît si folle, ni le procureur, ni Rome, ni cette idiote de Lucchesi qui n'attend qu'une chose, c'est me vendre encore une fois à Falcone. Si ça aussi ça sort dans les journaux, on est fichus. Je vois déjà les titres : « Le monstre qui s'inspire du peintre maudit »...

– Peut-être, mais c'est comme ça.

– Un monstre…, murmura-t-elle. C'est ça qu'on est en train de faire en réalité, non ? Donner la chasse à un monstre.

Costa s'apprêtait à répondre quand Loris Manna entra en trombe dans la pièce.

– Ah, c'est bien, vous êtes là tous les deux ! Comme ça, on ne perd pas de temps.

Valentina se tourna vers lui, encore irritée. Mais le visage de Manna exprimait l'enthousiasme du chercheur qui vient de faire une découverte.

– Qu'y a-t-il ? Une nouvelle importante, j'espère !

Manna hocha la tête avec transport.

– Je me suis dit que vous voudriez être tout de suite au courant. C'est vrai, notre ami ne se contente pas d'enlever des enfants. Et ça fait un bon moment qu'il est sur le coup.

38

– Vous savez comment fonctionne le Système automatique de reconnaissance d'images, dit Manna. Il permet de comparer un visage pris sur une image quelconque avec les seize millions de fiches de la base de données de l'Intérieur. Il s'appuie sur des algorithmes assez sophistiqués, appliqués à ce qu'on appelle des réseaux de neurones artificiels. Grosso modo, le SARI est comme un cerveau humain doté d'une mémoire exceptionnelle. Nous avons élargi et amélioré le système avec notre Dieu. En pratique, nous utilisons non seulement les fiches signalétiques conservées dans les archives électroniques de la police, mais toutes les sources iconographiques que nous pouvons trouver. Ainsi, on a pu effectuer la comparaison entre les deux garçons et le tableau du Caravage en insérant dans le système toutes les œuvres du peintre et les photos des enfants pêchées sur Internet.

Valentina et Costa se penchèrent sur l'ordinateur, leurs visages éclairés par l'écran.

– Par pitié, Loris, viens-en au fait !

– C'est le commissaire Costa qui m'a mis sur la piste. Le problème consistait à charger dans le logiciel tous les visages susceptibles d'être comparés à ceux qu'a peints le Caravage. Et nous avons commencé à le faire, même si nous n'en sommes encore qu'à la phase d'acquisition des images. Mais entre-temps, nous avons relié au système toutes les données relatives aux personnes disparues contenues dans le SDI, le Système d'enquête du ministère de l'Intérieur. En étendant la recherche aux adultes… Eh bien, on a eu de la chance.

L'écran affichait cette fois *Judith et Holopherne*. Un tableau du Caravage montrant la décapitation du cruel général par Judith, l'héroïne qui avait mené la révolte des juifs contre les envahisseurs assyriens. La peinture la montre en train d'égorger son ennemi, dont l'expression de terreur et de douleur semble jaillir de la toile elle-même. Une vieille servante à côté d'elle fait contrepoint à cette scène de mort. Le plus frappant pour eux n'était pas la qualité du tableau, mais l'expression de haine et de rage de Judith.

Manna cliqua sur la souris pour faire apparaître une photographie en bas à droite sur l'écran. Une fois celle-ci agrandie, ils virent le visage d'une jeune fille souriante, avec une épaisse chevelure rousse et des fossettes. Son écharpe s'envolait au vent.

Valentina et Fabio retinrent leur souffle. La jeune fille était le sosie de la Judith du Caravage. S'ils n'avaient pas su que ce tableau avait été peint des siècles plus tôt, ils auraient pu penser que cette jeune fille souriante lui avait servi de modèle.

– Son visage correspond à quatre-vingt-seize pour cent à celui qu'a représenté le peintre, dit Manna. Une ressemblance quasi parfaite.

– Qui est-ce ? demanda Costa.

– Elle s'appelle... Elle s'appelait Esther Kaimbacher. Elle avait vingt-deux ans et elle était de Bolzano. Elle étudiait à Bologne, et elle a disparu de chez elle il y a un an.

– Une coïncidence ? demanda Valentina, qui l'espérait encore.

– Non, dit Manna. Parce qu'il y a autre chose. Mariella Masi, sa colocataire, a été tuée de sept coups de couteau. On l'a retrouvée dans le couloir de la maison. Quant à Esther Kaimbacher, on ne l'a jamais revue.

39

L'agent s'appelait Turchi. Il s'était présenté sans préciser son prénom, comme si son nom devait suffire. C'était vers lui que Costa avait été dirigé quand il avait appelé Bologne pour avoir des informations sur l'affaire Masi-Kaimbacher. Au téléphone, il lui avait paru un garçon à l'esprit vif, qui s'était mis à sa disposition avec enthousiasme. Il s'était occupé du dossier depuis le début, et ses informations pouvaient être précieuses. Il avait aussitôt envoyé à Costa et Valentina un premier résumé de l'enquête.

Les faits étaient survenus un an plus tôt, à la mi-décembre. Une histoire curieuse.

La victime s'appelait Mariella Masi, elle avait vingt et un ans, venait de Brindisi et était à Bologne pour étudier. Elle fréquentait la faculté de langues et partageait un petit appartement via dell'Indipendenza, en plein centre, avec une autre étudiante, Esther Kaimbacher, vingt-deux ans, de Bolzano, inscrite en droit. Elles s'étaient rencontrées par hasard en louant une chambre dans cet appartement sordide pour étudiants, et étaient devenues de grandes amies.

Un matin de ce mois de décembre dont chacun s'accordait à dire que c'était le plus froid depuis des années, Marco Fruzzetti, un camarade de cours de Mariella, était passé chez elle parce qu'on ne l'avait pas vue à la faculté depuis deux jours et qu'elle ne répondait pas au téléphone. L'appartement était fermé, mais « une mauvaise odeur » venant de l'intérieur, comme le déclara ensuite Fruzzetti, le poussa à appeler de l'aide. Une patrouille de police et une brigade de pompiers intervinrent et forcèrent la porte d'entrée.

Mariella Masi était étendue sur le dos dans le couloir, les yeux écarquillés, recouverte de sang séché. Poignardée à sept reprises, selon l'autopsie, avec une lame longue et très effilée. Le bord des entailles ne présentait pas de déchirures. Un coup à la poitrine avait été asséné avec une telle violence qu'il avait littéralement enfoncé le sternum.

Esther, sa colocataire, avait disparu. L'appartement ne présentait aucun signe de désordre, à part le sang qui maculait l'entrée, et les affaires des deux filles n'avaient pas été touchées.

Turchi, au téléphone avec Costa, ajouta quelques détails.

– Naturellement, nous avons interrogé ce Marco Fruzzetti. Et pendant un bon moment, croyez-moi. Mais finalement il n'y était pour rien.

Costa s'en doutait. Les policiers savent que, bien souvent, le témoin qui découvre la victime d'un homicide est le meurtrier lui-même. Une première rencontre un peu brusque avec la police permet parfois de comprendre beaucoup de choses et de soulager les consciences. Mais pas toujours. En l'absence de preuves, comme le confirma Turchi, Fruzzetti avait disparu de l'horizon de l'enquête.

– Nos recherches se sont donc concentrées sur Esther. Beaucoup estimaient qu'elle aurait pu tuer sa colocataire, dans un accès de folie peut-être. Les coups avaient été portés avec violence, mais le légiste nous a expliqué que rien n'excluait qu'une femme ait pu commettre ce massacre.

On ne retrouva pas Esther Kaimbacher, malgré les recherches menées tant à Bologne qu'à Bolzano et dans tout le reste de l'Italie. Un avis de recherche fut lancé, mais en vain. Son dossier avait fini par être enterré parmi d'autres cas non résolus. Et l'histoire s'était arrêtée là.

– Vous comprenez, dit Turchi, c'était une enquête mal partie, menée en dépit du bon sens et finalement classée. Ça arrive.

Mais son ton disait assez qu'il n'avait pas digéré cet échec et qu'il était ravi de cette opportunité de rouvrir l'affaire.

Costa et Valentina se plongèrent dans l'examen des documents transmis par leurs collègues de Bologne.

Les enquêteurs avaient interrogé quantité de témoins, mais sans résultat. Les deux filles menaient une vie très rangée, entre l'université et la maison. Elles sortaient rarement le soir, et quand elles le faisaient, c'était toujours avec le même groupe d'amis.

Pourtant un procès-verbal tranchait sur les autres – surtout parce que le témoin était atypique. C'était un sans-abri qui vivait ici et là dans les souterrains dont la ville était truffée, et qui servait parfois d'indic à la brigade des stupéfiants. Tous les matins, il traînait via dell'Indipendenza dans l'espoir qu'aux petites heures les Bolonais à qui il demandait l'aumône se montrent un peu plus généreux : une bonne action leur assurerait peut-être une meilleure journée. Aussi, ce matin de décembre, il affirmait s'être trouvé juste en face de l'immeuble où habitaient Mariella et Esther. C'était deux jours avant que Marco Fruzzetti découvre le cadavre de la jeune fille.

Les déclarations du clochard étaient plutôt confuses. À part un détail que Costa comme Valentina jugèrent des plus importants.

« J'ai vu l'homme sortir du numéro 22. Je suis certain qu'il s'agissait de cet immeuble, parce que c'est là que je m'arrête pour demander quelques sous aux passants. L'homme était jeune, robuste, et il avait des cheveux longs et très blancs. On aurait dit qu'il s'était servi d'une teinture pour les rendre aussi blancs. Ils étaient attachés avec un lacet. Il tirait par le bras une fille blonde, mince, qui semblait endormie, ou ivre, même s'il était sept heures du matin. Elle ne tenait pas debout et l'homme la soutenait par les aisselles. Ils sont arrivés à une camionnette verte, ou peut-être simplement très sale, qui était garée juste devant. L'homme a ouvert la portière avec un coude, et à ce moment la fille a glissé, mais il a eu vite fait de la rattraper pour l'empêcher de tomber. Il a chargé la fille sur le siège arrière de la camionnette, il s'est mis au volant et il est parti. Non, je ne me rappelle pas le numéro de sa plaque. Non, je ne saurais pas décrire son visage. Il avait une tête ordinaire. Je me rappelle seulement ses cheveux blancs. Je n'ai rien d'autre à ajouter. »

Cette déclaration avait été négligée, ce qui n'était pas surprenant. Le témoin n'était pas très fiable et l'histoire qu'il racontait assez invraisemblable. Mais pour Valentina et Fabio, elle avait une tout autre signification.

La camionnette verte et les longs cheveux blancs constituaient un lien avec leur affaire. Et tout cela s'était produit un an avant l'enlèvement de Fosco et d'Andrea. Non pas un enfant, mais une femme adulte. Un autre sosie d'un personnage du Caravage.

C'était le tournant qu'ils cherchaient. Pour en avoir la confirmation, il leur suffisait de repartir de ce témoignage incertain, si improbable qu'il parût. Reprendre toute l'affaire du début, revoir les éléments écartés était décidément la marche à suivre.

Ils décidèrent que Costa irait seul. Valentina devait rester à Volterra pour coordonner l'enquête, et il valait mieux pour le moment ne pas divulguer ce nouvel élément. Même pas aux collègues. La fuite dans la presse qui avait gêné l'enquête pourrait lui devenir fatale si quelqu'un subodorait que leur homme tuait déjà depuis au moins un an. Les médias se jetteraient là-dessus, risquant de compromettre le faible avantage qu'ils venaient d'acquérir.

Depuis combien de temps l'homme aux cheveux blancs était-il en chasse ? Combien de gens avaient payé leur ressemblance avec les personnages de tableaux exécutés plus de quatre siècles auparavant ? Combien de victimes déjà de cette obsession ?

40

Ils avaient arrêté la vieille Ford Fiesta à l'ombre des platanes et ils fixaient depuis plus d'une heure un parking désolé. Turchi était arrivé avec cette voiture prise parmi les épaves de la fourrière et avait aussitôt emmené Costa sur les lieux, en l'avertissant qu'il y aurait de l'attente. Les planques étaient autrefois le quotidien de Costa et cela lui rappela de bons souvenirs – et d'autres moins bons.

Il s'apprêtait à s'installer dans cette patiente expectative qui avait le goût du temps passé, quand son collègue lui donna un coup de coude :

– Le voilà. C'est lui.

Le clochard traversait la place en poussant avec indolence un caddie rempli de débris et en aspirant la fumée d'une cigarette comme si sa vie en dépendait.

Il s'appelait Diego Mancini, dit « Marmotteur », et à présent qu'ils l'avaient trouvé, il s'agissait de l'aborder adroitement.

– On fait quoi ? demanda Turchi. On l'arrête ?

Costa décida d'opter pour la gentillesse. C'était souvent payant.

Il descendit de voiture, fit deux pas vers lui et lui dit d'une voix forte :

– Bonjour, monsieur Mancini, je peux vous poser une question ?

Le clochard le regarda, parut étudier la question, lâcha sa cigarette et son caddie, et partit à fond de train. Son manteau s'ouvrit comme deux ailes, lui donnant l'aspect d'une créature fantastique.

– Bon sang, commissaire, je le savais ! s'exclama Turchi en sortant à son tour de la voiture et en se lançant à sa poursuite.

Costa le suivit en espérant avoir gardé un peu de la forme qui était la sienne quand il faisait encore ce genre de chose, des siècles auparavant.

Ils le rejoignirent au bout de plusieurs centaines de mètres d'une course effrénée, entre les voitures qui pilaient devant eux et les imprécations des passants. Turchi le mit à terre sans trop de ménagements, dans un envol de bras et de pans de manteau, et il lui maintint la figure pressée sur l'asphalte.

Costa lui fit signe de le laisser au moins respirer. Turchi lui lança un regard de doute, mais relâcha sa prise.

– Mais pourquoi tu t'es sauvé comme ça ? demanda Costa en s'accroupissant à côté du clochard, à bout de souffle.

Tu parles d'un entraînement matinal. Pour lui, les poursuites appartenaient vraiment à une autre vie.

– Je me sauve parce que vous voulez me frapper ! protesta Marmotteur, la figure toujours écrasée au sol. Et moi je n'ai pas envie de prendre des coups !

– Mais qui veut te frapper ?

– Lui !

Il montra d'une torsion de la tête le policier qui gardait le genou appuyé dans son dos.

Turchi sourit, passablement embarrassé, et ôta son genou afin que Mancini puisse enfin se redresser. Costa s'assit à côté de lui sur le bord du trottoir, tandis que l'autre époussetait son manteau. Son collègue quant à lui s'employait à disperser le groupe de curieux qui s'était rapidement agglutiné autour d'eux.

– Je veux seulement te poser une ou deux questions, dit Costa tout en étudiant Mancini.

Comme tous ceux qui vivent dans la rue, il en portait les marques sur le visage, mais ses yeux bleus exprimaient encore une sobre vitalité. Ils avaient une expression sincère, et le policier se prit à penser qu'ils avaient peut-être vu le visage de l'assassin de Gianni Venturi et de Mariella Masi.

– Et qu'est-ce que tu me donnes en échange ? demanda Marmotteur avec un sourire édenté.

– Un peu de savon ? suggéra Turchi, et Costa lui jeta un coup d'œil mauvais.

– On trouvera bien quelque chose… Mais seulement si tu me dis des choses intéressantes. Des choses vraies.

– Des choses vraies… ?

– La vérité, Diego. Sans rien oublier.

– Tant que vous ne me frappez pas, répéta le clochard en se protégeant le visage d'une main.

– Mais de quoi tu parles ? répliqua Turchi nerveusement. Pourquoi on te frapperait ?

– Parce que je ne dis pas la vérité. Parce que j'invente tout, parce que je suis un ivrogne.

– Tu vois ! s'exclama le flic. Qu'est-ce que je te disais ?

– Tu as tout inventé aussi à propos de cette fille qui a été tuée l'an dernier ? demanda Costa.

Mancini fit une grimace qui accentua ses rides. Tout son visage se fripa. Il s'essuya le nez d'une main, battit des paupières, puis fixa ses yeux bleus sur Costa d'un air de défi.

– Non, dit-il. J'ai seulement raconté ce que j'avais vu. Mais personne ne me croit et parfois pas même moi !

– Moi je te crois, dit Costa. Mais tu dois me raconter tous les détails dont tu te souviens. Tu connaissais cette fille ?

– Laquelle ? Celle qui est morte ou celle qui a été emmenée ?

Cette question confirmait qu'il n'avait pas perdu la mémoire. En effet, il poursuivit sans se faire prier :

– Je ne les connaissais pas vraiment, si c'est ce que vous voulez savoir, messieurs de la police. Même si je les avais vues plusieurs fois sortir de chez elles. Elles ne m'ont jamais donné un sou, mais c'est normal… C'étaient des étudiantes, et les étudiants n'ont pas d'argent. Mais elles me souriaient et elles étaient gentilles avec moi. (Il les regarda comme pour les défier de le contredire.) Et de toute façon, je n'avais aucune raison de mentir. Tout ce que j'ai dit aux flics était la vérité, je le jure. Ou du moins la partie qu'ils ont bien voulu entendre. Parce que le fait que l'homme aux cheveux blancs souriait, ça ne leur a pas plu. Ils m'ont dit que je n'étais qu'un ivrogne à moitié dingue… Et en avant les gifles !

Costa serra les lèvres. Il éprouvait une rage sourde chaque

fois qu'il apprenait que des collègues s'étaient livrés à des violences gratuites, surtout sur des gens inoffensifs.

– Dans ta déclaration, tu as parlé de longs cheveux blancs. Mais tu n'as pas dit que l'homme souriait. Et d'abord, pourquoi souriait-il ?

– Je l'ai dit, et plusieurs fois. Mais quand j'ai vu qu'on ne me croyait pas, j'ai remis ça dans ma musette. Ce n'est pas de ma faute si ce type, pendant qu'il traînait la jeune fille, continuait à sourire. Peut-être que ça l'amusait, qu'est-ce que j'en sais ? Même quand elle a failli glisser et qu'il l'a relevée… À ce moment-là, je lui ai demandé s'il avait besoin d'aide, et il m'a fait signe que non. Il est resté là à me regarder, comme s'il se demandait quoi faire. Mais il me souriait. Il n'a jamais cessé de sourire, même pendant qu'il la poussait dans ce vieux fourgon qui sentait la mort.

– Tu es sûr ?

– Tu vois que toi non plus tu ne me crois pas ?

– Ce n'est pas la question. C'est plutôt que je trouve bizarre qu'il ait continué à sourire tout en faisant l'effort de soulever cette jeune fille…

– Mais ce n'était pas un sourire normal. Il était comme… pétrifié.

– Pétrifié ?

– Je ne sais pas comment dire. Il semblait collé sur sa figure. Comme s'il ne pouvait pas s'arrêter.

Et il l'imita en étirant ses lèvres blanches, dévoilant ses dents gâtées. On aurait dit un clown répétant ses grimaces.

Une idée traversa la tête de Costa. Il regarda Turchi et lut dans ses yeux la même conclusion.

– On m'a dit qu'il avait une espèce de rictus sur la figure, dit en effet le jeune policier.

– C'est ce que je crois aussi.

L'homme qu'ils cherchaient avait un signe distinctif. Ses cheveux blancs pouvaient être teints ou coupés. Mais ce sourire permanent était un signe particulier immuable. En cherchant dans les bases de données des prévenus, ils pourraient peut-être trouver quelque chose.

– On a fini ? demanda le clochard en regardant Turchi, comme s'il attendait une mauvaise surprise de sa part.

– Je crois que oui, dit Costa.

Ils allèrent avec Marmotteur récupérer ce qu'il avait laissé dans le parking. Le vieux continuait à lancer des coups d'œil méfiants à Turchi, ce qui induisit Costa à penser qu'ils s'étaient déjà croisés.

Quand ils retrouvèrent le caddie, le clochard se jeta dessus, serrant dans ses bras ses chiffons et son bric-à-brac, riant et pleurant à la fois. Il fouilla dans le tas et en sortit un vieil appareil photo, un Pentax 35 millimètres qui avait connu des jours meilleurs. Il l'exhiba avec orgueil en le tenant par sa lanière de cuir.

– Il est encore là ! Si je l'avais perdu, je vous jure que je me serais jeté sous le rapide de Modène ! dit-il en le caressant de ses mains sales.

– Mais tu sais t'en servir ? se moqua Turchi, tandis que Costa sortait deux billets de cinquante euros de son portefeuille.

Il aurait préféré lui offrir une chambre, une douche et un repas décent. Mais les gens comme Marmotteur ont leurs propres règles : il accepterait l'argent, mais pas la charité d'un bol de soupe.

– Bien sûr que je sais m'en servir, dit le clochard. Je photographie tout, qu'est-ce que tu crois ! J'ai photographié tout Bologne, et toi aussi !

Turchi allongea une main et lui arracha l'appareil.

– Hé ! protesta Mancini. Rends-moi ça tout de suite !

Costa lui tendit les billets, qu'il fit prestement disparaître dans une poche de son pardessus, tandis que de l'autre il cherchait à récupérer son Pentax.

– Un argentique, observa Turchi en lui tendant l'appareil. Qui se sert de pellicules de nos jours ?

– Moi, répondit le vieux avec orgueil en caressant son appareil comme si c'était un chiot.

Costa le regarda. Il lui vint une idée, peut-être folle...

– Ça fait combien de temps que tu as cet appareil ? demanda-t-il.

– Oh, des années !

– Tu l'avais aussi ce jour-là ?

– Quel jour ?

– Tu le sais bien.

– Oui je sais. Bien sûr. J'ai toujours mon appareil avec moi.

Et il se mit à danser sur place.

– Et tu n'aurais pas photographié aussi ce type qui souriait ?

Marmotteur interrompit sa danse et regarda Costa avec une expression nouvelle.

– C'est vrai, finit-il par dire. Sacré bon sang, je l'avais oublié ! Mais oui, je les ai photographiés, lui et son fourgon de merde !

41

Il n'habitait pas dans les canalisations souterraines de Bologne, mais dans un local au-dessus d'un vieux cinéma porno qui avait eu son heure de gloire. Dans les espaces destinés aux affiches, à côté de l'entrée, on voyait encore des femmes nues qui devaient avoir à présent dépassé les soixante-dix ans. On accédait à sa chambre par un escalier extérieur qui semblait prêt à s'écrouler à tout moment. Turchi poussait des jurons en s'agrippant à la rampe rouillée sur les talons du vieux, et quand ils entrèrent, il poussa un gémissement d'horreur.

Marmotteur, comme tout clochard qui arrive à trouver un coin à lui, était devenu un accumulateur en série. L'intérieur de son logement – sans doute le bureau de l'ancien directeur du cinéma porno – était encombré de toutes sortes d'objets, au point qu'on avait du mal à y entrer. Des vêtements, des journaux, des bouteilles, des boîtes, des débris en tout genre et de toutes les dimensions s'accumulaient sur quelques meubles, dont on se demandait comment il avait réussi à les trimballer le long de cet escalier branlant. Une série de caddies, récupérés dans divers supermarchés, étaient disposés le long des murs sales, chacun rempli d'un invraisemblable fouillis. De l'unique fenêtre filtrait un rayon de soleil illuminant des millions de particules de poussière.

– Et maintenant ? demanda Turchi en regardant autour de lui d'un air de dégoût.

Marmotteur s'était assis sur un monceau de chiffons qui dissimulait peut-être un fauteuil défoncé. Il regardait ses deux hôtes d'un air joyeux.

– Elles sont où ? demanda Costa, doutant déjà que le vieux lui ait dit la vérité.

C'était pour cela qu'il l'avait accompagné jusqu'à ce taudis, même si Turchi s'était insurgé à l'idée de le faire monter dans la voiture, « lui et sa puanteur » : pour retrouver la pellicule où était gravé le visage de l'Homme qui souriait.

– Tu ne développes pas tes photos ? avait demandé Costa, encore incrédule devant ce coup de chance.

– Comme si j'avais de quoi les faire développer… Des pellicules, j'en ai des milliers… Le gars qui me les a données avait une boutique de matériel photo et il est parti pour l'Australie. Ou l'Amérique, je ne sais plus. Et il m'a filé aussi cet appareil qui est une merveille. Je m'en sers tout le temps, et je garde toutes les pellicules… Mais je ne les développe pas. À quoi ça servirait ? Je sais bien ce que j'ai photographié. Tout est là-dedans, dit-il en se tapant le front avec le doigt.

S'ils voulaient ce film, il le leur donnerait bien volontiers. Peut-être en échange de deux autres billets de cinquante.

– Alors, Diego, répéta Costa avec une note de découragement dans la voix, où sont ces fameuses pellicules ?

Marmotteur se donna une tape sur le front.

– Ah oui, voilà pourquoi on est là !

Il se leva de son fauteuil et disparut dans un cabinet qui semblait autant rempli d'objets que le reste de la pièce. Il en ressurgit avec un air heureux, portant une boîte remplie de petits cylindres en plastique soigneusement scellés. Au moins, les pellicules n'avaient pas été exposées à la lumière.

Turchi lui prit la boîte des mains et se tourna vers Costa d'un air perplexe.

– Commissaire, il y en a des centaines !

– Mais il est là quelque part, dit Marmotteur avec orgueil. Je ne sais absolument pas où, mais dans l'une de ces bobines il y a la photo de l'homme que vous cherchez !

CARAVAGE

42

Les murs de la pièce avaient changé d'aspect. Au lieu des calendriers, des décrets ministériels et des tableaux convenant à un commissariat de police – paysages anonymes, portraits institutionnels –, on voyait à présent une dizaine de reproductions du Caravage. Et il en arrivait de nouvelles chaque jour. Une gigantesque *Mise au tombeau* dominait les autres, mais chacun de ces chefs-d'œuvre avait trouvé sa place, transformant le commissariat en une pinacothèque dédiée au peintre maudit. Les couleurs et les thèmes du Caravage ne contribuaient certes pas à rasséréner l'atmosphère, la violence palpable de ses œuvres leur rappelait du moins l'urgence de leur mission : traquer le mal qui rôdait là dehors et contre lequel ils menaient une guerre pour le moment sans issue.

Un coin entier de la salle était réservé à Loris Manna et à ses recherches : de nouveaux ordinateurs, des écrans toujours allumés et un pêle-mêle de notes, de diagrammes et de photographies entassés sur son bureau et affichés au mur devant lui. À son côté, un nouveau poste avait été installé pour le critique d'art Giampaolo D'Avanzo, qui, penché en avant, indiquait différents points sur l'écran le plus grand. Manna écoutait avec passion ces leçons d'histoire de l'art.

Valentina s'approcha.

– Comment ça se passe ? demanda-t-elle aux deux hommes plongés dans l'étude du *Sacrifice d'Isaac*.

La violence qui imprégnait le tableau était perceptible dans chaque pli des vêtements des personnages, dans leurs rides d'expression, dans la posture de leur corps. La tension d'une main qui serre un poignard à l'instant suprême précédant la mort. Cette lame effilée luisant dans la nuit.

– Tout va bien, répondit Loris. La contribution du professeur m'est très précieuse.

D'Avanzo se renversa dans son dossier, se massant du pouce et l'index la racine du nez, là où la monture de ses lunettes rondes avait laissé une marque. Il devait être au travail depuis des heures.

– Merci de ton estime, Loris, dit-il. Me donner l'occasion de revoir et d'analyser tous ces chefs-d'œuvre est un plaisir, même si l'occasion est assez funèbre. Et puis, savoir qu'on peut être utile est une sensation qui n'a pas de prix.

Manna continuait pendant ce temps à entrer des données en tapant sur son clavier. Le *Sacrifice d'Isaac* était lui aussi recouvert d'une grille numérique, et la flèche de la souris courait d'un pixel à l'autre.

– Le problème dans ce cas, expliqua Manna à Valentina sans quitter son écran du regard, c'est d'entrer correctement les images des tableaux. La reconnaissance faciale sur une peinture n'est pas aussi efficace que sur un visage réel.

– Même si le Caravage nous aide, n'est-ce pas ? dit D'Avanzo. Loris m'a un peu expliqué comment ça fonctionne. En effet, un tableau n'ayant que deux dimensions, ce peut être un obstacle. Mais notre Michelangelo Merisi était un maître de la profondeur. Regardez comment la lumière surgit de l'obscurité du fond pour saisir le moment de l'action. Et ses visages sont souvent d'un parfait réalisme.

– C'est pour cela qu'il l'a choisi, ajouta Valentina.

Le sourire satisfait de D'Avanzo s'éteignit, mais pas son enthousiasme.

– Vous savez que presque tous les personnages peints par le Caravage ont été identifiés au cours du temps, dit-il. Le garçon qui a servi de modèle à Isaac par exemple, est un certain Cecco Boneri, un jeune peintre qui fut peut-être son amant. La Judith décapitant Holopherne, qui a le visage de cette malheureuse disparue à Bologne, a eu pour modèle Fillide Melandroni, une prostituée de haut vol, l'obsession du peintre. Caravage n'a jamais peint un visage qui n'appartienne pas à quelqu'un qu'il avait connu… et souvent aimé.

– Même le sosie de notre Fosco avait un nom, ajouta Manna sans cesser de taper sur son clavier. Pas vrai, Giampaolo ?

– Le joueur de luth s'appelait Mario Minniti, confirma D'Avanzo d'un air grave, conscient sans doute de parler en réalité d'un enfant du temps présent. Lui aussi était un ami du Caravage, et il semble qu'il apparaisse en réalité deux fois dans le tableau. Cupidon en effet a les mêmes traits…

– Nous avons trouvé d'autres sosies de Fosco Agnelli et d'Andrea Venturi, reprit Manna. Ou plus exactement de ce Mario Minniti. Et aussi des ressemblances entre Judith et Esther. Certaines correspondances sont encore plus frappantes, mais chez des sujets dispersés dans le monde entier. Il y a par exemple une correspondance à quatre-vingt-dix-neuf pour cent avec la Judith du Caravage. On croirait voir le modèle en personne, mais il s'agit d'une utilisatrice australienne d'Instagram et nous l'avons écartée.

– Bien sûr, dit Valentina.

Leurs recherches devaient se limiter aux sujets que leur

homme pouvait approcher concrètement. Jusque-là, leur criminel avait opéré entre le centre et le nord de l'Italie, à l'exception de l'enfant de Naples. La géographie était un élément essentiel dans une enquête comme celle-ci, mais d'autres facteurs entraient en ligne de compte. Ainsi, on pouvait raisonnablement penser que le ravisseur tendait à préférer des sujets solitaires ou vulnérables.

– Et si ce n'est pas le cas, il n'a aucun scrupule à éliminer un obstacle quelconque, commenta Manna.

L'inconnu avait donc la capacité de retrouver sur la toile les sujets qui l'intéressaient, mais ce n'était pas suffisant. Il lui fallait les atteindre, les toucher. Cela impliquait des recherches, des déplacements, des filatures, parfois sur de longues périodes. Les enquêteurs devaient s'efforcer de se mettre à sa place, de pénétrer dans sa tête. Ce type n'était pas tout-puissant, au fond. Ce n'était qu'un homme, qui qu'il puisse être.

– Des nouvelles du labo de Rome ? demanda Valentina.

Loris secoua la tête.

À son retour de Bologne, Costa avait rapporté près de deux cents rouleaux de pellicule Alpha et Kodak. Soit environ sept mille photographies à développer. Dans l'un de ces rouleaux pouvait se trouver le cliché qui avait saisi leur homme et son fourgon. Ils n'avaient que peu d'espoir, considérant la personnalité du clochard qui leur avait remis son patrimoine, à quoi s'ajoutait le risque que les pellicules aient été mal conservées. Elles avaient été expédiées à Rome, et Manna attendait à présent le développement et la numérisation des images. Mais le temps passait et Valentina mettait ses troupes sous pression.

– Appelons-les, dit-elle.

– C'est ce que je fais toutes les heures, répondit Loris.

Mais le développement prend du temps ; et on a eu du mal à trouver un laboratoire équipé pour l'argentique.

Elle le savait. Il n'y avait rien à faire d'autre qu'attendre.

Loris Manna et Giampaolo D'Avanzo s'étaient à nouveau plongés dans l'étude des tableaux du Caravage. Les visages et les corps qu'ils examinaient semblaient surgir de l'écran comme pour se libérer de la prison où le grand peintre les avait enfermés.

Elle les laissa à leur travail tandis que la frustration continuait à ronger ses pensées.

43

Elle trouva Costa dans la petite pièce qu'il s'était réservée. À la lumière crue de sa lampe de bureau, il lui parut pâle et tendu. Mais quand il posa les yeux sur elle, il réussit comme d'habitude à la réconforter sans même dire un mot.

Dans ces moments-là, il lui semblait possible sinon d'éliminer, du moins de calmer ses doutes. Il viendrait un moment où il lui parlerait, où il trouverait les mots pour faire s'évanouir à jamais sa méfiance. Pour l'instant, il lui suffisait d'espérer qu'il n'avait jamais violé Diana Marini, parce que le Fabio qu'elle apprenait à connaître n'aurait jamais fait une chose pareille. Elle voyait bien d'ailleurs qu'il était loin de s'être perdu, et que s'impliquer dans l'enquête lui avait fait du bien.

Elle était restée si longtemps sur le seuil, plongée dans ces pensées, qu'il dut lui faire signe d'entrer. Il se leva pour libérer le fauteuil de bureau de son vieux sac en cuir qu'il appelait « sa besace » et qui contenait ses notes et un ordinateur portable. C'était le seul gardien digne de ses secrets, disait-il, et comme lui, il avait traversé mille vies.

Valentina se laissa tomber sur le siège avec un soupir.

– Fatiguée ?

– Épuisée.

– Oui, c'était une question idiote. Comment s'est passé le coup de fil quotidien avec Rome ?

Elle le considéra de la tête aux pieds. À sa surprise, Costa se mit à rire.

– J'y suis passé, tu sais. Je sais comment ça marche.

Non, se dit-elle, il ne savait pas. Impossible. Falcone l'avait avertie pour la énième fois. Aucune indulgence dans ses paroles. Siria Lucchesi l'avait informé que Costa continuait à participer à l'enquête, et il s'y était opposé. Valentina avait résolu de l'ignorer.

– Je te l'ai déjà dit, avait pontifié le chef. Tu prends des risques non seulement pour toi, mais aussi pour moi qui t'ai placée à la tête de cette enquête. Pas de conneries, sinon j'aurai vite fait de te faire rentrer. Tu ne connais pas Fabio Costa. Ce n'est pas seulement un homme blessé, c'est un homme perdu. Et c'est ce qui le rend si dangereux.

Cette dernière phrase la tourmentait, mais les recommandations de Falcone s'envolaient à présent comme paroles au vent. Valentina savait quel comportement adopter avec Fabio – du moins pour l'instant.

– Mais comment tu faisais, toi ? lui demanda-t-elle. Comment tu gérais la pression ?

– Peut-être que je ne m'en rendais pas compte. J'étais tellement plongé dans le boulot… Et pour tout te dire, on m'a laissé faire à peu près ce que je voulais.

– Oui, on me l'a dit. Et tu obtenais des résultats.

– J'avais d'excellents collaborateurs, très impliqués. Et

personne ne se tirait dans les pattes. Une bonne équipe, ça fait toute la différence.

– Moi, on m'a dit que c'était toi qui faisais la différence.

Une lueur passa dans ses yeux. Oui, songea Valentina, à l'époque, il était brillant et autonome. Et tout s'était terminé d'une façon lamentable.

– Après ça…, ajouta-t-elle prudemment, tu pourrais peut-être retourner au Bureau des enquêtes.

– Arrête, s'il te plaît.

Valentina se mordit les lèvres.

– C'était une simple idée…

Il la fixa d'un air dur.

– C'est peut-être le moment d'éclaircir cette histoire, dit-il.

– De quoi parles-tu ?

– Tu sais ce qui m'est arrivé il y a des années quand je travaillais à Rome…

– Écoute, je ne voulais pas…, commença-t-elle, mais Costa l'interrompit.

– Ne t'inquiète pas, je ne veux pas t'embarrasser et je n'ajouterai rien à ce que tu crois savoir. Je ne vais rien te raconter et je ne vais pas me justifier. Non pas parce que tu n'as pas le droit de savoir, mais parce que toute version que je pourrais t'offrir aurait l'air d'un plaidoyer *pro domo*, ou pire encore d'un acte d'accusation contre quelqu'un d'autre… Et ça fait longtemps que je ne me soucie plus de ce qu'on pense de moi. J'ai traversé l'enfer, et d'une certaine façon j'y suis encore. Mais c'est un problème qui ne regarde que moi et certainement pas toi ni qui que ce soit d'autre, pas même les gens à qui j'ai fait du mal. Ma femme, mon fils… (Il s'interrompit.) Mais la question n'est pas là. L'important, ce n'est pas ce que je suis ou ce que j'ai été, mais ce que tu attends de moi. Il s'agit de savoir dans quelle mesure je peux t'aider, et si tu as vraiment besoin d'un vieux policier rouillé. C'est tout ce qui compte. Il n'existe pas d'expert ni de formule qui puisse tout résoudre. Tu es sur le coup, moi aussi peut-être, et ce type-là est dehors. C'est une épreuve, Valentina. Tu le sais, n'est-ce pas ?

Il la fixait avec une intensité qui la mit mal à l'aise.

– Mais je ne te demande rien, Fabio. Et je ne comprends pas ce que tu veux dire…

– Ce que je veux dire, c'est que tu dois être prête. Tu sortiras de cette histoire de toute façon. Mais quoi qu'il arrive et quelle qu'en soit l'issue, elle te laissera une angoisse qui durera toujours. Crois-moi. Et alors, ça n'aura plus aucune importance que j'aie été à ton côté ou non. Ou de savoir pourquoi tu m'as fait confiance. À la fin, tu resteras seule avec les cicatrices que t'aura laissées cette affaire. Et tu ne pourras pas revenir en arrière. Ni rejeter la faute sur quelqu'un d'autre.

– Pourquoi tu me dis tout ça ? dit-elle, confuse. On ne sait pas encore ce qui va se passer. Tu me fais peur.

Costa réfléchit un instant.

– C'est possible. J'exagère peut-être. Le fait est que j'ai eu affaire à des hommes et des femmes qui n'avaient plus rien d'humain, ou qui peut-être n'avaient jamais rien eu d'humain. Qui ont fait des choses qui me poursuivent toutes les nuits. J'ai connu des créatures qui ont infligé des souffrances inimaginables sans une once de remords, sans aucune émotion, pour leur seul plaisir inhumain. Et pourtant, poursuivit-il en se passant une main dans les cheveux, je n'ai jamais perçu un tel désir de violence que dans cette affaire. Ne me demande pas pourquoi, c'est une simple sensation. Mais je suis trop vieux pour supporter toutes ces douleurs. Ou peut-être que mon temps est passé, tout simplement. Et je te le répète, ça n'a rien à voir avec ce qui est arrivé à Rome. Je ne suis plus et je ne serai jamais plus celui que j'étais. Tu dois t'en souvenir, pour t'éviter une grande désillusion. Parce qu'au moment crucial, tu pourrais chercher auprès de moi une aide que je ne pourrais pas t'offrir…

Il se tut et baissa les yeux, comme honteux d'être encore là à jouer au policier. Valentina continuait à se mordre les lèvres.

– Cela n'empêche pas que je vais faire de mon mieux, conclut-il. Mais pour ça, je dois m'impliquer complètement, et c'est à toi de m'y autoriser ou non. C'est vraiment ta décision.

Elle ne répondit pas. Cela lui semblait parfaitement inutile.

44

Ils passèrent l'après-midi à réexaminer tous les éléments en leur possession. C'était Costa qui l'avait voulu, mais sur ce point ils s'entendaient à la perfection. Analyser chaque détail sous différents angles : une méthode laborieuse mais efficace. Ils se penchèrent attentivement sur le Caravage et ses œuvres.

– La question de l'art, répétait Valentina. Comprendre ce que viennent faire là-dedans les toiles du Caravage serait un fameux pas en avant. Qu'est-ce qu'il fait, à ton avis, l'Homme qui sourit ?

– L'Homme qui sourit ? répéta Costa en levant un sourcil.

Valentina rougit.

– Oui, je sais, c'est un surnom horrible. Mais tout le monde l'appelle comme ça désormais. J'espère que ça n'arrivera pas trop vite aux oreilles de la presse.

Au commissariat, ils s'étaient mis à le surnommer ainsi après l'expédition de Costa à Bologne. Cet indice avait toujours été là sous leurs yeux, mais ils n'y avaient pas prêté suffisamment attention. Fosco l'avait mentionné, et Maria Sinagra aussi, qui avait décrit un inconnu qui ne cessait de sourire.

Marmotteur, le clochard de Bologne, avait permis de résoudre cette énigme. Leur homme avait une conformation des lèvres particulière. Il infligeait des souffrances avec un perpétuel sourire, involontaire, congénital. Hélas, la recherche dans la base de données de la Scientifique n'avait pas été concluante. Certains individus fichés présentaient une difformité du visage, mais aucun ne correspondait à l'homme qu'ils traquaient. S'il avait été arrêté, personne n'avait signalé chez lui cette caractéristique.

– Pourquoi les personnages du Caravage ? insistait Valentina. À part le réalisme de ses sujets, qui me donne le frisson.

– Tu n'aimes pas le Caravage ?

– Il n'est pas mon genre, je préfère des peintres comme Chagall ou Modigliani… J'ai toujours adoré leur façon de transcender la réalité. Le réalisme n'est qu'une imitation du réel.

– Si notre homme avait dû chercher des sosies de personnages de Modigliani, il aurait eu de sérieux problèmes…

– Il a donc choisi le Caravage pour son réalisme ?

– Pas seulement. C'est sans doute une passion qu'il a cultivée au fil du temps. Selon Giampaolo, c'est le peintre qui a su mieux que tout autre saisir les pires tourments de l'expérience humaine. On l'appelle « l'artiste des hallucinations » parce que tout en lui est fort, exaspéré, extrême. S'il y a un artiste en mesure d'exprimer la douleur, c'est lui. Un véritable paradis pour un tueur en série…

– Alors, qu'est-ce qu'il veut en réalité ? Et qu'est-ce qu'il fait des…

Elle s'interrompit. Elle allait dire « des corps » – ce qui supposait qu'à ses yeux les disparus n'étaient déjà plus des personnes.

– En effet, je pense qu'il tue ses victimes. J'en suis même certain. Tu te rappelles le glutaraldéhyde ?

Valentina hocha la tête. Elle y avait pensé, bien sûr. C'était l'un de leurs indices les plus importants.

– Le glutaraldéhyde, reprit-il, ne sert qu'à conserver les corps intacts le plus longtemps possible. Je ne vois pas d'autres hypothèses. L'injecter à un sujet encore vivant, comme pour Fosco, doit faire partie d'un processus chimique précis. Mais c'est aussi une substance extrêmement toxique, et il doit savoir que l'inoculer provoque la mort.

– Nous devons travailler sur ce point, murmura Valentina. C'est sans doute la clé de voûte...

– Et il y a autre chose, ajouta Costa, à propos du Caravage...

Il prit les feuilles qu'il avait remplies de sa petite écriture chaotique.

– Cela pourrait nous aider à comprendre, dit-il en les parcourant. J'ai appelé un ancien collègue pour lui demander conseil.

Valentina se pencha sur ses notes.

– Quelques coups de fil à des enquêteurs qui ont travaillé dans toute l'Italie et qui m'ont fait part de leurs expériences. Souvent, rien ne vaut les souvenirs des vieux flics...

– Et tu as trouvé quelque chose ?

– Rien qui puisse nous être utile, je le crains. Mais au moins, ça nous donne une idée de ce qui nous attend, dit-il en lui passant l'impression d'un e-mail. C'est un ami qui me l'a envoyé. Maintenant, il est commissaire à Palerme, mais il a travaillé du nord au sud. Quand je lui ai parlé de notre affaire et du Caravage, il a paru surpris. Il m'a dit que cela lui rappelait une vieille enquête de l'époque où il exerçait à la PJ de Vérone. Une petite chose de rien du tout, mais avec un détail singulier, horrible, qui l'avait beaucoup impressionné.

Valentina parcourut rapidement le courriel. Les faits remontaient au début des années 1990. Un homme avait disparu dans un petit village proche de Vérone. Pas seulement un clochard, mais l'idiot du village, saoul la moitié du temps et la tête perdue l'autre moitié. Sa disparition n'avait pas suscité beaucoup d'émoi, et les recherches avaient été conduites mollement. Chacun pensait qu'il était tombé ivre mort quelque part. Il n'était jamais rentré chez lui.

Quelques mois plus tard, lors d'une perquisition, on avait trouvé une cassette vidéo avec des images assez étranges. On aurait dit des films pornos amateurs. Mais il y avait une scène qui n'avait rien à voir avec le sexe.

Trois hommes, le visage masqué par une capuche, soulevaient une croix de terre pour la mettre à la verticale. Sur la croix était attaché, la tête en bas, un vieil homme nu, le bassin entouré d'un linge, qui hurlait et se démenait comme un possédé.

Ce pouvait être une reconstitution historique, mais les policiers étaient restés frappés par l'expression et par les cris de l'homme. Ses poignets étaient transpercés de clous et ce qui coulait des blessures semblait du sang véritable. Soudain, devant l'objectif apparaissait un panneau écrit à la main : « La crucifixion du Caravage ».

L'un des agents avait reconnu avec certitude le clochard disparu quelques mois plus tôt.

Le commissaire ami de Costa ne se rappelait pas le nom de la victime ni celui du village où cela s'était passé. Il n'avait pas réussi à comprendre si le film était une sorte de plaisanterie très élaborée ou un document authentique. Et puis, ce clochard volatilisé n'était qu'un marginal que personne n'avait voulu rechercher. Ils avaient abandonné, la conscience en paix.

– Le Caravage ! s'exclama Valentina, stupéfaite. On dirait la même histoire !

Elle sentait monter l'horreur en elle. L'affaire de Vérone confirmait toutes ses craintes.

– Calme-toi, dit Costa. Tout cela remonte à près de trente ans. Je doute que notre homme ait l'âge adéquat. Et c'est le seul cas qui présente une vague ressemblance avec le nôtre.

– Mais si c'était vrai ? On pourrait être en présence d'un imitateur…

– Cette histoire n'a jamais été rendue publique, m'a assuré mon collègue, et un imitateur répète en général des affaires éclatantes, des crimes qui ont fait la une des journaux.

– Mais l'Homme qui sourit a pu voir une copie de cette vidéo. Il pourrait même connaître celui qui la tournait…

– Ça, c'est possible. Et ça nous donne une idée de ce qui nous attend.

Elle hocha la tête. Les créatures qui avaient accompli ces actes épouvantables évoluaient dans les mêmes ténèbres que l'homme qu'ils recherchaient.

Elle vacilla légèrement en se levant de sa chaise. Elle avait découvert que le monde qui l'entourait était plus sombre qu'elle ne l'aurait cru. Fabio s'approcha et la soutint par le bras.

– Tu vas bien ? dit-il d'un ton préoccupé.

– Je n'ai pas mangé ce matin, reconnut-elle. Et je suis fatiguée. Ça va aller mieux dans une minute.

Mais quand elle voulut bouger, elle sentit une nouvelle

vague de vertige. Il la prit dans ses bras et appuya sa tête contre sa poitrine.

– Laisse-moi un moment comme ça, murmura Valentina, la bouche contre son pull. Laisse-moi comme ça et ça ira mieux.

Mais Fabio lui prit le menton et lui donna un baiser.

Ils s'écartèrent aussitôt l'un de l'autre. Quelqu'un frappait avec énergie à la porte du bureau.

– C'est pour quoi ? dit Costa.

– Excusez-moi, dit Zucca. On a reçu les photos du clochard. Et il y a Loris Manna là-bas qui devient fou.

45

– Ces imbéciles nous ont transmis toutes les photos en un seul envoi, hurlait Loris Manna en frappant son bureau du plat de la main, faisant tressauter jusqu'au moniteur sur lequel défilait à présent une série interminable de fichiers. J'avais recommandé de les envoyer au fur et à mesure. Maintenant, le serveur est encombré de je ne sais combien de milliers de photos à examiner toutes en même temps !

Valentina lui posa une main sur l'épaule et Loris se calma aussitôt.

– Ce n'est pas si grave, dit-elle. On doit les vérifier une à une, de toute façon.

– On va tous s'y mettre, ajouta Costa. On va se les partager et les examiner, plusieurs fois si c'est nécessaire.

– Alors, tout le monde au travail ! dit Valentina.

Ils passèrent les heures qui suivirent à visionner les photos prises par le clochard ces deux dernières années. La plupart étaient floues et mal cadrées. Il y avait des centaines de visages, des mains, des pieds arpentant les rues où il passait sa vie. Et puis des animaux, des maisons, des voitures qui filaient dans la ville, des fragments de ciel et parfois des sujets indéchiffrables.

Chaque photo devait être examinée avec soin, souvent plusieurs fois, parfois en agrandissant certains fragments, avant de passer à la suivante.

Quand Valentina levait les yeux de son écran, elle croisait souvent le regard de Costa, où il lui semblait revoir ce baiser furtif. Mais il replongeait aussitôt dans ses photos, et elle se disait que la fatigue lui jouait des tours.

Il faisait nuit noire et ils commençaient à perdre espoir, quand Angelo Zucca lança soudain :

– On a peut-être quelque chose ici.

– Quoi donc ? demanda prudemment Valentina en s'approchant.

Elle avait toujours envié le caractère du policier, sa capacité à garder son calme même dans les moments les plus tendus. Mais cette fois, il avait une expression qu'elle ne lui connaissait pas.

L'écran de son ordinateur affichait une des photos de Marmotteur, floue et légèrement surexposée. Le visage de l'homme qui regardait dans leur direction n'était guère qu'une tache blanche et indistincte, d'où ressortaient deux trous noirs qui étaient ses yeux. Le regard d'un spectre surpris d'être saisi par un objectif. Mais on remarquait les longs cheveux blancs sur les épaules.

– Et là, c'est une fourgonnette, commenta Fabio qui les avait rejoints.

– Il est quasi incolore du fait de la mauvaise qualité de la pellicule, dit Zucca, mais il pourrait être vert.

– Un California ?

Zucca haussa les épaules. Le cliché était vraiment mauvais. L'homme avait été saisi à côté du véhicule dont la portière était ouverte. Le rectangle de la plaque d'immatriculation apparaissait dans la partie inférieure de la photo, mais on n'en distinguait que les deux premières lettres : AN.

Valentina soupira de frustration. Costa secoua la tête, penché sur l'écran. Être si proche d'une réponse et ne pas pouvoir avancer était comme se cogner la tête contre un mur. Il se redressa.

– Bon, Angelo, tu continues à chercher. Il est possible que notre clochard ait pris plusieurs photos à la file. Loris va s'occuper de celle-ci. En travaillant sur ce fragment, on arrivera peut-être à lire un autre morceau de la plaque.

– Tu crois ? dit Valentina en fixant la tache informe.

– J'en suis certain.

Manna se remit aussitôt au travail.

Le temps, soudain, parut suspendu, comme si dans la salle n'existait plus que le technicien penché sur cette vieille photo. Au bout d'un moment qui leur avait semblé durer une éternité, Loris détacha son regard de l'ordinateur.

– Je l'ai, dit-il simplement.

Valentina fut aussitôt à son côté.

– La plaque ? Tu as réussi à la nettoyer ?

L'inspecteur la regarda d'un air grave.

– J'ai quelque chose de plus. J'ai un nom.

46

– C'est le maximum que nous ayons réussi à tirer du logiciel, expliqua Manna. Il a relevé un autre fragment de la plaque, qui donne « AN 34 ». Le reste, il faudra le reconstituer.

Ils savaient tous qu'il n'y avait pas de « nous ». Loris avait travaillé seul.

– Mais ça n'a pas vraiment été un problème, ajouta-t-il. Retrouver la plaque complète en la croisant avec un California a demandé un certain temps, mais finalement on a obtenu un résultat.

– Qu'est-ce que tu as découvert ? demanda Costa.

– Rappelez-vous que toutes les plaques qui commencent par « AN » ont été assignées à la province de Rome en 2004. Ça remonte ! La plupart des véhicules de l'époque sont partis à la casse. Alors j'ai étendu la recherche aux voitures qui ne roulent plus. J'ai trouvé deux correspondances pour des Volkswagen California qui selon le registre des automobiles PRA ont été désossés depuis longtemps. J'ai contrôlé avec le numéro de châssis, et il n'y a aucune erreur possible. Les plaques étaient attribuées à deux identités sur lesquelles j'ai exercé toutes les vérifications possibles. Mais sans résultat intéressant, hélas.

– Loris, par pitié…, s'exclama Valentina.

– Excusez-moi. Je me suis dit que notre homme n'était pas complètement naïf, et qu'il avait sans doute une copie d'une plaque appartenant réellement à un California. Moi, c'est ce que j'aurais fait à sa place. Les contrôles routiers se bornent à consulter le SDI pour vérifier si la plaque correspond à un véhicule volé ou qui aurait servi lors d'une infraction. S'il n'y a rien de suspect, aucun flic ne va aller consulter les données de l'ACI, qui gère les certificats de propriété des véhicules, ou du PRA, les seuls qui indiqueraient que cette immatriculation correspond à un véhicule parti à la casse.

– Et alors ? demanda Costa.

– Vous connaissez le système centralisé des immatriculations, le SCNTT ? C'est un réseau de vidéosurveillance en expansion géré par notre centre national. Il a été d'abord lancé dans quelques villes à titre d'essai, mais il a déjà donné de bons résultats. Il enregistre sur un serveur dédié le passage de chaque véhicule à chaque nœud routier important du pays. Rien qu'avec sa plaque, on peut reconstituer l'itinéraire d'une voiture au cours des dernières vingt-quatre heures. J'ai entré les deux plaques que j'avais trouvées dans le système. Vous ne savez peut-être pas que Naples est l'une des villes les mieux équipées du réseau de vidéosurveillance du SCNTT. Le 14 octobre, le jour où Salvatore Esposito a disparu de chez lui, le système a relevé la plaque AN 346 NA au moins trois fois. Dans la zone de Caivano, précisément là où habite l'enfant. À une heure compatible avec son enlèvement. Inutile d'ajouter qu'il s'agit d'une des deux plaques attribuées à un California désormais passé à la casse.

– Seigneur..., murmura Valentina.

– Attends un peu, dit Costa d'un ton neutre. Une immatriculation usurpée, qui plus est d'un véhicule détruit. Donc cela ne nous mène à rien. Le propriétaire n'est pas notre homme.

– En effet, approuva Loris. Mais le système ne se borne pas à relever la plaque, il prend aussi des photos. Et sur les images du chauffeur photographié à trois reprises le 14 octobre dans cette voiture, nous avons au moins un excellent cliché. Le conducteur est pris de face et son visage est bien visible, même si nous avons dû ajouter quelques filtres pour améliorer sa définition.

Il frappa une touche de l'ordinateur et sur l'écran apparut l'avant d'un California vert. Derrière le pare-brise, éclairé par le soleil de Naples, le visage du conducteur. Un visage anonyme, des yeux très noirs et des cheveux blancs ramassés en une longue queue-de-cheval. L'inconnu photographié par Marmotteur, mais en haute définition.

L'Homme qui sourit.

Valentina et Costa étaient trop épuisés pour se réjouir, mais l'adrénaline commençait à circuler dans leurs veines. Ils avaient un visage. Ils avaient *son* visage.

Mais Loris Manna n'avait pas terminé.

– Nous avons entré l'analyse de cette jolie frimousse dans le système de reconnaissance faciale de la police, poursuivit-il. Nous en avons tiré trois résultats assez plausibles. Malheureusement, l'angle du cliché n'a pas permis de faire mieux. Sur les trois sujets, l'un est actuellement en prison, et un autre a des antécédents de délits financiers. Mais le troisième… Ah, le troisième…

Loris Manna frappa trois touches et sur l'écran une autre image apparut. L'homme qui conduisait la fourgonnette à Naples, même si les années avaient modifié un peu ses traits.

Deux yeux noirs les fixaient sur la vieille fiche signalétique et semblaient les défier.

– Il s'appelle Luca Sileri, conclut avec satisfaction Manna, et il est recherché depuis des années pour le meurtre d'une jeune fille.

47

Son image n'avait rien de frappant. À part la forme des lèvres, qui même serrées donnaient l'impression d'un sourire éternel, le visage de Luca Sileri était anonyme, froid, oubliable. Ses yeux n'exprimaient pas une grande intelligence, et ses cheveux, très courts et raides, étaient noirs. Pas blancs.

– La photo est un peu datée : elle a été prise en prison quand il avait vingt ans, expliqua Manna. Il en a aujourd'hui trente-deux. Des petits antécédents d'actes obscènes et une condamnation à un an et huit mois pour vol quand il avait dix-neuf ans. Mais il est recherché depuis 2016 pour l'homicide d'une certaine Franceschi Teresa.

Valentina parcourait les informations récupérées dans les archives de la police. Elle cherchait en vain à garder le même ton neutre que Fabio. Chacun dans la pièce avait conscience que Sileri était sans doute leur homme.

Il présentait le profil classique du sociopathe. Une mère qui l'avait abandonné en bas âge, un père violent la moitié du temps, et absent l'autre moitié. Une adolescence passée à commettre de petits délits. Une personnalité déviante, d'après les enquêteurs qui s'étaient occupés du meurtre de Teresa Franceschi.

En septembre 2016, Sileri avait enlevé la jeune fille, employée dans une chaîne de hard-discount pour laquelle il effectuait des livraisons. On n'avait trouvé aucune trace de rapports précédents entre eux. Elle avait disparu un soir à la sortie du travail. Comme il arrive souvent dans les disparitions de sujets adultes, l'enquête avait été conduite négligemment et sans résultat. Il n'y avait aucune raison de soupçonner une séquestration, et personne n'avait jamais établi de lien entre Sileri et la malheureuse Teresa.

Un mois plus tard, la police avait été alertée par les pompiers, eux-mêmes appelés par les locataires d'un grand immeuble situé à Tor Marancia, dans la banlieue sud de Rome. Une odeur insupportable s'échappait d'une cave. Le propriétaire était introuvable et les pompiers avaient dû enfoncer la porte. À l'ouverture du local, un horrible spectacle les attendait. Le corps d'une femme en état de décomposition avancée gisait sur un lit de camp souillé des liquides de la putréfaction. La victime était nue et le légiste avait découvert des traces de rapports sexuels post mortem, ainsi que des marques de morsure sur les seins et autour du vagin.

Le fait le plus surprenant était toutefois le cercueil en acier inoxydable posé à côté du lit. Il s'agissait d'un conteneur relié à une pompe à injection qui avait sans doute accueilli le corps de Teresa Franceschi de son vivant. Trois perfusions, encore enfoncées dans le bras de la victime, contenaient des substances chimiques.

Le légiste avait expliqué aux enquêteurs quelle pouvait être la fonction de ce mécanisme. L'assassin avait tenté d'extraire du sang et de la graisse du cadavre pour les remplacer par du silicone et d'autres substances. Le but était vraisemblablement d'essayer de conserver l'intégrité du corps et son élasticité après la mort. Une sorte d'embaumement qui, d'après le légiste, aurait pu rendre la dépouille « propre à des activités sexuelles ».

Il se révéla que Teresa avait été tuée par une solution de formaldéhyde et d'acétone. Mais, selon le médecin, le décès n'avait pas dû survenir le jour même de l'enlèvement. Son assassin l'avait gardée en vie pendant un bon moment.

La cave où elle avait été retrouvée appartenait à Luca Sileri, même si personne ne se souvenait de l'avoir jamais vu dans le coin. Quelques semaines plus tôt, les voisins avaient remarqué la fourgonnette qui faisait les livraisons du discount garée devant la cave, et avaient même entendu des bruits provenant du sous-sol. Mais rien qui puisse laisser présager ce qui s'y passait. Et puis, chacun était retourné à ses affaires.

L'enquête fut rapide et relativement simple. La perquisition de l'appartement de Sileri permit de relever l'ADN de l'homme, qui correspondait au liquide séminal et à la salive retrouvés sur le corps de Teresa. Le procureur demanda un mandat d'arrêt pour séquestration, homicide et atteinte à l'intégrité d'un cadavre, mais Sileri avait disparu. L'histoire fit la une des médias locaux et nationaux pendant quelques jours, avant d'être classée.

– Le glutaraldéhyde, murmura Valentina. Voilà l'explication. Il s'en sert pour préparer les corps à une sorte d'embaumement. C'est bien ce que tu disais, Fabio.

– Il y a encore des détails qui ne collent pas, dit-il en plissant le front. Nous devons absolument accéder à son dossier.

– On va voir ça avec les enquêteurs qui s'en sont occupés. Mais maintenant… ?

Costa comprit ce qu'elle voulait dire. Ils avaient identifié l'Homme qui sourit, mais beaucoup de choses leur échappaient encore. Et il leur fallait des preuves plus concrètes. Ce n'était pas avec une photo prise par un clochard et le cliché d'une caméra de surveillance routière qu'ils pourraient lancer une enquête.

– Il faut aller à Rome, décida Valentina. C'est là que Sileri a commencé à tuer. Et c'est de là qu'il faut repartir.

Costa acquiesça. Mais il leur fallait plus encore. À présent qu'ils savaient *qui* il était, ils devaient découvrir *où* il était.

– On partira demain très tôt, dit-il. Tu dois avertir tes chefs. Ce n'est plus une affaire que nous pouvons gérer à nous seuls.

– Très bien. Mais tu seras avec moi, d'accord ?

Elle le fixait en quête d'une réponse immédiate et claire, et Costa se demanda si leur baiser y était pour quelque chose. Dans ce cas, ils avaient un problème.

Après si longtemps, il retrouvait l'angoisse qui l'avait accompagné tout au long de sa vie précédente. Mais ce n'était pas pour lui qu'il avait des craintes.

48

– Le Caravage a beaucoup d'admirateurs. Et ils ne sont pas tous sains d'esprit.

Loris Manna avala sa dernière gorgée de bière. Il regarda autour de lui, attira l'attention d'une serveuse et demanda une seconde pinte. Giampaolo D'Avanzo le regardait avec curiosité. Un drôle de flic, Manna. Pas le genre à manier des armes, mais parfaitement à l'aise avec les algorithmes et les logiciels. Et pourtant sa longue tignasse blonde, sa barbe de trois jours et toute son attitude racontaient une autre histoire. On lui avait rapporté à mi-voix, comme un secret inavouable, qu'il était gay, et D'Avanzo se disait que le milieu de la police était encore assez homophobe pour lui rendre la vie difficile.

Après la découverte du nom de Luca Sileri, et l'intermède de la recherche de sa photo, ils avaient repris le programme sur Caravage. Loris ne lâchait rien et ne semblait jamais fatigué.

Il venait de terminer la partie la plus importante du travail, qui consistait à entrer toutes les œuvres du Caravage dans le système, et ils évaluaient à présent des images tirées de tableaux d'autres artistes. Ils avaient décidé d'élargir leurs investigations aux peintres les plus célèbres de la Renaissance, en particulier aux premiers artistes ayant conféré à leurs personnages assez de profondeur et de vraisemblance pour que les algorithmes de Dieu puissent les reconnaître. Caravage avait inventé une nouvelle façon de peindre, mais bien d'autres l'avaient imité par la suite. Et si aucun logiciel de reconnaissance faciale n'aurait pu fonctionner sur des tableaux de Giotto ou de Cimabue, il existait des centaines de portraits de la Renaissance permettant d'identifier des personnes réelles.

Mais plus ils cherchaient, plus ils se convainquaient que Costa avait raison. L'Homme qui sourit n'avait pas choisi le Caravage uniquement pour le réalisme de sa peinture. C'était aussi le peintre idéal pour cette quête folle.

L'identification de Sileri n'avait pas modifié leur approche. Costa sur ce point avait été catégorique. Avant tout, ils n'avaient pas encore la preuve qu'il était bien celui qu'ils poursuivaient. Ce n'était pour l'instant qu'une ombre insaisissable et ils ne devaient donc pas relâcher leurs efforts – même si une petite bière en vitesse ne pouvait pas faire de mal.

Le bistrot qu'ils avaient choisi, Aux Ténébreux Volturi, était un tribut à la saga *Twilight* qui avait rendu Volterra célèbre dans le monde entier. Surtout, c'était le seul qui restait ouvert tard. Et il servait une bière pression artisanale vraiment phénoménale.

– Et toi ? interrogea Loris.

D'Avanzo crut qu'il parlait de la troisième tournée de bière, et il s'empressa de vider son verre.

– Je parle des admirateurs du Caravage, précisa Loris.

– Tu veux dire quoi ? demanda l'expert en art. Que ceux qui aiment le Caravage sont aussi fous que lui ?

– Le Caravage était fou ?

– Plutôt du genre agité. Tu connais un peu sa vie, non ?

Loris hocha la tête et faillit perdre l'équilibre. La bière traditionnelle était peut-être un peu forte.

– Je sais que c'était un assassin, dit-il. Si on remontait le temps, c'est peut-être à lui qu'on donnerait la chasse !

Et il éclata de rire.

– C'est bien possible, dit D'Avanzo en se mettant à rire avec lui.

– Un animal étrange et sombre…

– Un animal ombrageux, reconnut D'Avanzo. Un homme toujours en fuite, qui a vécu dans l'ombre par nécessité, ce qui explique peut-être que la lumière soit aussi importante dans ses tableaux. Et ce que nous savons de lui, on l'a découvert pour l'essentiel dans les archives policières de l'époque. Sa célébrité en tant que peintre n'est venue bien plus tard.

– Ce qui confirme ma théorie, grogna Loris.

– Qui serait ?

– Que c'est pour ça qu'il attire autant les déséquilibrés.

Pour faire bonne mesure en effet, ils avaient scanné la Toile et les archives de la police à la recherche d'une référence quelconque à Caravage. Les résultats étaient assez surprenants. Il existait dans le monde des groupes ésotériques qui prêtaient à ses œuvres des symboles et des parcours initiatiques annonçant des catastrophes. D'autres voyant en lui la réincarnation d'un nécromancien qui capturait l'âme des gens qu'il peignait. Un groupe appelé « Les adorateurs des têtes coupées » voyait dans la manie de l'artiste de reproduire des épisodes mythologiques de décapitation une invitation à pratiquer celle-ci au nom d'une sorte de purification spirituelle. Les œuvres du Caravage étaient si suggestives qu'elles suscitaient les fantasmes les plus débridés.

D'Avanzo dut admettre que le Caravage exerçait parfois

cet effet. La sombre maestria de l'artiste pouvait donc avoir inspiré l'esprit malade de l'homme qu'ils traquaient.

– À propos, je t'ai parlé de Guido Marchesi, non ? dit soudain Loris en sortant de sa poche un papier froissé. Avant de mourir, il nous avait laissés entendre que l'on n'était pas face à un cas de pédophilie. C'est grâce à ses demi-aveux que j'ai commencé à sonder le Dark Web. Marchesi en réalité n'avait fait qu'effleurer sa surface, même s'il devait avoir compris quelque chose qu'il n'a pas eu le temps de nous révéler. Je pense qu'il était même épouvanté de ce qu'il avait découvert... Ou des gens qu'il avait rencontrés. Du coup, j'ai poussé plus loin. Et ça n'a pas été une partie de plaisir, crois-moi. Regarde, aujourd'hui j'ai trouvé ça.

Il agita la feuille devant son visage d'un geste mal assuré. Il était temps d'arrêter la bière.

– C'est la transcription d'une conversation entre deux individus dans un *chat* fermé, poursuivit Loris. C'était en anglais, mais je l'ai fait traduire par l'interprète du commissariat pour plus de sûreté. Écoute ça.

ETERNAUT@ : On dit que le *David et Goliath* est très beau.
NIGHTGAUNT@ : Meilleur que l'original du Caravage.
ETERNAUT@ : Plus sensuel. La tête coupée du géant paraît vivante. Ses lèvres sont charnues. Le sang brille dans la nuit.
NIGHTGAUNT@ : Tu voudrais faire quoi ?
ETERNAUT@ : J'ai quelques idées. Je ne sais pas s'il a encore sa langue, mais ce serait fantastique.
NIGHTGAUNT@ : Ça commence à m'exciter.

D'Avanzo leva les yeux, perplexe et un peu écœuré.

– C'est quoi ?

– Je ne sais pas, dit Loris les yeux plongés dans sa pinte

de bière. Je te l'ai dit, j'ai pêché ça dans le Dark Web. Une fenêtre dans une sous-structure qui s'est brusquement fermée et que je n'ai pas réussi à retrouver. Le fragment d'un *chat*. Marchesi a dû tomber sur quelque chose de ce genre. Ça m'a donné la chair de poule.

– Ça peut être utile à notre enquête ? demanda D'Avanzo, qui frissonna à son tour.

– Je ne crois pas. Je n'ai pas pu remonter aux adresses IP des deux usagers, naturellement, puisqu'ils étaient en peer-to-peer et que les communications passaient par différents Tor...

– Je ne comprends pas un mot de ce que tu racontes...

– À part en art, tu es d'une ignorance crasse. En tout cas, j'ai eu l'impression qu'ils se parlaient depuis deux continents différents. L'un pourrait être aux États-Unis, et l'autre dans un pays d'Asie. Rien à voir avec notre homme aux cheveux blancs. C'était seulement pour dire qu'on retrouve le Caravage un peu partout... Et pas seulement dans des endroits agréables. (Il vida le fond de sa bière.) Si seulement nous avions pu continuer à interroger Marchesi...

Un message arriva sur le portable de Manna, qui regarda D'Avanzo d'un air soudain préoccupé.

– C'est lui..., dit-il.

– Qui ça, lui ?

– L'alerte que nous avons intégrée au système, dit Loris. C'est Dieu en personne qui nous prévient !

Dieu a en effet d'innombrables façons de nous parler, pensa absurdement D'Avanzo. Mais par un SMS sur un portable ?

Loris lut le texte. Même sous les lampes tamisées des Ténébreux Volturi, D'Avanzo le vit pâlir.

– Oh, Seigneur ! murmura le technicien.

– Qu'est-ce qui se passe ?

– Le système a trouvé une correspondance, annonça Loris

d'un air incrédule. Une autre disparition associée au Caravage. Ça vient de se produire… Notre homme vient tout juste de frapper à nouveau !

49

La sonnerie de son téléphone la trouva éveillée en dépit de l'heure. C'était comme si elle l'attendait. Elle sortit du lit, envoya voler les draps et répondit.

Au bout de quelques instants, elle coupa la communication. Les frissons qui la traversaient lui étaient désormais familiers. Elle ne s'y habituerait jamais, et elle se doutait que cette histoire allait lui en apporter d'autres.

Elle regarda le côté du lit où elle n'avait pas dormi. Les draps encore intacts. La veille au soir, elle avait pensé un instant inviter Fabio chez elle, après ce baiser qui avait accru la confusion dans son esprit et dans son cœur.

Le téléphone sonna à nouveau. C'était Fabio.

– Loris m'a appelé. Une fille a disparu hier soir. Dans un village sur le lac Trasimène… Ce n'est pas très loin d'ici.

Costa lui parut parfaitement réveillé. Peut-être n'avait-il pas dormi du tout.

– Et il t'a dit à qui elle ressemble, n'est-ce pas ?

– Elle a le visage de la *Sainte Catherine d'Alexandrie*, un tableau du Caravage, répondit Fabio. C'est lui, Valentina. Il est toujours dans les parages.

LA PEAU, LA CHAIR, LES OS

50

Les reflets de l'eau se réfractent dans les grandes baies vitrées, et dans le soir le lac semble déborder ses rives pour envahir les maisons qui commencent à s'allumer.

Tu es si fasciné par ce jeu de miroirs que tu n'arrives pas à détacher ton regard de la surface obscure qui se trouve en réalité derrière toi, réfléchie par les vitres du restaurant. Les rares clients que tu vois à l'intérieur semblent dîner sous l'eau.

Et elle aussi est là.

Elle se meut lentement et, à cause de ce jeu de réverbération, elle semble avancer parmi les ondes et tu ne peux pas en détacher tes yeux.

Tu ne parviens pas à te rassasier de sa beauté. Tu ne saurais même pas dire ce qui la rend si belle – ni pourquoi tu ne t'en es pas avisé plutôt. Les photos ne rendent jamais complètement un visage. Pourtant, tu aurais dû prévoir l'effet qu'elle te ferait rien qu'en les étudiant. Mais tu es parti à sa recherche sans y penser, comme les autres fois.

Il est déjà arrivé qu'un visage ne corresponde pas à tes exigences. Une caractéristique, la forme d'un nez ou une expression du regard en dissonance avec l'image de référence.

Parfois, tu as dû renoncer et tout recommencer. À d'autres moments, tu t'es dit que la ressemblance était acceptable, bien qu'imparfaite, et tu as pu achever ta tâche.

Cette fois pourtant quelque chose a défié toutes tes prévisions.

C'est arrivé quand tu l'as vue sortir de chez elle, depuis ton fourgon garé de l'autre côté de la rue. Tu as observé son pas léger de danseuse, sa peau très claire, ses cheveux agités par le vent glacé qui plissait le lac, l'ovale de son visage. Tu as été emporté par ce que tu croyais avoir perdu à jamais : le désir. L'envie de la faire tienne totalement. Elle pourrait l'être, si seulement tu le voulais.

Tout en la suivant de loin sur le chemin du restaurant, tu as commencé à élaborer des plans. D'abord, ne pas la tuer tout de suite. En étais-tu capable ? Et où te mènerait ce choix ?

Tu as garé la fourgonnette à deux pas du quai, devant la file de voiliers que les vagues envoient cogner l'un contre l'autre comme des fantômes ivres.

La fille est entrée dans le restaurant sans te prêter attention. Elle est calme, peut-être un peu ingénue. Et tu sais te rendre invisible. Tu connais déjà toutes ses habitudes. Les informations recueillies avant d'agir sont essentielles.

Elle est serveuse dans ce boui-boui qui propose des anguilles frites, des anguilles à la nage, des anguilles rôties, et tu te demandes comment elle peut supporter de passer des heures dans la puanteur du poisson, dans cette odeur d'algues et d'eau stagnante qui te donne la nausée. Comme maintenant, à chaque fois que des effluves de cuisine te parviennent à l'entrée de la ruelle. « La Cour du lac », dit l'enseigne – en réalité une gargote de quatre sous.

– Vous ne voulez pas entrer ?

Sa voix te fait sursauter. Perdu dans tes pensées, tu ne t'es pas aperçu qu'elle est sortie du restaurant et s'est approchée. Elle a dû parcourir les quelques mètres de la ruelle quasiment en courant pour te prendre ainsi par surprise. Finalement, elle n'est pas si ingénue, et tu n'es pas si invisible. Tu t'entends bafouiller :

– Pardon ?

– Je vous ai vu hésiter à entrer, et j'ai pensé... En tout cas, ici on mange bien, si vous voulez le savoir.

Tu la fixes d'un air interdit.

– Et pour un prix correct, ajoute-t-elle, se méprenant sur la raison de ton hésitation. Allez, venez. Je dirai à Osvaldo de vous faire le prix spécial pour les nouveaux clients... Parce que vous n'êtes pas d'ici, n'est-ce pas ?

Tu sursautes quand elle t'effleure le coude pour t'inviter à entrer.

– Non, vous n'êtes pas du lac.

Qu'est-ce donc qui te fait trembler ?

– Alors ? Vous venez ?

Tu acquiesces. Que peux-tu faire d'autre ? Tu la suis docilement à l'intérieur du restaurant, en veillant à ne pas la toucher. À ne pas te laisser découvrir.

51

Le trajet entre Volterra et ce petit village au bord du lac Trasimène leur prit moins de deux heures, grâce à Zucca qui poussait la grosse Subaru à fond. Une voiture les suivait avec deux policiers à bord. Personne d'autre.

Manna était resté au commissariat avec D'Avanzo pour

poursuivre l'analyse des données. La jeune fille disparue, Rosanna Bacci, avait vingt-trois ans et habitait à Passignano, un bourg touristique de cinq mille âmes sur la rive nord-est du lac. Elle vivait seule dans une petite maison donnant sur le lac, depuis la mort de sa mère, survenue deux mois plus tôt. Une fille agréable, qui avait la tête sur les épaules. Elle n'avait pas d'amies attitrées et aucun parent en vie. Après la disparition de sa mère, elle avait fait une légère dépression due à la solitude, mais elle n'avait jamais manqué une journée de travail à La Cour du lac, « spécialités lacustres et cuisine familiale ».

La veille, elle s'était présentée comme toujours à dix-huit heures précises pour le service du soir ; elle s'était changée, avait bavardé un peu avec Osvaldo, le cuisinier, et avait fini d'installer les tables dans la grande salle donnant sur le lac. Osvaldo avait déclaré après coup qu'il l'avait trouvée nerveuse et peu loquace, mais cela lui arrivait souvent depuis qu'elle était seule. Rosanna était sortie pour aller vider les ordures. Elle devait les transporter dans une carriole jusqu'au bout de la ruelle, tourner à droite, longer la haie qui entourait le jardin et déposer le sac dans une des grandes bennes. Tout cela prenait moins de cinq minutes.

Mais Rosanna n'était jamais revenue.

Au début, ils ne s'étaient pas inquiétés. Il arrivait parfois que l'un des employés profite de cette brève sortie pour s'accorder une cigarette ou passer un coup de fil avant de reprendre son service. Au bout d'une demi-heure, ils avaient commencé à s'interroger et étaient partis à sa recherche, mais elle semblait s'être volatilisée. Après une vingtaine de minutes, ne sachant trop quoi faire, ils avaient appelé la police.

Tandis que Zucca appuyait sur l'accélérateur, Valentina

relisait pour la dixième fois les premiers rapports qu'elle s'était fait envoyer par e-mail. Ils ne présageaient rien de bon.

– Une correspondance, une correspondance formidable !

Le ton de Manna, quand il l'avait appelée ce soir-là, était un mélange d'enthousiasme et d'horreur.

– On nous l'a signalée il y a un peu moins d'une heure. Peut-être une disparition volontaire, peut-être un suicide. Mais la fille est le parfait sosie de la sainte Catherine d'Alexandrie du Caravage. Ses photos atteignent une correspondance de quatre-vingt-dix-huit pour cent. Le système l'a trouvée dès que j'ai entré la nouvelle de sa disparition.

Un quart d'heure plus tard, Valentina et Fabio se retrouvaient au commissariat, tandis que Zucca s'occupait des préparatifs pour un départ immédiat.

– C'est toi qui y vas, lui dit Fabio, qui semblait plus calme que d'habitude.

Elle s'était aussitôt alarmée.

– Qu'est-ce que ça veut dire ? Tu ne viens pas ?

– Je vais faire ce qu'on avait décidé. Je vais aller à Rome pour comprendre qui est Luca Sileri, à supposer que ce soit notre homme.

– Tu me serais plus utile dans ce fichu village...

Fabio lui avait caressé le visage. Une caresse timide et spontanée, qui avait la même douceur que le baiser de la veille.

– Je ne crois pas. Tu vas très bien t'en sortir. Et il faut bien que quelqu'un aille à Rome. Je devrais déjà être parti depuis des heures. C'est là-bas que j'ai une chance de découvrir où se cache Sileri.

Valentina savait que la probabilité de retrouver un homme à qui l'on donnait la chasse depuis des années et dont on avait perdu la trace était très faible. Et une fois encore, elle ne se sentit pas à la hauteur de sa mission. Qui était-elle pour réussir là où tant d'autres policiers avaient échoué ? Mais elle avait confiance en Fabio.

Tandis qu'ils se hâtaient vers le lieu du dernier méfait de l'Homme qui sourit, Valentina se demanda si Costa croyait vraiment à sa prédiction. Trouver Luca Sileri lui semblait une tâche impossible.

52

Elle a de grands yeux pleins de curiosité. Ils regardent vers la droite, au-delà de l'horizon. Et même ses lèvres serrées semblent vouloir indiquer quelque chose. Elles sont une ébauche de sourire, peut-être...

Une photo en particulier semblait pouvoir se superposer parfaitement à l'image de sainte Catherine. Là encore, Valentina découvrait une certaine joie contenue.

Tandis qu'elle faisait défiler les images sur sa tablette, elle était convaincue que le monstre avait vu lui aussi cette photo de Rosanna, prise à la fin d'une journée à la piscine. La jeune fille ne brillait probablement pas dans les activités sportives, mais elle avait dû être contente de ce cliché dérobé par un ami quelconque – au point de le poster sur Facebook. Les cheveux trempés ramenés en arrière, l'expression concentrée, le demi-sourire, tout faisait d'elle un parfait sosie de la sainte peinte par Michelangelo Merisi. Son ravisseur avait dû être foudroyé par cette ressemblance.

Et c'est ce qui l'avait condamnée.

Ils atteignirent Passignano alors que les recherches avaient à peine commencé. Les premiers à intervenir avaient été les carabiniers, puis une équipe de la PJ était arrivée de Pérouse. La police locale fouillait le lac avec l'aide de plongeurs, et des barrages avaient été installés sur tout le territoire de la province. Le groupe de Valentina avait signalé le Volkswagen California vert immatriculé AN 346 NA, mais l'espoir de l'intercepter ne cessait de s'amenuiser.

À l'intérieur de La Cour du lac, les policiers interrogeaient d'éventuels témoins. Un homme corpulent, aux cheveux frisés, engoncé dans un blouson informe, se détacha du groupe et s'approcha de Valentina.

– Je suis le commissaire adjoint Leonardini, de la PJ.

– Valentina Medici, SCO.

Leonardini lui serra la main.

– Vous avez fait vite, commissaire. Laissez-moi vous briefer sur le peu que nous avons recueilli entre-temps.

Tous les employés du restaurant s'accordaient à dire que la jeune fille disparue n'avait pas d'ennemis, qu'elle ne fréquentait pas de milieux louches, qu'elle avait les pieds sur terre même si elle était un peu simple, et oui, en effet, elle souffrait peut-être de quelques troubles psychologiques. Depuis qu'elle était restée seule, sans un parent, un ami ou un fiancé à qui se raccrocher, son moral était en baisse. Ils ne pouvaient pas exclure le suicide, même si elle ne leur avait pas paru désespérée au point de s'ôter la vie.

Mais ces derniers jours, elle semblait transformée. Elle avait peut-être un nouvel espoir. Ce type aux cheveux blancs semblait fou d'elle.

Valentina sursauta.

Leonardini eut un sourire piteux.

– Oui, je sais ce que vous pensez, j'ai lu le signalement que vous avez diffusé ces derniers jours. Mais hélas, nous n'avons pas réussi à obtenir une description de cet homme...

Ils l'ont pris pour l'un de ses soupirants, mais personne n'a pu en fournir un portrait-robot valable.

– Comment ça ?

– Pour l'instant, les trois serveurs nous en ont donné chacun une description différente. La mémoire nous joue des tours. Pour deux d'entre eux, il était grand et maigre, et pour le troisième, petit et gros. Dans la trentaine pour l'un, tandis que les deux autres affirment qu'il avoisinait sans doute la cinquantaine. En fait, personne ne l'a approché d'assez près pour le voir bien en face. Ils disent qu'il est apparu il y a deux jours et qu'il s'est installé à la table la plus éloignée de la cuisine, à côté de l'entrée. Seule Rosanna l'a servi. D'ailleurs, elle a été claire : c'était un client spécial dont personne d'autre qu'elle ne devait s'occuper. Les autres ont voulu leur laisser le champ libre, en se disant qu'avoir un amoureux lui remonterait le moral. Leurs témoignages ne concordent que sur un point : des cheveux blancs et longs sur les épaules. Il s'est présenté une fois avec une queue-de-cheval, et une autre avec les cheveux lâchés.

– Deux fois, donc ?

– Oui, hier et avant-hier. Toujours à l'heure du dîner. Il est entré, il s'est assis, il a mangé à toute vitesse et il est parti. Rosanna est la seule avec qui il ait échangé quelques mots. Mais personne ne lui a demandé de quoi ils avaient parlé.

Valentina hochait la tête en cherchant à se représenter la scène.

– Nous allons vous fournir la photo d'un suspect à montrer aux témoins, dit-elle. Mais elle est très ancienne. Nous sommes en train d'en fabriquer une plus récente avec un logiciel de vieillissement.

– Bien. Mais je ne compte pas trop là-dessus. Ces gars-là ne verraient pas un éléphant au milieu de la salle.

– Vous êtes allés voir la maison de la victime ?

– Oui, j'ai deux agents sur place. Il semble que tout soit en ordre. À présent, ils interrogent les voisins…

– Je voudrais aller y faire un tour, dit Valentina.

– Encore une chose. Personne n'a remarqué avec quel véhicule l'homme est arrivé et reparti. Mais comme vous avez signalé une camionnette, je fais effectuer des recherches dans la zone. S'il est vrai qu'il rôde par ici depuis au moins trois jours, quelqu'un a bien dû le voir. J'ai demandé les images de toutes les caméras de surveillance alentour.

– Sans oublier de contacter la police municipale et la police routière des communes voisines. Nous devons examiner les radars et les caméras installées aux feux de circulation.

Un souffle de vent provenant du lac fit vibrer les grandes baies vitrées. Ils se tournèrent vers la masse d'eau obscure, et Valentina crut entrevoir, dans les reflets des vitres, l'ombre de Rosanna qui appelait au secours en silence.

53

Tu es arrêté depuis une heure. Et les choses ont pris une mauvaise tournure, tu le sais.

Tu as garé le fourgon à l'abri, comme toujours. Cette fois, c'est une vieille maison délabrée dont il ne reste que trois murs et une partie du toit. Une cachette parfaite, éloignée de la route et entourée de broussailles et de ronces – au point que tu as eu du mal à y frayer un passage assez large pour y faire entrer la fourgonnette.

Mais ça ne suffit pas.

Tu as assommé la jeune fille sans compromettre sa beauté ni son intégrité physique, et maintenant elle te paraît encore plus désirable que quand tu l'as vue pour la première fois.

Tu es à un pas d'achever ton projet. Mais que se passe-t-il ? Tu te retournes, tu ouvres l'œilleton pour vérifier dans le rétroviseur. Tout semble en ordre. Le petit lit soudé au sol. La perfusion dans le bras, la couverture chauffante qui la recouvre jusqu'au cou.

Elle a les yeux clos, plongée dans le sommeil artificiel que tu lui as procuré, et même ainsi, pâle comme si l'enfer lui avait déjà ouvert ses portes, elle est parfaite. Mais il y a quelque chose en elle que tu ne comprends pas encore et qui est en train de te détruire.

C'est sa vitalité qui t'attire, pas sa mort.

C'est ça, le problème. Tu as beaucoup trop risqué déjà. Elle t'a vu, elle t'a parlé, elle t'a souri.

Elle t'a *remarqué*.

Tu refermes la vitre, tu reposes les mains sur le volant. Tu dois rester calme. Respecter le calendrier, les règles. Comme toujours. Tôt ou tard, tu sauras quoi faire. Tu dois simplement attendre et résister. Et puis tu sauras.

54

Ils avaient travaillé très tard la veille, et Giampaolo D'Avanzo s'était écroulé tout habillé sur un des lits de camp du commissariat.

Il avait laissé Loris Manna tout seul devant son ordinateur relié à Dieu, occupé à entrer le reste des données dans le système pour tester un nouvel algorithme de recherche. Le reste de l'équipe était parti sur le lieu de la disparition de Rosanna Bacci, les laissant seuls face aux personnages du Caravage. Ils poursuivaient leurs recherches sans épargner leurs forces ; pour sa part, c'était la première pause qu'il s'accordait depuis des jours.

D'Avanzo s'éveilla avant l'aube. Il rejoignit Loris, qui se battait avec un projecteur.

– Qu'est-ce que tu fais ?

– J'y ai passé un bon moment, répondit l'inspecteur, mais voilà le résultat.

Sur le mur blanc apparaissaient d'un côté les images de cinq personnes, trois femmes et deux hommes. De l'autre côté, des détails des œuvres du Caravage. Cinq visages que le peintre avait exécutés avec sa maestria habituelle. Les yeux vifs, les lèvres entrouvertes. Même les plis du cou ou la ligne d'une oreille étaient traités avec un réalisme impressionnant. Caravage était un maître pour saisir un geste, l'amorce d'une action, comme un photographe moderne.

Les cinq sujets saisis par le système SARI de Loris étaient des copies parfaites des personnages des tableaux.

– C'est qui ? demanda Giampaolo – qui s'en doutait déjà.

– Des personnes disparues l'année dernière. Ce salopard assassine depuis Dieu sait combien de temps en toute impunité.

Le critique d'art connaissait fort bien les cinq visages que Dieu avait extraits des tableaux. Il y avait Holopherne et la servante prête à recueillir la tête décapitée du général. Puis le visage émacié et la longue barbe du personnage peint dans *Saint Jérôme écrivant*. La bohémienne figurant dans *La Diseuse de bonne aventure* qui lit dans la main du cavalier. Et enfin le visage séraphique de la Vierge représentée dans *La Madone des pèlerins*, l'un de ses tableaux préférés.

Les disparus semblaient des sosies imparfaits de tous ces personnages. Un homme barbu, un vieillard, une femme âgée, une autre joufflue, et une jeune fille au visage angélique qui ne s'était jamais doutée qu'elle ressemblait à une madone baroque du XVIIe siècle.

Des hommes et des femmes qui un jour avaient disparu de chez eux, de leur bureau, de la rue où ils habitaient. Soustraits à leur vie quotidienne sans explication ni motif apparent. On avait sans doute parlé de certains d'entre eux dans de lugubres émissions de télé. Pour d'autres, on avait supposé un suicide. Presque toutes ces disparitions avaient été considérées comme volontaires. Au fond, il s'agissait d'adultes qui avaient pu décider de s'évanouir dans le néant, peut-être pour refaire leur vie. Mais les froids algorithmes de Dieu racontaient une histoire autrement terrifiante.

– Et il y en a d'autres, murmura Loris qui n'arrivait pas à détacher les yeux du résultat de ses investigations.

– Encore ? murmura Giampaolo, sentant l'angoisse l'envahir.

– Dieu commence à fonctionner à grande échelle, dit le technicien d'un air morne. C'est une intelligence artificielle qui affine ses propres performances à mesure qu'elle intègre des informations. Elle sait où aller fouiller. Elle est déjà en train de me signaler d'autres correspondances. Seigneur… Il y en a combien ?

Giampaolo pensa à Valentina et à tous ceux qui étaient là-bas à sa recherche.

– Il faut les avertir, dit-il. Leur expliquer à qui ils ont affaire. Parce qu'ils n'en ont encore aucune idée.

55

C'était une petite maison mitoyenne à un étage qui aurait eu besoin d'un sérieux ravalement. Mais à l'intérieur, tout était propre et bien rangé, signe que Rosanna n'avait pas perdu pied.

Ce logis donnait toutefois l'impression d'un manque de caractère, d'une absence de personnalité. Pas de fleurs, à part celles imprimées sur les rideaux ou sur de modestes napperons. Guère d'autres photographies qu'un cadre antique où dans un lointain passé un couple avait fixé l'objectif avec sérieux. Les tableaux étaient des marines ou des natures mortes achetées dans un centre commercial. Il n'y avait ni couleurs ni lumière. Tout donnait le sentiment d'un bonheur perdu et jamais retrouvé.

Valentina se demandait qui pouvait être Rosanna Bacci. Ce qu'elle voyait témoignait-il d'un simple manque de goût, ou était-ce autre chose ? C'était à croire que cette demeure n'était pas vraiment la sienne, qu'elle y vivait comme à l'hôtel dans un temps suspendu. Pourquoi ?

Une photo montrait Rosanna dans les bras d'une dame âgée. La petite fille riait, mais pas la femme, qui devait être sa mère. Dans la sévérité de cette expression, Valentina croyait deviner la nature du rapport entre elles. Une mère autoritaire qui empêchait sa fille de prendre son envol, craignant peut-être qu'elle n'arrive pas à survivre dans ce monde brutal. Et une fille qui acceptait passivement de vivre dans son ombre, heureuse de n'avoir à se soucier de rien.

Mais la mère à présent était morte. Cette maison vide était

l'unique témoin de ce qu'elle avait été, et Rosanna n'avait pas encore appris à vivre par elle-même.

Un seul détail détonnait, une touche personnelle qui la surprit et l'inquiéta.

Dans la chambre de Rosanna – un modeste lit à une place, des meubles de second choix – était accrochée, au-dessus d'un miroir taché, une gravure sans cadre aux bords jaunis par le temps. Quelqu'un qui n'aurait pas connu le tableau aurait vraiment cru que le peintre avait pris Rosanna pour modèle. On avait dû un jour évoquer cette extraordinaire ressemblance devant la jeune fille, qui avait accroché cette reproduction au mur sans imaginer qu'elle la ferait tomber entre les mains d'un assassin.

Valentina était seule dans cette perquisition sans doute inutile. Zucca et le reste de son équipe s'activaient avec les policiers locaux, tandis qu'elle avait éprouvé le besoin de se forger une idée par elle-même quant à la personnalité de Rosanna. Elle était certaine que l'Homme qui sourit avait fait comme elle. Trois ou quatre jours à parcourir la région et à observer en attendant de passer à l'action. Ils connaissaient bien sa méticulosité. Et si Luca Sileri avait étudié sa proie avant d'agir, elle pouvait en faire autant pour arriver jusqu'à lui.

Elle passa lentement d'une pièce à l'autre, frappée par l'intensité du silence.

Parvenue devant la fenêtre de la petite cuisine, elle fut un instant aveuglée par les reflets du soleil déjà haut sur le lac. Les mêmes miroitements jouaient dans les frondaisons d'une file de platanes ombrageant le petit chemin de terre derrière la maison. Un endroit idéal pour Sileri s'il avait voulu observer les mouvements de la jeune fille depuis son California. C'était là qu'il avait dû se garer, sous le couvert des arbres.

Frappée par cette idée, elle se dirigea rapidement vers l'entrée, résolue à inspecter l'endroit qu'elle avait repéré. La plus petite trace pourrait leur être utile, et même si les agents de la Scientifique étaient déjà passés par là, il restait peut-être à approfondir.

En sortant, elle fut assaillie par des flashs et des hurlements, et rapidement entourée.

– C'est elle ! C'est Valentina Medici ! cria quelqu'un.

La foule était composée de journalistes dont les micros affichaient le logo de leur chaîne respective. Tous les médias nationaux étaient là, et elle s'aperçut avec consternation qu'ils la connaissaient tous.

– Juste une question, commissaire !

– Commissaire, y a-t-il un lien entre la disparition de Rosanna Bacci et celle d'Andrea Venturi ?

– Rosanna est-elle déjà morte ? Ou espérez-vous encore la retrouver vivante ?

– C'est vous qui êtes chargée de l'enquête ?

– Vous allez renoncer à la chercher, comme vous avez renoncé à retrouver le petit Andrea ?

Derrière la foule des journalistes, dans l'espace où Sileri avait pu se garer, elle vit arriver une unité vidéo mobile dotée d'une immense antenne parabolique. Le car freina en dérapant et une nuée de reporters en descendit, piétinant consciencieusement toute trace éventuelle. Personne n'avait sécurisé ce secteur : c'était de sa faute, elle n'y avait pas pensé.

– Je n'ai aucune déclaration à faire, murmura-t-elle – avant de le répéter un ton au-dessus.

Une journaliste lourdement maquillée, tenant son micro comme elle aurait tenu un poignard, lui tomba quasiment dans les bras. Valentina sentit son haleine parfumée à la fraise.

– Qu'allez-vous faire, commissaire Medici ? Vous n'avez pas

sauvé le petit Andrea, vous croyez pouvoir au moins sauver Rosanna Bacci ?

Valentina fut tentée de lui arracher son micro et de le balancer au loin.

– Aucune déclaration, répéta-t-elle.

L'envoyée spéciale fit un pas en arrière, peut-être frappée par son expression.

L'apparition de la Subaru fut providentielle. Zucca descendit, se fraya un chemin à coups de coude entre les journalistes et l'aida à rejoindre la voiture. Un instant plus tard, Valentina voyait la journaliste à la fraise disparaître dans le nuage de poussière soulevé par la conduite sportive de Zucca. Tandis que le policier s'éloignait en serpentant entre les véhicules de la télé, Valentina pensait à Fabio. Elle lui en voulait d'être parti quand elle l'aurait voulu ici à son côté. Les hyènes autour d'elle avaient raison. C'était de sa faute si Andrea n'était pas rentré chez lui. Et Rosanna risquait de subir le même sort.

56

Tu as attendu la nuit, et à présent la nuit est tombée.

La première fois, tu passes à l'arrière pour lui administrer une autre dose de chloroforme et de glutaraldéhyde et t'assurer qu'elle va bien. Tu sais que son cœur ne va pas résister très longtemps à ce traitement. Jusque-là, ça ne t'a jamais troublé, mais cette fois, oui.

La seconde visite, tu la fais au cœur de la nuit, parce que…

Parce que tu veux la voir. C'est tout.

Tu cherches à dormir un peu dans la cabine de la vieille

fourgonnette, mais en vain. Tu l'entends respirer, là, juste derrière. L'idée de ses yeux derrière ses paupières délicates de tourmente.

Et tu finis par céder.

Tu descends de l'habitacle et tu pénètres à l'arrière du California que tu as si bien organisé pour tes besoins. Avant d'y accéder, tu veilles à remettre cette horrible perruque aux cheveux blancs. Malgré tout, tu n'oublies pas les règles de prudence.

Quand tu t'approches d'elle, tu as le souffle coupé. Elle est si belle, toute pâle sur ce petit lit. Mais sa beauté ne te suffit plus.

Tu relèves lentement la couverture chauffante qui la recouvre. Tu la regardes.

Tu es à nouveau submergé par le désir. Et par la peur de perdre le contrôle.

57

Le policier qui était entré le premier dans la cave de Luca Sileri ne s'en était jamais remis. Aujourd'hui encore, dans certains cauchemars, Teresa venait le troubler en l'accusant de ne pas avoir capturé le monstre qui lui avait infligé tout cela.

– Regarde-moi, disait-elle en indiquant les blessures sur son corps. Regarde ce qu'il m'a fait.

À ce moment, il se réveillait en réprimant un hurlement.

Ce policier était à présent devant lui et l'observait, tandis qu'il consultait le dossier de l'enquête en cours.

Plus Costa avançait dans la lecture des rapports décrivant

le meurtre de Teresa Franceschi, plus il se sentait pénétrer dans un monde parallèle et obscur.

Une partie des documents qu'il avait récupérés concernait les photos prises lors de la découverte de la jeune fille. Tous les clichés de cadavres, quand la mort a été cruelle, dégagent quelque chose d'aseptisé, d'impersonnel, en même temps qu'une insupportable violence. Les images de la victime de Sileri étaient difficilement soutenables.

– Quand on a procédé à l'autopsie de la malheureuse Teresa Franceschi, expliqua le commissaire adjoint Donato Forgione, qui avait dirigé l'enquête et voyait encore la victime dans ses cauchemars, le légiste a été le premier surpris. Le corps avait été complètement vidé de ses liquides organiques, remplacés par du silicone. C'est un polymère liquide qui peut empêcher en partie la dégénération des tissus. Une sorte d'embaumement. Sileri avait installé un véritable laboratoire, avec un bac relié à une pompe et deux tubes en guise de perfusion. Ces tubes devaient drainer l'acétone dans le corps pour dissoudre les graisses et faire passer le silicone dans tous les tissus. Ce cinglé avait l'intention de faire de sa victime une sorte de poupée en plastique.

– Il faut des connaissances et de l'expérience pour cela, observa Costa, en songeant que le dessein de Luca Sileri était de plus en plus clair et terrifiant.

– C'est la partie la plus bizarre de l'affaire, acquiesça Forgione. Sileri avait étudié la chimie à l'université, mais il avait abandonné très vite. Nous sommes même allés parler à ses professeurs. L'un d'eux disait de lui qu'il était brillant mais inconstant. Un type bizarre, qui ne savait pas se concentrer. Mais à l'évidence il avait acquis les notions de base. Et puis, en 2015, un an avant le meurtre de Teresa Franceschi, il est allé travailler à l'installation d'une exposition, *Body Worlds*, qui se tenait à Rome. Tu sais de quoi il s'agit ?

Costa se rappelait quelque chose à ce sujet. Il y en avait eu une à Milan, des années auparavant. Il s'agissait de la mise en scène de corps humains ou d'animaux écorchés, installés dans des positions suggestives. Des cadavres donnés à l'art et à la science que des pathologistes experts soumettaient à une série de traitements pour empêcher la décomposition et qu'ils modelaient ensuite dans diverses attitudes.

La mort sous les oripeaux de la vie.

Des expositions de ce type tournaient dans le monde entier depuis des années. Si certains les jugeaient irrespectueuses des corps utilisés, d'autres en louaient la puissance artistique et l'innovation scientifique. D'autres encore avaient simplement du mal à supporter la vue de la nature humaine dans son expression la plus dépouillée.

Certaines de ces expos disposaient les corps en imitant de grandes œuvres d'art. Des tableaux ou des sculptures reconstitués avec des cadavres. C'était le dernier seuil de l'horreur. Luca Sileri cherchait des sujets à embaumer pour recréer les tableaux du Caravage. Sa folie avait atteint la limite qui confond l'art et la mort.

– Cela s'appelle la « plastination », expliqua encore Forgione, inventée par Gunther von Hagens, un Allemand, à la fin des années 1970. Un traitement qui vise à remplacer les graisses et les liquides corporels par des polymères, pour que les tissus ne s'altèrent pas et que le corps reste doux et élastique. Bon pour les amateurs de films d'horreur, si tu veux mon avis. Von Hagens est considéré comme un génie ou un cinglé, mais sa méthode scientifique est révolutionnaire et a été utilisée un peu partout, surtout dans le domaine anatomopathologique. Il a construit des laboratoires dans le monde entier et il organise des expos itinérantes chaque année. Il y en a eu plusieurs en Italie. Et notre Luca Sileri faisait partie de l'équipe de la *Body Worlds* de Rome en 2015. Il a eu l'occasion d'y affiner sa technique, qu'il a ensuite tenté d'appliquer à la pauvre Teresa.

– Mais il a échoué, commenta Costa, les yeux remplis d'images de corps disséqués et reconstitués.

Le dossier de Sileri contenait des dépliants illustrant l'exposition dont parlait Forgione. La technique de la plastination y était décrite en détail, ainsi que la façon d'équiper un laboratoire. S'ensuivaient les tarifs détaillés de diverses substances chimiques et de matériel dont d'énormes cercueils en acier.

– En effet, il a échoué. Le corps avait commencé à se décomposer. Il n'avait peut-être pas l'équipement nécessaire. (Il indiqua la liste des prix qu'étudiait Costa.) À l'époque, on ne vendait pas encore le kit du parfait « plastinateur »...

– Ou sa technique n'était pas au point, ajouta Costa.

Forgione hocha la tête. Ils pensaient tous les deux aux longues années dont avait disposé Sileri pour affiner ses compétences.

– Il a pu faire ça tout seul ? demanda Costa.

– Pour ce que nous en savons, dit Forgione en haussant les épaules, c'est possible. Du moins à l'époque du meurtre. On est allés parler aux organisateurs de l'exposition de 2015, bien sûr. Pour mettre au point un spectacle de ce genre, il faut des dizaines de personnes et des centaines d'heures de travail. Les corps viennent d'un peu partout et arrivent déjà traités sur le lieu de l'exposition. Mais après, il faut des techniciens qui préparent les poses selon les indications des organisateurs. Sileri était l'un d'eux. Un simple exécutant, mais certains se souvenaient de lui. Ils disaient que c'était un type taciturne, distant et peu fiable. Il commettait des erreurs. Il a fini par se faire virer… Et il est parti en emportant un peu de matériel. Du silicone, de l'acétone, et même une pompe à injection. Du moins, ils l'en ont soupçonné. Mais ils ne l'ont pas dénoncé pour éviter une mauvaise publicité.

– Du matériel qu'il a ensuite utilisé dans sa cave, supposa Costa.

– C'est très probable. Mais comme tu l'as dit, ça n'a pas marché.

– Et comment se fait-il que vous n'ayez jamais réussi à l'attraper ?

Forgione soutint son regard.

– Fabio, tu sais comment ça se passe. Je n'en suis pas fier. Au début, on y a mis toutes nos forces. J'ai fait déclarer au magistrat qu'il était en fuite et j'ai donc pu installer quelques écoutes téléphoniques. Le problème, c'est que Sileri était un solitaire. Et il l'est sans doute encore. Aucun parent, aucun ami. On a essayé d'interroger quelques-unes de ses connaissances dans la chaîne de discount pour laquelle il était employé, et même une collègue avec qui il avait travaillé sur la *Body Worlds.* La seule à qui il parlait. Les écoutes ont duré quelques mois, mais à la fin on a été obligés de laisser tomber. Et personne n'a plus enquêté sur lui ces trois dernières années…

Luca Sileri avait recommencé. Il s'était tapi dans son coin, avait perfectionné sa technique et s'était remis à tuer. Costa évita de le souligner : les cauchemars du collègue lui suffisaient déjà. Et puis, on ne peut pas toujours gagner. Il n'est pas si rare que des coupables restent en liberté et poursuivent leurs méfaits.

Costa avait alors sous les yeux un cliché en noir et blanc du corps martyrisé de Teresa, vingt-trois ans et toute la vie devant elle. Comme Rosanna Bacci et les autres victimes de ce monstre dont Dieu retrouvait peu à peu la trace. Mais toujours trop tard.

– Qu'est-ce que tu vas faire ? demanda Forgione.

Il n'y avait aucune ironie dans cette question. Fabio y découvrit même l'espoir que cette nouvelle enquête aboutisse à la capture de Sileri. À l'époque, ils avaient fait tout leur possible, mais l'assassin continuait à parcourir l'Italie en quête de nouvelles victimes. Et ce faisant, il laissait de nouvelles traces.

– C'est toi pour l'instant qui le connais le mieux, dit Costa, qui savait la valeur de son collègue. Tu es le seul qui puisse me donner un coup de main.

Forgione resta impassible, mais il était clair qu'il avait une idée en tête. Et qu'il était heureux d'avoir une seconde chance.

– Alors, voilà ce qu'on va faire, dit-il.

Et Costa l'écouta.

58

Quand elle reçut l'appel de Fabio, Valentina courait le long d'une petite rue qui sentait l'herbe fraîchement coupée. C'était une habitude qu'elle avait dû abandonner depuis le début de cette enquête. Elle n'avait jamais le temps, et elle n'aurait pas voulu dérober de précieux moments à son enquête.

Mais ce matin-là, elle en avait éprouvé le besoin impérieux. Elle savait que s'effondrer ne servirait à rien.

Falcone l'avait appelée au milieu de la nuit après l'avoir vue à la télévision opposer son « aucune déclaration » à la foule de journalistes qui l'assiégeait devant la maison de Rosanna Bacci.

– Nous allons rédiger un communiqué de presse, avait dit froidement son directeur. Tu ne peux pas éviter éternellement les médias. N'oublie pas l'importance pour nous de l'opinion publique. On a besoin du soutien de tout le monde.

Son chef semblait déçu et démoralisé. La piste de Luca Sileri n'était pas la seule, lui avait-il dit. Si cette hypothèse se révélait infondée, il serait difficile de rattraper le temps perdu. Il n'avait pas fait allusion à sa collaboration avec Fabio Costa, et cette omission la préoccupait. Il semblait que Falcone ait déjà décidé du destin de l'enquête – et par conséquent du sien.

Si la course ne lui permit pas d'améliorer son humeur, elle l'aida au moins à faire la paix avec son propre corps. Elle réveilla des douleurs dans des muscles en manque d'entraînement, mais c'étaient des tensions agréables.

Enfin, Fabio l'appela pour lui rapporter les dernières nouvelles. Aucune trace de l'assassin, aucune idée de la façon dont ils pourraient mettre la main sur lui. Ils étaient toujours au point de départ.

– On ne doit rien lâcher, Valentina, conclut-il.

Mais de quelque manière qu'on retourne la situation, ils semblaient n'avoir pas progressé d'un centimètre. Des détours sans fin, des traces qui s'accumulaient, qui s'entrecroisaient et parfois se confondaient. Ils semblaient toujours à un pas de la conclusion – et tout s'évanouissait dans l'air. Ils avaient un nom, certes, mais leur homme continuait à parcourir le pays en tuant et en enlevant des innocents sous leur nez.

– Tu es toujours là ? demanda Costa.

– Oui, je suis là…

Elle haletait. Elle s'était arrêtée devant la caserne des carabiniers de Passignano où ils avaient installé une base provisoire, puisque l'affaire Bacci allait les retenir sur la zone encore un moment. Le commandant leur avait offert des chambres, spartiates mais pratiques.

– J'ai encore un espoir, dit Costa. La fille qui était en contact avec Sileri, celle qui travaillait avec lui sur l'expo de la plastination.

– Tu m'as dit qu'ils l'avaient déjà mise sur écoute à l'époque. Qu'est-ce que tu espères réveiller après toutes ces années ?

– Tout reprendre du début quand tout semble perdu, tu te rappelles ? Et puis, le collègue qui avait mené l'enquête est convaincu que cette femme n'a pas dit toute la vérité.

Des mots en l'air, pensa Valentina. Ils avaient eu de la chance jusque-là, mais il semblait que ce moment de grâce soit passé. Elle s'apprêtait à le lui dire, quand elle remarqua une certaine agitation à l'entrée de la petite maison. Angelo Zucca se débattait avec des carabiniers, cherchant à gagner la sortie. Des militaires quittaient la base en courant avec des mitraillettes et des gilets pare-balles. Les radios hurlaient des ordres. Et au loin, le silence du lac était troublé par le bruit des sirènes.

– Il se passe quelque chose, dit Valentina en s'essuyant le front.

Zucca la rejoignit tout agité.

– Ils ont tiré, hurla-t-il. Pas très loin d'ici… C'était peut-être une camionnette. Elle est en train de s'échapper.

Costa avait tout entendu au téléphone.

– Vas-y, bouge ! cria-t-il. C'est sûrement lui, Valentina ! C'est Sileri !

59

Tu repars aux premières lueurs, comme prévu. Aucune exception, aucun écart. Pas d'actions inconsidérées. Jusqu'au bout.

Tu lui as administré une autre dose du mélange par mesure de sécurité. Elle n'est pas différente des autres. C'était stupide de ta part de croire qu'elle l'était. Et hier, tu as eu la précaution de t'arrêter à temps, malgré tes sens en tumulte. Maintenant tu dois te concentrer et suivre le programme : les routes que tu as choisies, les pauses que tu dois t'imposer, les points d'arrêt que tu as repérés des semaines à l'avance.

Aucune exception. Plus jamais.

Mais quand les frondaisons des arbres le long de la route commencent à faire danser les rayons du soleil sur le pare-brise de manière hypnotique, quelque chose revient te perturber.

Tu hurles de toutes tes forces. Tu donnes des coups de poing dans le volant, le tableau de bord, et même contre la vitre, au risque de la briser. Tu cries et tu te démènes et le fourgon fait des zigzags au milieu de la route déserte. Si tu croisais une voiture, ce ne serait pas un problème. Tu tuerais n'importe qui pour apaiser ta souffrance. Et tu le ferais avec plaisir.

Tu entrevois un endroit où se garer le long de la route étroite. D'une brusque manœuvre tu y enfiles la fourgonnette, tu arrêtes le moteur et tu restes à l'écoute.

Aucun bruit. Seulement ton cœur qui cogne, ton cerveau qui proteste. Il n'y a aucun danger.

Tu es calmé à présent. Tu descends. L'air froid du matin

pique ton visage mal rasé. Tu as laissé ta perruque dans l'habitacle. L'humidité baigne aussitôt ton crâne chauve.

Tu ressens une excitation malvenue. Tu es faible. La seule idée de la regarder encore une fois te fait mourir de désir. Cette fois, tu auras du mal à t'arrêter.

Tu ouvres les portières arrière et tu rampes dans l'habitacle. Son odeur est encore plus intense. Tu la désires. Un amour qui te tourmente et te terrorise.

Soudain, on cogne sur la carrosserie. Un bruit effrayant.

– Quelqu'un à l'intérieur ? Ouvrez !

Ce n'est pas le ton d'un passant en quête d'un service quelconque. C'est le timbre autoritaire de quelqu'un qui ne comprendrait pas. Qui vient déranger cet unique et fragile moment d'extase. Et qui va t'anéantir si tu le laisses faire.

En te retournant, tu t'aperçois que tu n'as pas verrouillé la portière. Ça ne t'était jamais arrivé jusque-là. Celui qui est là dehors cherche déjà à l'ouvrir, presque à la sortir de ses gonds. La fissure par où entre la clarté du jour s'élargit sous les efforts de l'homme.

– Nous allons entrer !

Encore cette voix hostile. Et qui dit « nous ».

Tu portes la main à ta botte et tu en sors le couteau. Même dans ce mince filet de lumière, tu peux en admirer le contour, et la tache sombre du sang coagulé à sa surface. On dit que plonger une lame dans un corps humain renforce le métal, le trempe dans l'incandescence de la douleur.

La portière s'ouvre. La luminosité t'éblouit un instant, mais tu as déjà calculé la direction, la hauteur et la trajectoire. Tu bondis et tu frappes. Une, deux, trois, quatre fois. Vite et fort. Tu sens la chair céder, tu perçois le bruit des os qui se brisent.

Tu entends aussi crier. Un son qui semble venir de très loin.

Souffrance et surprise magnifiquement entremêlées, comme une symphonie dans l'air froid du matin. Tu aimes cette sensation. Tu es de nouveau toi-même.

Tu es rapide. Tu atterris sur la route tandis que l'homme devant toi s'écroule sur l'asphalte, baignant dans son sang.

Il y a un autre homme, mais il est pétrifié de terreur. Seule sa main droite continue à tirer sur la crosse de son pistolet enfilé dans son ceinturon blanc, cherchant à l'extraire de sa gaine.

Tu lui tombes dessus et tu jouis de l'entendre hurler d'une voix aiguë et déjà inhumaine.

– Non, non, par pitié !

D'un geste bref, tu sors son Beretta de son étui. Tu fais sauter la sécurité et tu poses le canon contre son ventre.

Puis tu presses la détente.

EMPREINTES

60

Deux agents de la police routière venaient de rencontrer leur destin sur une des innombrables petites artères qui entaillent les Apennins.

On ne pouvait pas encore dire avec certitude si cette embuscade était due à l'Homme qui sourit, mais Costa en était persuadé. Valentina se montrait plus prudente, mais si c'était bien lui, une fois de plus il venait de s'évanouir sous leurs yeux.

– C'est arrivé à moins de cent cinquante kilomètres d'ici, lui expliqua Zucca, tout en appliquant tout son talent à ce qu'il faisait le mieux : appuyer sur l'accélérateur. Il semble que les collègues aient trouvé un véhicule arrêté sur le bord d'une route de campagne et qu'ils aient effectué un contrôle de routine. La description du fourgon, avant que la communication soit interrompue, pourrait correspondre. L'un des deux est mort sur le coup, poignardé je ne sais combien de fois. L'autre s'est fait voler son arme de service, avec laquelle l'agresseur a tiré sur lui. Ils sont en train de le transporter à l'hôpital le plus proche.

Peut-être cela n'avait-il rien à voir avec leur affaire. Les agents avaient pu intercepter par hasard un transport de drogue et les trafiquants avaient réagi. C'était ce qu'on pensait à Rome. Falcone, informé des événements, lui avait interdit de se rendre sur place.

– Occupe-toi de la fille du lac, et laisse cette affaire à la Territoriale. S'ils trouvent un lien, ils te le feront savoir. Ça marche comme ça, tu te rappelles ? On collabore. Tu ne peux pas te mettre à courir dans tous les sens. Et bravo pour la discrétion de tes enquêtes… On en reparlera.

Valentina ne comprit pas la dernière phrase, que Falcone avait prononcée sans ironie ni bienveillance. Mais ça sentait les ennuis. De toute façon c'était sans importance, puisqu'elle allait faire exactement le contraire de ce que lui avait ordonné son supérieur en se précipitant sur la zone des derniers événements. Elle pensait comme Fabio qu'il fallait se rapprocher le plus possible de l'homme qu'ils recherchaient. Si cette tuerie était aussi le fait de Sileri, cela voulait dire qu'il n'avait pas réussi à s'éloigner des alentours du lac Trasimène, à cause peut-être des barrages installés partout sur le territoire. Et s'il était toujours en fuite, en retard sur son calendrier, on pouvait encore retrouver Rosanna Bacci.

Mais s'ils se trompaient ? Si ce n'était pas Luca Sileri ? S'ils étaient en train de s'agiter pour rien et si leur tueur avait déjà débuté la plastination du corps de la jeune fille ?

– On est presque arrivés, annonça Zucca.

– Bien. Va directement à l'hôpital.

– Je ne crois pas qu'on nous laissera parler au blessé, répondit Zucca. Il semble qu'il ait perdu beaucoup de sang. Il lui a tiré dans le ventre, ce salopard. Je ne crois pas qu'il va s'en sortir.

– On y va quand même.

Tandis qu'apparaissait la silhouette grise et austère de l'hôpital où leur collègue luttait contre la mort, Valentina se mordit les lèvres. Elle jouait son va-tout et elle le savait. Mais

Fabio avait raison : une enquête comme celle-ci vous change, qu'on le veuille ou non. Il faut s'y immerger complètement et prendre tous les risques. C'était le seul moyen, il n'y en avait jamais eu d'autre.

61

– C'était lui ? demanda son collègue, un commissaire jeune et pâle expédié à toute allure sur la zone.

Ses chefs donnaient en ce moment une conférence de presse au cours de laquelle ils allaient rappeler le sacrifice des deux agents, prier pour le rétablissement du blessé et assurer que le responsable serait rapidement capturé. Autant de promesses vaines. Valentina connaissait bien cette partie de la procédure.

– Qui ça, lui ? dit-elle en le regardant de biais.

Oui, vraiment jeune, le collègue, et à côté de la plaque.

– Lui, le Collectionneur de visages.

– Le quoi ?

Le jeune commissaire rougit jusqu'à la racine de ses cheveux très courts.

– Excusez-moi... Ce sont les journalistes ce matin. Ils disent que vous donnez la chasse au Collectionneur de visages qui s'inspire des tableaux du Caravage...

Valentina resta sans voix. Encore une fuite. Quelqu'un leur tirait dans les pattes, comme s'ils n'avaient pas assez de problèmes comme ça. Elle comprenait à présent la réflexion de Falcone au téléphone.

« Le Collectionneur de visages » : une nouvelle concession au spectacle donné par les médias vingt-quatre heures sur vingt-quatre. La ressemblance des victimes avec les personnages du Caravage avait déchaîné tous les fantasmes de la presse, qui se lançait dans les hypothèses les plus farfelues. Mais aucun journaliste n'avait encore effleuré la vérité.

– Nous, on ne l'appelle pas comme ça, dit-elle doucement.

Ils étaient dans la salle d'attente du service de réanimation. De l'autre côté d'une vitre légèrement opaque, Claudio Colombo, le policier blessé, gisait sur un lit entouré de tubes et de machines qui le maintenaient en vie. Il était tombé dans le coma et ne pourrait sans doute plus jamais répondre à leurs questions… Le regard d'un agent expérimenté peut parfois saisir des détails qui échappent au citoyen ordinaire. Le policier avait été désarmé et blessé avec son arme en un rien de temps, mais il avait eu quelques secondes pour assister au meurtre de son collègue de patrouille. Il avait peut-être vu quelque chose – n'importe quoi, pensait Valentina avec désespoir.

– Un contrôle de routine, répétait pendant ce temps le jeune fonctionnaire. Cela n'a peut-être rien à voir avec votre enquête. Cette maudite route est tellement déserte. Croiser une patrouille était vraiment improbable. Et nos agents n'ont eu aucune possibilité de réagir. Si c'est votre Collectionneur de visages, il n'a pas mis longtemps à les neutraliser…

Pourquoi continuait-il à l'appeler ainsi ? se demandait Valentina. Qui lui en donnait le droit ?

Votre Collectionneur de visages.

Au même moment, un infirmier sortit de la salle de réanimation. Il transportait sur un chariot les affaires de Claudio Colombo. Son uniforme, ses hautes bottes, son ceinturon blanc. Tout cela imprégné de son sang.

Zucca apparut à côté d'elle.

– Il n'y a rien à faire, dit-il à voix basse. Les médecins disent que c'est un miracle qu'il soit encore vivant.

À l'autre bout de la salle, quelqu'un pleurait. Une future veuve trop jeune. En voyant le ceinturon blanc et rouge, Valentina arrêta brusquement l'infirmier en train d'enfourner les vêtements du blessé dans un grand sac vert.

– C'est vous qui les lui avez enlevés ? Maintenant ? lui demanda-t-elle.

L'homme ne comprit pas et secoua la tête d'un air incertain. Derrière son masque chirurgical elle voyait de grands yeux qui semblaient émus.

– Son ceinturon, précisa-t-elle. Qui l'a touché ?

– Je ne sais pas... Moi seul je crois, quand je l'ai défait...

Zucca avait compris ce que cherchait Valentina. Il fit signe à l'infirmier de ne pas bouger, l'uniforme ensanglanté encore sur les bras. Il enfila une paire de gants en caoutchouc qu'il gardait toujours avec lui, prit avec précaution le ceinturon blanc par la boucle et le souleva.

Sur la bande de cuir griffé, signe des années passées suspendues au flanc du policier, de longues stries de sang allaient de la gaine où il gardait son arme au lacet en cuir avec un clip qui bloquait celle-ci. C'était le sang de Colombo. Mais si les choses s'étaient passées comme ils le pensaient, l'assassin avait déjà poignardé son collègue à mort avant de s'emparer du Beretta. Il devait donc être couvert de sang – et sa main aussi, celle qui avait saisi la crosse de l'arme.

Les empreintes digitales d'un rouge brillant étaient nettes et ne laissaient aucun doute. C'étaient celles des doigts de l'homme qui avait attaqué les deux policiers.

62

Ce n'est pas ton sang, tu n'es pas blessé. Mais tu en es recouvert. Tu en as sur les mains, sur tes vêtements. Tu te regardes dans le rétroviseur : tu as des gouttes vermillon sur les joues et sur le front. Et tu n'es pas encore sorti d'affaire. Ton voyage est loin d'être fini.

Tu as déjà fait de nombreuses haltes, en choisissant à chaque fois l'endroit avec soin ; pas d'aire de repos ni de parking, seulement des endroits isolés, des recoins difficiles d'accès le long de petites routes secondaires, en veillant à ne pas rester embourbé dans un fossé ou dans un marécage. Tu t'es reposé autant que possible et une ou deux fois tu t'es même endormi. Voilà, c'est là le danger. Ils t'ont déjà trouvé une fois par hasard, cela peut se reproduire.

Tu es furieux contre toi. Si tu ne t'étais pas arrêté pour vérifier son état, il ne serait rien arrivé. Et maintenant, tu serais peut-être déjà à l'abri. Mais la fureur est aussi un danger dont il faut se garder. Alors, peu à peu, tu te calmes.

Tu es presque arrivé à destination. Le GPS continue à t'indiquer des itinéraires différents pour arriver plus vite et l'envie d'en finir te pousserait à suivre ses conseils. Mais tu sais résister. Tu ne cesses de modifier ton parcours en te rapprochant et en t'éloignant tour à tour, en t'assurant de ne pas être suivi et surtout en évitant d'éventuels barrages. Tu sais qu'ils sont à ta recherche. Tu t'en es pris directement à eux. Ils se rapprochent dangereusement. C'est pour cela que tu choisis des routes certes plus longues mais plus désertes et plus sûres.

Et à force, tu touches à ton but. Oui, tu as dû modifier

en partie ton plan. Ta destination actuelle n'est pas idéale et elle présente un risque. Mais il est pratiquement impossible d'atteindre ton objectif initial. Les règles parfois doivent être modifiées. Et finalement, c'est à toi de décider.

Voilà. Tu es presque arrivé.

Il suffit de résister à la tentation d'aller vérifier la fille à l'arrière. Cela fait un moment que tu ne l'entends plus se plaindre. Elle est peut-être déjà morte, ce qui ne serait pas un bien parce que cela pourrait anéantir tous tes efforts. Mais tu comptes bien qu'elle reste vivante encore un moment.

Tu l'imagines allongée en train de t'attendre et cette pensée t'excite. Elle te pousse à repartir.

Encore quelques efforts pour être à l'abri. Et elle sera complètement tienne.

63

– Du nouveau ?

Giampaolo D'Avanzo s'installa à côté de Loris Manna. Ils avaient été informés de l'agression des deux policiers de la route et l'impulsion de Loris aurait été de partir aussitôt, pour être à côté de Valentina et des autres. Mais il savait qu'il remplissait un rôle différent dans cette histoire. À chacun son boulot.

Il était entré dans l'administration en tant que simple agent, sans savoir s'il était taillé pour ce métier. Il lui avait fallu du temps, mais Loris avait fini par reconnaître que s'il était attiré par cette mission, ses effets sur lui étaient dévastateurs. Et pas seulement parce qu'il tendait à s'identifier aux victimes des délits dont il s'occupait, mais aussi parce que toute cette douleur, toute cette souffrance injuste avait selon lui une odeur qui l'affectait profondément. Il la sentait imprégner sa peau, son visage, sa bouche, pénétrer en lui et y rester pendant des jours, rendant toute chose opaque et sombre, le jetant dans un état dépressif d'où il lui était toujours plus difficile de sortir. Cette empathie, lui avaient dit ses collègues plus chevronnés, n'était pas rare chez les policiers, mais elle était dangereuse. Au point d'en pousser certains au suicide.

Dans le secteur de l'informatique il avait toujours été un crack, et il se savait de taille à affronter dans ce domaine n'importe quel cybercriminel. Il résolut donc d'abandonner le terrain au profit d'un nouvel aspect de l'activité policière.

En 2015, Loris avait finalement été assigné au SCO, où il avait entamé sa véritable guerre contre le crime. Ses armes étaient désormais des calculs virtuels, des géolocalisations, des connexions Internet, des explorations sur la Toile.

Il avait ainsi navigué tranquillement sur la surface numérique d'un océan de crimes, accomplissant son devoir sans être obligé de respirer l'odeur huileuse de la mort. Jusqu'à l'enquête sur l'Homme qui sourit, qui l'avait contraint à retrouver une dangereuse proximité avec le mal. Ce retour le transformait. Il ne savait pas encore comment, mais il se passait quelque chose en lui.

– Rien de neuf, finit-il par répondre à D'Avanzo.

Il continuait à fixer son écran qui sautait d'une image à l'autre. Le système naviguait sur l'océan du Net, touchant à des rives toujours nouvelles, croisant parfois des terres dangereuses où les gens comme Sileri se trouvaient parfaitement à leur aise.

– Et toi, ça va ? reprit D'Avanzo.

– Oui, ça baigne, dit Manna en écartant la question d'un

geste de la main. Mais il y a une chose que je voudrais te montrer, ajouta-t-il en tapant rapidement sur son clavier. Il s'agit de la surveillance du Dark Web après l'arrestation de Marchesi. Pour le dire simplement, j'ai installé quelques algorithmes qui nous permettent de scanner des sites accessibles par le réseau informatique Tor sans perdre trop de temps. Je suis en train d'effectuer une sorte de pêche à la traîne avec quelques mots-clés, comme « Caravage », « sexe », « s'exciter », ce genre de choses…

– Et alors ?

D'Avanzo ne comprenait pas grand-chose à ce que lui disait le policier, lui qui avait fini par acheter à contrecœur le plus simple des téléphones portables, mais il appréciait que son ami l'associe à ses découvertes.

– Il y a ce *chat* qui revient par fragments. Il utilise le réseau classique *peer-to-peer* et je n'arrive pas à identifier ses participants. Excuse-moi, je sais que c'est du chinois pour toi. En bref, j'enregistre de temps en temps une bribe de conversation, et c'est la deuxième fois que j'entends une allusion au Caravage. Je me dis que ça vaut la peine d'approfondir.

Il lui montra une capture d'écran d'un bref échange entre deux utilisateurs.

– Nightgaunt est ce pseudonyme que nous avons déjà relevé. Cette fois, il parle avec un utilisateur qui a un nom italien. Ils parlent anglais, naturellement…

D'Avanzo lut la traduction. Il n'y avait besoin d'aucune compétence scientifique pour sentir l'odeur du mal.

NIGHTGAUNT@ : J'ai vu les photos. Magnifiques… Excitantes…
PAPERINO@ : Pourtant, c'est bien loin de rendre la réalité.
NIGHTGAUNT@ : Je m'en doute. Le sujet vous a donné du mal ?

PAPERINO@ : Tu poses trop de questions. Dans ce cas, l'expression a été la partie la plus importante.
NIGHTGAUNT@ : Laisse-moi te féliciter. *L'Extase de saint François* est une toile magnifique. Un choix judicieux.
PAPERINO@ : Comme toujours.
NIGHTGAUNT@ : Reste à se mettre d'accord sur le règlement.
PAPERINO@ : Je te l'ai dit. Trois. Deux grands et un petit. Si tu veux m'étonner, envoie-moi un échantillon.
NIGHTGAUNT@ : Je les ai déjà trouvés. Quelque chose de fort. Le temps de s'organiser.
PAPERINO@ : Tiens-moi au courant.
NIGHTGAUNT@ : Sans faute. Et tu ne vas pas en revenir. Tuer rend libre !
PAPERINO@ : Bravo. Surprends-moi et tu ne t'en repentiras pas.

– La référence à *L'Extase de saint François* me paraît claire, mais le sujet de la conversation l'est beaucoup moins. Franchement, je n'ai aucune idée de la nature de l'échange dont ils parlent. Mais cette phrase sur le meurtre en dit long, qu'en penses-tu ?

Tuer rend libre. D'Avanzo continuait à fixer l'écran comme s'il pouvait en jaillir d'un seul coup la réponse à toutes leurs questions. Il y avait dans cette phrase une haine du vivant qui lui donnait la nausée.

– Tu as pu voir où ils sont ?

– Nightgaunt se trouve sans doute en Amérique du Nord, aux États-Unis, je dirais. Paperino, c'est la première fois que je l'intercepte et il se sert d'un système de cryptage complexe. L'idée qu'il soit italien vient uniquement de son pseudo. Et puis, regarde ça.

Il lui montra les icônes qui accompagnaient les noms d'emprunt des deux usagers. Nightgaunt était représenté par une silhouette masculine tout en noir. L'image de l'autre déformait de façon obscène le faciès de Donald Duck, les yeux blancs, une langue rose et gonflée et le bec grand ouvert dans un rire vulgaire. D'Avanzo trouva cette caricature plus répugnante que tout le reste.

– Ce qui est sûr, c'est qu'ils ne parlent pas de tableaux. Caravage n'est qu'un prétexte.

– Je suis bien d'accord.

Loris avait déjà établi son plan de bataille. Il allait parler avec leurs correspondants du SCO à Washington. C'était un canal beaucoup plus rapide qu'Interpol et il pourrait contacter le FBI.

Ils continuèrent à fixer la fenêtre qui ouvrait sur l'abîme du Dark Web, en se demandant ce qu'ils allaient trouver tout au fond.

64

– C'est lui, Fabio. L'Homme qui sourit, c'est Luca Sileri.

Valentina en était certaine. Mais Costa n'avait déjà plus de doute depuis un moment.

Claudio Colombo, le second policier, était mort quelques heures plus tôt. Le sacrifice des deux agents de la police routière aurait peut-être pu être évité, mais désormais ils en étaient convaincus : Luca Sileri n'avait pas disparu après le meurtre de Teresa Franceschi. Il s'était simplement caché pendant des années, au cours desquelles il avait cultivé ses pulsions, à chaque fois plus cruelles. Il avait ouvert en grand les portes de l'enfer qui couvait en lui et il s'était déchaîné.

Quand il avait agressé les deux policiers, il avait laissé sur le ceinturon du second ses empreintes teintées du sang de ses victimes. Les crêtes papillaires de son pouce étaient nettement imprimées sur le cuir. Luca Sileri avait un casier et ses empreintes étaient conservées dans le système d'identification biométrique AFIS. La réponse avait été presque immédiate.

– Tu avais raison de vouloir te rendre aussitôt là-bas.

– Quelqu'un parmi nous devait le faire, dit Valentina. Le problème, c'est que nous savons que c'est lui, mais nous poursuivons nos recherches à l'aveugle. Nous avons multiplié les barrages dans la zone et Falcone a fini par admettre que nous avions vu juste. Ils ont envoyé de Rome des dizaines d'unités de recherche qui sont en train de passer la zone au crible. Il se dirige vers le nord, mais plus le temps passe et plus nous désespérons de le rattraper… Et de retrouver Rosanna.

Costa était dans sa voiture. Il observait le grand immeuble devant lui – sept étages de balcons étroits, de linge suspendu, de paraboles pointées sur l'univers – en songeant que s'il échouait une fois encore, il ne saurait plus du tout par où repartir.

– Tu es là ? demanda Valentina dans le combiné.

– Bien sûr. Je réfléchissais.

– Tu es allé chez cette femme ? L'amie de Sileri ?

– Je suis devant son immeuble.

Loredana Talischer, la seule personne qui avait réussi à fréquenter Luca Sileri au moins pendant les quelques semaines où l'exposition *Body Worlds* était restée à Rome, habitait cette grande caserne de la périphérie.

– Tu crois vraiment qu'elle peut nous aider ?

Costa ne voulait pas détromper Valentina, mais la confiance qu'elle semblait lui accorder l'épouvantait par moments.

– Tu as une autre solution à proposer ? Parce que moi, je n'en vois aucune.

– Ce n'est pas ce que je voulais dire...

Costa perçut toute la peur et la confusion qui assaillaient Valentina. Elle avait déjà vu beaucoup de sang versé et elle devrait s'habituer à en voir encore tout au long de la vie qu'elle avait choisie. Elle devait apprendre à se faire une raison et à rebondir.

– Pardonne-moi, dit-il en adoucissant le ton. Je t'appelle dès que j'ai quelque chose.

Il coupa la communication avant qu'elle ait le temps d'ajouter autre chose – et de comprendre à quel point il lui mentait et se mentait à lui-même.

Il respira à fond. Puis il composa sur son portable le numéro que lui avait donné Forgione, en espérant qu'il soit encore attribué.

Loredana Talischer répondit à la première sonnerie.

– Oui ? dit une voix circonspecte.

– Madame Talischer ?

Un silence.

– Je suis le commissaire Costa de la police d'État, et si vous êtes chez vous, j'aimerais vous parler de votre ami Luca Sileri.

Le silence de l'autre côté se fit plus épais. Puis la femme raccrocha.

65

Quand elle lui ouvrit, il en fut presque surpris. Après qu'elle lui eut raccroché au nez, il s'attendait à devoir insister pour lui parler.

La robe de chambre et les mules fatiguées à ses pieds lui

donnèrent l'impression que Loredana ne travaillait pas, et qu'elle n'était pas sortie de chez elle depuis un bon moment. Son visage, encadré d'une masse de cheveux noirs frisés, était gris et flétri, comme le papier qui recouvrait les murs de l'entrée. Pourtant, elle ne devait guère avoir plus d'une trentaine d'années.

– Vous êtes qui ? Et vous voulez quoi ? lui demanda-t-elle sans cordialité ni répugnance, en repoussant le battant de la porte de quelques centimètres, comme prête à la refermer aussitôt.

– Je viens de vous appeler au téléphone. Je m'appelle Fabio Costa et je suis policier. Et je suis ici au sujet de Luca Sileri… Je sais que vous le connaissez.

L'expression de Loredana Talischer ne changea pas. Et elle ne bougea pas.

– Ça fait des années que je ne l'ai pas vu.

– Mais c'est bien un de vos amis ? Ou non ?

– Je dirais que non.

– Ce n'est pas ce que j'ai entendu dire.

Elle resta impassible, se bornant à ployer un peu plus ses épaules maigres.

– Je peux ? demanda Costa en indiquant l'intérieur de l'appartement.

La femme ne fit pas un mouvement.

Il entendit une porte s'ouvrir sur le palier derrière lui. Quelqu'un dut passer une tête, parce que Costa vit l'expression de Loredana changer. Elle fixa la présence dans son dos d'un regard chargé de haine.

À l'évidence, le voisin importun la poussa à prendre une décision. Elle s'écarta, l'invitant à entrer d'un signe du menton tout en continuant à fusiller l'intrus du regard.

Une fois à l'intérieur, Costa eut l'impression de violer un

refuge. Personne n'avait dû lui rendre visite depuis longtemps, et sans doute s'en trouvait-elle fort bien ainsi.

Il la suivit le long d'un petit couloir éclairé par une série d'appliques qui restèrent éteintes, jusqu'à un salon où rien ne semblait avoir changé au cours des trente dernières années. Même la télé, posée sur un meuble d'angle, était un vieux modèle à tube cathodique.

À la police, la femme avait déclaré avoir rencontré Sileri lors de l'exposition *Body Worlds* de 2015. Elle n'avait pas reconnu d'amitié particulière avec lui, se bornant à dire qu'il leur arrivait souvent de manger ensemble à la pause de midi. Sileri était très réservé et semblait ne parler qu'à elle seule. Elle ne l'avait jamais revu depuis lors.

Les enquêteurs de l'époque étaient certains qu'elle ne leur avait pas dit toute la vérité. Selon Forgione, elle constituait un élément à approfondir, et Costa était d'accord. En effet, d'autres témoins avaient déclaré que Sileri et elle passaient beaucoup de temps ensemble et semblaient assez intimes.

Les écoutes de son téléphone et ses relevés d'appels n'avaient toutefois révélé aucun contact avant ou après le meurtre de Teresa Franceschi. Ils avaient donc abandonné cette piste.

– Vous voulez du café ? demanda la femme à Costa d'une voix atone.

– Non merci. Mais j'ai peut-être interrompu votre déjeuner.

– Vous n'avez rien interrompu du tout. On peut se dépêcher, s'il vous plaît ?

Costa sourit. Il attendit, puis finit par s'asseoir sans y être invité. Loredana le fixa, indécise. Enfin, à contrecœur, elle l'imita lourdement à son tour. Sous le peignoir décoloré, il aperçut une robe bleue à fleurs roses.

Ils restèrent un moment silencieux, mais à la fin, elle n'y tint plus.

– J'ai déjà été entendue à l'époque des faits. Je n'avais rien à dire alors, je n'ai rien à ajouter aujourd'hui. Donc, je ne comprends pas…

– Quels faits ?

– Les faits pour lesquels vous le recherchez.

– Mais lesquels, précisément ? insista Costa. (Elle rougit.) Vous savez exactement de quoi est accusé Luca, poursuivit Costa sans la quitter des yeux.

– Bien sûr, tout le monde le sait…

– Tout le monde sait quoi, Loredana ? Qu'une jeune fille est morte ?

– Oui…

– Mais quand vous parlez de « ces faits », vous faites allusion à la façon dont elle est morte ?

– Non. Je… je ne sais pas.

– Vous ne savez pas comment elle est morte ?

Ses lèvres ne furent plus qu'une ligne mince. Dans ses yeux se lisait un peu de cette haine qu'elle avait laissée exploser sur le palier.

– Luca ne vous a jamais parlé de ses inclinations ?

La rougeur s'atténua. Voilà, devait-elle penser, retour aux questions habituelles. Elle parut se détendre.

– Non, jamais.

– Vous savez à quoi je fais allusion ?

– Vos collègues en ont fait mention quand ils m'ont interrogée. Et puis ils ont raconté à la télé ce qui s'était passé…

– Oui, la télé, bien sûr.

Costa n'ajouta rien, mais continua à la regarder. Elle se tordait les mains.

– C'était vraiment lui ? demanda-t-elle en se mordant les lèvres.

– Lui quoi ?

– À la télé… La fille disparue, les deux policiers tués…

Il ne répondit pas. La nouvelle du massacre faisait la une de toutes les chaînes. Et après la disparition de Rosanna Bacci, les journalistes n'avaient pas eu de mal à additionner deux et deux. Tous savaient désormais que celui qu'ils appelaient « le Collectionneur de visages » était soupçonné d'avoir tué deux agents de police, et le nom de Luca Sileri avait été jeté en pâture au public. Désormais le mal était fait et il ne servait à rien de récriminer.

Loredana Talischer dut voir quelque chose de désagréable dans le regard de Costa.

– Écoutez, vous ne penseriez pas comme vos collègues ? Comme Luca parlait avec moi, il aurait dû m'avouer Dieu sait quoi. Et ça voudrait dire que je suis comme lui ! C'est ça que vous vous êtes fourré dans la tête, pas vrai ?

– Je ne me suis jamais rien fourré dans la tête, madame Talischer. Je ne vous connais pas.

– Mais moi je connais les types comme vous. Toujours prêts à juger, à vous faire des idées fausses, sans voir tout le mal que vous faites. Vous lancez des hypothèses, vous cataloguez les gens… Et vous ne nous laissez pas un instant de répit. Vous ne *me* laissez pas de répit !

– Quand vous dites ça, vous pensez à qui ? Pas à Luca, n'est-ce pas ? Vous avez dit vous-même que vous étiez différents. Lui, c'est un malade…

La femme ouvrit la bouche, la referma, la rouvrit. Un poisson en quête d'oxygène.

– Mais pas moi…

– Je ne le crois pas non plus. Et ce n'est pas ce que j'ai dit. Mais je crois que vous savez combien Luca est malade, lui. Vous vous en êtes forcément aperçue quand vous déjeuniez ensemble.

– Mais on ne pouvait pas deviner ce qu'il avait en tête…

– Loredana… Vous êtes intelligente, vous avez un diplôme en pharmacie, me semble-t-il… Vous me semblez avoir les pieds sur terre et un bon niveau de culture. Je me trompe rarement sur les gens. Je me demande donc s'il est possible que vous n'ayez pas compris à quel point Luca Sileri était atteint sur le plan psychologique ?

Elle hésita avant de murmurer.

– Oui. Je crois qu'il l'était. Mais au début, ça ne se voyait pas.

– Au début bien sûr, mais après ? À quel moment avez-vous perçu de quelle étoffe il était fait ? Peut-être quand il vous a confié certaines de ses pensées ? Un désir caché, un rêve interdit…

Loredana se tordait les mains. Et son regard se portait souvent derrière Costa, comme si elle craignait que Luca Sileri soit là à ce moment même, dissimulé derrière les rideaux de chintz.

– Je n'aurais jamais cru qu'il pourrait faire toutes ces choses, finit-elle par dire.

– Personne ne pouvait le penser.

– Il avait seulement l'air de quelqu'un qui… Ça va vous sembler absurde… Quelqu'un qui cherche à se vanter. Mais qui irait se vanter de certains désirs ?

– Que vous disait-il ?

– Je ne me souviens pas vraiment de tout…

– C'est normal, Loredana. Mais avez-vous idée de l'importance de recueillir le moindre indice, même le plus mince, pour retrouver Luca ? Vous rendez-vous compte à quel point vos impressions, vos souvenirs sont précieux pour nous ? Peut-être pas, mais un simple détail que vous auriez pu remarquer et qui maintenant… ?

Il laissa ces derniers mots flotter entre eux. Loredana hocha la tête, et même dans la pénombre, il la vit rougir.

– Bien sûr... Je comprends... Mais...

– Alors je vous en prie, faites un effort.

– Oh, en réalité, ça n'est arrivé qu'une seule fois !

Costa choisit de ne pas l'interrompre. Et elle ne s'arrêta plus.

– Comme je vous l'ai dit, on ne passait du temps ensemble qu'à la pause déjeuner. Le reste de la journée, nous étions trop occupés. La plastination n'est pas un travail simple. Il faut des mois pour achever le traitement d'un corps humain. Les « morceaux », comme ils les appelaient, arrivaient déjà en partie préparés du laboratoire central de l'Institut de plastination d'Heidelberg en Allemagne. Ils arrivaient dans des camions énormes, de gros conteneurs comme ceux qui servent à transporter les instruments pour les concerts. Mais ensuite, on devait terminer le travail. Les nettoyer, ajuster les composants qui avaient été endommagés, fixer la pose qu'ils avaient choisie. Pour soutenir les corps, on se servait d'agrafes, de fils d'acier et de structures de métal qu'on enfilait dans la chair. Quelque chose entre la science et le film d'horreur. Pour moi qui ai aussi étudié la biologie, ce n'était pas très gênant. Mais certains n'y arrivaient pas et étaient remplacés.

– Et Luca ?

– Lui, il était à un autre niveau. Je veux dire, non seulement ça ne l'ennuyait pas de travailler avec des cadavres, mais il avait l'air vraiment enthousiaste. Et il travaillait bien. Il s'intéressait aux procédés mis au point par le professeur von Hagens. Il en parlait avec les médecins venus d'Allemagne pour superviser l'exposition. Il était bon en chimie et je sais qu'il avait suggéré des améliorations. Il disait que l'idéal aurait été de conserver les corps avec leur épiderme intact. Mais quand le corps est plongé dans l'acétone, la première chose que l'on perd, c'est la peau. Même von Hagens n'a pas trouvé de solution. Luca en revanche soutenait que c'était possible. Les organisateurs étaient frappés par ses observations au point de vouloir le faire participer à un projet. Ils cherchaient des gens capables de monter un laboratoire à Rome. Mais lui ne voulait pas travailler pour eux.

– Vous l'admiriez ?

Le regard de la femme se fit à nouveau hostile.

– Je vous l'ai dit, je n'avais aucune idée qu'il cachait quelque chose.

– Ne le prenez pas mal, Loredana. Luca était un esprit brillant. Je reconnais que je suis fasciné par sa personnalité. Je crois qu'il faut beaucoup de sensibilité pour arriver à comprendre un homme comme lui. Et c'est peut-être ce qui vous est arrivé…

Loredana s'agita sur sa chaise.

– Eh bien, je l'écoutais, c'est vrai. Et peut-être, je dis bien « peut-être », qu'il a cru que je le comprenais. On ne peut pas dire qu'il ait eu beaucoup d'amis… Mais vous savez quoi, vous avez raison. À sa façon, il était fascinant.

Elle se tut, consciente peut-être de s'être trop exposée. Le mot « fascinant » lui avait visiblement échappé, et elle s'efforça de prendre un air dégagé.

– Et il pouvait même être sympathique, vous savez, dit-elle avec un demi-sourire.

– En quoi, par exemple ?

– Il avait le sens de l'autodérision. Par exemple, vous savez qu'il porte une perruque ? Il était obsédé par le fait de devenir chauve. Il n'en faisait pas un drame, il en plaisantait même, du moins avec moi. Mais il gardait sa perruque.

– Une perruque ?

– Vous ne me croyez pas ?

Si, il la croyait. Et cette fixation sur la calvitie expliquait aussi les longs cheveux blancs. Un trait typique d'un narcissique sociopathe. Il n'endossait sans doute cette espèce de travestissement que lors de sa chasse aux victimes.

Costa ne voulait surtout pas perdre le contact qu'il venait d'établir avec Loredana ni la distraire. Il l'invita à continuer d'un signe de la tête et d'un sourire.

– Quand vous a-t-il dit ce qu'il avait en tête ?

– En réalité, il ne me l'a jamais dit explicitement. Mais c'est quand il a commencé à me regarder d'un air bizarre que les choses ont changé. Je reconnais que ça, je ne l'ai pas raconté à vos collègues à l'époque. C'était plutôt une impression de ma part et je ne voulais pas qu'ils se fassent une mauvaise opinion sans preuve.

– Bien sûr, je comprends. Vous avez bien fait.

– Vraiment ? Mais j'y ai réfléchi depuis et je suis certaine qu'à un certain moment, Luca a changé d'opinion sur moi. Il a peut-être pensé que nous étions semblables... Je n'en sais vraiment rien. En tout cas, d'un seul coup il est devenu plus intime, plus attentif, comme s'il étudiait mes réactions.

– Vous ne croyez pas qu'il était tombé amoureux de vous ?

Elle le regarda d'un air bizarre. Costa eut l'impression qu'elle avait été la première surprise de s'entendre dire une chose qu'elle avait toujours sue, qu'elle avait gardée pour elle et que peut-être elle n'avait pas eu le courage de s'avouer. Une chose qui lui faisait plaisir, au fond. Oui, le monstre était tombé amoureux de cette pauvre femme. Mais elle n'arrivait pas à comprendre pourquoi, et c'était cela qui l'angoissait.

– D'ailleurs, où serait le mal ? reprit Costa. Luca Sileri était... est aussi un homme.

– Oui, c'est aussi ce que je me suis dit. Mais...

– Mais c'était difficile à admettre. Je comprends. Vous n'y êtes pour rien. Et ensuite, que s'est-il passé ?

Loredana prit du temps pour répondre. Elle était peut-être terrorisée de constater qu'à l'époque elle aussi était tombée amoureuse, sans percevoir l'abîme dans le cœur de Luca.

– Et puis il a encore changé, continua-t-elle. J'ai eu l'impression qu'il s'était passé quelque chose entre nous, mais je ne sais pas quoi. Il s'était assombri, il était nerveux. Et soudain, un jour, il m'a demandé ce que je pensais de…

Elle ne se mordait plus les lèvres, elle les déchirait. Un nuage avait dû obscurcir le soleil sans qu'ils s'en rendent compte, car la lumière avait baissé d'un coup dans la pièce. Le salon parut soudain rempli d'ombres.

Costa attendit patiemment, sans vouloir la presser. Ce ne devait pas être facile. La compagnie d'un homme comme Sileri avait dû être une expérience terrible. Surtout avec le recul.

– Il m'a demandé ce que je pensais vraiment de ces corps exposés, finit-elle par dire. Au début, je n'ai pas compris le sens de sa question. J'ai répondu qu'ils étaient à la fois horribles et fascinants. Ils nous montraient comment nous sommes faits à l'intérieur, et donc ils avaient une certaine beauté. Il a secoué la tête nerveusement et il a dit : « Non, ce n'est pas ce que je veux dire. Ils ne t'excitent pas au moins un peu ? » Je n'ai pas compris tout de suite ses propos. J'ai cru avoir mal entendu. Mais ça m'a inquiétée – et plus encore le ton que les paroles.

Elle se tut. Son visage était de nouveau sans expression. Comme si admettre cette horreur l'avait rendue insensible à tout sentiment. Mais Costa pouvait presque entendre son cœur battre la chamade sous son peignoir déteint.

– Mais je ne m'étais pas trompée. Parce que quand je n'ai pas su quoi répondre, il est entré un peu plus dans les détails. Puis il s'est rendu compte qu'il avait exagéré, et il n'a plus rien dit.

– Et à ce moment, comment avez-vous réagi ?

Costa lui lançait une bouée à laquelle s'agripper pour se prouver qu'elle n'était pas comme le psychopathe qui lui avait confié ses pulsions, et que Sileri avait eu tort de vouloir l'impliquer dans ses fantasmes pervers. Elle poussa un profond soupir.

– Je lui ai dit que cette idée me dégoûtait ! Que si c'était une blague, elle était de très mauvais goût. Que certains fantasmes étaient à des années-lumière de moi. J'ai été brusque. Je tremblais, mais je ne voulais pas qu'il s'en aperçoive. Il s'est encore assombri et il m'a aussitôt demandé pardon. Il m'a dit qu'il plaisantait et il a reconnu qu'il avait exagéré. Il voulait juste me faire peur, et il tenait à mon amitié… Il m'a presque fait sentir coupable de ma réaction. Mais il n'était pas sincère. Cette fois, j'avais compris.

Elle s'arrêta, pensant peut-être aux remords qu'elle avait éprouvés pendant des jours. À la sensation d'être coupable. À ce qui aurait pu exister entre eux.

– Le lendemain, je ne l'ai pas vu au travail et j'ai appris ensuite qu'il avait été licencié, poursuivit-elle. On a dit qu'ils l'avaient surpris à voler des produits chimiques. Je ne sais pas ce qui s'est passé en réalité. C'est tout, ajouta-t-elle après une autre pause.

Costa réfléchissait. Il comprenait en partie ce que cette malheureuse avait éprouvé, et ce qu'elle éprouvait peut-être encore. Mais il y avait autre chose, il le savait.

– Pourquoi n'avez-vous pas raconté cela à la police ? Pourquoi dissimuler une chose de ce genre ?

Loredana Talischer était devenue une ombre elle-même dans cette pénombre soudaine, se confondant avec ses meubles.

Et c'était peut-être cela qu'elle voulait au fond : disparaître dans le néant.

– Je ne voulais pas qu'ils pensent à la raison pour laquelle il m'a dit ces choses… Parce que c'était une sorte de confession de ses désirs, non ? Alors, me choisir moi, me mettre dans la confidence de ce qu'il pensait, c'était comme dire que lui et moi…

Elle laissa sa phrase en suspens et Costa ressentit de la pitié pour elle. Avec ce qui s'était passé ensuite, l'idée qu'un type comme Sileri éprouve quelque chose pour elle avait dû la choquer. Surtout si elle avait envisagé de partager ses sentiments.

Et puis, il eut une sorte d'illumination. Sans savoir pourquoi. Il sut seulement qu'il devait poser la question suivante.

– Vous l'avez revu, n'est-ce pas ?

Loredana ouvrit la bouche, mais ne répondit pas tout de suite.

– Qu'est-ce que vous dites ?

Mais quelque chose dans l'obscurité la trahit. Elle serra les paupières, comme si elle n'avait pas le courage de le regarder en face.

– Vous l'avez revu ? Une dernière fois ? Dites-le-moi. Quelle différence cela fait-il à présent ? Et, comme je vous l'ai dit, cela nous serait d'une grande aide. Vous n'imaginez pas à quel point.

Elle hésita. Costa retint son souffle.

– Oui… C'est arrivé.

Voilà. Elle l'avait dit.

– Vous l'avez vraiment revu.

– Oui. Ou du moins je pense que c'était lui.

Costa ne la pressa pas davantage. Il attendit son moment.

– C'était il y a plus d'un an, murmura-t-elle. Dans le jardin sur le devant. Je m'étais arrêtée pour prendre le soleil pendant une journée particulièrement agréable. La première après un hiver très froid... Vous vous rappelez ce froid terrible ? J'étais assise sur mon banc habituel et lui était là, devant moi. De l'autre côté de la ruelle. Debout, les mains dans les poches. Il me fixait. Moi, j'ai pensé qu'il me contemplait simplement... Ça paraît bizarre, non ? Mais c'est bien ce qu'il faisait, il me contemplait. Et puis il a tourné les talons et il est parti. Je suis restée assise sur ce banc pendant des heures. Je n'avais pas le courage de me lever.

Elle se tut. Regarda ses pieds. Elle aussi contemplait quelque chose – sa propre vie, sans doute.

Costa ne fit aucun commentaire. Il n'aurait même pas pu dire si ce souvenir était vrai. C'était peut-être un excès de zèle de sa part. Cela arrivait quand les témoins décidaient finalement de se livrer. C'était une information importante, mais beaucoup de temps avait passé.

– Rien d'autre ? demanda-t-il.

Loredana ne répondit pas. Il attendit. Il s'apprêtait à se lever et à partir, quand elle ajouta.

– Il m'a laissé un mot.

Le policier retint son souffle.

– Ce soir-là, quand j'ai fini par trouver le courage de rentrer à la maison, j'ai trouvé une enveloppe blanche dans ma boîte aux lettres. J'ai aussitôt compris que c'était lui. Je ne sais même pas comment j'ai réussi à l'ouvrir. J'aurais dû la jeter aussitôt, mais je l'ai emportée chez moi. C'était une photo de lui, avec un mot disant simplement : « À bientôt ». Vous comprenez ? Ce que dirait un garçon à sa petite amie. « À bientôt ». Il cherchait peut-être simplement à être gentil. Je ne sais pas. Je voulais seulement oublier tout ça... Je *veux* oublier tout ça...

Costa ne chercha pas à lui rappeler que, à cette époque,

Luca était déjà recherché pour meurtre et qu'elle aurait dû appeler la police. Ce n'était pas ainsi que fonctionnait le cerveau de cette femme. Et ce qu'elle lui avait avoué lui avait déjà coûté beaucoup.

Il se borna à demander, en faisant une prière en son for intérieur :

– Cette photo… Ce billet… Vous les avez encore ?

Loredana avait repris son masque, mais elle se leva.

– Je les ai là. Je vais vous les chercher.

66

Valentina décrocha à la première sonnerie.

– J'étais sur le point de t'appeler, lui dit-elle. Du nouveau ? Dis-moi oui, je t'en supplie.

– Quelque chose, je ne sais pas encore quoi…

Fabio cherchait à dissimuler son enthousiasme. Il ne voulait pas lui donner de faux espoirs, mais une nuance dans sa voix dut sonner comme un signal d'alarme.

– De quoi s'agit-il ?

Il lui parla du message trouvé par Loredana Talischer. Une enveloppe sans destinataire, une feuille blanche pliée en deux disant simplement « À bientôt » et une photo un peu floue. Un selfie à l'évidence, imprimé sur du papier ordinaire qui avait absorbé les couleurs. Luca Sileri, souriant, chauve, en T-shirt blanc à manches courtes et pantalon noir qui regardait l'objectif avec arrogance. Peut-être pas une menace ni une promesse comme l'avait cru Loredana, mais pas non plus une expression amicale. Le faux sourire, qui accentuait la configuration particulière de sa bouche, semblait être une déchirure horizontale sur sa peau très blanche. On aurait dit un poisson des grandes profondeurs, ou un monstre surgi de l'imagination de Lovecraft.

Mais ce qui avait attiré aussitôt l'attention de Costa, c'était l'arrière-plan. On en voyait peu de chose, et c'était sans doute voulu. Mais ce peu de chose pouvait éventuellement suffire.

Il n'avait pas eu besoin de demander à Loredana s'il pouvait conserver l'enveloppe. Après cette confession, elle avait croisé les bras sur sa poitrine et Costa, en s'en allant, avait remarqué son soulagement.

De retour à sa voiture, il avait regardé longuement la photographie. Sileri semblait conscient de son regard et le défiait de son sourire permanent.

– On ne distingue pas bien ce qui est derrière lui, dit-il à Valentina. On dirait un fragment de colonne, un truc dans ce genre. Ce pourrait être une église. Je t'envoie une photo sur WhatsApp. J'en ai déjà envoyé une copie à Loris. Il a dit qu'il mettait aussitôt Dieu au travail.

– Pourquoi lui aurait-il laissé une photo ? demanda Valentina perplexe. Et un mot… Il a dû retourner à Rome pour cela et il a pris des risques. Il ne s'est pas dit qu'elle pourrait le dénoncer ?

En effet. Costa y avait déjà longuement réfléchi.

– Tu n'as pas idée du rapport qu'il y avait entre eux, dit-il. Et franchement, moi non plus je n'ai pas tout compris. Mais je crois que Sileri était amoureux de Loredana. Elle ressemble un peu à la fille du supermarché qu'il a tuée. Elle est peut-être son type. Peut-être qu'il tombe amoureux de femmes qu'il essaie ensuite de posséder post mortem. Il ne fait pas de doute que Loredana Talischer a été son moment de normalité dans une vie embrumée par l'horreur et le désir déviant. Et ce lien a sans doute duré dans le temps… Quand il est revenu pour lui laisser ce mot, il devait avoir des projets pour elle. Avant…

– Avant que commence cette obsession pour le Caravage, termina Valentina. Aussitôt après l'enlèvement d'Esther Kaimbacher…

– Il faudra approfondir cette question. Pour l'instant, nous n'avons rien qui associe Sileri à une obsession pour le Caravage ou pour l'art en général. Qu'est-ce qui lui a pris ? Et quand ?

– Mais en attendant, qu'est-ce qu'on fait ? Tu espères vraiment tirer quelque chose de cette photo ? Il aurait pu aller n'importe où après l'avoir prise.

– C'est quand même une piste. Si c'est un message pour Loredana, il doit dissimuler quelque chose d'important. C'est à nous de le découvrir.

– Le problème, c'est que je suis convoquée au SCO. Cette fois, ils vont me retirer l'enquête, Fabio. Il faut que je laisse tout en plan et que je rentre à Rome.

– Ne cède pas. Essaie de gagner du temps. Je rentre à Volterra et je remets les gars au boulot. Tu ne dois pas te laisser débarquer maintenant. Fais l'idiote, demande même pardon, si tu y arrives. Mais ne lâche pas. Pas maintenant.

– Je vais essayer…

Elle n'avait pas coupé la communication. Costa l'entendait respirer doucement dans le téléphone. Il entendait son autoradio en fond sonore, et il lui semblait reconnaître *Knockin' On Heaven's Door* de Bob Dylan, mais il n'en était pas sûr.

– Valentina… ?

– Je voudrais que tu sois ici avec moi, murmura-t-elle.

– Nous aurons du temps pour cela.

– D'accord.

Il sentit qu'elle s'apprêtait à ajouter quelque chose, puis

Dylan et son imploration aux portes du ciel s'interrompirent brusquement.

67

Giampaolo D'Avanzo salua d'un air cordial l'agent de garde, qui le reconnut et le laissa passer bien qu'il fît nuit noire. Le rythme normal avait disparu pour tout le monde au cours de ces journées glaciales, et personne ne s'étonnait plus de voir les lumières du commissariat de Volterra allumées en permanence. Le critique d'art épousseta de son manteau la neige qui les avait surpris depuis le matin et rejoignit Loris Manna. Le technicien semblait pris d'une frénésie que D'Avanzo traduisit aussitôt.

– Il y a du nouveau, et c'est du lourd.

Loris confirma ses soupçons. Ils affrontaient un nouveau défi, et cette fois la rapidité était plus essentielle encore. La photo sur laquelle il travaillait, dit-il en la faisant apparaître sur l'un des écrans, offrait bien peu d'indices pour retrouver l'endroit où elle avait été prise. Malgré tout, il était convaincu de pouvoir en tirer quelque chose.

L'image de Luca Sileri, souriant et détendu, procura au critique d'art un frisson désagréable. Le visage de l'homme n'exprimait aucun sentiment derrière son sourire rigide et ses yeux très noirs. D'Avanzo savait déjà qu'il serait inutile de chercher dans son regard une trace du mal qu'il portait. Avec son perpétuel ricanement, cet homme était le diable, et les pouvoirs du diable sont illimités.

Mais ce qui le surprit le plus, c'est qu'il ne l'avait pas du tout imaginé ainsi. Il n'avait vu jusque-là qu'une vieille photo de l'identité judiciaire. Ce cliché montrait pour la première fois Sileri dans une attitude décontractée. D'Avanzo ne pensait pas y trouver trace de la violence qui accompagnait ses pulsions psychotiques. Mais cet homme était-il vraiment un expert en tableaux célèbres ? Un amoureux pervers du divin Caravage ?

Cela lui semblait impossible. Une trace de l'amour pour l'art, même d'un amour tordu, aurait dû apparaître sur cette bouche figée, dans ces yeux sans lumière.

– Eh, tu es là ? lui demanda Loris en lui tapotant le bras.

– Je suis là, je suis là. Qu'est-ce que tu me racontais ?

– Que j'ai l'intention de faire comme avec les images des tableaux, répondit Loris. Le logiciel est déjà chargé et les algorithmes sont quasiment les mêmes. Il suffit de modifier quelques paramètres…

– Je ne comprends pas, dit Giampaolo encore confus. Qu'y a-t-il dans cette photo que tu puisses associer à d'autres images ? Qu'est-ce qu'il faut chercher ?

Loris indiqua un point derrière l'épaule gauche de Sileri. L'homme avait tenté de rendre le paysage peu reconnaissable, mais le portable avait malgré tout saisi un petit fragment d'une structure en pierre.

– Qu'est-ce que tu en penses ?

– Je ne sais pas. On dirait la naissance d'un arc, une colonne… Peut-être le morceau d'un portique. Mais c'est impossible à reconnaître.

– Peut-être que si, dit Loris en jouant avec sa souris sur cette partie de la photo. À présent je vais utiliser un peu d'« intelligence artificielle », pour se servir de mots simples et compréhensibles par un pauvre humaniste comme toi…

– Merci beaucoup.

– De rien. On ne peut pas tous être des génies… Voilà,

maintenant, le système va analyser cet élément architectural et construire une série d'hypothèses sur l'aspect éventuel de l'édifice auquel il appartient.

D'Avanzo était incrédule.

– Comment c'est possible ?

– En tout cas, c'est la théorie, dit Loris tout en travaillant son image, qui sous les yeux de Giampaolo changeait de perspective, se transformait en image 3D et commençait à pivoter sur l'écran. Mais Dieu a besoin d'un peu d'aide. Il ne peut pas tout faire tout seul. Je dois sortir du Net toutes les images de structures présentant des arches et des colonnes, les insérer dans le programme et lui proposer quelques solutions. Plus il a de matériel sur lequel travailler, et meilleure devrait être l'approximation finale. Bien sûr, ce ne sont que des hypothèses. Mais au moins il aura quelque chose à comparer.

– Ça me paraît une tâche impossible… C'est pire que quand nous avons recensé toutes les peintures de la Renaissance jusqu'à nos jours.

– Pour ça, tu vas m'être utile une fois encore. Propose-moi des églises, des temples, des portiques… Et, si comme il le semble, Sileri se déplace en direction du nord, nous allons passer en revue les églises, les bâtiments et les monuments de la Toscane en partant du sud et en remontant vers le haut.

– On a combien de temps ? demanda D'Avanzo, pressentant déjà la réponse.

Le visage de Loris s'assombrit.

– Nous n'avons guère d'espoir de retrouver Rosanna Bacci vivante, mais nous devons travailler comme si elle l'était. Et donc il faut le retrouver avant qu'il fasse ce qu'il a à faire. Avant-hier serait bien. Ça te convient comme date limite ?

Giampaolo le regarda en se disant que, sans sa maudite

curiosité, il serait déjà descendu depuis belle lurette de cette galère. Mais bien sûr, ce n'était pas ce qu'il avait fait.

Il se vida la tête de toute autre pensée et se concentra.

– C'est parti, dit-il.

68

Il reçut l'appel à la hauteur de Grosseto. C'était Giampaolo D'Avanzo, mais il entendait par-derrière la voix de Loris Manna qui n'arrêtait pas de parler.

– Que se passe-t-il ? demanda Costa.

– Ce garçon est complètement fou. Mais il a trouvé !

– C'est grâce au professeur ! hurla Loris en se rapprochant du téléphone.

– Mais enfin ! protesta D'Avanzo. J'ai apporté ma contribution, mais c'était ton idée. Quelle est l'importance de cette photo de Sileri ?

– Franchement, je n'en sais rien, dit Costa. Mais c'est la seule trace que nous avons de lui. Vous avez trouvé quelque chose ?

– C'est possible. Une villa de style palladien.

– Quoi ?

– Une villa de style palladien à quatre-vingt-dix pour cent. Le fragment de l'arc derrière Sileri, à en croire Dieu, appartiendrait à l'une des villas que Palladio a construites en Vénétie au XVIe siècle.

– Oui, j'ai compris. Je sais ce qu'est une villa de style palladien. Mais on a les moyens de savoir laquelle ? Si mes souvenirs sont bons, il y en a beaucoup…

Il entendit D'Avanzo murmurer quelque chose à Manna. Il apercevait déjà la mer qui allait l'accompagner jusqu'à Pise, et il avait hâte de rentrer pour mettre un peu d'ordre dans ses idées.

– Nous en avons identifié deux, mais sans certitude, dit Giampaolo en revenant vers lui. Avec un peu plus de temps, nous pourrions être plus précis.

– Non. Deux possibilités, ça suffit. Envoyez-moi les coordonnées. Et avertissez Valentina. S'il y a une possibilité que Sileri se cache dans un endroit pareil, nous devrions le débusquer rapidement.

– À vos ordres…

Costa perçut l'incertitude dans le ton du critique d'art.

– Qu'y a-t-il, Giampaolo ?

– Je ne sais pas. Mais j'ai lu le curriculum de ce type, et même le profil psychologique qu'ils ont fait de lui. En gros, il y a quelque chose qui ne colle pas.

Costa avait la même impression.

– De quoi tu parles ? demanda-t-il.

D'Avanzo confirma ses doutes.

– Ce Luca Sileri est sûrement un esprit brillant, à part sa monstrueuse déviance. C'est aussi un type violent, qui s'irrite facilement. Mais je ne trouve aucun signe chez lui d'une passion pour l'art. Nous avons supposé que ses victimes étaient des personnages du Caravage. Nous avons fait l'hypothèse que, dans cette folie, il était guidé par une fascination pour sa peinture et peut-être pour celle d'autres artistes de la même époque. Nous avons même imaginé un parallèle entre sa vie et celle du peintre fugitif. Mais en réalité je ne vois aucun lien, et ce Sileri me semble plus tourné vers la science que vers l'art.

– C'est sans doute la découverte de la plastination de

von Hagens qui l'a inspiré. Dans les expositions *Body Worlds*, les corps sont souvent disposés de façon à rappeler des sculptures ou des tableaux célèbres. Il a pu être séduit par cette idée.

Mais il n'était pas convaincu non plus. Loredana Talischer n'avait pas mentionné un penchant de ce genre. Quoi qui ait pu pousser Sileri sur cette voie, cela s'était passé après.

– Ça doit être ça, admit timidement D'Avanzo. Après tout, je ne suis pas psychiatre.

Mais le doute persistait dans sa voix.

Le portable de Costa se mit à sonner.

– Ce doit être Loris qui t'envoie les informations sur les deux villas de style palladien, dit Giampaolo qui avait entendu les sonneries.

– Appelez Valentina. On se voit à Volterra.

Après avoir raccroché, il s'arrêta pour regarder son téléphone. Les messages contenaient des photos des deux villas, accompagnées d'un bref historique et de leur position géographique. Deux merveilles architecturales appartenant à des familles vénitiennes. Costa doutait que Sileri soit allé se cacher dans de pareils endroits. C'était sans doute une fausse piste.

Il expédia pourtant un message à Valentina. « Envoie les informations au siège du SCO à Venise. Rends la chose officielle en expliquant bien l'affaire. Il nous faut un supplément d'informations le plus tôt possible. Si Sileri se cache dans une de ces deux villas, nous devons faire très vite. Rappelle-moi. »

Il fut tenté d'ajouter quelque chose de plus personnel, mais il s'en abstint. Il regarda l'obscurité devant lui, remit le moteur en marche et accéléra. Il avait autant hâte d'arriver à la fin de son voyage qu'au bout de cette maudite histoire.

69

Angelo Zucca était assis devant son ordinateur en attente d'un message. Les bureaux du SCO étaient à présent déserts. De l'autre côté des baies qui protégeaient la citadelle policière du monde extérieur, Rome se revêtait de ses lumières nocturnes. Cela faisait trop longtemps que le policier ne s'était pas accordé une pause. Une bière avec des amis, une soirée avec une nouvelle conquête. Ils couraient derrière cet assassin sans un instant de trêve, et il commençait à éprouver de la fatigue.

Il sentait pourtant qu'ils étaient proches de la fin, quelle qu'elle soit, et il était policier, pas missionnaire. Il n'en ferait pas un drame si on leur enlevait l'affaire. Il n'épousait jamais une cause avec la passion que semblait y mettre Valentina Medici.

Elle était enfermée depuis une heure dans le bureau de Falcone. Ça sentait mauvais pour elle, inutile de se le cacher. Elle avait certes découvert l'auteur des crimes, mais elle n'avait pas réussi à le capturer, et ce psychopathe continuait de parcourir le pays à son aise. C'était de cela qu'elle devait répondre. Si injuste que ce fût, la commissaire Medici semblait la victime sacrificielle par excellence. Et depuis qu'elle avait pris Fabio Costa à bord, sa position était devenue indéfendable.

Dommage. C'était une fille sympathique. Mais elle n'était pas la première et ne serait pas la dernière à passer par ces bureaux. Alors que lui, l'un des vétérans du service, avait appris depuis longtemps à éviter les pièges dont ce boulot était truffé.

Le message qu'il attendait arriva à ce moment sur son téléphone. Il venait d'un collègue de Venise : « On l'a trouvée. Ouvre l'e-mail ! »

Malgré le cynisme dont il se vantait, Zucca obéit avec une

certaine émotion. Moins d'une heure plus tôt, ils avaient envoyé le travail effectué par Manna sur la photo de Sileri et les images des deux villas aux collègues du SCO de Venise, qui à leur tour les avaient fait tourner dans tous les commissariats de la Vénétie. À commencer par ceux de Padoue et de Vicence.

L'image reconstituée par Manna était remarquablement détaillée. Elle montrait la façade d'un grand édifice bardé de tours, d'arches et de frontons. Il y avait aussi une version en 3D. Le technicien et le critique d'art avaient comparé cette reproduction à un certain nombre d'édifices vénitiens de la même période. Ils ne pouvaient pas exclure toutefois que l'image appartienne à une autre villa. Les policiers locaux devaient retrouver celle qui correspondait le mieux à cette projection numérique, puis vérifier la possibilité que Luca Sileri se dissimule à cet endroit. Et ce, le plus rapidement et le plus discrètement possible.

Il resta stupéfait. L'e-mail de Venise comportait la photo d'une grande villa du XVIe siècle qui était la copie conforme de la reconstitution de Manna. Deux lignes de commentaires l'accompagnaient : « Il s'agit certainement de cette villa. Une équipe a été envoyée pour une vérification discrète. Elle semble inhabitée, mais dans la cour intérieure on a remarqué un Volkswagen California. Estimons probable la présence de l'homme recherché. Attendons vos instructions. »

Il fit un bond sur sa chaise. Il se leva pour s'empresser d'avertir Valentina et Falcone, puis s'arrêta et réfléchit. Il n'aurait plus guère le temps, après. Tout ne serait plus que confusion et précipitation. Ce qu'il voulait faire, il devait le faire maintenant.

Il composa un numéro sur son portable. Il le connaissait par cœur à présent. Le journaliste qui lui répondait à toute heure du jour et de la nuit était un type sympa. Il travaillait pour un grand quotidien, et il payait fort bien les informations que lui passait Angelo Zucca.

70

Elle s'appelait la Villa Zernich. C'était une imposante construction du Palladio bâtie en 1568 à proximité d'Este, à quelques kilomètres de Padoue.

Et c'était le refuge de Luca Sileri.

Valentina le confirma à Costa une heure plus tard. La Villa Zernich était la propriété d'une famille d'importants producteurs de vins de la région. Inhabitée depuis longtemps, autrefois transformée en musée du fait de ses très belles fresques du Véronèse, elle était fermée au public depuis plusieurs années et confiée aux soins d'un homme à tout faire des Zernich qui avait été contacté par les enquêteurs. Quand on l'avait tiré du lit pour lui montrer la photo de Luca Sileri, le factotum avait reconnu l'homme qui s'occupait depuis plusieurs mois des menues réparations du bâtiment. Il habitait dans l'un des deux colombiers de la villa, dont il était actuellement l'unique occupant. Le nom sous lequel il le connaissait était Gianluca Simi, et il avait assuré aux policiers qu'ils se trompaient. Ce ne pouvait pas être l'homme qu'ils cherchaient.

Valentina était exaltée au téléphone.

– On se rend immédiatement sur le site. À Padoue, ils organisent déjà l'intervention, mais ça ne va pas être simple. La villa est énorme et il va nous falloir beaucoup d'agents. Et ici, c'est déjà la course à qui arrivera le premier.

– Je m'en doutais, lui dit Costa. Peu importe. Mais ne te fais pas voler le rôle qui te revient.

– Ça va être difficile. Ils sont tous excités comme des puces. On ne sait même pas qui doit commander l'opération. Rejoins-nous, ajouta-t-elle après une pause.

– Je ne crois pas que ça plairait à tes chefs. Et je suis presque arrivé à Volterra.

– Donc, tu es plus près que nous. Si tu continues sans t'arrêter, tu peux y être en trois heures. Nous n'interviendrons pas avant l'aube. Fabio, j'ai besoin de toi.

– Vous serez déjà très nombreux. Garde Zucca à côté de toi et ne te laisse pas piétiner les orteils.

– Mais tu ne comprends pas ? C'est grâce à toi si nous sommes arrivés à Sileri. Tu dois être là aussi.

Une série de visages défila dans son esprit. Ils se confondaient tous, mais c'étaient indubitablement des victimes de Luca Sileri. Le dernier était celui de Rosanna Bacci. Sur ses lèvres un hurlement silencieux, implorant. Et Valentina aussi l'implorait.

– Très bien, décida-t-il brusquement. On se voit là-bas. (Puis il ajouta, plus encore pour lui que pour elle :) On ne peut pas échapper à son destin, je suppose…

CLAIR-OBSCUR

71

Les sept véhicules partirent en colonne de Padoue alors que l'aube n'était encore qu'une promesse. Il avait neigé toute la nuit sur les villes et sur les collines environnantes, et même le bruit des moteurs ne semblait pas pouvoir troubler le silence qui régnait sur toute cette blancheur.

Ils étaient toute une armée pour aller capturer un seul homme. Mais cet homme était l'un des pires meurtriers en série dont ils avaient souvenir, et ils ne savaient pas exactement à quoi s'attendre. Ils avançaient à l'aveugle et cela les épouvantait, autant que l'idée qu'il puisse leur échapper.

Valentina et le groupe venu de Rome étaient arrivés juste à temps pour découvrir que le dispositif des opérations était déjà bouclé et que les policiers étaient sur le départ. L'Intérieur avait exigé de la célérité : ils espéraient encore retrouver Rosanna Bacci vivante. Armando Fazio, le fonctionnaire du SCO qui avait pris en main la direction de l'enquête sur mandat du chef de la police et avait naturellement prétendu commander cette perquisition, venait de s'opposer au collègue du commissariat de Padoue qui avait organisé l'intervention. La dispute territoriale classique, même si dans ce cas l'enjeu était de taille. Tandis qu'ils discutaient avec animation des modalités de l'opération, Valentina demanda à un policier local d'ultimes informations sur la Villa Zernich. Il lui indiqua l'homme à tout faire, Claudio Altieri, le témoin qui avait confirmé la présence de Sileri dans la maison.

– Altieri doit venir avec nous, même s'il reste en retrait, lui expliqua l'agent, au cas où nous aurions besoin de ses informations.

Valentina avait confiance en ses collègues, mais elle avait besoin de se faire une idée. Elle voulait comprendre.

Altieri, un individu imposant à l'accent vénitien prononcé, s'était présenté comme l'homme lige de l'ancien propriétaire de la villa, Federico Zernich, retiré depuis longtemps de la vie publique et qui avait abandonné le magnifique édifice palladien à ses soins. Altieri lui-même s'appuyait sur d'autres gens, parmi lesquels précisément Simi, alias Sileri, embauché en qualité de gardien. C'était l'une des rares personnes à fréquenter l'endroit, à part deux jardiniers et un agent d'entretien, et le seul à y vivre en permanence.

– Je peux vous démontrer qu'il avait d'excellentes références, répéta Altieri.

Valentina lui assura d'un ton froid qu'ils allaient enquêter à fond sur ce point, suscitant chez lui une expression de surprise agacée. Puis elle le pria de lui fournir d'autres informations sur la villa.

À présent, en la voyant émerger dans la brume du matin, entourée de sa couche de neige, elle en comprenait l'ampleur et l'inquiétante beauté.

Comme tous les chefs-d'œuvre de Palladio disséminés sur cet étroit lambeau de terre, le corps central de l'édifice, doté de trois niveaux, était le plus imposant. Il apparaissait de loin comme une cathédrale spectrale issue du néant, orné de colonnes surmontées d'un fronton élaboré. Sur les côtés s'allongeaient deux ailes d'un seul étage, soutenues par de vastes arcades, donnant sur un grand jardin orné d'une fontaine. Ces ailes servaient autrefois à loger le personnel indispensable au centre de production et de commerce qu'était alors la villa.

C'était un monde qui n'existait plus. Il semblait à présent qu'il n'y eût pas âme qui vive. Sous les arcs en plein cintre qui avaient servi de fond à l'imprudent selfie de Lucas Sileri, l'obscurité semblait se tapir en les attendant. À l'extrémité de chaque aile se dressaient deux colombiers carrés et, devant, un bassin orné d'un groupe de statues. Sur l'arrière, l'édifice était entouré d'un bois qui se perdait dans la campagne euganéenne. À gauche de l'édifice s'élevait un petit temple païen, une sorte de Panthéon miniature. La copie d'une œuvre célèbre du Palladio, lui dit Altieri, où était installée la crypte familiale. Mais il était condamné depuis longtemps du fait de son état de délabrement.

Aucune lumière nulle part. Rien qui indiquât la présence d'un quelconque habitant. Le déploiement de leurs forces avait beau être conséquent, il parut soudain insuffisant à Valentina. Sileri connaissait bien l'endroit, et il serait difficile de l'en déloger.

Le cortège de voitures, tous phares éteints et sans sirène comme l'avait ordonné Fazio, s'arrêta le long de la route qui menait à la villa. Trois cents mètres plus avant s'ouvrait la longue allée conduisant à la grande maison. La grille était ouverte, à peine éclairée par deux lampadaires semblables à des sentinelles épuisées.

Les policiers descendirent de leurs voitures et se regroupèrent en silence autour de Fazio et du responsable de Padoue pour un dernier briefing à voix basse. Un groupe d'agents allait encercler la zone, se disposant le long de la départementale et dans le petit bois derrière la villa. Les autres se répartiraient en trois équipes : une pour le corps central de l'édifice et deux pour les ailes, abritant de nombreuses chambres qu'il faudrait fouiller rapidement. L'équipe chargée de l'aile gauche procéderait à la perquisition du colombier qu'habitait Gianluca Simi. Fazio prit la tête de ce groupe, s'adjugeant d'office la direction de l'enquête. Il eut cependant la sagesse de prier Valentina de rester à son côté. Les autres équipes étaient confiées à des chefs de groupe connaissant bien la zone. Chaque escadron avait en outre à sa tête deux agents des unités opérationnelles de première intervention, les UOPI, avec leurs uniformes tactiques, leurs casques de protection et surtout leurs mitraillettes Heckler & Koch UMP 9. Chaque équipe reçut les clés procurées par Altieri.

Tous, y compris les agents en civil, étaient pourvus de gilets pare-balles. Et il était recommandé à chacun de garder les nerfs solides : Sileri avait tué deux policiers, mais il fallait le prendre vivant.

– Nous venons de recevoir des informations de l'équipe de surveillance, les informa Grassi, le policier de Padoue. Ils ne relèvent aucun mouvement. Et personne n'est sorti de la villa.

Dès l'instant où ils avaient repéré la Villa Zernich, deux équipes de la PJ s'étaient positionnées dans son voisinage immédiat. L'envoi d'un drone au-dessus du vaste jardin entourant l'édifice leur avait permis de découvrir le vieux Volkswagen California garé sous les arcades. C'était là que stationnaient autrefois les charrettes chargées de marchandises, à l'abri des intempéries comme des regards indiscrets. Les images étaient mauvaises du fait de l'obscurité et de la neige qui tombait, mais c'était bien la fourgonnette qu'ils cherchaient. Sileri était rentré, et s'il venait tout juste d'arriver, il restait un espoir de retrouver sa prisonnière vivante.

Fazio donna un coup de poing de satisfaction sur le coffre de l'Alfa d'où il était descendu.

– Bien ! On va l'avoir, ce salopard !

Tandis que les groupes d'intervention se préparaient, Valentina s'approcha de Claudio Altieri qui, assis dans une voiture, observait tous ces préparatifs avec curiosité. Il s'apprêtait à allumer une cigarette, mais l'agent assis à son côté lui fit signe que non. Aucun signal pour d'éventuels observateurs. Altieri sourit et remit le paquet dans la poche de sa veste Oxford. En voyant arriver Valentina, il se hâta de sortir de la voiture.

– Quand avez-vous vu Sileri… enfin, Simi, pour la dernière fois ? demanda-t-elle.

Altieri regarda vers la villa, comme s'il pouvait avertir l'homme qu'il avait imprudemment embauché à travers la brume et la neige.

– Je ne le vois pas souvent, une ou deux fois par mois environ. La dernière fois c'était… Bah… Il y a une dizaine de jours ?

– C'est à moi que vous le demandez ?

– Non. Oui, enfin… Dix jours.

– Vous pensez qu'il est là en ce moment ?

– Eh bien, je pense que oui. Mais je ne connais pas sa vie privée.

– Nous en reparlerons, vous pouvez en être sûr. Et vous vous êtes vus où, à la villa ?

Altieri la scruta. La lueur qui traversa son regard lui déplut.

– Cela fait des mois que je n'ai pas mis les pieds à la Villa Zernich. Avec les employés, nous nous voyons à Padoue, dans les bureaux.

– Ah oui ! Vous êtes producteurs de vins.

– De Prosecco. Le meilleur.

– Valentina, on y va ! ordonna Fazio.

La colonne de voitures s'ébranlait. Il l'attendait, un pied hors de la voiture.

Valentina lança un dernier regard au factotum de la famille Zernich et monta dans la voiture conduite par Angelo Zucca. Elle sentait le regard froid d'Altieri peser sur sa nuque. Puis ils s'engagèrent dans l'allée de la grande villa et son cœur commença à battre avec une fureur presque inattendue. Tout en chargeant son Beretta, elle pensait : Voilà, on y est, on est sur le point de capturer Luca Sileri. C'est la fin.

Puis, se retournant pour regarder la route qu'ils laissaient derrière eux : Et toi, où es-tu passé, Fabio Costa ?

72

Quand la dernière voiture eut disparu derrière la grille, la Volvo quitta l'endroit où elle s'était arrêtée, tous feux éteints, pour s'avancer jusqu'à l'allée menant à la Villa Zernich. Sur le manteau de neige qui la recouvrait, la colonne de véhicules avait laissé deux ornières de boue grise, comme deux longues blessures.

Costa descendit de voiture. Il vit les véhicules s'arrêter en demi-cercle autour d'une fontaine ornée de statues, des policiers en descendre et prendre rapidement position autour de la maison. Même à cette distance, il percevait leur nervosité.

Un hélicoptère commença à survoler la villa, rompant le silence de son vrombissement. Ce n'était pas un appareil de la police. Un vol à cet endroit et à cette heure ne pouvait signifier qu'une chose : des journalistes avaient flairé la nouvelle et pointaient à présent leurs caméras de là-haut. Cette présence inattendue ruinait leur effet de surprise et risquait de compromettre toute l'opération.

En tout cas, c'était l'heure d'agir. Il enfila la casaque bleue barrée du mot « Police ». Beaucoup d'agents ne l'avaient jamais vu et il aurait été stupide de prendre des risques. Il mit les écouteurs reliés à une petite radio qu'il accrocha à sa ceinture, et se brancha sur les canaux de la salle des opérations de Padoue. Les grésillements dans son oreille lui confirmèrent qu'elle fonctionnait. Enfin, il ôta la sécurité de son arme et la garda pointée vers le bas.

Il inspira l'air froid de cette nouvelle aurore et se dirigea lentement vers la tanière de l'Homme qui sourit.

73

La vieille fourgonnette n'avait pas bougé, et Valentina sentit l'adrénaline l'envahir. C'était bien le California de Sileri. Ils l'avaient trouvé, et le voir de près lui procurait une étrange émotion.

Les vitres étaient obscurcies, les flancs n'avaient pas de fenêtre et la portière arrière était fermée. Le policier qui l'ouvrit, couvert par deux collègues aux armes pointées vers la carcasse de fer, ne le fit pas le cœur léger. Il avait en tête les deux agents de la police routière qui en faisant le même geste avaient déclenché l'enfer, et sous les yeux un adhésif collé près de la poignée : « Je vis dans un monde sadique », inscrit sous un sourire rageur.

Valentina retint son souffle.

Le policier ouvrit la portière à la volée et pointa son arme.

La vive lumière de la torche illumina l'intérieur. Puis l'agent se retourna vers tous les yeux fixés sur lui derrière les visières et fit un geste rapide de la main droite, le poing fermé. *Vide !*

C'était le signal. Une voix sifflante lança dans la radio :

– On entre. On y va, on y va, on y va !

Les policiers firent irruption dans le cœur séculaire de la Villa Zernich.

74

L'endroit où Luca Sileri avait habité ces derniers mois était une tour rectangulaire à double étage, bâtie à l'extrémité d'une des deux ailes de la villa. Un édifice sans ornement, moins somptueux que le reste, dont la porte était surmontée d'une imposante architrave et d'une paire de gargouilles au visage démoniaque. Les mains gantées de l'agent de l'UOPI qui fit tourner la clé dans la serrure tremblaient légèrement. Valentina derrière lui s'en aperçut, mais n'en fut pas surprise. Ces policiers de province n'avaient pas vraiment été formés pour le travail qui les attendait, et Sileri était comme ces démons de pierre accroupis au-dessus de leur tête : féroce et imprévisible. Ils savaient en outre qu'il était encore en possession de l'arme soustraite à leur collègue de la police routière.

Valentina se retourna. Au loin, derrière l'alignement de visages tendus et de regards brillants, elle aperçut Fabio qui approchait avec prudence, le mot « Police » inscrit sur sa poitrine. Elle lui sourit. Elle ne savait pas s'il pouvait la voir à cette distance, mais sa présence l'apaisa aussitôt. Elle souriait encore quand elle regarda de nouveau son collègue.

Dès qu'il eut ouvert la porte, la chaleur emprisonnée à l'intérieur rencontra le froid glacial du dehors. Les agents de l'UOPI se ruèrent dans la demeure. Les torches sur leurs mitraillettes firent apparaître des meubles anciens, une cuisine, un couloir qui menait aux chambres à coucher sur l'arrière.

Personne en vue.

Les autres policiers les suivirent, se répartissant rapidement les différentes zones. L'unique source de lumière était celle des torches fouillant tous les recoins de la maison. L'endroit semblait abandonné depuis longtemps. Il flottait une odeur de moisi et de nourriture périmée.

Dans la confusion, Valentina avait perdu Fazio de vue. Il lui revint donc de guider le premier groupe d'agents dans l'escalier qui conduisait à l'étage. Elle empoigna la rampe d'un geste résolu.

La montée lui parut interminable, et elle perdit rapidement contact avec les autres. Ils étaient toujours là derrière elle, mais ils étaient devenus des ombres parmi les ombres. Elle n'entendait plus que les marches crissant sous leurs pieds et le bruit haletant de sa propre respiration.

Quand elle parvint au deuxième étage et que les lampes des armes lacérèrent l'obscurité, elle poussa un hurlement.

L'Homme qui sourit la fixait, le visage déformé par la haine.

75

Des écouteurs commençaient à lui parvenir, entre deux grésillements, les premiers résultats de la recherche dans la villa. Les policiers criaient « Vide ! » à chaque pièce qu'ils contrôlaient. À l'évidence, ils n'avaient encore trouvé personne.

Costa entra et s'arrêta sur le seuil du bâtiment, cherchant à distinguer quelque chose dans cette obscurité. Ce fut alors que lui parvint le cri de Valentina dans les étages.

Il se rua dans l'escalier, se mordant les lèvres pour s'empêcher de répondre à ce cri. Un court instant, le remue-ménage qu'il entendit à l'étage supérieur le glaça.

– Personne ! Fausse alerte ! Du calme et montez lentement ! hurla quelqu'un.

Quand il rejoignit Valentina, il la vit adossée contre le montant d'une porte, serrant son arme entre ses mains comme si elle craignait de la laisser tomber. Un agent en tenue, à côté d'elle, lui fit un signe rassurant.

– Ce n'est rien, dit-il. Rien qu'un tableau.

Les torches illuminaient à présent un mur occupé par la reproduction grandeur nature de la *Méduse* du Caravage, suspendue juste en face de l'escalier. Le visage hurlant de la Gorgone décapitée, inséré dans un cadre en bois ovale comme l'original, donnait l'impression de jaillir du mur. Ses serpents s'animaient au mouvement des torches.

– Excusez-moi, murmura Valentina.

L'agent de l'UOPI lui tapota l'épaule.

– Pas de problème, commissaire. Nous sommes tous un peu tendus.

– Et alors ? rugit une voix à l'étage en dessous. Quelqu'un va se décider à donner de la lumière là-dedans ?

Un instant plus tard, un policier avait trouvé l'interrupteur principal et toutes les lumières de la maison s'allumèrent en même temps.

Valentina, Costa et les autres policiers restèrent pétrifiés sur le seuil de la pièce où Sileri avait vécu les derniers mois de sa fuite.

76

– Mais qu'est-ce que tu fous ici ? Qui t'a autorisé à entrer ?

Armando Fazio était en train d'ôter son gilet pare-balles, tourné vers Costa, mais fixant Valentina. Il le posa sur une chaise et fit signe à un agent de l'emporter.

– Qu'y a-t-il ? demanda Costa avec un demi-sourire. Tu me chasses ? Si tu veux que je m'en aille, pas de problème.

Fazio parut y réfléchir sérieusement avant de grogner :

– Mais tu fais bien ce que tu veux ! L'important, c'est que tu ne nous casses pas les pieds... Et ne touche à rien, on vient d'appeler la Scientifique !

– Tu veux dire que vous avez déjà arrêté de chercher ?

– Évidemment. Il est clair que Sileri n'est pas ici. On a regardé partout.

– Mais son California est ici ! s'exclama Costa.

– Et alors ? Son propriétaire n'y est pas. Il a dû s'échapper juste avant qu'on entre.

– La villa est gigantesque. Il pourrait encore être dissimulé quelque part.

– Alors, tu n'as toujours pas compris que tu dois rester en dehors de tout ça ? siffla Fazio en s'approchant de lui. Je te reconnais le mérite d'avoir donné un coup de main à l'enquête. Merci, au nom de la police. Mais ton rôle s'arrête là. Il est temps que tu retournes dans ton commissariat moyenâgeux.

Il se détourna et commença à descendre. Il ne daigna même pas les regarder quand il ajouta :

– Quant à toi, Valentina, nous ferons les comptes plus tard.

Il disparut, englouti par le va-et-vient des policiers, tandis que la lumière du soleil se frayait enfin un chemin à l'intérieur.

– Il ne t'aime pas, c'est sûr, commenta Valentina.

– De vieilles querelles. On était ensemble au SCO et sur certaines enquêtes, nous n'avions pas la même opinion. Ce sont des choses qui arrivent…

Ils étaient encore dans la pièce que Luca Sileri semblait avoir élue pour refuge, au second étage du colombier. Et ils n'arrivaient toujours pas à se déprendre de l'impression que leur faisait cet endroit.

Le lieu où ils se trouvaient occupait quasiment tout l'étage, avec de grandes fenêtres donnant sur le jardin, mais barrées par des planches. L'hôte ne devait pas aimer la lumière naturelle. Sileri avait éliminé tous les meubles à l'exception d'un divan posé exactement au centre de la pièce. Il avait en outre entièrement recouvert les murs d'affiches aux dimensions originales des peintures du Caravage. Les reproductions étaient suspendues côte à côte, parfois en partie superposées, au point qu'on se serait cru dans une pinacothèque chaotique aux choix guidés non par amour de l'art, mais par la psychose. Il n'y avait pas de passion pour Caravage dans cet assemblage, pensa Valentina, mais de la frénésie.

En outre, le visage de certains personnages était cerclé de rouge. Parfois, le trait avait été tracé avec une telle force que le papier était déchiré. Sur d'autres tableaux, les yeux avaient été percés, peut-être dans un accès de rage. Quelques lambeaux de papier traînaient à terre, arrachés, froissés, piétinés. Cela lui rappela le fragment que Fosco serrait dans sa main et celui qu'ils avaient trouvé dans la grange – là où tout avait commencé.

Devant eux se manifestait la preuve irréfutable que Luca Sileri chassait ses victimes sous l'influence de ces visages antiques. Mais ils comprenaient aussi que cette obsession avait quelque chose d'accablant.

L'Homme qui sourit n'admirait pas le Caravage : il était oppressé par lui.

Ni Fabio ni Valentina n'étaient experts en art, mais ils reconnurent à peu près tous les tableaux. Certains étaient célèbres ; les autres, ils les avaient découverts les jours précédents grâce à D'Avanzo.

Ils frémirent en voyant *Le Concert*, avec son joueur de luth si semblable à Andrea Venturi. Sur ce tableau, les yeux de tous les personnages avaient été découpés. Le blanc du mur inscrit dans leurs orbites les rendait étrangement vivants.

Ils ne furent pas surpris de trouver près d'une fenêtre une copie de *Judith décapitant Holopherne*, où le cercle rouge entourait le visage de l'héroïne, identique à celui d'Esther Kaimbacher. La tête coupée d'Holopherne et celle de la vieille servante prête à la recueillir portaient le même signe au pinceau.

Ces cercles couleur de sang indiquaient l'existence d'autres victimes. Des hommes, des femmes et des enfants destinés au massacre à cause de ce délire psychoartistique. Combien de gens Sileri avait-il pu tuer ? Selon les estimations de D'Avanzo et de Manna, une dizaine, voire plus. Mais où étaient les corps ? Si son but était de les préserver par la plastination, où effectuait-il ce traitement et où conservait-il l'horrible résultat de ses efforts ?

Ils photographièrent toutes les affiches avec leur portable et envoyèrent les images à D'Avanzo qui répondit aussitôt. « C'est épouvantable », écrivait-il, avant d'énumérer tous les tableaux qu'il avait reconnus : *Garçon avec un panier de fruits*, *L'Extase de saint François*, *David et Goliath*, *L'Amour vainqueur*.

Sileri avait dû les étudier pendant des heures.

– Il faut que je sorte, murmura soudain Valentina, tandis que deux agents de la Scientifique en combinaison blanche montaient l'escalier.

– J'arrive, dit Costa.

Cette exposition était tout aussi asphyxiante pour lui, mais subsistait une pensée dont il n'arrivait pas à se libérer.

Tandis que Valentina prenait la fuite, il traversa la salle. Le reste de l'étage était composé d'une seconde chambre plus petite et d'une salle de bains. Dans cette dernière, les fenêtres n'avaient pas été obstruées. On pouvait admirer le reste de l'édifice et l'imposant jardin qui, dans cette aveuglante blancheur, semblait être une planète étrangère où s'activaient à présent des envahisseurs terrestres.

En attente des relevés de la Scientifique, Costa ne savait pas très bien quoi faire de lui-même. Les agents étaient déjà remontés en voiture et attendaient les ordres. Fazio était dans le jardin, l'oreille collée au téléphone, les pieds dans la neige. Il prévenait sans doute qui de droit que Luca Sileri s'était échappé. Oui, son fourgon était là, et non, ils n'avaient pas non plus retrouvé sa prisonnière, Rosanna Bacci. Elle devait être déjà morte et enterrée quelque part.

Costa pénétra dans la seconde chambre. Les meubles de la grande pièce avaient dû être déplacés ici : une armoire, une commode et quelques chaises empilées à la va-vite. C'était comme si Sileri avait voulu libérer tous les murs de la première salle afin d'y accrocher les reproductions du Caravage. Il avait créé une sorte de caisson sensoriel où se plonger pour jouir de ses fantasmes.

Avec son entassement de meubles et son absence de fenêtre, cette petite pièce était encore plus oppressante. Elle ne semblait pas avoir l'électricité. Ou peut-être Sileri avait-il supprimé toutes les ampoules pour éviter d'être aperçu de l'extérieur. Costa était sur le point de s'en aller quand un bruit l'arrêta.

Un gémissement, faible comme une brise. Il se retourna brusquement.

La plainte se répéta, se prolongeant et se modulant comme un chant. Un hymne à la douleur.

Il n'y avait personne dans la pièce. Pourtant la voix s'éleva et s'éteignit pour la troisième fois quelque part devant lui.

L'armoire contre le mur, dont la partie antérieure était tournée vers la paroi, semblait le seul endroit d'où pouvait provenir ce bruit. Il saisit un coin du meuble et commença à tirer. La penderie était massive, et Fabio ne réussit à la déplacer que de quelques centimètres, suffisamment pour pouvoir jeter un coup d'œil à l'intérieur. Elle était vide. Son odeur de pourriture évoquait la mort, mais il n'y avait pas de cadavre pour justifier cette puanteur.

Le gémissement se répéta pour la quatrième fois. Il n'eut plus de doute : c'était clairement la voix d'une femme.

77

Il dévala l'escalier.

Le colombier avait été abandonné par les policiers prêts à quitter la Villa Zernich. Les collègues de la Scientifique allaient passer la journée à examiner chaque centimètre de l'édifice, mais la phase opérationnelle était terminée.

L'hélicoptère continuait à tourner au-dessus de leurs têtes. Un agent avait confirmé à Costa qu'il portait le logo d'une chaîne télévisée locale, avertie Dieu sait comment de cette perquisition, et que le Poli 119, l'hélicoptère de la police, allait intervenir pour libérer l'espace aérien. Mais le mal était fait.

Dans la salle à manger, Costa observa la grande cheminée du XVIIe siècle et les meubles anciens. Dans un coin avait été installée une petite cuisine, plus moderne et plus confortable, avec une table et quatre chaises. On avait l'impression que Sileri ne s'en était jamais servi.

Costa resta immobile, l'oreille aux aguets.

Le bruit était faible, à peine audible. Mais il se répéta. Quelqu'un pleurait. Cela semblait provenir de l'autre côté du mur.

Il s'approcha de la cheminée. Le manteau en pierre était d'une forme simple, l'intérieur était noirci mais inodore : on n'y avait pas fait de feu depuis très longtemps.

La plainte semblait venir du fond de cette bouche obscure.

Il chercha à aiguiser tous ses sens. Des fenêtres de la cuisine lui parvenait le bruit des voitures qui démarraient. La neige avait cessé de tomber et les bruits à présent circulaient librement. Sous ses doigts la pierre de la cheminée était froide. Il sentit sous ses pieds une légère vibration.

– Que se passe-t-il ?

Costa se retourna. Zucca était sur le seuil et le regardait avec curiosité.

– La commissaire Medici m'envoie voir ce que vous faites, expliqua-t-il.

La plainte se répéta, de plus en plus faible. Les yeux de Zucca s'agrandirent.

– Bon sang, d'où ça vient ? demanda-t-il d'un air alarmé.

– Pas d'ici, dit Costa en secouant la tête. Ces bâtiments

dissimulent des dizaines de passages et de canaux d'aération... Mais la paroi de cette cheminée donne à l'ouest. Il n'y a rien derrière à part le mur lui-même.

Il sentit un courant d'air froid tomber du conduit de l'âtre, refluant les échos de l'extérieur. Puis il remarqua la grille à sa base, d'où soufflait aussi un air glacé. Elle masquait peut-être un vide sanitaire installé dans les parties souterraines de l'édifice. Qu'y avait-il là-dessous ?

Le visage de Costa s'illumina.

– Non, ce n'est pas un canal d'aération, s'exclama-t-il. Il doit y avoir un souterrain, des caves peut-être, ou une galerie... Qu'y a-t-il de l'autre côté de ce mur ?

Zucca le fixa, incrédule.

– Il n'y a rien. Seulement cette espèce de temple à dix mètres d'ici...

– Le petit temple ! La grille est dans cette direction. Il doit y avoir un passage qui mène à la crypte.

Il se releva. Cette fois, il savait quoi faire.

– Va chercher Altieri, ordonna-t-il à Zucca. Interroge-le sur la chapelle des Zernich. Valentina m'a dit qu'elle était condamnée, mais demande-lui s'il a connaissance d'un passage. Et avertis Valentina. Dépêche-toi !

Ils se ruèrent dehors. Le jardin était presque vide. Les agents les plus proches entouraient la fourgonnette de Sileri, sur laquelle la Scientifique s'apprêtait à se mettre au travail.

– Cours ! répéta Costa à Zucca.

– Mais vous, vous allez où ?

– Chercher ce salopard. Parce qu'il est ici.

78

C'était une copie miniature d'un temple païen, avec ses colonnes et ses figures sculptées dans le marbre. De forme arrondie, son entrée était constituée d'un portail de bois massif, défendu de part et d'autre par les statues de deux démons à la gueule grande ouverte narguant les simples mortels. Les lourds battants étaient fermés par une grosse chaîne en acier.

Mais l'entrave pendait et le cadenas était ouvert. Cela ramena à la mémoire de Costa un souvenir qui le transperça et qu'il chercha à écarter.

La porte qui conduit à la terrasse de son immeuble. Elle est ouverte et elle bat légèrement au vent. Diana vient juste de passer par là.

La crypte n'était pas murée comme l'avait dit le factotum des Zernich. La chaîne semblait neuve et le portail s'ouvrit dès que Fabio eut posé la main dessus.

Elle ouvre et elle se retrouve dehors, sur le toit. Le soleil a disparu. Et elle vient de disparaître elle aussi. Il court et se penche en hurlant.

À l'intérieur, c'était la même obscurité et la même puanteur qui semblaient caractériser toutes les pièces de cet endroit. Derrière son aspect magnifique, la Villa Zernich dissimulait une âme pourrie, le lieu idéal où établir sa tanière pour un type comme Sileri.

Costa entra avec prudence, pistolet au poing. Le silence à l'intérieur l'engloutit, et même les grésillements de ses écouteurs disparurent. Ici, aucun signal ne passait. Les renforts allaient arriver, mais il ne pouvait pas attendre. Il entendit un cri de douleur qui confirma ses soupçons.

Diana n'est plus qu'un paquet informe, sept étages plus bas. Il hurle et il pleure. Il ne peut rien faire d'autre.

Le râle déchirant se répéta. Rosanna Bacci était encore vivante. Et elle était là, quelque part. Le destin avait voulu que cette fois Costa arrive à temps.

Traverser le vestibule, atteindre le petit autel devant le mur orné de fresques fut comme grimper l'escalier qui l'avait mené autrefois au dernier étage de son immeuble.

Découvrir à côté de l'abside les degrés de marbre conduisant à la crypte souterraine fut comme revoir la porte grande ouverte sur le toit.

Descendre, plonger dans le sous-sol du temple fut comme sortir à l'air libre sur la terrasse et savoir que l'horreur l'attendait là.

Il parvint en bas de l'antique escalier de pierre et il la vit, comme il avait vu Diana debout sur la corniche, la tête tournée de son côté, sa magnifique chevelure frisée secouée par le vent.

Mais ce n'était pas Diana. C'était la pauvre Rosanna Bacci. Et elle n'était pas sur le point de se jeter du haut de son immeuble. Elle était étendue sur un brancard, nue et sale, mais elle le fixait du même regard que lui avait lancé pour la dernière fois Diana Marini. Avec des yeux remplis d'épouvante d'où tout espoir avait disparu.

79

Elle ôta son gilet pare-balles et s'appuya contre la voiture de service pour reprendre son souffle et dissiper l'adrénaline qu'elle sentait encore courir dans ses veines. Au bout de l'allée s'était formée une petite foule tenue en respect par les agents. Les journalistes avaient trouvé l'entrée de la Villa Zernich.

Fazio s'approcha d'elle, rouge de colère.

– Tout ce bordel est de votre faute, à toi et à ton ami Costa !

– Mais de quoi tu parles ? dit-elle d'un ton las.

Fazio ne répondit pas et se dirigea vers les journalistes, prêt à leur servir la version qu'il venait de mettre au point avec Falcone. Valentina remarqua que tout en marchant, il ajustait sa cravate et se lissait les cheveux. Quoi qu'il dise à ces affamés du scoop, la substance serait la même. Ils avaient trouvé la cachette de Sileri, mais il avait disparu une fois encore – et avec lui l'espoir de sauver Rosanna Bacci. Fazio leur raconterait tout cela avec son sourire le plus photogénique.

Elle vit alors Zucca hors d'haleine se précipiter vers elle en hurlant des mots que dans sa confusion elle ne comprit pas d'abord. Puis le sens de ses paroles atteignit son cœur avant même de parvenir à son cerveau.

Costa l'avait trouvé.

Il était dans le temple païen.

Il y était entré tout seul.

– Il est ici, cria-t-elle, appelant l'attention des autres policiers. Sileri est encore ici !

Puis elle se précipita avec Zucca vers l'entrée de la crypte dont Altieri avait juré ses grands dieux qu'elle était fermée et inaccessible. Ils se mirent à courir et ces quelques dizaines de mètres lui parurent interminables.

Elle vit l'entrée de la crypte, le portail grand ouvert, contrairement à ce qu'avait prétendu Altieri. Elle fut frappée par la présence des deux statues de part et d'autre. Deux Baphomet, ces démons veillant à l'entrée des enfers, qui semblaient vivants dans la lumière de l'aube.

Quelqu'un se mit à crier et elle entendit les sirènes des voitures qui opéraient un demi-tour à toute allure. Mais elle ne s'arrêta pas. Fabio était là-dedans tout seul, face à Luca Sileri.

Elle dépassa les deux idoles de pierre et entra.

80

Il enregistra rapidement tout ce qui l'entourait. Quatre sépulcres en marbre, agencés en cercle et sur lesquels les gisants de morts illustres le contemplaient. Une vieille table où étaient disposés des instruments médicaux. Un défibrillateur. Quelques flacons renfermant des substances chimiques. Contre le mur, des pieds à perfusion. Une cuve en acier munie d'un couvercle susceptible de contenir un corps humain. Des outils qui semblaient abandonnés là depuis des siècles.

Puis il perçut l'odeur. Du désinfectant. De l'acide. De la graisse. Et du sang. La puanteur ferrugineuse du sang.

Il rangea chaque détail dans le recoin de son esprit où était enfermé le souvenir de la mort de Diana.

La seule chose dont il devait se soucier, c'était la jeune fille.

Rosanna le fixait avec des yeux éteints. Elle avait cessé de se plaindre, mais elle semblait vivante. Un drap sale qui avait dû la recouvrir entièrement avait glissé sur ses pieds. Elle ne paraissait pas attachée, mais elle restait immobile, la tête tournée vers lui dans une tentative désespérée pour lui communiquer quelque chose.

Costa s'approcha d'elle sans un mot, de peur de l'effrayer :

une émotion trop forte aurait pu provoquer un infarctus. Il se pencha simplement sur elle.

– Rosanna ? dit-il à mi-voix.

Pendant un instant, son visage reprit l'expression enfantine qui avait séduit Luca Sileri – celle de la sainte Catherine du Caravage. Dans ses yeux, une unique question : « Pourquoi ? Pourquoi moi ? »

Costa souleva délicatement le drap, recouvrit sa poitrine et les marques noires sur ses bras, là où les aiguilles de Sileri l'avaient transpercée Dieu sait combien de fois.

Rosanna ferma les yeux. Elle eut un faible soupir qui était peut-être un remerciement.

Il la sentit s'en aller, glisser loin de toute cette horreur.

Non, je t'en supplie, non...

Un sursaut.

Diana s'est jetée du toit.

Une petite voix remplie de haine surgit de ce sous-sol :

– Laisse-la. Elle est à moi.

81

Ce n'était qu'un homme. Costa le savait. Il avait connu des assassins dépourvus de conscience ayant commis des crimes épouvantables, sans jamais pouvoir déceler dans leur aspect le moindre signe des horreurs qu'ils avaient commises.

Mais le corps de Luca Sileri racontait une autre histoire. Son crâne rasé luisait, ses lèvres s'étiraient dans ce sourire éternel. Il était nu, couvert de dizaines d'entailles, de cicatrices rouges, de tatouages et de scarifications. Autant de témoignages de sa dévotion à la douleur, qu'il se soit infligé lui-même ses blessures ou qu'il ait demandé à quelqu'un de le faire. Malgré l'effroi qu'il suscitait, cet homme décharné et tremblant inspirait plus de pitié que de peur.

Pourtant, Costa savait ce qu'avait fait Sileri. Rosanna, étendue sur ce brancard, en était la preuve la plus concrète. Il savait de quoi il était capable.

Il pointa son arme vers lui.

Sileri se trouvait dans le cône d'ombre d'une des tombes en marbre. Il s'était dissimulé derrière la statue funéraire d'un gentilhomme à moustache dont la dépouille reposait depuis des siècles dans cette crypte. Absorbé par la vision de Rosanna exsangue, Costa ne s'était pas avisé de sa présence.

– Elle est à moi, répéta Sileri d'un ton calme cette fois, comme s'il affirmait une évidence. Laisse-la-moi. Je ne lui ferai pas de mal.

– Mets-toi à genoux, dit lentement Costa, en s'efforçant de ne pas laisser paraître la fureur qu'il éprouvait. (Il sentait encore sur son visage le dernier souffle de Rosanna.) Fais-moi plaisir et mets-toi à genoux tout de suite.

Sileri ne lui accorda pas un regard, les yeux fixés sur la jeune fille. Et le policier fut surpris de découvrir dans son expression quelque chose qu'il n'aurait jamais pensé y voir. Une sorte de nostalgie. De la douleur, peut-être ?

– Elle est encore à moi, murmura l'assassin.

– Elle n'est plus à toi ni à personne. Maintenant, à genoux, Luca !

– Je lui ai même fait l'amour, tu sais ? Et elle aussi en avait envie, crois-moi. Est-ce qu'au moins tu peux me croire ?

– Bon sang ! Mets-toi à genoux avant que je te descende ! Et puis tu me parleras d'elle et de ton amour.

– Alors, c'est vrai que tu peux le comprendre ? dit Sileri en inclinant la tête de côté avec une expression de surprise où se mêlait de la gratitude. (Costa frissonna comme s'il avait senti sur sa peau nue le souffle d'un fantôme.) C'est curieux. Je pensais que personne ne pouvait me comprendre.

Derrière lui, quelqu'un descendait l'escalier de la crypte.

– Police ! cria une voix.

Sileri se raidit, devenu une statue de chair. Mais il continua à tourner le dos à l'escalier. Costa serra son arme dans son poing.

– Non ! gronda-t-il.

Sileri fut rapide comme l'éclair.

– Trop étrange pour le croire, murmura-t-il avant de se ruer sur lui.

À cet instant, Costa aperçut la silhouette des premiers policiers descendant l'escalier. Valentina apparut, illuminée par le halo poudreux qui tombait d'en haut. Si Costa avait tiré sur Sileri, qui s'interposait entre eux, il aurait risqué de la toucher. Il hésita une fraction de seconde et l'autre lui tomba dessus.

Sileri le serra contre lui. Il avait des yeux immenses aux pupilles dilatées. Costa chercha à lever son Beretta, mais l'étreinte de l'autre l'en empêcha. Son corps nu et scarifié, baigné de sueur, avait une force étonnante.

– Costa, jette-toi à terre ! cria quelqu'un.

Sileri lui sourit, son visage contre le sien. Puis il avança la tête et le mordit. Costa sentit ses dents aiguës s'enfoncer dans son cou. Puis un liquide poisseux et tiède. Un dard de feu traversa son cerveau.

Sileri émit un gémissement et roula à terre avec lui. La douleur de la morsure était telle que Costa crut qu'il allait s'évanouir. Il réussit à prendre appui sur ses bras pour éloigner de lui la bouche de Sileri. Il le poussa de toutes ses forces et le sentit enfin relâcher sa prise. De quelques centimètres, mais cela lui suffit.

Dans un ultime effort, il se détacha de lui. Sileri partit en arrière, tombant sur le brancard où gisait la jeune fille. Le drap qui la recouvrait tomba à terre, révélant son corps nu, qui restait immobile.

– Baisse-toi ! répéta quelqu'un.

Costa vit alors Rosanna glisser de côté. Il la rattrapa au vol en la serrant fort contre lui. Il tomba à terre en l'entraînant dans sa chute, et une douleur lancinante traversa son épaule droite. Il sentit sa conscience le quitter peu à peu, mais il ne lâcha pas la jeune fille.

Je te tiens, pensa-t-il. Je suis là, Rosanna. Je suis là.

Je suis là, Diana.

Sileri aussi était tombé, mais il se releva aussitôt.

Costa le vit foncer sur lui. Il n'avait plus la force de se défendre. Le corps de Rosanna Bacci pesait sur lui de tout son poids inerte. Sa tête reposait sur son épaule comme pour s'y réfugier, pour échapper à toute cette horreur. Son visage était à quelques centimètres du sien. Une dernière larme, noire comme le sang, marquait sa joue.

Les coups de feu résonnèrent sous les voûtes antiques.

82

Rosanna ferme les yeux.

Diana se jette du septième étage.

Maria Sinagra lui dit : « Ramène-moi mon fils. » Elle se met à pleurer. Puis elle lui hurle : « Tu peux comprendre ça ? »

Sileri pleurniche : « Elle est à moi. »

Tout le monde le regarde et lui demande : « Tu peux le comprendre ? Tu le peux vraiment ? »

Non, je ne crois pas.

Valentina l'embrasse, lui caresse le visage, verse des larmes. Puis elle se penche et lui dit : « C'est fini. Sileri est mort. »

Il repousse son visage d'une main, serrant les dents contre la douleur qui le tenaille.

– Rosanna... ?

Valentina ne répond pas. Ce n'est pas nécessaire.

Costa comprend qu'il ne s'était pas trompé. Rosanna est morte. Dans ses bras. Son âme est partie avec cette dernière larme sale.

Elle est morte comme Diana. Comme Andrea Venturi. Comme l'enfant sur le petit lit à côté de Fosco Agnelli.

Et il ne peut rien y faire. À présent, il peut seulement dormir.

Le reste, ce sont des lambeaux de rêve. Vagues. Inutiles.

LÉCHER SES BLESSURES

83

Les réverbères qui s'allumaient sur la via Tuscolana lui firent comprendre qu'il était l'heure de rentrer à la maison. Elle les voyait de sa fenêtre, par-delà l'enceinte de ciment et de fer portant l'écriteau « Halte-Police », ainsi que les lumières des bâtiments de Cinecittà. Quand elle relevait les yeux de ses papiers à la fin d'une de ces exténuantes journées, elle s'émerveillait que le monde continue à tourner, lumineux et indifférent, se fichant des massacres, de la douleur, de la cruauté, et de leurs tentatives désespérées pour mettre un peu d'ordre dans ce chaos. Comme si tout ce que faisaient les gens comme elle n'avait aucun sens en dehors de ces murs. Et peut-être en allait-il ainsi.

Elle se prépara. La manœuvre était simple et éprouvée. Sortir du bureau sans même saluer les rares collègues encore au travail, puisque personne n'en avait rien à faire. Conduire jusqu'à chez elle en écoutant de la musique à la radio. Dîner. Regarder la télé ou lire quelques pages d'un livre. S'endormir en espérant échapper aux cauchemars habituels. Et recommencer le lendemain matin comme s'il ne devait jamais rien se produire d'autre.

Pourtant, Sileri était mort depuis bientôt un mois. Et avec

lui Rosanna Bacci, sa dernière victime qu'ils n'avaient pas réussi à sauver. Il s'était donc bien passé quelque chose.

Mais l'affaire était virtuellement close. Le décès du suspect les empêchait de continuer. Luca Sileri était officiellement soupçonné d'avoir fait disparaître au moins trois personnes dont on n'avait pas retrouvé la trace. Valentina savait que Sileri avait à son actif bien plus de victimes, mais il y avait peu d'espoir de découvrir leur nombre exact.

Pourtant, après leur malheureuse perquisition, ils avaient essayé. Le jardin, tout le terrain entourant la Villa Zernich et même quelques lopins voisins avaient été retournés de fond en comble. Des experts en chromatographie et des chiens de Saint-Hubert avaient exploré toute la zone pendant des jours. Le vieux Federico Zernich lui-même s'était mis à leur disposition, autorisant toutes sortes de fouilles et allant jusqu'à financer de sa poche une partie de ces coûteuses recherches. Dans un bref entretien télévisé, il s'était dit bouleversé et indigné qu'une abomination comme Luca Sileri ait pu jouir de l'hospitalité de sa maison. Et il avait prié pour les victimes.

De leur côté, la presse et l'opinion publique s'étaient déchaînées. Dans cette enquête qui avait mis les médias en émoi, la mort du Collectionneur de visages, et donc l'impossibilité de l'interroger, avait été une nouvelle occasion de mettre la police en accusation. Non seulement par les associations humanitaires, qui parlaient de justice sommaire, mais aussi par les familles des victimes. Tous s'accordaient à dire que la perquisition de la Villa Zernich n'aurait pas dû se conclure ainsi. La mort de Rosanna Bacci avait été la conséquence la plus dramatique de cette erreur. La jeune fille était encore vivante quand la police avait fait irruption, et une meilleure gestion de l'opération aurait peut-être permis de la sauver. Le tueur en série ayant été éliminé, on ne saurait jamais quel avait été le destin d'Andrea Venturi, d'Esther Kaimbacher et de ses autres victimes présumées.

Sans compter ce qui était arrivé à Fabio Costa.

Quand Valentina l'avait rejoint, elle avait craint pour sa vie. La blessure au cou provoquée par la morsure de Sileri paraissait profonde. Fabio était couvert de sang, et elle avait cru un instant qu'il avait été touché par un tir de la police. Costa avait vu s'éteindre la vie dans les yeux de Rosanna et il n'avait pas réussi à empêcher que Sileri soit tué en emportant tous ses secrets. Leur mort ensevelissait tous leurs espoirs. Il avait été hospitalisé dans un état grave mais stable à la suite de l'importante hémorragie dont il avait été victime.

Aussitôt, tout le service s'était lancé à corps perdu dans l'exercice de la décharge des responsabilités. Le premier à se déclarer hors jeu avait été Fazio. Il avait affirmé que la présence de Costa n'était pas réglementaire, qu'il ne l'avait jamais autorisée, et donc que quelqu'un d'autre devait en répondre. Il avait omis d'ajouter que, sans Costa, les policiers auraient quitté la villa sans inspecter la crypte de la famille Zernich, permettant à Sileri de s'échapper une fois encore. Quoi qu'il en soit, cela avait été un beau bazar, dont Valentina serait la première à payer le prix. Un mois plus tard, elle attendait toujours la sentence, confinée dans la prison de son inoffensive routine.

Le trajet entre son bureau et son appartement, dans un immeuble du quartier résidentiel de Monteverde, s'effectua sans encombre à cette heure-là de la soirée. Il n'avait pas plu depuis des jours, et les rigueurs de l'hiver se faisaient sentir. Son premier geste en rentrant chez elle fut de monter le thermostat. Son appartement était petit et se réchaufferait en un instant. Mais pour elle, cela ne suffirait pas, pas plus que le thé brûlant qu'elle s'était préparé.

Le froid qu'elle ressentait était en elle, si profond que même une excursion sur le Soleil n'aurait pas suffi à la réchauffer. C'était un cadeau de l'Homme qui sourit et de son monde de mort. C'était la distance que Fabio avait mise entre lui et le reste du monde – dans lequel elle se trouvait incluse. C'était l'échec de sa première enquête importante – et sans doute la dernière.

Et c'était aussi ce point fondamental qui leur manquait toujours. Et qui semblait n'intéresser personne.

84

Dès qu'elles apprirent que le tueur en série Luca Sileri avait été abattu par la police et que sa dernière victime n'avait pas pu être sauvée, la presse et la télévision se précipitèrent chez Maria Sinagra. Tout le monde s'interrogeait sur ce qu'il était advenu des autres victimes. Où était le petit Andrea ? Et que ressentait sa mère ?

Pendant des jours, les journalistes n'avaient réussi à voler que quelques images d'elle entrant ou sortant de sa maison. Aucun commentaire, aucune déclaration de sa part.

Mais deux jours plus tôt, le parquet de Pise avait finalement délivré l'autorisation d'inhumer Gianni Venturi. Son assassin étant mort, il n'y avait plus aucune raison de différer son enterrement. « L'action publique s'éteint par la mort du prévenu », dit la loi.

Les funérailles, célébrées dans la cathédrale de Santa Maria Assunta de Volterra, permirent aux médias de regonfler une histoire qui commençait à quitter les premières pages.

Maria Sinagra elle-même y contribua. Cette fois, elle ne chercha pas à se soustraire aux questions des journalistes. En rentrant de la cérémonie d'adieu à son mari, soutenue par son avocat, elle s'adressa à eux d'une voix faible mais ferme.

– Que voulez-vous savoir ? À présent que j'ai enterré mon mari et que je ne peux pas encore faire de même pour mon fils, que puis-je vous dire ? Que je suis contente que cet homme soit mort ? Que je lui pardonne le mal qu'il a fait, à moi et à tant d'autres, et que je le remets à la justice de Dieu ? Oui, je suis heureuse qu'il soit mort. J'espère qu'il a souffert et je regrette que sa mort ait été aussi rapide. (Des dizaines de mains se levèrent pour lui poser d'autres questions, qu'elle écarta d'un geste.) Mais si vous me demandez ce que je pense au-delà de ce que je ressens, poursuivit-elle, je crois qu'ils ont commis une erreur. Ils n'auraient pas dû le tuer. Du moins pas tout de suite. Pas avant qu'il ait avoué ce qu'il avait fait à mon enfant, quelle fin il lui avait réservée. Il devait me dire si Andrea avait eu peur.

Elle se tut, retenant un sanglot sec. Aucun des journalistes présents n'osa la relancer.

– J'aurais voulu au moins une tombe sur laquelle prier, reprit-elle lentement. Ils étaient si nombreux à intervenir. Comment pouvaient-ils être aussi mal préparés ? Ils auraient dû le prendre vivant, l'obliger à avouer ce qu'il avait fait de mon Andrea. Ils avaient promis de le ramener à la maison. Mon amour, mon petit… (Puis elle ajouta, les dents serrées :) Fabio Costa me l'avait promis. C'est lui qui m'avait juré qu'il le sauverait.

85

Valentina était allée le voir deux fois, le lendemain et le surlendemain de l'intervention. Mais ils n'avaient pas pu parler. Costa était sous l'effet de la morphine et il y avait toujours quelqu'un présent dans sa chambre. Quand elle avait été rappelée à Rome, elle était partie avec l'idée de revenir à l'hôpital le plus vite possible. Mais elle n'avait même pas réussi à le contacter.

Au début, le téléphone sonnait longtemps en vain. Puis Valentina tombait directement sur sa boîte vocale. Il semblait que même les messages qu'elle laissait sombraient dans le vide. Pensant que son état s'était aggravé, elle avait appelé l'inspecteur Martini au commissariat de Volterra. Le collègue avait été heureux de l'entendre et il lui avait avoué non sans un certain embarras que Costa s'était isolé volontairement :

– Sa blessure au cou était vraiment grave. Il a été à deux doigts de faire une septicémie. Et il a encore devant lui une longue convalescence.

Martini et ses collègues s'étaient empressés de lui proposer toute l'assistance dont il aurait besoin pour qu'il traverse cette période au mieux, d'autant plus que leur directeur vivait seul et sans aucune aide, à part une femme qui venait nettoyer l'appartement deux fois par semaine. Costa avait opposé un refus aimable mais ferme à cette offre bienveillante. Il avait fait savoir par sa femme de ménage qu'il les remerciait, mais qu'il n'avait besoin de rien. Il préférait s'isoler un moment afin de se remettre de ses blessures. Et selon Martini, il ne parlait pas seulement de ses blessures physiques. Costa avait assuré qu'il leur ferait signe au moment opportun. Après quoi il avait disparu de leur radar.

– Nous attendons un nouveau directeur, avait fini par confier Martini. Il semble que le commissaire Costa sera muté dès son retour de convalescence.

Valentina s'y attendait. Son insubordination n'avait pas plu en haut lieu. Avec un peu de chance, on lui attribuerait un commissariat encore plus perdu que celui-là. Au pire, on lui trouverait un travail de bureau où on le reléguerait à l'oubli qu'il semblait lui-même rechercher.

Valentina sentit brûler la culpabilité de l'avoir abandonné elle aussi. Au début, elle s'était d'autant plus inquiétée que c'était elle qui avait insisté pour qu'il participe à la traque de Sileri. Mais à mesure que les jours passaient, elle avait été prise dans l'impitoyable engrenage du travail, et l'image de Fabio s'était peu à peu estompée. Elle s'était dit qu'il avait lui-même choisi de s'isoler. En somme, elle l'avait rangé dans un coin de son esprit et de son cœur avec la fragile promesse de s'en occuper un jour quelconque. Ce moment était passé, et Fabio Costa semblait désormais destiné à devenir un autre des chapitres mal refermés de sa vie.

Celui qui vint lui rappeler qu'il en allait peut-être autrement fut Giampaolo D'Avanzo, qui la joignit par téléphone un beau matin pour l'inviter à déjeuner. « Pour ne pas laisser s'étioler une aussi belle amitié », lui dit-il, et pour parler un peu des événements qu'ils venaient de traverser.

Quand ils s'assirent à l'ombre du Palazzo della Civiltà del Lavoro, que les Romains appellent « le Colisée carré », Giampaolo lui fit quelques compliments choisis qu'elle savait être sincères. Ils commencèrent à parler d'eux-mêmes et de leurs occupations du moment, restant prudemment dans le vague, puis la conversation glissa fatalement sur l'enquête et sur le rôle qu'y avait joué l'expert en art.

– Pour tout te dire, ça a été vraiment intéressant pour moi de vous aider, avoua-t-il. C'était difficile, mais très instructif. Et je suis heureux d'avoir pu vous être utile.

– Tu l'as vraiment été. Et je comprends ce que tu veux dire. C'est une sorte d'énergie positive qui nous soutient, même quand nous traitons un cas aussi terrible que celui de Sileri. Je suis seulement désolée que notre hypothèse sur les fantasmes de cet homme n'ait pas été démontrée comme il convenait...

– Que veux-tu dire ?

– Que notre découverte d'une corrélation entre les personnages du Caravage et les victimes de Sileri n'a servi à rien. Il s'en trouve même pour continuer à prendre cette théorie pour une fantaisie de roman noir sans aucun fondement...

– C'est absurde. Nous le savons bien.

– Bien sûr, mais à quoi ça nous avance ? Sileri est mort et l'histoire s'arrête là.

Giampaolo ne semblait pas convaincu et il l'examinait en se demandant manifestement si elle y croyait elle-même. Valentina se réfugia dans son vin blanc, observant son ami par-dessus son verre.

Mais celui-ci n'avait pas l'intention de la lâcher.

– À t'entendre, l'affaire est close, dit-il, alors qu'il reste un million de questions sans réponse. (Il les énuméra consciencieusement sur ses doigts.) Pourquoi ce monstre capturait-il des femmes et des enfants ? Qu'en faisait-il ? Où sont les corps ? Et toutes ces histoires de plastination... À quoi ça lui servait ?

– En réalité, là-dessus non plus nous n'avons pas de preuves, admit-elle en reposant son verre. L'autopsie de Rosanna Bacci a révélé que Sileri lui avait injecté plusieurs doses d'un cocktail médicamenteux contenant notamment ce fameux glutaraldéhyde. Plus ou moins le même composé que nous avons trouvé dans le sang de Fosco Agnelli. Dans le cas de Rosanna, c'est cela qui l'a tuée. L'inoculation répétée de cette substance ne lui laissait aucune chance, même si nous étions arrivés plus tôt. Il est clair que Sileri avait l'intention de préparer leur corps à un type quelconque d'embaumement. Le glutaraldéhyde sert à bien des choses. C'est un désinfectant, au fond...

– Oui, j'ai vu ça, et on s'en sert même pour soigner les verrues plantaires. Mais pourquoi diable l'injecter dans un corps humain ? S'il voulait simplement la tuer, il y avait bien d'autres façons de le faire. Et puis, ça ne suffit pas que ce type ait déjà tenté d'embaumer une fille il y a quatre ans ? Et cette cuve en métal retrouvée dans la crypte des Zernich, avec toutes ces machines pour la mettre sous vide et aspirer le sang des victimes ?

– Il n'y a pas de preuve qu'il voulait l'utiliser pour traiter le corps de Rosanna Bacci, répondit Valentina avec lassitude. Et de toute façon, nous avons fait venir un expert en plastination à qui nous avons montré le matériel. Il a dit que les instruments trouvés Villa Zernich ne convenaient pas à cet effet. Et nous n'avons pas retrouvé d'autres victimes présumées pour savoir s'il leur avait réservé le même traitement.

– Voilà, précisément. Les victimes !

Dans l'esprit de Giampaolo défilaient sans doute les photos de disparus trouvées par Loris et son Dieu.

– Nous avons creusé partout, objecta Valentina sans grande conviction. S'il y avait eu un cadavre enterré dans les parages, nous l'aurions trouvé. Et on tablait alors sur au moins une dizaine de victimes ! Enfin, le lien avec Esther Kaimbacher et Salvatore Esposto, le garçon disparu à Naples, est si faible qu'il serait pratiquement impossible à démontrer. C'était une belle théorie mais… pas de cadavres, pas de preuves.

– J'ai l'impression que tu répètes ce que tout le monde dit, mais que tu n'y crois pas, au fond.

– Nous avions fait une hypothèse, Giampaolo. Et elle paraissait juste. Mais tout est tombé à l'eau.

– Et les autres tableaux ? demanda-t-il, de plus en plus stupéfait.

– Quels autres tableaux ?

– Les reproductions que vous avez trouvées dans sa tanière, les personnages du Caravage cerclés de rouge…

Valentina haussa les épaules.

– Pure imagination…

– Nous pouvons les rechercher.

– Quoi donc ?

– Les autres victimes. Demander à Dieu et à Loris de chercher des correspondances entre ces visages et des personnes disparues au cours des derniers mois… On l'a déjà fait, tu te rappelles ? On a commencé, du moins. Il nous suffit d'approfondir, d'aller voir au cas par cas, de chercher des témoins, des indices… En somme, ce n'est pas ce que devrait faire la police ?

Il s'aperçut qu'il avait élevé la voix et baissa d'un ton.

– Et qui va s'en charger ? Je suis hors jeu. L'enquête est close. Loris a été expédié quelque part en Sicile et Dieu sait quand il reviendra. L'équipe n'existe plus.

– Mais tout cela n'a absolument aucun sens…, répliqua le critique d'art, au comble de la frustration.

Au fond, il a raison, pensa Valentina.

Et alors ? Ce n'était plus son problème. Il y avait d'autres priorités.

– Et Fabio ? dit soudain Giampaolo.

Elle eut un sursaut. Il l'avait prise au dépourvu.

– Fabio ?

– Tu sais comment il va ? Il s'en est bien sorti ?

Derrière ses lunettes rondes, les yeux de Giampaolo étaient pleins de curiosité.

– Tu lui as parlé ? demanda Valentina d'un ton détaché.

Le critique d'art battit des paupières derrière sa monture à la mode.

– Oui, hélas, répondit-il.

86

Cette nuit-là, Valentina ne parvint pas à fermer l'œil. Son entretien avec Giampaolo avait réveillé son sentiment de culpabilité, l'obligeant à affronter les doutes qui la tourmentaient depuis son retour à Rome.

Luca Sileri était un psychopathe doté de pulsions sexuelles nécrophiles. C'est ce que disait son profil, établi bien avant qu'il se mette à chasser des femmes et des enfants ressemblant aux gens du peuple peints par le Caravage. Mais ce dernier aspect de sa psychose restait pour l'instant inexpliqué. Sileri souffrait en effet d'un syndrome schizophrénique qui le portait à tuer pour ensuite pratiquer des actes sexuels sur les cadavres. Il était attiré par des jeunes femmes et, selon ce rapport, n'avait jamais commis d'acte de pédophilie.

Que venaient faire les enfants là-dedans ? Depuis combien de temps et pourquoi Sileri avait-il développé cette obsession pour le Caravage ? Et surtout, avec quels instruments et quelles ressources avait-il ciblé des gens ressemblant aux personnages d'un peintre mort depuis des siècles ?

En outre, lors de la perquisition effectuée après sa mort, on n'avait retrouvé chez lui ni ordinateur ni aucun autre appareil électronique. Seulement un vieux Smartphone dans les vêtements qu'il portait pour cet ultime voyage, contenant une Télécarte d'un opérateur étranger. L'examen des fadettes avait révélé que l'appareil n'avait servi qu'une dizaine de fois, et uniquement pour contacter un fournisseur d'Internet ayant son siège en Roumanie. Encore une voie sans issue, même s'ils tentaient d'associer ces appels aux divers événements dont il avait été le protagoniste. En tout cas, Sileri avait parfois des conversations sur Internet par le biais de son téléphone. Qui appelait-il ?

Cette découverte en particulier avait rappelé à Valentina le récit de Fosco Agnelli. Quand il s'était réveillé dans la fourgonnette de Sileri et avait réussi à s'enfuir, il avait eu l'impression que l'homme était en train de prier dans un coin de la grange. Ils n'avaient jamais pensé que Sileri pouvait être au téléphone avec quelqu'un. Son profil était celui d'un sociopathe dépourvu de liens sociaux. Mais s'ils s'étaient trompés sur ce point ? Avec qui donc Sileri était-il en contact ?

Giampaolo avait raison, il y avait trop de lacunes dans cette reconstruction. Et elle avait tenté en vain de se donner le change en répétant que l'enquête était close et que l'important était d'avoir éliminé ce fou meurtrier.

Elle se leva. Il était deux heures du matin, mais il lui parut indispensable de suivre cette impulsion.

À sa grande surprise, Fabio répondit à la deuxième sonnerie. Il avait la voix pâteuse, mais pas de sommeil.

– Oui, dit-il. Je savais que c'était toi.

– Tu as disparu. Tu n'as jamais répondu à mes appels.

– On se parle maintenant.

Le cœur de Valentina n'avait jamais battu aussi fort. Elle comprit à ce moment combien il lui avait manqué, même si ce n'était pas pour cela qu'elle avait appelé. Ou peut-être que si ?

– Comment tu vas, Fabio ? Je veux dire…

– Je sais ce que tu veux dire. Ne t'inquiète pas. Je m'en sors.

« Vraiment ? Et moi ? Tu ne me demandes pas comment je m'en sors ? » aurait-elle voulu répondre.

– On pourrait se voir ? demanda-t-elle à la place. Je peux venir chez toi dès demain.

Un long silence. Puis :

– J'aimerais mieux pas.

– Tu ne veux pas ou tu ne peux pas ? C'est seulement pour parler.

– Et de quoi veux-tu parler, Valentina ? Qu'as-tu besoin de t'entendre dire ? Pardonne-moi, mais je ne peux pas t'aider.

– Ce n'est pas pour cela que je t'appelle…

– Je n'ai rien à ajouter, l'interrompit-il. Ce n'est pas de ta faute, si c'est cela qui te tracasse.

– Je parlais de nous, en réalité… Enfin, Fabio, on l'a attrapé ! dit-elle avec orgueil.

Elle s'en repentit aussitôt. Fabio ne répondit pas. Elle l'entendait respirer. Puis, quand elle pensait qu'il n'ajouterait plus un mot, il dit :

– J'aurais pu la sauver, Valentina.

C'était cela qui le tuait.

– Ce n'est pas vrai. Les analyses…

– J'étais si près d'elle, Valentina. Quelques secondes de moins et je l'aurais sauvée.

– Elle ne pouvait pas survivre, tu le sais. Le médecin a été clair. Son pronostic vital était trop engagé.

Mais il ne l'écoutait pas.

– Je savais qu'il était dans la villa quelque part. Je le savais. Et on était sur le point de partir, de le laisser s'échapper...

– Mais tu l'as trouvé, Fabio. Il ne s'est pas échappé, et maintenant il ne peut plus faire de mal à personne. C'est ça qui compte, et seulement ça.

– Bien sûr. Tu as raison.

Mais il était clair qu'il n'en croyait pas un mot. Il se tut. Elle aurait voulu lui parler encore et lui poser la seule et véritable question qui la tourmentait. Elle n'en eut pas le temps, ou le courage lui manqua.

– Prends bien soin de toi, conclut-il en raccrochant.

Et il la laissa à cette nuit qu'il lui restait à traverser.

87

Quand Valentina se présenta chez son patron, Falcone se leva de son bureau et alla à sa rencontre. Il lui planta un baiser sur la joue et la fit asseoir. Il ne souriait pas, mais il était gentil et elle entendit une alarme résonner dans sa tête.

– Tu t'es remise ? lui demanda-t-il après quelques politesses, comme s'il la revoyait après une longue maladie.

– De quoi ?

Falcone perçut sa froideur.

– Tu as raison, allons droit au fait, reprit-il en changeant de ton. Tout est en ordre sur l'enquête sur Sileri ?

– En quel sens ? Ce n'est pas Fazio qui s'en occupe ?

– Fazio est passé à des questions plus urgentes. L'affaire Sileri doit être définitivement close. Encore quelques détails et on la laissera derrière nous. Tu es d'accord ?

– Qu'est-ce que ça change que je le sois ou non ?

Falcone la fixa.

– Tu vas aller faire un petit tour à Padoue.

– Je ne comprends pas.

– C'est simple. Le parquet de Padoue, comme tu le sais, a réclamé l'affaire, étant donné que Sileri a été tué dans sa juridiction, et qu'il semble que ce soit à partir de là qu'il ait organisé ses actes criminels. Il y avait un contentieux avec Pise qui réclamait le premier homicide, et je crois que Bologne aussi avait son mot à dire. Mais depuis la mort de Sileri, les procureurs sont moins empressés. À part ce substitut de Padoue qui m'a l'air un peu tatillon. Nous, ça nous arrange parfaitement que l'affaire reste à Padoue. Elle va être archivée, mais ce jeune casse-pieds de magistrat insiste pour parler à quelqu'un qui a suivi l'histoire depuis le début. Il dit que des détails le chiffonnent et qu'il a besoin d'avoir les idées claires. C'est toi qui t'es occupée de cette boucherie, et donc…

– Et donc tu me laisses dans la merde, répliqua-t-elle sans pouvoir se retenir.

Le regard de Falcone se fit plus dur. Il était connu pour ses manières affables, mais Valentina savait par expérience que c'était en réalité un homme féroce.

– Personne ne te laisse dans la merde, commissaire Medici, articula-t-il d'un ton sec. Mais n'oublions pas que tes coups de tête, à commencer par l'implication de Costa, nous ont mis plus d'une fois en difficulté. Alors tu vas aller débrouiller l'écheveau que tu as contribué à créer. D'ailleurs, tu es la seule qui connaisse chaque aspect de cette affaire. Donc, à cheval !

Valentina ne fit pas d'objection. C'était inutile.

– J'y vais avec qui ?

– Tu y vas toute seule. Il ne s'agit pas d'une enquête. Tu vas parler au substitut, tu files un coup de main aux collègues de la PJ pour le rapport final, tu l'arranges bien comme il faut et tu reviens. Trois à quatre jours au maximum.

C'était donc vrai. Il l'avait laissée seule. Et pour un travail qui aurait pu s'effectuer par téléphone. Quelque chose lui disait qu'à son retour, les choses auraient changé. Sans doute son transfert du SCO à un quelconque commissariat de banlieue était-il déjà dans les tuyaux.

– Je pourrais emmener Zucca, dit-elle. Il connaît l'affaire aussi bien que moi…

Falcone haussa les épaules.

– Pose-lui la question. Mais je crois qu'il a déjà été affecté ailleurs. Voyez ça entre vous.

– C'est tout ? demanda-t-elle pour finir.

Falcone lui fit signe que la conversation était terminée sans lui accorder un regard. Oui, c'était la fin de sa carrière, et Valentina découvrit que c'était le cadet de ses soucis.

88

Angelo Zucca la regardait avec son expression habituelle, entre amusement et ennui. Autrefois, elle avait apprécié d'avoir à côté d'elle un peu de ce cynisme. À présent, elle voyait les choses d'un autre point de vue.

– En clair, ils vous expédient à Padoue, résuma-t-il.

Il se tenait sur le seuil du bureau de Valentina tandis qu'elle jetait dans un sac ses affaires, son agenda et son ordinateur portable.

Elle lui sourit avec froideur.

– Falcone dit que tu peux m'accompagner si tu veux. J'aurais bien besoin de quelqu'un qui a travaillé sur l'affaire avec moi. Pour recouper nos informations.

Elle aurait voulu ajouter : « Et pour ne pas aller là-bas toute seule » – mais elle s'en abstint.

Zucca éclata d'un rire nerveux.

– Sans offense, commissaire… Il n'en est pas question.

Elle le fixa.

– Je pourrais te l'ordonner.

– Oh, j'en doute ! J'ai déjà été affecté à une autre équipe, et je ne crois pas que le directeur serait très heureux de me voir tout lâcher pour partir avec vous.

Il exhibait toujours un sourire insolent, mais avec moins de conviction. Valentina finit de ramasser les documents dont elle aurait besoin et mit son sac en bandoulière. Elle s'arrêta devant lui sur le seuil.

– Dis-moi une chose, Angelo, si c'est possible.

– Toujours à votre disposition.

Il ne souriait plus.

– Cette enquête, tu n'y as jamais cru, n'est-ce pas ? Je veux dire, la méthode Costa. Toute cette agitation pour rien. Courir après un fantôme, le suivre à la trace. L'urgence, les événements qui se précipitent. C'était trop différent de la routine habituelle, pas vrai ? Et si tu ne m'accompagnes pas, c'est que tu sais que ma carrière ici est terminée. Parce que je n'ai pas suivi la procédure standard. Parce que je me suis fiée à un paria qui a fini par résoudre l'affaire, certes, mais qui reste un paria. C'est ça la véritable faute qu'ils ne me pardonneront pas. Et toi, tu as craint qu'un peu de cette malédiction s'attache à ton cul, c'est ça ?

Pour la première fois, Angelo Zucca prit un air mortellement sérieux. Non pas préoccupé, car rien ne semblait l'atteindre. Mais il exprimait cette fois une authentique contrariété.

– Désolé, commissaire. Vous êtes quelqu'un de bien, tout comme votre ami le commissaire Costa. Mais il s'agit du département et du service. Et moi, je m'y trouve bien tel qu'il est. Je ne saurais pas quoi faire si on m'envoyait ailleurs.

– Oui, moi aussi je suis désolée, dit Valentina en hochant la tête.

Zucca se remit à sourire, comme si vraiment rien ne pouvait l'atteindre.

– Bonne chance, Valentina, dit-il joyeusement.

Elle lui lança un dernier regard.

– Ce n'est pas de chance que j'ai besoin.

Elle décida de partir avec son Nissan Juke au lieu de prendre une voiture de service ou le train. La voiture lui laisserait le temps de réfléchir et lui permettrait un petit détour. Elle y pensait depuis que Falcone lui avait ordonné de se rendre à Padoue.

Le trajet jusqu'à Volterra fut agréable. La neige avait disparu depuis un moment et l'hiver s'était adouci. Il lui parut que le mauvais temps s'était obstiné tant qu'avait duré leur chasse à l'homme, et qu'à présent que tout était fini un soleil nouveau venait annoncer le printemps.

Elle s'efforçait de mettre de l'ordre dans ses idées. Qu'allait-elle dire au jeune substitut de Padoue ? Allait-elle lui faire comprendre qu'elle jugeait elle aussi qu'il manquait encore des éléments à l'enquête ? Ou que l'on pouvait faire semblant de ne pas voir les bizarreries et archiver le tout ? Si elle s'exposait avec ses théories, Falcone n'apprécierait pas. Et bien que son rapport avec le service fût désormais compromis, elle préférait éviter de se faire évincer pour toujours.

C'était aussi pour cela qu'elle avait besoin de Fabio, malgré la dépression où il semblait avoir sombré. Il saurait examiner la situation avec lucidité. Elle allait le convaincre de l'écouter, et il l'aiderait à savoir quoi faire.

C'était bien pour cette raison qu'elle voulait le voir, et pour aucune autre, se répéta-t-elle pour la centième fois. Absolument aucune.

Une fois arrivée dans le centre de Volterra, elle se gara devant le commissariat pour saluer les collègues et en savoir un peu plus sur l'état de santé de Fabio.

L'inspecteur Martini et les autres l'accueillirent chaleureusement. Elle songea que dans un poste de police aussi tranquille, on ne verrait plus jamais une enquête comme la leur. Mais son souvenir resterait indélébile dans la mémoire de ces policiers.

Avant qu'elle prenne congé, Martini la retint.

– Vous avez l'intention de passer voir le commissaire Costa ?

– En effet. Comment va-t-il, vous avez des nouvelles ?

Martini secoua la tête.

– Plutôt mal. Il ne veut voir personne et... Excusez-moi, mais je crois qu'il boit.

– Vous en êtes sûr ?

Martini rougit.

– Je ne vous en parlerais pas si je n'en avais pas la certitude. Il est en attente de transfert... Mais ce n'est pas cela qui le déprime. Je crois qu'il y a des raisons plus graves.

Martini était un de ces vieux policiers de terrain auxquels rien n'échappe. Valentina était certaine qu'il serait resté muet comme seuls les vieux flics savent l'être, et que le souci qu'il se faisait pour son chef le poussait aux confidences.

– Il m'attend, en réalité, mentit-elle.

L'inspecteur parut rasséréné.

– Ah, très bien ! Alors vous pourrez lui rapporter ça. C'est resté ici dans son bureau et comme on est obligés de…

Il hésita, visiblement gêné. Il voulait éviter de dire « débarrasser ». Il lui tendit un gros sac en cuir. La fameuse « besace », comme l'appelait Fabio, où elle savait qu'il conservait toutes ses notes sur l'enquête. Elle la prit en promettant à Martini de la lui remettre en personne.

Fabio habitait un peu en dehors du bourg, dans un quartier assez récent composé d'immeubles de deux étages entourés de jardins tranquilles et anonymes. Des fenêtres donnant à l'ouest on pouvait admirer le panorama de Val di Cecina et discerner la mer au loin.

Elle s'aperçut en frappant à sa porte qu'elle n'était jamais venue chez lui. Ils s'étaient connus entre le commissariat et les scènes de crime. Il n'y avait rien eu d'autre entre eux que le travail. À ce moment, il lui parut étrange de se rappeler cet unique et fugace baiser.

La porte s'ouvrit et une femme d'âge moyen, un peu hirsute et au regard aigu, la toisa.

– Vous cherchez qui ? demanda-t-elle d'un ton bref en endossant péniblement son manteau.

Valentina aperçut le salon dans le dos de la femme, les meubles d'aspect ordinaire, la pénombre créée par des rideaux épais.

– Je suis Valentina, dit-elle, sans préciser sa fonction. (Cette femme ne lui semblait pas pouvoir être impressionnée par un titre ou un grade.) Je cherchais Fabio. Je sais qu'il est là et qu'il ne veut voir personne, mais… Vous pourriez lui dire que je ne partirai pas sans l'avoir vu ?

La femme la fixa encore quelques instants tout en finissant de boutonner son lourd manteau marron. Elle avait le souffle court.

– Oui, j'en ai bien l'impression, conclut-elle avec un fort accent toscan. (Elle indiqua d'un geste l'intérieur de l'appartement.) Entrez donc. S'il se met en colère, patience ! Et de toute façon, un peu de compagnie ne peut que lui faire du bien, malgré son caractère de cochon.

Elle avait haussé la voix de façon à être entendue de tout l'immeuble. Puis elle la salua et s'en alla sans rien ajouter, laissant derrière elle un sillage de parfum de jasmin.

Valentina attendit que la femme eût disparu dans l'escalier avant de pénétrer prudemment dans l'appartement. Malgré sa détermination, elle eut peur soudain d'être repoussée, de ne pas savoir comment l'affronter. Je suis en train de faire une connerie, pensa-t-elle. S'il ne veut voir personne, pourquoi ferait-il une exception pour moi ?

Quand Fabio sortit de l'obscurité en jeans et T-shirt et la serra dans ses bras, toutes ses craintes s'envolèrent et un instant l'avenir lui parut lumineux. Un instant seulement, car dès qu'il se fut détaché d'elle, elle retrouva dans ses yeux tout le désespoir que lui avait annoncé Giampaolo D'Avanzo.

89

– Je ne peux plus rien pour toi. Je croyais avoir appris ma leçon, avoir laissé tout cela derrière moi… Mais j'y suis retombé. Je suis désolé, vraiment.

Il était assis sur le bord du divan, comme prêt à s'enfuir,

passant continuellement ses doigts dans ses cheveux trop longs et en désordre, les yeux fixés sur le sol – mais en réalité sur les pensées et les souvenirs qui le tourmentaient. Son regard était éteint.

Il portait au cou une blessure bien visible, là où Sileri l'avait mordu comme un loup-garou affamé, et il lui échappait des grimaces de douleur quand il tournait la tête. Sur la table dernière lui, quelques boîtes d'antalgiques à côté d'une bouteille de Jack Daniel's et d'un verre vide. Il n'était plus lui-même.

Peut-être tout cela n'avait-il été qu'une illusion. Valentina avait cru le connaître, alors qu'ils ne s'étaient croisés que si peu de temps. Elle avait cru que pour le sauver du gouffre, il suffisait de le regarder bien en face et de lui faire comprendre combien il comptait pour elle. L'énormité de son erreur lui apparut soudain.

Fabio était en réalité un homme défait par la vie. Il l'était déjà quand ils s'étaient rencontrés. Elle ne l'avait pas compris ou n'avait pas voulu l'admettre, en partie parce qu'il avait masqué ses blessures sous un air de détachement, mais aussi parce qu'elle avait besoin d'un homme comme Fabio Costa. Son imagination avait fait le reste. Et elle avait beau le savoir, ce besoin de lui la tenait toujours. Pire, elle le désirait plus que jamais. Ce sentiment l'épouvantait, mais il la poussa à insister.

Après cette étreinte sur le seuil, Fabio avait paru se repentir de son accueil. Il l'avait fait asseoir et l'avait écoutée sans dire un mot, réfugié dans sa prison mentale. Distant et hors d'atteinte.

Valentina lui raconta ce qui s'était passé au cours de ces dernières semaines, son retour à la routine du bureau, son changement de vie. Elle l'informa des rares nouveautés concernant l'enquête. Tout cela d'un seul souffle, comme si elle craignait de s'interrompre définitivement.

– Crois-moi, dit-elle à ce visage indifférent, il reste beaucoup de mystères à dévoiler, beaucoup d'incohérences à résoudre. Et maintenant, le substitut du procureur de Padoue veut me parler. C'est peut-être un bien, qu'en penses-tu ? Il y a quelqu'un qui ne se contente pas de ces résultats et qui veut aller jusqu'au bout. De toute façon, je ne crois pas que je ferai de vieux os au SCO. Je m'attends même à être mutée rapidement, dès mon retour à Rome peut-être. Je sais que tu es muté aussi, et j'en suis désolée. Mais au fond, quelle importance ? Nous savons ce qui s'est passé, n'est-ce pas ? Nous avons fait un excellent travail et nous l'avons réalisé ensemble : sans toi, nous n'aurions jamais retrouvé Sileri. Et quoi que tu en penses, tu ne dois pas te sentir coupable de la mort de Rosanna Bacci et moi non plus. Ni de la mort de qui que ce soit d'autre, d'ailleurs. On va s'en sortir, Fabio. Et on en sortira plus forts. Voilà ce que je pense.

Elle reprit son souffle. Voilà, elle avait vidé son sac et elle était épuisée. Elle le regarda dans l'espoir d'une réaction.

Fabio l'avait écoutée en silence, mais il semblait totalement absent. Comme si ses paroles n'avaient aucun sens. Quand elle lui dit qu'il n'était responsable de la mort de personne, une lumière s'alluma dans son regard, mais pas celle qu'elle avait espérée. Une expression rageuse qui le transfigura. Cependant, il ne dit rien encore.

– Je m'inquiète pour toi, Fabio, dit-elle doucement. Tout comme tes collègues du commissariat. Même Giampaolo m'a dit qu'il ne t'avait jamais entendu parler comme ça.

– Giampaolo ?

– Il t'aime bien. Alors il m'a téléphoné.

Il secoua la tête.

– Peu importe.

– C’est très important au contraire. Il y a des gens qui tiennent à toi. Et qui savent qui tu es vraiment.

– Et qu’est-ce que ça change ?

– Ça compte. Si tu te fais du mal, tes amis souffrent. Je souffre. Ne fais pas semblant de ne pas le comprendre.

Il la regarda avec surprise. Puis il dit simplement :

– Va-t’en, Valentina.

Ce fut comme un coup à l’estomac.

– Tu ne peux pas me demander une chose pareille. Ça ne marche pas comme ça. Tu ne peux pas m’empêcher de t’aider. (Il détourna la tête, comme un enfant rétif aux reproches.) Je t’en prie, laisse-moi rester près de toi. Tu ne peux pas te sentir éternellement coupable. Fabio, tu n’as pas commis les erreurs que tu crois.

– Qu’est-ce que tu sais de mes erreurs ? dit-il d’un ton cassant en se tournant brusquement vers elle. Tu crois me connaître ? Tu ne sais rien de moi.

– Fabio…

– J’ai eu tort de te laisser entrer. Je t’en prie, va-t’en.

Non. Pas cette fois, pensa-t-elle.

– Je t’en prie, répéta-t-il sur un ton désespéré.

Elle se leva et s’agenouilla devant lui. Dans un rayon de lumière oblique, elle vit ses yeux grands ouverts qui la fixaient. Mais il n’y avait pas dans ce regard une once de ce qu’elle espérait y trouver. Pourtant, elle dit :

– Fabio, je crois qu’il y a quelque chose entre nous. Je ne sais pas quoi. J’aurais beaucoup de mal à le définir, mais c’est… quelque chose de très important.

– Tu ne sais pas ce que tu dis.

– Je le sais parfaitement au contraire, et moi aussi ça m’effraie.

– Va-t'en, Valentina.

Elle allongea la main. Elle avait besoin de le caresser, de sentir la chaleur de sa peau. Elle toucha son visage, ses lèvres tremblantes.

Il bloqua son poignet d'un geste ferme. Ils restèrent immobiles, se défiant du regard.

– Dis-le à présent, murmura-t-elle sans chercher à se dégager. Dis-moi que tu n'éprouves rien pour moi. Que tu refuses cette caresse parce que nous ne sommes rien l'un pour l'autre. Que ce que j'éprouve est une illusion. Dis-le-moi et je m'en irai. Je sortirai par cette porte et tu ne me reverras plus jamais.

Fabio regarda la porte comme si elle était déjà prête à l'ouvrir et à disparaître pour toujours de sa vie.

– Tu ne me connais pas, dit-il en continuant à fixer un point derrière elle.

Il se leva soudain en la tirant vers lui. Il la fit lever sans lâcher son poignet, l'attira à lui et approcha son visage du sien. Valentina sentit pour la première fois l'odeur du whisky dans son haleine. Elle se mêlait au parfum qu'elle avait connu et qui l'avait bouleversée, et qui n'était plus à présent que l'odeur d'une fureur contenue.

– Tu ne me connais pas, répéta Fabio plus lentement.

– Tu me fais mal.

– Vraiment ? grinça-t-il. Je te fais mal ? C'est tout ce que tu trouves à dire ? Tu veux apprendre une chose étonnante ? Ce sont les mêmes mots que m'a dits Diana… « Tu me fais mal. » Comme si le seul mal possible était physique. « Lâche-moi, tu me fais mal ! »

Il se tut et baissa les yeux, les lèvres serrées. Puis il reprit dans un murmure :

– Voilà ce qu'elle a dit après être entrée dans mon bureau en me provoquant. Comme toi, en m'offrant tout son amour, avec en tête l'idée de me sauver. (Il la fixa droit dans les yeux.) Tu sais ce que tu veux ? Tu es sûre de le savoir ?

Valentina se dégagea et il la laissa aller. Elle avait une légère marque rouge sur le poignet. Ce n'était pas douloureux, mais cela brûlait en profondeur.

Fabio regarda autour de lui d'un air égaré. Puis il s'approcha de la table où était posée la bouteille de Jack Daniel's à demi pleine. Il s'assit lourdement, se servit une dose généreuse de whisky et porta le verre à ses lèvres.

– Non, tu ne sais pas, reprit-il après avoir lampé son verre. Tu ne sais pas ce que tu veux vraiment. Pas plus qu'elle ne le savait. Voilà pourquoi tu ne peux pas me sauver, Valentina, comme je n'aurais jamais pu sauver Rosanna… Ou Diana… Ou qui que ce soit d'autre. Parce que nous ne savons jamais rien des autres. Strictement rien.

Valentina ne répondit pas. Elle écoutait ces paroles qui la crucifiaient, en sachant que cette confession n'était pas terminée.

– Tu veux savoir comment les choses se sont passées, Valentina ? Tu es forte. Tu peux supporter la vérité ?

Elle secoua la tête, mais fut incapable de l'interrompre.

– Diana, je l'ai violée.

Non, non, non.

Elle aurait voulu hurler, mais elle n'avait plus de souffle. Debout devant lui, elle n'avait plus de force. Il se versa un autre verre de whisky, qu'il but lentement, cette fois.

– Ou peut-être que non, reprit-il en observant ses doigts. Peut-être que je ne l'ai pas violée. Le problème, vois-tu, c'est que je ne le sais pas. Et je me pose la question depuis des années.

Des larmes se mirent à couler le long de ses joues. Il se

passa une main sur le visage et parut stupéfait de la trouver mouillée.

– Tu sais ce qu'est un black-out ? reprit-il. Ça t'est déjà arrivé ? À moi, oui. Et crois-moi, ce n'est pas agréable. C'est comme si on t'arrachait pour toujours un fragment de ton âme.

Il saisit une fois encore la bouteille, scrutant le liquide ambré comme s'il y cherchait cette parcelle disparue de son âme. Valentina se sentit curieusement exclue, réduite au rôle de spectatrice. Fabio ne s'adressait plus à elle.

– Ne pas savoir ce que tu as perdu, c'est comme mourir... C'est même pire. C'est ne plus se reconnaître, ne plus être humain.

Il n'était plus avec elle. Il était retourné dans le temps, à cet après-midi qui avait tout changé.

– Elle était venue pour reprendre ce que j'avais interrompu, poursuivit-il. Comme s'il ne s'était rien passé. Qu'est-ce qui vous rend si sûres qu'on peut tout effacer d'un simple coup d'éponge ? Ce que nous faisions ensemble était mal, parce que cela faisait du mal à d'autres. À ma femme. À mon fils. À elle-même et à sa carrière. Ce n'était pas entre nous un véritable amour, mais une passion d'abord magnifique qui était devenue malsaine. Et sans espoir. Je savais qu'il fallait y mettre fin. Et elle le savait aussi, mais elle n'arrivait pas à l'accepter. C'était cela qu'elle était venue me dire : elle se fichait de ce qui pourrait lui arriver, elle se fichait des autres, rien ne comptait que nous deux. Elle allait hurler au monde entier combien je l'avais blessée, et que j'étais bien le lâche que je suis en réalité...

Il releva les yeux et la regarda, comme s'il se souvenait brusquement de sa présence. Ou peut-être ne voyait-il plus que le fantôme de Diana dans son esprit embrumé par l'alcool.

– Elle était sur moi et elle m'embrassait et je lui rendais ses baisers. Nous ne pouvions plus nous arrêter. À ce moment, je le voulais moi aussi. J'avais oublié toutes mes bonnes intentions, parce que Diana me faisait cet effet. Nous étions tous les deux dans la fureur de cette dernière fois. C'est du moins ce que je pensais. Et puis, tout a changé. L'instant d'avant, elle me murmurait qu'elle m'aimait et l'instant d'après elle hurlait et j'avais le goût du sang de ses lèvres sur les miennes. (Il fit une pause, respirant lourdement, les yeux vides.) Je ne sais vraiment pas ce qui s'est passé. Elle m'a peut-être dit de m'arrêter et je ne l'ai pas entendue. Ou je n'ai pas voulu l'entendre. Ma seule idée était de l'aimer de toutes mes forces pour la dernière fois. Mais soudain, elle s'est écartée de moi, une expression d'horreur dans les yeux. Je l'ai vu prendre son arme comme dans un cauchemar et tirer. Je ne crois pas qu'elle voulait vraiment me toucher. Mais le bruit m'a fait revenir à moi. Je me suis aperçu alors que je ne savais pas ce qui s'était passé au cours des dernières minutes.

Il reprit sa bouteille, mais suspendit son geste au-dessus du verre, comme s'il se rappelait soudain un détail important.

– Quand une femme te dit de t'arrêter, tu dois obéir, non ? Mais moi, ça ne change rien que je ne l'aie pas entendue ou que je n'aie pas voulu l'entendre. Je l'ai violée parce que je n'ai pas su la tenir à distance. Je l'ai violée dans ce bureau, sur cette table, parce que je lui ai laissé croire qu'elle pouvait tout arranger uniquement avec du sexe.

Il reposa le whisky sur la table. Il n'y avait plus aucune trace d'ivresse dans son regard, seulement une conscience lucide et désespérée.

– Finalement, j'étais content de m'en être tiré. Et je suis resté à la regarder sombrer. Je la voyais mourir jour après jour sans rien dire, avec l'appui de mes collègues masculins qui la mettaient à l'index comme une putain. Je l'ai violée dans son âme sinon dans son corps. Et finalement, je l'ai contrainte à faire ce qu'elle a fait.

Il était parfaitement sobre à présent. Il prit un ton implacable.

– J'ai fini par me dire que c'était ce qu'elle méritait pour avoir tenté de détruire mon mariage. Et quand elle s'est jetée du toit de mon immeuble… Pendant un instant au moins je me suis senti soulagé. Tu comprends, maintenant, Valentina ? Tu comprends qui je suis ? dit-il avec un sourire glacé. Et à présent que tu le sais, tu veux toujours me sauver ?

Elle ne vit pas le regard désespéré qu'il lui lança, horrifiée qu'elle était par son récit.

Une nausée soudaine lui remonta dans la gorge. Elle ne douta pas un instant de la confession de Fabio. Elle avait lu dans son âme pendant qu'il parlait, en se demandant comment elle avait pu être aussi aveugle. Fabio Costa avait vraiment violé son amante et avait assisté sans bouger à son suicide. Fabio Costa était coupable. Tout ce discours sur le fait de ne pas avoir su s'arrêter n'était que l'excuse banale d'un homme mis au pied du mur. La confession larmoyante d'un méprisable violeur.

Elle se dégagea d'un bond et s'approcha de la table. Elle leva une main tremblante pour le frapper. Elle voulait lui faire mal. Elle voulait l'entendre crier de douleur et de surprise.

Ses doigts se refermèrent sur cette maudite bouteille de whisky. Elle la souleva et la lança contre le mur derrière lui. Mais même le fracas du verre brisé ne put le sortir de sa torpeur, et il resta tête basse quand les éclats de verre s'éparpillèrent autour de lui.

Valentina lui tourna le dos.

Fabio n'était plus qu'une silhouette qui s'estompait

lentement dans le noir. Mais ce n'était pas lui qui disparaissait. C'était elle qui s'enfuyait.

90

Le commissariat central de Padoue, tout en verre et en ciment, était situé à deux pas du centre historique. Gaetano Lomastro, qui dirigeait la police judiciaire régionale, était un homme d'âge moyen qui avait passé une éternité dans son bureau à attendre depuis trop longtemps une promotion et une mutation. Il était à l'étranger lors de la tentative de capture de Sileri, et à son retour il s'était trouvé catapulté dans le chaos qui avait suivi la perquisition de la Villa Zernich. On imaginait sans peine sa mauvaise humeur.

Valentina venait de se présenter à lui, prête à l'affronter. Durant le trajet en voiture, une seule pensée lui occupait l'esprit : la révélation de Fabio qui lui avait fait l'effet d'une bombe. Il lui en restait une douleur sourde qu'elle cherchait à tenir à distance. C'était difficile, mais elle devait à présent consacrer son attention à ce collègue irrité et mal disposé qui ne cherchait pas à dissimuler sa contrariété et son aversion pour elle.

– Tu es logée où ? demanda-t-il.

– À l'Excelsior. Il m'a l'air confortable.

– Oui, je le connais. C'est à deux pas d'ici. Pratique, en tout cas.

Lomastro consulta quelques papiers tandis qu'elle attendait patiemment.

– Écoute, Valentina, finit-il par dire, parlons franchement. J'ai reçu sur la tête cette bassine de boue et je n'ai aucune envie que cela compromette ma promotion. Ça fait un bon moment que j'attends que le ministère s'occupe de moi…

Valentina hocha la tête.

– Et maintenant, il y a ce substitut qui s'est fourré dans la tête de couper les cheveux en quatre. Le rapport qu'on lui a fourni ne lui suffit pas. Monsieur veut des approfondissements, des compléments d'enquête. Mais quels compléments ? Je te le demande. On a coincé ce monstre, non ? Il est mort, et la mort éteint toutes les poursuites, non ? À propos, félicitations pour l'avoir délogé.

– Merci.

– Mais à présent, il va falloir le calmer un peu, notre substitut.

Valentina répondit à nouveau d'un signe de tête. Lomastro eut un large sourire.

– Bravo ! Falcone m'avait dit que tu te montrerais coopérative. Et que tu n'allais pas te braquer sur quelques détails sans importance. Alors, vas-y. Je te donne un bureau pour toi toute seule et je mets deux agents à ton entière disposition. Va écouter ce qu'a à te dire notre substitut. Tu le cajoles un peu, tu fais deux trois vérifications inutiles pour lui faire plaisir, et au bout de quelques jours tout sera réglé. Ça te convient, camarade ?

– Bien sûr, dit-elle.

91

La rencontre avec Daniele Manin fut brève et cordiale. Valentina se retrouva face à un substitut très jeune et peut-être un peu trop pointilleux, mais aux idées bien claires. Les mêmes que les siennes, en outre.

Il s'agissait d'abord de comprendre comment Luca Sileri avait réussi à rester si longtemps en fuite sans jamais être découvert. Ce n'était pas un délinquant ordinaire qui pouvait se prévaloir de la protection du crime organisé. Quelqu'un avait dû lui procurer de faux papiers et toutes les couvertures nécessaires. Le fait qu'il soit resté caché pendant si longtemps dans leur juridiction était un déshonneur, et le procureur prétendait aller au fond de l'affaire.

Un autre mystère à résoudre était de savoir ce qu'il était advenu de ses précédentes victimes. À supposer que Sileri soit réellement responsable de la séquestration d'Esther Kaimbacher et d'Andrea Venturi, et de la tentative d'enlèvement de Fosco Agnelli, sans parler des homicides de Mariella Masi et Gianni Venturi. En effet, son implication dans ces délits restait encore à établir. Mais qu'avait-il fait des corps ? Il était peu probable que ces malheureux fussent encore vivants, cependant il fallait tout faire pour retrouver leurs restes.

Valentina n'ajouta rien à la liste d'incohérences énumérée par le jeune substitut, à la fois pour ne pas le contredire, mais aussi pour respecter les hypocrites recommandations de Lomastro et de Falcone. Pourtant, elle restait convaincue que les véritables motivations de Sileri étaient encore inconnues, et qu'en outre on n'avait pas trouvé l'endroit où il « traitait » les corps de ses victimes.

Et ce n'était pas tout. S'il recherchait bien des visages semblables à ceux du Caravage, comment le tueur avait-il repéré ses sosies ? Selon Loris Manna, il fallait pour effectuer ce genre de recherches des ordinateurs puissants et des programmes capables de gérer des algorithmes complexes. On n'avait rien retrouvé de ce genre à la Villa Zernich. Aucun appareil, à part le portable qui lui servait à communiquer avec un unique fournisseur. En outre, Sileri ne semblait pas avoir les connaissances nécessaires pour utiliser des logiciels de ce niveau.

Non. Valentina était convaincue que le véritable laboratoire se trouvait ailleurs. Sileri avait été surpris par la police routière et avait réagi avec férocité. Cet incident avait modifié ses plans. Il n'avait pas pu se défaire de sa victime à l'endroit prescrit et s'était retrouvé coincé. Il avait réussi à rejoindre la Villa Zernich où il se dissimulait depuis des années, le seul endroit qui lui était venu à l'esprit pour se soustraire aux barrages de police, mais Valentina aurait parié que ce n'était pas sa destination d'origine. Il devait exister un lieu où il conservait les dépouilles de ses victimes.

Malgré le peu de temps dont elle disposait et les règles qu'on lui avait imposées, Valentina avait déjà pris sa décision. Falcone était convaincu de l'avoir domptée, mais il la connaissait mal. Elle entendait trouver l'officine où Sileri se consacrait à la pratique de la plastination. L'abri ultime où devait se conclure cette histoire d'art et de mort.

Mais elle n'en parla ni au magistrat ni à ses collègues. Elle s'enferma dans le bureau que Lomastro lui avait concédé et entreprit de tout reprendre du début.

Comme quelqu'un lui avait appris à le faire.

92

Claudio Altieri lui avait inspiré une méfiance instinctive quand elle l'avait vu pour la première fois lors de la perquisition de la villa Zernich, et elle éprouvait toujours cette même sensation épidermique. Penser à lui était comme évoquer une photographie floue. Ce n'était qu'une impression. Mais elle sentait que sous cette image tremblante se dissimulait quelque chose de peu plaisant. Si le cliché avait été meilleur, l'effet n'en aurait été que plus désagréable.

Cette antipathie était sans doute réciproque, car quand il la vit, le factotum de la famille Zernich la fusilla du regard. Elle percevait dans ses yeux bleus une fureur qui aurait pu être dangereuse, se dit-elle, si elle avait pu se libérer.

Ce qui collait d'ailleurs parfaitement avec ce qu'elle avait découvert sur son compte.

Altieri avait déjà été entendu par la PJ de Padoue. Ce nouvel interrogatoire avait été demandé par Manin, qui entendait comprendre comment Sileri avait pu être embauché sous la fausse identité de Gianluca Simi, et quelles références il avait présentées. L'audition d'Altieri s'était révélée un peu trop concise – et Lomastro lui en avait expliqué les raisons.

– Je me fiche complètement de lui, mais n'oublie jamais que c'est le bras droit de Federico Zernich. Tu as une idée de qui sont les Zernich ? Je vais te le dire. C'est une famille qui compte énormément par ici. Ils possèdent la moitié des vignobles des monts Euganéens et ils sont puissants. Très puissants, même. Federico Zernich, par ailleurs, est un bienfaiteur. Il a fait énormément pour la ville et pour ses habitants. Si tu te promènes dans Padoue, tu verras plusieurs chantiers qui portent son nom. Il restaure les monuments à ses frais, sans rien demander en échange. Et il a beaucoup d'amis qui sont tout aussi puissants que lui. En bref, fais ta putain d'enquête, d'accord, mais surtout pas de vagues.

Valentina avait précisément l'intention d'en faire, et elle approfondit ses recherches sur Altieri.

L'homme se révéla une surprise, même si son dossier était

aussi mince que sa déposition. Altieri avait cinquante-huit ans et menait une vie intense et parfois mystérieuse. Ancien patrouilleur de la marine, ex-enquêteur privé spécialisé dans le recouvrement de créances, devenu un temps garde assermenté dans le secteur de la sécurité personnelle, il avait été embauché près de trente ans plus tôt par Federico Zernich en tant que transporteur de fonds. Un homme d'action qui avait fini par gérer une partie de l'immense patrimoine des Zernich, surtout depuis que Federico en avait hérité. Valentina n'avait pas réussi à trouver trace des circonstances dans lesquelles Zernich et Altieri s'étaient rencontrés, ni pourquoi le vieil entrepreneur avait décidé de confier à cet homme des charges aussi importantes. Le fait est qu'Altieri semblait avoir gagné sa confiance en un temps très court, devenant plus ou moins son bras droit. Ce curriculum attestait en tout cas qu'il ne risquait guère de s'effrayer d'une convocation de la police.

À son arrivée, elle le fit patienter un bon moment dans le bureau miteux qu'on lui avait assigné. C'était une technique classique, mais Valentina était certaine qu'elle marcherait sur Altieri. Quand elle le rejoignit enfin, elle était persuadée qu'elle le trouverait furieux de cette attente inutile ; or il l'accueillit certes avec des yeux flamboyants, mais aussi avec un sourire hypocrite et des bonnes manières évidemment acquises dans la seconde partie de sa vie.

– Commissaire, c'est un plaisir de vous revoir.

Ils se serrèrent la main rapidement.

– Si vous n'y voyez pas d'inconvénient, commença-t-elle, l'agent Piovesan va prendre note de vos déclarations, ce qui nous permettra d'avancer.

Gabriele Piovesan était jeune, encore à l'essai à la PJ, et il constituait à lui seul toutes les « ressources » que Lomastro lui avait concédées.

– J'ai déjà été entendu deux fois. Je ne vois pas comment je pourrais vous aider davantage, fit observer l'homme. Mais cela dit, je suis à votre disposition.

Aussitôt, il s'assit devant le bureau de Valentina de l'air d'un homme prêt à tous les sacrifices.

Valentina s'installa à son tour.

– Nous n'en avons pas pour longtemps, ne vous inquiétez pas. Nous devons éclaircir certains points. Au fond, vous avez embauché un homme recherché par la police qui a produit de faux papiers…

– Vous avez vu ses papiers ? On m'a dit qu'ils sont la perfection même. Ils auraient pu tromper n'importe qui.

– Qui vous a dit ça ?

Le sourire d'Altieri s'élargit.

– Eh bien, j'ai quelques amis chez vous. Vous savez, avec le métier que je fais…

Valentina enregistra soigneusement l'information. Elle ne devait pas oublier ce que lui avait dit Lomastro : Zernich était une puissance dans la ville et, par ricochet, son factotum aussi. Ses « amis du commissariat » avaient déjà dû le briefer sur ce qu'il était censé dire.

– Oui, des papiers falsifiés à merveille, reconnut Valentina d'un air apparemment déconfit. Difficile d'en trouver de meilleurs. Vous pensez que nous devrions rechercher des faussaires locaux ? Les bons, je veux dire.

– C'est à moi que vous le demandez ? Je n'en connais pas. Je ne fréquente pas ce genre de milieux…

– Aujourd'hui, non. Dans le passé, peut-être…

Les yeux d'Altieri devinrent deux fentes. C'était dans ces brefs instants que l'on pouvait apercevoir de quelle étoffe il était fait.

– Que voulez-vous dire ?

Valentina feignit de consulter les papiers qu'elle avait devant elle.

– Je crois comprendre que vous avez été enquêteur privé pendant un certain temps. Et vous vous êtes également occupé de sécurité personnelle… Tout cela est parfaitement régulier, bien sûr. Mais peut-être avez-vous eu quelques fréquentations un peu discutables dans le passé. Vous étiez jeune, au fond. Ne me dites pas que vous n'avez jamais eu affaire au milieu criminel de Padoue ? En tant qu'enquêteur, vous n'auriez pas fait votre métier correctement si vous n'aviez pas frayé avec un ou deux délinquants locaux.

– Je ne suis pas d'ici. Je n'y suis venu que pour travailler avec M. Zernich.

– Et avant ?

– J'ai eu diverses expériences, c'est vrai. Toutes licites, commissaire. Mais dites-moi, c'est vraiment pour cela que vous m'avez convoqué ?

– Vous étiez aussi chargé de la protection personnelle de M. Zernich ?

– Pas précisément.

– Comment avez-vous connu M. Zernich ?

Je vous demande pardon, mais quel rapport avec l'embauche de Gianluca Simi ?

– Luca Sileri. Simi est un faux nom.

– Sileri, Simi… quel que soit son nom, vous ne deviez pas m'interroger sur lui ?

– Pourquoi ne pas nous avoir dit tout de suite que la crypte était accessible de la maison ?

– Pardon ?

Il parut confus, déstabilisé par ce brusque changement de sujet.

– La crypte. Le petit temple païen. On nous avait dit qu'elle était condamnée. Alors qu'en réalité, Sileri s'en servait tranquillement.

– Je ne le savais pas. Je croyais qu'elle était encore inaccessible. C'est sans doute lui qui…

– Mais vous n'alliez jamais à la villa ? Vous ne contrôliez jamais le travail de cet homme ?

– Je n'allais certainement pas regarder dans la chapelle ! Je veillais seulement à ce que la villa soit maintenue en bon état…

– Vous faisiez confiance à Sileri au point de ne jamais contrôler ce qu'il y fabriquait ? Qu'est-ce qui le rendait si fiable à vos yeux ? Vous avez dit que vous ne le connaissiez pas très bien.

Altieri ferma les yeux. Il dut retrouver le contrôle de lui-même quelque part, car quand il les rouvrit il était à nouveau souriant et calme.

– J'ai déjà raconté tout ça, commissaire. Sileri, ou plutôt Gianluca Simi, m'a été recommandé par une agence de placement. Pour être précis, la plus importante de la province. Je me suis toujours adressé à elle pour embaucher du personnel, et je n'ai jamais eu de problème.

Valentina consulta encore ses papiers, qu'elle connaissait à la virgule près.

– L'agence d'intérim Anselmi, c'est ça ?

– C'est exact.

– Je vois que c'est la propriété d'une entreprise dont l'actionnaire majoritaire est Federico Zernich, dit-elle en le fixant droit dans les yeux.

– Ah oui ? C'est possible.

– Vous ne le saviez pas ? Ce n'est pas vous qui gérez les propriétés des Zernich ?

– C'est plus compliqué que ça. Vous avez une idée du nombre d'entreprises qu'il possède ?

Valentina s'apprêtait à lui répondre, quand une voix les interrompit.

– Trop, je crois.

Sur le seuil du bureau, un homme âgé lui souriait. Grand et maigre, il portait un costume élégant mais trop large qui lui donnait l'air d'un épouvantail de luxe. Il avait les yeux très sombres et une expression effrayée sur le visage, comme s'il se sentait en danger. Il s'appuyait sur une canne, et derrière lui une femme robuste en tailleur bleu semblait prête à le recevoir dans ses bras en cas de chute.

Altieri sauta sur ses pieds.

– Federico !

Zernich avança d'un pas dans la pièce, toujours suivi par celle qui devait être sa gouvernante. Il adressa à nouveau un sourire à Valentina en rougissant. Il semblait lutter contre une grande timidité.

– Excusez-moi, je vous en prie, mais je ne voyais pas mon ami arriver et je commençais à me faire du souci.

Valentina se leva à son tour, ne sachant pas très bien comment réagir à cette irruption. C'était parfaitement déplacé, mais ce vieil homme lui inspira une sympathie instinctive.

Altieri fit les présentations d'un air embarrassé.

– Monsieur Zernich, voici la commissaire Medici. Commissaire, je vous présente mon employeur, Federico Zernich.

Valentina nota du coin de l'œil le changement d'attitude du factotum, qui semblait avoir perdu toute son arrogance.

Zernich tendit la main et elle hésita une fraction de seconde. Puis elle lui rendit son geste, découvrant une poigne plus puissante que sa maigreur et son âge avancé ne l'auraient laissé supposer.

– Vous me pardonnez, n'est-ce pas commissaire ? répéta Zernich. (Il avait une voix jeune, avec une légère inflexion dialectale.) Cette intrusion, je veux dire. Le travail des enquêteurs m'a toujours fasciné…

– Personne n'est autorisé à intervenir au cours d'un interrogatoire de police, dit Valentina. Mais naturellement, vous êtes pardonné.

Et, à sa grande surprise, elle lui sourit. Le visage osseux et sillonné de rides de Federico Zernich s'illumina.

– Vous êtes très gentille, en plus d'être belle. On me l'avait dit, d'ailleurs.

– Que j'étais gentille ? J'ai du mal à y croire, plaisanta-t-elle, de plus en plus stupéfaite de son attitude vis-à-vis de cet homme.

Zernich avait un charme magnétique auquel il semblait presque impossible de résister.

– Non, que vous étiez belle, répondit-il. Et c'est vrai. Ce n'est pas une offense, n'est-ce pas, si un vieil homme comme moi vous fait un compliment ? Je sais qu'aujourd'hui, on exige plus de prudence.

– Aucun problème.

– Ah, très bien ! (Il ne la quittait pas des yeux, mais son regard parut soudain se troubler.) Qu'est-ce que je disais ?

La grosse dame derrière lui se pencha pour lui murmurer à l'oreille, comme un souffleur au théâtre :

– Vous disiez que la demoiselle était très belle.

Elle avait un accent étranger et le terme de « demoiselle » fit sourire encore une fois Valentina, amusée malgré elle par ce curieux duo.

– Ah oui, dit Zernich. Très belle pour une fonctionnaire de police. Je ne connais pas beaucoup de vos collègues féminines. Vous me rappelez quelqu'un, vous savez ? Quelqu'un que j'ai connu il y a très longtemps… Mais qui ? Qui était-ce ? Elle avait des cheveux longs comme les vôtres… (Il secoua la tête comme pour réveiller les souvenirs qu'elle contenait.) Ça me reviendra.

Valentina effleura machinalement ses cheveux, qui comme toujours lui semblaient trop volumineux, et se repentit aussitôt de ce geste. Il lui parut que les yeux de ce vieillard avaient le pouvoir de dissoudre ses inhibitions. Une pensée inattendue la frappa : Ce devait être terrible pour lui de penser que sa maison de famille avait été souillée par le mal que portait Luca Sileri. Combien de douleurs était donc capable de provoquer ce monstre ?

Elle jeta un regard à Altieri. Il semblait pétrifié et, à présent, agacé par cette intervention. Et il lui sembla aussi saisir un regard entendu entre la gouvernante et lui. Peut-être ces deux-là voyaient-ils le vieux Zernich comme un pauvre type gâteux.

– Mais maintenant, reprit Zernich, je peux emmener mon ami ? Ou avez-vous encore besoin de lui ? Je peux attendre à côté... Ma Hannie est une excellente compagnie.

Valentina regarda les yeux liquides de l'imposante gouvernante qui n'eut pas l'air d'apprécier la plaisanterie de son patron. Le regard dur, elle semblait avoir du mal à masquer son mépris. Une idée frappa soudain Valentina. Altieri et la femme récitaient un rôle au bénéfice de leur riche patron. Peut-être par pure nécessité. Mais peut-être aussi pour une autre raison.

– Vous n'aurez pas à attendre, monsieur Zernich, décida Valentina. Je pense que vous pouvez partir tranquille. Pour l'instant.

Zernich inclina légèrement la tête avant de sortir, flanqué de sa gouvernante.

Claudio Altieri les suivit sans un mot.

Valentina fixa la porte qui se refermait derrière cette curieuse bande avec la sensation d'être cette fois complètement seule.

93

La chambre qu'elle occupait à l'Excelsior était petite mais accueillante, comme le reste de l'hôtel, un bâtiment du XVIIIe siècle encastré entre une petite place semi-circulaire et deux ruelles du centre historique. Un endroit apaisant, même si toutes ces commodités et la vue du belvédère qu'elle pouvait admirer de sa fenêtre ne suffisaient pas à apaiser son angoisse.

Ce n'était que sa seconde nuit à Padoue, mais elle ressentait déjà l'envie de retourner à Rome. Pas à cause des pressions de Falcone ni de la prudence de Lomastro qui n'avait certes aucune envie de l'avoir dans les jambes. Ce n'était même pas parce que, convaincue d'abord de pouvoir expliquer les points obscurs qui demeuraient après la mort de Sileri, elle s'était très vite enlisée dans une absence totale d'indices et d'éléments nouveaux. Tout cela, elle le savait pertinemment quand elle avait décidé de s'engager dans une voie aussi étroite. Quant à la sourde inquiétude que lui avait inspirée Claudio Altieri, elle aurait dû alimenter son envie d'approfondir le rôle de cet homme énigmatique. Mais tout ce qu'elle voulait au fond, c'était effacer tous les problèmes de ces derniers mois. Fabio avait raison : Combattre le mal revenait à plonger dans des profondeurs à ses risques et périls. Et il en était l'exemple le plus parfait.

Voilà. Elle savait que cette pensée aurait fait tôt ou tard

irruption dans sa tête. Lui et sa confession. Mais elle n'aurait pas cru que cela arriverait si tôt.

Elle était assise sur le lit, entourée de dossiers et de papiers qu'elle avait rapportés du commissariat. Elle les parcourait en s'efforçant d'ordonner ses idées, elle rassemblait ses forces pour le dernier rapport, celui qui devait clore l'enquête sur Sileri. Mais à chaque instant la voix et le visage de Fabio s'interposaient entre elle et son travail. Il la déconcentrait, lui crachant au visage son incapacité à comprendre les gens, lui reprochant d'être tombée amoureuse d'un homme qui s'était révélé être un prédateur violent. Un violeur.

Non, Fabio n'était pas comme ça. C'était impossible, elle ne pouvait pas s'être trompée à ce point.

Et pourtant, qu'aurait-elle dû faire ? Croire qu'il n'avait simplement pas entendu le refus de Diana ? C'était l'excuse classique des violeurs. Pensait-il que cela suffisait à le laver de ses fautes ? N'avait-il pas fait son malheur lui-même, non à cause de ce viol, mais parce qu'il avait abandonné cette femme, l'avait laissée seule et l'avait en quelque sorte poussée à ce geste extrême ? N'était-il pas un monstre rien que pour cela ?

Pourtant, le souvenir de sa voix et de la tristesse de ses yeux la poussait à le croire. À penser que, black out ou pas, il n'avait pas pu violer cette femme.

Elle se haïssait pour son indulgence, mais dans cette chambre d'hôtel, seule comme elle ne l'avait jamais été, elle ne put s'empêcher d'évoquer les moments où elle l'avait senti si proche d'elle. Elle se rappela ses mains, qui ne pouvaient pas être celle d'un violeur, la limpidité de son regard, la chaleur de sa voix.

Soudain, parmi ses souvenirs épars, une scène s'imposa à elle. Fabio, debout devant son bureau, remettant ses précieuses notes et son ordinateur portable dans la serviette dont il ne se séparait jamais. Puis il lui souriait, l'invitant à s'asseoir à sa propre place.

La serviette de Fabio. Sa besace !

Elle est encore dans la voiture, pensa Valentina. Elle ne la lui avait jamais rendue, et après leur dramatique rencontre, elle l'avait complètement oubliée.

Il restait un lien entre eux, se dit-elle, le cœur battant. Une raison encore de… Non. Elle la lui ferait porter. Si douloureux que ce fût, elle avait l'intention de ne jamais le revoir.

Elle s'aperçut qu'elle n'arriverait pas à dormir sans avoir d'abord récupéré cette vieille serviette en cuir. Et de toute façon, il n'était pas prudent de laisser dans la voiture des documents concernant l'enquête sur Sileri.

Elle fit l'effort de se rhabiller et descendit au garage de l'hôtel. Elle trouva la sacoche dans un coin du coffre du Nissan et l'emporta dans sa chambre.

Elle se dévêtit et se glissa sous les couvertures. Les paupières closes, elle chercha à renouer le fil de sa rêverie à propos de Fabio. Mais désormais le charme était rompu – et c'était peut-être mieux ainsi.

Elle rouvrit les yeux, alluma la lampe de chevet. La serviette de Fabio était devant elle, sur la commode, sous le grand miroir doré.

Elle se leva, frissonnant à cause du carrelage glacé sous ses pieds nus, et l'attrapa avec un mouvement de rage. Elle se jeta sur le lit, ouvrit la serviette et en renversa le contenu entre ses jambes.

Outre ses calepins, ses photos et ses documents, il y avait aussi son ordinateur portable. Quand elle l'ouvrit, une petite voix en elle lui demanda ce qu'elle aurait préféré découvrir en réalité.

94

Le portable contenait de nombreux documents relatifs à l'enquête. Des photos prises sur les scènes de crimes, des photocopies de rapports de police, des fadettes, ainsi que quelques notes de la main de Fabio.

Parmi les fichiers vidéo, un dossier s'intitulait « La crucifixion du Caravage ». Elle supposa que c'était le fameux film qu'avait évoqué le collègue de Fabio à propos de la disparition d'un clochard à Vérone, des années plus tôt. À l'évidence, Fabio avait réussi à s'en procurer une copie.

Le fichier avait été numérisé à partir d'une cassette vidéo, mais le film lui-même avait dû être tourné en super-8. La qualité de l'image était mauvaise, les couleurs délavées. À part un reflet rougeâtre, on aurait dit un film en noir et blanc. Si les contours étaient flous, le cœur de l'action était suffisamment net – et pendant un instant, Valentina pensa qu'elle aurait préféré qu'il le soit moins.

Le fond était constitué d'un mur en pierre percé d'une grande baie vitrée et frangé de buissons bas. Quatre protagonistes. Trois hommes affublés d'une capuche noire avec des trous pour les yeux ; deux le torse nu, et le dernier vêtu d'une chemise à carreaux et d'un jean roulé sur les chevilles. Le quatrième était un vieil homme vêtu seulement d'un drap ceignant sa taille. Le visage maigre et le corps présentaient des marques noires – des traces de coups, peut-être. Sa longue barbe blanche semblait mouillée, sans doute de ses propres larmes.

Les trois hommes encapuchonnés le tenaient par les bras en l'exhibant devant l'objectif comme un trophée de chasse.

On imaginait derrière ces masques leur sourire de satisfaction. La tête du vieux en revanche pendait comme si l'homme n'avait plus aucune énergie, et ses yeux étaient deux fentes dépourvues d'expression.

Soudain, un changement de prise de vue : cette fois, une grande croix de bois couchée de côté était posée au centre de la scène. Sans doute un accessoire, mais très réaliste. Le bois était entaillé à divers endroits. L'image resta fixe pendant quelques secondes.

Puis, un gros plan : le poignet du vieil homme posé sur un bras de la croix, où un marteau de sculpteur faisait lentement pénétrer un gros clou en fer à tête carrée. La chair qui se déchirait et le sang noir qui giclait ne semblaient pas le résultat d'un trucage cinématographique.

À la séquence suivante, la tête du vieux apparut en close-up. Il criait, la bouche grande ouverte sur une denture dévastée et une langue gonflée et noire, et ce hurlement silencieux lui parut résonner avec une violence particulière.

Un fondu au noir, et le second poignet était cloué à son tour. Celui qui s'était attardé sur ces détails trouvait sans doute fascinant de voir la pointe de métal percer la peau, briser les os et les cartilages avant de se ficher dans le bois.

Dans les images suivantes, un champ moyen d'une remarquable profondeur, le vieux hurlait, les pieds et les mains rivés sur la croix. Les trois hommes regardaient vers la caméra, tandis que l'homme agonisait devant eux. Puis, ils soulevèrent la croix et la posèrent la tête en bas, imitant *Le Crucifiement de saint Pierre*. Les cheveux longs de la victime, suivant la gravité, pendaient de part et d'autre de son visage dévasté par la douleur.

La croix fut fichée en terre là où un trou avait été préparé pour la recevoir. La caméra zooma lentement sur la bouche encore grande ouverte du vieil homme. Le film se terminait sur l'apparition tremblante d'un carton blanc où était inscrit en lettres majuscules « LA CRUCIFIXION DU CARAVAGE ».

La vidéo durait moins de cinq minutes, mais Valentina fixa bien plus longtemps la dernière image, incapable de croire à ce qu'elle venait de voir. C'était terrifiant d'assister à cette scène de mort en sachant qu'elle était réelle. L'idée que cela puisse être une fiction ne la traversa pas un instant, et les enquêteurs de l'époque avaient dû avoir la même sensation. Rien à voir avec une reconstitution, comme l'espérait l'ami de Fabio.

Mais c'était autre chose qui la tourmentait. Un détail, qu'elle avait saisi au passage et qui l'avait laissée sans souffle.

Elle fit glisser la souris de l'ordinateur sur le timecode et revint en arrière de quelques secondes, là où le changement de plan montrait le mur du fond sous un angle différent.

Pendant un instant, les pieds d'une statue apparurent : deux sabots difformes, finement ciselés dans le marbre.

Elle les avait déjà vus.

C'étaient les pieds d'un Baphomet en pierre de la taille d'un homme. L'une des deux idoles silencieuses de la crypte de la famille Zernich.

95

Respirer l'air froid de la nuit lui fit du bien. Elle en avait vraiment besoin. Après avoir vu la vidéo, elle avait été envahie par un sentiment étrange, comme si quelque chose de lourd et de sombre l'étreignait, la faisant suffoquer, envahissant toute son âme. Elle s'était sentie sale. Aller courir par les rues de cette ville inconnue n'était peut-être pas une excellente idée, mais elle n'avait rien trouvé de mieux pour se débarrasser de cette sensation poisseuse.

À son retour, le portier de nuit se borna à lever un sourcil. Si la cliente trouvait normal de faire du jogging à deux heures du matin, semblait-il penser, qui était-il pour la contredire ? Valentina lui fit un signe de tête et remonta dans sa chambre.

Tout était différent de ce qu'elle avait cru. La course l'avait aidée à s'éclaircir les idées.

Elle prit une douche brûlante, se jeta sur son lit et ralluma l'ordinateur de Fabio. Elle étudia ses notes où elle trouva maints détails utiles.

Quand il avait été informé de cette histoire de crucifixion, Costa avait décidé d'approfondir l'affaire, même s'il était clair que Sileri ne pouvait pas y être impliqué en raison de son âge. Il avait dû contacter l'une de ses sources au commissariat de Vérone et il s'était procuré le film original. Puis il avait creusé encore et s'était fait envoyer une fiche sur la disparition du clochard.

Celui-ci s'appelait Sebastiano Zorzin et il avait disparu de Castagnaro, un petit village de la province de Vérone, en juin 1995. Le film avait été saisi lors d'une perquisition de janvier 1996, dans le cadre d'une rafle de pédophiles qui avait concerné la moitié de l'Italie. Il faisait partie d'une des nombreuses cassettes vidéo confisquées au cours de l'opération, parmi lesquelles se trouvaient aussi quelques *snuff movies* qui, après analyse, s'étaient révélés des faux. En pratique, personne n'avait véritablement été tué au cours des tournages. Mais sur l'une de ces cassettes, après le film principal, on avait trouvé un fragment de la crucifixion qui semblait mis là par hasard, à moins que l'intention n'ait été de le dissimuler à la vue de tous. Cet extrait avait aussitôt été considéré comme étant différent des autres.

Un policier de la PJ de Vérone avait reconnu dans le crucifié le malheureux Zorzin, dont on était sans nouvelles. Personne cependant ne voulut croire à l'authenticité du film. Les enquêteurs décidèrent qu'il s'agissait d'une mise en scène de mauvais goût et le document fut archivé avec les autres. Oublié par la loi, mais certainement pas par les hommes qui avaient eu le malheur de le voir, aurait pu parier Valentina. On avait du mal à croire que la douleur peinte sur le visage de ce vieil homme tandis qu'on lui clouait les membres résultait d'un art consommé de la comédie. Les collègues de l'époque avaient sans doute préféré regarder ailleurs. Mais pourquoi mettre sous le tapis une chose pareille ?

Elle chercha le petit village de Castagnaro sur Google Maps et découvrit qu'il était situé à la frontière avec la province de Padoue. Non loin d'Este, où se trouvait la Villa Zernich. La vaste demeure avait fort bien pu être le théâtre de ce massacre.

Ce n'étaient pas les faits qui avaient changé, mais bien la perception qu'elle en avait. C'était comme découvrir que leur enquête n'avait levé qu'un mince voile du mystère, une simple tesselle d'une mosaïque beaucoup plus vaste.

En 1995, Luca Sileri avait sept ans. Il n'avait donc pas pu participer à l'homicide de Sebastiano Zorzin. Pourtant, ce malheureux avait été crucifié avec l'intention déclarée de reproduire un tableau du Caravage, comme le ferait Sileri presque trois décennies plus tard. À l'endroit même où il se cachait depuis plusieurs années.

Valentina afficha à l'écran le tableau du *Crucifiement de saint Pierre*. Il datait de 1602 et se trouvait à Santa Maria del Popolo, à Rome. Le visage du saint ne ressemblait pas à celui du pauvre Sebastiano : l'auteur du meurtre de 1995 n'avait pas la même obsession que Sileri pour les sosies des personnages peints quatre siècles plus tôt. Mais il y avait bien un lien. Luca Sileri n'avait pas agi seul. Valentina en avait la preuve manifeste. Et elle l'avait eue sous les yeux depuis le début.

Il était quatre heures du matin. Trop tôt et trop tard. Elle s'allongea. Elle passa le reste de la nuit à fixer le plafond. En attente d'une aube qui la verrait repartir véritablement du début.

ECCE ANCILLA DOMINI

96

Daniele Manin semblait trop jeune pour être magistrat, et plus encore pour représenter le parquet. Cela tenait à son visage rond et à la douceur de ses traits. Il en était sans doute conscient et il cherchait à se donner un air avec une petite barbe qui ne faisait qu'empirer les choses. Pour maintenir ses distances, il traita Valentina avec condescendance, mais elle n'en avait cure, trop occupée à se demander s'il serait un interlocuteur à la hauteur de cette enquête. De toute façon elle n'avait pas le choix : elle devrait s'en contenter.

– Donc, que voulons nous faire ? répéta le jeune substitut pour la troisième fois derrière son bureau impeccable, entouré, comme une forteresse contre le chaos de la vie réelle, d'éditions de luxe de tous les codes que l'humanité avait pu inventer. Pourquoi votre rapport final n'est-il pas encore prêt ?

– Monsieur le substitut, répondit-elle en essayant de dissimuler son agacement, ce que vous avez devant vous est une information préliminaire, assortie d'une demande de complément d'enquête. Je vous le répète, il y a trop de coïncidences, trop de lacunes à combler. J'ai besoin de temps pour tout mettre au point. Vous ne voudriez pas que le procureur nous demande de tout recommencer du début.

C'était toujours un bon argument avec le parquet. Se faire retoquer par un juge auquel on demandait de classer une affaire n'était jamais agréable pour un jeune substitut. Manin se disposa donc à l'écouter une fois encore.

Valentina énuméra les points qui exigeaient un approfondissement, en partant de la vidéo montrant la mort du vieux clochard.

D'après les notes de Costa, la fameuse cassette vidéo, apparue lors de l'opération lancée par la police contre des pédophiles de Padoue, Vicence et Vérone, avait été saisie chez un homme ayant l'air insoupçonnable. Il s'appelait Rodolfo Morganti et exerçait dans un village de l'arrière-pays de Vicence en tant que médecin généraliste. Il avait une épouse, deux enfants adolescents et une vie en apparence irréprochable. Dans son bureau, on avait trouvé mille deux cents cassettes vidéo de nature pornographique, des films d'amateurs pour l'essentiel, où apparaissaient notamment des actes sexuels avec des bébés et des animaux. Morganti était l'exemple type du prédateur qui, de crainte d'être découvert, se borne à acheter et à échanger du matériel pornographique, sans jamais mettre ses fantasmes en pratique. Sous le vernis d'une vie bourgeoise, il tenait ses pulsions en lisière, se contentant de jouir des exploits des autres. Il lui rappelait Marchesi avec son « Je ne fais que regarder ».

La défense avait donc soutenu la thèse de l'innocuité du comportement de Morganti. La famille du pédophile, à commencer par sa femme, s'était apparemment rangée à cette version. À la suite d'un procès rapidement expédié, Morganti, qui n'avait pas de casier judiciaire, avait été condamné à une peine légère. Il n'avait pas passé un seul jour en prison et était rentré chez lui. Peut-être pas dans la plus grande sérénité.

Valentina découvrit que Morganti était mort dans un

accident de voiture quelques années plus tôt. Certains supposaient qu'il avait mis fin à ses jours. Sa femme, qui était restée avec lui en dépit de tout, avait déclaré que son Rodolfo ne se serait jamais suicidé, et que la nature même de l'accident lui semblait suspecte. Elle était décédée à son tour quelques mois plus tard. Cette fois, le suicide semblait indiscutable, puisqu'on l'avait trouvée dans sa Ford Fiesta, enfermée dans le garage de sa maison, les veines ouvertes, asphyxiée par le monoxyde de carbone qui avait envahi l'habitacle. On n'avait trouvé aucun billet d'adieu. Les enfants, qui dès leur majorité étaient partis travailler à l'étranger, n'étaient même pas revenus pour les obsèques de leur mère. Un détail qui jetait une certaine lumière sur la situation réelle de la famille Morganti.

La vidéo de la crucifixion inspirée par Caravage était l'une des horreurs collectionnées par Morganti, mais elle était restée en marge du procès, puisqu'il n'y avait aucune preuve qu'il s'agît d'un film authentique. Morganti n'avait jamais voulu révéler le nom de son vendeur. Il avait acheté la cassette au marché noir l'année précédente, mais il prétendait avoir oublié qui la lui avait procurée. Les enquêteurs, qui avaient trouvé des dizaines d'autres films mettant en scène des enfants, ne s'intéressaient guère à cette vidéo particulière et n'avaient pas cherché plus loin.

Tels étaient les nouveaux éléments que Valentina avait recueillis sur cette affaire et qu'elle était venue présenter au substitut Manin.

Elle lui montra même la vidéo de la crucifixion. Le magistrat regarda l'écran de l'ordinateur en essayant de se donner une contenance. Mais à mesure que le film progressait, son regard devint vitreux et son visage prit une inquiétante nuance de gris. Il semblait sur le point de vomir.

Quand apparut le panneau final « La crucifixion du Caravage », Manin eut une petite toux qui se voulait désinvolte.

– Et sur cet épisode…, commença-t-il – mais sa voix dérailla. (Il toussa, déglutit et reprit sur un ton plus normal.) Je disais donc… Vous n'avez pas d'autres informations sur l'origine de cette cassette ?

– Rien qui puisse nous être utile, reconnut-elle. Nous n'avons que le signalement du commissariat de Vérone sur la disparition de Zorzin. Mais vous comprenez, c'est précisément la question. Personne ne pouvait faire de lien à l'époque. Personne n'aurait pu identifier la Villa Zernich comme l'endroit où ce clochard avait été tué, et surtout l'associer à d'autres crimes.

En réalité, il s'était trouvé une personne pour entrevoir ce lien. Dans le dossier qu'elle avait trouvé, outre un fax de Vicence et deux coupures de journaux jaunies issues de la chronique locale du *Gazzettino* sur la disparition de Zorzin, il était aussi question de ces fameuses perquisitions de 1996. Valentina avait constaté avec stupeur que quelqu'un avait associé les deux faits, même si le télex se bornait à énumérer les objectifs atteints au cours de la rafle. Il n'y avait aucune allusion au contenu du matériel saisi à cette occasion ni à la cassette montrant l'agonie de Zorzin. Celui qui avait placé dans le même dossier les documents relatifs aux deux événements n'en avait pas expliqué la raison. C'était peut-être une coïncidence. Mais elle n'en informa pas Manin pour ne pas lui compliquer la vie – et pour éviter de lui ébouriffer les plumes.

Parce qu'elle avait besoin de Manin.

Elle savait bien que personne n'avait l'intention de poursuivre l'enquête là-dessus. Et surtout pas, semblait-il, la PJ de Padoue. Elle n'avait aucune chance d'obtenir la collaboration de ses collègues. Tout ce qu'elle pouvait faire, c'était convaincre le jeune magistrat de la charger d'approfondir la question en la reliant à l'enquête sur Sileri. Devant une réquisition de l'autorité judiciaire, personne ne pourrait la démettre de cette enquête, et le service devrait lui fournir les hommes et les moyens nécessaires. Pour elle, ce serait la fin de sa carrière, car une fois l'affaire terminée, on lui ferait payer cher cette initiative. Mais tout cela n'avait plus d'importance.

Cette histoire de sang et de douleur lui était entrée dans la peau et dans la tête. Elle n'aurait jamais pu retourner à sa vie d'avant sans avoir au moins tenté de comprendre ce qui se dissimulait derrière cette série de meurtres insensés.

Il fallait seulement convaincre Manin, qui ne saisissait toujours pas le lien entre la vidéo, Sileri et la Villa Zernich.

Valentina prit le même ton que pour persuader un enfant.

– Luca Sileri était un assassin ayant de claires tendances nécrophiles, expliqua-t-elle, comme l'a démontré le meurtre de Teresa Franceschi à Rome. Mais cette pathologie n'avait rien à voir avec l'art ni avec une obsession pour le Caravage. L'intérêt de Sileri pour les techniques de plastination ne concernait pas la possibilité de recomposer les corps dans des poses artistiques, mais l'aspiration à conserver un cadavre de façon à pouvoir pratiquer sur lui des actes sexuels. La recherche de candidats permettant de recréer les tableaux du Caravage ne coïncide pas avec son profil. Mais il pourrait correspondre à celui de quelqu'un d'autre.

– Vous êtes en train de me dire qu'il y a un autre tueur en série ? demanda Manin, horrifié.

– Un tueur, je ne sais pas, mais en tout cas un psychopathe – voire plusieurs, pourquoi pas ? Comme dans ce film. Des gens qui ont le désir de tuer pour reconstituer des œuvres d'art avec les cadavres de leurs victimes. Un psychopathe de l'esthétique, organisé et raffiné. Dépourvu de compassion et de remords comme Sileri, qui toutefois était certainement plus impulsif et plus violent.

– Mais comment est-ce possible ? Excusez-moi, mais j'ai du mal à croire à ce genre d'hypothèses.

Valentina se pencha vers lui et le substitut, malgré les piles des nombreux codes qui le défendaient, eut un imperceptible mouvement de recul.

– Réfléchissez. Il a dû y avoir ce second inconnu pour contacter Sileri après sa fuite. Il a sans doute lu dans les journaux ce qu'il avait fait et il a pensé à exploiter son expérience dans la conservation des corps et son syndrome psychotique. Il l'a retrouvé et lui a proposé un accord, une sorte d'association. Pour des raisons différentes, mais dans un but unique.

– Mais, les preuves… les preuves… ? murmura Manin.

– Le film montrant la crucifixion de Sebastiano Zorzin, pour commencer. C'est la preuve que le second inconnu était déjà à l'œuvre voici plusieurs années. Et que le théâtre où il a évolué est le même que celui où nous avons retrouvé Sileri : la Villa Zernich. C'est là que ce film a été tourné.

– Oui, c'est inquiétant… Mais nous parlons d'une villa du XVIe siècle où sont passés Dieu sait combien de gens…

– Je ne parle pas de la villa, répliqua Valentina d'un ton sec.

Manin l'observa, perplexe.

– De quoi parlez-vous, alors ?

– Je parle de Claudio Altieri.

Le magistrat accusa le coup.

– Expliquez-moi, dit-il.

– Je ne sais pas encore comment Altieri s'est trouvé impliqué dans cette affaire. Mais de nombreux éléments me portent à croire qu'il l'est depuis le début. Tout est là, dans ce rapport.

Dans le compte rendu préliminaire qu'elle avait remis au

magistrat, le personnage de Claudio Altieri était bien esquissé. Elle avait même ajouté un vieux dossier à son nom – dossier dont personne au commissariat n'avait parlé à Manin, et dont elle lui résuma le contenu.

Avant d'entrer dans l'armée, Altieri avait fait l'objet à deux reprises d'une enquête pour violences sexuelles. Une fois, il avait même été arrêté. Il n'avait jamais été condamné parce que les femmes qui l'avaient dénoncé avaient retiré leur plainte.

En 1995, Altieri était déjà au service de la famille Zernich. Et non seulement cela, mais son domicile à l'époque était précisément la villa palladienne. Valentina aurait parié que le factotum habitait dans le colombier où viendrait se réfugier Luca Sileri des années plus tard.

– Altieri avait la possibilité de se servir de la Villa Zernich. En tout cas, il devait savoir ce qui se passait à l'intérieur. Et c'est lui aussi qui a donné à Sileri l'usage de la maison. C'est lui qui a amené ce monstre ici, dans votre province, Monsieur le substitut. Et c'est de lui que nous devons repartir.

97

Quand elle sortit du bureau du magistrat, Valentina avait obtenu ce qu'elle voulait. L'autorisation d'écouter les portables et le téléphone fixe de Claudio Altieri. L'autorisation de poser un mouchard sur sa Porsche. En pratique, l'autorisation de radiographier sa vie.

À son retour au commissariat avec ces nouvelles dispositions, l'enfer se déchaîna comme elle s'y attendait. La délégation du magistrat était *ad personam*. Valentina était parvenue à ce que Manin la charge elle-même de cette enquête.

– Ainsi, si les choses devaient mal tourner, vous pourrez toujours me faire porter la responsabilité personnelle du désastre, avait-elle dit avec un sourire candide. Et vos rapports avec la PJ locale n'en seront pas affectés.

Lomastro monta dans les tours et elle crut un moment qu'il allait l'agresser. Mais il ne pouvait rien contre une délégation de l'autorité judiciaire. Il était tenu de lui donner les moyens pour les écoutes. Valentina savait qu'il allait lui rendre la vie difficile, mais elle n'en avait cure.

Le coup de fil à Rome fut passé deux minutes après qu'elle eut quitté le bureau de Lomastro. Falcone l'appela aussitôt. Conscient qu'il n'avait guère de possibilité de lui retirer l'enquête, il se montra glacial.

– Tu as voulu t'offrir cette dernière satisfaction, lui dit-il. Très bien. Fais ce que tu as à faire. Mais sache que tu es complètement seule à présent. Quand la chose sortira et que tu auras échoué, la presse et l'opinion publique te sauteront à la gorge. Et il n'y aura personne pour t'aider. Le service prendra ses distances comme il se doit. Tu devras t'en sortir sans notre réseau.

À ce point de l'affaire, Valentina était prête à tout.

– Giuseppe, répliqua-t-elle, j'ai toujours été seule. C'est toi qui n'as jamais eu le courage de me le dire en face.

– La délégation de ton magistrat ne sera pas éternelle, poursuivit-il comme s'il ne l'avait pas entendue. Nous allons donc assurer ton transfert à Padoue. Nous n'avons pas le choix. Mais quand tu auras fini, ne te donne pas la peine de rentrer. Nous t'indiquerons le siège où tu seras transférée d'office.

Sur ce, il raccrocha.

Quand Valentina revint au bureau, l'agent Piovesan l'attendait, souriant et empressé.

– Alors, commissaire, on se met au travail ? dit-il.

Et elle eut de la peine pour lui.

98

Il répondit à la seconde sonnerie. Elle ne l'aurait pas cru, et peut-être ne l'aurait-elle pas appelé si elle avait pu s'en douter. La voix de Fabio la fit frissonner.

– Valentina ?

Elle fut tentée de raccrocher. Elle ne savait même pas ce qu'elle faisait au téléphone avec lui. La page était tournée.

– Oui, murmura-t-elle.

Elle l'entendit respirer à l'autre bout. Une question lui explosa dans la tête : était-ce la même respiration que Diana Marini avait sentie sur son visage pendant qu'il la violait ? Elle surmonta sa dernière réticence et demanda :

– Comment vas-tu ?

Il lui parut percevoir un soupir de soulagement.

– Je ne pensais pas que tu me rappellerais un jour.

– Moi non plus.

Mais me voilà. Dieu seul sait pourquoi, mais me voilà.

– Tu es à Rome ? dit-il d'un ton prudent, mais conciliant.

– Non, je suis encore à Padoue.

Et ne me demande pas pourquoi. Je ne le sais même pas moi-même.

– Pourquoi ? demanda précisément Fabio, la voix plus claire.

– Tu le sais bien. Le costume dont nous avons affublé Sileri n'est pas le bon. Trop de lacunes. Trop de questions.

– Et ils t'ont laissée faire ? Ils t'ont autorisée à poursuivre l'enquête ?

Elle aurait pu lui dire la vérité. Elle aurait pu lui dire pourquoi elle l'avait rappelé malgré son affreuse confession. Elle aurait dû admettre alors qu'elle avait besoin de lui, qu'elle se sentait seule et sans défense. Elle aurait dû reconnaître qu'il lui manquait et qu'il lui importait peu qu'il se soit chargé d'une faute aussi horrible.

– J'ai dû me bagarrer un peu…, dit-elle. Mais il y a du nouveau.

Elle le sentait hésiter.

– Quoi donc ? demanda-t-il d'un ton circonspect.

Elle lui raconta l'essentiel, en partant du film de la crucifixion qu'elle avait retrouvé dans son ordinateur. Elle lui parla de la Villa Zernich qu'elle avait reconnue dans une scène, des précédents de Claudio Altieri et de ses soupçons à son égard. Et enfin, de sa décision d'approfondir l'enquête sur le factotum.

– L'environnement n'est pas facile, ajouta-t-elle. Il est même carrément hostile.

– Tu parles de l'équipe de Lomastro ?

– Aussi, oui. Et à Rome, ils m'ont déjà condamnée. Falcone n'a qu'une hâte, c'est que tout ça soit fini pour m'enterrer quelque part et m'oublier.

– Je comprends…

– Je m'accroche autant que je peux, Fabio, mais ce n'est pas simple. On m'a assigné un agent, un brave garçon, du nom de Piovesan. Le malheureux, ils vont lui rendre la vie impossible quand je serai partie. En réalité, ils sont tous contre moi. Ici, Zernich est un homme puissant et l'idée d'enquêter sur son bras droit leur file la migraine. (Elle se tut un instant.) Je n'ai confiance en personne. J'ai même copié tous les dossiers de l'enquête sur une clé USB que j'ai dissimulée…

– Si tu ne te sens pas en sécurité, va-t'en.

Il le dit avec une impétuosité qui lui fit plaisir. Mais ce n'était pas le commentaire qu'elle attendait.

– Je suis toute seule, répéta-t-elle.

Elle l'entendit respirer à fond.

– Je voudrais…, commença-t-il avant de s'interrompre.

– C'est pour ça que j'avais besoin de te parler, soupira-t-elle. Je suis toute seule… (Elle fit une pause. Hésita.) Et je voudrais tant que tu sois là avec moi, ajouta-t-elle d'un seul souffle.

Elle se mordit les lèvres, incrédule devant cet aveu. Bon sang ! Elle se comportait comme une gamine à son premier béguin.

– Je ne pourrais t'être d'aucune aide, je te l'ai déjà dit.

– Oui, tu me l'as dit.

– Je suis désolé, Valentina. Je ne sais pas quoi faire. Je ne sais pas ce que tu veux vraiment. Si c'est du réconfort que tu cherches, je n'en ai même plus pour moi-même.

– Oui, je le sais ! C'est seulement que…

Mais elle ne trouva rien d'autre à dire. Ce fut lui qui rompit un silence qui semblait s'éterniser.

– Je suis désolé, répéta-t-il. Je n'ai rien à t'offrir. Pas moi. Et tu le sais mieux que quiconque.

– Des conneries ! De pures conneries !

Soudain, elle se sentait enragée. Furieuse contre elle-même pour ce moment de faiblesse ; furieuse contre lui, pour lui avoir menti d'abord, et lui avoir tout avoué ensuite. Il n'était pas parfait, et alors ? Il avait commis des choses horribles, et alors ? Il était peut-être en train de payer pour ce qu'il avait fait et pour ce qu'il n'avait pas fait. Et de toute façon, en quoi était-elle concernée ? Elle se fichait de tout cela. Elle voulait se sentir protégée. Elle le voulait à son côté dans cette guerre contre les moulins à vent. Fabio avait été la seule lumière dans toute cette horreur, son unique source de réconfort. Pourquoi devait-elle s'en priver ? Pourquoi devait-elle payer pour des événements survenus des années plus tôt ?

– Valentina..., commença-t-il.

Elle raccrocha brutalement, jeta le téléphone d'un geste rageur. Et l'obscurité que la voix de Fabio avait éloignée pendant quelques instants l'encercla de nouveau.

99

Claudio Altieri était un homme dans une forme physique parfaite qui menait une vie intense bien qu'assez répétitive. Il vivait seul au dernier étage d'un palais Renaissance du centre de Padoue qui appartenait à la famille Zernich. Il semblait n'avoir ni relation sentimentale ni amis intimes. Il ne cultivait que des liens professionnels. Aucune passion, aucun hobby. Il ne buvait pas, ne se droguait pas, et s'il le faisait, il le dissimulait fort bien.

Il passait ses soirées chez lui. Le matin, il sortait à sept heures et demie précises et entamait une longue journée de travail. Jusqu'à une heure de l'après-midi, il se tenait dans les bureaux de la fondation Zernich, où il gérait les affaires du vieux Federico et les intérêts de ses sociétés. Puis il s'autorisait un rapide repas solitaire, toujours dans la même trattoria, à un angle du Prato della Valle, en général assis à la même table devant une vitre qui lui permettait d'admirer la place et les statues de marbre se reflétant dans l'eau du canal. Il passait le reste de l'après-midi à faire le tour des vignes et des fermes que possédait la famille Zernich dans les collines environnantes. Le soir, il se retirait dans son appartement, où il mangeait un dîner livré par l'un de ses deux ou trois restaurants préférés.

Tant qu'il fut sous surveillance, il ne se rendit pas une seule fois à la Villa Zernich, désormais privée de gardien. Et même ses contacts avec son patron se limitaient à de brèves communications téléphoniques. Zernich semblait se fier aveuglément à lui.

– C'est la preuve qu'il ne veut pas être vu sur le lieu du crime, avait supposé Gabriele Piovesan, et Valentina avait apprécié cette tentative de lui insuffler un peu de confiance.

Le jeune homme lui avait été assigné parce que Lomastro ne pouvait pas s'en dispenser, mais il n'avait pas choisi le meilleur de ses hommes. Valentina reconnaissait au moins à Piovesan de faire montre d'un peu d'enthousiasme, à la différence du reste du groupe censé l'aider dans les filatures et les écoutes téléphoniques. Aucun d'eux n'avait fraternisé avec cette commissaire peu commode qui venait de Rome et prétendait leur dire comment faire leur travail. Lomastro avait dû les chapitrer comme il convient. Ils exécutaient leur tâche de façon mécanique en se gardant bien d'avancer la moindre suggestion, comme c'est le cas en général lors d'une enquête.

Pendant ce temps, Altieri continuait à se comporter de façon irréprochable, et bien que Valentina insistât pour creuser dans son passé, elle ne trouvait rien qui puisse le relier aux crimes de Sileri.

À part Sileri lui-même.

Il fut établi que c'était bien Altieri qui l'avait embauché

comme gardien de la magnifique villa palladienne. Il avait ainsi permis à ce cinglé d'installer dans la crypte de la famille un laboratoire grossier pour ses expériences macabres. Altieri lui avait aplani la route pour ses raids mortels.

Il devait donc être impliqué d'une manière ou d'une autre. Il suffisait d'insister et de ne rien lâcher. Mais la date limite que Manin avait imposée à l'enquête se rapprochait dangereusement.

Comme tous les locaux de ce genre, la petite salle des surveillances était bourrée d'ordinateurs et de postes d'écoute. Durant cette période, il n'y avait guère d'activité en cours, et les seuls agents présents étaient ceux que l'on avait affectés à son affaire.

Valentina avait l'habitude d'y passer chaque soir et de se mettre personnellement à la tâche. Le devoir de noter tous les enregistrements revenait à son groupe, mais elle préférait entendre elle-même la voix de Claudio Altieri. C'était une façon d'entrer dans sa vie et dans sa tête, et ainsi trouver son point faible. Et surtout, elle ne faisait pas vraiment confiance aux hommes de l'équipe. Le factotum avait reconnu lui-même avoir des contacts au sein du commissariat. La prudence lui conseillait de garder les yeux grands ouverts.

Tous les échanges téléphoniques d'Altieri étaient centrés sur le travail. Sa véritable personnalité se dissimulait dans ces conversations froides et professionnelles, qui racontaient jour après jour ce qu'il faisait, mais pas qui il était.

C'était comme si cet homme n'avait aucune relation d'aucun genre, bien qu'il vécût à Padoue depuis des années. Cela lui semblait impossible. Chaque soirée qui passait la persuadait qu'Altieri dissimulait. Ses connaissances, ses amitiés, les relations qu'il avait forcément construites au cours du temps. C'était ce qui la soutenait. Si Altieri se donnait tant de mal pour apparaître aussi limpide et anonyme, c'est qu'il devait y avoir un recoin de sa vie où il avait enfoui tous ses secrets. Elle devait découvrir cet endroit et en ouvrir grand les portes.

Ce soir-là, le factotum avait mis plus de temps que d'habitude à boucler sa tournée des fermes vinicoles du groupe Zernich. Il rentrait des monts Euganéens à bord de son Cayenne en sifflotant sur les chansons que transmettait la radio. Quand Valentina s'assit et mit les écouteurs, il fredonnait, assez bien, d'ailleurs, un morceau de Lucio Battisti.

L'agent assis à côté d'elle lui fit un signe.

– Comme vous êtes ici, commissaire, je peux aller prendre un café un instant ?

Valentina acquiesça et resta seule en tête-à-tête avec Claudio Altieri. L'un et l'autre éclairés uniquement par des LED de leurs appareils respectifs.

L'écoute dans la voiture fonctionnait à la perfection, mais Altieri était toujours seul et ce type de surveillance n'avait servi à peu près à rien.

Un portable sonna dans la voiture. Valentina l'entendit grâce au mouchard collé sous le pare-chocs, mais étrangement aucun de ses appareils ne le signala. Si le téléphone qui sonnait avait été sur écoute, un signal rouge se serait allumé sur l'icône correspondante, déclenchant l'enregistrement. Altieri avait trois téléphones portables, tous placés sur écoute.

Pourtant un autre portable était en train de sonner dans l'habitacle du véhicule. Quand Altieri répondit, Valentina parvint à l'entendre par le biais du mouchard.

Le ton de l'homme était froid et bref. Il parlait presque en chuchotant et Valentina dut monter le volume au maximum. Ses paroles étaient déformées mais compréhensibles.

– Allô.

Valentina ne pouvait pas entendre l'interlocuteur d'Altieri, seulement les réponses de celui-ci.

– Oui. J'étais au courant. Merci.

Une pause.

– C'est une conne, que veux-tu que je te dise ?

Une pause.

– Autant qu'elle ne soit pas au courant. On s'en tient là.

Encore une pause.

– Non, non. Vous devez vous en occuper vous-même. Si c'est moi qui m'en charge... Il ne vaut mieux pas, crois-moi. Pour elle, je veux dire.

Un ricanement. Un instant plus tard, la musique reprit et Altieri se remit à chanter joyeusement *Una donna per amico.*

Quand l'agent revint, Valentina était debout à l'attendre.

– Qu'y a-t-il, commissaire ? Du nouveau ?

– Altieri a un autre portable.

Le policier la fixa sans un mot. Puis il se rassit lourdement à son poste et remit ses écouteurs.

– Vous avez compris ce que je viens de vous dire ?

– Oui, mais... Bah... Je n'étais pas au courant...

Elle sentit une rage froide monter en elle.

– Vous en êtes sûr ? Aucun de vous ne s'est aperçu qu'Altieri se promenait avec un autre portable dont je ne connaissais pas l'existence ? Il vient de l'utiliser à l'instant... Je l'ai entendu grâce au mouchard.

L'agent s'affaira avec les touches de l'ordinateur. Les icônes des conversations et les graphiques sonores dansaient sur l'écran.

– Mais... Il a dû l'acheter récemment. Ça doit être un téléphone tout neuf.

– Vraiment ? Il suffira de rembobiner quelques conversations et nous le saurons, qu'en dites-vous ?

– Oh, écoutez, voyez ça avec le chef ! Moi, je n'en sais rien. Je ne suis pas marié avec cet Altieri !

L'agent remit ses écouteurs et replongea ostensiblement dans l'observation de son moniteur.

100

Lomastro fut encore plus lapidaire.

– Tu t'attendais à quoi ? Au tapis rouge ? Ton Altieri a un autre portable, et alors ? C'était à toi de t'en rendre compte. C'est toi qui diriges cette baraque !

Valentina était debout devant son bureau. Elle sentait que sa fureur aurait pu devenir explosive et elle cherchait à conserver le contrôle de la situation. Même si son instinct l'aurait poussée à prendre à la gorge ce policier si mou et à lui cracher au visage tout son mépris.

– Ce sont tes agents qui suivent les écoutes. Je me fie à eux parce que je n'ai pas le choix. S'ils se sont aperçus qu'Altieri avait un portable que nous ne connaissions pas, ils devaient m'en avertir aussitôt et nous l'aurions mis sous surveillance. Je ne peux pas avancer s'ils me cachent des choses…

– C'est ton problème si tu ne sais pas organiser ton équipe.

– Vraiment ? Valentina appuya les mains sur le bureau immaculé de Lomastro en se penchant en avant.

Il eut un léger sursaut et recula machinalement.

– Alors, laisse-moi te dire qu'il y a un problème qui est parfaitement le tien, en revanche, murmura-t-elle à quelques centimètres du visage de Lomastro, qui avait pâli. Quelqu'un informe Altieri de nos écoutes. Et ce quelqu'un est l'un de tes fidèles collaborateurs.

Lomastro la fixa en silence. Puis il se reprit et la défia du regard.

– C'est une accusation extrêmement grave…

– Vraiment ?

– Valentina, ne tire pas trop sur la corde. Nous savons tous les deux comment ça se passe. À Rome, ils n'ont qu'une idée, c'est que cette enquête absurde se termine pour pouvoir t'enterrer dans un bureau de province… Et moi aussi je commence à en avoir assez. Je t'ai offert toute la collaboration dont tu avais besoin…

– Si quelqu'un bénéficie de ta collaboration, ce n'est pas moi, me semble-t-il…

– Ces insinuations sont une insulte. Cette fois, tu vas trop loin !

Il se leva, mais sans parvenir à la dominer. Elle ne bougea pas d'un pouce et il resta debout, déstabilisé derrière son bureau.

– Quelqu'un a parlé à Altieri, reprit-elle.

– Tu en as la preuve ?

Oui, aurait-elle voulu lui dire. La conversation d'Altieri au téléphone était suffisamment claire.

C'est une conne, que veux-tu que je te dise ?

Ils parlaient d'elle, de son enquête. Le ton utilisé par Altieri disant qu'il valait mieux qu'il ne s'en occupe pas lui avait donné le frisson. En outre, c'était un type malin. Si on l'avait averti que sa Porsche était sur écoute, il savait que Valentina avait entendu cette conversation. Et il n'avait rien dissimulé. Le message lui était destiné.

En entendant cette voix, Valentina avait été parcourue du même froid glacial que le jour où elle avait senti dans son dos ses yeux fixés sur elle, le jour de la perquisition de la villa. Claudio Altieri était dangereux et imprévisible. Il avait été informé que la commissaire Valentina Medici était sur ses traces, sans en être effrayé le moins du monde.

Mais en réalité, elle n'avait pas de preuves. Elle n'avait rien, et Lomastro le savait. C'était sans doute lui qui avait alerté Altieri. Ne lui avait-il pas recommandé d'être prudente en lui expliquant la place qu'occupait Federico Zernich dans la ville ? Et s'attaquer au bras opérationnel de Zernich, n'était-ce pas s'attaquer au grand homme en personne ?

– Alors ? insista Lomastro qui avait perçu son hésitation. Tu as des preuves de ce que tu avances ? Parce qu'à la suite de ces ridicules accusations, je serai obligé de faire un rapport, tu le sais ? Il n'est pas agréable de s'entendre dire que ses propres collaborateurs sont des traîtres. Et c'est mon devoir d'intervenir. Personne ne doit mettre en doute l'honnêteté des agents…

– Je ne suis pas « personne », l'interrompit-elle. Je suis la conne que mentionnait ton ami. Ne l'oublie pas, quand tu lui parleras.

101

Le froid était de retour. Le ciel était si sombre et si chargé que l'on s'attendait à de nouvelles chutes de neige, bien que février fût déjà à la porte. Un classique retour de l'hiver auquel on était habitué dans cette région.

Quand Valentina sortit du commissariat, elle fut surprise de l'étrange lumière qui inondait les rues. Une blancheur incertaine dans l'obscurité la plus profonde. En effet les réverbères, pour une raison inconnue, n'étaient pas encore allumés.

Son sac sur l'épaule, elle s'engagea dans la rue qui menait à l'hôtel. Toute la ville lui semblait trop silencieuse. Elle percevait à peine le bruit de ses propres pas.

Cette balade nocturne était une occasion de calmer la fureur qu'elle sentait encore bouillonner en elle. De la remettre à bonne distance de Lomastro et de ses intrigues puériles.

L'enquête était désormais compromise. Altieri avait été informé que la police le surveillait et il lui avait fait comprendre qu'il le savait. S'il était difficile auparavant de recueillir des éléments à l'appui de son hypothèse, c'était désormais impossible. Elle pouvait simplement rédiger un rapport exhaustif et le déposer au parquet. Il allait ordonner le classement de l'affaire, mais au moins ses soupçons sur Altieri et sur ce qui s'était passé à la Villa Zernich seraient inscrits noir sur blanc pour l'enquêteur qui un jour reprendrait l'affaire en main.

Elle redoutait par-dessus tout que cette histoire ne soit pas terminée. Si Sileri n'était pas l'unique responsable de ces crimes, ceux qui l'avaient aidé étaient aussi dangereux que lui. Il n'y avait plus qu'à attendre, et à la victime suivante, la machine policière devrait bien se remettre en route. Mais elle-même ne serait plus là.

Elle ne s'aperçut pas qu'elle avait dépassé la ruelle qu'elle aurait dû emprunter pour rejoindre l'hôtel. Et puis, cette étrange obscurité l'obligeait à avancer avec précaution. Cette panne concernait-elle tout le centre historique ? Personne ne protestait ? Elle n'entendait aucune sirène ni aucun bruit de circulation.

Elle revint sur ses pas. Les ruelles de cette partie de la ville étaient toutes semblables, avec leurs pavés usés par les siècles, leurs fenêtres situées à quelques mètres du sol et leurs arcades où jouaient les ombres du soir. Mais où donc était passée cette satanée via dell'Arco ? Elle était certaine de l'avoir dépassée de quelques mètres, mais elle n'arrivait plus à la retrouver. Comme si quelqu'un ou quelque chose avait déplacé les rues et les bâtiments pour l'empêcher de retourner à sa chambre.

Un souffle d'air froid lui effleura la nuque. Elle se retourna d'un bond. Derrière elle, seulement la rue déserte et l'obscurité sous les voûtes des arcades. Personne en vue. Aucun mouvement. Pourtant, ce souffle à la base du cou lui fit penser à une présence maligne et invisible. Une chose qui la suivait depuis longtemps et qui venait de s'approcher un peu plus.

En reprenant sa marche, elle vit une silhouette se glisser dans l'entrebâillement d'une porte à quelques mètres de là. Aucune lumière n'apparut. Celui qui s'était tapi dans ce recoin était encore là à l'attendre. Elle porta instinctivement la main à sa ceinture pour découvrir qu'elle n'avait pas son arme. Elle l'avait laissée dans un tiroir, comme elle le faisait quand elle passait des heures à son bureau.

Elle resta figée, fixant l'obscurité, à l'écoute du moindre mouvement. Je dois être en train de rêver, se dit-elle. Le moment est peut-être venu d'en finir avec cette histoire.

Elle fit quelques pas, et la via dell'Arco lui apparut soudain sur la gauche. Au bout de la ruelle brillait l'enseigne de son hôtel, la seule source de lumière dans tout le secteur. Elle se sentit ridicule, mais soupira de soulagement.

Elle atteignit l'entrée du bâtiment en s'efforçant de ne pas regarder derrière elle, alors qu'il lui semblait entendre des pas rapides dans son dos. Elle crut même sentir une main glacée la saisir au collet. Elle traversa le hall en toute hâte, grimpa l'escalier et parvint devant sa chambre. Elle comprit que quelque chose n'allait pas au moment où elle allait insérer la carte magnétique dans la serrure. La porte était déjà ouverte. Elle regretta son arme une fois encore et entra d'un pas prudent.

La lampe de chevet éclairait faiblement la chambre. Suffisamment toutefois pour lui montrer le lit défait et les tiroirs ouverts.

Quelqu'un était venu et avait fouillé partout.

102

– Certainement un voleur. Vous avez appelé la Scientifique ?

L'agent Piovesan la regardait d'un air à la fois surpris et fasciné. C'était la seule personne qui lui adressait la parole et qui l'écoutait, et Valentina avait un peu honte de ce qu'elle pensait de lui. C'était un garçon simple et brave qu'il ne fallait pas impliquer dans cette histoire. Elle allait partir, et lui resterait entre les griffes de Lomastro et de ses hommes. Elle résolut donc de minimiser l'événement, en se maudissant de lui avoir raconté cette effraction nocturne.

– Je ne crois pas qu'ils aient laissé d'empreintes. En tout cas, ils n'ont rien volé.

Elle pensa à la seule chose susceptible d'intéresser des cambrioleurs : son ordinateur, qu'elle emportait partout avec elle. Comme elle l'avait fait pour le portable de Fabio, qu'elle gardait au bureau enfermé dans l'unique tiroir qu'on lui avait concédé. Si c'était cela qu'ils cherchaient, l'affaire devenait préoccupante.

– Vous en avez parlé au directeur ? demanda Piovesan depuis le pas de la porte, hésitant à entrer.

– Non. Pourquoi donc ? C'est une simple histoire de rat d'hôtel. Je ne sais même pas pourquoi je t'en ai parlé.

Pourquoi, en effet ? Peut-être parce qu'elle était fatiguée d'être aussi seule. Les gens à qui elle avait l'habitude de se confier lui manquaient – et même ce traître d'Angelo Zucca avec ses commentaires sarcastiques. Elle se sentait sans défense.

Piovesan tourna les talons, perplexe, laissant Valentina face à l'ordinateur. Elle avait devant elle le rapport final pour Manin. Il allait bientôt classer définitivement l'affaire Sileri et tout serait terminé. Le soulagement qu'elle en éprouvait était la preuve de son échec.

Et même de son indifférence. Car désormais, ça ne l'intéressait plus. Le propriétaire de l'hôtel lui avait assuré que c'était la première fois qu'il se produisait une chose de ce genre dans son établissement ; il n'arrivait pas à comprendre comment quelqu'un avait pu accéder à sa chambre sans faire sonner l'alarme. Valentina était convaincue que le responsable n'était pas un simple petit voleur, ce qu'elle s'était bien gardée de lui dire. Elle se trouvait lâche, mais elle avait pris sa décision.

Je ne peux pas continuer comme ça. Je ne veux plus avoir peur. J'ai fait ce que je pouvais.

L'image de Fabio la poursuivait et c'est contre lui qu'elle déchargea sa fureur. Lui qui était la dernière personne sur qui prendre exemple.

Quoi qu'il en soit, les écoutes étaient terminées. Les rapports contenant les relevés des rares conversations de Claudio Altieri étaient sous scellés et seraient remis au parquet, qui les enterrerait avec des milliers d'autres documents.

Parmi les dossiers empilés sur son bureau se trouvait encore la chemise jaunie étiquetée « Signalement disparition autre province ». Elle contenait les documents du commissariat de Vérone relatifs à l'affaire de Sebastiano Zorzin, le clochard crucifié. À une époque où toutes les communications s'effectuaient encore par courrier, la PJ de Vérone avait envoyé un fax à tous les commissariats pour les aider dans leurs recherches. Le signalement contenait la photo du clochard disparu qui n'était guère qu'une tache grise, et tous les détails pour l'identifier. Nul ne pensait réellement retrouver ce malheureux, mais c'était ce qu'imposait le règlement.

De son côté, le commissariat de Padoue avait ouvert un dossier destiné à prendre la poussière sur le bureau d'un fonctionnaire quelconque pendant des mois avant son enterrement rituel aux archives. Mais dans celui-ci, il n'y avait aucun lien avec des lieux ou des personnes du territoire de Padoue, et même un enquêteur motivé n'aurait pas su par où commencer.

Valentina avait repris cette note plus par scrupule qu'autre chose. Pourtant, elle lui avait été si utile qu'elle en avait touché un mot à Manin quand il lui avait demandé s'il y avait eu des recherches approfondies sur la disparition du clochard.

Elle avait aussi eu la surprise de trouver dans ce mince dossier un rapport sur la rafle de pédophiles qui avait permis de retrouver la fameuse cassette. Il était étrange en effet que quelqu'un ait associé alors ces deux éléments apparemment dépourvus de lien : la disparition de Zorzin et la vidéo. Personne n'aurait pu le prévoir, à moins d'avoir visionné ce film et de connaître le clochard et son histoire.

Ce n'était peut-être qu'une coïncidence. Un point obscur qui le resterait toujours – du moins pour elle.

En reposant le compte rendu, elle s'aperçut qu'on avait noté quelques mots sur l'une des deux coupures de journal, un entrefilet jauni rapportant la disparition du vieux Zorzin. L'encre effacée par le temps était quasiment invisible.

Elle prit le papier et pointa directement la lumière de la

lampe dessus. Les lettres émergèrent comme des signes sur une vitre quand on souffle dessus.

« Pas la première fois. Voir homicide Albanesi-Bordoni. 1970. »

Elle contempla l'extrait de journal qui aurait pu glisser à tout moment de ce vieux dossier. L'écriture illisible. L'encre pâlie. Elle répéta les mots à haute voix pour se convaincre de ce qu'elle lisait.

– Pas la première fois. 1970. Homicide.

103

Le 11 novembre 1970, à la suite d'un signalement anonyme, une patrouille fut envoyée dans le village de Tombelle, à deux pas du fleuve Brenta, en pleine campagne. Dans un bâtiment abandonné, on retrouva les cadavres de Marco Albanesi, un toxicomane de vingt-deux ans, et de Linda Bordoni, une prostituée âgée de trente ans, tous les deux de Padoue. On leur avait tranché la gorge, sans doute avec la même arme. Un coup de rasoir précis de gauche à droite.

Mais le plus frappant dans cet homicide était la position dans laquelle on avait retrouvé les deux corps.

Marco et Linda étaient debout, soutenus par des cordes et des crochets qui les maintenaient à une grossière ossature de bois appuyée contre un mur. L'assassin les avait positionnés de façon à simuler une étreinte : leurs mains liées derrière la taille de l'autre, leurs visages pressés l'un contre l'autre évoquaient un obscène baiser de la mort. La touche finale était les deux bandes de drap entourant chacune des deux têtes, de sorte que ce baiser était donné à travers l'étoffe qui les recouvrait.

La mise en scène était grossière mais très suggestive. L'assassin avait utilisé des cordes aux extrémités desquelles étaient fixés des crochets de fer plantés dans leur chair jusqu'à l'os. Le résultat de cette macabre représentation, selon l'enquêteur, rappelait un célèbre tableau de Magritte, *Les Amants.*

À l'autopsie, il se révéla qu'ils avaient été endormis avec un puissant narcotique avant d'être égorgés. Toutes les autres blessures avaient été infligées post mortem.

Les policiers enquêtèrent dans le monde de la drogue et de la prostitution sans parvenir à aucun résultat. L'étrangeté de la position où l'on avait retrouvé les corps fut curieusement passée sous silence. Un seul quotidien local hasarda la comparaison avec l'œuvre de Magritte, en faisant allusion à l'éventualité d'un meurtre de psychopathe, mais cette hypothèse ne souleva aucun écho. Le cas fut aussitôt catalogué comme un homicide de seconde zone. La mort d'un toxicomane et d'une prostituée ne troubla guère les consciences, et il n'y avait pas eu par la suite d'autre meurtre semblable.

Valentina n'avait pas eu de mal à trouver la référence de la phrase inscrite dans la marge de l'entrefilet sur la disparition de Sebastiano Zorzin. En 1970, il n'y avait eu que deux homicides dans la province de Padoue, et l'affaire Albanesi-Bordoni était trop particulière pour ne pas évoquer la crucifixion du pauvre clochard. À cela près qu'il n'existait aucune preuve de l'homicide de celui-ci. Et entre les deux faits, il s'était passé vingt-cinq ans.

Et il avait dû se passer vingt-cinq années de plus avant que Luca Sileri ne se mette à tuer des femmes et des enfants ressemblant à des personnages d'œuvres d'art. Valentina était sous le choc. La petite note sur la coupure de journal remettait tout en question.

Elle regarda Piovesan, qui avait retrouvé aux archives la coupure sur le double homicide de 1970.

– Rien d'autre ? demanda-t-elle.

Le jeune homme rougit, comme chaque fois que Valentina lui adressait la parole.

– Ça n'a déjà pas été simple de retrouver ça, commissaire. C'est un vieux dossier qui ne sera jamais numérisé, et qui était destiné à la destruction, je crois bien. Vous avez une idée de ce qu'il y a dans cet endroit infernal ?

Aussitôt, il dut penser qu'il s'était trop avancé et se tut.

En effet, la numérisation des archives de la police, qui durait depuis des années, avait commencé en procédant à rebours, et il semblait impossible d'achever le processus. De nombreux dossiers des années 1960 et 1970, quand ils n'étaient pas détruits, allaient moisir ou nourrir les souris au fond de caves lugubres.

Il était curieux pourtant qu'il n'y ait pas plus de documents sur cet homicide. On y trouvait tous les premiers stades de l'enquête, le résultat des autopsies, les premières constatations effectuées par les policiers de l'époque. Mais il n'y avait pas les mandats de l'autorité judiciaire, ni le rapport final résumant les progrès de l'enquête. C'était comme si personne n'avait vraiment cherché à retrouver l'assassin de Marco Albanesi et de Linda Bordoni. Ni les juges, ni les policiers, ni même la presse, qui s'était bornée à quelques entrefilets. Il s'agissait pourtant d'un crime bien singulier.

L'autre hypothèse était que quelqu'un avait fait disparaître les documents les plus importants. Mais Valentina n'était pas encore disposée à envisager cette éventualité.

– Rends-moi un service, Piovesan, dit-elle au jeune agent

qui se mit presque au garde-à-vous. Cherche-moi tout ce que tu peux sur Albanesi et Bordoni. Des parents encore en vie, des amis, n'importe quoi… Et il serait bon aussi de savoir qui a instruit le dossier. On trouve quelques noms dans les procès-verbaux, mais j'aimerais savoir qui a dirigé l'enquête.

– Ce ne sera pas facile, commissaire.

– C'est pour ça que je m'appuie sur toi, dit-elle avec un sourire.

Le garçon rougit à nouveau.

– Je vais faire tout mon possible. Comptez sur moi.

Piovesan disparut, la laissant examiner le peu de travail accompli en 1970. Le seul élément professionnel était les photos prises sur la scène du crime. Elle savait qu'à l'époque les règles étaient plus souples et n'étaient quasiment jamais respectées. D'une part parce qu'il n'existait pas de protocoles rigoureux comme aujourd'hui, et d'autre part parce qu'on ne percevait pas encore l'importance des relevés scientifiques. Sur les scènes de crime passaient des policiers, des journalistes, des magistrats, des médecins et des ambulanciers, en général sans aucune précaution. Quand la Scientifique arrivait enfin, à supposer qu'elle ait été appelée à temps, la scène était déjà altérée. Tout ce qu'il restait à faire était de prendre un maximum de photos.

Elle se plongea dans les images de la fin de Marco et Linda, qui malgré l'usure du temps et la mauvaise qualité de l'impression faisaient encore frémir : Le spectacle avilissant de leurs corps rapprochés non dans un geste d'amour, mais au moyen d'un mécanisme de tirants et de crocs de boucher ; le dégoût qui se lisait sur la mine des policiers ; et l'horreur des visages des victimes, en partie décomposés, avec leurs yeux se liquéfiant.

Quand Piovesan revint une heure plus tard, Valentina avait

encore les photos entre les mains. Elle le fixa, attendit. Il fut visiblement heureux de lui communiquer le succès de sa recherche.

– J'ai trouvé un nom, commissaire.

Valentina sourit. Et le cœur de Gabriele Piovesan se serra sous la morsure d'une inexplicable et douloureuse nostalgie.

104

Au soir du surlendemain, Valentina composa le numéro de Fabio et fut soulagée de trouver le répondeur. Elle ne voulait pas lui parler, mais elle devait absolument lui laisser un message.

Quand elle eut raccroché, un gouffre s'ouvrit dans lequel elle se jeta corps et âme. Et il lui parut que cet abîme l'absorbait, que son obscurité l'attirait à elle. Elle ne résista pas et laissa ce sentiment d'oppression l'envahir. C'était le seul moyen : accepter sa peur et la regarder dans les yeux pour pouvoir la combattre.

Et puis, tout s'apaisa et elle put dormir en paix. Un sommeil sans rêve et sans cauchemars. Pour la première fois.

Elle était presque heureuse.

La journée du lendemain serait décisive. D'une manière ou d'une autre.

BIENVENUE À HOLOCAUSTE

105

Un instant plus tôt, il y avait eu l'obscurité douce et protectrice qui prolongeait l'effet de l'alcool, embrumait les souvenirs et prédisposait au néant.

Un instant plus tard, ce fut une brutale irruption de couleurs violentes : d'abord une lueur rouge feu, puis un orange vif annonçant une formidable migraine. Il n'aurait jamais cru qu'il pourrait être aussi douloureux de fixer l'intérieur de ses paupières – et donc il les ouvrit.

Le soleil entrait à flots par les volets grands ouverts. Monica, sa femme de ménage, se penchait sur lui avec cette expression d'officier nazi que Costa connaissait si bien.

Il voulut protester, mais ne put bredouiller qu'un gargouillement incompréhensible. Monica lui attrapa le gros orteil et le secoua.

– Qu'est-ce que vous attendez pour vous suicider ? Au moins, ça m'évitera d'avoir à nettoyer chez vous trois jours par semaine.

Il aurait voulu lui dire qu'il n'en aurait jamais le courage et qu'elle n'aurait jamais cette chance, mais il se borna à émettre un nouveau grognement.

– Pourquoi vous ne prenez pas une bonne douche avant

de sortir un peu ? poursuivit Monica qui commença à tourner dans la pièce dans l'intention manifeste d'y remettre un peu d'ordre.

Costa pensa qu'elle n'avait pas le droit d'entrer dans sa chambre à coucher comme une furie, avant de réaliser qu'il était dans le salon, vautré sur le divan, torse nu et complètement gelé. Il n'avait aucune idée de ce qu'il faisait là, même si la bouteille vide de Jack Daniel's gisant sur le tapis était un indice assez prometteur.

Il s'assit, tenant dans ses mains sa tête au bord d'exploser, dans les oreilles la voix de Monica qui s'adoucissait, chose stupéfiante, en lui disant qu'elle allait lui préparer un bon café.

– Plusieurs litres, murmura-t-il d'un ton vague.

Les dernières semaines avaient été une lente et inexorable chute au fond d'un tourbillon fangeux qui avait apaisé sa souffrance et annihilé sa pensée. Une descente aux enfers qu'il s'était lui-même infligée et dont il pensait ne jamais sortir. Et puis, ce matin, un rayon de soleil impertinent et la vieille Monica qui le saisissait au collet pour le ramener à la surface. Pas encore lucide, profondément blessé, mais vivant. Pourquoi ? Que s'était-il passé pendant la nuit ?

Puis tout lui revint. Un rêve. Plusieurs, peut-être. Des fragments incohérents. Des instants de lucidité. Et partout, il retrouvait Valentina. Triste, souriante, furieuse, déçue, heureuse. Et elle l'appelait. Elle avait besoin de lui.

Valentina.

Cette pensée le secoua tout entier. Elle ne soulagea pas son mal de tête, qui ne faisait que croître, mais elle lui donna une énergie nouvelle. Il eut envie de l'entendre, de lui demander pardon. De lui dire qu'elle avait raison, qu'il n'était pas l'homme qu'il avait voulu lui montrer. Avec l'espoir qu'elle lui répondrait, et la certitude qu'elle ne voudrait plus entendre parler de lui.

Il sentait qu'il devait réagir rapidement, qu'une autre vague de nihilisme ne tarderait pas à l'envahir, le faisant replonger dans ce maelström. Et la prochaine fois pourrait être la dernière. Son portable était déchargé depuis longtemps, mais quand il réussit péniblement à le brancher, une série de bips l'informa qu'il avait de nombreux messages en attente.

Il parcourut la liste des appels, cherchant à accommoder sa vue à ce nouveau monde certes magnifique mais si rempli de lumière, et ignora tous les messages sauf un, qui fit bondir son cœur dans sa poitrine. Valentina. Deux jours plus tôt.

Il enclencha le répondeur et sa voix entra dans sa tête, harmonieuse comme toujours. Mais elle était chargée d'une émotion qui lui donna le frisson.

« Salut, Fabio. Désolée pour ce message à une heure pareille, même si je ne sais pas quand tu l'écouteras... Pardonne-moi pour tout ça. En réalité, c'est peut-être toi qui me dois des excuses, mais peu importe. Et peu importe ce que tu as fait ou ce que tu crois avoir fait. Lequel de nous deux est un monstre ? Ça n'a plus d'importance à présent. J'ai seulement besoin de te dire certaines choses... Et comme tu ne réponds pas, j'ai au moins besoin de te faire savoir que tout va bien ici même si c'est difficile. Je suis seule, et tu avais raison, ils vont me le faire payer cher. Mais le fait est que je suis à un tournant. Fabio, je crois vraiment savoir qui et comment... Et c'est si horrible et bouleversant que personne ne voudra me croire. Mais toi, tu seras le premier à comprendre. Parce que tu me connais, parce que je t'ai tout raconté. Tu es le seul à savoir par exemple que je n'ai jamais aimé le Caravage, même avant toute cette histoire. Ce n'est pas un détail. Et c'est pour cela que je voudrais que tu sois ici à mes côtés.

Pas parce que j'ai peur, mais parce que je voudrais partager tout cela avec toi. Je te le répète, peu importe ce qui s'est passé entre toi et le reste du monde. Je sais qui tu es. Et si je me trompe, j'en paierai les conséquences. Une fois encore, je voudrais que tu sois là... »

Une pause. En arrière-fond, la sonnerie d'un téléphone fixe. Valentina reprit.

« Il faut que j'y aille. J'y suis presque, tu sais. Quelques personnes encore à voir. Quelqu'un qui peut tout me raconter. Et puis ce sera fini. Je vais te surprendre. »

Une autre pause, plus longue, comme si elle avait hésité à ajouter quelque chose. Puis le message s'interrompit. Costa fixa longuement l'écran, s'attendant à ce que le téléphone se remette à sonner, et que ce soit Valentina au bout du fil en train de lui dire que tout allait bien, qu'elle avait résolu le mystère. Mais le portable resta muet.

Monica arriva avec le café, qui lui donna la force de rappeler Valentina pour lui dire qu'il irait la retrouver où qu'elle soit. Et qu'ils régleraient tout cela ensemble.

Il n'y eut pas de réponse. Il essaya plusieurs fois, pris d'un mauvais pressentiment, mais le téléphone resta muet. Il n'y avait même plus de messagerie. Plus rien qu'un faible bruissement.

106

Au téléphone, Loris Manna ne chercha pas à cacher sa surprise. Il parut heureux, aussi.

– Commissaire ! Quel plaisir de vous entendre. À Volterra,

nous n'avons même pas eu l'occasion de nous dire au revoir. Vous allez bien maintenant, n'est-ce pas ?

Costa ne savait pas trop s'il faisait allusion aux blessures physiques ou aux blessures plus profondes qui l'avaient éloigné du monde. Quoiqu'il en fût, il résolut d'être sincère. Au fond, il avait appelé Loris précisément parce qu'il lui semblait le plus fiable du groupe de Rome.

– Si tu parles du corps, plus de problèmes, Loris. La convalescence est terminée, les blessures presque entièrement refermées et je suis seulement en attente d'une mutation. Si ça me convient…

– Oui, j'ai appris. Ils vous le font payer cher, hein ? Je suis désolé.

– Peu importe. Vraiment. Nous sommes tous des soldats et nous allons là où l'on nous envoie. Ce n'est pas pour cela que je t'appelle, Loris. Il s'agit de Valentina. J'ai tenté de la joindre, mais son téléphone est toujours éteint. Je sais qu'elle était à Padoue pour terminer l'enquête et je voulais qu'elle me dise comment ça s'était passé…

Au silence de Loris, il comprit que quelque chose n'allait pas.

– Tu es toujours là ?

– Oui, mais je suis au bureau et… Écoutez, je vous rappelle dans cinq minutes, ça vous va ?

Costa coupa la communication, soucieux et presque angoissé. Loris lui avait paru gêné. Mais peut-être devenait-il paranoïaque.

Loris le rappela dix minutes plus tard. Costa bondit sur le téléphone.

– Que se passe-t-il, Loris ?

– Je ne sais pas comment vous annoncer ça, mais… La commissaire Medici a disparu.

– Mais de quoi tu parles ?

– Ici, ils sont tous muets comme des carpes. Je crois même qu'ils minimisent à dessein. On dit qu'elle a pris quelques jours de congé, mais personne n'a plus entendu parler d'elle depuis la semaine dernière. On ne l'a pas vue au SCO, et même pas chez elle à Rome.

– Mais elle était à Padoue il y a encore peu de temps... Personne ne dit rien là-bas ?

– Ici en tout cas, personne n'a l'air intéressé, et j'ai donc pris l'initiative de les appeler. Ils m'ont répondu qu'elle avait terminé son travail et qu'elle était partie pour Rome vendredi dernier.

Costa eut l'impression soudaine d'être plongé dans une eau glacée. Il fut pris du désir de retourner illico à l'oubli éthylique, mais réussit à l'éloigner. Son pressentiment s'était douloureusement avéré : Valentina avait disparu, et personne ne semblait s'en soucier.

– Que croyez-vous qu'il lui soit arrivé ? demanda Loris d'une voix qui tremblait imperceptiblement.

Costa avait déjà pris sa décision.

– Loris, j'ai besoin de toi.

– Mais certainement. Que voulez-vous que je fasse ?

– À moi, personne ne dira rien. Recueille toutes les informations que tu peux. Essaie de découvrir à quel hôtel était descendue Valentina à Padoue. Et je dois savoir aussi sur quoi elle travaillait. Elle m'a parlé de choses à approfondir, mais je n'en sais pas beaucoup plus... Et puis, essaie d'avoir l'un de ses amis à Rome, elle a peut-être appelé quelqu'un. Je ne sais même pas si elle a des parents...

– J'ai l'impression qu'elle était aussi seule que vous, commissaire. Oups, pardon...

Costa eut un sourire amer devant cette gaffe. Loris avait

raison, Valentina et lui étaient seuls. Lui par sa propre faute. Et elle ?

– Je veux dire, professionnellement seule, tenta de se rattraper Loris. Quand le directeur l'a expédiée à Padoue, il ne l'a pas laissée prendre quelqu'un avec elle. Angelo Zucca, vous vous rappelez ? Il m'a dit qu'il se sentait un peu coupable parce qu'elle lui avait demandé de l'accompagner et qu'il avait refusé. Et si Zucca a des remords, c'est que Valentina est vraiment en difficulté.

– C'est précisément ce qui m'inquiète. Vas-y, agite-toi, Loris.

– Je m'y mets et je vous tiens au courant. Mais il semble qu'il y ait autre chose.

– Dis-moi, dit Costa, déjà prêt à entendre le pire.

– Quand ils nous ont fait rentrer à Rome, on a tous pensé que l'affaire était close avec la mort de Sileri. De fait, ils m'ont immédiatement mis sur de nouvelles enquêtes. Mais… Vous vous souvenez de ces étranges conversations cryptées que nous avions trouvées sur le Dark Web ?

– Le *chat* qui mentionnait les tableaux du Caravage ? Le réseau où s'était glissé Guido Marchesi… Bien sûr que je m'en souviens.

– Il n'y a plus eu moyen d'en parler, après tout ce qui est arrivé.

– Loris, tu voudrais me faire une faveur ?

– Oui, répondit Manna avec l'hésitation d'un homme qui redoute un piège.

– Alors, tutoie-moi, s'il te plaît. Je me sentirai beaucoup plus à l'aise.

– Ah, mais certainement ! Bien sûr. Merci.

– Je t'en prie. Continue, maintenant.

– Donc, comme je vous le… Comme je te le disais, après

la découverte de ce *chat* j'avais contacté le FBI. La Cyber Division précisément. Je leur ai fourni toutes les informations que nous avions recueillies. Et ils ont travaillé dessus… Je crois même qu'ils ont utilisé des agents sous couverture. Soit dit en passant, leurs lois à cet égard sont beaucoup moins contraignantes que les nôtres.

– Et alors ?

– Alors, leur enquêteur, David Minetti, m'a justement appelé hier. Un type sympathique, mais aussi très pragmatique. Ils ont réussi à infiltrer quelques-uns de ces *chats* et ils ont identifié un des interlocuteurs, ce Nightgaunt qui cherchait à s'informer sur *L'Extase de saint François.* Ça fait un moment qu'ils le suivent sur la Toile. Ils estiment qu'il a le profil d'un criminel sociopathe et ils voudraient éviter un massacre. Et puis, il y a quelques nouveautés qui nous concernent de très près. La première est que la nouvelle de la mort de Sileri s'est propagée sur le Net et a fait l'objet de commentaires. Car Sileri avait aussi des fans. Et il semble que ça s'agite beaucoup dans certaines cryptocommunautés…

– Ça s'agite comment ?

– Il s'agit d'un challenge. Une sorte de concours de l'horreur, et l'Italie est citée très souvent.

– Je ne comprends pas.

– Les collègues du FBI non plus, pour tout te dire. Minetti doit m'envoyer toutes les transcriptions des *chats* et il me tiendra au courant de la suite. Ça n'a peut-être rien à voir, mais…

Costa réfléchit à ce lien en s'efforçant d'en évaluer toutes les implications. L'information avait son importance, mais pour l'instant ça ne le concernait pas. Il n'avait aucune intention d'enquêter encore sur des crimes inspirés par Caravage ou n'importe quel autre fichu peintre. Il voulait seulement retrouver Valentina.

Il remercia Loris, raccrocha et resta le regard fixé sur le mur devant lui. Il était orné d'une reproduction du *Jardin des délices* de Jérôme Bosch que quelqu'un lui avait offerte quelques années plus tôt. Rien à voir avec le Caravage. Seulement des créatures fantastiques et des allégories. Des monstres difformes, mais aucun visage qu'il aurait pu croiser dans la rue. Aucun mystère à résoudre à part celui du symbolisme flamand.

Sa valise était grande ouverte sous le triptyque, attendant d'être remplie.

Une demi-heure plus tard, Costa appuyait sur l'accélérateur tandis que le soleil le réchauffait à travers le pare-brise. Il n'alluma pas la radio. Seules ses pensées l'accompagnèrent, déjà bien assez bruyantes.

107

En dépit de son nom et de sa façade prétentieuse, l'Excelsior, où Valentina était descendue, était en réalité une sorte de pension familiale de luxe. Costa arriva à la nuit et obtint une chambre sans difficulté. Après avoir défait son bagage et s'être rafraîchi, il descendit parler au propriétaire. Il s'appelait Rubatto, et c'était un Padouan à la cinquantaine pas très bien portée qui ne détestait pas tailler quelques bavettes avec ses clients.

Quand Costa lui dit qu'il était commissaire et lui demanda des nouvelles de sa collègue Valentina Medici, son regard s'illumina.

– La commissaire ! Une femme exquise, et si gentille. Et

très belle, ajouta-t-il en le scrutant pour essayer de savoir s'il y avait entre eux un peu plus que de l'amitié.

– Nous devions nous retrouver ici, lui dit Costa sur un ton de conspirateur, confirmant les soupçons de l'hôtelier, mais on dirait qu'elle ne m'a pas attendu.

Il prit un air triste et abattu. Rubatto se sentit ému.

– Ah, mais elle va revenir, vous savez ! Elle va revenir.

– C'est elle qui vous l'a dit ?

– Non, ce sont ses deux collègues quand ils sont venus prendre ses valises.

– Ses valises ? Vous voulez dire qu'elle ne les a pas emportées ?

– Je crois qu'elle les a laissées et n'a pris que son sac à main. Mais elle a réglé la totalité du mois, donc elle va revenir, affirma-t-il avec la certitude des gens qui n'en savent strictement rien. D'ailleurs, ses collègues du commissariat me l'ont confirmé...

Sourire complice, en homme honoré que la police l'estime digne de cette information. Costa réfléchit, en veillant à dissimuler son trouble.

– Oui, ce sont mes collègues. Ils vous ont donné leur nom ?

– En réalité, j'ai parlé à un seul des deux, l'autre l'attendait dehors. Il ne m'a pas donné son nom, il m'a seulement montré sa plaque. C'est lui qui a récupéré les bagages dans la chambre. Il m'a dit que la commissaire était partie pour une mission urgente, mais qu'elle allait revenir. (Soudain son expression changea.) Pourquoi, il y a un problème ?

– Pas du tout. Je voulais seulement connaître le nom du collègue pour le remercier.

– Ah, je comprends. J'espère en tout cas que la commissaire n'est pas partie à cause de ce qui s'est passé la semaine dernière...

– De quoi parlez-vous ?

Le visage de Rubatto se plissa sous l'effet de l'embarras et d'un regret sincère.

– Oh ! Une chose qui n'est jamais arrivée dans cet hôtel. Quelqu'un a pénétré dans sa chambre pour tenter de la cambrioler. Heureusement, elle ne contenait rien de précieux, mais cela l'a mise mal à l'aise. Je la comprends, trouver comme ça sa chambre sens dessus dessous…

Costa réfléchissait. L'histoire des collègues venus prendre les valises de Valentina n'avait aucun sens, et celle de l'effraction était plutôt inquiétante.

– Dans quelle chambre était installée la commissaire Medici ?

– La 16, à l'étage où vous êtes. Mais n'ayez aucune crainte, on a vérifié la serrure magnétique. Tout est en ordre. Personne n'essaiera plus de faire ce genre de choses.

Costa consulta sa montre avec un bâillement.

– Il est tard, et le voyage a été long. Je monte me coucher.

– Mais vous savez quand va revenir la commissaire ? demanda Rubatto en se penchant par-dessus son comptoir. C'est une femme si charmante !

– Très bientôt, le rassura Costa, en espérant que ses mots sonnaient plus sincèrement aux oreilles de l'hôtelier qu'aux siennes.

108

Forcer la porte de la chambre 16 ne fut pas un gros problème. Il avait acquis ce savoir-faire grâce à un Géorgien qu'il avait arrêté deux ans plus tôt pour une série de vols à

Volterra et dans les environs. Membre d'une bande organisée capable d'ouvrir sans dommage à peu près tous les types de serrures, mécaniques ou magnétiques, le cambrioleur lui avait dévoilé ses secrets en échange d'un mot en sa faveur glissé à l'oreille du juge.

Il lui suffit d'un peu de patience, aidé par le fait qu'il était à ce moment le seul occupant de l'étage.

Quand il pénétra dans la chambre obscure, il fut assailli par la sensation que Valentina était encore là. Il crut même percevoir son parfum, l'odeur de sa peau. Mais il rêvait sans doute. La chambre n'avait pas été utilisée depuis son départ (*sa disparition, ne l'oublie pas, Valentina a disparu*), mais elle avait été rangée et nettoyée. Pourtant, même quand il eut allumé une discrète lampe de chevet, cette impression demeura. Valentina s'était trouvée là, elle avait dormi dans ce lit, avait marché pieds nus sur ce carrelage, s'était accoudée à cette fenêtre. Elle avait laissé son empreinte partout tandis qu'elle poursuivait sa chasse à l'homme. Toute seule. Prenant des risques quand tout le monde l'avait abandonnée – lui y compris.

Il s'arrêta au milieu de la chambre. Que faisait-il là ?

L'hôtelier avait été clair. Valentina était partie et quelqu'un était venu prendre ses valises. Pourquoi ? Le commissariat de Padoue avait informé le SCO que Valentina avait terminé sa mission et était rentrée à Rome. Mais étaient-ce vraiment des policiers qui étaient venus prendre ses bagages ? Cela n'avait rien d'une procédure régulière. Il semblait plutôt que quelqu'un ait été très soucieux de faire disparaître toute trace de Valentina – et de l'enquête qu'elle menait.

Costa commençait à penser qu'il lui était arrivé quelque chose de grave. Le message qu'elle lui avait laissé au téléphone était clair : elle n'avait pas confiance dans son entourage, elle craignait que ses découvertes lui causent des problèmes. Et elle venait de subir une tentative de cambriolage dans sa chambre d'hôtel. Que cherchaient-ils ? De l'argent ? Sûrement pas. Les informations qu'elle avait recueillies ?

Je crois maintenant savoir qui et comment... Et c'est si horrible et bouleversant.

Valentina conservait ses données dans l'ordinateur portable dont elle ne se séparait jamais, et qui avait dû disparaître avec elle ou avec ses valises. Et déjà lors de ce coup de fil, alors qu'il naviguait encore entre les brumes du whisky et l'apitoiement sur soi, elle avait cherché à lui dire combien elle était seule. Après le cambriolage, elle avait dû se montrer plus prudente. S'il la connaissait bien, elle avait réfléchi aux moyens de protéger ses secrets.

Mais oui, bien sûr ! Il s'en souvenait à présent. Lors de leur dernière conversation téléphonique, elle lui avait dit autre chose. Elle l'avait informé qu'elle avait copié ses plus importants dossiers sur une clé USB qu'elle avait dissimulée quelque part. Consciente qu'elle courait des risques, elle avait voulu s'assurer qu'il sache où chercher. Comment avait-il pu l'oublier ? Il avait déjà la réponse et elle était mortifiante.

Mais à présent, il était temps de passer à l'action. Une clé USB, donc. Un objet petit et facile à dissimuler. Dans une cachette idoine. Mais laquelle ?

Il regarda autour de lui. Si elle l'avait laissée dans cette chambre, elle avait dû trouver un endroit sûr et cependant accessible. Un lieu incompréhensible pour tout autre qu'elle et lui.

L'appartement était composé d'un petit vestibule, de la chambre et d'une grande salle de bains. L'ameublement était simple mais élégant. Du mobilier de bonne facture, quelques bibelots. Guère d'endroits où dissimuler quelque chose. Il chercha partout. Il souleva les sièges, regarda sous les lampes et derrière les tableaux. Il fouilla tous les recoins de l'armoire et sous le lit, appliquant tous les critères des perquisitions sans négliger les endroits les plus improbables. Il chercha à imaginer le raisonnement de Valentina, mais la seule chose qui lui vint à l'esprit fut que sa suite était de toute façon l'endroit le moins protégé.

En sortant de la chambre 16, il était un peu moins certain que Valentina ait réellement mis en sécurité d'éventuelles informations. Il avait peut-être exagéré en pensant qu'elle dissimulait un secret quelconque.

Mais là, devant la porte qu'il venait de refermer, quelque chose lui revint à l'esprit. Un autre détail qu'il avait négligé. Il lui trottait dans la tête depuis un moment sans qu'il arrive à mettre le doigt dessus.

Au bout du couloir, l'escalier qui descendait dans le hall, éclairé par la lumière tamisée de quelques appliques, était orné d'une série de tableaux – donnant comme dans tous les hôtels une sensation de paix ouatée et artificielle.

Une phrase que Valentina lui avait dite dans son dernier message. Qu'il n'avait pas comprise aussitôt et à laquelle il n'avait pas accordé d'importance. Mais à présent il s'en souvenait, ayant réécouté ce message des dizaines de fois.

Tu me connais, tu es le seul à savoir que je n'ai jamais aimé le Caravage.

Un jour, à propos de Sileri, Valentina avait confié qu'elle n'aimait pas particulièrement la peinture du Caravage. Elle préférait un art plus transfiguré, moins réaliste.

J'aime des peintres comme Chagall ou Modigliani.

Il exagérait sans doute. Cette allusion au Caravage n'avait peut-être rien à voir… Ou plutôt si, bien sûr, puisque c'était l'art du Caravage qui avait accompagné ces crimes épouvantables.

Mais une expression particulière dans le ton de Valentina lui suggérait une autre explication. S'il n'était pas complètement paranoïaque, c'était un indice caché.

Il n'eut pas besoin de réfléchir longtemps. Les élégants cadres dorés suspendus sur les murs devant lui contenaient des reproductions de peintres célèbres. Des Italiens : Chirico, Carrà. Il y avait aussi un Modigliani. Un visage de femme au long cou allongé, avec ses yeux en amande magnétiques.

Il détacha la reproduction du mur et la retourna. Dans un coin entre la corniche de bois et la toile imprimée avait été encastré avec soin un petit objet noir.

Costa serra dans son poing la clé USB que Valentina avait dissimulée avant de disparaître.

109

Quand Sileri avait été tué et l'équipe de Volterra dissoute parce que la chasse était terminée, Loris avait poussé un soupir de soulagement. Plus de visages de personnes disparues et sans doute massacrées. Finie l'angoisse d'arriver à temps pour sauver une vie. Seulement la routine des algorithmes et un rythme de travail qui convenait mieux à sa nature pacifique.

Et puis Costa l'avait appelé, et tout avait recommencé. Pour affronter cela, il avait besoin du point de vue de quelqu'un d'autre.

– Tu me demandes ce que j'en pense ? dit Giampaolo D'Avanzo sans lever la tête de la toile qu'il examinait. Le monocle dont il se servait pour inspecter les détails des toiles lui donnait l'air d'un animal étrange.

– Valentina a disparu, dit Loris, ou peut-être qu'elle ne veut pas qu'on la retrouve. Costa m'appelle en avançant une hypothèse terrifiante... Mais il n'est pas toujours lucide et on m'a dit qu'il s'était mis à boire. Et puis, ces signaux venus du Dark Web... Moi, je ne suis qu'un analyste. Je ne crois pas être équipé pour affronter ce genre d'affaires.

– Et qui le serait ? murmura D'Avanzo comme pour lui-même.

Ils se trouvaient dans l'une des salles souterraines de la galerie Borghèse, où le musée conservait les œuvres non présentées au public. D'Avanzo faisait partie du comité scientifique de l'institution et était souvent consulté sur des œuvres d'art à l'attribution douteuse.

Pour le rejoindre, Loris avait dû franchir une série d'obstacles, constitués de gardes assermentés et de tourniquets électroniques qui auraient fait pâlir son service d'envie. Le côté positif de cette visite, c'était de l'avoir obligé à traverser quasiment en courant des endroits où la beauté, déclinée sous toutes les formes artistiques, était si intense qu'elle donnait le tournis et lui faisait ressentir pour la première fois ce qu'éprouvent les gens saisis par le syndrome de Stendhal.

D'Avanzo se trouvait au fond d'un immense magasin à peine éclairé par de grandes lucarnes, rempli de centaines de tableaux emprisonnés dans des châssis en bois de toutes les dimensions. L'expert en art examinait sous une lumière bleue une toile de la taille d'un homme, appuyée contre le mur, qui rappela à Loris une peinture du Caravage. On y voyait un vieillard nu, à la longue barbe blanche, penché sur une écritoire. Il avait détourné les yeux des objets qui l'occupaient – une mappemonde, un parchemin et un stylet – pour contempler le spectateur. L'effet était inquiétant, comme si le vieillard épiait ceux qui l'observaient. Loris frissonna.

– Je crois que c'est un Bartolomeo dei Crescenzi…, dit Giampaolo qui avait perçu la curiosité de son ami. De son vrai nom, Bartolomeo Cavarozzi. Et oui, si tu te le demandes, c'est un contemporain du Caravage et il appartient à la même école. Mais tu vois bien les différences, n'est-ce pas ?

– Je crois que oui, dit Loris, comme s'il passait un examen. Il n'a pas la puissance de Caravage, le visage du vieux est moins réaliste. Mais le jeu de l'ombre et de la lumière est le même, provoquant une certaine sensation d'effroi. Caravage, lui, me terroriserait.

D'Avanzo se redressa d'un air satisfait.

– Mais il n'est pas mauvais du tout, notre expert. Je vois que tu as bien appris mes leçons !

Loris lui lança un petit sourire ironique.

– Je ne sais pas encore s'il est authentique, poursuivit-il en revenant à son tableau. Il représente saint Jérôme pensif. Caravage a peint une scène semblable, tu te rappelles ? Mais Sileri aurait su exactement quel tableau utiliser pour rechercher le sosie du saint. Personne ne maîtrise ce réalisme comme le Caravage.

Ils échangèrent un regard entendu. Entre eux s'était développée la complicité de ceux qui ont traversé l'enfer ensemble.

– Finalement, nous avions raison, reprit D'Avanzo. Il s'agissait uniquement du Caravage. Il colle si bien à la réalité qu'un cinglé ayant l'intention de reproduire ses tableaux ne pourrait trouver de meilleur modèle. Et tu sais à quoi ça nous amène ?

– Au fait que toute cette histoire ne peut pas se terminer avec la disparition de Luca Sileri, répondit l'inspecteur.

– Exactement. Pour chercher, analyser et comparer le visage de millions de personnes sur Internet ou sur n'importe quelle autre diablerie moderne, il faut des moyens, de l'argent, de la préparation. Mais Sileri n'était qu'un psychopathe violent et pervers qui ne savait même pas qui était Caravage avant que...

– Avant que quelqu'un le lui dise, termina Loris.

– Et son profil psychologique le confirme. Derrière Sileri, il devait y avoir quelqu'un d'autre. Je crois que Valentina avait découvert qui c'était. Je l'ai eue au téléphone il y a une dizaine de jours.

Loris frissonna une fois encore. C'était peut-être dû aux courants d'air qui s'infiltraient partout, ou aux yeux de dizaines de tableaux qui l'observaient depuis leurs châssis. Ou encore à l'idée que Valentina Medici avait dû affronter seule les monstres dissimulés dans l'ombre de Sileri et y avait succombé, parce que lui, Costa et tous les autres l'avaient laissée en proie à cette horreur.

– Tu l'as eue au téléphone ? reprit-il en se retournant vers saint Jérôme qui continuait à le fixer.

– Je lui avais parlé avant qu'elle parte et je n'avais pas perçu qu'elle avait peur. Mais dans ce dernier coup de fil, le plus important à mon avis c'est ce qu'elle ne m'a pas dit.

– Ce qu'elle ne t'a pas dit ?

– Elle ne m'a pas parlé de Fabio, par exemple. Je savais qu'elle avait l'intention de passer chez lui en allant à Padoue, elle me l'avait avoué avant de partir. Et elle ne m'a pas dit un mot de l'avancement de son enquête. Rien. Et pourtant, à chaque instant de cette conversation téléphonique, j'ai eu l'impression qu'elle voulait me transmettre un message. Mais elle ne l'a pas fait, et moi, comme un lâche, je ne lui ai rien demandé. Je craignais d'être entraîné une fois encore dans cette histoire de mort et de douleur. Alors que j'avais été le premier à lui dire de ne pas abandonner.

– Oui, c'est ce qu'on a tous fait, reconnut Loris. Et on l'a laissée toute seule.

Il regarda saint Jérôme dans ses yeux vitreux, comme pour le défier. *Oui, nous sommes faibles et lâches. Et alors ?*

– Finalement, qu'est-ce qu'elle t'a raconté ?

– Nous avons parlé d'autre chose, dit D'Avanzo. Du pur bavardage pour rester au téléphone. Mais avant de raccrocher, elle a reconnu qu'elle se sentait délaissée. Cernée. Je lui ai demandé s'il n'y avait pas quelqu'un là-bas pour lui donner un coup de main. Elle m'a dit qu'elle ne se fiait qu'à un jeune agent pas encore corrompu par les autres. Et que si nous avions besoin d'elle sans parvenir à la joindre, il fallait aller trouver ce garçon. Ça ne m'a pas paru particulièrement bizarre sur le moment. Mais maintenant... C'est une autre histoire, non ?

– Comment s'appelle ce policier ? Tu t'en souviens ?

– Je l'ai marqué sur un bout de papier. Attends, je vais te le chercher.

Il le laissa seul avec saint Jérôme, qui semblait scruter les pensées tourbillonnant dans sa tête.

Loris partit le lendemain matin, en avertissant le bureau qu'il prenait une semaine de congé en retard pour des affaires familiales urgentes.

Costa l'accueillit devant le petit hôtel où il logeait et où il avait réservé une chambre pour lui. Il se borna à lui serrer la main et à le remercier d'être accouru si vite à son aide. Loris remarqua sa pâleur et son air abattu. C'était un autre homme que celui qu'il avait rencontré à Volterra.

– Tu vas bien ?

– J'ai encore un peu mal au cou... Mais à part ça, ça va.

C'était un mensonge, et ils le savaient tous les deux.

– Va t'installer dans ta chambre. Après, on se retrouve dans la mienne et je te fais le point de la situation.

– Et tu m'expliques du même coup à quoi je peux t'être utile ici. Parce que je n'ai toujours pas compris ce qui se passait.

– Je t'en remercie, dit Costa avec un sourire triste. Valentina avait raison à ton propos. Maintenant, va te reposer et te rafraîchir. Je t'attends dans ma chambre.

À tout autre moment, ce genre de déclaration aurait suscité une réponse ironique. Mais il avait lu sur le visage de Costa un véritable désespoir – le même qu'il commençait lui aussi à éprouver.

110

Faire halte au Granduca, une petite cafétéria près de l'université, était la seule habitude à laquelle l'agent Gabriele Piovesan n'aurait jamais renoncé. Le bar avait deux caractéristiques irrésistibles à ses yeux : les magnifiques croissants qu'il y enfournait, et l'absence de ses collègues. Tous les cafés autour du commissariat étaient bourrés de policiers, et Piovesan avait beau être de nature sociable, il avait besoin de s'isoler un moment avant de prendre son service. De ne pas se mêler à des gens dont l'unique conversation tournait autour du travail, du mépris de la société à l'égard des policiers, et, pour les plus âgés, de la retraite si ardemment désirée.

Le Granduca, en général fréquenté par des étudiants, était donc devenu son refuge avant d'entamer ses journées – qui ces derniers temps se caractérisaient par un calme plat.

Aussi sa première réaction, quand l'homme s'approcha de lui en lui demandant s'il était bien l'agent Piovesan de la PJ, fut de l'agacement. Malgré sa gentillesse et sa bonne éducation, il répliqua brusquement.

– Et qui le demande ?

L'importun, un grand type brun, sortit sa plaque.

– Je suis le commissaire Fabio Costa et j'aurais besoin de vous parler.

– Commissaire Costa ! C'est vraiment vous ? Ici à Padoue ?

– Vous me connaissez ?

– Non, pas en personne. Mais la commissaire Medici m'a beaucoup parlé de vous. Et j'ai lu quelques-uns de vos rapports sur l'affaire Sileri... Je suis très honoré !

– Eh bien, c'est précisément de Valentina que je viens vous parler.

Quelque chose dans l'attitude du commissaire le mit en alerte. Piovesan ne s'estimait pas particulièrement intuitif, mais cette fois il perçut aussitôt que la commissaire avait des ennuis, et des gros.

– On peut s'asseoir un moment ? demanda Costa en indiquant une petite table à l'intérieur du bar.

Piovesan l'observa avec curiosité tandis qu'il commandait un café au serveur. Costa lui rendit son regard, le poussant à prendre son courage à deux mains.

– Commissaire, je peux vous demander comment vous m'avez trouvé ? Je veux dire, personne ne sait que je m'arrête ici le matin pour manger quelque chose...

Il se mordit les lèvres, regrettant d'en avoir trop dit. Mais la réponse de Costa le stupéfia.

– Excusez-moi, mais je vous ai pris en filature.

– Vous m'avez... ? Mais qui ça ? Comment ça, filé ? Que se passe-t-il, commissaire ?

Son cappuccino refroidissait et son croissant ne lui semblait plus aussi appétissant.

– Pour tout dire, je ne sais pas encore ce qui se passe, dit Costa. Mais j'ai dans l'idée que Valentina vous faisait confiance. C'est pour ça que je suis ici. Vous savez qu'elle a disparu ?

Piovesan regarda autour de lui. Cette conversation prenait un tour inquiétant.

– Disparu ? Comment cela ? Je savais qu'elle était partie, qu'elle était rentrée à Rome… Et même, j'ai trouvé curieux qu'elle ne m'ait pas fait ses adieux. (Il rougit.) Enfin, je veux dire, elle n'y était pas obligée, bien sûr, mais… Enfin, j'ai été désolé de ne plus la voir au commissariat…

Il comprit qu'il s'enferrait et se tut. Costa ne parut pas remarquer son embarras.

– C'est précisément ce qui me préoccupe, Piovesan. Plus personne n'a eu de nouvelles d'elle. Elle a disparu du jour au lendemain. Et le plus grave, c'est qu'il semble que personne ne la recherche.

– Je… je ne comprends toujours pas.

Costa l'observait avec attention. Cette fois l'intuition de Piovesan lui souffla qu'en cet instant le commissaire lui faisait passer une sorte d'examen préliminaire. Costa voulait savoir s'il était fiable. Pour quel motif, il ne le savait pas encore, mais c'était lui qui avait collaboré avec Valentina Medici sur cette enquête. Il attendait quelque chose de lui, mais quoi ?

– J'ai des raisons de craindre qu'il lui soit arrivé quelque chose, confirma Costa à la fin de son examen. Quelque chose qui l'empêche de se mettre en contact avec nous. Et pour la trouver, j'ai besoin de votre aide.

L'affaire semblait extrêmement grave, mais Piovesan avait déjà pris sa décision.

– Que puis-je faire pour vous ?

L'autre accueillit cette réaction avec un hochement de tête satisfait.

– Valentina était en train de boucler l'enquête sur les crimes de Luca Sileri, dit-il après une pause. Vous avez collaboré avec elle durant cette dernière période. Je le sais, parce qu'elle nous l'a communiqué avant de disparaître. Et avec elle, ont disparu ses bagages et son ordinateur portable contenant toutes ses notes. Mais nous avons pu récupérer une clé USB qui contenait notamment quelques observations sur votre travail. Il semble qu'elle comptait beaucoup sur vous.

Piovesan rougit à nouveau, sans se soucier cette fois de le dissimuler. Il était heureux que cet homme sache que la commissaire le considérait comme un bon policier, même s'il n'imaginait pas lui avoir été à ce point précieux.

– Elle n'avait guère le choix, dirais-je. Ils l'ont systématiquement mise à l'écart, et le commissaire Lomastro n'avait pas l'air de l'encaisser.

Costa réfléchit un moment.

– Je connais Lomastro. C'est un carriériste. Les doutes de Valentina remettant en cause la solidité des accusations contre Sileri ont dû lui porter sur les nerfs. Mais s'il a agi ainsi, c'est sur ordre de Rome. Au SCO aussi ils voulaient mettre le mot « fin » à l'affaire Sileri.

– En effet, la commissaire doutait fortement que cet homme ait agi seul, reconnut Piovesan. Mais après un mois d'écoutes, nous n'avons rien trouvé.

– Des soupçons sur Claudio Altieri ?

– Comment le savez-vous ? Ah, oui ! La clé USB. Elle avait tout enregistré dessus ?

– Je vous l'ai dit, nous n'en avons récupéré que des bribes. Il y a une fiche d'information détaillée sur Altieri, sans doute celle qu'elle a utilisée pour rouvrir l'enquête avec le parquet local. Mais c'est à peu près tout.

C'était insuffisant, ils le savaient tous les deux. Piovesan se souvint que c'était Costa qui avait découvert le film du clochard crucifié auquel personne n'avait prêté attention. Sileri était trop jeune pour avoir été impliqué dans cet ancien homicide. Pourtant, ils avaient sous-évalué cette affaire, et Piovesan se doutait que Costa s'en voulait aussi pour cela.

– Rien d'autre sur Altieri, donc, reprit Costa, mais Valentina avait dû découvrir du neuf. Elle me l'a laissé entendre dans un message vocal que j'ai malheureusement écouté trop tard.

– Quelque chose, en effet... (Piovesan s'interrompit. Il y avait des aspects bizarres dans cette affaire. Un peu de prudence ne pouvait pas nuire.) Écoutez, reprit-il, vous continuez à parler au pluriel. « Nous vous avons filé, nous vous avons trouvé... » Je peux savoir qui, à part vous ?

Costa secoua la tête d'un air indécis.

– Je préférerais vous tenir éloigner de tout cela, Piovesan. Je suis en train de briser un million de règles et sans doute quelques articles du Code pénal. Sans compter une dizaine de paragraphes du règlement de la police. Vous êtes un brave garçon, mais vous n'êtes encore qu'un agent avec quelques décennies de carrière devant vous. Plus vous restez à l'écart et mieux c'est.

– Je comprends...

Mais il ne comprenait pas. Et surtout, ça ne lui convenait pas.

– Écoutez, on va faire comme ça. Vous me racontez tout et je déciderai quoi faire. Je suis peut-être jeune et sans expérience, mais je suis tout de même policier. Et s'il y a un choix à faire, je veux le faire moi-même.

Il aurait voulu ajouter : « Et la commissaire Medici était une amie » – mais il s'en abstint.

– Ça me paraît correct. Je serai sincère avec vous et vous déciderez dans quelle mesure nous aider. Une seule recommandation : cette conversation doit rester entre nous. Cela vaut mieux pour vous comme pour Valentina. Quoi qu'il lui soit arrivé, il faut faire vite, mais surtout personne ne doit connaître ma présence ici. Si nous devons agir, nous devrons le faire seuls et en secret. D'accord ?

Il l'était. Et il découvrit qu'il n'avait pas peur de ce qui pourrait lui arriver – même s'il restait sur ses gardes. Cette affaire semblait prendre un tour extrêmement dangereux.

111

Découvrir qu'il avait eu raison depuis le début ne fut pas un réconfort. Cela ne faisait qu'accroître sa culpabilité. C'était son indifférence qui avait mis Valentina en danger. Parce qu'il n'avait pas compris assez tôt. Parce qu'il l'avait abandonnée.

Ils vont me le faire payer cher.

Où était-elle ? Il avait dans la tête une foule d'hypothèses et de soupçons. Et une vision à laquelle il ne voulait donner aucune forme précise, mais qui le terrifiait.

Sileri était mort. Valentina était convaincue qu'il n'avait jamais été seul dans l'accomplissement de ces meurtres. Et si ceux qui se tenaient derrière l'Homme qui sourit étaient arrivés jusqu'à elle ? Une policière encombrante qui, seule contre tous, continuait à creuser.

Manna avait examiné la clé USB. Outre le procès-verbal

déposé chez le magistrat de Padoue et quelques rendez-vous importants, elle comptait aussi des dossiers cryptés que le technicien était en train de craquer. Il en vint à bout assez rapidement.

Ces dossiers contenaient l'histoire du clochard disparu et quelques notes où Valentina soutenait que la vidéo de la crucifixion avait été tournée à la Villa Zernich. C'était cette thèse, exposée dans son rapport adressé à Manin, qui avait permis de mettre Altieri sous surveillance audio. Mais les écoutes n'avaient rien donné et Valentina avait imputé cet échec à une fuite. C'était la preuve à ses yeux qu'Altieri était protégé par les huiles du commissariat.

Outre ses soupçons sur certains policiers, il y avait l'importante découverte que la Villa Zernich avait été le théâtre de cette macabre mise en scène vingt-cinq ans plus tôt. Costa s'en voulait aussi de l'avoir encouragée dans cette voie sans l'y accompagner.

Le fait est que je suis à un tournant.

Je crois tout savoir maintenant.

Je voudrais que tu sois ici.

Le reste était clair. Et Claudio Altieri était la piste à suivre.

Mais une autre question tourmentait Costa, qui appela l'inspecteur Martini à Volterra.

Martini lui confirma que quand Valentina était passée à Volterra, il lui avait confié sa serviette contenant le portable où était enregistrée la crucifixion du clochard de Vérone. Elle avait promis de la lui remettre.

Vu la façon dont s'était achevé leur dernier entretien, réfléchit Costa, il était compréhensible qu'elle ait oublié de lui rendre sa besace. Mais cela voulait dire que celui qui avait emporté les bagages de Valentina avait dû découvrir et faire disparaître toutes les traces de leurs enquêtes sur Sileri et son obsession du Caravage.

Pour faire bonne mesure, il appela Piovesan.

– La commissaire conservait des documents au bureau, je suppose. Tu sais si tout est encore là ?

– Je voulais vous le dire tout de suite ce matin, soupira Piovesan. Après le départ de la commissaire, ils sont venus prendre ses affaires. Ils ont littéralement vidé son bureau. Ils ont ouvert tous ses tiroirs, et je crois qu'ils ont aussi emporté un ordinateur portable.

– C'était qui ? Des collègues de la Mobile ? Lomastro ?

Piovesan hésita.

– En réalité, je ne les avais jamais vus auparavant. Deux hommes. Bien sûr, j'ai pensé qu'ils étaient de la PJ. Ils sont entrés dans le bureau tranquillement, en milieu de matinée…

Costa le remercia en ajoutant qu'ils se verraient plus tard.

Donc son ordinateur aussi avait été emporté. À présent, il devenait essentiel d'étudier le film de cette crucifixion.

Piovesan se montra utile encore une fois, signe que Valentina ne s'était pas trompée sur son compte. Le soir même, il se présenta à l'hôtel comme il l'avait promis, et remit un CD à Costa et à Loris en leur disant qu'il contenait la vidéo demandée. Valentina en avait fait faire quelques copies par sécurité et avait voulu qu'il en conserve une.

– La commissaire disait que dans ce film il y a l'explication de tout, dit le jeune homme. Je l'ai vu plusieurs fois. Ça donne la nausée…

Tandis que Loris s'empressait de glisser le CD dans son ordinateur, Piovesan poursuivit.

– Elle était aussi très intéressée par un vieil article de journal inséré dans un dossier qui semblait sans lien avec l'enquête sur Sileri. C'était l'histoire de la disparition d'un clochard dans une autre province. Du côté de Vérone je crois. Je lui ai demandé ce que c'était que cette histoire, mais elle n'a pas été très claire. Et à partir de ce moment, j'ai eu l'impression qu'elle était mal à l'aise. J'ai pensé que c'était à cause de l'isolement où ils la tenaient tous. Moi-même, je n'arrivais pas à être présent comme je l'aurais voulu. J'étais souvent occupé ailleurs, et la pauvre commissaire Medici a poursuivi son enquête quasiment toute seule. Même les écoutes téléphoniques étaient un désastre. Les relevés arrivaient en retard et il en manquait des parties entières.

– Parle-moi de cette coupure de journal, demanda Costa en refrénant sa colère.

– Eh bien, dans ce dossier, dit Piovesan en regardant Costa serrer les poings, il y avait aussi le procès-verbal d'une série de perquisitions lancées en 1996 chez des pédophiles. Je ne sais pas ce que ça venait faire là. Ce n'est qu'après que j'ai compris que tout était lié à ce film… Je crois que pour la commissaire, le vieux qui apparaissait dans cette horrible crucifixion était le clochard disparu à Vérone mentionné dans la coupure de journal de 1995. Alors que l'article paru en 1996 parlait des circonstances dans lesquelles on avait récupéré le film. Je me rappelle que la commissaire m'a aussi demandé de découvrir si l'on pouvait retrouver l'agent en charge du dossier. Ça m'a paru bizarre, mais Valentina… Enfin, la commissaire trouvait cela important.

Ce ne pouvait être que cela. Outre les images de la villa Zernich, Valentina avait trouvé un nouveau lien entre les meurtres de Sileri et cette vidéo. C'était là le point de départ. Mais à quelle conclusion en était-elle arrivée ?

– Et cet agent, tu l'as identifié ? demanda Costa.

– Oui. Il s'appelait Caruso. Un vieil inspecteur maintenant

à la retraite. Le même qui s'était occupé de l'homicide de 1970.

Costa et Manna échangèrent un coup d'œil.

– Quel homicide ? demandèrent-ils en chœur.

112

La vidéo qu'il regardait était la énième copie d'une énième copie et, l'original étant du super-8, le résultat n'était pas formidable. Malgré tout, Loris Manna nourrissait une confiance illimitée dans le progrès scientifique, et surtout dans ses propres capacités à l'exploiter. Il emportait partout avec lui des logiciels et des programmes de dernière génération, qu'il ne manquait jamais de mettre à jour et d'améliorer si nécessaire.

Il pensait appliquer quelques filtres aux images qu'il regardait pour la centième fois sur son portable. Il lui était venu une idée, mais il ne voulait pas donner une fausse joie à Costa ou se laisser emporter trop loin sur les ailes de l'imagination. Mieux valait vérifier d'abord.

Il lançait un programme quand un bip l'informa qu'il venait de recevoir un e-mail du FBI.

Il ouvrit le message et le lut le cœur battant.

Lorsqu'il courut trouver Costa dix minutes plus tard, il le surprit penché une fois encore sur les papiers de Valentina. Il attendait que Piovesan lui apporte le dossier sur lequel elle avait concentré ses dernières recherches, concernant cet homicide de 1970. Piovesan ne se rappelait pas les détails, mais il avait gardé en tête le nom de l'inspecteur qui s'était occupé de l'affaire : Caruso. Celui qui, entre 1995 et 1996, avait joint à ce rapport les éléments sur l'affaire du clochard crucifié à la villa Zernich.

Quand Loris fit irruption dans la chambre, Costa releva sur lui des yeux rougis par la fatigue.

– Il faut que tu voies ça, lui dit le technicien en lui passant son portable.

Le froid langage bureaucratique du rapport que lui avait envoyé David Minetti ne suffisait pas à dissimuler l'horreur de l'affaire.

Deux jours plus tôt, à Boulder, Colorado, une famille entière avait été massacrée. Les faits s'étaient déroulés à Glenwood Grove, un quartier résidentiel du nord de la ville. Un appel au 911 avait expédié la police au 3250 O'Neal Circle, dans l'une de ces grandes maisons coloniales en briques et en bois typiques de la région. La neige qui blanchissait l'entrée était parsemée d'empreintes rouges allant de la porte à la route.

À l'intérieur, Alfred et Nora Jonnessy, ainsi que leur fils Jonathan, âgé de cinq ans, attendaient que le coroner du comté vienne compter leurs blessures. Ils avaient été tués de dizaines de coups de couteau. L'attaque avait eu lieu à l'étage, sans doute quand les Jonnessy étaient encore au lit, car les draps et les matelas étaient imprégnés de sang. Mais les corps avaient été rhabillés et positionnés comme si la famille était en train de passer une journée tranquille à la maison. En entrant, les agents avaient trouvé les trois cadavres dans le salon. Alfred Jonnessy était assis dans ce qui était sans doute son fauteuil préféré. La tête inclinée en avant et le corps fixé au dossier à l'aide d'une corde, il avait l'air de parcourir de ses yeux désormais aveugles le journal maintenu entre ses mains avec des agrafes. Le rapport de police, dans un accès de zèle, avait noté que le quotidien était le *Colorado Daily* et qu'il était ouvert à la page des sports.

Nora Jonnessy était installée elle aussi dans un fauteuil en face de son défunt mari. Elle donnait l'impression de s'ennuyer, ou peut-être d'écouter une musique imaginaire, car elle avait la joue posée dans la paume de sa main droite, le bras appuyé sur l'accoudoir. En la regardant de près, on remarquait que sa joue était cousue à sa main avec du fil de soie, et que le bras qui soutenait sa tête avait été cloué au fauteuil.

Aux pieds de Nora, dans une mare de sang et de liquides organiques, se trouvait le petit Jonathan, les jambes croisées, le buste en avant, les mains liées autour d'un camion de pompiers miniature. Sur lui, l'assassin semblait s'être moins acharné : il ne présentait que trois plaies. Il avait sans doute été tué le premier, alors que ses parents dormaient encore dans leur chambre à coucher.

Le rapport de la police se perdait ensuite dans une infinité de détails qui auraient peut-être leur utilité un jour, mais semblaient plutôt une sorte de voyeurisme pervers. Ce qui apparaissait le plus clairement, c'était qu'il avait fallu du temps à l'assassin pour installer cette scène et que tout semblait organisé avec soin. Même la corde et les instruments ayant servi à immobiliser les cadavres des Jonnessy avaient été emportés par l'assassin. Rien n'avait été laissé au hasard.

David Minetti informait ensuite Loris Manna que l'auteur de ce massacre venait d'être arrêté par le FBI dans un hôtel à proximité de Boulder. Il avait des traces du sang des victimes sous les ongles et était encore en possession d'instruments compatibles avec ceux utilisés sur la scène du crime. Il s'appelait Randolph Collins, venait de New York, était âgé de quarante ans et avait des précédents de délits sexuels. Il n'avait aucun lien avec les Jonnessy.

Mais le plus intéressant, c'était la façon dont ils l'avaient repéré.

En effet, Collins était l'homme qui se dissimulait sous le pseudo de « Nightgaunt » dans le *chat* du Dark Web faisant allusion aux œuvres du Caravage. Loris avait soupçonné que Nightgaunt et ses interlocuteurs parlaient de quelque chose d'illégal, et ses soupçons étaient amplement confirmés. Ce même surnom était apparu dans un autre *chat* qui traitait du tournage et de la vente de *snuff movies.*

Ces films d'amateurs, autrefois considérés comme des légendes urbaines, semblaient avoir réapparu dans les canaux souterrains de la criminalité. Le FBI avait réussi à infiltrer quelques agents dans certains circuits du Dark Web qui les commercialisaient.

L'un des sujets que le Bureau avait interceptés lors de cette descente aux enfers était précisément Randolph Collins, et les détectives américains avaient mis la main dessus notamment grâce au signalement de leurs collègues italiens. Après quelques conversations menées par un agent sous couverture avec le fantomatique Nightgaunt, les analystes de la Cyber Division avaient pu remonter à l'adresse IP de l'ordinateur de l'usager, situé dans le bureau de vente de la société pour laquelle travaillait Collins. Dès lors, même s'il n'avait commis officiellement aucun crime, Collins avait été placé sous filature.

Mais hélas, ils étaient arrivés trop tard. Collins était un simple commis voyageur et ils ne s'attendaient pas à ce qu'il passe aussi rapidement des paroles aux actes. Jusqu'alors, l'homme avait fréquenté des sites de rencontre, échangé du matériel pédopornographique, et s'était vanté de sa capacité à tuer quelqu'un. Même les profileurs du FBI n'avaient pas imaginé ce qu'il était en train d'organiser ni qu'il était sur le point d'agir. De toute façon, il était impossible de pister cet homme vingt-quatre heures sur vingt-quatre ; la surveillance se bornait donc à un contrôle à distance de sa carte de crédit et à la consultation de ses relevés téléphoniques.

À l'annonce du massacre de Boulder, l'opérateur chargé de vérifier les déplacements de Collins avait alerté ses collègues de la police locale. Les agents du FBI avaient rapidement obtenu un mandat de perquisition et fait irruption dans sa chambre d'hôtel. Les indices qui le situaient sur la scène du triple homicide étaient si nombreux que Minetti ne doutait pas que Collins serait inculpé. Mais dès son arrestation, il s'était enfermé dans un mutisme complet.

Les enquêteurs toutefois ne parvenaient pas à établir le mobile de ce crime. Collins était certes un psychopathe, mais il fallait comprendre pourquoi il avait tué ces gens en particulier, et de cette façon.

La dernière précision de Minetti était encore plus inquiétante. En regardant les photos de la scène du crime, l'agent avait remarqué une certaine ressemblance entre la disposition des corps et un célèbre tableau d'Edward Hopper. Naturellement, cette association d'idées lui était venue à cause des crimes inspirés par le Caravage qui se déroulaient en Italie.

Costa regarda Loris qui semblait aussi perturbé que lui.

– À part la référence à un tableau, pourquoi es-tu certain qu'il y a un lien avec notre affaire ?

– Parce qu'il y a autre chose. J'ai appelé Minetti. Je crois que là-bas il est quatre heures du matin, mais il m'a répondu. J'ai même eu l'impression qu'il était éveillé. Pas très content, mais éveillé…

– Et alors ?

– Il était encore à Boulder. Il m'a dit qu'ils avaient trouvé du matériel intéressant dans l'ordinateur de Collins. Il faudra des semaines pour le déchiffrer, mais il est assez certain de sa théorie. Collins ne fait pas seulement partie d'un réseau de passionnés de *snuff movies*. Selon lui, Nightgaunt appartient à un cercle encore plus secret. Un réseau de dangereux sociopathes qui se sont coalisés pour réaliser quelque chose qu'il n'arrive pas encore à comprendre. Collins fait allusion à un événement important, une affaire pour laquelle il faudra se montrer à la hauteur.

Manna devint fébrile :

– Collins a commis ce massacre pour obéir à une sorte de concours, dont le prix semble encore plus terrible et indicible.

– Je ne te suis pas.

Loris se mit à arpenter nerveusement la chambre. Puis il arracha l'ordinateur des mains de Costa et se mit à fouiller dans les dossiers.

– Tu te rappelles ces conversations que j'avais interceptées avec D'Avanzo ? Celle où Nightgaunt, c'est-à-dire Collins, chattait avec quelqu'un qui se trouvait en Italie ?

Costa n'eut pas besoin de répondre. Manna avait déjà tourné vers lui l'écran du portable, où apparaissait l'échange entre Nightgaunt et Paperino.

NIGHTGAUNT@ : Il reste à se mettre d'accord sur le paiement.
PAPERINO@ : Je te l'ai dit. Trois. Deux grands et un petit.
Ensemble. Si tu veux me surprendre, envoie-moi un échantillon.
NIGHTGAUNT@ : Je les ai déjà trouvés. Un truc fort.
Le temps de l'organiser.

Deux grands et un petit.

– Il parle de cette famille de Boulder, articula Costa d'un ton neutre.

Le tonneau de l'horreur semblait vraiment sans fond.

– Tu comprends, maintenant ? dit Loris, qui avait pâli.

– Et quel serait le rapport avec Sileri ou Altieri ? se demanda Costa à voix haute.

Mais tout en disant ces mots, il le voyait parfaitement. Simplement, il refusait d'y croire.

– Selon Minetti, expliqua Loris, Collins a mis en scène son spectacle de mort au bénéfice de quelqu'un d'autre. Le lot gagnant était l'accès à un niveau supérieur de ses contacts. Une marche supplémentaire dans cette espèce de concours pour psychopathes. La preuve se trouvait dans une des valises qu'ils ont trouvées dans sa chambre d'hôtel.

– Quelle preuve ?

– Un billet d'avion pour Milan. Collins devait venir en Italie pour retirer son prix.

113

Piovesan se présenta à l'hôtel à l'aube d'une matinée pluvieuse avec le dossier qui avait tant retenu l'attention de Valentina.

Quand il le tira de son blouson dans la chambre de Costa désormais transformée en bureau, Fabio et Loris eurent la preuve de l'esprit d'initiative de ce garçon. Sortir un dossier du commissariat constituait déjà un délit grave. Mais le faire dans ces conditions, avec le climat qui régnait à la PJ, témoignait d'une véritable audace.

Tandis que Costa examinait les quelques feuillets que contenait la chemise, Piovesan lui confirma le nom du policier qui avait traité le dossier.

– On a eu de la chance, expliqua-t-il. Le dossier remonte

à 1996 et il n'a jamais été numérisé. À l'époque, on avait l'habitude aux archives d'indiquer sur une fiche le nom de la personne qui consultait un dossier, avec la date de la remise et celle de la restitution. Un peu comme dans les bibliothèques. Le casier des fiches a fini au dépôt depuis une dizaine d'années, mais j'ai réussi à la retrouver. Le dossier en question a été consulté une seule fois, fin 1996. La signature était quasiment illisible, mais la commissaire Medici avait réussi à la déchiffrer. L'intéressé s'appelait D. Caruso. Je me suis renseigné, et il y avait en effet un Caruso dans le service à l'époque. Domenico Caruso, un vieil inspecteur depuis longtemps parti à la retraite. Il a quitté le service en l'an 2000. Je crois malheureusement qu'il est mort à présent...

Costa releva les yeux des fiches qu'il avait en main.

– Et ça, c'est la coupure de journal dont tu parlais ?

– Ce sont les mots griffonnés dans la marge qui ont poussé la commissaire à enquêter, acquiesça Piovesan.

Il indiqua les lettres à peine lisibles sur le papier jauni. Costa les lut à voix haute : « Pas la première fois. Voir homicide Albanesi-Bordoni. 1970. » Il regarda Loris qui se mit aussitôt à taper sur son clavier. Deux minutes plus tard, il se renfrogna.

– Je ne trouve qu'un entrefilet dans les pages locales. Double homicide. Marco Albanesi et Linda Bordoni. Il semble qu'il s'agissait plutôt d'un homicide suivi d'un suicide. (Il leva la tête et les regarda.) Qu'est-ce que ça à voir avec nous ?

Piovesan secoua la tête.

– Non, ça n'a rien à voir avec un suicide. Il y avait un dossier plus complet qu'ils ont exhumé et que la commissaire a longuement étudié. Je vous l'ai dit, je ne sais pas grand-chose. Mais la mort de ces deux malheureux en 1970 n'était certainement pas un suicide !

Et il raconta ce que Valentina lui avait dit : Les deux

jeunes gens tués à coups de couteau, les corps attachés l'un à l'autre par des cordes et des crochets comme une composition artistique. Un tableau de René Magritte, selon les experts. Le tout suivi d'une enquête rapide et superficielle. Aucun coupable. Un curieux silence entourant toute l'affaire.

– La commissaire était persuadée qu'il manquait des éléments de première importance dans ce dossier, conclut Piovesan.

Costa et Manna se regardèrent. Cela associait l'affaire de 1970 avec les crimes de Luca Sileri, et même avec les meurtres de Boulder. Une sorte de fil rouge reliant des faits survenus à des époques et des endroits différents. Dans ce scénario, la figure de Sileri se diluait, sa présence devenait presque marginale. Il n'était plus seul au centre de la scène. Il y en avait beaucoup d'autres, et cela durait depuis des années.

– Nous devons nous procurer ce dossier, même s'il est incomplet, dit Costa. Gabriele, je sais que tu en as déjà fait beaucoup, mais…

– Oui, l'interrompit Piovesan, j'y ai déjà pensé. Mais le dossier a disparu.

– Comment ça, disparu ?

– Comme disparu. Aux archives, ils m'ont dit que la commissaire l'avait remis à sa place. Mais il n'est plus là. Quant à sa signature sur la fiche de restitution… Eh bien, j'ai l'impression que ce n'est pas la sienne, mais je ne pourrais pas le jurer.

Une fois encore, quelqu'un s'était employé à faire disparaître un indice important. La rage de Costa ne s'apaisait pas, mais il l'écarta temporairement pour faire place à une froide détermination.

– Valentina m'a laissé un message dans lequel elle me disait qu'elle était à un tournant, réfléchit-il à voix haute. Elle était sur le point de découvrir quelque chose. Elle avait trouvé quelqu'un susceptible de lui raconter ce qui s'était passé.

Et puis, ce sera terminé. Définitivement.

Il regarda Piovesan.

– Ce Caruso, cet inspecteur… Tu es bien sûr qu'il est mort ?

– Non. Je n'en ai aucune certitude, c'est quelqu'un qui me l'a dit. (Il rougit, saisi d'un doute.) En fait, c'est un des hommes de Lomastro qui me l'a dit.

– Caruso aurait quel âge aujourd'hui ? demanda Manna.

– Soixante-dix, quatre-vingts ans…, dit Piovesan en haussant les épaules.

– Loris, on peut essayer ?

Manna était déjà sur son ordinateur.

– Je vais d'abord consulter la liste des collègues en retraite. Puis je m'introduirai dans les archives de l'État civil de la province… Ça va me prendre un petit moment.

– Mais c'est légal ? demanda Piovesan.

– Hum, oui. Plus ou moins.

– Plus ? Ou moins ?

Mais l'informaticien était déjà perdu dans les méandres de ses recherches numériques.

Piovesan se tourna vers Costa qui s'était levé et regardait par la fenêtre. La pluie s'était transformée en neige fondue, signe que le temps empirait.

– Je peux faire autre chose ?

Costa lui fit face.

– On doit commencer à bouger vraiment, pour rattraper le temps perdu. Et si tu veux, tu es des nôtres.

114

La fondation Zernich avait son siège dans un petit palais Renaissance situé sur le Corso Milano, derrière le théâtre Verdi. Le seul privilège que Claudio Altieri semblait s'accorder était de stationner son voyant Porsche Cayenne derrière le palais, sur l'une des deux seules places de parking disponibles. L'autre aire de stationnement était réservée à Federico Zernich, mais désormais le vieil entrepreneur se déplaçait avec difficulté, et le rectangle bleu restait presque toujours vide.

D'un point de vue technique, installer un GPS en pleine rue était assez risqué. S'il n'y avait pas de maisons privées d'où quelqu'un aurait pu les voir, l'endroit était en revanche assez fréquenté. Mais il était urgent de retrouver Valentina, et ils ne pouvaient se permettre de perdre un temps précieux à attendre le bon moment pour placer un nouveau mouchard sous la voiture d'Altieri. Chez lui, l'homme garait son SUV dans un bâtiment fermé, et le suivre dans ses détours à travers la campagne les aurait trop exposés. Ils résolurent donc d'opérer sur place.

La chance fut avec eux. La neige avait continué à tomber, invitant les habitants à rester à l'abri chez eux. Piovesan fit le guet à l'angle du Corso Milano pendant que Costa s'affairait avec le mouchard.

C'était un dispositif simple, doté d'une batterie puissante. Costa avait demandé à Loris d'apporter ce matériel dont il faudrait bien se contenter.

Costa longea la Porsche, s'assura qu'il n'y avait personne en vue et se baissa d'un geste vif. L'aimant du GPS adhéra aussitôt au pare-chocs arrière. Le dispositif était invisible et avait peu de chance de se détacher. Puis il rejoignit Piovesan dont les yeux fouillaient la rue de droite et de gauche.

– Du calme, le rassura-t-il, personne ne nous a vus.

– Je prends de gros risques, commissaire.

– Je le sais. Et je te répète que je ne t'en voudrai pas si tu décides de t'arrêter ici. Tu en as déjà fait beaucoup. Valentina t'en serait reconnaissante.

Il se tut. L'allusion à la commissaire avait fait tomber une ombre entre les deux hommes.

– Maintenant, j'en suis, conclut Piovesan en esquissant un sourire. J'ai même pris quelques jours de congé.

Il regarda vers la façade du palais dans lequel Claudio Altieri, inconscient de leur présence, traitait les affaires de la famille Zernich. Il était difficile d'imaginer cet homme, si inquiétant qu'il parût, participer à des homicides aussi horribles. Pourtant, Piovesan sentait qu'il devait se fier à Costa. Il émanait de lui une sorte de magnétisme impossible à ignorer. Et puis, c'était un ami de Valentina.

– Et maintenant, on fait quoi ? demanda-t-il.

– Il faut filer Altieri et voir où cela nous mène. S'il est certain d'agir en toute impunité grâce à ses amitiés au commissariat, il pourrait commettre une erreur.

Costa savait toutefois que ce n'était pas si simple. Il leur faudrait un véritable coup de chance. Son téléphone sonna.

– C'est Loris, lança-t-il à Piovesan.

Il écouta ce que le technicien avait à lui dire tout en regardant le jeune agent.

– Caruso est vivant, annonça-t-il.

Comme il l'espérait. L'inspecteur Caruso était peut-être la dernière personne à avoir rencontré Valentina. C'était la piste à laquelle elle faisait allusion dans son dernier message.

Mais Loris Manna avait encore une autre nouvelle.

115

L'idée lui était venue parce qu'il était fou de cinéma. C'était d'ailleurs cela qui avait contribué à faire de lui un policier porté sur la technologie. Le film en l'occurrence était *Blade Runner*, mais le truc avait été utilisé dans bien d'autres longs-métrages célèbres. Le fait est que les miroirs, et parfois aussi les vitres, reflètent les objets. Tout le monde sait ça.

Quand il avait visionné la vidéo de la crucifixion pour la première fois, il était resté pétrifié d'horreur devant le sort réservé à ce vieillard. Mais une idée n'avait pas tardé à germer dans sa conscience, et il s'était résolu à faire un essai.

Le fond contre lequel les trois hommes encapuchonnés avaient torturé le pauvre clochard était indubitablement la villa Zernich. On distinguait nettement une partie d'une des grandes baies vitrées donnant sur le splendide jardin palladien. Et en agrandissant cette zone, on notait une ombre sur la vitre.

Peut-être un meuble à l'intérieur de la maison. Ou une déformation du verre, une simple rayure. Mais ce pouvait aussi être autre chose, comme le reflet de quelqu'un debout devant la baie.

Peut-être le quatrième homme. Celui qui tenait la caméra pour filmer le supplice de saint Pierre, le réalisateur occulte de cette horreur.

Manna résolut d'explorer cette piste sans même en avertir Costa. Il n'aimait pas susciter de faux espoirs, et il n'était pas sûr des résultats de ses filtres d'image.

Pourtant, il en émergea quelque chose. Guère plus qu'un fantôme. Mais on voyait en effet se réfléchir dans la vitre la silhouette d'un homme tenant la caméra. Celle-ci masquait en partie son visage, que la mauvaise qualité de la vidéo empêchait d'identifier. Mais à un moment, le déplacement d'une ombre, un mouvement de l'opérateur, voire un nuage passant devant le soleil, et l'éclairage changeait, rendant le reflet plus net. Un instant, l'homme avait bougé, sortant du cône d'ombre de la caméra. Il souriait. Le vieillard devant lui mourait transpercé par des clous et lui souriait.

– On voit son visage ? demanda Costa au téléphone.

– Oui. C'est assez flou, mais il est reconnaissable, dit Loris avec excitation. Je l'ai comparé aux photos que j'ai trouvées sur Internet. Certes, trente ans se sont écoulés, il a pas mal changé, et la qualité, je te l'ai dit, n'est pas excellente. Ce n'est jamais qu'un reflet dans une vitre, mais à mon sens, c'est lui.

– Qui ça ? Altieri ?

– Altieri doit être l'un des trois types à capuche. Au fond, c'est son bras droit, son homme de charge, non ?

Costa hocha la tête. Ça semblait logique en effet. Presque une évidence.

– C'est Zernich.

116

Il habitait à Piove di Sacco, un gros bourg à mi-chemin entre Padoue et la lagune vénitienne. C'était une de ces zones de l'Est qui ne sont pas encore la mer et ne sont plus la campagne, et où il semble impossible de vivre si l'on n'y est pas né. Le petit pavillon à un étage se dressait au bord d'une route nationale qui semblait venir de nulle part et s'évanouir dans le néant, bordée de dizaines de maisons tout aussi anonymes. La seule particularité de cet endroit était un clocher ancien qui surgissait de l'autre côté de la route. Il appartenait à une chapelle qui avait dû être stupéfaite de voir apparaître cette bande d'asphalte et qui désormais n'abritait plus le Seigneur entre ses murs.

Costa gara sa voiture dans le peu d'espace devant la maison de Domenico Caruso, collé au grillage pour empiéter le moins possible sur la route où se succédaient à toute allure des voitures et des camions insoucieux de ce village dépeuplé. Le bruit de la circulation était amplifié par la vitesse, et la valeur de ces maisons avait sans doute drastiquement baissé avec l'apparition de la route. Costa resta quelques instants dans sa voiture à imaginer l'homme qui vivait tout seul là-dedans. Cette maison semblait un lieu d'expiation plus que de repos.

Il dut frapper plus d'une fois avant que l'inspecteur Caruso lui ouvre sa porte.

Dans la pénombre, il lui parut d'abord beaucoup plus jeune que ses quatre-vingts ans. Puis il comprit pourquoi. Domenico Caruso avait la peau lisse non parce qu'il portait bien son âge, mais sans doute à cause d'une thérapie à base de cortisone. Vu de près, il était simplement bouffi. Ses petits yeux noirs étaient noyés dans les replis de sa peau, et un réseau de veinules dessinait sur son visage une géographie de douleur et de résignation.

– Qui êtes-vous ? demanda-t-il d'une voix essoufflée et hostile. Je n'attends personne.

Costa lui montra sa carte, que le vieux considéra avec méfiance.

– J'en ai vu des tonnes de celles-là, dit-il. Ça ne veut rien dire.

– Je m'appelle Fabio Costa et j'ai besoin de vous parler. Ça ne prendra pas longtemps.

– Ça ne m'intéresse pas. Laissez-moi tranquille, je vous prie.

– Cinq minutes, pas plus. Je voudrais parler d'une affaire que vous avez suivie il y a des années.

– Je suis à la retraite depuis trop longtemps, commissaire Costa, répliqua Caruso sans bouger du seuil de la porte. Et ma mémoire ne fonctionne plus comme autrefois. Je suis désolé, mais je ne pourrai vous être d'aucune utilité.

Il fit le geste de refermer sa porte, mais Costa posa la main sur le battant. Caruso s'efforça de la repousser, mais en vain.

– Je suis vieux et malade. Laissez-moi en paix, par pitié !

Le ton s'était fait coupant et Costa y perçut la vieille détermination du flic. L'âme du policier encore bien présente sous cette chair bouffie.

– C'est ce que je vais faire si vous avez la bonté de m'écouter. Vous avez rencontré une de mes collègues, la commissaire Valentina Medici. Je sais qu'elle est venue vous voir, et à présent elle a disparu. Et elle a disparu à cause d'une chose que vous lui avez révélée vous-même. Donc vous allez trouver du temps pour moi… d'une façon ou d'une autre.

En réalité il bluffait. Il n'avait aucune preuve que Valentina ait vraiment rencontré Caruso. Mais le vieux se raidit et Costa le vit soupeser toutes les possibilités. Puis il finit par s'écarter à contrecœur.

– Entrez, lui ordonna-t-il. Mais pour l'amour de Dieu, soyez bref !

Une fois la porte refermée, les yeux de Caruso devinrent deux phares de lumière noire.

– Je suis désolé pour votre collègue, dit-il d'une voix tremblante. Mais je lui avais dit combien c'était dangereux. Et si vous êtes ici, ça veut dire qu'elle est morte.

117

La voiture de location était une Dacia Sandero peu commode et dont le chauffage refusait de collaborer. Si Manna, occupé depuis le siège passager à mitrailler le paysage, semblait ne pas s'en soucier, Piovesan, qui conduisait, avait l'impression que ses doigts allaient se détacher à cause du froid.

– Tu n'as pas vérifié que tout marchait bien ? grogna-t-il à l'intention de l'inspecteur. On gèle, là-dedans !

Manna regarda ses derniers clichés sur l'écran du Nikon.

– Je voulais une voiture qu'on ne remarque pas, et c'était la seule. Elle devait partir à la révision, mais nous, on en avait besoin tout de suite, pas vrai ?

– Je ne sais pas. Tout ça me paraît une perte de temps.

– Depuis combien de temps es-tu à la PJ ?

– C'est une affectation provisoire, en réalité. J'attends de savoir s'ils vont me garder ou non... Ça fait cinq mois, en tout cas.

– Et avant ?

– J'étais dans les bureaux. Mais je voulais être policier, pas gratte-papier.

– Tu es trop jeune, de toute façon. Tu dois apprendre un peu les règles. Les planques sont ennuyeuses et peuvent durer des jours entiers. Tu as intérêt à t'y habituer si tu veux faire ce métier.

Mais Piovesan n'était pas convaincu. Ils suivaient Altieri depuis l'aube et il ne s'était encore rien passé. Comme il ne s'était rien passé dans les semaines précédentes, quand Valentina avait mis son téléphone sur écoute. Certes, cela semblait plus facile à présent. Altieri se sentait libre de ses déplacements, et grâce à la puce GPS, ils pouvaient se permettre de lui laisser prendre de l'avance quand la circulation était trop intense ou quand ils risquaient d'être repérés. Mais les allées et venues du factotum étaient toujours les mêmes. Et Piovesan avait beau avoir toute confiance en Costa et en Manna, il pensait parfois que cette histoire n'allait nulle part. Peut-être Lomastro avait-il raison au fond : l'affaire Sileri s'était terminée avec la mort de l'assassin.

– Il va où maintenant ? Ce n'est pas l'heure de sa tournée ?

Loris contrôla le signal du GPS sur sa tablette. La flèche représentant la voiture d'Altieri venait de quitter les bureaux de la fondation et se dirigeait vers le nord, alors qu'en général l'homme se rendait à cette heure-ci dans les monts Euganéens.

Piovesan jeta un coup d'œil à l'écran et se disposa à suivre Altieri. Il avait peut-être parlé trop vite. Pour la première fois, leur cible changeait sa routine. Bientôt, le signal s'arrêta.

– Il est où ? demanda Loris.

– Ici, dit Piovesan, en ralentissant et en indiquant la Porsche noire à quelques centaines de mètres devant eux. Elle était garée sur une place pour handicapés devant le mur d'enceinte d'une énorme villa. Juste devant le bâtiment, dissimulé par les arbres d'un jardin que l'on imaginait grandiose, la Brenta coulait paisiblement et à quelques pas se trouvaient les Giardini dell'Arena, bien connus de tous les habitants de Padoue.

Piovesan arrêta la Dacia au bord de la route.

– C'est la maison de Federico Zernich, dit-il.

Costa avait été clair. « Tout nous ramène à lui. Que le visage reflété dans cette vitre soit le sien ou non, ça ne change pas grand-chose à ce stade. Valentina a dû le découvrir par d'autres moyens, mais tout colle si nous supposons que c'est lui qui est derrière tous ces meurtres. Celui de 1970, celui du vieux clochard et même ceux de Sileri. Mais nous devons avoir des preuves contre lui. Et avant tout, retrouver Valentina. »

À cet instant, Altieri sortit de la voiture et s'avança vers la grille qui s'ouvrit devant lui. Il disparut rapidement à l'intérieur.

– Pourquoi n'est-il pas entré en voiture ? demanda Piovesan.

– Qu'est-ce que j'en sais ? Attendons et voyons ce qui se passe.

L'attente fut brève. Dix minutes plus tard, le portail s'ouvrit de nouveau. Altieri réapparut accompagné d'une femme d'âge moyen, corpulente, vêtue d'un tailleur de couleur neutre. Même à cette distance, on remarquait ses sourcils fournis.

– La gouvernante de Zernich, annonça Piovesan. Je l'ai vue quand elle l'a accompagné au commissariat. Elle s'appelle Hannie Janssen, elle est hollandaise, je crois, ou belge. Elle travaille pour Zernich depuis qu'il n'est plus complètement autonome, soit une dizaine d'années.

Loris fit une série de clichés.

Altieri s'arrêta un instant pour parler à la femme avant de remonter en voiture. De l'autre côté de la route, l'attention de la gouvernante parut se fixer sur eux. De grands yeux comme ceux d'un animal qui a senti une proie. Un instant, ils crurent qu'elle les avait repérés. Puis Hannie Janssen se détourna et disparut derrière la haute grille qui se referma derrière elle.

Le Cayenne d'Altieri se remit en route et ils reprirent leur filature.

– Il n'a pas l'air de vouloir quitter la ville aujourd'hui, commenta Piovesan qui fixait les feux arrière du SUV noir. Il va se passer quelque chose, à ton avis ?

– Je n'en sais rien. J'espère que oui. J'ai hâte que tout cela se termine.

– Oui, et se termine bien, si possible.

118

Le vieux s'assit sur un divan d'une couleur indéfinissable. Sa respiration difficile était l'unique bruit dans la pièce. Ses yeux étaient fixés sur l'intrus.

Costa regarda autour de lui. Une table recouverte d'une nappe verte, poussée contre un mur, accompagnée de deux chaises de style. Il en prit une sans demander la permission et la traîna face à Caruso.

– Pourquoi avez-vous dit ça ?

– Quoi, ça ?

– Que ma collègue pourrait être morte.

– Que voulez-vous de moi ? demanda Caruso d'une voix haletante.

– Seulement la vérité, inspecteur... Celle que vous avez révélée à mon amie. Rien de plus.

– Je ne suis plus inspecteur. Ça fait des années que plus personne ne m'appelle comme ça.

– Vous étiez policier. Et on le reste toujours.

– Vraiment ?

– C'est ce qu'on dit.

Le vieux parut y réfléchir.

– Si j'étais un bon hôte, je vous offrirais quelque chose à boire, dit-il dans un souffle. Peut-être un café. Mais je n'ai rien à vous offrir. Je veux seulement que vous fichiez le camp.

– Je m'en irai dès que vous m'aurez dit que vous savez.

– Je n'ai rien à dire. Je n'ai plus aucune mémoire.

– Je ne vous crois pas.

– Pensez ce que vous voulez. Laissez-moi en paix, c'est tout ce que je vous demande, ajouta-t-il d'un ton implorant.

– Mon amie est venue ici chez vous. Pour une affaire importante.

– Votre amie faisait fausse route… (Il se mordit les lèvres comme pour s'interdire de continuer.) Laissez-moi tranquille.

– Pourquoi êtes-vous persuadé qu'elle est morte ?

Dès l'instant où Caruso avait prononcé cette prédiction à propos de Valentina, l'esprit de Costa avait commencé à glisser dans des directions qu'il aurait préféré ne jamais emprunter. Et en posant cette question, il se rendit compte pour la première fois que c'était sans doute la vérité : Valentina était morte. Tous les événements des jours précédents menaient à cette conclusion.

– Je ne sais rien de votre amie, marmonna encore Caruso.

Costa sentit la rage qu'il avait contenue dans un coin de son âme monter en lui. Il s'approcha du vieil homme.

– Combien de gens avez-vous interrogés au cours de votre carrière, inspecteur ?

– Pourquoi cette question ?

– Beaucoup, je suppose. Comme moi. Et combien ont confessé leurs péchés devant vous ?

Caruso ne répondit pas.

– Vous étiez un bon policier, je parie. Mais moi aussi. Et comme vous, j'ai appris à repérer quand quelqu'un me ment. Et à le faire parler. Ce n'est pas de l'instinct, c'est de l'expérience. Donc, arrêtez de me raconter des conneries. N'offensez pas mon intelligence, cher collègue.

Il était si près de son visage que le vieux devait percevoir l'odeur de sa fureur. Il se recroquevilla sur son divan et reprit sur un ton geignard :

– Mais je ne sais vraiment pas ce qui est arrivé à votre amie ! (Il vit l'expression de Costa se durcir encore et se hâta d'ajouter :) Je ne mens pas, je vous le jure. C'est seulement que je sais de quoi ils sont capables. Ce qu'ils m'ont fait il y a des années… Rien n'a changé. Et les choses ont plutôt empiré depuis.

– De qui parlez-vous ?

Caruso secoua la tête. Il poursuivit, plus pour lui-même que pour Costa, semblait-il.

– Pourtant je l'ai prévenue, je lui ai dit combien ces gens sont dangereux. Des gens puissants. Je n'ai rien pu faire à l'époque, et je ne peux rien y faire aujourd'hui. Mais ce n'est pas de ma faute… Vous avez raison, j'étais un bon policier. Vraiment bon. Mais contre eux, qu'est-ce que j'aurais pu faire ?

Ses yeux étaient humides, et Costa n'aurait su dire si c'était de la commisération ou de la rage. Il n'avait plus rien de cette assurance qui avait dû le caractériser toute sa vie.

– De qui parlez-vous, Caruso ? Qui est aussi puissant ? Qui l'a menacée ?

Le regard du vieil homme reprit de l'éclat, et il y vit cette fois autre chose que de la peur. Oui, lui aussi avait gardé sa rage dans un coin de son esprit. Et c'était peut-être cette rage qui le maintenait en vie. Mais il serra les lèvres comme un enfant.

Costa ne voulait pas sortir le nom de Zernich. Pas le premier. Il voulait que l'ancien policier le mentionne d'abord, mais chaque instant comptait.

Il l'attrapa par un poignet qu'il sentit fragile sous sa prise. Des os qu'il aurait pu briser d'un seul geste. La fureur qui l'animait s'apaisa et il le lâcha aussitôt, un peu honteux. Il était pourtant convaincu que cet homme était la clé de voûte et qu'il lui faisait perdre un temps précieux.

Le vieux se massa la main, muré dans le silence. Costa secoua la tête, exaspéré.

– Aidez-moi, Caruso. Répétez-moi ce que vous avez dit à

Valentina. Si elle est en danger, donnez-moi la possibilité de la sauver. Sauvez-la, Caruso... Vous le pouvez !

Le vieux changea d'expression, comme frappé par une image. Mais il continua à se taire.

– Elle vous a interrogé sur l'homicide de 1970, c'est ça ? insista Costa, se cramponnant à cet indice. Les deux jeunes gens tués dans cette localité... Tombelle. C'est bien ça ?

L'ancien inspecteur s'anima pour la seconde fois. Costa vit de nouveau l'homme qu'il avait dû être autrefois.

– Je n'ai plus beaucoup de mémoire, dit-il avec hésitation. Mais...

– Mais ?

– Mais le meurtre de ces deux malheureux, l'état dans lequel on les a trouvés...

Il s'interrompit. Fixa le vide. Poussa un grand soupir.

– C'est vrai, dit-il. J'y étais.

119

– Tu ne trouves pas que sa conduite a changé ? dit Manna.

Piovesan n'avait pas cette impression. Altieri avait quitté la maison de Zernich et depuis au moins une demi-heure il tournait dans la ville apparemment sans but. La Porsche fonçait dans la circulation du début d'après-midi, mais même quand ils restaient en arrière pour ne pas se faire repérer, le petit point sur la tablette de Manna continuait à clignoter. Il indiquait une série de zigzags du centre vers la périphérie et des détours qui ne cessaient de s'allonger.

– Il conduit sans but, commenta Piovesan. Mais de là à dire qu'il ne conduit plus de la même façon…

– Pourtant c'est comme ça. De simples nuances, mais qui sont bien là. On a peut-être eu du bol, mon ami. Altieri mijote quelque chose, et il tourne en rond pour s'assurer qu'il n'est pas filé. Laissons-le faire… Attendons qu'il se sente en sécurité.

Le jeune policier doutait toujours de l'analyse de Manna. Il aurait voulu partager son enthousiasme, mais il n'y arrivait pas. Peut-être n'était-il pas taillé pour ce travail. Peut-être était-ce une erreur d'avoir abandonné le bureau pour se faire envoyer à la PJ. Les arrêtés et les décrets, tel était sans doute son destin.

Altieri poursuivait son périple autour de la ville. Il n'était descendu de voiture qu'une fois, devant une vieille tour qui se dressait au croisement de deux canaux, emprisonnée dans un cocon d'échafaudages luisant au soleil. Ils l'avaient vu garer sa voiture à l'entrée d'un sentier qui menait vers l'édifice. Un panneau précisait la nature des travaux en cours.

– L'observatoire astronomique de Padoue, avait commenté Piovesan. C'est l'un des monuments historiques que la fondation Zernich est en train de restaurer. Un parmi beaucoup d'autres.

Et il avait regardé Manna comme pour avoir la confirmation une fois encore que le vieux Zernich, le bienfaiteur de Padoue, était impliqué dans cette histoire.

Altieri était revenu à sa voiture au bout de cinq minutes, à l'évidence après avoir contrôlé l'avancée du chantier, qui à ce moment semblait désert. Et il avait repris ses pérégrinations.

Mais à présent, la petite flèche rouge signalait que sa voiture s'était de nouveau arrêtée. Le GPS disait qu'il se trouvait à environ deux cents mètres devant eux.

– Le voilà ! s'exclama Manna. Dépasse-le vite, ne t'arrête pas !

Piovesan le vit à son tour. La Porsche était stationnée au bord de la route, dans un quartier de la périphérie. De grandes tours, peu de gens dans les environs. Altieri se dirigea vers un café Internet. Avant d'y entrer, il regarda autour de lui. Un geste qui ne laissait aucun doute : il s'assurait que personne ne le suivait.

Piovesan gara la Sandero une vingtaine de mètres plus loin. Par le rétroviseur latéral, il pouvait contrôler l'entrée de la boutique sans aucun risque. Leur voiture était certes anonyme, mais ils le suivaient depuis plusieurs heures, et cet homme n'était pas idiot. Manna dut apprécier son initiative de se garer en retrait car il lui fit un sourire. Et Piovesan commença à se sentir un flic pour de vrai.

Une demi-heure plus tard, Altieri sortit. Après un nouveau coup d'œil autour de lui, il reprit le volant.

– Tu te sens de continuer seul ? demanda soudain Manna.

Piovesan ouvrit la bouche, mais Manna reprit aussitôt :

– Bien sûr que tu te sens.

Il descendit de voiture sans attendre sa réponse, traversa la route et disparut à l'intérieur du café Internet.

Piovesan resta bouche ouverte, regardant le siège vide occupé uniquement par la tablette de Manna. Puis il referma la bouche et regarda autour de lui.

– Mais bien sûr, ça tombe sous le sens ! Vas-y ! s'encouragea-t-il à voix haute.

La tablette recommença à clignoter et il sentit son cœur battre plus fort. Le Cayenne d'Altieri s'éloignait. Piovesan reprit sa route avec prudence et entama la première filature en solo de sa vie.

120

– J'avais trente ans et j'en avais déjà vu de toutes les couleurs. À l'époque, ce n'était pas comme aujourd'hui, où on peut faire toute une carrière sans pratiquement sortir de son bureau. Dans ce temps-là, tu étais sur la route du matin au soir, tu apprenais à connaître la ville comme ta poche, et les rats qui l'habitaient comme ta propre famille. Tu te faisais les dents, comme on disait. Mais une chose comme celle-là ne m'était jamais arrivée. Ni à moi ni à mes collègues. Une véritable horreur, commissaire…

Le soleil couchant et les rideaux épais rendaient le salon de Domenico Caruso encore plus sombre et oppressant. L'obscurité qui montait et sa voix gutturale aidaient Costa à se projeter dans le temps, dans cette année 1970 pluvieuse où il semblait que tout avait commencé.

– Je connaissais les deux jeunes gens. Marco Albanesi était un garçon de bonne famille tombé dans les amphétamines depuis un bon moment. À l'époque, c'était la drogue la plus répandue, vous savez ? Bien plus que l'héroïne. Il avait vingt-deux ans, mais il n'aurait pas vécu beaucoup plus longtemps, consumé comme il l'était par cette merde qu'il s'injectait dans les veines. Son père venait nous trouver au commissariat au moins une fois par semaine, nous implorant de l'arrêter pour le sauver. Mais que pouvions-nous faire ? Il aurait dû être aidé beaucoup plus tôt. C'est terrible à dire, mais ce garçon, comme tant d'autres de sa génération, était déjà perdu. Linda, elle, était une prostituée. Elle devait avoir quelques années de plus que lui. Quand je l'ai connue, elle faisait déjà le trottoir, et je crois qu'elle l'avait toujours fait. Elle n'était pas de Padoue, mais c'était là qu'elle avait posé ses valises. Elle ne faisait rien de mal, même si elle vivait dans ce milieu répugnant. À part ça, c'était de braves gosses. Des paumés, si vous voyez ce que je veux dire, commissaire. En tout cas, ils ne méritaient certainement pas de finir comme ça.

Caruso se rappelait le moindre détail, comme si la découverte des deux cadavres datait de la veille et non d'un demi-siècle.

– Ils se tenaient embrassés, son visage à lui penché vers le sien. Leurs lèvres se seraient touchées, s'il n'y avait pas eu ces deux linges sales qui leur entouraient la tête. Un spectacle terrible, croyez-moi. Et pourtant, j'en avais vu, des morts...

Il fit une pause, comme pour mesurer toute l'amertume de ce souvenir.

– Quelqu'un à l'époque avait noté la ressemblance avec un tableau célèbre : *Les Amants* de Magritte. Je ne connaissais rien à l'art, et pas plus aujourd'hui, mais j'ai vu des reproductions de ce tableau. Et rien que d'imaginer que cette répugnante mise en scène en soit une copie en disait long sur l'esprit tordu de certains journalistes. Mais c'est vrai que cela a été l'un des points de départ de notre enquête... Un assassin qui s'inspirait d'une œuvre d'art. Une idée absurde. À cette époque, personne ne parlait de tueurs en série ou de choses de ce genre. Nous ne savions même pas ce que c'était. Nous n'étions pas préparés.

Sa voix se brisa.

– Et votre enquête ne vous a menés nulle part ? demanda Costa avec prudence, soucieux de ne pas briser le fil subtil de sa mémoire.

– Notre enquête ? Il n'y a pas eu d'enquête. On a bien essayé d'agir, mais très peu. Personne n'avait intérêt à découvrir l'assassin de deux marginaux, aussi parce qu'il n'y avait pas tant de pistes à suivre...

– Comment est-ce possible ? Les amitiés, les fréquentations… Un toxico et une prostituée… Rien que dans les milieux de la drogue et auprès des clients, il y avait des dizaines de pistes à vérifier.

– Oui, la routine classique.

La voix du vieil homme se raffermit. Une fois encore, Costa entrevit la personnalité de l'inspecteur d'autrefois.

– Ce n'est pas comme si nous n'avions pas eu de suspect. Nous en avions un paquet. Ou plutôt, j'en avais un. Un seul. L'idée s'est imposée à moi presque par hasard. Mais quand je l'ai posée sur la table, il s'est passé quelque chose…

Soudain, ils n'étaient plus seuls dans cette pièce remplie d'ombres et de souvenirs. D'autres gens s'étaient joints à eux et écoutaient en silence. Les deux amants étaient là, avec eux, qui attendaient cette confession depuis un demi-siècle.

– C'était qui ?

Mais Costa le savait déjà. Au plus profond de lui, il le savait.

– Federico Zernich, dit Caruso dans un souffle. Tout le monde savait qui était vraiment Federico Zernich. Mais j'étais le seul à penser que c'était aussi un assassin. Et ça m'a coûté cher. Ça m'a coûté tout ce que j'avais.

121

En 1970, Federico Zernich n'avait que vingt-deux ans, exactement comme Marco Albanesi dont il était un ami d'enfance. Caruso avait osé effectuer quelques recherches pour son propre compte après que Zernich, comme d'autres jeunes de l'endroit, eut été interrogé par quelques policiers embarrassés et peu attentifs. Les réponses du jeune homme avaient été peu convaincantes. Elles n'avaient pas besoin de l'être. Federico était certain que personne n'irait enquêter sur lui. Personne n'aurait osé. Alors, pourquoi prendre la peine de trouver un alibi acceptable ?

Mais l'inspecteur avait voulu en savoir plus.

Il avait ainsi découvert que Federico Zernich, en dépit des apparences, n'avait pas eu une enfance facile. Son père, Nicola, était totalement indifférent à son fils et toujours absent, absorbé par son travail et la compagnie de prostituées de haut vol. Une passion, celle du sexe tarifé, qu'il ne dissimulait pas non plus à sa femme, l'anorexique et languide Marta. Elle de son côté n'avait d'intérêt que pour l'art, auquel elle se consacrait à plein temps. Elle avait réuni l'une des collections les plus importantes du nord de l'Italie. On disait qu'elle s'enthousiasmait plus pour les artistes que pour leurs œuvres, mais ce n'étaient sans doute que des ragots. Le fait est qu'elle était séduisante et qu'elle ne dissimulait pas sa proximité avec les artistes dont elle était la mécène.

Federico avait grandi tout seul, confié à des nourrices et à des domestiques qui ne cachaient pas leur mépris pour cet enfant qui s'était révélé singulier depuis sa tendre enfance. Il montrait une tendance à la violence qui n'avait paru au début qu'un simple aspect de son caractère difficile, mais qui avec le temps risquait de dégénérer. La cruauté dont il semblait animé dépassait de loin l'absence de pitié classique des enfants. L'une des nounous que Caruso avait réussi à retrouver lui avait avoué que l'adolescent Federico cultivait une passion morbide pour la mort. Elle l'avait trouvé plus d'une fois endormi dans la crypte de la villa en compagnie de cadavres de petits animaux qu'il serrait sur son cœur. Des chiens, des chats, et même un gros rat, qu'il avait sans doute tués de ses propres mains. Quand la femme avait voulu le signaler aux Zernich, elle avait été licenciée sur-le-champ. Naturellement, le témoin avait averti Caruso qu'elle se refuserait à toute déclaration. Les Zernich étaient trop puissants pour qu'on puisse parler d'eux en toute impunité. En grandissant, Federico avait montré plus d'intérêt pour une vie déréglée que pour les affaires familiales. Caruso avait déniché de vieux procès-verbaux parlant d'expéditions nocturnes avec une bande d'amis qui se terminaient souvent par des actes de violence gratuite. À deux reprises au moins, le jeune homme à peine majeur avait fait l'objet de plaintes pour sévices sur des prostituées. L'une d'elles avait même été conduite à l'hôpital pour plusieurs blessures à l'arme blanche. Son agresseur s'était amusé à graver sur son ventre un phallus stylisé.

Et pourtant le jeune homme n'avait jamais été formellement incriminé. Les prostituées avaient retiré leurs plaintes et, sans leur témoignage, on ne pouvait rien contre lui. Il n'y eut aucune suite, ni cette fois ni les suivantes. Le père, par personne interposée – car le vieux patriarche n'avait ni l'envie ni le temps de se salir les mains avec les méfaits de son fils – payait systématiquement le silence des victimes et des enquêteurs. On disait même que certains magistrats bénéficiaient de ses largesses. Alors, on imagine la police… C'étaient les Zernich, et la ville entière leur appartenait.

Personne ne se risqua donc à vérifier l'alibi de Federico Zernich le jour supposé du meurtre de Marco Albanesi et de Linda Bordoni, alors qu'il existait une abondance de preuves qu'il les fréquentait tous les deux. Quelqu'un affirmait même les avoir vus ensemble la veille des faits. Un témoin peu présentable, semble-t-il, qui en tout cas resta toujours dans l'ombre. Le destin de l'enquête sur le double homicide de

Tombelle était pratiquement scellé. L'affaire fut rapidement classée sans que personne n'y trouve à objecter.

– Pourtant, j'ai essayé au début, dit Caruso, je ne sais pas exactement pourquoi. Peut-être que je trouvais injuste que la mort de ces deux malheureux reste impunie. Peut-être parce que je faisais tout simplement mon travail. Je savais pourtant que ça ne serait pas facile. Et donc j'ai commencé par en parler au collègue qui était mon binôme. Franco, il s'appelait, Franco Galati... (Il regarda Costa mais ses yeux exploraient ses souvenirs.) Mon binôme. Tu sais de quoi je parle, pas vrai ?

Oui, Costa le savait. C'était une pratique fréquente à l'époque. Les policiers allaient deux par deux patrouiller, enquêter, planquer pendant des heures, risquer leur vie. Les couples qui se formaient ainsi développaient une amitié à toute épreuve. Un binôme dans la police est une chose quasiment sacrée. Parfois ce lien est plus solide que le mariage.

– Alors, poursuivit Caruso, si tu sais de quoi je parle, tu sais aussi combien l'opinion de mon binôme comptait pour moi. Il était impensable que je ne partage pas avec lui mes soupçons sur Zernich. Pourtant, c'est la première fois que nous avons été en désaccord. Franco a décidé de ne pas me suivre dans cette enquête. Il a dit que j'avais une idée fixe et que nous avions largement de quoi nous occuper sans aller perdre notre temps avec cette histoire. En somme, il a été le premier à me décourager. Alors que quand nous avions découvert ces deux cadavres, il était là avec moi. Je sais bien qu'il arrive qu'on voie les choses différemment. C'est rare, mais ça arrive. En d'autres circonstances, je me serais rendu à son avis. Mais dans ce cas, je ne l'ai pas accepté. J'étais si certain de ce que j'avançais que j'en ai parlé à mon supérieur de l'époque, contre l'avis de Franco. Naturellement, il n'a rien voulu entendre. C'était un couard comme tous les autres. Alors je me suis adressé directement au juge d'instruction chargé de l'affaire.

Il se tut à nouveau. Et cette fois, il se passa un petit moment avant qu'il reprenne. Costa pouvait voir sa mémoire travailler. Il reconstruisait l'un des moments les plus importants de sa vie. Peut-être Valentina avait-elle eu la même sensation.

– Le matin où j'avais rendez-vous avec le juge, reprit-il, nous avons été appelés d'urgence par le service. Pas seulement nous, mais tout le commissariat. Il y avait eu des affrontements avec les étudiants devant l'université. À l'époque, peu importait si tu étais à la PJ, au service des étrangers ou Dieu sait où. Il y avait déjà eu des manifestations, des heurts, et je vous assure que ça n'avait rien à voir avec les cortèges pleurnichards aujourd'hui. Le terrorisme naissait sous nos yeux et la ville de Padoue était dans le collimateur. Nous étions tous sur ce front, et pas seulement le service politique. En tout cas ce jour-là, quand on est arrivés sur place, les CRS avaient déjà chargé… Nous autres, on s'occupait de cerner le quartier universitaire. Mais un cortège a réussi à passer les premiers barrages et nous est tombé dessus. (Il poussa un soupir et frissonna légèrement.) J'étais avec Franco, comme toujours. Mais bientôt, on s'est retrouvés dans un bordel incroyable. La confusion était totale. On était au milieu d'une véritable bataille rangée, entre les fumigènes et les cocktails Molotov qui pleuvaient. Puis quelqu'un a tiré. Plusieurs fois. Et j'ai été touché à cette épaule.

D'un geste vif, Caruso déboutonna sa chemise à carreaux pour lui montrer une petite cicatrice à la hauteur de sa clavicule.

– Vous voyez ? Je ne mens pas. C'est la première et la dernière fois que j'ai été blessé en service. Je suis tombé à terre, mais sans perdre connaissance. Je ne sentais même pas la douleur, ou peut-être que si, mais je ne m'en souviens pas. Quoi qu'il en soit, j'étais vivant. À l'hôpital, les médecins m'ont dit que tout se passerait bien, que le projectile s'était arrêté contre l'os. Mais je suis resté sur le flanc pendant plus d'un mois. Et ce juge d'instruction n'est pas resté là à attendre qu'on me laisse sortir. Il a classé l'affaire, comme de juste. Zernich n'a même jamais été inscrit parmi les suspects. Avec le recul, je n'aurais sans doute pas pu faire grand-chose, mais j'aurais pu essayer.

– Mais vous ne l'avez pas fait, reprit Costa. Vous n'avez pas essayé.

Le regard de Caruso se fit étrangement brillant.

– Non. Je n'ai plus cherché de preuves pour démontrer la culpabilité de Federico Zernich. Et vous savez pourquoi ? Vous savez ce qui m'a fait comprendre que je n'aurais jamais pu amener ce monstre à la barre ?

Costa en avait eu l'intuition. Et Caruso lut la réponse dans ses yeux.

– Vous avez saisi, hein ? Vous êtes un rapide. Moi, je l'ai compris alors que j'étais encore à l'hôpital en parlant avec les médecins. Ils m'ont laissé entendre que le projectile n'était pas venu du cortège des manifestants, mais de derrière. Là où se trouvaient nos troupes.

Il se tut une fois encore, et dans ce silence, Costa dut réviser son jugement sur le vieil inspecteur. Celui-ci l'étudiait comme pour évaluer quel poids pouvait avoir vraiment ce fonctionnaire venu chez lui pour l'obliger à revivre un passé qu'il aurait voulu oublier. Et il n'était pas le premier, parce que Valentina était déjà passée par là.

– Vous avez compris maintenant pourquoi j'ai arrêté de creuser ?

– Votre collègue. Votre binôme…, murmura Costa.

– C'est bien ça, commissaire. Mon binôme, autant dire mon frère ! J'ai fini par le découvrir par hasard… Ou peut-être pas. Peut-être qu'il n'avait jamais voulu le dissimuler. Ça s'est passé quand il est venu me voir à l'hôpital. Je l'ai lu dans ses yeux. Dans son silence. Dans sa gêne. Il n'arrivait même pas à me regarder. Et moi, je ne voulais pas y croire. Mais quand je lui ai demandé pourquoi, dans l'espoir qu'il me dise que je me trompais ou du moins que c'était une erreur, au milieu de tout ce bazar…, il m'a dit simplement que sa femme avait une tumeur au cerveau. Un type de cancer pour lequel seuls des soins extrêmement coûteux pouvaient offrir une mince possibilité de guérison. Et vous savez qui allait payer ses soins ? Qui allait donner à sa femme un peu d'espoir ?

Costa hocha la tête. Il n'y avait rien d'autre à faire devant l'énormité de ce que Caruso était en train de lui avouer.

– Rien ne justifie que j'aie lâché Zernich comme ça, je le sais. Et ce n'est pas que cette balle m'ait tellement effrayé, parce que j'avais toujours su que je pouvais mourir en service. Ni parce que c'était mon frère qui avait tiré sur moi. D'ailleurs il m'avait juré entre deux sanglots qu'il ne devait pas me tuer, seulement me mettre hors jeu. Non, si j'étais si effrayé, c'est que j'avais compris de quel pouvoir disposait Zernich et combien il aimait en user. J'avais compris comment raisonnait ce monstre. Il n'allait pas se borner à me frapper, il allait frapper tous ceux que j'aimais. Tous ceux qui m'étaient proches auraient été en danger. Mes amis, ma famille, tout le monde. Je ne parle même pas d'un danger physique. Zernich avait corrompu l'âme de Franco. Il l'avait détruite. Et tout ça parce que je voulais avoir raison à tout prix.

– Et après ? demanda Costa au bout d'un long silence. Qu'est-ce qui s'est passé, après ?

Caruso releva les yeux sur lui. Il semblait un peu soulagé.

– Rien, dit-il. L'affaire a été classée et amen. À la fin, que vouliez-vous qu'il se passe ? Un toxico et une prostituée assassinés. Tout le monde s'en fichait. Moi de mon côté j'ai continué à faire la seule chose que je savais faire : flic. Plus avec le même partenaire évidemment, mais je m'en suis bien sorti malgré tout. Je suis encore là, vous voyez ? Je vis et je végète... Même si je n'en ai plus pour longtemps, j'imagine.

– Et Zernich ?

– Eh bien... Après l'assassinat des deux jeunes gens et cette horrible mise en scène, il a disparu. On ne l'a plus revu dans le secteur pendant des années. Mais je ne crois pas que c'était par remords ou par peur. Je pense que ceux qui savaient ce qui s'était passé s'étaient arrangés pour qu'il reste dans l'ombre. Toujours protégé. Qui sait, ils craignaient peut-être qu'un autre inspecteur Caruso, plus courageux et plus honnête que moi, se réveille et termine le travail pour lequel il était payé. (Il eut un sourire amer.) Quelques années plus tard, ses parents sont morts dans un accident d'auto. Rien de suspect, même s'il était bizarre qu'ils soient ensemble dans la Jaguar du vieux. Depuis des années, ces deux-là vivaient comme des étrangers. Mais c'est ce qui s'est passé, et ne m'en demandez pas davantage. Personne n'a lancé de suppositions comme celle que je vois dans vos yeux à cet instant. Et je me suis bien gardé d'aller y fourrer mon nez. J'avais déjà donné.

Il releva le menton, comme pour défier Costa de le contredire.

– Après leur mort, Federico est revenu sur le devant de

la scène, poursuivit-il. Il avait mûri et il ne semblait plus le garçon dépravé qui aimait faire des excès de vitesse dans des voitures luxueuses et courir après les prostituées. C'était devenu un homme, un entrepreneur capable de prendre en main les rênes de l'empire de son père et de le gérer convenablement. Il est même devenu un bienfaiteur. En somme, propre comme un costume tout juste sorti du pressing, qui montrait à la ville son meilleur visage. Malin, n'est-ce pas ? Il les a tous mis dans sa poche. Et moi aussi, qui pendant un moment ai pensé... Dieu me pardonne... que nous avions peut-être bien fait de ne pas approfondir son implication dans la mort de ces deux malheureux.

– Mais après, il y a eu l'histoire du clochard, glissa Costa.

– Exactement. Vingt-cinq ans plus tard, le parquet de Venise a ordonné une série de perquisitions. Il s'agissait d'une grosse enquête sur un réseau de pédophiles. Ils faisaient du trafic d'enfants et vendaient des vidéos contenant des scènes atroces... Nous avons eu à nous occuper de deux ou trois de ces monstres, mais, chez eux, nous n'avons quasiment rien trouvé. Quelques photos, pas grand-chose. Ce n'est qu'après que j'ai entendu parler d'une vidéo saisie au cours de l'opération, montrant la crucifixion d'un vieillard. À l'époque, il n'y avait pas de mots pour ces vidéos, mais certains parlaient de *snuff movies*... Quand je l'ai vue, cette vidéo m'a rappelé quelque chose.

– Quoi donc ?

– Un signalement datant de l'année précédente : la disparition d'un clochard dans un petit village non loin d'ici, entre Padoue et Vérone. Et j'ai fait le rapprochement. Si vous êtes un bon policier, vous savez de quoi je parle. Ce n'est pas une intuition. C'est un lien entre ce qu'on a archivé dans sa tête et ce qu'on a sous les yeux.

Costa savait de quoi il parlait.

– Ça arrive de temps en temps, dit le policier en retraite. Je suis allé revoir les détails de cette disparition. Tout ce qu'on avait, c'était un fax contenant des données sur cet homme, sa photo et une coupure de journal. Le vieux de la vidéo pouvait être ce gars-là. J'ai effectué quelques recherches et j'ai compris. Ce n'était pas une mise en scène : le malheureux était véritablement cloué sur la croix. Un seul homme pouvait avoir conçu une horreur pareille : Federico Zernich. Et vous voulez savoir le pire ? C'est que même après avoir découvert que ce misérable n'avait jamais cessé de torturer et de tuer des gens, je n'ai rien fait. Rien, vous entendez ? Parce que j'avais peur qu'on ne me croie pas. Peur de ne pas avoir assez de force pour arrêter ce chien enragé. Peur de recevoir une autre balle, et pas dans l'épaule, cette fois. Peur qu'un de mes proches soit poussé à me trahir et à se trahir lui-même. Et au bout du compte, ça n'en valait pas la peine. Au fond, qui avait été massacré par ce déséquilibré ? Un clochard, un toxico et une pute. Et je n'avais pas l'ombre d'une preuve.

Dans l'obscurité qui envahissait la pièce, Costa s'aperçut que Caruso s'était mis à pleurer. Mais il n'eut aucun mot de réconfort. Il ne pouvait pas consoler cet homme, parce que le vieux policier avait raison : il était coupable. Coupable comme tous ceux qui avaient laissé cet assassin libre de cultiver ses perversions, sa soif de sang, sa passion pour la souffrance.

– Si nous l'avions arrêté, nous aurions sauvé beaucoup de vies, conclut Caruso d'une voix brisée. Et nous n'avons rien fait. *Je* n'ai rien fait…

122

Sur le seuil de sa maison, sans lever les yeux, il prononça les dernières paroles.

– Votre amie était bouleversée quand elle est partie, mais aussi très déterminée. Moi qui suis un lâche, je lui ai seulement dit de faire attention. Zernich était puissant à l'époque et il l'est encore, même si ce n'est plus qu'un vieux malade. En outre, il n'est pas seul ; il ne l'a jamais été. Il y en a d'autres avec lui. Pas seulement des gens qui le couvrent parce qu'il est puissant. Je crois qu'il y a quelqu'un qui partage ses passions malsaines, mais je n'en ai jamais trouvé de preuves. Et si je vous ai raconté ce que je sais, c'est seulement parce que désormais je n'ai plus rien à perdre. Plus d'amis, plus d'avenir. Rien du tout.

En refermant la porte de chez lui pour retourner dans l'ombre où il vivait, il ajouta :

– J'espère seulement que votre amie aussi, à la fin, sera un peu lâche comme je l'ai été.

Mais ils savaient tous les deux que Valentina n'était pas faite de ce bois-là.

Après avoir pris congé, Costa ne put s'empêcher de comparer cette visite à celle qu'il avait rendue à Loredana Talischer, l'amie de Sileri. Deux individus si différents et pourtant souffrant d'un destin comparable. Aux prises avec une vie abîmée par la rencontre du mal. Tous les deux plongés dans la solitude et la conscience de n'avoir rien fait pour se sauver et sauver les autres de la cruauté qu'ils avaient eu le malheur de regarder dans les yeux. Et qu'ils auraient peut-être pu arrêter.

La voiture avalait les kilomètres sur la route qui le ramenait à Padoue. Une partie de son esprit fixait le ruban d'asphalte éclairé par les phares, une autre repensait aux paroles de Caruso. Valentina avait raison. La solution était devant eux, mais il fallait savoir la saisir.

123

– Il se dirige vers l'extérieur de la ville. Qu'est-ce que je fais ?

Loris Manna fixait l'écran de son ordinateur et un goût étrange de terre et de sel envahissait sa bouche. Ce qu'il regardait avait un sens. Mais un sens atterrant.

– Alors ? (La voix de Gabriele Piovesan, dans l'écouteur relié à son portable, avait un ton lamentable.) Je fais quoi ?

– Tu continues à le suivre, répondit distraitement Manna, sans quitter des yeux les lettres qui s'inscrivaient sur son écran. Il coupa la communication sans attendre la réponse de Piovesan. Il avait besoin de réfléchir à ce qu'il avait découvert.

Le café Internet comptait six postes de travail, tous vides à part celui qu'il occupait. Le Pakistanais qui l'avait accueilli avait fait la grimace quand Loris s'était identifié en lui demandant où s'était assis l'homme qui venait de sortir.

– Je suis en règle, je paie mes impôts ! avait-il protesté.

Loris lui avait répondu qu'il se fichait de ses impôts et qu'il voulait simplement utiliser le même terminal que le type. Le gérant l'avait accompagné au poste de travail sans ajouter un mot.

Il n'était pas facile de rafraîchir les pages Web qu'Altieri avait dû visiter, mais Loris connaissait quelques trucs que lui avait appris un hacker d'Anonymous qu'ils avaient arrêté l'année précédente au cours d'une rafle. Les renseignements reçus en échange d'une parole glissée au juge se révélèrent fort utiles, et en quelques clics Loris se retrouva à naviguer sur les pages que le laquais de Zernich avait ouvertes. Sa satisfaction ne dura qu'une seconde, avant de laisser place à l'effroi.

Le coup de téléphone de Piovesan ne l'avait distrait qu'un instant. À présent, en le reliant à ce qu'il venait de découvrir, tout prenait un sens. Et ils devaient faire vite.

Il rappela Piovesan pour lui recommander de ne pas perdre de vue la voiture d'Altieri.

– Il est sorti de la rocade et il vient de prendre la nationale 47… On est en train de sortir de la Vénétie, et on s'en va vers le Trentin ! dit le jeune policier d'une voix alarmée.

– Raison de plus pour ne pas le lâcher. Mais reste à distance. On te rejoint le plus vite possible.

– Vous me rejoignez ? Mais qui ? Et quand ? Qu'est-ce qui se passe, Loris ?

– Ne le lâche pas, je te rappelle.

Il coupa la conversation et composa le numéro de Costa qui décrocha à la première sonnerie.

– Caruso me l'a confirmé, dit-il aussitôt. Ça a toujours été Zernich !

– Je le savais ! s'exclama Manna. Le reflet dans cette vitre était vraiment le sien. Bon sang, Fabio… Depuis combien de temps ce psychopathe est-il en activité ?

– Depuis bien plus longtemps que tu ne le crois. Cela fait cinquante ans qu'il tue, Loris, et je pense qu'il n'est pas seul. Il ne l'a jamais été.

– Je crois qu'Altieri est en route pour parler à Zernich,

l'informa l'analyste. On l'a suivi jusqu'à la maison du vieux. Et maintenant, il est en train de sortir de la ville. Piovesan lui colle aux fesses. Mais il y a une chose que tu dois savoir, et même que tu dois voir.

– Dis-moi où tu es, dit Costa. Je viens tout juste de rentrer à l'hôtel, mais je repars. Je viens te prendre et on rejoint le gamin.

– Je t'envoie la localisation sur le portable. Et... Fabio ?

– Oui ?

– S'ils ont fait du mal à Valentina...

– Je sais, l'interrompit Costa d'un ton rageur. Je sais.

124

Avant de sortir, il vérifia son Beretta.

Manier ce métal tiède lui fit presque plaisir. Il n'avait jamais aimé les armes, qu'il ne voyait que comme un ultime recours. Porter un calibre 9 à double chargeur lui avait toujours cassé les pieds. Mais aujourd'hui il éprouvait le besoin de l'empoigner, en s'imaginant le pointer sur Altieri ou sur le vieux Zernich.

Pour sauver Valentina. Ou pour la venger.

Il chercha à éloigner cette pensée. Il enfila l'arme dans sa ceinture sous son pull noir, attrapa un blouson et sortit de la chambre. À ce moment-là, il eut l'impression de refermer bien plus qu'une porte d'hôtel. C'était toute une vie qu'il laissait derrière lui.

En arrivant devant sa vieille Volvo, il vit deux hommes qui ne cherchaient pas à se dissimuler. Ils étaient debout à côté de la voiture, dans le froid du soir, et ils l'attendaient ostensiblement.

En s'approchant, il reconnut Gaetano Lomastro, le chef de la PJ de Padoue. L'homme s'approcha de lui avec un sourire si hypocrite qu'il en était ridicule.

– Fabio Costa ! Alors mes infos étaient bonnes… Comment vas-tu, mon ami ?

Il lui tendit la main sans ôter ses gants, ses lunettes légèrement embuées. Derrière lui, le second homme, un jeune policier athlétique, n'eut pas un sourire, pas un mouvement.

– Lomastro, dit Costa sur ses gardes. Tu es ici pour moi ?

– Eh bien, je voulais savoir s'il était vrai que tu étais à Padoue. On me l'avait dit, mais ça me paraissait bizarre. Je ne savais pas que tu avais par ici… quoi donc… ? Des amis ? Des parents ?

– Une amie, en effet, répondit Costa en l'observant, que j'étais venu voir. Mais personne ne sait où elle est passée. Valentina Medici. Tu la connais, pas vrai ?

Le sourire de Lomastro ne faiblit pas.

– Une très belle femme… et une excellente fonctionnaire, je le dis sérieusement. Mais ça fait un bail qu'elle est rentrée à Rome. Si c'est une de tes amies, elle ne t'a pas dit qu'elle avait terminé son travail ici ?

– Je ne lui ai pas parlé depuis un moment. C'est peut-être ma faute.

– Eh oui, c'est possible ! Les femmes, il faut les chouchouter, Fabio. Les chouchouter et ne pas les décevoir. Jamais.

– Donc, tu ne l'as pas revue ?

– Je te l'ai dit, elle avait fini son travail chez nous. Et franchement, mon ami, je me fiche éperdument de ce que fabrique Medici sur son temps libre. Si elle n'est pas rentrée à Rome, elle est peut-être en train de baiser avec un type quelque part… Laissons-la tranquille, non ? ajouta-t-il avec un clin d'œil.

Costa avança presque imperceptiblement, et Lomastro mit la main devant son visage prêt à se défendre, tout en détournant la tête. Puis il ricana nerveusement.

Costa parvint à se contrôler, mais l'autre avait dû sentir que la prison émotionnelle où il avait enfermé sa rage commençait à céder. Le jeune policier derrière Lomastro serra les poings.

– Valentina est une amie, reprit Costa calmement. Tu devrais lui montrer un peu plus de respect, Lomastro.

Celui-ci perdit soudain toute sa fausse cordialité.

– Parlons clairement, alors, dit-il. Moi, je m'en fous de Valentina. Si je t'ai attendu ici par ce froid, ce n'est pas pour échanger des amabilités, mais pour t'éviter des ennuis.

– Je m'en doute. Vous avez l'air de deux sicaires en attente de leur cible, tu t'en rends compte ?

– C'est ça, fais le malin ! Ta Valentina ne m'a pas seulement cassé les couilles, à moi et à quelques autres gentlemen de cette ville. Elle s'est mis à dos la moitié du service. Tu sais qu'à Rome aussi ils sont furieux contre elle ? Et contre toi, soit dit en passant. Mais toi, tu as l'habitude, non ? Entre un coup de queue et un suicide assisté…

Costa le frappa à la mâchoire d'un seul coup sec, mais où il concentra toute la fureur accumulée de ces derniers jours. Lomastro tomba comme une marionnette dont on aurait coupé les fils, sans un gémissement.

Le policier qui l'accompagnait s'avança vers Costa, qui l'attendait avec un grand sourire. Il y avait un souffle libérateur dans tout cela.

– Si tu veux, j'en ai aussi pour toi. Et je serais heureux de t'y faire goûter. Vraiment heureux.

L'agent s'arrêta, perplexe. Il continuait à ouvrir et fermer les poings, mais il s'en tenait là, évaluant visiblement la situation. Il n'était pas là pour se manger des uppercuts. Il décida d'éviter l'affrontement et se pencha sur Lomastro qui se massait la figure, encore incrédule.

– Tu es foutu, Costa, siffla-t-il en crachant du sang qui tacha la couche de gel sur l'asphalte. Tu es foutu. Tu ne sais pas dans quoi tu es allé te fourrer. Tu n'en as pas la moindre idée...

Costa se pencha à son tour, rapprochant son visage de celui de son collègue. Lomastro pâlit et se tut. Le jeune policier se remit en position, prêt cette fois à intervenir. Costa ne lui accorda pas un regard. Ils étaient tous les trois accroupis sur l'asphalte, comme des Touaregs autour d'un feu invisible.

– Non. Toi, tu es foutu, dit Costa en observant les gouttes rouges qui barbouillaient le menton tremblant de Lomastro. Bientôt, tu vas payer non seulement pour ta lâcheté, mais pour tous ceux qui avant toi ont regardé ailleurs, pour tous ceux qui n'ont pas voulu savoir... Tu vas payer pour chaque victime de cette histoire. Y compris celles qui sont tombées avant que tu viennes pourrir ici. Et tu peux prier pour que parmi elles il n'y ait pas Valentina. Parce que dans ce cas, c'est à moi que tu rendras tes comptes.

Il se releva, lança un dernier regard aux deux hommes et monta dans sa voiture.

Quand il démarra, son rétroviseur lui montra l'image de Lomastro encore assis par terre, l'air hébété.

125

Les lumières de la ville avaient disparu depuis un moment et le voyage ne faisait que commencer. À une centaine de kilomètres devant eux, Gabriele Piovesan les tenait informés, même si Loris avait relié son portable au traceur GPS monté sur la voiture d'Altieri et suivait le signal. Ils ne savaient pas ce que mijotait le factotum de Federico Zernich, mais ce départ improvisé, associé à ce qu'ils venaient de découvrir, laissait présager une affaire d'importance.

Assis à côté de Costa, Loris était un vrai moulin à paroles. Sa logorrhée désespérée était justifiée par ce qu'il avait à lui apprendre, bien que cela semblât de la pure folie.

– Altieri est entré dans un *chat* protégé, dit-il en s'efforçant de rester calme. Et il a entamé un dialogue sous le pseudo de « Paperino ». Tu te rappelles ? C'est celui dont il s'était servi pour entrer en contact avec Randolph Collins, l'assassin de Boulder. Collins se faisait appeler « Nightgaunt », et il parlait du Caravage avec Paperino.

– Si Paperino est Altieri, commenta Costa, c'est lui qui a poussé ce Collins à commettre le massacre de Boulder.

Trois.

Deux grands et un petit.

Si tu veux me surprendre, envoie-moi un échantillon.

L'échantillon, c'était le tableau évoquant Hopper.

– Exactement ! C'était une épreuve. L'enjeu étant une sorte de prix, quelque chose qui a à voir avec le Caravage et ses œuvres. C'est pour cela que David Minetti débarque en Italie…

– Mais Collins a été arrêté, objecta Costa. Avec qui a chatté Altieri ?

– Quelqu'un d'autre, en effet, dit Loris d'un air sombre. Je suis remonté jusqu'au *chat* qu'il utilisait. Je n'ai pu y entrer que quelques secondes avant qu'ils changent l'adresse IP et qu'ils me jettent dehors. Mais j'ai réussi à lire un extrait d'une autre conversation en cours. Je ne sais pas si c'était un homme ou une femme. Son pseudonyme était « Jieronymous », et il se vantait d'avoir eu accès à quelque chose appelé « Holocauste ». Et d'avoir déjà ses valises prêtes. Ce salopard ne se tenait plus de joie tandis que son interlocuteur se plaignait de ne pas avoir encore réussi à tuer ses parents… Ces psychopathes de merde participent à une espèce de loterie. Ils tuent pour avoir le privilège d'être invités à Holocauste, quoi que ça puisse être… Et c'est Altieri qui sort les numéros du sac !

Donc, après ce dernier échange sur Internet, réfléchissait Costa, Altieri s'était mis en route. Ce pouvait être une coïncidence, mais il sentait qu'il y avait un lien. Il rapporta à Loris les détails de sa rencontre avec Caruso.

– Tout colle, répéta Manna. Zernich est un psychopathe richissime qui a la pulsion de tuer depuis son enfance. Altieri est son bras droit, non seulement pour la gestion des entreprises vinicoles, mais aussi dans des affaires plus sordides. C'est Altieri qui embauche Sileri à la villa Zernich, parce qu'il sait qui il est, ce qu'il a fait et ce qu'il pourrait faire… Et il a besoin de quelqu'un comme lui. Sileri était aussi fou que Zernich et ils ont dû partager le même projet criminel. Même s'il y a encore un point qui m'échappe.

– Oui, à moi aussi.

Costa cherchait à se concentrer sur la route. Il avait déjà mené l'analyse que Loris était en train de lui exposer. Federico Zernich avait deux passions : la mort et l'art. Un profil psychologique sommaire indiquait que sa personnalité était celle d'un assassin rituel compulsif sans implication sexuelle. Le meurtre de son ami toxicomane et de la prostituée, la façon dont les cadavres avaient été disposés, tout conduisait à lui. Si le jeune héritier avait été arrêté à cette époque, peut-être Sileri n'aurait-il pas pu continuer à tuer.

Au cours du demi-siècle passé, il avait dû y avoir de nombreuses victimes des pulsions psychotiques de Zernich. Simplement, il était devenu plus prudent. Costa était convaincu qu'en creusant dans la bonne direction, ils découvriraient plusieurs disparitions inexpliquées. La crucifixion de Sebastiano Zorzin était un échantillon de tous ces meurtres invisibles.

En 1995, Claudio Altieri travaillait déjà pour les Zernich. Il était sans doute l'un des trois encapuchonnés, tandis que son patron filmait l'agonie de Zorzin. La présence des deux autres indiquait que Zernich et Altieri n'étaient pas seuls. Peut-être existait-il un petit groupe ayant en commun cette folie homicide. La mission que Zernich s'était choisie consistait aussi à faire partager ses pulsions à d'autres. Peut-être reproduisait-il sous une forme tordue ce qu'il avait vu faire à sa mère. Elle avait rassemblé autour d'elle des artistes ratés ou encore peu connus et avait encouragé leurs activités. Federico Zernich avait fait la même chose avec un autre genre d'artistes. Comme le maître de l'atelier auprès de qui Caravage avait fait son apprentissage, Zernich avait cultivé l'inspiration de ceux qui utilisaient pour leurs propres œuvres non pas la toile ou le marbre, mais la chair et le sang.

Sileri n'était pas comme le vieil entrepreneur. Il ne trouvait de plaisir sexuel que dans la nécrophilie. C'était un violent et un impulsif avec de bonnes connaissances en chimie, et la découverte de la plastination avait dû être une illumination pour lui. Posséder les corps de femmes mortes pour prolonger son plaisir sans l'inconvénient de la décomposition. Et il était assez ingénieux pour améliorer le processus chimique, évitant ainsi le dessèchement des corps. Il lui fallait seulement un endroit sûr où accomplir ses expériences et les moyens d'obtenir des instruments coûteux. La tentative sur le corps de la pauvre Teresa Franceschi avait échoué à cause de son manque d'appareillage.

C'était Zernich qui lui en avait fourni l'occasion et le matériel. Quand Sileri était en fuite après la découverte du meurtre de Teresa, Zernich ou Altieri avait eu vent de son histoire : un nécrophile ayant essayé la pratique de la plastination sur le corps de sa victime. Le candidat idéal. Altieri était un ancien enquêteur qui savait évoluer dans le maquis du crime. À certains niveaux occultes, les informations se répandaient plus vite. Il avait dû retrouver Sileri avant la police, lui offrant protection et couverture. Il l'avait embauché comme gardien de la villa Zernich et lui avait fourni la possibilité de poursuivre ses expériences. Comment l'autre aurait-il pu refuser ?

Sileri n'était pas un esthète, il ne s'intéressait pas à l'art. C'était le détail qui ne collait pas depuis le début et qui avait poussé Valentina à poursuivre l'enquête. L'art en revanche était l'obsession de Zernich. Leur accord avait dû être avantageux pour chaque partie : trouver des victimes qui ressemblaient aux personnages du Caravage sur lesquels Sileri pourrait affiner sa technique. Pourquoi avait-il choisi ce peintre en particulier ? Peut-être D'Avanzo avait-il raison de dire que les personnages du peintre étaient les mieux adaptés à son répugnant projet.

Mais Sileri avait commis une erreur en laissant échapper Fosco Agnelli. Et cette faute avait fini par les conduire à la villa Zernich. La chape de silence dont le vieux avait bénéficié pendant tant d'années s'était effritée. Et tout cela grâce à Valentina, qui n'avait jamais lâché prise. Même quand elle était restée seule.

Cette pensée brûlait désormais comme un fer rouge dans son cœur et dans sa tête. Pourtant, il ne devait pas se laisser ronger par la culpabilité. Il aurait tout le temps plus tard pour cela. C'était un expert dans ce domaine.

La neige avait commencé à apparaître au bord de la route, reflétant les phares de la voiture.

– Mais où il va ? demanda Manna pour la dixième fois.

– À Holocauste, répondit Costa. Où veux-tu qu'il aille ?

126

Il avait dû s'arrêter pour monter les chaînes. Mais il commençait à craindre que la voiture ne soit pas adaptée pour cette filature improvisée. Il avait quitté Padoue depuis au moins deux heures, et dès qu'il avait pénétré dans le Trentin la neige s'était mise à tomber plus fort. Piovesan était coutumier de ce rude climat, mais la peur de commettre des erreurs le maintenait dans un état d'anxiété permanent. Manna et le commissaire Costa allaient le rejoindre, même si quelques engorgements dus au mauvais temps les ralentissaient à la hauteur de Bassano del Grappa. Mais bientôt ils seraient là et il ne se sentirait plus aussi seul. Le GPS faisait son travail, mais c'était lui le plus proche de l'objectif.

Jusqu'à présent en tout cas il n'y avait pas eu de problème, à part ces maudites chaînes qu'il avait dû installer sous une neige qui semblait tomber dru précisément pour lui compliquer la tâche.

Quand il quitta la route nationale pour emprunter la départementale qui longeait le lac de Molveno, il commença à se préoccuper de la tenue de route de la Sandero. Il n'était pas tranquille en la conduisant et ne voyait plus les feux arrière du Cayenne d'Altieri, même si le signal satellite lui indiquait qu'il était toujours devant lui. Mais il était tout seul au milieu de nulle part, et ça l'inquiétait.

Peut-être cette aventure était-elle un mal nécessaire : il saurait au moins s'il était taillé pour ce travail. Même si à cet instant, l'idée de retourner dans son confortable bureau ne lui semblait plus aussi déprimante.

Le signal GPS se déplaça soudain, abandonnant la ligne qui indiquait la route longeant la vallée, et dévia vers l'est. Sur l'écran de sa tablette, cette zone était une vaste tache blanche sans aucune référence. C'était ça, le néant.

Piovesan dut ralentir pour ne pas dépasser l'embranchement qu'Altieri avait brusquement emprunté et qui n'était indiqué sur aucune carte. Il eut du mal à le distinguer à travers les flocons de neige qui s'intensifiaient, formant une couche contre laquelle se reflétait la lumière de ses phares. Il s'y engagea avec prudence et se retrouva sur une route étroite et tortueuse qui s'enfonçait au cœur de la montagne. Il espéra que Manna et Costa ne perdraient pas le signal, car il aurait été difficile de leur expliquer quand tourner. Il ne savait même pas où il se trouvait exactement et il se sentait désespérément sans défense.

La route commença à monter. Sur sa gauche, à travers les arbres, il pouvait apercevoir le fond de la vallée et les contours d'un lac étroit et sombre, ponctué des lumières de maisons qui semblaient aussi lointaines que les étoiles d'une autre galaxie. Au-delà du lac se dressait un massif imposant et couvert de neige. À sa droite, en revanche, il n'y avait que la paroi rocheuse qui ne lui avait jamais paru aussi menaçante.

Il eut envie de téléphoner une fois encore à Loris pour l'entendre lui répéter qu'ils étaient juste derrière lui. Mais il résista : il ne voulait pas qu'ils sentent combien il avait peur. Ils s'étaient appelés à peine vingt minutes plus tôt. Ils n'allaient pas tarder à arriver.

Une rafale plus violente l'obligea à augmenter la vitesse de ses essuie-glaces. La visibilité diminuait au même rythme qu'accéléraient les battements de son cœur.

Il s'aperçut que devant lui, dans l'obscurité percée par l'inquiétante lumière des phares, deux points rouges étaient immobiles sur le côté de la route. Un rapide coup d'œil à sa tablette, posée sur le siège du passager, lui confirma qu'Altieri s'était arrêté.

Il se gara aussitôt et éteignit ses phares, en espérant que l'autre n'avait pas aperçu la manœuvre. Il savait qu'ainsi, il était également invisible pour toute voiture arrivant derrière et qui risquait de lui rentrer dedans. Mais des phares allumés n'auraient pas échappé à l'homme qu'ils poursuivaient.

Un long moment passa. Il continuait à guetter dans le rétroviseur l'éventuelle arrivée d'une autre voiture. Il ne savait que faire et cet arrêt devenait de plus en plus dangereux. Il finit par décider qu'il était trop risqué de rester immobile dans l'obscurité. Mais alors qu'il s'apprêtait à rallumer son moteur pour repartir, il s'aperçut que les feux du Cayenne avaient disparu. Sur sa tablette, le signal GPS était muet.

Altieri et sa voiture s'étaient évanouis dans le néant.

127

La voix de Piovesan au téléphone trahissait son agitation.

– Il a disparu ! lui cria-t-il dans l'oreille.

– Qu'est-ce que tu veux dire ? demanda Manna, qui avait déjà remarqué la disparition de son signal GPS. On l'a perdu, dit-il en se tournant vers Costa. Piovesan dit qu'il a disparu, quoi qu'il puisse entendre par là !

– Je suis devant une petite route qui pénètre à l'intérieur de la montagne, continua à crier Piovesan, mais elle est fermée par une barrière...

– Tu es toujours sur la route principale ?

– Non. Vous devez tourner à l'embranchement pour Molveno. Pour Molveno ! Faites bien attention !

– Dis-lui de rester où il est, répondit Costa en accélérant légèrement. On arrive. Et aussi de faire attention à lui.

– J'ai entendu, hurla Piovesan.

Puis il interrompit la communication.

Costa accéléra encore, rassuré par le fait qu'il semblait n'y avoir aucun véhicule sur cette portion de route. Ils devaient retrouver Piovesan le plus vite possible.

– On est encore loin ? dit-il à Manna, qui fixait son portable comme si le signal GPS pouvait réapparaître par pure magie.

– Je crois qu'il s'est arrêté à une trentaine de kilomètres d'ici. Mais je ne comprends pas pourquoi nous avons perdu le signal.

– C'est au milieu des montagnes. Sans doute pas couvert par le satellite.

– Peut-être.

En effet, ils étaient entourés par les hautes silhouettes noires des Dolomites. Ils dépassaient des éboulements rocheux tombés aux pieds de pentes abruptes et magnifiques, et plus ils avançaient, plus cette nature sauvage semblait se refermer sur eux. Loris pensait sans doute la même chose. Il se taisait en regardant fixement devant lui.

– On ne devrait pas appeler quelqu'un ? dit-il tout à trac.

– Tu penses à qui ?

Manna le regarda avec une expression curieuse.

– Comment ça, à qui ? Fabio, nous sommes sur le point d'entrer dans un nid de vipères. Là-haut, il y a des gens sans scrupule et forts de nombreuses ressources. Ils ont fait plus de victimes que tous les tueurs en série italiens de ces trente dernières années. Tu ne crois pas qu'on pourrait avoir besoin d'un peu d'aide ?

– Pas encore, Loris. On doit d'abord être certains qu'Altieri s'est déplacé pour les raisons que nous croyons. Il sera toujours temps d'appeler à l'aide.

Mais il n'en était pas certain. Et peut-être était-il déjà trop tard. Pour Valentina. Pour lui. Pour tout.

Ils tournèrent au bout d'une demi-heure sur la route qu'avait parcourue Piovesan, qui s'enroulait autour de la montagne comme le serpent autour de l'arbre de la connaissance. Quelques minutes plus tard, leurs phares éclairaient la Sandero arrêtée sur une petite aire de stationnement contre la paroi rocheuse. Quand Costa y inséra la Volvo, Piovesan bondit hors de la voiture, son arme à la main.

– Seigneur ! C'est vous !

Il abaissa lentement le bras. Les pieds dans la neige, il tremblait, et pas seulement de froid.

Derrière lui apparaissait l'entrée d'un sentier qui menait tout droit dans la montagne. C'était peut-être un chemin muletier abandonné depuis des années, permettant autrefois de rejoindre les pâturages les plus élevés. Mais il était assez large pour y faire passer un petit camion. Une barrière rouillée en interdisait l'accès.

Costa et Manna descendirent de voiture. L'obscurité empêchait de voir le bout du sentier.

– Il a dû s'enfiler là-dedans, dit Piovesan en désignant l'obscurité. J'ai vu ses feux de position disparaître à cette hauteur.

– Voyons déjà si on peut ouvrir ce machin.

Costa et Manna appuyèrent sur le contrepoids, et la vieille barrière se releva.

– Altieri a dû passer par là, dit Fabio. Le signal GPS est toujours au point mort ?

– Oui, dit le technicien après un coup d'œil à son portable. Et on n'a plus de téléphone non plus !

Tous regardèrent leurs portables.

– Il n'y a pas de réseau, s'exclama Piovesan avec stupeur. Pourtant il y en avait avant ! Je vous ai appelés…

Costa scruta l'obscurité : la route qui se perdait dans les ténèbres, l'épaisse couche de neige comme un avertissement à ne pas poursuivre.

– Je crois que ce n'est pas une question de réseau, dit-il.

– Que veux-tu dire ?

Il regarda Manna.

– Un brouilleur. Ils inhibent tous les types de signaux.

Loris réfléchit un instant. Si un appareil bloquant tous les signaux avait été activé, c'était la preuve qu'ils étaient proches du but.

– C'est possible, reconnut-il. Et je parie que si on s'éloigne de cette déviation et qu'on continue sur la départementale, on retrouvera notre signal.

– Ça veut dire quoi ? demanda Piovesan sans cesser de claquer des dents.

Costa et Manna se regardèrent.

– Ça veut dire qu'on y est, dit le commissaire. Gabriele, va garer la Sandero de façon qu'on ne la voie pas de la route. On va continuer avec la mienne.

Piovesan se hâta d'obéir. Puis ils montèrent tous les trois dans la Volvo et s'engagèrent à vitesse réduite sur cette route qui plongeait droit au fond de l'inconnu.

128

Sur le côté gauche de la route, leurs phares illuminèrent un vieux panneau penché et à peine lisible. Une flèche, sous une inscription pâlie, indiquait le bout du voyage. En le déchiffrant avec attention, ils découvrirent qu'ils approchaient de Sant' Andrea.

– Mais où est-ce qu'on est ? murmura Manna, penché sur le pare-brise pour essayer de comprendre ce qu'il y avait devant eux.

– Mais bien sûr, s'exclama Piovesan. Valentina... Enfin, la commissaire Medici m'avait fait faire une série de recherches sur les propriétés des Zernich. Immobilier, participations, sociétés, tout ce genre de choses. Le patrimoine de la famille est immense, mais ce nom-là, je l'ai déjà entendu. Sant' Andrea... Je crois que c'est un hôtel.

– Là-haut ? demanda Manna, incrédule.

Piovesan haussa les épaules.

Au bout de quelques minutes qui leur parurent une éternité, la chaussée s'élargit soudain, puis, après un dernier virage, apparut l'édifice dont Piovesan venait de parler.

À quelques centaines de mètres, il les surplombait de toute

sa hauteur. Une allée montait vers le bâtiment. De part et d'autre, deux rangées d'arbres morts aux branches chargées de neige. À l'entrée, deux hautes colonnes, sans doute les restes d'un portail qui n'existait plus depuis longtemps.

C'était un bâtiment énorme qui comptait au moins trois étages. Sa façade était constellée de dizaines d'étroites fenêtres ; des arches et des tours prétentieuses et noires rendaient l'ensemble encore plus lugubre. Il ressemblait à une prison abandonnée depuis des lustres. Mais il avait dû avoir une autre fonction, perdu comme il l'était parmi les pics enneigés.

Costa se dit qu'ils y réfléchiraient plus tard. Car quand ils avaient dépassé le dernier tournant et que l'imposant bâtiment était apparu devant eux, il avait remarqué deux détails qui l'avaient aussitôt mis en alerte.

Le Cayenne d'Altieri était garé à l'entrée de l'allée. Et sur l'une des colonnes luisait l'œil rouge d'une caméra de surveillance.

Il éteignit aussitôt ses phares et se gara contre un gros tas de neige.

– Un hôtel ici ? répéta Piovesan en se penchant depuis le siège arrière.

– Je ne sais pas, répliqua Costa. Peut-être qu'autrefois il était mieux desservi…

– Peut-être, dit Loris. Pourtant, il semble abandonné depuis un bon moment.

– À part cette caméra, ajouta Costa en la désignant du doigt.

– Et le brouilleur qui bloque le signal radio.

– Quoi que puisse être cet endroit, dit Costa, ils font tout pour le maintenir caché et à l'abri des étrangers. J'ai dans l'idée qu'à l'intérieur nous allons trouver quelques réponses.

Et peut-être aussi Valentina, pensa-t-il en son for intérieur. Et Dieu sait qui ou quoi d'autre.

– On fait quoi, alors ?

Costa il y avait déjà réfléchi.

– Écoute-moi, Gabriele, dit-il dans la pénombre rassurante de l'habitacle, on va faire comme ça. Toi, tu retournes à pied à la Sandero. Dès que tu te seras un peu éloigné, tu retrouveras le signal et tu pourras demander de l'aide. Loris et moi nous allons essayer d'entrer…

– Pourquoi ne pas attendre les renforts ? demanda le jeune policier. Nous ne savons pas ce qu'il y a à l'intérieur…

– Précisément. Il faut absolument que j'aille voir ce qui s'y passe. Valentina ou quelque autre victime de Zernich et d'Altieri pourrait être en danger…

Les deux autres ne firent aucun commentaire. Costa devina qu'ils ne pensaient ni l'un ni l'autre que Valentina ou qui que ce soit d'autre puisse être encore vivant dans ce bâtiment noir comme l'enfer. Mais il n'avait aucune intention d'attendre. Pas cette fois. La mort de Rosanna lui avait suffi.

– Très bien, finit par dire Piovesan. Mais c'est moi qui viens avec vous, commissaire.

– Qu'est-ce que tu racontes ? répliqua Manna, qui vérifiait déjà son arme.

Piovesan eut un sourire incertain mais sincère.

– Je dis ce qu'il est bon de faire. À votre avis, il me faudrait combien de temps pour convaincre quelqu'un d'accourir à la rescousse ? À moi, un simple agent des bureaux du commissariat de Padoue prêté à la PJ locale ? Un type qui, comme on dit chez nous, « a encore ses valises à la gare » ? Je ne saurais même pas qui appeler. Lomastro ? Toi au contraire, dit-il en indiquant Manna, tu es inspecteur au SCO depuis des années. Le directeur te connaît bien et il t'estime. Tu sais qui joindre et tu as suivi cette enquête depuis le début. Tu sauras quoi faire…

Il se tut. Manna essaya d'objecter, mais Costa l'arrêta d'un geste de la main.

– Il a raison, dit-il. Tu as bien plus de chances que lui de faire rappliquer des renforts. Et surtout à toute allure.

Manna ouvrit encore la bouche. Puis la referma.

– Je n'ai pas encore appris le métier de policier, reconnut Piovesan. Mais à l'intérieur, je saurai vous être utile, commissaire. Croyez-moi.

Dans l'esprit de Costa s'alluma une de ces lumières rouges qui depuis quelque temps illuminaient sa route de façon menaçante. Cette fois le signal disait : « Voilà, encore une autre victime à sacrifier. » Et la lumière clignotait follement.

Va te faire voir, pensa-t-il.

– Très bien, dit-il. On va faire comme ça.

Ils descendirent de la Volvo. La neige cessa aussitôt de tomber, ce qu'ils prirent pour un bon présage.

– Faites bien attention à vous, là-dedans, dit Manna, nullement convaincu par cet arrangement.

– Toi, dépêche-toi de faire ce que tu as à faire. Et tâche d'être convaincant.

Ils se serrèrent la main. Puis Manna fit à pied le chemin inverse, remonta dans la Sandero et disparut derrière le virage.

129

Il ressemblait vraiment à une forteresse abandonnée. Des murs en briques noircies, des fenêtres sorties de leurs gonds. Le silence imposant des montagnes. La longue allée de pavés de dolomite où, avec les années, le passage des véhicules avait creusé deux sillons. Et tout au bout d'une vaste esplanade, l'entrée principale encadrée de grandes baies vitrées dont il ne restait que les châssis métalliques.

Un sanatorium, voilà ce qu'était cet endroit. C'était écrit sur une plaque en bronze noirci : « Sanatorium Sant'Andrea di Molveno ». Sans doute un hôpital pour les riches des années 1920, encastré dans ces montagnes abruptes et à deux pas du lac du même nom.

En déchiffrant la plaque, Piovesan hocha la tête.

– À première vue, cela ressemble à l'un des innombrables investissements qu'avait faits autrefois le père de Federico Zernich, Nicola…

Costa imaginait la raison de la recherche que Valentina avait confiée à Piovesan. Obsédée par le sort que Sileri avait réservé à ses victimes, elle s'était sans doute demandé où il transportait les corps et où il procédait à leur plastination. Quand elle avait associé Zernich à cette histoire, elle avait pensé que le fameux laboratoire devait se trouver dans l'une des propriétés du vieux. Et la réponse se dressait peut-être devant eux.

Mais la question qui les intéressait pour l'instant était de savoir où avait bien pu passer Claudio Altieri.

Ils s'étaient arrêtés dans un coin de l'esplanade qui avait dû être autrefois un jardin parfaitement ordonné, mais n'était plus aujourd'hui qu'un rectangle de terre glacée envahie de buissons. Une excellente cachette, se dit-il. Le problème à présent était de pénétrer dans le bâtiment. La caméra à l'entrée laissait penser que l'endroit était surveillé. Et comment en serait-il allé autrement ?

Il réfléchissait encore quand la grande porte noire s'ouvrit et Altieri en sortit. Il était engoncé dans un gros blouson et avait une capuche sur la tête, mais c'était bien lui.

Il contourna le bâtiment et disparut derrière. Costa posa une main sur l'épaule de Piovesan et croisa son regard. Le jeune homme tenait son Beretta des deux mains, sans ses gants, et ne cessait de trembler.

Au bout de quelques secondes, ils entendirent le moteur d'une grosse cylindrée. Altieri déboucha au volant d'un Land Rover noir et s'élança dans l'allée. Il disparut en quelques secondes, en soulevant des gerbes de neige.

C'était le moment qu'ils attendaient.

Ils coururent à la porte restée ouverte et s'arrêtèrent de part et d'autre en scrutant l'intérieur. Sur le linteau était installée une autre caméra à l'œil rouge allumé.

Costa fit signe à Piovesan d'attendre. Puis il se glissa vers le coin du mur opposé, en veillant bien à éviter la caméra, dont il espérait qu'elle n'était pas équipée d'un grand-angle. Avant d'entrer, il devait s'assurer qu'il ne restait plus personne à l'intérieur.

Il jeta un coup d'œil de l'autre côté de l'édifice, où se trouvait un vaste parking. La voiture d'Altieri était seule. Et les uniques marques de pneus dans la neige étaient celles du Cayenne et du Land Rover dans lequel il venait de partir. En toute logique, il ne devait plus y avoir personne dans la forteresse.

Il revint sur ses pas, échangea un dernier regard entendu avec Piovesan, et ils entrèrent.

130

La structure du bâtiment était simple, mais fonctionnelle. Un énorme hall semi-circulaire à l'entrée, au bout duquel un grand escalier central conduisait aux étages supérieurs. De part et d'autre de l'escalier, deux grands couloirs courbes qui devaient ceinturer le sanatorium. D'un côté les chambres, et de l'autre de grandes baies désormais privées de vitres donnant sur un cloître également en ruines. Au milieu de l'ancien jardin, une fontaine couverte de glace et quelques bancs de granit. On devinait dans l'obscurité des dizaines de chambres à présent silencieuses et vides, comme autant de tombes.

Costa et Piovesan s'arrêtèrent à l'endroit qui devait autrefois servir de salle d'attente et de réception – ce dont attestait un comptoir installé entre l'entrée et le grand escalier.

Ils écoutèrent en silence. Ils n'entendirent que de l'eau qui gouttait et les rafales de vent qui s'engouffraient dans les fenêtres.

– Ça a l'air complètement à l'abandon, murmura Piovesan, mais Costa lui fit signe de se taire.

Les caméras qu'il avait remarquées à l'extérieur supposaient une régie, et la présence de quelqu'un pour s'en occuper.

Il n'avait pas envie de se séparer du jeune homme, qui semblait déjà épouvanté, mais il n'y avait pas de temps à perdre. Il s'approcha de lui et lui parla rapidement à l'oreille.

– Écoute-moi bien. Nous ne savons pas ce qu'il y a là-dedans, donc prudence maximale. On commence par le bas. À toi le couloir de droite, je prends l'autre. Si, comme je le pense, les deux ailes se rejoignent de l'autre côté, on devrait trouver un autre escalier semblable à celui-ci. On monte d'un étage, même protocole, on longe le couloir chambre par chambre. Si je me trompe et qu'il n'y a qu'un seul escalier, on revient sur nos pas et on repart d'ici. C'est clair ? Tu es prêt ?

Piovesan hocha la tête à plusieurs reprises. Puis il prit une grande inspiration et articula un « oui » silencieux.

– Tiens ton arme toujours pointée devant toi. Si tu rencontres un obstacle, une ombre, n'importe quoi, compte jusqu'à trois. Réfléchis. Ne cède pas à la panique. Tu passes à la pièce suivante quand tu t'es assuré d'avoir bien contrôlé chaque recoin de la précédente. Et tu cries si tu as besoin d'aide. Tu cries quel que soit le problème. D'accord ?

Un nouveau oui.

Costa fixa un instant le visage crispé de Piovesan.

– Je ne peux pas te promettre que ce sera une promenade de santé, dit-il, mais je sais que tu vas bien te comporter. Tu es un excellent policier, crois-moi.

Piovesan hocha la tête une fois encore.

– On y va.

131

Comme il l'avait supposé, le rez-de-chaussée était consacré aux activités communes du sanatorium. Plus qu'une maison de cure, cet endroit avait été sans doute un hôtel de luxe. Costa traversa de vastes salons où survivaient quelques fauteuils déglingués et de petites tables basses, puis des pièces plus étroites où les hôtes étaient soignés pour leurs maux petits et grands. Des box, des lits et de vastes armoires remplies autrefois de toutes sortes de remèdes. Il découvrit aussi une salle à manger et fut surpris d'y trouver des tables où le couvert était mis. Mais sur tout cela s'était déposée une couche de poussière dense, formant une sorte de linceul collant et sombre.

Cet endroit n'abritait pas des fantômes : il était lui-même un fantôme.

Costa se retrouva bientôt au point opposé de celui où il était entré. Comme il l'avait supposé, un escalier jumeau menait aux étages supérieurs. Aucune trace de Piovesan. Il avait dû suivre ses instructions à la lettre et devait encore être en train d'explorer sa partie de couloir. Mais Costa avait hâte de continuer.

On n'entendait pas un son ni une voix, tout semblait désert. Il ne pensait pas que Valentina puisse être encore là, quelque part, attendant d'être sauvée et de le sauver de son sentiment de culpabilité. Mais il se comportait comme si c'était le cas.

Il monta à l'étage, son arme prête, guettant chaque mouvement éventuel. À mi-chemin, il entendit un son à peine perceptible. Comme un battement d'ailes. Cela venait de l'étage supérieur. Il resta immobile quelques secondes. Le bruit se répéta. On aurait dit un frôlement de pattes, suivi d'une série de coups secs. Quelqu'un ou quelque chose bougeait.

Arrivé à l'étage du dessus, il tendit l'oreille. Le bruit venait de sa gauche.

Devant lui, une vingtaine de chambres. Au fond du couloir, une porte entrouverte laissait passer un rai de clarté.

Costa s'approcha lentement. Quelque chose passa devant le rai de lumière. Une fois. Deux fois.

Il n'entendait plus que le reflux du sang dans son crâne. Un grondement qui excluait tout autre son.

Valentina murmurait.

Diana murmurait.

Il parvint devant la porte ouverte et regarda à l'intérieur de la pièce.

Un homme vêtu de sombre était assis dans un fauteuil rouge, au milieu d'une chambre vide. Il avait en main une flûte remplie de vin blanc. C'était tout.

– Et d'où tu sors, toi ? demanda Costa en entrant.

132

La fenêtre dans son dos était barricadée par des planches mal ajustées. Un signe d'abandon qui contrastait, comme le reste de la pièce, avec l'aspect soigné et opulent de l'homme qui l'occupait. Une soixantaine d'années, un visage lisse et sans rides. Des lunettes à la fine monture dorée. Une chevelure blanche qui lui encerclait la tête comme une auréole. Chemise en soie, veste et pantalon noirs. Et ce verre de vin qu'il porta à ses lèvres à l'entrée de Costa.

– Salut, dit-il en souriant. (Il regarda le Beretta, mais ne parut pas troublé pour autant.) *Sprichst du Deutsch* ?

Costa le fixa, en continuant à pointer son arme sur lui.

– Non, dit-il.

– Oh ! alors, parlons dans votre langue. D'accord ? Ou vous préférez l'anglais ?

Il avait un accent guttural et doux à la fois. Il continuait à sourire comme s'ils se trouvaient dans une fête et étaient en train de faire connaissance.

– Tu es qui ? répéta Costa, un peu désarçonné.

– Un hôte... Comme toi, je pense... Non ?

Un hôte. Un des invités du concours de Zernich. Qu'avait fait ce type pour arriver ici ? À quelles épreuves avait-il dû se soumettre ? L'homme désigna son arme.

– Tu peux la baisser ?

Costa obtempéra. Il se sentait vidé. Combien d'autres assassins avaient acquis le privilège d'être ici ?

– On attend le maître de maison ensemble ? reprit l'Allemand, cette fois sur un ton un peu incertain.

Costa leva à nouveau son arme et la pointa sur lui.

– Si tu comprends ma langue, mets-toi à genoux les mains sur la tête, articula-t-il lentement.

Le sourire de l'autre s'éteignit. Le verre dans sa main vacilla.

– Non ! Pourquoi ? murmura-t-il. J'ai fait ce qu'il fallait. Ce qui était convenu…

– À genoux !

L'Allemand se tut et se leva lentement.

– Je te dis de te mettre à genoux, réitéra Costa.

– Non, répéta l'homme. Je ne comprends pas…

Plus trace de sourires ni de salamalecs à présent. Mais un voile qui obscurcissait toute autre expression – le même qu'il avait vu dans le regard de Sileri.

– *Ich tötete*… J'ai… J'ai tué pour mériter ça !

– C'est moi qui vais te tuer si tu ne te mets pas à genoux !

L'inconnu passait nerveusement sa langue sur ses lèvres.

– Tu veux… *schauen* ? dit-il soudain.

Il porta une main à la poche de sa veste, y enfila les doigts et son geste s'accompagna du froissement de photographies s'éparpillant à terre, comme les pétales d'une fleur fraîchement coupée. Une dizaine de clichés aux couleurs passées.

Les mains du policier tremblaient tandis qu'il se penchait pour ramasser les photos. Il les prit une à une, son pistolet toujours pointé sur la tête de l'inconnu.

Il se redressa, un œil sur l'homme, un autre sur les instantanés.

Un garçon et une fille, peut-être frère et sœur. Ils ne pouvaient pas avoir plus de cinq ans, mais le sang empêchait de bien les voir.

Le froid qui l'envahit avait quelque chose d'étrange, mais aussi d'extrêmement réconfortant. Il pensa que la mort, c'est lorsqu'on te présente la note. Avec dans l'âme ce froid consolateur qui anticipe l'abîme le plus profond et le plus noir.

L'Allemand parlait doucement.

– Tu veux savoir comment ? S'ils ont souffert ? Combien ils ont hurlé ? Oui ?

Le doigt sur la détente accrut sa pression. Une seconde aurait suffi. Et il aurait effacé cette immonde créature de la surface de la Terre.

Il le sentit arriver dans son dos. Rapide, mais pas vraiment silencieux. Costa se maudit de s'être laissé aller à tourner le dos à la porte, de s'être laissé distraire. Il savait pourtant que ce genre d'erreur se paie très cher.

133

Il ne s'évanouit pas, mais, quand il tomba à terre sous l'effet du coup, son arme lui glissa des mains. Il entendit d'autres bruits. Sentit la douleur quand son nez heurta le sol, et le goût du sang et de la poussière dans la bouche. Une autre douleur dans le dos, là où on le frappait une fois, deux fois, trois fois. Puis des coups de pied dans les côtes. Il chercha son souffle. Ses poumons faisaient un bruit étrange en aspirant de l'air.

Il chercha à se retourner sur le dos, mais comprit aussitôt que c'était une erreur. Un pied le cueillit en plein visage. Un éclair aveuglant enténébra ses pensées.

À travers le voile de sang qui lui couvrait les yeux, il entrevit Claudio Altieri qui continuait à s'acharner sur lui. Et malgré le grondement qui avait envahi son cerveau, il réussit à distinguer ses paroles. Il eut l'impression qu'il murmurait, mais il était sans doute en train de hurler.

– Je me pose la question, vraiment. C'est quoi que tu n'as pas compris ? Hein ? C'est quoi ?

D'autres coups de pied. Puissants, féroces. À chaque coup, une nouvelle morsure de la douleur et une nouvelle fraction de lumière qui s'éteignait. Et ces mots qui retentissaient dans sa tête. *C'est quoi que tu n'as pas compris ?*

Costa se prépara à mourir. Avec rage, parce qu'il n'avait même pas réussi à sauver Valentina. Mais aussi avec un certain soulagement.

Le visage d'Altieri se rapprocha de son champ de vision à présent limité. Ses yeux et sa bouche devinrent énormes tandis qu'il se penchait sur lui. Il criait encore. Il semblait réciter une comptine. *Qu'est-ce qui n'est pas clair pour toi, qu'est-ce que tu n'as pas compris ?*

Un instant plus tard, le tonnerre explosa sur eux et le visage d'Altieri se décomposa. La pluie chaude qui tomba sur lui avait une odeur qu'il aurait reconnue entre toutes : c'était le sang de l'homme qui s'apprêtait à le tuer.

Costa releva péniblement la tête. L'Allemand hurlait. Un cri étrange, aigu, presque féminin. Gabriele Piovesan pointa son arme sur lui.

Tire ! pria Costa.

Piovesan tira.

134

La voix de fausset qui hurlait s'était tue.

L'autre voix venait d'ailleurs, d'un point quelconque sur la face de la Terre. Mais ce devait être un endroit très lointain, parce qu'elle lui parvenait affaiblie et bizarrement aiguë, comme à travers un microphone.

Claudio… Claudio…

Il ouvrit les yeux. Il fut surpris de ne plus être à terre. Sa tête était posée sur un coussin et son dos ne touchait plus les dalles glacées. Il sentait dans sa bouche la poussière qui imprégnait le tissu du fauteuil. Une poussière vieille de dizaines d'années, qui avait le goût de la consomption et des espérances déçues.

Il tenta de se relever et l'univers explosa. Des douleurs dans la tête. Une douleur atroce dans le nez. Des douleurs absolument partout. Mais il était vivant.

Il regarda autour de lui.

Piovesan était assis dans un fauteuil comme le sien. Il avait pris la place où l'Allemand avait savouré son vin. À présent, l'inconnu était à ses pieds, mort.

Le jeune agent avait encore son arme à la main. Il la regardait, visiblement épuisé. Immobile, son Beretta sur les genoux, il semblait stupéfait d'être là.

Costa savait ce qui se passait. Piovesan était en état de choc. Il venait de tuer deux hommes. Même si ces monstres le méritaient, c'était une expérience qu'il n'aurait souhaitée à personne. Le gamin cependant se comportait bien. Étant donné la situation, il était déjà surprenant qu'il ait réussi à s'occuper de lui et à l'installer dans ce fauteuil.

Claudio Altieri était étendu sur le dos un peu plus loin. Le coup qui lui avait fait exploser le crâne avait dû le projeter à trois mètres de là. Il portait encore son blouson humide de neige. De l'une de ses poches émergeait un talkie-walkie qui grésillait de temps à autre. *Claudio… Claudio… Claudio…*

– C'est qui ? réussit à dire Costa, découvrant du même

coup qu'il avait aussi mal à la mâchoire. Et aux dents. Altieri avait dû vraiment s'acharner avant que Piovesan ne l'arrête.

Le jeune homme le fixait toujours.

– Qui parle dans la radio ? (Il savait qu'il était encore dans le monde des cauchemars et qu'il avait besoin qu'on le sorte de là.) Gabriele !

Les yeux de Piovesan s'élargirent.

– Ça fait plusieurs minutes qu'il le cherche, réussit-il à articuler finalement, la voix pâteuse comme après un long sommeil. Mais Claudio ne peut pas lui répondre, parce qu'il est mort... C'est moi qui l'ai tué...

Sa voix se brisa.

– Et tu as bien fait. Il n'y avait pas d'autre solution...

C'était le maximum qu'il pouvait faire pour lui. Le temps pressait.

– Tu m'as sauvé, Gabriele. Mets-toi bien ça dans la tête et avançons, on a encore du travail.

Piovesan parut comprendre le message. Il lui revint une lueur de vitalité.

– Je crois que c'est le vieux Zernich, dit-il d'une voix plus claire. Je les ai vus arriver ensemble...

– Ensemble ?

Costa s'efforça de se mettre debout. Il eut un violent vertige et faillit retomber à terre. Piovesan bondit de son fauteuil et l'attrapa au vol. Comme deux ivrognes, ils se soutinrent jusqu'à ce que Costa ait récupéré un peu d'équilibre. Il observa le jeune agent. Un garçon à l'esprit vif et qui se ressaisissait rapidement. Il avait eu raison : il ferait un excellent policier.

– Merci, ça va mieux. Parle-moi de Zernich. Comment il a fait pour revenir si vite ?

– En réalité, je crois qu'il était déjà dans le coin. Quand

Altieri est passé chez lui avant de partir, on n'a pas vu le vieux, seulement sa gouvernante.

– Donc, Altieri est allé le chercher ?

– Zernich était déjà sans doute par ici. Après le départ d'Altieri, je faisais le tour comme vous me l'aviez dit. Depuis une fenêtre, j'ai remarqué des lumières qui se rapprochaient de la maison. Altieri était déjà de retour avec le Land Rover. Je l'ai vu se garer juste devant l'entrée. Ils sont descendus tous les deux. Il a soutenu le vieux jusqu'à une porte derrière l'escalier principal. Zernich est entré et Altieri est retourné à la voiture. J'en ai profité pour pointer le nez et j'ai vu Zernich descendre les escaliers qui mènent au sous-sol. Et une lumière. J'aurais voulu le suivre, mais Altieri revenait déjà de sa voiture. Il est monté ici. Je suis arrivé le plus vite possible…

Il n'y avait rien à ajouter. Les deux morts étaient une réponse évidente à la suite.

– Tu as fait ton devoir et tu l'as bien fait, répéta Costa, dans l'espoir de bien lui enfoncer cette idée dans la tête, mais en sachant qu'il faudrait beaucoup de temps au jeune policier pour accepter les conséquences de ses actes.

– Je n'en suis pas persuadé, commissaire…

Costa regarda le cadavre d'Altieri. Il se pencha péniblement, mais cette fois le vertige fut plus supportable, et il put sortir le talkie-walkie de la poche de sa veste. Il devait être branché sur un canal qui n'était pas bloqué par le brouilleur, parce que Zernich continuait à chercher son factotum. *Claudio ?*

Sans doute était-il dans le souterrain où Piovesan l'avait vu descendre et il attendait son bras droit. Il y eut une longue pause parmi les crépitements. Quand la voix se fit entendre à nouveau, ce fut avec une intensité nouvelle.

« Costa ? »

Costa regarda la radio qu'il avait en main en réprimant un frisson. L'appareil soudain lui parut vivant.

« Fabio Costa ? continuait la voix sur un ton amusé. Le commissaire Fabio Costa... C'est vous qui avez la radio de Claudio ? »

Costa et Piovesan regardèrent autour d'eux. Ils ne virent aucune caméra, mais on ne pouvait jamais savoir.

« Commissaire Costa ? Vous pouvez me répondre, au point où nous en sommes. »

Costa appuya sur le bouton de la transmission. Zernich avait raison. Il n'y avait plus rien d'autre à faire.

– Vous savez ce que nous faisons ici ?

Un grésillement. « Je suppose que oui. » Une pause. « Et j'imagine que mon collaborateur... »

C'était l'heure de régler les comptes. Costa appuya encore une fois sur le bouton.

– Zernich, j'arrive pour te capturer.

La réponse ne se fit pas attendre.

« Très mélodramatique. Mais quoi qu'il en soit, vous êtes le bienvenu. Je vous attends. »

Les crépitements s'interrompirent. Zernich avait éteint son appareil.

135

Malgré le goût du sang qui envahissait sa bouche, la première chose qui lui confirma ses pires soupçons fut l'odeur. Un mélange de formol et de plastique. Et en dessous, un effluve subtil qu'il aurait reconnu n'importe où. La puanteur de la mort.

Voilà. Nous y sommes. C'est ici que commence la galerie des horreurs.

Il regarda Piovesan derrière lui, qui serrait son Beretta d'un geste spasmodique. Il avait cessé de trembler, mais il avait les yeux fixes. Il n'avait pas encore surmonté le choc d'avoir tué deux hommes, et à présent Costa le conduisait en enfer. En avait-il le droit ? Certes, Piovesan était policier, mais même un flic chevronné n'aurait jamais dû voir ce qu'il s'apprêtait à affronter.

L'escalier conduisait au sous-sol du bâtiment. Sur un mur de l'entrée, Costa avait remarqué un vieux plan indiquant les zones accessibles aux clients du sanatorium. Le sous-sol, selon les indications jaunies, était réservé à certains traitements non spécifiés. Zernich avait dû juger cette atmosphère particulièrement propice à ses installations.

Quand Costa arriva au fond, il fut frappé par la faible luminosité. Elle provenait de vieilles lampes à halogène fixées au plafond et protégées par des grilles de métal, si distantes les unes des autres qu'elles ne suffisaient pas à dissiper l'obscurité. Ou peut-être cette pénombre était-elle un effet voulu.

Le sous-sol consistait en un vaste espace ouvert, rythmé par des alignements de grosses colonnes carrées formant des ombres et des cachettes.

Sur les côtés, de nombreuses pièces. Certaines étaient ouvertes, faiblement éclairées par des ampoules colorées.

Dans son ensemble, le sous-sol ressemblait à une énorme chambre noire plus qu'à un ancien lieu de soins. Costa imaginait ce qu'ils allaient trouver dans certaines de ces pièces. Mais à présent qu'était arrivé le moment de vérité, le courage commençait à lui manquer. Un instant, il fut tenté de revenir sur ses pas et de laisser cette tâche à d'autres.

Ce fut à nouveau la pensée de Valentina qui le galvanisa. C'était pour elle qu'il était arrivé jusqu'ici. Il le lui devait, et il ne reviendrait pas en arrière.

Il se tourna vers Piovesan.

– Tu restes ici et tu surveilles mes arrières, murmura-t-il.

Le jeune policier cette fois ne protesta pas. Il parut même soulagé. Il hocha la tête en signe d'acquiescement.

Costa prit une grande inspiration. Et il avança.

136

Les imposantes colonnes carrées rythmaient l'espace et le dominaient. À mesure qu'il avançait, Costa s'aperçut que les murs n'étaient pas nus, mais recouverts de dizaines de visages. Les colonnes en étaient également tapissées.

Des photographies. Grandes et petites, en couleur ou en noir et blanc. Certaines visiblement prises sur Internet, d'autres furtivement dérobées lors de filatures. Des photos d'hommes et de femmes de tous âges, d'enfants et de vieillards, soigneusement collées sur chaque espace libre l'une à côté de l'autre. Un spectacle étrange qui faisait frissonner. En traversant cette forêt de visages, Costa crut qu'ils le suivaient des yeux, observant chacun de ses mouvements tandis qu'il inspectait l'endroit, son arme toujours pointée devant lui. Il n'aurait pas été surpris de les entendre murmurer.

Il repoussa l'idée qu'ils appartenaient aux victimes de Zernich et de ses sbires. Même la folie la plus noire n'aurait pu être la cause de tant de meurtres. Beaucoup de ces visages n'étaient sans doute que des promesses, peut-être des objectifs manqués. Ils ne pouvaient pas être tous morts.

Dans l'esprit de son créateur, cette exposition constituait sans doute la mise en bouche du spectacle. Un prélude destiné à surprendre ses hôtes. Mais l'heure n'était pas aux spéculations. Il y aurait du temps pour cela plus tard.

En effet, l'horreur était là. Elle l'attendait du fond de la pièce où il venait d'entrer, illuminée cette fois par une intense lumière verte.

Il venait de retrouver Esther Kaimbacher, la jeune fille enlevée à Bologne l'année précédente par Luca Sileri.

Sa première impression fut qu'il s'agissait de mannequins. Les lampes orientées vers le bas conféraient aux visages une rigidité spectrale. La femme était debout, vêtue d'une chemise blanche et d'une jupe marron. L'homme était nu, allongé sur un lit imbibé de sang desséché, la bouche ouverte dans un hurlement silencieux. Une main de la femme tenait les cheveux de l'homme, et l'autre lui tranchait la tête avec un grand couteau. La lame pénétrait dans le cou jusqu'aux vertèbres. L'illusion était parfaite.

Il manquait toutefois un troisième personnage. Dans *Judith et Holopherne*, la mort survient en présence d'une vieille femme qui tient le linge destiné à recueillir la tête coupée. La servante était absente.

Mais ce n'étaient pas des mannequins. Il ne faisait aucun doute que Judith était Esther Kaimbacher. Costa avait longuement examiné les photos de l'étudiante. L'expression modelée sur le visage du cadavre était la même qu'avait autrefois capturée l'objectif d'un appareil photo. Elle n'était plus à présent qu'un morceau de chair, comme l'homme nu sur le lit. Un jour peut-être ils découvriraient son nom et la date de sa disparition, et ils refermeraient une affaire non résolue oubliée dans les archives. Un fonctionnaire de police pourrait enfin informer des parents de la fin qu'avait connue leur fils.

Esther était clouée sur une structure de bois verni noir qui se confondait avec le fond et donnait l'impression que le corps tenait debout tout seul. Les lumières savamment orientées accentuaient cette illusion. Il fallait s'approcher pour remarquer les câbles en métal très fin qui, comme une toile d'araignée à peine visible, attachaient le corps aux planches de bois derrière ses épaules. À part les endroits où les fils de fer pénétraient dans la chair, la peau d'Esther apparaissait soyeuse, parfaite, d'une pâleur qui ne laissait pas deviner que sous la peau, le sang avait été remplacé par du silicone. À l'évidence, Zernich avait fait d'énormes progrès par rapport à son premier homicide « artistique », quand les corps de Marco Albanesi et de Linda Bordoni, maladroitement attachés l'un à l'autre, se désintégraient sous les yeux de l'inspecteur Caruso.

De près, pourtant, la mort reprenait son aspect réel.

Luca Sileri n'avait pas réussi à résoudre le problème de la peau des cadavres traités par la plastination. L'épiderme des victimes tendait à se friper et il avait fallu repulper leurs traits avec une substance quelconque et les colorer avec un léger fond de teint. Pourtant, malgré ce vernis superficiel et les lumières savamment dirigées, rien ne pouvait dissimuler la froide vacuité des yeux, les lèvres fissurées et la légère couche de poussière qui recouvrait le visage. Costa comprit que maintenir cette illusion était un travail laborieux. Quelqu'un était peut-être chargé d'épousseter de temps à autre le visage d'Esther, comme un bibelot posé sur une commode, et cette pensée lui donna la nausée. Il ferma les yeux le temps de reprendre ses esprits.

Un courant d'air froid le fit se retourner d'un coup, les yeux grands ouverts et son arme pointée sur la pénombre.

Il n'y avait personne. Mais Federico Zernich était là en bas, quelque part, en train de jouir des monstruosités qu'il avait créées. Prêt à accueillir des spectateurs payants – à commencer par lui. La fureur fit le reste. Abandonnant toute prudence, il se mit à crier.

– Zernich, c'est là que tu voulais me voir arriver ? Parce que j'y suis.

La voix du vieux, étonnamment forte et aiguë, lui parvint d'un endroit assez proche du souterrain.

– Commissaire Costa, je vous attends. Je ne me cache pas.

Costa sortit de la pièce de *Judith et Holopherne* et fut un instant aveuglé par la lumière d'une torche allumée devant lui. Il se baissa brusquement, certain d'entendre un premier coup de feu et attendant la douleur, tout en agitant son arme devant lui.

– Éteignez cette lumière ! cria-t-il.

Aucun coup ne partit. Et Zernich obéit, car l'obscurité revint, percée des lueurs colorées qui filtraient d'autres portes ouvertes.

Chacune de ces pièces contenait un diorama mortel.

Costa avança avec prudence vers l'endroit où devait se trouver Zernich, sans pouvoir s'empêcher de lancer de rapides coups d'œil aux spectacles qu'il dépassait l'un après l'autre. Des petites pièces, des salons reliés entre eux, des couloirs, des passages. L'ensemble évoquait un gigantesque labyrinthe souterrain.

Peut-être n'aurait-il pas dû regarder. Les cadavres étaient suspendus entre des cordes et des poulies, des tendeurs et des châssis, positionnés avec un soin effrayant, éclairés par les ampoules colorées disposées autour d'eux. Ici, c'était un bleu électrique ; ailleurs, un rouge sang. Chaque scène avait une couleur différente. La vision qu'il en eut n'était pas aussi fugace qu'il l'aurait voulu et il savait qu'elle le tourmenterait toute sa vie.

Dans une sorte de niche, un garçon d'une quinzaine d'années lui souriait, la tête inclinée sur le côté. Il était nu, deux ailes noires déployées dans son dos, fixées comme une clef dans un jouet mécanique. L'une de ses jambes était appuyée sur une chaise et d'une main il tenait un archet de violoncelle. À ses pieds étaient posés des instruments à cordes et des partitions. Fabio ne connaissait pas le titre du tableau. L'adolescent immolé pour cette scène n'en avait sans doute aucune idée non plus.

Dans une pièce plus grande, un vieil homme à la longue barbe blanche, sa maigre nudité en partie recouverte par un drap rouge, appuyait mollement le bras droit sur une table, sa main gauche tenant un livre où il semblait plongé. Ses yeux en réalité ne pouvaient plus rien voir, ni les mots sur le papier, ni Costa qui le fixait horrifié. Sur sa tête chauve était clouée une sorte d'auréole en fil de fer. Pour fixer cet accessoire, il avait fallu trépaner le vieillard.

– C'est mon *Saint Jérôme écrivant*, observa Zernich protégé par l'obscurité derrière l'installation. Il vous plaît ? C'est mon préféré. Tellement ressemblant. Le fruit d'une recherche qui a duré des années.

Sa voix provenait d'un point proche du vieillard embaumé. Sans répondre, Costa avança dans la pièce. Il effleura l'ourlet de l'étoffe rouge qui recouvrait le corps. Le froissement qu'il produisit fut comme un gémissement, le souffle d'une vie se lamentant sur l'outrage subi.

On entrevoyait au fond une seconde sortie donnant sur un étroit passage. Costa aperçut une nouvelle lueur, peut-être une autre station du chemin de croix qu'il suivait. Zernich devait se déplacer là-dedans pour le contraindre à une visite complète de son exposition macabre.

Costa serra son Beretta avec plus de force. La sueur dans sa paume le faisait glisser, mais il n'avait pas le courage de l'essuyer. Il devait maintenir la ligne de mire devant lui, rester concentré. Ne penser qu'à ce qui l'attendait derrière cette ultime porte.

Il franchit le seuil. Regarda à l'intérieur.

Zernich, assis à terre, souriait en caressant la tête de l'une de ses créations. Sous ses mains qui jouaient avec les boucles noires, Costa n'eut aucun mal à reconnaître le visage triste et figé du petit Andrea Venturi.

137

– Vous savez que le Caravage aimait glisser des autoportraits dans ses tableaux ? Mais oui, bien sûr que vous le savez. Vous vous êtes documenté. Vous êtes un homme qui a le souci du détail. Comme moi, du reste.

Les cadavres des quatre enfants qui incarnaient les protagonistes du *Concert* avaient été installés avec soin au centre de la pièce, pour permettre au spectateur de les admirer sous tous les angles. Une immersion tridimensionnelle dans le chef-d'œuvre du Caravage. L'un était de dos, occupé à étudier les partitions qu'il avait entre les mains. Deux regardaient vers Costa en serrant leurs instruments, et un quatrième était au fond, un peu à l'écart des autres. Ils portaient les mêmes tuniques que sur le tableau. La scène avait été reproduite dans le moindre détail, et une lumière couleur ivoire tentait de recréer les clairs-obscurs du peintre.

Zernich, engoncé dans un grand manteau noir, ses cheveux blancs arrivant à la base du cou, était assis parmi ces enfants comme s'il faisait partie de l'œuvre d'art qu'il avait recréée.

Il se trouvait à droite d'Andrea Venturi, qui interprétait le rôle principal, passant les doigts dans ses boucles avec une tendresse qui ne fit qu'accroître la nausée du policier. Un vieux dément au comble de sa folie, parmi les corps de quatre enfants tués pour alimenter ses fantasmes.

Et il en jouissait. Il en jouissait intensément, s'amusant de l'expression dégoûtée de Costa. Celui-ci sentit vibrer en lui cette rage sourde qu'il connaissait si bien. Il tenta de l'apaiser. Le moment n'était pas encore venu.

– Inutile de vous dire que dans cette représentation, c'est lui l'acteur principal, poursuivit Zernich du ton le plus naturel du monde, admirant le visage rigide d'Andrea Venturi. Et c'est aussi celui que je préfère. Peut-être parce que j'imagine que c'est grâce à lui que j'ai fait votre connaissance, commissaire Costa. Et celle de votre Valentina…

Costa serra les dents, mais ne dit rien. Zernich enregistra sa réaction avant de poursuivre.

– Quant à ce petit, nous l'avons trouvé à Naples, mais ça aussi vous le savez.

À côté d'Andrea, de dos, se trouvait en effet le petit Salvatore Esposto, que le vieux désigna d'un geste vague de la main.

– Mais à lui, dit-il en indiquant le troisième enfant, le peintre avait donné ses propres traits. Il nous a donc fallu chercher un sosie de l'immense Caravage. Une recherche enthousiasmante que nous avons eu la chance de mener à bien. N'est-ce pas excitant, ce jeu de miroirs ? Ses parents n'en seraient-ils pas honorés s'ils le savaient, et s'ils avaient assez de culture pour le comprendre, ce dont je doute ? Et lui-même, ne serait-il pas fier de faire partie de ce spectacle somptueux ? Qui plus est, dans le rôle de ce peintre incomparable ?

Il ne mentionna pas le quatrième cadavre, l'enfant

représentant Cupidon, qui n'était qu'un détail à la marge. Comme la vie de tous les autres.

Quatre enfants morts. Costa connaissait l'existence de deux d'entre eux. Des autres, il ne restait que la disparition dans cette obscène pantomime. Peu importait désormais qui ils étaient et qui les avait pleurés. Peu importait de savoir à quel moment ils avaient été arrachés à leur famille. Une longue suite de deuils et de souffrances dépourvus de sens, voilà ce qu'était cet endroit. Ce serait un interminable et éprouvant travail de retrouver leur identité, de découvrir qui était ce garçon qui avait eu le malheur de ressembler à Michelangelo Merisi, dit « le Caravage ». Et ce vieillard en parlait comme s'il s'agissait de pièces d'un jeu de construction.

– Ces enfants avaient tous un nom et une vie, articula Costa en s'efforçant de contenir sa fureur. Tu t'en moques, sans doute, mais celui dont tu caresses les cheveux en ce moment s'appelle Andrea Venturi. Son père a été massacré par ton ami Luca Sileri.

Zernich ne bougea pas, les yeux toujours rivés sur le visage d'Andrea.

– Je sais que vous avez bien travaillé, commissaire Costa. Je n'en doutais pas, d'ailleurs. Franchement, peu importe les noms. Mais j'imagine que vous devez tenir une sorte de… « comptabilité », comme vous dites, des victimes.

– C'étaient des enfants, avant le…, murmura Costa.

Zernich releva les yeux vers lui. Il fut sans doute agacé de devoir détourner les yeux de ses chefs-d'œuvre, car son ton se fit coupant.

– Vous essayez de me dire quelque chose, commissaire Costa ?

– Simplement que c'est fini pour toi en ce moment même.

– Vous avez donc déjà décidé de tout ? Vous savez comment ça va finir ?

– Je ne sais pas ce qui va se passer. Mais je sais que tu vas payer pour chaque larme que tu as fait couler.

– Et c'est censé me faire peur ?

– Pense ce que tu veux, dit Costa avec un haussement d'épaules. Tu n'es qu'un misérable, même si tu te prends pour une sorte d'artiste de la mort…

Zernich caressa le bras de son fauteuil.

– Ne crois pas que je sois un idiot ou un homme dépourvu de caractère, commissaire. (Il le fixa, et Costa vit dans ses yeux le même néant abyssal que dans le regard de Sileri avant qu'il soit tué.) Je ne suis pas l'un de ces portraits en noir et blanc fixés au mur du commissariat avec lesquels vous êtes habitués à traiter. Je suis fait d'une tout autre matière. Comme les œuvres que j'expose.

– Les œuvres ? C'étaient des personnes vivantes.

– Oui, des enfants, des jeunes, des vieux… Et alors, ne le sont-ils pas encore, et pour toujours ? Vous ne voyez pas l'énergie qui les relie, qui les libère de leur condition mortelle et les rend plus vivants qu'ils ne l'ont jamais été ? Vous savez pourquoi j'ai choisi le Caravage ?

Costa n'eut pas le temps de répliquer. Le sourire de Zernich réapparut dans la lumière oblique.

– J'emprunte des corps et des objets et je les peins pour me rappeler la magie qui règle l'équilibre de l'univers… Et mon âme résonne du son unique qui me ramène à Dieu… Ces enfants, ces jeunes filles que vous n'avez pas pu sauver, et même ce vieux qui incarne saint Jérôme, tous ont eu une possibilité unique : celle de s'approcher un peu plus de Dieu. Ils devraient m'en être reconnaissants.

– Tu n'es qu'un fou meurtrier, comme Sileri.

– Non. (Zernich agita une main en l'air, montrant cette fois son exaspération.) Vous continuez à me confondre avec lui. Le pauvre Luca était une créature sauvage, grossière et impulsive qui n'avait aucune idée de la responsabilité dont il était investi, ni de ce que nous étions en train de construire.

Costa s'aperçut qu'il avait abaissé de quelques centimètres la main qui tenait le pistolet. Ce n'était pas seulement à cause de la douleur des coups donnés par Altieri. La fatigue, l'horreur et la voix magnétique de Zernich étaient en train de le distraire. Il fit l'effort de repositionner son Beretta droit sur sa cible. À ce geste, Zernich eut un tressaillement. L'éclair de peur dans ses yeux, si bref qu'il fût, revigora Costa. Toutes ces vantardises et puis la crainte de mourir, comme tout le monde.

– Sileri a fait ce que tu lui as ordonné de faire, rien de plus, dit-il d'un ton las. Vous êtes tous les deux des monstres. Vous êtes faits de la même étoffe…

Le vieux avait cessé de caresser les cheveux d'Andrea. Costa s'aperçut alors que quelque chose n'allait pas dans la position de l'enfant. Il était clair que pour lui, comme pour Salvatore Esposto, la plastination avait été effectuée en trop grande hâte. Il aurait fallu beaucoup plus de temps pour perfectionner le procédé avec le silicone. Ce qui signifiait, comprit-il horrifié, que le corps d'Andrea était encore en phase de décomposition. Et Zernich jouait avec lui avec insouciance, et même avec satisfaction.

– Vous continuez à confondre l'instrument et l'artiste qui l'utilise, dit-il d'un ton irrité. Pire encore, vous regardez le pinceau en négligeant le trait qu'il trace. Vous ne voyez pas l'œuvre dans sa totalité. Et cela me déçoit et m'offense. C'est un manque de respect. Pourtant, je voudrais simplement que vous compreniez…

Il était en plein délire. Il n'y avait rien à ajouter à cette constatation. La fureur que Costa retenait depuis trop longtemps lui dictait de tuer cet animal dangereux qui ne lui dirait rien de plus. Pourtant, s'il savait contrôler sa colère, il existait une infime possibilité de découvrir quel avait été le sort de Valentina.

– C'est donc si difficile à accepter ? poursuivit Zernich d'un ton sincère. Pour répondre à ta question, bien sûr, je n'aurais jamais pu faire ça tout seul. Sileri est-il un simple instrument ? Non, en réalité ce serait me montrer ingrat de le qualifier ainsi. Il avait un certain génie que j'ai su exalter et sublimer pour un dessein supérieur. Ces chefs-d'œuvre n'existeraient pas sans lui et ses capacités scientifiques. Il attendait seulement qu'on lui fournisse une occasion, ce que j'ai fait. Tout seul, il ne serait pas allé très loin. Il aurait continué à tuer au hasard, pour son plaisir, sans aucun but. Et à la fin de son parcours, il aurait été capturé.

– Ou éliminé.

Le vieux se dispensa de répondre. Il se remit à caresser de ses doigts osseux le cou et les épaules de l'enfant. La sculpture de chair ondula et parut sur le point de s'effondrer.

– Je lui ai donné une raison d'être, ainsi qu'à eux tous, reprit Zernich en indiquant de la main tous les morts autour de lui. Je leur ai offert un destin : l'éternité de l'art.

– Vraiment ? répliqua Costa. C'est ça que tu t'imagines ? Tu vois de l'art dans ces pauvres corps ? C'est de l'art, d'en faire des mannequins inertes, accoutrés au profit de quelque psychopathe aux pulsions incontrôlables ? C'est la mort, Zernich. C'est la décomposition. Tu ne le vois pas ? C'est le prétexte d'un homme sanguinaire et sans remords pour justifier son désir de faire du mal. Tu es l'un de ces innombrables types à qui j'ai eu affaire et qui à présent pourrissent dans des cellules aux fenêtres trop petites pour pouvoir regarder dehors.

– Tu ne peux pas être à ce point incapable de comprendre ! répliqua Zernich, une note d'irritation dans la voix. L'art, c'est le pouvoir, Fabio. Le pouvoir absolu sur la vie et sur sa jumelle la mort. L'art est au-dessus de tout et de tous. Tu crois que le Caravage avait des scrupules quand il tuait ses adversaires dans les ruelles de Rome ? Tu crois que cela lui importait alors qu'il créait ses chefs-d'œuvre que nous admirons encore aujourd'hui ? (Il sourit, légèrement essoufflé par la fougue avec laquelle il avait prononcé ces dernières phrases.) Peut-être que ton amie Valentina l'avait compris, tu sais ? Elle aurait eu plus de considération pour moi et pour mon œuvre.

Le sang de Costa se glaça dans ses veines. La tempête qui s'annonçait en lui se calma brusquement. Ce fut comme flotter soudain au milieu d'un océan obscur et immobile, dans l'attente d'une énorme vague qui le balaierait.

– Valentina, dit-il. Dis-moi où elle est.

Zernich fit une grimace.

– Après tout ce que j'ai essayé de t'expliquer, tu ne veux parler que d'elle ? De ton amie ?

– Dis-moi ce qui lui est arrivé.

Le vieux se détendit. Il parut presque heureux.

– Valentina Medici, déclama-t-il, comme savourant chaque syllabe. Une belle femme. Je l'ai connue en effet. Très bien, quoique dans des circonstances assez peu plaisantes. Une occasion que j'ai su mettre à profit, cependant. Je lui étais sympathique, tu sais ?

– Dis-moi où elle est. Dis-le-moi, et je te laisserai partir.

Et il l'aurait fait. Il l'aurait laissé s'échapper pour sauver Valentina.

– C'est tout ? Aucune curiosité pour ce que j'ai fait ou pour les gens qui m'ont aidé ? Aucune question sur des complices ou des éléments de preuve ? Tout se réduit à elle. Il te suffit de savoir où est Valentina et tout va bien…

– Oui.

– Mais je ne suis qu'un assassin, n'est-ce pas ? Qu'aurais-je pu faire d'elle, je te le demande. Et si je l'avais tuée ? Ou si je l'avais fait assassiner ? Tu voudrais le savoir quand même ?

Les lèvres sèches. La voix réduite à un souffle.

– Oui.

– Tu veux la sauver, elle. Pas comme l'autre… Comment elle s'appelait, déjà ? Ah oui, Diana. Diana Marini a été ta première victime, n'est-ce pas ?

La vision de Costa s'obscurcit un instant. C'était un cauchemar. Le nom de Diana dans la bouche de Zernich.

– Surpris ? savoura le vieux, qui semblait ragaillardi et de plus en plus arrogant. Je m'informe, moi. Ou plutôt, on vient m'informer. Je voulais faire ta connaissance, Fabio. Je voulais te comprendre. Et il n'est pas difficile de savoir pourquoi tu tiens tant à Valentina. Elle te rappelle Diana, n'est-ce pas ?

– Ne dis pas un mot de plus…

– Pourquoi ? Parce que tu ne supportes pas la vérité ? C'est pourtant ton métier, de connaître la vérité. Quelle qu'elle soit.

– Tais-toi.

– Tu veux savoir ce qui est arrivé à Valentina ? Tu veux savoir si elle a eu droit à la plastination ? (Il sourit à nouveau.) Des dents parfaites. Des lèvres bien ourlées. Elle était vraiment belle, Valentina. Un visage d'ange. Je le lui ai dit quand nous nous sommes rencontrés. Belle comme un tableau préraphaélite. Un Dante Gabriel Rossetti, dirais-je. Mais nous sommes dans le cœur et dans les yeux du Caravage et je ne m'en écarterai pas.

Elle *était* belle.

– Au fond, il s'agit seulement de choisir.

Costa plia l'index pour tirer, pour l'effacer de la surface de la Terre.

Le hurlement dans son dos le surprit. Le temps recommença à s'écouler. Il se retourna d'un bond.

L'obscurité du souterrain fut lacérée par trois explosions successives qui illuminèrent la pénombre, couvrant en partie le cri de douleur dans lequel il reconnut la voix de Piovesan. Soudain, une lame de feu liquide le transperça de l'épaule à la poitrine. Il tomba sur ses genoux et les entendit craquer, ce qui l'étonna plus encore que le coup de couteau qu'il venait de recevoir.

Pourtant, une partie de lui resta vigilante, ce qui lui permit de se jeter de côté, de rouler sur le flanc et de tirer à l'aveugle.

Zernich en avait profité pour disparaître après l'avoir poignardé, plus vivement que son âge ne l'aurait laissé supposer. Il avait sans doute un couteau dissimulé sous son manteau, dont il s'était servi dès que Costa avait relâché son attention. Il chercha à évaluer sa blessure. Aucune partie vitale ne semblait touchée, mais le choc l'empêchait peut-être de ressentir la douleur. Sa chemise et son blouson étaient imprégnés de sang au niveau de l'épaule. Il serra les dents en criant pour ne pas s'évanouir.

Il parvint à se remettre sur ses pieds, avec dans la tête un fracas qui le fit tituber. Mais il ne tomba pas. Il devait suivre le vieux, qui n'avait pas pu aller bien loin. Sauf s'il y avait quelqu'un avec lui – celui qui avait frappé Piovesan.

Plus aucun mouvement du côté de l'escalier où il avait laissé son collègue. Dans l'ombre, seule flottait encore la légère fumée bleue des coups de feu tirés par le jeune homme. Il espéra que Gabriele n'avait pas été tué. Pour l'instant, il ne pouvait pas s'occuper de lui.

Le ventre obscur de l'édifice avait englouti Zernich, et à présent il le protégeait. Quelque part, derrière l'une de ces portes qui s'ouvraient sur d'autres abysses, le monstre tentait de se dissimuler.

Costa plongea dans cette obscurité fatale pour rejoindre Federico Zernich.

Et pour le tuer.

138

Il s'était remis à neiger. Et Piovesan avait raison, cette voiture de location était une vraie cochonnerie. Non seulement le chauffage ne marchait pas, mais toutes les jointures laissaient passer des courants d'air glacés. Il s'attendait presque à voir entrer des flocons de neige dans l'habitacle. Dans ces conditions, Loris Manna commença à penser réellement qu'il allait mourir gelé.

Il s'était écoulé presque deux heures depuis qu'il avait réussi à convaincre le directeur Falcone de déclencher l'intervention des secours. Il avait dû recourir à la menace pour que son chef comprenne enfin l'urgence et la gravité de la situation. Et il fallait le reconnaître : quand Falcone prenait la situation en main, la cavalerie arrivait à toute vitesse. Il lui avait ordonné de rester là où il se trouvait et l'avait recontacté peu après pour lui confirmer qu'une équipe était en route. Il devait l'attendre et la conduire sur zone.

L'arrivée des renforts était donc imminente. Une équipe du

NOCS, Groupe central d'opérations de sécurité, avait décollé de Rome en hélicoptère et une brigade spéciale arrivait de Venise. Il n'avait plus qu'à prendre son mal en patience. Espérer et patienter en essayant de ne pas mourir de froid.

Pourtant, Loris savait qu'il n'allait pas tarder à se lancer dans l'action. L'idée de Costa et de Piovesan tout seuls là-dedans le rendait fou.

Aussitôt après avoir parlé à Falcone et l'avoir convaincu qu'il se passait quelque chose de terrible dans ce vieux bâtiment au fond des Dolomites, Manna était revenu à son point de départ. Il avait arrêté la Sandero à l'entrée de la route qui conduisait à Sant'Andrea, là où son portable passait encore. Il avait attendu en claquant des dents derrière son volant. Son cœur lui disait de courir à l'intérieur pour aider ses amis, et sa tête lui conseillait de guetter l'arrivée des forces spéciales. C'était d'ailleurs le plan de Costa. Aucune initiative irréfléchie.

Mais plus le temps passait et plus il envisageait de scénarios macabres. Si Costa était un policier aguerri, Piovesan n'avait aucune expérience. Et dans cette monstruosité architecturale pouvaient se dissimuler des dangers qu'il n'avait même pas imaginés. Zernich et Altieri étaient des psychopathes dépourvus de scrupule qui avaient déjà démontré de quoi ils étaient capables.

Au bout de deux heures, Loris décida de ne pas attendre plus longtemps. Il laissa la voiture avec le moteur et les warnings allumés comme signal pour les collègues, et envoya un message à Falcone l'informant qu'il s'apprêtait à entrer. Puis il marcha le long du sentier qu'il avait suivi avec Costa et Piovesan, et qui dans ce noir oppressant lui semblait encore plus ténébreux et semé d'embûches.

Il avait parcouru une centaine de mètres, les lèvres serrées pour éviter d'avaler une rafale glacée, quand il fut pris dans la lumière de deux phares. Il se sentit nu et sans défense. Il eut le temps de se jeter de côté dans un tas de neige fraîche avant que le Porsche Cayenne d'Altieri le dépasse et disparaisse derrière le tournant, l'éclaboussant au passage de neige fondue. Le cœur de Manna se mit à battre follement. Il n'avait pas vu qui était au volant, mais cette fuite précipitée ne présageait rien de bon. Il ne pouvait demander à personne d'arrêter la voiture, puisqu'il n'avait aucun réseau. Et même en retournant à la Sandero, il n'aurait jamais pu rattraper le puissant véhicule d'Altieri.

Et puis Fabio et Gabriele étaient encore là-bas, attendant des secours.

Il se mit à courir lourdement vers le sanatorium, la tête pleine de pensées funestes.

139

Le premier coup le surprit. Les deux autres l'effrayèrent. Dans la cuvette où était situé le sanatorium, entouré de pentes abruptes, l'écho métallique des tirs se répercuta longuement.

Il attendit un instant, accroupi dans la neige à quelques mètres de l'entrée, pour comprendre d'où venaient les coups de feu. Il était déjà inquiet de la présence de ce Land Rover garé devant l'entrée principale. La portière du conducteur était grande ouverte, comme si celui-ci n'avait pas eu le temps de la refermer. Des intrus, sans doute. À éliminer. Sans parler de celui qui s'était enfui avec la Porsche d'Altieri.

Il regarda la courbe de la route qu'il venait de parcourir et qui menait à la départementale. C'était de là que surgirait le groupe d'intervention. Mais pour l'instant, il n'y avait encore personne.

C'était trop long. Et ça tirait à l'intérieur. Finalement, ce fut le cœur qui l'emporta.

Il sortit son Beretta de l'étui qu'il portait à la ceinture et fit monter une balle dans le canon. Ce son métallique lui rappela l'époque où il était policier de terrain, pas encore le cul vissé sur une chaise devant un ordinateur. À l'époque, il n'envisageait pas d'utiliser son arme pour de vrai.

Il courut vers l'entrée, courbé en deux, conscient de l'inutilité de ce geste. N'importe qui aurait pu être posté derrière les fenêtres aveugles qui le surplombaient, et il formait une cible de choix.

Personne ne lui tira dessus.

Quand il eut traversé cette courte fraction de la route en pataugeant dans la neige, il découvrit que la grande porte était simplement entrebâillée. Aucun son ne lui parvint de l'intérieur, à part le léger soupir du vent qui s'insinuait à travers cette ouverture et jouait librement sous les voûtes.

Il pointa son arme devant lui en la tenant à deux mains. Puis il poussa le vantail du canon et l'ouvrit en grand.

Il fut pris dans un faisceau de lumière aveuglante. Son index se contracta sur la gâchette. Mais la lumière arrivait dans son dos.

Il se retourna. Quatre voitures tout-terrain noires et sans signe distinctif glissaient sur la neige, les portières déjà ouvertes pour en faire descendre les hommes du NOCS. Les phares installés sur le toit des voitures illuminaient la façade de l'édifice qui dans cette débauche de lumière lui parut encore plus spectral.

Alors que Manna, libéré de l'angoisse, faisait signe aux

agents de se dépêcher, un autre coup de feu retentit à l'intérieur. Un seul.

Il ne perdit plus une seconde et fonça au cœur du bâtiment. Ses collègues firent irruption dans le sanctuaire de Federico Zernich un instant plus tard.

Ils s'étaient séparés pour explorer chaque recoin, mais la bâtisse était énorme et le temps pressait. Ils ne tardèrent pas à s'apercevoir que le sanatorium Sant'Andrea di Molveno était désert et à l'état d'abandon. Les hommes qui avaient atteint les étages supérieurs découvrirent cependant des chambres d'hôtes dotées de tout le confort, et, au dernier étage, une salle de régie avec des moniteurs reliés à une chaîne de caméras de surveillance. Elles fonctionnaient toutes, mais il n'y avait personne à la régie.

Au rez-de-chaussée, ils trouvèrent aussi une cuisine tout équipée et un office rempli de victuailles qui auraient assuré la survie d'un petit groupe de gens pendant plusieurs semaines. Il y avait même un salon avec une télévision reliée par satellite, un billard et une bibliothèque bien fournie. Rien ne semblait avoir été laissé au hasard.

Puis ils découvrirent les cadavres au premier étage.

Manna pénétra dans cette pièce et vit la scène avant les autres. Un homme était à terre à côté d'un fauteuil, comme s'il s'y était endormi et en avait glissé. Ses yeux grands ouverts, enfoncés dans son visage gras, conservaient une expression de surprise indignée. Le costume qu'il portait était sur mesure, mais tellement trempé de sang qu'il était difficile d'en distinguer la couleur d'origine.

Le second corps était étendu à ses pieds, et Manna reconnut Claudio Altieri malgré le coup de feu qui lui avait arraché la moitié du crâne.

À la vue de ces cadavres, l'angoisse qui l'avait saisi en entendant tirer au cœur du royaume infernal de Zernich s'accrut encore. Si Costa et Piovesan avaient été contraints de tuer ces deux hommes, c'est que la situation avait dû dégénérer. Et les taches de sang sur le carrelage, à égale distance des deux cadavres, à qui appartenaient-elles ?

Il n'eut pas le temps de formuler d'autres hypothèses. Il y eut un cri dans l'escalier. Un agent en combinaison noire avec un masque sur le visage passa une tête dans la pièce.

– Ils ont trouvé quelqu'un, inspecteur, dit-il.

140

L'agent de police Gabriele Piovesan accueillit le groupe d'intervention les mains en l'air et bien en vue, bien qu'il fût assez mal en point. Il avait un hématome sur la nuque et il avait perdu beaucoup de sang. Il déclara qu'il était resté inconscient un bon moment, mais qu'en gros il allait bien.

Quand Manna le rejoignit, le jeune homme était encore assis à terre, le dos appuyé contre le mur, et il répondait aux questions d'un médecin de la police. Dès qu'il le vit, il sauta sur ses pieds en dépit des protestations du praticien, et l'étreignit avec une grimace de douleur. Manna sentit qu'il retenait ses sanglots.

– Costa est en bas, dit-il. J'aurais dû le protéger, mais je n'y ai pas réussi. Quelqu'un m'a frappé dans le dos. Je me suis écroulé, Loris, mais avant de m'évanouir je l'ai vu. Ce n'était qu'une ombre qui fuyait… J'ai tiré et tiré encore. Je ne veux jamais recommencer. Je ne veux plus tuer personne…

Il se mit à pleurer et Manna n'eut d'autre choix que de laisser passer l'orage. Il comprendrait plus tard ce qui s'était vraiment passé. Pour l'instant, il devait retrouver Costa.

Il confia le jeune homme au médecin et s'en alla affronter les délires de Zernich.

Devant les agents qui fouillaient le souterrain commença à se dérouler le scénario infernal qu'ils avaient redouté. Centimètre par centimètre, une pièce après l'autre à la lumière de leurs torches à halogène, les policiers découvrirent le musée des horreurs installé par le vieux Zernich – se condamnant à revivre cette scène un nombre infini de fois dans leurs cauchemars pendant tout le temps qu'il leur restait à vivre.

Tandis que Manna avançait et que l'obscurité laissait place peu à peu à la lumière, dévoilant le contenu de chaque pièce, son esprit se mit à travailler à toute allure. Ce fut comme si un mécanisme de défense s'installait pour l'empêcher d'identifier ce qu'il voyait. Ils n'avaient jamais été des êtres vivants, ces grotesques fantoches mimant des scènes dérobées à un génie de la peinture né quatre siècles plus tôt. C'était impossible, et donc tout allait bien. Il n'y avait aucune humanité dans leurs yeux de verre, dans la posture artificielle de leurs corps, dans les gestes contraints de leurs membres. C'était une simple fiction. Un jeu. Luca Sileri, Claudio Altieri, Federico Zernich n'étaient que d'habiles imposteurs. Personne au monde n'aurait pu concevoir une pareille monstruosité, et lui pouvait continuer à dormir tranquille.

Puis il pénétra dans la dernière pièce. Derrière lui, les hommes de la brigade d'intervention s'arrêtèrent, paralysés, eux qui avaient affronté des atrocités en des dizaines d'occasions.

Costa était assis par terre, exactement comme Piovesan avant lui. Le dos et la tête appuyés contre un mur corrodé par l'humidité, les jambes tendues, le visage tuméfié.

Face à lui, le laboratoire d'où étaient sorties les visions de cauchemar derrière eux. Des cuves métalliques. Des instruments et des tubes reliés entre eux. Une forte odeur de substances chimiques. Des taches décolorées sur des plans de travail en acier semblables à ceux des blocs opératoires ou des autopsies.

Et puis il y avait Zernich. Assis lui aussi devant le policier, mais sur une chaise en fer, sans doute parce qu'à son âge il aurait été peu commode de s'asseoir par terre comme Costa. À cela près que le vieux était mort. Son regard éteint, fixant le vide, et la tache de sang qui s'élargissait encore à la hauteur de son cœur ne laissaient aucun doute.

L'arme était à terre, entre Costa et le cadavre de Zernich. Manna la poussa délicatement du pied. Un pur réflexe de flic : Zernich ne risquait pas de la ramasser pour s'en servir contre eux. Il remarqua néanmoins que le chien était encore levé. Une simple pression aurait suffi pour faire partir un nouveau coup. Puis il s'accroupit à côté de Costa sans rien dire.

Les yeux vides, son ami fixait un horizon lointain. Pendant un bref moment, Manna vit s'accomplir dans cette atonie le féroce projet de Zernich. Comme celui des dizaines de victimes de cette monstrueuse exposition, le regard pétrifié de Fabio Costa était le triomphe de la volonté malade de cet assassin. C'était comme si Fabio était devenu de son vivant l'une de ses créatures. Une œuvre d'art de chair et de sang, mais aussi de désespoir. Et aucune trace de Valentina.

Voilà ce que contemplaient les yeux vides de Costa. Son absence. La conscience de l'avoir perdue pour toujours. Manna ne pouvait pas imaginer ce qu'il éprouvait à ce moment.

Puis la pièce se remplit. Quelqu'un aboya des ordres. Et Costa se laissa remettre aux mains du médecin.

Quand ils sortirent du bâtiment, la neige avait cessé de tomber et une aube froide, typique de cette partie du monde, commençait à rendre chaque chose plus lumineuse et plus limpide.

OMBRES DE L'ENFER

141

Il s'agit simplement de choisir.

Un accent musical, une voix agréable.

C'est cela que nous ferons, Fabio ?

Federico Zernich lui sourit. Il le défie.

Les bruits. Des talons qui frappent le sol à un rythme hypnotique. Le grincement des roues d'un chariot. Des vitres qui tremblent.

Un froid vif lui caresse le visage, annonçant cette nouveauté : Il est vivant. La douleur bat dans chaque fibre de son corps, mais il est vivant.

Costa ouvrit les yeux sur une blancheur qui ne pouvait appartenir qu'au plafond d'une chambre d'hôpital. Sur sa gauche, il devina plus qu'il ne vit un pied de perfusion, et sur sa droite une fenêtre d'où provenait le courant d'air glacé.

Il baissa les yeux. Oui, une chambre d'hôpital à un seul lit. Et une infirmière qui l'observait avec patience, ses boucles brunes s'échappant de sa coiffe.

– Où suis-je ? balbutia-t-il.

– Hôpital San Camillo de Trente, répondit l'infirmière. Département de chirurgie. J'ai ouvert la fenêtre pour aérer. Ça ne vous gêne pas, n'est-ce pas ?

– Ça ne me gêne pas.

Mais ça le ramenait aux heures précédentes : la neige sur le sanatorium Sant'Andrea ; le froid qui régnait dans l'antre de Federico Zernich.

Il s'agit simplement de choisir, répétait la voix du vieux. Mais choisir quoi ?

L'infirmière contrôla la perfusion.

– Je peux vous donner des antalgiques, maintenant que vous êtes réveillé.

Cette proposition ranima sa perception de la douleur. Sa tête éclatait, il avait le visage gonflé et des élancements dans le dos. Il sentait encore les coups de pied furieux d'Altieri et la blessure que lui avait infligée Zernich dès qu'il avait tourné le dos. Aucun dommage sérieux, mais ça faisait mal.

– Pas d'antalgiques pour l'instant, dit-il. Quelle heure est-il ?

– Presque midi. Vous avez dormi six heures. Et à mon avis, vous devriez continuer. On vous a recousu, mais à présent il faut attendre le médecin, et il ne passera pas avant ce soir.

Une horloge sur le mur blanc en face de lui le lui confirma : il était midi. Ils l'avaient sorti de l'enfer du sanatorium de Molveno aux premières lueurs de l'aube. Il ne se rappelait rien d'autre. Mais six heures d'inconscience, c'était trop. Six heures perdues pour la recherche de Valentina.

Ou du moins de son cadavre.

C'était cela qui l'avait ramené à la conscience : l'inquiétude que lui avaient laissée les dernières paroles de Zernich et les cauchemars qui avaient traversé son sommeil agité. La certitude que Valentina avait été tuée, et sa beauté mise au service de l'une de ces horreurs que le vieux monstre appelait ses « œuvres d'art ». Avec pourtant l'idée irrationnelle qu'il restait un espoir.

Elle aussi nous l'habillerons comme une œuvre du Caravage. Il s'agit simplement de choisir.

Costa ne savait pas ce qu'il y avait à choisir, et il avait choisi de ne pas le savoir. Il avait exécuté Federico Zernich, anéantissant ainsi le dernier espoir de retrouver Valentina.

142

Quand Loris apparut sur le seuil de la porte, Fabio put constater que son ami non plus n'était pas sorti indemne de la nuit précédente. Les marques sur son visage ne tenaient pas seulement à la fatigue. Et l'effort qu'il fit pour atteindre son lit et s'asseoir à côté de lui était si manifeste qu'il semblait prêt à s'évanouir à tout instant. Il avait l'air d'un vieillard.

Mais il lui sourit, même s'il n'y avait pas une once de joie dans cette grimace. Au moins, il aurait essayé.

– Il serait stupide de te demander comment tu vas ? demanda l'inspecteur.

– Je pensais être mal en point. Et puis je t'ai vu entrer…

Le sourire de Loris s'élargit un peu.

– C'est ça, très bien, garde un peu d'humour. Tu vas en avoir besoin.

Ils restèrent silencieux quelques instants. L'infirmière aux boucles rebelles entra dans la chambre et foudroya Loris du regard.

– Je sais, je sais, se défendit-il. J'ai obtenu la permission du médecin à condition de ne pas rester plus de cinq minutes.

– J'y compte bien, répondit-elle, avant de remarquer

l'épuisement sur son visage. Vous aussi vous êtes de la police ? demanda-t-elle. Et cette nuit, vous étiez *là-haut* ?

Loris hocha la tête. Cela dut lui suffire, car elle sortit sans rien ajouter. La nouvelle des événements du sanatorium Sant'Andrea s'était déjà répandue. Les corps. L'horreur. La fin de Federico Zernich.

Quand l'infirmière eut tourné les talons, Loris parut se ranimer.

– Cinq minutes, et on a un paquet de choses à se dire.

Fabio ne releva pas la tête de l'oreiller. Il était si épuisé que cinq minutes lui semblaient même trop.

– Vous êtes entrés et vous avez vu la même chose que moi, dit-il. Je ne crois pas qu'il y ait grand-chose à ajouter.

– Tu sais que ça ne marche pas comme ça. Pour l'instant, les médecins ont dressé une sorte de rideau de fer autour de toi. Mais l'état-major ne va pas tarder à débarquer sur le pied de guerre, et même l'hôpital ne pourra pas te sauver. Tu devras répondre à une avalanche de questions. En tête, le parquet, et derrière, les huiles du SCO qui sont accourues de Rome. Sans parler de ce qui nous attend avec les médias.

– Laisse-les parler, Loris, dit Fabio en fermant les yeux. Ce qui devait arriver est arrivé.

Mais il savait lui aussi que l'enquête était loin d'être close. Et surtout, quelqu'un voulait des explications sur la mort de Zernich et Altieri : Comment on en était arrivé là, pourquoi ils n'avaient pas été remis à la justice… Pour la mort d'Altieri et de l'autre type, l'Allemand, ils allaient s'acharner sur le pauvre Gabriele Piovesan. Mais la fin de Zernich, c'était son affaire. Et comme pour Sileri, on lui demanderait pourquoi il avait fait justice lui-même. Pourquoi il n'avait pas attendu les renforts avant de commettre l'irréparable.

Il aurait pu se justifier, certes. Tout expliquer. Si cela avait eu une importance, et surtout s'il en avait eu le temps.

– Mets-moi au courant, toi, plutôt, dit-il à Loris. De mon côté, ma version n'a pas changé.

– Ils sont en train de fouiller cet endroit infernal brique par brique. Et ils n'en finissent pas d'osciller entre la stupéfaction et l'horreur. (Dehors, le ciel s'assombrissait et dans la chambre aussi l'atmosphère changea.) Jusque-là, on a retrouvé une vingtaine de corps. Tous traités par la méthode de plastination et disposés selon les mises en scène de Zernich et de ses acolytes. Seuls quelques cadavres étaient encore en phase d'installation. Ils les ont retrouvés dans l'une des pièces les plus éloignées. Déjà vêtu d'habits du XVIIe siècle, mais pas encore installés sur ces maudites ossatures de fer et de métal.

Fabio se rappela la pièce où Esther, habillée en Judith, tranchait la tête d'un malheureux qui incarnait le cruel Holopherne. La servante du tableau manquait à l'appel : une imperfection que Zernich ne pouvait pas tolérer. Le cadavre de la vieille femme attendait sans doute dans cette pièce son moment de gloire.

– Cet endroit est immense, et il faudra du temps pour tout explorer, poursuivit Loris. Ils sont en train de perquisitionner les chambres d'Altieri et de Zernich. Il y a des policiers partout. On retrouve du matériel en tout genre, et nous n'en sommes encore qu'au début. Mais pour l'instant, ils se concentrent sur Hannie Janssen.

La gouvernante de Zernich – et sans doute bien plus que cela. Son indéfectible présence dans le dos du vieux n'avait jamais été un hasard.

– Ils l'ont retrouvée ?

– Elle a disparu. Mais tu sais quoi ? Je crois qu'elle était là-haut, à Holocauste. C'est elle qui a dû frapper Piovesan à la tête avant de disparaître. Elle s'en est tirée de justesse.

– Tu n'en as aucune preuve, dit Costa, qui pourtant avait la même sensation.

– Si. Quand je suis retourné vous chercher, j'ai croisé quelqu'un qui fuyait avec la voiture d'Altieri, juste avant que la cavalerie arrive. Cette Porsche m'a presque renversé. Je pensais que c'était Altieri au volant… Mais c'était elle, j'en suis sûr.

Costa regarda son ami. Il avait oublié combien Loris s'était impliqué dans cette histoire, et tout ce qu'il avait risqué pour l'aider.

– Dis-moi ce qu'ils ont trouvé sur Hannie Janssen, dit-il en chassant son sentiment de culpabilité.

– Elle est hollandaise, mais ça, on le savait déjà. De Scheveningen, un quartier de La Haye qui donne sur la mer du Nord. Elle n'a aucun antécédent judiciaire et ils attendent des détails de la part d'Europol. On sait qu'elle est apparue à côté de Zernich il y a des années, et qu'elle y est restée depuis. Elle est son ombre, plus encore qu'Altieri. Et elle était chargée d'une tâche importante, semble-t-il. Dans son appartement du palais de Zernich, ils ont retrouvé un ordinateur équipé du logiciel de reconnaissance faciale qui leur permettait d'analyser les visages des personnages du Caravage et de rechercher ensuite leur sosie en ligne. Quelqu'un a tenté d'effacer les données, mais ils en ont récupéré une partie. Ils m'ont même demandé de venir leur donner un coup de main. Tel que tu me vois, je suis en route pour Padoue et j'ai un sacré boulot qui m'attend.

Mais il était heureux d'avoir de l'occupation. Au fond, c'étaient eux qui avaient déterré cette histoire. Il était juste qu'ils en voient la fin.

– Donc ils ont trouvé la fameuse base que cherchait Valentina, murmura Fabio.

Et cette pensée fut un élan douloureux.

– Exactement.

Loris se tut. L'absence de Valentina leur pesait à tous.

– Mais enfin, Fabio, reprit-il, à ce qu'on m'a dit, cette femme menait une vie quasi monacale. Dans son appartement, il n'y a ni livre ni télé ni radio, rien pour se distraire. Seulement un lit à une place, un petit bar rempli de bouteilles d'eau minérale et trois ordinateurs très puissants reliés à Internet, avec une banque d'images de centaines de personnes dont le seul tort est de ressembler aux modèles du Caravage. Il reste des milliers de dossiers à examiner avant de clore l'affaire.

– Mais Janssen est en fuite, répéta Fabio, qui pour l'instant se désintéressait du contenu de ses ordinateurs.

– Ils la cherchent partout. Les aéroports et les gares sont en alerte, ainsi que les postes-frontières. Ils vont la retrouver. (Il se tut une fois encore.) Ah, et aussi, David Minetti a lancé son opération finale.

Dès que le FBI avait eu vent de ce qu'ils avaient découvert dans l'ancien sanatorium, il avait refermé la nasse établie depuis un moment autour des individus ayant conservé des contacts sur le Dark Web avec Altieri. Il y avait eu des perquisitions dans au moins cinq pays d'Europe en plus des États-Unis. Des gens avaient été arrêtés et on avait trouvé du matériel en abondance. Des vidéos et des photos pédopornographiques, et les fameux *snuff movies.* Le réseau dont faisait partie Zernich n'était pas une chimère née de l'imagination des enquêteurs. Il existait réellement un cartel informel d'hommes et de femmes qui pratiquaient la torture et parfois le meurtre pour leur plaisir. Mais il était trop tôt pour évaluer les dimensions de cette organisation.

L'infirmière passa une tête. Elle souriait, mais elle fut inflexible.

– Les cinq minutes sont passées.

Loris lui fit un signe de la tête. Elle comprit et les laissa seuls.

– Une dernière chose, dit-il en baissant la voix. Ça ne fait pas une grande différence, mais tu dois savoir que Zernich était malade.

Fabio le regarda d'un air interrogateur.

– Pas dans ce sens, dit Loris. Vraiment malade. Cancer de l'estomac en phase terminale. Nous allons rencontrer les médecins qui le soignaient, mais certains documents retrouvés chez lui sont assez clairs sur ce point.

Fabio réfléchit. Une information surprenante, mais qui avait un sens. Il y trouva soudain l'explication des derniers mots de Zernich. Son jeu cruel.

Une idée commença à se former dans sa tête, mais il ne pouvait pas en parler à Loris. Du moins pas tout de suite. Soudain, il eut envie de rester seul.

Son ami, debout devant son lit, ne se décidait pas à s'en aller. Quelque chose le tourmentait. Finalement, le besoin de savoir prévalut.

– Fabio... Quand tu es resté seul avec lui, il t'a dit quelque chose à propos de Valentina ?

Il lui avait posé la même question le matin même, alors qu'on le sortait de l'enfer de Sant'Andrea. Costa venait d'être installé sur un brancard dans le grand hall, et le médecin avait arrêté l'hémorragie en attendant l'ambulance. Ils avaient pu échanger quelques mots quand Manna avait émergé à son tour des souterrains.

– Je ne vais pas mourir, avait réussi à le rassurer Costa. Mais je t'en prie, sors-moi de là.

Manna avait convaincu quelqu'un de transporter Costa à

l'hôpital le plus proche sans attendre l'ambulance. Tandis qu'il le faisait monter dans la voiture de police, sous la lumière bleue du gyrophare, Manna avait trouvé le courage de chuchoter ce nom sans oser le prononcer à voix haute : « Valentina ? »

Costa avait secoué la tête.

Ce doute revenait le tourmenter à présent.

– Peut-être que s'il était resté en vie…, dit-il. (Il allongea une main et saisit Loris par le poignet.) Tu crois que Zernich aurait pu nous amener jusqu'à elle ? Tu crois qu'elle est encore vivante et cachée quelque part, et que j'ai anéanti l'unique possibilité de la retrouver ?

– Non, Fabio, dit Loris d'un ton hésitant. Je ne crois pas qu'elle soit vivante. Personne ne le pense.

– Ça ne changerait rien, tu le sais.

– Bien sûr que si. Nous savions depuis le début qu'il était improbable que Valentina…

Il ne put achever sa phrase.

– Nous ne savions rien. Et avec la mort de Zernich, nous ne le saurons jamais.

– Tu étais en état de légitime défense, si c'est ce que tu veux dire. Cet homme t'avait poignardé.

– C'est arrivé parce que je l'ai voulu, l'interrompit froidement Fabio. Parce qu'il le méritait. Je l'ai suivi, et quand je l'ai eu face à moi, je l'ai exécuté.

143

La question continuait à résonner dans sa tête, à lui ronger l'âme.

C'est moi qui ai tué Valentina ?

Je l'ai tuée comme j'ai tué Diana ? Et Zernich le savait ?

Avant que Loris s'en aille, il lui avait fait promettre d'insister auprès de l'équipe du SCO pour leur faire enfin admettre que la disparition de la commissaire Medici n'avait pas été volontaire. Il devait employer toutes ses ressources pour expliquer sa disparition. Elle le méritait.

Pourtant, cela ne changerait rien. Valentina était morte, il ne pouvait pas en aller autrement. Zernich le lui avait quasiment avoué.

Elle était vraiment belle. Comme un tableau préraphaélite.

Ou peut-être... L'incertitude le tuait. Quelque chose ne collait pas. Cette idée lui trottait dans la tête sans parvenir à émerger clairement.

Mais non. Il s'accrochait simplement à l'espoir.

Il l'avait tuée de ses propres mains. En mourant, Federico Zernich avait remporté la partie.

144

– Remarquable, n'est-ce pas ?

Zernich est devant lui, affalé sur une chaise en fer appuyée contre le mur blanc. Dans ses mains tremblantes, le long couteau avec lequel il vient de le frapper. La lame est vaguement pointée contre lui, comme s'il pouvait l'atteindre encore. Entre eux, une table d'opération sans liens de contention : elle n'est pas destinée à des corps vivants. Le visage déformé du vieux se reflète sur le métal brillant de sa surface, et dans ce reflet, Costa entrevoit son âme difforme, inoxydable comme le reste du laboratoire où il l'a rejoint. Deux chambres blanches, aseptisées. Les cuves destinées à la plastination, vides à présent, mais qui dans le passé ont accueilli des dizaines de cadavres. Des instruments en tout genre, des pompes pour remplir les cadavres de silicone. Les coulisses du théâtre de Zernich. La fabrique de tous ces corps.

Zernich respire difficilement. Il n'a plus rien de l'entrepreneur flamboyant. Sa vieillesse est douloureuse et infâme, comme toute vieillesse. Vu de près, son visage ressemble à celui de ses victimes, poussiéreux et ridé.

– Luca n'a jamais réussi à résoudre ce problème, poursuit-il. La peau ne supporte pas certains traitements. Donc c'est à moi d'y remédier. Mais le résultat est grandiose, reconnais-le. Comme tous les artistes dont nous nous inspirons, nous imitons la vie par la nature morte. Un peu de silicone dans des corps exsangues pour regonfler leur chair. Des pigments colorés là où la peau devient grise. Quelques bouts de bois pour simuler le mouvement. Comme le Caravage avec ses couleurs et ses pinceaux. Son œuvre est immense, mais on peut en retrouver quelques fragments ici.

Un geste pour embrasser toutes ces merveilles. Dans son regard, une étincelle d'amour authentique.

– C'est remarquable, n'est-ce pas ? Dis-le-moi. Dis-moi que tu comprends, que tu reconnais que j'ai créé quelque chose de grand. Ne me déçois pas toi aussi. J'ai investi de l'énergie et des sentiments sur toi.

Il déraisonne. À présent Zernich est véritablement seul. Cette fois, son masque est tombé.

Costa le regarde, son arme toujours levée. La douleur irradie dans tout son corps et lui ordonne de bouger, de mettre fin à ce jeu.

Quelque chose dans son expression alerte le vieux.

– Tu veux vraiment sauver la fille ? lui demande-t-il soudain, abandonnant son soliloque sur la grandeur de l'art.

À présent, ce ne sont plus que de froides tractations.

– Tu veux savoir au moins si elle est vivante ?

Costa ne répond pas. Il connaît les types comme Zernich. Il tire simplement sur la corde pour accroître sa souffrance.

– Tu veux savoir où elle est ? Peut-être parmi les étoiles du firmament, auxquelles elle ressemble tant… Ou peut-être a-t-elle déjà été précipitée dans le vide, comme Diana…

– Tais-toi !

– J'ai simplement mis en pratique la leçon de ce remarquable peintre, Fabio. Ce n'est pas la vie qui anime l'art et qui l'inspire. C'est exactement le contraire…

– Tais-toi !

– Comme tu le sais déjà, l'art c'est le pouvoir. Le pouvoir sur la vie et sur sa jumelle, la mort.

– Silence !

– Je te le dirai, murmure Zernich. Mais… Faisons un pacte, Fabio ?

Non, se dit Costa. Je ne jouerai pas à ton jeu monstrueux. Je ne suivrai pas des traces trompeuses et tortueuses pour te faire plaisir. Je ne te laisserai pas le devant de la scène, parce que c'est ça que tu veux. Mais je ne passerai pas un pacte avec le diable. Je le dois à tes victimes. Valentina serait d'accord avec moi.

– Un pacte, Fabio, répète-t-il avec un sourire. Un accord. Le seul que tu puisses accepter.

– Quel pacte ? répond Costa, malgré toutes les voix qui hurlent en lui.

Et par ces mots il a déjà perdu. Mais s'il existe l'ombre d'un espoir…

D'un geste du menton, Zernich désigne le Beretta que Costa serre de plus en plus fort entre ses mains.

– Dépouille-toi de tes armes inutiles, Fabio. Tu n'en as pas besoin pour sauver Valentina.

– Comment ça ?

– Ton amour suffit, Fabio. C'est ce qu'elle voudrait. Donne-moi ton arme.

– Non.

Zernich allonge une main, mais il ne peut rien atteindre. Il semble cloué sur sa chaise.

– Donne-la-moi, Fabio. Je ne m'en servirai pas contre toi. Fais-moi confiance. Et fais confiance à Valentina. C'est ce qu'elle voudrait. Elle avait tout compris.

– Non, répète-t-il.

Mais il fait tourner l'arme autour de son index, il oriente la crosse vers Zernich et la lui tend. Il sait qu'il va mourir. Que ce monstre ne va honorer aucun pacte. Mais il ne peut pas faire autrement. Et tandis que le vieil assassin se penche et empoigne le pistolet, Costa se sent soulagé. Il a fait ce qu'il fallait. Pour Valentina. Pour eux tous.

Zernich le regarde. Il sourit. Il s'empare de l'arme d'un geste vif. Et il répète les mots qui flottent dans la tête de Costa comme s'il les avait lus. Comme s'ils étaient semblables tous les deux.

– J'ai fait ce que je devais, déclare-t-il. Pas toi. Tu as encore du chemin à faire. Je te l'ai dit, j'ai tellement investi sur toi. Ne me déçois pas.

Puis Zernich retourne le canon de l'arme contre sa poitrine à l'endroit du cœur, et il presse la détente.

Costa hurle.

La tête de Zernich cogne violemment contre le mur derrière lui, y laissant une trace sanglante. Puis il s'immobilise, ses yeux vitreux fixés sur lui.

Valentina est morte, pense Costa. À présent, c'est vrai.

145

Alors, pourquoi avoir continué à croire qu'il restait un espoir ? Parce qu'il n'acceptait pas d'avoir laissé Zernich le priver de cette occasion de le tuer ?

Le vieux fou avait gagné parce qu'il avait eu ce qu'il voulait. Son projet le plus ambitieux n'avait pas été de recréer les chefs-d'œuvre d'un peintre mort depuis des siècles avec la chair et les os de malheureux innocents, mais celui de plonger dans l'agonie ceux qui leur survivaient. Les parents des victimes. Lui. Valentina.

Quand cesserait-il de penser qu'elle était encore vivante ? Pourquoi ne pas accepter qu'il avait perdu dès l'instant où elle avait disparu, sans doute tuée des mains d'Altieri, puisque le vieux était désormais trop faible pour le faire lui-même ?

Zernich, dévoré par le cancer, avait eu la force de commettre ce dernier outrage. Et d'achever son dessein.

Je devrais faire la même chose, songeait Fabio. Me tuer, et refermer le cercle. Pour ne décevoir personne.

J'ai tellement investi sur toi. Ne me déçois pas.

De sa fenêtre, il vit s'amonceler des nuages noirs annonciateurs d'orage. Une fois qu'ils se seraient refermés sur lui, ils jetteraient le monde dans des ténèbres encore plus profondes.

Le temps courait. Il devait faire vite. Comprendre et agir avant que la lumière s'éteigne.

Il s'assit dans son lit. Le pied de perfusion tinta contre le rebord chromé. Fabio regarda la porte, s'attendant à voir l'infirmière entrer en courant. Mais personne ne vint.

– Ils vont venir t'interroger aujourd'hui même ou demain matin, lui avait dit Loris avant de partir. Alors écoute. Ta

Volvo est en bas. Je te l'ai fait apporter pour quand tu sortiras. Je vais être très occupé dans les prochaines heures.

Il se demanda si Loris voulait qu'il s'échappe. Il savait peut-être des choses qu'il ignorait ?

Non. Il battait la campagne. La faute aux antalgiques. Il n'en avait pas demandé, il voulait rester lucide, mais Dieu sait ce qu'ils avaient mis dans cette bouteille en verre qui instillait dans son corps des substances inconnues.

Qu'avait dit Zernich avant de tirer ? Un chaos de phrases sans suite. Une folie qui avait peut-être un sens. À lui de le comprendre, à présent.

J'ai fait mon devoir. Pas toi. Tu as encore du chemin à faire.

Et puis il s'était tiré une balle dans le cœur.

Costa allongea la main et arracha sa perfusion. Il eut l'impression d'arracher sa propre chair en même temps et serra les dents pour réprimer un gémissement, tandis que l'aiguille laissait goutter du sang sur les draps. Il la jeta au loin et se leva.

Il alla à la fenêtre, les jambes molles, titubant comme un homme ivre. Il posa son front contre la vitre glacée et cela lui fit du bien.

Dehors, les nuages n'allaient pas tarder à recouvrir le dernier lambeau de ciel bleu. À ses pieds, un panorama dépouillé. Des étendues de neige. Tout au fond, les lumières de la ville émergeant dans la brume.

Il devait faire vite. Où donc pouvait être Valentina ?

« Peut-être parmi les étoiles du firmament », avait répondu Zernich.

Ou déjà précipitée dans le vide, comme Diana.

À présent tout était clair : dans les étoiles ou dans le vide.

Zernich avait enquêté sur lui. Mais depuis quand ? Et quand

avait-il appris que Costa s'intéressait à lui ? Parce que dans ce cas, cela changeait tout.

Ils avaient été trompés. Ils avaient cru être les chasseurs alors qu'il n'en avait jamais été ainsi. Zernich savait. Zernich les attendait.

Le vieux tueur en série devant lui appuyait à nouveau sur la gâchette. Et il répétait : « Ce n'est pas la vie qui anime l'art et qui l'inspire. C'est exactement le contraire. »

Et à ce moment-là, Costa comprit.

146

S'il fut surpris de son coup de téléphone, il n'en laissa rien paraître.

– Fabio ! Dieu du ciel, comment vas-tu ? D'où est-ce que tu m'appelles ?

Costa se sentit ému par cette note de préoccupation. Il resta muet un instant. Giampaolo D'Avanzo était le seul capable de l'éclairer, mais il s'aperçut qu'il ne savait même pas par où commencer. Il se reprit à douter de ses hypothèses. C'était le désespoir sans doute qui le faisait raisonner ainsi.

– Fabio... ?

– J'ai besoin de toi, Giampaolo.

– Bien sûr. Que puis-je faire ? Loris m'a dit que tu étais sorti plutôt mal en point de ta rencontre avec ces... monstres.

Un soudain élancement dans son dos rappela à Costa combien D'Avanzo avait raison.

– Je suis à l'hôpital de Trente. Ça va. Mais j'aurais besoin de tes conseils éclairés, une fois encore.

Il lui parut que D'Avanzo retenait son souffle.

– Vas-y, finit-il par dire.

– Je suis en train d'imaginer un tableau du Caravage...

– Encore lui ? Décidément, il commence à me sortir par les yeux...

– Il y a quelqu'un qui... qui chute, je crois, reprit Costa. Quelqu'un qui tombe de très haut. Une femme peut-être ?

D'Avanzo poussa un bruyant soupir. Soit il réfléchissait à ce tableau mystérieux, soit il se disait que Costa était devenu fou.

– Une femme qui chute... Non, ça ne me rappelle rien. Donne-moi d'autres détails, Fabio... C'est encore une de ces horreurs que Zernich aimait à mettre en scène ?

– Je ne sais pas. Ce n'est qu'une idée, comme je te l'ai dit...

– D'accord, d'accord. Laisse-moi réfléchir... Chuter, tomber...

« Comme Diana », aurait voulu ajouter Costa. Car Zernich avait effectué des recherches sur lui, sur Diana et sur sa relation avec Valentina. Il ne lui suffisait pas de vaincre son ennemi : Il voulait l'anéantir.

– Une idée de chute..., répéta D'Avanzo. Un autre silence. Il y a en effet des tableaux du Caravage qui, comment dire, ont une construction verticale. Mais il s'agit d'anges en vol, pas de femmes... Ils appartiennent à la période napolitaine, peu avant la mort du peintre.

– Décris-les-moi.

– Celui auquel je pense s'appelle *Les Sept Œuvres de miséricorde*. En bas, dans une ruelle de Naples, une petite foule de personnages qui symbolisent les vertus. En haut, un ange qui semble tomber sur eux, éclairé par une lumière lugubre. À côté de lui, suspendus eux aussi dans un ciel noir, Marie et l'enfant Jésus. Une œuvre très suggestive.

Costa réfléchit furieusement. Son hypothèse était hasardeuse, mais plus il y pensait et plus il était persuadé que Zernich avait voulu lui dédier le dernier acte de son théâtre de mort. L'idée d'intégrer Valentina à sa création lui était venue sans doute dans les derniers jours : l'assassin et ses complices avaient eu peu de temps pour achever leur projet, et ils avaient donc dû improviser. Valentina ne ressemblait à aucun personnage du Caravage. Mais un ange… Oui, le charme de Valentina pouvait être assimilé à la beauté androgyne d'une créature angélique.

Ce n'est pas la vie qui anime l'art et qui l'inspire.

Zernich tendait à la perfection. Même s'il avait dû agir en hâte, il n'avait pas vraiment pu s'écarter de l'original. Mais le tableau que lui décrivait D'Avanzo contenait trop de personnages. Où aurait-il trouvé autant de victimes à sacrifier pour cette dernière création ?

– Trop de personnages, trop compliqué, murmura-t-il.

– Comment ça ? demanda D'Avanzo avec de l'inquiétude dans la voix. Alors, tu parles bien d'une horreur de plus, mise en scène par ce psychopathe, c'est ça ?

– Giampaolo, y a-t-il un autre tableau montrant un ange en vol ?

Son ami hésita quelques secondes. Puis il reprit avec réticence :

– Il y en a un autre, en effet. Qui n'a que deux personnages : un ange et Marie.

147

Le soir tombait quand il quitta l'hôpital. La Volvo était garée là où Loris le lui avait dit. Personne ne lui ôterait de l'idée que son ami avait préparé sa fuite, au moins inconsciemment. La pensée que Valentina attendait quelque part qu'il vienne la secourir était si ancrée en lui qu'il n'envisageait même pas que leur chasse se soit terminée à Sant'Andrea. Et puis, sauver Valentina revenait à se sauver lui-même.

Les élancements dans son dos étaient un signe que sa blessure risquait de se rouvrir. La migraine lui martelait la tête et il se sentait le nez gonflé, même si la douleur n'était plus à présent qu'une pulsation sourde et supportable. Les lumières qui illuminaient sa route et la blancheur de la neige lui infusèrent un sentiment de bien-être. Bouger était la meilleure chose qu'il pouvait faire.

D'Avanzo lui avait décrit avec soin *L'Annonciation* peinte par le Caravage vers la fin de sa vie. Un tableau déconcertant à bien des égards.

– À la différence de l'iconographie habituelle, lui avait expliqué Giampaolo, l'ange n'est pas debout ou à genoux devant la Vierge, mais en vol, au-dessus d'elle. Un choix inhabituel pour l'époque, mais le Caravage aimait surprendre. Et surtout, on dirait que l'ange s'apprête à tomber sur Marie : il a une main tendue en avant pour arrêter sa chute, un instant avant de la toucher. Comme s'il risquait de s'écraser au sol, à bien y réfléchir. D'ailleurs, ajouta-t-il après une pause, on ne voit pas le visage de l'ange… Il pourrait aussi bien s'agir d'une femme.

C'est celui-là, s'était dit aussitôt Costa. Le tableau dans lequel il a intégré Valentina.

Dans ce cas, elle était déjà morte.

Mais Zernich avait dit encore autre chose au cours de cette nuit fatale. À propos du rôle que devait tenir Costa lui-même dans cette ultime représentation.

Il devait trouver l'endroit où Zernich avait installé sa dernière scène.

Alors qu'il affrontait la route de retour vers Padoue, les nuages se refermèrent au-dessus de sa tête, et il se mit à pleuvoir.

148

– Comment ça va, commissaire ?

Dans la voiture, la voix de Piovesan lui parvenait un peu déformée, mais claire.

– Moi, ça va. Et toi ?

– On a survécu, non ? (Une pause, couverte par le bruit du tonnerre. À l'évidence, il pleuvait aussi à Padoue.) Mais vous n'étiez pas à l'hôpital ?

Costa serra son volant plus fort. Il s'en voulait d'impliquer une fois encore ce pauvre garçon, à quelques heures des événements de Sant' Andrea. Piovesan était policier, mais l'expérience qu'il avait vécue à Holocauste aurait traumatisé n'importe qui. En outre, il avait tué deux hommes, et même si ce geste était justifié, il y aurait une enquête, des interrogatoires, toute une pression susceptible de mettre à dure épreuve des flics plus coriaces que lui.

– Je me suis évadé, répondit-il. Désolé, Gabriele. Tu aurais bien besoin de reprendre des forces, mais…

Piovesan n'eut pas une hésitation.

– Dites-moi, commissaire.

Costa n'en fut pas surpris.

– Où es-tu en ce moment ?

– Je viens tout juste de sortir du commissariat. J'allais rentrer. J'ai passé toute la journée à répondre à leurs questions, et ce n'est pas fini. Demain, un juge doit m'interroger… (Il hésita.) Je ne sais pas combien de temps je vais tenir.

– Je suis désolé, répéta Costa.

Piovesan parut surpris.

– Il ne faut pas. Je le referais mille fois s'il le fallait ! Je suis heureux que vous m'ayez fait confiance. C'est seulement que, je ne sais pas, on dirait que c'est nous les méchants, à présent…

– Ce n'est pas vrai, crois-moi.

Il aurait voulu ajouter quelques mots de réconfort, Piovesan l'avait bien mérité. Mais ce n'était pas le moment. Il avait besoin de lui maintenant, avant d'arriver à Padoue, avant que la nuit soit passée. Il savait quel prix il risquait de payer pour l'aider une fois encore, mais il n'avait pas le choix. S'adresser à Manna aurait été trop compliqué : il procédait sous la houlette du SCO à l'analyse des ordinateurs de Hannie Janssen et devait être soumis à une étroite surveillance. Et s'il savait ce que Costa avait en tête, il l'aurait accompagné une fois encore, perdant ainsi un temps précieux.

Piovesan, avec sa dévotion aveugle, était son ultime recours. Il inspira à fond.

– Écoute-moi, Gabriele. Je n'ai pas beaucoup de temps. Mais il y a quelques doutes que j'ai besoin d'éclaircir.

Devant lui, un éclair illumina la route comme en plein jour.

– Ça concerne la commissaire Medici, n'est-ce pas ? demanda Piovesan.

Costa n'eut pas besoin de répondre.

– Comme je vous l'ai dit lors de notre première rencontre, ajouta le jeune homme d'un ton résolu, je suis à votre entière disposition.

149

Piovesan retourna au commissariat en s'efforçant de passer inaperçu. L'obscurité précoce, la pluie battante et le va-et-vient frénétique de ses collègues à l'entrée lui permirent de se faufiler sans que personne ne prête attention à lui. Il passa à côté du bureau du directeur et de sa secrétaire, rempli de collègues submergés de travail. Personne ne le remarqua.

Lomastro avait été rappelé d'urgence à Rome, laissant l'équipe dans le chaos le plus complet. Certains au plus haut niveau voulaient y voir clair dans sa gestion de l'enquête. Son poste avait été repris par un fonctionnaire de la brigade anticriminalité, flanqué d'une dizaine de collaborateurs qui campaient désormais en maîtres dans les bureaux. Et aucun d'eux ne connaissait Piovesan.

Il se faufila dans la pièce qu'il avait partagée avec Valentina, heureusement vide, s'assit devant l'écran sans même ôter sa veste ruisselante et alluma l'ordinateur. Ses yeux le brûlaient, il avait mal dans tout le corps et il ressentait une fatigue colossale, mais ses doigts volèrent sur les touches.

Il trouva un résultat intéressant dès sa première recherche. Deux jours plus tôt, on avait signalé la disparition d'une jeune fille. Elle s'appelait Adele Donati et c'était une marginale de dix-sept ans qui vivait dans une structure de réhabilitation pour toxicodépendants. En soi, cette disparition n'avait rien d'exceptionnel. Il arrivait souvent que des jeunes gens dans ce cas fuguent de chez eux ou des centres d'accueil. Mais celle-ci, malgré une histoire difficile, ne l'avait encore jamais fait. Et selon le responsable du centre, elle était désormais en bonne voie pour reprendre sa vie en main. Même si dans les cas d'addiction aux drogues, on ne pouvait jamais rien prévoir.

Deux nuits plus tôt, en effet, elle n'était pas rentrée et à présent son signalement apparaissait sur l'écran devant Piovesan. Adele Donati s'était évanouie dans le néant.

Ça n'avait peut-être rien à voir. Ce pouvait être une simple coïncidence. Mais Costa lui avait demandé d'aller voir si une jeune femme n'aurait pas disparu dans les derniers jours. Elle ne devait pas avoir plus de vingt à vingt-cinq ans. Il devait chercher à Padoue et dans les secteurs limitrophes. Selon le commissaire, il s'agirait sans doute d'une prostituée ou d'une marginale dont la disparition ne soulèverait pas trop de questions.

Tandis qu'il observait le visage d'Adele Donati, déjà durci par les difficultés de la vie, le cœur de Piovesan s'accéléra soudain. Deux jours plus tôt, ils suivaient Altieri avec Manna et Costa. La jeune fille s'était volatilisée à peu près au même moment. Si sa disparition était l'œuvre de Zernich ou de son groupe, ils auraient dû remarquer un détail quelconque au cours de leur filature.

Adele Donati avait eu le malheur de tomber dans l'ultime sursaut du mal auquel ils avaient donné la chasse. En vain, apparemment, puisque des gens continuaient à mourir.

Il écarta ces pensées déprimantes, imprima toutes les informations qu'il put récupérer, et passa à la seconde question posée par Costa, sans doute la plus importante.

Sa voix était tendue au téléphone quand il lui avait demandé si parmi les propriétés de Zernich il se trouvait un immeuble, un édifice quelconque assez élevé d'où l'on puisse précipiter quelqu'un.

– Le précipiter ?

– C'est ce qu'ils veulent faire, Gabriele. Tuer quelqu'un

en le jetant du haut d'un bâtiment. Suffisamment haut pour qu'il n'ait aucune chance d'en réchapper. Mais ce doit être un lieu auquel Zernich et les siens avaient un accès facile et où ils auraient pu installer leur mise en scène sans risquer d'être dérangés.

Gabriele ne comprenait pas comment c'était possible. Zernich et Altieri étaient morts. Hannie Janssen était en fuite. Les meurtres étaient terminés. Et en ce moment même, toutes les propriétés de Federico Zernich ou de sa famille étaient fouillées par la police. Il avait bien compris l'idée de Costa, mais il ne voyait aucun endroit comme celui qu'il avait en tête. Le commissaire était-il en train de devenir fou ?

Mais il lui avait promis de chercher. À cela près qu'il pensait se rappeler à peu près toutes les propriétés de Zernich ou de ses sociétés, et il ne voyait aucun bâtiment de ce genre.

Il vérifia par sécurité dans les dossiers que lui avait confiés Valentina quand ils s'occupaient d'Altieri. Ce matériel était déjà entre les mains des hommes de la brigade mobile, mais Piovesan avait eu la bonne idée d'en conserver une copie.

Il trouva la liste des propriétés de la fondation Zernich et eut la confirmation qu'il n'existait aucun immeuble correspondant à ce que cherchait Costa. Il existait bien des bâtiments assez hauts pour que quelqu'un soit assuré de mourir de sa chute, mais ils étaient accessibles à des copropriétaires, des employés ou des visiteurs.

Quand il l'en informa par téléphone, la déception de Costa fut perceptible.

– L'endroit que nous cherchons n'est peut-être pas à Padoue, avança Piovesan.

– Il pourrait être n'importe où. Ou même ne pas exister. Mais Zernich me voulait ici, où je suis à présent… Et il n'avait ni le temps ni l'occasion de trop s'éloigner.

– De quoi parlez-vous ?

Quelque chose dans le ton et dans le comportement de Costa commençait à l'effrayer.

– Je ne sais pas, Gabriele. Je me fais sans doute des illusions.

– Vous parlez toujours de la commissaire Medici, n'est-ce pas ?

Costa ne répondit pas. Il l'entendait respirer dans le téléphone.

– La jeune fille qui a disparu, dit soudain Piovesan, conscient de son désespoir. Vous pensez que c'est la dernière victime de Zernich, c'est ça ? Vous pensez qu'elle peut être encore en vie ?

– Je ne sais plus rien…

Il entendit la pluie battante à travers le micro. C'était comme si Costa lui parlait au cœur de la tempête, sans même tenter de s'en protéger.

– Je suis presque arrivé à Padoue, reprit celui-ci. Excuse-moi de t'avoir fait perdre ton temps… Prends bien soin de toi.

– Attendez !

Piovesan serra son portable avec force. Il n'arrivait pas à s'ôter de la tête que la pauvre Adele Donati avait été enlevée pendant qu'ils étaient sur les talons d'Altieri. S'il s'agissait d'un plan ourdi dans les dernières quarante-huit heures, ils auraient dû s'en apercevoir. Il refit en esprit le trajet effectué par le factotum de Zernich. Il repensa aux signaux qu'envoyait le mouchard placé sous sa Porsche : ces zigzags incompréhensibles à travers les rues de Padoue, comme si Altieri se moquait d'eux. Toutes ces allées et venues étaient intentionnelles.

– Qu'y a-t-il ? demanda Costa.

– Je n'ai peut-être pas bien compris ce que vous avez en tête. Mais vous croyez vraiment que Zernich et les autres savaient que nous les suivions ? Je veux dire… Tout était prévu ?

– Oui. C'est très possible.

– Ça n'a aucun sens.

– Ça a du sens pour quelqu'un comme Zernich. Tu savais qu'il était mourant ? Un cancer en phase terminale.

– Oui, je l'ai entendu dire.

– Je crois que cet homme savait qu'il était proche de sa fin. Mais son œuvre devait lui survivre. Ce qu'il voulait, c'était surprendre. Avec la mort. Avec la douleur. Zernich était un homme de spectacle. Son obsession était de mettre en scène son pouvoir sur les autres.

– Quel rapport avec ce que vous m'avez demandé ?

– Il y a quelque chose d'incomplet dans son œuvre. Valentina est son coup de pinceau final. Il l'a peut-être décidé au dernier moment, quand il a compris qu'elle était à deux doigts de tout découvrir. Quoi qu'il en soit, il a décidé de créer une dernière scène. Et je dois en faire partie. Je ne saurais pas te l'expliquer maintenant, mais je dois en faire partie…

Piovesan pensait avoir enfin compris.

– Donc c'est quelque chose qui doit se passer maintenant ?

– Oui.

Une image venait tout juste de lui apparaître.

– Alors, il y a un endroit. Si Altieri savait que nous le suivions, il devait avoir programmé chacun de ses détours et de ses arrêts ce jour-là.

– Et donc ?

– Je me suis rappelé l'une de ses pauses. À côté d'un chantier, pendant quelques minutes. Vous savez ce que nous n'avons pas pris en compte ? Les bâtiments qui n'appartenaient pas à Zernich, mais auxquels il avait un accès exclusif, même temporairement. Zernich était un bienfaiteur, vous

vous rappelez ? Sa fondation s'occupe de réhabiliter les bâtiments anciens qui font partie de l'histoire de la ville. L'un de ces monuments est parmi les plus anciens de Padoue. C'est un symbole, en réalité. Et c'est une tour. On l'appelle « la Torlonga » ou « la Specola ». C'était autrefois un lieu de torture et de mort.

150

La Specola, dernier vestige d'une forteresse médiévale, avait été une prison avant d'être transformée des siècles plus tard en un observatoire astronomique. Ce passage de l'enfermement à la liberté des étoiles, lui avait expliqué Piovesan, était emblématique pour les Padouans. Et un lieu idéal pour les projets de Federico Zernich.

Le donjon se dressait dans la nuit sous la fureur de l'orage, défiant la foudre, dominant le fleuve divisé à sa base en deux bras qui allaient arroser la ville au nord et à l'est. Il était de forme carrée ; à son sommet, orné de créneaux, des tourelles utilisées autrefois pour observer le ciel. Il était érigé sur une sorte de promontoire où l'on accédait par un petit pont et un jardinet bien soigné.

Assourdi par la pluie qui battait sur le toit de la voiture, Costa se pencha pour tenter de percer le mur d'eau que ses essuie-glaces balayaient en vain. Il entrevit le sommet de la Specola, où se trouvait l'ancien observatoire. Selon les informations que Piovesan continuait à lui envoyer sur son portable, la Torlonga faisait près de cinquante mètres de haut et était fermée depuis quelques semaines aux employés du musée comme aux visiteurs, du fait de travaux de restauration gracieusement offerts par la fondation Federico Zernich. Le chantier avait été mis à l'arrêt cette dernière semaine à cause des intempéries, mais les ouvriers seraient de retour dès le lundi suivant.

Zernich avait sans doute pensé que si Costa n'y parvenait pas à temps ou ne suivait pas ses indications, la découverte de son dernier chef-d'œuvre reviendrait aux premiers qui auraient accès à la tour, c'est-à-dire aux ouvriers du chantier. Dans tous les cas, c'était une sortie de scène digne de sa folie.

Mais Costa était arrivé là où le voulait le vieil assassin.

Il descendit de voiture et traversa le pont dans le fracas de l'eau, sur sa tête et sous ses pieds. Il ne faisait pas encore nuit, mais l'orage avait chassé tous les promeneurs et la ville était déserte. Alors qu'il atteignait la base de l'édifice, il eut la vision du fleuve impétueux, grossi par les pluies de ces dernières heures. Il regarda vers le haut et imagina quel sort serait réservé à quiconque serait précipité du haut de la tour. Il se fracasserait sur les pavés ou serait englouti par les flots. Aucune chance de survivre à une pareille chute.

Diana était morte sous un ciel sans nuages, par un jour calme. Et pour autant il n'avait pas réussi à la sauver. À cet instant, la fin de Valentina lui parut inéluctable.

Il s'arrêta devant une grille en fer forgé. Le côté est de la tour s'appuyait à la façade d'un château dont l'accès, d'après Piovesan, se situait de l'autre côté, dans une zone séparée par de hauts murs. Le seul endroit où l'on pouvait pénétrer dans la Specola était celui où il se trouvait.

Il lui vint à l'esprit que le jardin circulaire qu'il venait de traverser était un endroit parfait où se dissimuler. Et il ignorait au fond le but de cette énigme. Hannie Janssen était encore en liberté, et l'aspect grandiose d'Holocauste laissait penser que Zernich avait de nombreux complices. Costa n'était même pas armé, puisqu'on lui avait pris son Beretta quand on l'avait transporté à l'hôpital.

Mais peu importe, pensa-t-il. C'est contre des fantômes que je dois me battre, désormais.

Une tension fulgurante dans le dos lui rappela que sa blessure risquait de se rouvrir à tout moment. Mais il n'avait d'autre choix que de serrer les dents et de continuer.

Les battants de grande porte étaient maintenus par une chaîne et un cadenas, dont le métal glacé et trempé fut presque douloureux au toucher. Il n'eut pas à chercher comment forcer l'antivol, parce que le crochet glissa tout de suite. On avait laissé la porte ouverte pour lui.

Costa ne perdit pas un instant et entra.

151

Il se retrouva dans un vestibule en partie protégé de la pluie par une grande voûte en briques. À droite et à gauche, deux portails en bois, et face à lui un grand escalier en pierre qui conduisait aux étages supérieurs. Au fond, derrière un arc en plein cintre, une cour intérieure battue par la pluie. À part quelques outils et un échafaudage dressé sur une partie de la façade, il n'y avait aucun signe de travaux en cours.

Un éclair plus puissant, aussitôt suivi par le fracas de la foudre qui semblait s'être abattue non loin, illumina la plaque de marbre apposée sur la façade du patio. Elle était en latin, mais Piovesan la lui avait traduite solennellement pendant qu'il traversait la ville, comme si le sens de cette inscription avait la moindre importance à cet instant : « Cette tour qui menait autrefois aux ombres infernales ouvre à présent la voie vers les étoiles. »

À bien y réfléchir, c'était remarquablement adapté aux circonstances. Zernich lui avait demandé s'il croyait que Valentina était déjà parmi les étoiles du firmament. La référence à l'observatoire lui semblait à présent aussi évidente que lugubre.

La foudre tomba une seconde fois, plus près encore. Mais la zébrure de l'éclair lui permit d'apercevoir quelque chose devant lui. Une ombre immobile, juste derrière l'arche qui conduisait à la cour.

Le flash aveuglant laissa l'empreinte de cette forme sur sa rétine. Puis il n'y eut plus que le grondement de la pluie et celui de son sang qui battait follement à ses oreilles.

152

À l'hôtel, Manna avait conservé la même chambre, mais tout l'établissement était à présent occupé par des confrères venus de Rome pour clore l'enquête. L'affaire d'Holocauste n'avait pas seulement fait le tour du monde. Elle avait aussi soulevé une tempête judiciaire et les différents parquets se disputaient l'affaire. Il fallait à présent donner un nom à tous ces morts et étudier les circonstances de leur enlèvement, pour pouvoir inculper les suspects et rechercher d'éventuels complices. Un travail gigantesque, qui exigeait le renfort de dizaines d'enquêteurs.

Et il fallait aussi rechercher une collègue disparue, même si beaucoup étaient encore convaincus que la commissaire

Medici était partie d'elle-même, incapable de gérer le stress de cette enquête. Nul ne semblait se soucier du fait que ce musée des horreurs n'avait été découvert que grâce au travail et au sacrifice de Valentina.

Loris avait envisagé de tout laisser tomber et de rentrer chez lui, dégoûté par cet aveuglement et cette insensibilité. Mais tous n'étaient pas comme ça. Les collègues de la brigade mobile de Padoue, enfin libérés de l'influence néfaste de Lomastro, s'agitaient beaucoup. Et de nombreux policiers du SCO, qui connaissaient et appréciaient Valentina, savaient comment les choses s'étaient réellement passées. Et puis, subsistait le devoir moral de rendre justice aux victimes de ces psychopathes.

Mais c'était surtout pour Valentina et Fabio que Loris s'était jeté à fond dans le travail. Il avait retrouvé sa passion pour cette enquête et voulait aller au fond des choses.

Avant tout, l'implication de la gouvernante hollandaise dans les méfaits de Zernich et d'Altieri. Tout laissait à penser qu'elle avait joué un rôle actif dans la recherche des victimes à sacrifier. Les ordinateurs portant la trace de comparaisons entre les personnages des tableaux et leurs sosies potentiels se trouvaient dans son appartement. Les dossiers endommagés, que Manna et quelques techniciens venus de Rome tentaient de récupérer, portaient la marque d'un vaste dessein criminel. Il semblait bien que Hannie Janssen était chargée de gérer les contacts avec les usagers du Dark Web dispersés dans le monde. Peut-être le pseudonyme de « Paperino » utilisé par Altieri au point Internet était-il la marque de tout le groupe criminel, ou un profil que Janssen et lui s'échangeaient selon les nécessités. Et parmi les contacts de Paperino à l'étranger, il pouvait se trouver quelqu'un qui favorisait sa fuite. Tous ces éléments restaient à vérifier et Manna travaillait dessus.

Il venait de rentrer pour prendre une douche et s'offrir quelques heures de repos. La nuit serait longue, d'autant qu'il n'avait pas fermé l'œil depuis qu'il était parti pour Holocauste avec Costa et Piovesan. Mais s'arrêter lui aurait paru un péché impardonnable. S'il n'y avait plus personne à sauver, il restait du moins une femme dangereuse à capturer.

Malgré ses bonnes résolutions, il glissa bientôt dans un demi-sommeil, troublé par de légers coups frappés à la porte de sa chambre. Quand les coups augmentèrent d'intensité et le réveillèrent tout à fait, il sauta sur ses pieds, en pleine confusion, et ouvrit.

Gabriele Piovesan avait une mine épouvantable. La dernière fois que Manna l'avait vu, il saignait de la tête et était sous le choc. À présent, sa pâleur et son regard halluciné traduisaient les signes d'un tourment encore pire.

– Gabriele ! Qu'est-ce que tu fais ici à une heure pareille ?

Le jeune policier entra sans un mot. Il s'assit au bord du lit défait, les yeux baissés.

Loris referma la porte et le considéra d'un air perplexe.

– Tu devrais être chez toi en train de te reposer, dit-il doucement.

Gabriele releva les yeux.

– Oui, c'est aussi ce que m'a dit Costa.

– Tu as parlé à Fabio ?

– Il m'a téléphoné.

Quelque chose dans le ton de Gabriele mit Manna en alerte.

– Qu'est-ce qu'il t'a dit ?

Piovesan le regarda comme s'il ne le voyait pas. Il prit son portable dans sa poche et le lui tendit.

– Peu importe. Regarde plutôt ça.

Loris prit le téléphone, de plus en plus désorienté. L'écran était allumé sur un quotidien en ligne. Un flash de dernière heure, apparemment. Il lut et sentit son estomac se contracter.

Piovesan hochait la tête, fixant le vide.

– Ils disent que c'est un accident de voiture. Tu parles !

L'article rapportait la nouvelle en quelques lignes. Un homme âgé avait été renversé par un chauffard et était mort sur le coup. La tragédie était survenue au fond de la province de Padoue, à la hauteur de Piove di Sacco, à quelques kilomètres de la lagune vénitienne. La victime était un ancien inspecteur de police, Domenico Caruso.

L'article était accompagné de deux photos. La façade d'une petite église devant laquelle un corps à terre était recouvert d'un drap. Et le visage souriant d'un jeune Caruso en uniforme.

– Ils ne donnent pas beaucoup de détails, dit Manna, en contemplant le suaire de Domenico Caruso que l'on devinait maculé de sang. On recherche le chauffard. Il l'a frappé de plein fouet alors qu'il traversait la route pour rentrer chez lui.

– Ils l'ont tué, Loris, dit Piovesan. (Il frémissait à présent, comme s'il venait de découvrir les vertus salvatrices de la fureur.) Ils l'ont tué.

– Mais qui ? Et pourquoi ? Ce que Caruso avait à dire, il l'avait dit à Fabio.

– Peut-être pas. Peut-être qu'il y a autre chose. Cette affaire n'est pas encore finie.

Manna lui rendit le téléphone. Piovesan le rangea dans sa poche et se remit à fixer le sol. Il y avait quelque chose que Costa ne lui avait pas dit. Mais quoi ? Était-ce lié à sa maudite conviction d'avoir causé la mort de Valentina en tuant Zernich ? Et quel était le rôle de Piovesan dans tout cela ? Il était venu lui annoncer la mort de Caruso en personne alors qu'il aurait pu se contenter d'un coup de téléphone.

Piovesan finit par lever les yeux.

– Loris, j'ai peur d'avoir fait une connerie, murmura-t-il.

153

La cour était plongée dans une obscurité quasi totale, accrue encore par la pluie torrentielle. Costa s'arrêta un instant au seuil de cet espace à ciel ouvert. Sur sa droite, l'édifice abritant le bureau du musée et la bibliothèque. À gauche, le mur de briques du Castelvecchio dont faisait partie la tour à l'origine. Au-dessus de lui, la Specola le dominant de toute sa hauteur, invisible dans la nuit et la pluie qui l'empêchait de lever les yeux.

Au milieu de la cour gisait la figure qui avait attiré son attention. Une pauvre madone, bien sûr : la dernière victime de Federico Zernich. Adele Donati enveloppée dans un manteau bleu, la tête couverte d'un voile marron, incarnant la Marie du Caravage. Elle était à genoux, le front touchant le sol, ses cheveux trempés tombant sur son visage.

Il courut vers elle, conscient d'être une cible de choix. Il s'agenouilla, lui releva sa tête, souleva son manteau imbibé de pluie. Il constata que ses mains croisées étaient liées par une corde. Une grossière ossature de bois en forme de *Y* était censée la maintenir dans la position recherchée. Mais, installée trop hâtivement sans doute, cette armature n'avait pas tenu, et le corps avait glissé vers l'avant jusqu'à toucher les pavés du front. Il écarta les cheveux de la jeune femme, découvrant ses yeux vitreux et sa peau diaphane. Il était clair qu'elle était morte.

Il la reposa avec délicatesse et l'allongea sur le côté. À

première vue, le corps n'avait été soumis à aucun traitement de conservation. Il ne s'agissait que d'une grossière imitation des horribles tableaux de Zernich.

Autour d'eux, la pluie créait de petits tourbillons engloutis par le fleuve à leurs pieds. Même dans cette obscurité, il distingua des rigoles d'un rouge sombre. C'était du sang.

Ce sang qui coulait encore et l'absence de rigidité étaient la preuve qu'Adele Donati avait été accoutrée ainsi depuis peu de temps. Costa comprit que la jeune fille avait été tuée uniquement pour lui offrir cette macabre mise en scène.

Mais il manquait la touche définitive.

Cette pensée le fit frissonner. Saisi d'un pressentiment, il leva brusquement la tête et il la vit dans ce rectangle de ciel d'un violet sombre. Ces deux ailes qui s'ouvraient dans un vol impossible. Ces vêtements blancs soulevés par le vent de la chute. Ces bras ouverts, tendus devant elle comme pour se protéger – ou pour annoncer à la Vierge le message de Dieu.

Le tableau du Caravage.

Costa hurla, mais son cri se perdit dans le fracas d'un coup de tonnerre. Sa bouche se remplit de pluie glacée. Il leva les bras, non pour se protéger, mais pour arrêter ce vol qui était un ultime sacrifice.

Le corps tomba lourdement sur les pavés devant lui dans un bruit glaçant. La dernière œuvre de Federico Zernich.

154

Il s'approcha du corps étendu sur le pavé, l'esprit vide. Tout avait été inutile.

Quand il arriva devant ce paquet aux membres désarticulés, aux ailes brisées, il comprit que ce n'était qu'un simulacre.

Ce n'était pas Valentina qui gisait à terre, mais un mannequin, reproduction fidèle mais inanimée d'un corps humain. Même la perruque posée sur cette tête en plastique imitait la splendide chevelure de Valentina.

Mais ce n'est pas elle. Ce n'est pas elle.

Puis il releva les yeux, et au coin de la terrasse d'où l'ange avait été précipité dans le vide, il distingua la tache claire d'un visage. Quelqu'un se penchait au-dessus du parapet et le fixait, comme un entomologiste examine un insecte.

Le visage disparut.

Costa se releva et courut vers l'escalier qui menait aux étages supérieurs. C'était l'unique accès au sommet de la tour, et celui qui l'attendait là-haut le savait. Mais peu lui importait.

Elle a été jetée dans le vide, ou elle est encore là-haut parmi les étoiles ?

Costa laissa derrière lui le cadavre de la pauvre Adele et l'obscène mannequin. Il n'avait pas encore trouvé Valentina. Le spectacle final se trouvait là-haut. Parmi les étoiles.

Tandis qu'il grimpait l'escalier à toute allure, glacé, l'esprit en plein chaos, il comprit ce que Zernich entendait lui faire. Ce psychopathe savait tout de lui. Il savait que ce jour-là aussi il avait dû monter les marches quatre à quatre, parce que Diana avait volontairement laissé la porte de l'ascenseur ouverte au dernier étage. Et comme alors, son cœur était glacé. Comme alors, une partie de lui aurait voulu s'arrêter, renoncer, parce qu'il savait qu'il n'arriverait jamais à temps. Et c'était cela qu'avait cherché l'esprit malade de l'assassin : l'obliger à accepter l'inéluctable, le condamner à porter toute sa vie le poids d'une autre mort. Ou à se jeter dans le vide lui aussi, et en finir.

Ne me déçois pas.

Non. Pas avec Valentina. Pas une fois encore. L'erreur de Zernich avait été de penser que celui qui escaladerait les marches de la tour serait le même Fabio Costa qu'à l'époque. Que rien n'avait changé en lui. Mais il se trompait. Trop de temps avait passé. Trop de mauvais choix, trop de morts.

Il ne savait pas ce qui l'attendait là-haut, mais il décida à ce moment que Valentina était vivante et qu'il allait la sauver.

Fort de cet espoir insensé, il dépassa une loggia et des locaux où l'on devinait des instruments d'anatomie et d'antiques inscriptions. Il ouvrit des portes et monta d'autres marches, suivant l'unique parcours possible qui semblait fléché à son intention. Enfin, il atteignit le dernier étage de la tour.

Une salle octogonale aux grandes vitres cerclées de plomb, alternant avec des colonnes ornées de fresques du XVIIIe siècle représentant les illustres astronomes de l'histoire. Des visages antiques qui le fixaient, comme offensés par cette intrusion. Au milieu, un télescope géant dont le cuivre luisait à la lueur des lampadaires. À l'extérieur, une terrasse d'où l'on distinguait la ville entière et, au loin, les silhouettes noires des montagnes. Un panorama à couper le souffle, s'il avait eu le temps de l'admirer.

Au plafond, la voûte peinte reproduisait un ciel étoilé. Il regarda autour de lui. Tout semblait désert, mais l'une des imposantes fenêtres était ouverte et battait au vent, laissant pénétrer des rafales de pluie.

Deux pendules sonnèrent l'heure à l'unisson. Deux heures du matin. Quelque chose à l'extérieur attira son attention.

Valentina. Faites que ce soit elle.

Mais il ne bougea pas. Malgré ses pensées en tumulte et sa fébrilité, il chercha à raisonner en policier. Quelqu'un avait organisé ce scénario. Altieri, sur les indications de Zernich, avait dû accomplir l'essentiel du travail. Peut-être s'était-il chargé de l'enlèvement d'Adele Donati et de son transport dans la tour, alors même qu'ils étaient sur ses talons.

Ils avaient eu malgré tout un peu de temps, à bien y réfléchir. Dès que Manna et lui étaient arrivés à Padoue, quelqu'un avait averti Zernich de leur présence. Sans doute par le biais innocent de Piovesan, qui devait être surveillé lui aussi. Il était le dernier collaborateur de Valentina, et cela n'avait pas échappé à Zernich. Quand ils avaient collé le mouchard sur la voiture, il avait sans doute déjà élaboré son projet final et commencé à le mettre en œuvre. À partir de ce moment, en effet, il ne s'était passé que quarante-huit heures avant qu'Altieri les conduise à Sant'Andrea.

Mais à présent, Zernich et son factotum étaient morts. Quelqu'un d'autre avait repris le projet. Hannie Janssen, peut-être, ou…

En tout cas, le complice était là. Et il ne se dissimulait pas : c'était le visage qui l'avait regardé d'en haut en jetant le mannequin costumé en ange. Il était sur la terrasse et il l'attendait.

Fabio ouvrit en grand la porte-fenêtre entrebâillée et la fureur du vent et de la pluie lui tomba dessus. Il sortit dans le noir et se retrouva cinquante mètres au-dessus de la ville et du fleuve qui continuait à grossir.

155

Toutes ses résolutions de prudence s'évanouirent d'un coup. Il avait trouvé Valentina.

Sans cette pluie torrentielle, la prédiction de Zernich aurait été parfaite. Elle était un ange parmi les étoiles.

La terrasse autour de la Specola épousait la forme carrée de la tour, et Valentina était suspendue dans l'angle tourné vers l'ouest.

La potence à laquelle elle était accrochée ne semblait pas assez solide pour soutenir son poids très longtemps. Elle devait être dans cette position depuis peu. La base de la potence était habilement ancrée sur le garde-fou séparant la terrasse du vide. Le bras auquel elle était suspendue s'avançait d'environ deux mètres au-dessus du vide, secoué par la furie des éléments.

Elle était… Costa chercha le mot juste dans sa douleur de la voir ainsi. Inerte. Sans un souffle de vie.

Elle portait une robe blanche et longue comme celle du mannequin précipité sur les pavés, préfiguration de ce qui devait lui advenir. La pluie qui trempait son vêtement l'alourdissait encore. Ses bras étaient nus, tendus au-dessus de sa tête, ses poignets attachés à un crochet. Sa tête pendait et ses cheveux retombaient sur son visage.

Un coup de vent soudain la fit se balancer plus encore. Ses pieds nus s'agitèrent. Ce fut peut-être une illusion créée par les éclairs, mais cette apparence de vie poussa Fabio à se ruer vers elle, en glissant sur les dalles trempées.

Elle est vivante, criait une voix en lui. *Elle est vivante.*

Il s'arrêta au bord du parapet. Juste à temps. Au-dessous de lui, la pointe du promontoire où était juchée la Specola et les flots agités du fleuve. Non, ils ne seraient pas précipités dans l'eau. Ils s'écraseraient sur les dalles de la cour.

De près, Valentina lui parut un paquet inanimé et trempé. Le mouvement de ses membres n'était qu'une illusion qui tenait aux éléments déchaînés.

Soudain, Diana surgit à son côté. Sans lui accorder un regard, elle le dépassa et se jeta dans le vide. Il la vit disparaître dans l'obscurité, engloutie par ce dernier vol.

Non. Ça ne se passerait pas comme ça avec Valentina. Jamais plus. Il lui suffisait de bouger. D'atteindre cette fichue potence. D'en faire tourner le bras pour la ramener en sécurité sur la terrasse. Tout de suite.

Il monta sur le parapet pour contrôler la base de l'instrument, fixé avec un simple étau. Il devait trouver comment faire tourner le mécanisme vers lui.

Il eut à peine le temps d'entrevoir l'ombre qui surgissait derrière lui.

Il sentit une violente poussée. Et fut précipité dans le vide.

156

Une fraction de seconde, un battement de paupière.

Il sut qu'il allait s'écraser au sol et mourir, abandonnant Valentina au destin qu'un monstre lui avait réservé. S'il s'agrippait à elle, à ce bras de métal qui la soutenait, il l'emmènerait avec lui vers sa fin. Ou ils resteraient tous les deux suspendus dans le vide, avec une infime chance de survivre. Mais au moins une.

Fabio se tordit dans le vide et atteignit la corde qui soutenait Valentina. Il l'empoigna avec force malgré ses mains mouillées, la lâcha, la reprit aussitôt, et se retrouva en train d'osciller avec elle au-dessus de cinquante mètres de précipice. Il sentit soudain du sang chaud couler sur sa peau et eut l'impression que Zernich lui plongeait à nouveau son poignard dans l'épaule.

Les points de suture avaient sauté. Malgré tout, il parvint à serrer d'une main la corde qui retenait Valentina et à soutenir son corps de l'autre. Un corps rigide et glacé.

Il regarda d'instinct le rebord d'où il avait été poussé et il la vit. Hannie Janssen. Un visage ovale et inexpressif, des cheveux trempés collés au crâne, des yeux ronds fixés sur eux.

Elle ne sourit pas. Elle n'ouvrit pas la bouche. Elle les observa un instant, puis une rafale de vent parut l'emporter.

Fabio et Valentina restèrent seuls, suspendus dans le noir, comme des anges du Caravage volant au-dessus de la misère des hommes.

C'est la fin.

Il le pensa avec un calme extraordinaire. Ce n'était pas de la résignation, mais la conscience d'avoir fait tout ce qui était en son pouvoir. Il ne tiendrait pas longtemps. Et il était impossible de regagner le bord de la tour.

Il sentit qu'il commençait à relâcher sa prise. Il savait qu'il n'aurait pas la force de rester longtemps accroché à elle et qu'à chaque instant le bras de métal qui les soutenait pouvait se briser.

Laisse-toi tomber. Laisse-la.

Son visage était à quelques centimètres du sien, comme quand il l'avait embrassée. Mais elle était blême, rigide et glacée, les yeux clos. Il ne sentait aucune vie palpiter en elle.

Je voudrais que tu sois à mon côté encore une fois.

C'était son dernier message. À présent au moins il était là, serré contre elle.

– Valentina..., murmura-t-il, un instant avant de lâcher prise. Valentina...

Elle ne répondit pas. Elle n'était plus là.

Une rafale plus forte, accompagnée d'un regain de pluie,

le fit osciller plus violemment encore. Le rebord était si loin, et lui était si fatigué.

Diana tombait. Valentina tombait. Et il les suivait.

Lâche prise. Laisse arriver ce qui devait arriver depuis le début.

Un mouvement de rage le saisit. Il ne craignait pas de mourir. Mais il ne supportait pas l'idée que Zernich l'ait emporté, qu'il ait marqué le dernier point.

Il approcha encore son visage de celui de Valentina. Il chercha ses lèvres glacées, les trouva. Il entrouvrit les siennes.

Puis des hurlements dans l'obscurité. Des mains qui le saisissaient. Et tout se mit à tournoyer. Tout se précipita dans la chute.

157

Les gouttes étaient des cristaux de glace, des échardes de ciel qui jetaient un scintillement bref avant de se planter sur son visage. Un froid coupant lui disait qu'il était vivant. Il souleva la tête, mais quelqu'un l'arrêta.

– Pas tout de suite. Attends.

Une voix familière. Un ton soucieux qu'il reconnut et qui l'émut.

Loris Manna était penché sur lui, le visage dégoulinant de pluie – ou était-ce des larmes ? L'orage continuait à les transpercer, à les clouer sur cette terrasse.

– Comment… ? balbutia-t-il, mais Loris secoua la tête.

– Pas maintenant, dit-il. Pas maintenant.

Mais ce n'était pas une réponse. Au contraire c'était le moment ou jamais. Il fallait qu'il sache.

Il leva à nouveau la tête, repoussant l'aide de Loris, et se redressa sur ses coudes. L'orage ne faisait pas mine de diminuer, même si au loin, vers les montagnes, pointait une faible clarté. Le présage peut-être d'une aube sans pluie. D'un jour nouveau qui repousserait enfin les ombres.

Il regarda sur sa droite. Accroupi sur la terrasse, Gabriele Piovesan soutenait sur ses genoux le corps de Valentina. Il écartait ses longs cheveux de son visage blême et figé. Et elle était belle ainsi. Elle était, comme l'avait dit Zernich, angélique.

Le cœur de Fabio s'arrêta. Il fixa Loris, scruta ses yeux, en quête de la vérité, même si elle devait l'anéantir.

– Valentina… ? murmura-t-il.

Il n'eut pas la force de continuer.

Loris ne baissa pas les yeux. Il soutint son regard.

Puis ses lèvres s'élargirent en un grand sourire.

NOTE DE L'AUTEUR

Dès l'instant où j'ai commencé à travailler sur ce roman, j'ai perçu la nécessité de ne pas trop m'écarter de la description d'une authentique enquête criminelle, et d'évoquer du mieux possible, outre les techniques policières, toutes les réflexions, les doutes, les peurs et les sensations fortes qui accompagnent l'aventure, pas toujours agréable, qu'affronte une équipe d'enquêteurs qui doit arrêter un criminel. Surtout quand celui-ci est un tueur en série.

Ce respect de la vraisemblance tient en partie à mon histoire personnelle. J'ai travaillé dans la police judiciaire la plus grande partie de ma vie et je n'aurais jamais pu écrire un roman comme celui-ci sans me référer à mon expérience professionnelle. Nombre d'auteurs de romans policiers (pas tous, en réalité) fournissent un notable effort de documentation pour éviter des erreurs dans la description d'une procédure judiciaire ou d'une technique d'enquête, ou pour s'y retrouver dans les rapports complexes entre les juges, les procureurs, les commissaires et les simples policiers. Certains auteurs m'ont d'ailleurs demandé parfois des renseignements que j'ai naturellement été heureux de leur offrir.

Pour ma part, je n'en ai pas besoin. Je connais tout cela. J'ai moi-même mené des enquêtes, parfois en en subissant les conséquences. À cet égard, je n'ai d'autre mérite que de savoir de quoi je parle. Mon seul souci est d'éviter d'écrire des bêtises dans d'autres domaines du savoir humain. Comme tous les auteurs, je me suis appuyé sur des conseillers, sur mes amis et sur mon éditeur.

Donc, à part quelques menues adaptations dues aux exigences narratives, je me suis efforcé de décrire au plus près de la réalité cette activité si complexe qu'est une enquête. En commençant par le rôle d'un bureau souvent cité dans les romans, les films et les séries, mais qui reste assez mal connu : le SCO (*Servizio centrale operativo*), le Service central des opérations de la police nationale. Si j'ai pu le maltraiter un peu de temps à autre, il reste l'institution la plus importante et la plus précieuse de la police en Italie.

Créé dans les années 1990 par le grand Antonio Manganelli sur le modèle du FBI américain, le SCO est chargé de coordonner l'activité de la police judiciaire en matière de crime organisé, de narcotrafic, d'homicides et de tout délit concernant des unités territoriales différentes, quand il faut faire collaborer plusieurs corps. Il joue un rôle irremplaçable dans les séquestrations de personnes, les *cold case* et les opérations sous couverture. Il envoie ses enquêteurs et ses analystes là où l'on a besoin d'eux, et il a été un exemple pour les polices du monde entier, avec lesquelles il collabore. Ses policiers assistaient Falcone et Borsellino dans leurs enquêtes, pour ne citer qu'un exemple.

Les protagonistes de ce roman, Valentina Medici et Fabio Costa, sont donc l'incarnation de nombreux policiers du SCO, tant par leurs méthodes et leur professionnalisme que par l'esprit de sacrifice qui les anime. En ce sens également j'ai cherché à leur donner une dimension authentique. Travailler au SCO en effet n'est ni simple ni indolore, et la vie privée d'un agent du service, y compris la famille, passe souvent après son travail. « Excuse-moi, chéri·e, mais le service avant tout. » C'est une phrase que les gens du SCO répètent souvent – avec tout ce que cela entraîne au point de vue psychologique. Là-dessus aussi j'ai pu écrire en toute connaissance de cause, ayant eu la chance de travailler au SCO pendant près de six ans. Et je sais fort bien, pour l'avoir éprouvé moi-même, combien cette expérience si immersive et si totale est à la fois terrible et passionnante. Il est clair que ce roman est aussi dédié à mes anciens collègues du Service.

Deux mots enfin sur le Caravage, l'autre grand protagoniste de cette histoire. J'ai reçu l'amour de l'art en héritage de mon père, un professeur de lycée à l'ancienne doté d'une passion pour la peinture qui avait rempli notre maison de livres et de tableaux. Sans compter l'odeur de la peinture à l'huile dont il se servait lui-même pour peindre et qui imprègne encore ma mémoire. Je ne suis évidemment pas un expert, et pour décrire les œuvres de Michelangelo Merisi et leur incidence sur l'âme, j'ai consulté une vaste bibliographie, à commencer par le magnifique et définitif *Caravage. L'œuvre complet*, de Sebastian Schütze (Taschen). En m'immergeant dans ces chefs-d'œuvre et dans leur histoire (il n'y a pas un tableau du Caravage qui n'en ait pas une derrière lui qui mériterait un roman à elle seule), j'ai parfois éprouvé une sensation d'égarement et de peur qui a sollicité mon imagination. Et j'ai compris combien étaient dans le vrai ceux qui disent que la peinture est, de toutes les manifestations humaines, la plus proche du mystère gouvernant les confins entre la vie et la mort. Parmi les artistes du passé, aucun peintre ne convient mieux que Caravage pour explorer cette proposition. Comme l'a dit Vittorio Sgarbi, « Caravage nous contraint à ouvrir les yeux sur une humanité matérielle entourée d'une odeur de sang et de salive. C'est pour cela qu'il nous fascine, qu'il nous bouleverse, qu'il nous change ».

REMERCIEMENTS

Quelques remerciements du fond du cœur, car écrire un roman n'est jamais une aventure solitaire.

Tout d'abord, pour la douce et tranchante Carmen Prestia. Non seulement pour ses talents d'agent littéraire, mais pour être entrée littéralement dans mon histoire, pour m'avoir détesté d'abord et offert son amitié ensuite en me poussant à toujours faire mieux – ce que je n'aurais jamais réussi sans elle. Je veux remercier également toutes les « filles » d'Alferj & Prestia, une équipe formidable et extrêmement efficace.

Pour y avoir cru tout de suite et surtout m'avoir convaincu d'y croire, merci à Giuseppe Strazzeri et à Fabrizio Cocco. Giuseppe qui m'a indiqué la voie droite avec courtoisie et disponibilité, et Fabrizio qui est l'éditeur le plus acharné, le plus impitoyable et le plus intelligent que j'aie jamais rencontré. Merci à Antonio Moro qui a le bistouri plus tranchant que celui d'un chirurgien.

À toute l'équipe de Longanesi qui a accueilli et soigné ce roman avec des attentions qui m'ont surpris.

À tous les amis qui ont alimenté au cours des années mon envie d'écrire et sans lesquels je ne serais jamais arrivé jusqu'ici : Gianfranco de Turris, Luigi de Pascalis et Nicola Verde, qui ne m'ont jamais lâché. Et puis le reste du groupe romain des « vieux » écrivains, de Roberto Genovesi à Errico Passaro et Gabriele Marconi. Chacun d'eux m'a soutenu quand j'étais au milieu du gué et que je n'en voyais pas le bout.

Un remerciement spécial à Andrea Coty, qui m'a toujours considéré comme un vrai écrivain en sus d'un ami et qui ne m'a jamais lâché, et à la splendide Gaja Cenciarelli qui a su me relever quand j'étais à terre, avec en prime quelques coups de pied bien placés quand c'était nécessaire. Je vous aime beaucoup tous les deux.

Avec toute mon affection, merci à Loredana Bianchini pour ses précieuses informations sur la plastination, et à Luigi Contardo pour ses conseils en matière de médecine.

Je remercie Alessandro Castiglione, mon premier lecteur, qui m'a permis de me concentrer sur ce projet.

Merci à ma famille qui m'a soutenu : Debora, les enfants, et mon frère Gabriele, toujours prêts à me donner un coup de main.

Merci aux acteurs les plus importants de cette aventure, les libraires, auxquels nous remettons nos histoires pour qu'ils les répandent dans le monde. Et merci à tous ceux qui liront ces pages, et, espérons-le, les prochaines.

Retrouvez toute l'actualité des éditions Albin Michel
sur notre site albin-michel.fr
et suivez-nous sur les réseaux sociaux.
Instagram : editionsalbinmichel
Facebook : Éditions Albin Michel
YouTube : Éditions Albin Michel

Composition : Nord Compo
Impression : Normandie Roto Impression s.a.s. (2501397)
Éditions Albin Michel
22, rue Huyghens, 75014 Paris
www.albin-michel.fr
ISBN : 978-2-226-47831-3
N° d'édition : 25176/01
Dépôt légal : juin 2025
Imprimé en France